# DIE
# GERAUBTEN
# MÄDCHEN

# WEITERE TITEL VON PATRICIA GIBNEY

# DIE
# GERAUBTEN
# MÄDCHEN

## PATRICIA GIBNEY

Übersetzt von Laura Orden

bookouture

Herausgegeben von Bookouture, 2021

Ein Imprint von Storyfire Ltd.
Carmelite House
50 Victoria Embankment
London EC4Y 0DZ

www.bookouture.com

ISBN: 978-1-80314-190-9
eBook ISBN: 978-1-80314-131-2

Dieses Buch ist ein belletristisches Werk. Namen, Charaktere, Unternehmen,
Organisationen, Orte und Ereignisse, die nicht eindeutig zum Gemeingut
gehören, sind entweder frei von der Autorin erfunden oder werden fiktiv
verwendet. Jede Ähnlichkeit mit tatsächlichen lebenden oder toten Personen
oder mit tatsächlichen Ereignissen oder Orten ist völlig zufällig.

*Für Aidan*
*Einen wahren Soldaten und Friedenswächter*
*Meinen Ehemann und Freund*
*Ruhe in Frieden*

# PROLOG
## KOSOVO 1999

*Der Junge liebte die Friedlichkeit des Baches auf halbem Weg zwischen dem Haus seiner Großmutter und seinem eigenen. Außer dem Rauschen des Wassers, das den Berghang herunterfloss, war es ruhig heute. Kein Artillerie- oder Granatfeuer. Er schaute sich um, als er den Eimer in das Quellwasser tauchte, um sicherzugehen, dass er allein war. Er glaubte in der Ferne ein Auto zu hören, und blickte hinter sich. Von der kurvigen Straße stieg Staub auf. Da kam jemand. Er zog den Eimer hoch und verschüttete etwas Wasser. Er hörte kreischende Bremsen und laute Stimmen und begann zu laufen.*

*Als er sich dem Haus näherte, ließ er den Eimer fallen und warf sich auf den Boden, flach auf den Bauch, sodass der Kies in seine nackte Haut schnitt. Sein Hemd hatte er da, wo er mit Papa arbeitete, an einem rostigen Nagel, der aus einem Betonblock ragte, hängen lassen. Sie hatten versucht, den Granatenschaden am Haus seiner Großmutter zu reparieren. Der Junge wusste, dass es sinnlos war, aber Papa bestand darauf. Mit dreizehn wusste er, dass es besser war, nicht zu widersprechen. Außerdem war er froh gewesen, einen Tag mit Papa zu verbringen, weit weg vom Geschnatter seiner Mutter und Schwester.*

*Auf Ellbogen und Knien kroch er über den staubigen Fahrweg in das lange Gestrüpp am Straßenrand. Er war nur noch einige Meter von seinem Haus entfernt, aber es hätten genauso gut Kilometer sein können.*

*Er horchte. Er hörte Gelächter, gefolgt von Schreien. Mama? Rhea? Nein! Er flehte die Sonne am wolkenlosen Himmel an. Ihre einzige Antwort war die sengende Hitze auf seiner Haut.*

*Mehr raues Gelächter. Soldaten?*

*Er schob sich langsam vorwärts. Männer riefen etwas. Was konnte er tun? War Papa zu weit weg, um zu helfen? Hatte er sein Gewehr bei sich?*

*Der Junge kroch weiter. Am Zaun teilte er das lange braune Gras und lehnte sich zwischen zwei Pfosten nach vorne.*

*Ein grüner Jeep mit einem roten Kreuz auf der offenen Tür. Vier Männer. Soldatenuniformen. Die Gewehre locker über den Rücken geschlungen. Die Hosen um die Knöchel. Die nackten Hinterteile in der Luft, pumpend. Er wusste, was sie machten. Sie hatten die Schwester seines Freundes, der am Fuß des Berges wohnte, vergewaltigt. Und dann hatten sie sie umgebracht.*

*Er kämpfte gegen seine nutzlosen Tränen an und sah zu. Mama und Rhea schrien. Die zwei Soldaten standen auf und zogen ihre Kleidung zurecht, während die anderen beiden ihre Plätze einnahmen. Mehr Gelächter.*

*Er biss auf seine Faust, um seine Schluchzer zu unterdrücken. Shep, sein Collie, bellte laut und umkreiste hysterisch die Soldaten. Der Junge erstarrte, zuckte zusammen und schlug mit dem Vorderzahn auf einen Knochen, als ein Schuss den Berg hinauf und wieder hinunter hallte. Unwillkürlich stieß er einen Schrei aus. Vögel schossen aus den spärlichen Bäumen hervor, verschmolzen zu einer Einheit und flogen dann in alle Richtungen auseinander. Shep lag regungslos im Hof unter der behelfsmäßigen Schaukel, einem Reifen, den Papa an einem Ast aufgehängt hatte, als sie kleine Kinder waren. Sie waren immer* noch Kinder, aber sie spielten nicht mehr auf der Schaukel. Nicht seit dem Krieg.

Unter den Soldaten brach ein Streit aus. Der Junge versuchte zu verstehen, was sie sagten, aber er konnte seine Augen nicht von den nackten, staubbedeckten Gestalten abwenden. Sie lebten noch, aber ihre Schreie waren nur noch ein leises Wimmern. Wo war Papa?

Er starrte wie hypnotisiert, als sich die Männer Operationshandschuhe anzogen. Der Größte zog eine lange Stahlklinge aus einer altmodischen Scheide an seiner Hüfte. Dann tat ein anderer dasselbe. Der Junge war starr vor Schreck. Wie gelähmt sah er zu, wie sich der Soldat hinter seine Mama hockte und sie an seine Brust zog. Der andere Mann packte die elfjährige Rhea. Blut strömte an ihren Beinen hinunter, und er unterdrückte den Drang, Kleidung zu finden, um ihre Nacktheit zu verbergen. Er weinte stille Tränen der Machtlosigkeit und der Nutzlosigkeit.

Ein Mann hob sein Messer. Es funkelte in der Sonne, bevor er es nach unten zog und Rhea von der Kehle bis zum Bauch aufschlitzte. Der andere Mann machte dasselbe mit Mama. Die Körper zuckten krampfartig. Blut sprudelte und spritzte in die Gesichter der Schänder. Behandschuhte Hände griffen in die Körperhöhlen und rissen Organe heraus, während das Blut von ihren Armen tropfte. Die beiden anderen Soldaten kamen mit zwei Stahlkästen gelaufen. Die Leichen fielen zu Boden.

Mit vor Entsetzen geweiteten Augen beobachtete der Junge, wie die Soldaten die Organe seiner geliebten Mama und Schwester schnell in die Kästen legten und diese lachend zuschnappen ließen. Einer nahm einen Filzstift aus seiner Tasche und schrieb achtlos etwas auf die Seite des Containers und einer anderer drehte sich um und gab Rhea einen Tritt. Ihr Körper erbebte. Er blickte direkt zum Versteck des Jungen hinüber.

Der Junge hielt den Atem an, die Augen auf den Soldaten gerichtet, er fühlte keine Angst mehr. Er war bereit zu sterben und wäre fast aufgestanden, da ging der Mann zurück zu seinen Kameraden. Sie packten die Kästen in den Jeep, sprangen hinein und fuhren in einer zum Himmel aufsteigenden Wolke aus Steinen und Staub die Bergstraße wieder hinunter.

Er wusste nicht, wie lange er dort gestanden hatte, als sich eine Hand auf seine Schulter legte und ihn in eine Umarmung zog. Er blickte in ein Paar untröstliche Augen. Er hatte das wilde Rennen und die verzweifelten Schreie nicht gehört. Der Anblick der ausgeweideten Körper von Mama und Rhea hatte sich wie ein Foto in seinen Kopf eingebrannt. Und er wusste, es würde nie verblassen.

Papa zerrte ihn zu den Leichen. Der Junge starrte in die Augen seiner Mutter. Flehend im Tod. Papa nahm seine Pistole heraus, drehte das Gesicht seiner Frau in den heißen Lehm und schoss ihr in den Hinterkopf. Ihr Körper krümmte sich. Erstarrte.

Papa weinte, große, stille Tränen, als er zu Rhea hinüberkroch. Er schoss auch auf sie. Der Junge wusste, dass sie schon tot war. Die Kugel war nicht notwendig. Er versuchte, es Papa zuzurufen, aber seine Stimme ging inmitten des Aufruhrs verloren.

»Ich musste das tun!«, rief Papa. »Um ihre Seelen zu retten.« Er zog erst die beiden Leichen und dann Shep ins Haus. Mit entschlossenen Schritten leerte er eilig einen Kanister Benzin im Hausinneren und warf eine brennende Fackel aus trockenem Schilf hinein. Dann hob er seine Pistole auf und richtete sie auf den Jungen.

Keine Worte der Angst, keine Bewegung. Noch nicht. Der Junge stand unbeweglich, bis er Papas von der Arbeit verschmutzten Finger am Abzug zittern sah. Instinktiv rannte er los.

Papa rief: »Rette dich. Lauf, Junge. Hör nicht auf zu rennen.« Als er beim Weglaufen über die Schulter blickte, sah er, wie Papa die Pistole auf seine eigene faltige Stirn richtete und den Abzug drückte, bevor er nach hinten in die Flammen fiel.

Sie entfachten erneut in einem Zischen aus knisterndem, fallendem Holz.

Der Junge schaute vom Zaun aus zu, wie das Leben, das er gekannt hatte, hell wie die Sonne am Himmel verbrannte. Es kam keine Hilfe. Der Krieg hatte dazu geführt, dass sich alle nur um sich selbst kümmerten, und er vermutete, dass die Bewohner der anderen Häuser entlang der Straße sich aus Angst versteckten und ihr eigenes Schicksal erwarteten. Er konnte es ihnen nicht verdenken. Es gab hier sowieso nichts, das sie hätten tun können.

Einige Zeit später stand die Sonne tief und die nächtlichen Sterne funkelten, als ob nichts wäre. Ohne auch nur ein Hemd auf dem Rücken begann er den langen, einsamen Marsch den Berg hinunter.

Er wusste nicht, wohin er gehen sollte.

Er konnte nirgendwo hin.

Es war ihm egal.

Er ging langsam, setzte einen Fuß vor den anderen und die Steine stießen durch die weichen Gummisohlen seiner Sandalen. Er ging, bis seine Füße bluteten. Er ging, bis seine Sandalen zerfielen, wie sein Herz. Er ging immer weiter, bis er einen Ort erreichte, an dem er nie wieder Schmerz empfinden würde.

# FREITAGNACHT, 8. MAI 2015

## RAGMULLIN

1

Die Dunkelheit war es, die ihr am meisten Angst machte. Nicht
sehen zu können. Und die Geräusche. Leises Huschen, dann
Stille.

Sie drehte sich auf die Seite und versuchte, sich in eine
sitzende Position zu hieven. Gab es auf. Ein Rascheln.
Gequieke. Sie schrie, und ihre Stimme hallte zurück. Schluch-
zend schlang sie die Arme fest um ihren Körper. Ihr dünnes
Baumwollshirt und ihre Jeans waren von kaltem Schweiß
durchnässt.

Die Dunkelheit.

Sie hatte zu viele Nächte wie diese in ihrem eigenen
Schlafzimmer verbracht und zugehört, wie ihre Mutter unten
in der Küche mit anderen lachte. Jetzt erinnerte sie sich an
diese Nächte wie an einen Luxus. Denn da war es nicht wirk-
lich dunkel gewesen. Straßenlampen und der Mond hatten
Schatten durch die papierdünnen Vorhänge geworfen und die
Tapeten zum Leben erweckt. Ihre altmodischen Möbel hatten
wie Statuen auf einem schwach beleuchteten Friedhof gewirkt.
Ihre Kleider, alle in einem Haufen auf einem Stuhl in der
Ecke, hatten sich manchmal zu regen geschienen, wenn die

Scheinwerfer vorbeifahrender Autos durch die Vorhänge strahlten. Und das hatte sie als dunkel empfunden? Nein. Hier, wo sie jetzt war, war es stockfinster im wahrsten Sinne des Wortes.

Sie wünschte sich, sie hätte ihr Telefon und ihr damit verknüpftes Leben - ihre Cyberfreunde auf Facebook und Twitter. Sie würden ihr vielleicht helfen können. Wenn sie ihr Telefon hätte. Schön wär's.

Die Tür öffnete sich und das blendende Licht vom Flur zwang sie, die Augen zu schließen. Kirchenglocken läuteten in der Ferne. Wo war sie? In der Nähe von Zuhause? Die Glocken verstummten. Ein schneidendes Lachen ertönte. Das Licht flackerte an. Eine nackte Glühbirne schwang im Luftzug und sie sah die Gestalt eines Mannes.

Sie drückte sich mit dem Rücken an die feuchte Wand, scharrte mit ihren nackten Fersen über den Boden. Sie spürte, wie er sie an den Haaren zog und Schmerz durchzuckte jeden Follikel auf ihrem Kopf wie Nadelstiche. Es war ihr egal. Er konnte sie skalpieren, solange sie lebend nach Hause kam.

»B-bitte...«

Ihre Stimme klang fremd. Hoch und zitternd, ohne ihr übliches jugendliches Selbstbewusstsein.

Eine raue Hand zerrte sie hoch, ihr Haar um die Finger gewickelt. Sie blinzelte den Mann an und versuchte, sich ein geistiges Bild zu machen. Er war größer als sie und trug eine graue Strickmütze mit zwei Schlitzen, durch die feindselige Augen blickten. Sie musste sich die Augen merken. Für später. Wenn sie wieder frei war. Ein Schub Entschlossenheit arbeitete sich in ihr Herz vor. Sie richtete sich auf und sah ihn an.

»Was?«, bellte er.

Sein saurer Atem drehte ihr den Magen um. Seine Kleidung roch wie der Schlachthof hinter Kennedy's Metzgerei in der Patrick Street. Im Frühjahr erlagen dort kleine Lämmer den Kugeln oder Messern oder was auch immer sie zum Töten benutzten. Dieser Geruch. Tod. Der süßliche Geruch, der den ganzen Tag an ihrer Uniform haftete.

Sie schauderte, als er ihr sein Gesicht näherte. Jetzt hatte sie etwas, das ihr mehr Angst machte als das stockfinstere Nichts. Zum ersten Mal in ihrem Leben wünschte sie sich tatsächlich ihre Mutter.

»Lassen Sie mich gehen«, rief sie. »Nach Hause. Ich möchte nach Hause. Bitte.«

»Da kann ich nur lachen, Kleine.«

Er beugte sich zu ihr, so nah, dass seine mit Wolle verdeckte Nase die ihre berührte und sein ekelerregender Atem durch die Strickmaschen drang.

Sie versuchte zurückzuweichen, aber sie stand mit dem Rücken zur Wand. Sie hielt den Atem an und versuchte verzweifelt nicht zu kotzen, als er sie an der Schulter packte und zur Tür schob.

»Jetzt beginnt Teil zwei deines Abenteuers«, sagte er und lachte in sich hinein.

Ihr Blut kroch durch ihre Adern, als sie in den kargen Flur humpelte. Hohe Decken. Abblätternde Farbe. Riesige gusseiserne Heizungen haschten mit ihren Schatten nach ihren unsicheren Schritten. Eine hohe Holztür versperrte ihr den Weg. Seine Hand glitt um ihre Taille und zog ihren Körper an seinen. Sie erstarrte. Er beugte sich vor und stieß die Tür auf.

Als er sie in einen Raum drängte, rutschte sie auf dem nassen Boden aus und fiel auf die Knie.

»Nein, nein...« Sie drehte sich panisch um. Was ging hier vor sich? Was war das für ein Ort? Mit Plexiglas verkleidete Fenster wehrten das Tageslicht ab. Der Fußboden war mit dicker Plastikplane bedeckt und die Wände waren mit etwas verschmiert, das wie getrocknetes Blut aussah. Alles, was sie erblickte, kreischte ihr zu, wegzurennen. Stattdessen kroch sie. Auf Händen und Knien. Alles, was sie vor sich sehen konnte, waren seine Schuhe, verkrustet mit Schlamm oder Blut oder beidem. Er zerrte sie hoch und stieß sie vorwärts. Sie drehte sich um und sah ihn an.

Er zog sich die Balaclava vom Kopf. Zu den Augen, die sie nur durch die Schlitze gesehen hatte, kam nun ein schmaler Mund mit rosa Lippen. Sie starrte. Sein Gesicht war eine leere Leinwand, die auf einen noch zu malenden Horror wartete.

»Sag mir noch einmal deinen Namen?«, fragte er.

»W-was meinen Sie?«

»Ich will hören, wie du ihn sagst«, schnauzte er.

Als sie das Messer in seiner Hand erblickte, schlitterte sie, rutschte auf dem blutverschmierten Plastik aus und fiel vor ihm auf den Boden. Dieses Mal war ihr die Dunkelheit willkommen. Während sie sich über die winzigen Sterne, die hinter ihren Augen flimmerten, legte, flüsterte sie: »Maeve«.

# ERSTER TAG

MONTAG, 11. MAI 2015

## 2

Sie sangen wieder. Laut und fröhlich. Alt und Tenor wetteiferten miteinander, Star und Ringeltaube. Vogelscheiße segelte vor dem offenen Fenster herunter und verfehlte nur knapp die Scheibe.

»Scheiße«, sagte Lottie Parker – ihr Lieblingsschimpfwort, und die Ironie war ihr nicht entgangen. Sie zog das Fenster zu, wodurch der Raum noch heißer und stickiger wurde, aber sie konnte sie immer noch hören. Sie ließ sich auf die feuchte Bettdecke fallen. Noch eine schwitzige Nacht. Nächsten Monat würde sie vierundvierzig werden, mindestens noch sechs Jahre, so hoffte sie, bis sie es auf die Wechseljahre schieben konnte. Also musste es wohl die Monsterhitze sein.

Ihre Augen waren trocken vom Schlafmangel und dann summte ihr Handywecker.

Zeit, aufzustehen. Zeit, zur Arbeit zu gehen.

Und Lottie Parker fragte sich, wie sie heute zurechtkommen würde.

»Wo sind meine Schlüssel?«, rief sie eine halbe Stunde später die Treppe hinauf.

Keine Antwort.

Acht Glockenschläge ertönten von der Kathedrale im Zentrum von Ragmullin, einen Kilometer von ihrem Haus entfernt. Spät. Sie kippte den Inhalt ihrer Handtasche auf den Küchentisch. Sonnenbrille - notwendig; Portemonnaie - leer; Kassenzettel - zu viele; Bankkarte - hoffnungsloser Fall; Handy - würde jeden Moment klingeln; Xanax... Hilfe. Keine Schlüssel.

Sie öffnete eine Blisterpackung und schluckte eine Pille, obwohl sie sich selbst versprochen hatte, nicht in alte Gewohnheiten zu verfallen. Na, wenn schon. Sie war den größten Teil der Nacht wach gewesen und brauchte einen Schuss von irgendetwas. Sie hatte seit Monaten kein alkoholisches Getränk angerührt, also war eine Pille das Nächstbeste. Vielleicht sogar besser. Sie goss sich ein Glas Wasser ein.

Die Treppe knarrte. Sekunden später stürmte Chloe, ihre jüngere Tochter, in die Küche.

»Mutter, wir müssen reden.«

Sie nannte Lottie Mutter, nur um sie zu ärgern.

»Das müssen wir. Aber nicht jetzt«, sagte Lottie. »Ich muss zur Arbeit. Falls ich jemals meine Schlüssel finde.«

Sie wühlte durch das Gerümpel auf dem Tisch. Ausweis, Haarbürste, Sonnencreme, Zwei-Euro-Münze. Keine Schlüssel.

»Ist das alles, was du zu sagen hast?«

»Mein Gott, Chloe, verschon mich. Bitte.«

»Nein, Mutter. Das werde ich nicht. Sean läuft herum wir ein Zombie, Katie ist... nicht sie selbst, ich bin völlig durcheinander und du bist wie eine Irre, jetzt, wo du wieder zur Arbeit musst.«

Lottie starrte ihre Tochter hilflos an und machte den Mund nicht auf, für den Fall, dass sie das Falsche sagte. In letzter Zeit schien alles, was sie von sich gab, die Sechzehnjährige entweder zum Einschnappen oder zum Ausrasten zu bringen. Und Chloe war noch nicht fertig.

»Du musst etwas tun. Diese Familie fällt auseinander und was macht die hochwichtige Frau Kriminalkommissarin? Sie geht zurück zur Arbeit.«

Chloe strich ihr widerspenstiges blondes Haar zurück, türmte es auf ihrem Kopf auf und band es mit einem Scrunchie zusammen. An einigen Stellen hing es heraus und lose Locken umrahmten ihr Gesicht. Lottie wollte es glätten, aber ihre Tochter wich zurück.

»Ich tue, was ich kann«, sagte Lottie und sank auf einen Stuhl. Sie hatte die letzten Monate damit verbracht zu versuchen, ihre Familie wieder aufzubauen, nachdem eine Tragödie zugeschlagen hatte, während sie dabei war, ihren letzten Fall zu lösen. Sie hatte gedacht, dass jetzt alles schon viel besser war. Wie sehr konnte man sich täuschen? »Ihr habt mich die letzten Monate zu Hause gehabt. Oma kommt später, damit das Essen fertig ist, wenn du und Sean aus der Schule kommen. Sie wird auch ein Auge auf Katie haben. Was kann ich noch tun? Du weißt, dass ich arbeiten muss. Wir brauchen das Geld.«

»Wir brauchen dich.«

Was konnte sie darauf sagen? Adam hätte es gewusst, dachte sie und erinnerte sich an die Gabe ihres toten Mannes, immer die richtigen Worte zu finden. Aber er würde nie mehr zurückkommen. Im Juli würde er vier Jahre tot sein und sie tat sich immer noch schwer, ohne ihn.

Chloe griff sich ihren Schulrucksack. »Und ich hasse dieses Drecksloch von einer Stadt. Welche Hoffnung habe ich, jemals hier wegzukommen?« Sie knallte die Haustür hinter sich zu.

»Soll ich dich mitnehmen?« Lottie rief einem Schatten hinterher.

Keine Schlüssel. Scheiße! Jetzt würde sie zu Fuß zur Arbeit gehen müssen. Sie wischte mit der Hand über den Tisch und der gesamte Inhalt ihrer Handtasche landete auf dem Boden.

Es klingelte an der Tür. Sie sprang auf und lief in den Flur.

»Was hast du vergessen?«, fragte sie, indem sie die Tür öffnete.

Es war nicht Chloe.

Das Mädchen trug trotz der morgendlichen Wärme einen marineblauen Pullover. Während er ihr auf den Fersen blieb, gut fünfzehn Schritte hinter ihr, begutachtete er ihre langen Beine. Nicht muskulös, aber schön schlank. Ihr lässig zu einem unordentlichen Knoten oben auf dem Kopf zusammengebundenes Haar ließ sie größer und schlanker erscheinen. Unter ihrer losen Schuluniform hatte sie große Brüste für einen Teenager. Er wusste das, weil er sie am Wochenende in Danny's Bar in einem engen, langärmeligen T-Shirt gesehen hatte. Unbemerkt in dem Gedränge heißer Körper, die im Biergarten Pints kippten, war er nahe genug gewesen, um das V unten an ihrem Rücken, gleich über ihrem Hintern, zu berühren. Er hatte seine Hand schnell wieder weggenommen, obwohl er sie gerne dort verweilen, die Wirbel unter der leichten Baumwolle verfolgen und weiter nach unten wandern lassen hätte. An dem Abend hatte ihr Haar offen heruntergehangen, lang und üppig; ein paar Strähnen schmiegten sich in die Rundung ihrer Brüste. Er registrierte jedes Detail, speicherte es in seinem Gedächtnis, um darauf zurückkommen zu können, wann immer er wollte.

Jetzt ging sie langsam und er musste einige Schritte hinter

ihr bleiben. Sie schlenderte die Gaol Street hinauf und in die Main Street. Von hier aus waren es noch 10 Minuten zu Fuß bis zur Schule.

Er zwang sich, sich auf das Endziel zu konzentrieren. Sie musste gerettet werden. Denn er wusste, warum sie lange Ärmel trug. Bald würde sie in den Tiefen seiner Augen suchen und um eine glückliche Erlösung von ihrem Schmerz betteln.

Er lächelte zufrieden, folgte ihr die Straße entlang und beobachtete, wie sie ihren Rucksack von einer Schulter zur anderen schwang. Ihr musste inzwischen sehr heiß sein, zu heiß. So in seine Gedanken versunken, hätte er fasst nicht gemerkt, wie sie anhielt und sich umdrehte.

Er senkte den Kopf und ging an ihr vorbei.

Er ging weiter. In normalem Tempo. Hatte sie ihn bemerkt? Er warf einen flüchtigen Blick über die Schulter, um zu sehen, warum sie plötzlich stehengeblieben war. Vielleicht hatte sie ihn gespürt. Würde sie ihn als einen gefährlichen Luzifer oder als einen Schutzengel ansehen? Er würde es sehr bald wissen.

Am alten Hafen überquerte er die Straße und machte einen Bogen um die wenigen Mädchen, die am Schultor plauderten. Er ging am Kanalufer entlang und beobachtete gleichmütig einen Schwarm Fliegen, der über dem stehenden Wasser schwebte. Ein schlanker brauner Schatten lauerte in der Tiefe - ein Räuber auf der Suche nach Beute? Er wusste, dass in diesen Gewässern bedrohliche Hechte mit ihren großen, weit aufgerissenen Mäulern schwammen und mit ihren Reißzähnen nichtsahnende Forellen und Brassen fingen.

Seine Aufregung hatte sich gemäßigt. Vorläufig.

Sein kleiner Fisch war ihm entkommen. Vorläufig.

Aber er würde weiter in den Schatten lauern und auf seine Chance warten. Wie der Hecht mit seinem offenen Maul, konnte er geduldig sein.

Lottie trat von der Haustür zurück.

Die junge Frau, die auf der Treppe stand, war eine Fremde. Ein weißer Seidenschal war um ihren Kopf gewickelt, ein Hidschab umrahmte ihr hageres Gesicht. Ein kleiner Junge hielt ihre Hand fest umklammert. Er starrte mit ängstlichen braunen Augen zu Lottie hinauf. Eine cremefarbene Jacke aus rissigem Plastik über einer Baumwollbluse und Jeans taten wenig, um die Magerkeit der Frau zu verbergen. Lottie bemerkte, dass sie trotz der drückenden Hitze schwere braune Stiefel trug.

»Kann ich Ihnen helfen?«, fragte Lottie müde.

»Zonje.«

»Sonja?«

Die junge Frau schüttelte den Kopf. »Zonje gnädige Frau« Sie zuckte mit den Schultern.

»Oh. Zonje bedeutet gnädige Frau. Ich verstehe.« Lottie trat vor und schloss die Haustür hinter sich. »Hören Sie, ich kann jetzt nicht. Ich bin in Eile. Ich muss zur Arbeit.«

Die Frau rührte sich nicht. Lottie seufzte. Das hatte ihr

gerade noch gefehlt. Als nächstes würde Superintendent Corrigan sie durchs Telefon anbrüllen, ihren Arsch zur Arbeit zu bewegen. Bettelte die Frau? Sie dachte an die Münzen, die sie aus ihrer Tasche gekippt hatte. Vielleicht konnte sie die Frau damit loswerden.

»Ju lutem bitte.« Die Frau sah sie flehentlich an, ihr gebrochenes Englisch war zaghaft und hatte einen Akzent.

»Ich habe kein Geld«, sagte Lottie. Das stimmte beinahe. »Vielleicht später«. Stimmte nicht. Mit einem Kopfschütteln hob die junge Frau den kleinen Jungen in ihre Arme. »Bitte«, sagte sie, »helfen Sie.« Seufzend sagte Lottie: »Warten Sie hier.«

Wieder im Haus, hob sie eine Münze vom Boden auf. Als sie sich umdrehte, stand die Frau hinter ihr. In ihrer Küche.

»He! Was machen Sie da?« Lottie hielt ihr die zwei Euro hin. »Hier, nehmen Sie das.« Sie winkte mit der Hand in Richtung Haustür.

Die junge Frau lehnte das Geld ab, zog einen zerknitterten Umschlag aus ihrer Hosentasche und hielt ihn Lottie hin. Sie schüttelte den Kopf, ohne ihn zu nehmen.

»Was ist das?«, fragte sie. War das so ein Zettel, um Geld zu erbetteln? Der Morgen wurde immer schlimmer.

Die Frau zuckte mit den Achseln und der kleine Junge wimmerte.

Lottie spürte, wie sich ihr Instinkt regte, zog einen Stuhl hervor und bedeutete der Frau, sich zu setzen. Der Junge kletterte auf ihren Schoß und schmiegte seinen Kopf in den Seidenschal.

»Was wollen Sie?«, fragte Lottie, während sie ihre Sachen vom Boden einsammelte und alles wieder in ihre Tasche warf. Sie tippte eilig eine SMS an Detective Sergeant Boyd, um ihm mitzuteilen, dass sie sich verspäten würde, und ihn zu bitten, für sie einzuspringen. Ein Anflug von Schuldgefühlen juckte unter ihrer Haut. Für ihre Tochter hatte sie vorhin keine Zeit gehabt und jetzt unterhielt sie sich mit einer Fremden. Aber irgendetwas riet ihr sich anzuhören, was sie zu sagen hatte.

Das Mädchen sprach schnell in einer Sprache, die Lottie nicht verstand.

»Hey, mal langsam«, sagte sie. »Wie heißen Sie?«

Ein Kopfschütteln, ein Achselzucken. Es erinnerte Lottie an Chloe. Wie alt war diese Frau? Sie sah sie genauer an und schätzte, sie könnte irgendwo zwischen sechzehn und Anfang zwanzig sein. Nicht mehr als ein Mädchen.

»Ich heiße Lottie. Du?«

Tiefbraune Augen sahen sie zunächst fragend an, dann leuchteten die haselnussbraunen Flecken darin auf und erhellten das Gesicht.

»Mimoza.« Das Mädchen lächelte, weiße Zähne strahlten in der Morgensonne, die durch das Fenster schien.

Endlich kommen wir weiter, dachte Lottie.

»Milot.« Das Mädchen zeigte auf den Jungen.

»Gut, Mimoza und Milot«, sagte Lottie. »Was wollt ihr?« Vielleicht sollte sie ihnen Tee anbieten. Nein. Sie musste sie so schnell wie möglich loswerden. Ihr Handy piepte. Boyd. Sie warf einen Blick auf die SMS.

*Du bist verdammt spät. Corrigan ist auf dem Kriegspfad.*
*Nichts Neues.*

Sean, ihr vierzehnjähriger Sohn, kam in die Küche geschlendert. »Wem gehört das?«, fragte er und hielt ein zerfleddertes Stoffkaninchen mit langen, zerkauten Ohren hoch.

Milot streckte eine Hand aus und griff nach dem Plüschtier.

Sean strich dem Jungen durch die Haare. »Was ist los, Kumpel?« Er hockte sich hin. »Warum weinst du?«

Das Kind drückte sich an Mimozas Brust und schürzte seine Unterlippe über die Oberlippe, während seine kleinen

Finger auf dem verschlissenen Etikett des Kaninchens auf und ab glitten.

»Kannst du für ein paar Minuten mit ihm spielen?«, fragte Lottie. »Bevor du zur Schule gehst? Chloe ist schon weg.«

Sean nickte und warf einen Schleuderball von einer Hand in die andere. »Willst du Ball spielen?«

Das Kind suchte mit den Augen die Zustimmung seiner Mutter und das Mädchen nickte. Milot rutschte von ihrem Schoß und folgte Sean durch die Hintertür hinaus in den Garten. Lottie sah ihnen nach. Es war mehr als sie ihren Sohn seit einem Monat hatte sagen hören. Sie lächelte das Mädchen über den Tisch hinweg an. Vielleicht war es ja doch zu etwas gut gewesen, sie in ihr Haus zu lassen.

»Sohn?«, fragte Mimoza.

»Ja«, sagte Lottie.

»Milot mein Sohn«, sagte Mimoza.

Sie sah zu jung aus, um ein Kind zu haben, dachte Lottie.

»Ich spreche wenig Englisch. Ist schwer, Ihnen zu erklären. Leichter für mich, in meiner Sprache zu schreiben.« Sie reichte den Umschlag herüber.

Lottie sah ihn sich an. Er war verschlossen und es standen fremdsprachige Wörter darauf.

»Woher soll ich wissen, was das bedeutet?«

Das Mädchen sagte: »Finden Sie Kaltrina. Helfen Sie mir und Milot fliehen. Bitte, helfen Sie?«

»Kaltrina? Wer ist das? Fliehen wovor?«

»Ich kann nicht viel sagen. Ich schreibe etwas auf. Sie lesen?«

»Natürlich. Bedroht euch jemand? Wo wohnt ihr? Was ist mit dieser Kaltrina passiert?«

Das Mädchen zeigte auf den Umschlag. »Alles da. Entschuldigung es nicht Englisch. Ich Angst.«

»Woher weißt du, wer ich bin? Warum bist du nicht zur Garda zur Polizei gegangen?«

Das Mädchen zuckte mit den Achseln. »Es nicht sicher. Sie helfen?«

Lottie seufzte. »Ich werde sehen, ob ich jemanden finden kann, der das für mich übersetzt. Das ist im Moment alles, was ich tun kann. Sie schaute auf die Uhr. Sie würde an ihrem ersten Arbeitstag nach fast vier Monaten Urlaub viel zu spät kommen.

Das Mädchen fing ihren Blick auf, erhob sich schnell und rief den Jungen. Sean brachte ihn in die Küche. Die Wangen des kleinen Kerls waren gerötet. Mimoza lächelte Sean an, nahm ihren Sohn bei der Hand und ging zur Haustür. Die Tür schloss sich hinter ihnen mit einem leisen Klicken.

»Hast du irgendetwas von ihm herausbekommen?«, fragte Lottie.

Sean zuckte mit den Schultern. »Er ist ein toller kleiner Werfer.« Er schlenderte die Treppe hinauf in die höhlenartige Sicherheit seines Zimmers.

»Beeil dich, Sean. Du kommst noch zu spät zur Schule. Und weck Katie nicht auf.«

Mit einem entnervten Kopfschütteln nahm Lottie ihre Tasche, stopfte Mimozas Umschlag hinein und bemerkte dann ihre Schlüssel, die am Haken neben der Tür hingen. Sie nahm sie und trat hinaus in den morgendlichen Sonnenschein.

Als sie ihr Auto rückwärts aus der Einfahrt fuhr, sah sie Mimoza und ihren Sohn, wie sie zum Ende der Straße gingen. Bevor sie um die Ecke gingen, kam ein kleineres Mädchen dazu und hakte Mimoza unter.

Als sie an der Kreuzung zur Hauptstraße ankam, blickte Lottie sich um und sah, wie ein schwarzer Wagen mit großer Geschwindigkeit vom Bordstein wegfuhr. Er fuhr außen an der Fahrspur entlang, zwängte sich in den Verkehr und verschwand. Hatte jemand auf ihre mysteriösen Besucher gewartet?

Als sich eine Lücke im Verkehr auftat, manövrierte sie ihren

Wagen in die Schlange der frühmorgendlichen Pendler, während sie immer noch an Mimoza und ihren Sohn dachte. Wie passte das andere Mädchen ins Bild? Vielleicht würde der Brief ja alles erklären.

Es war zu heiß für einen Pullover, aber Chloe war so durcheinander gewesen, dass sie ihr langärmeliges Uniformhemd nicht hatte finden können. Sie hatte sich damit abgefunden, sich in dem dicken Wollpulli durch den Tag zu schwitzen.

Sie blieb gegenüber dem Parkplatz von Dunne's Stores stehen, wischte sich den Schweiß von der Stirn und überlegte, ob sie die Schule schwänzen sollte. Ein Mann hastete an ihr vorbei und sie registrierte, dass er sie von der Seite ansah, aber sie beachtete ihn nicht. Der beklemmende Knoten in ihrer Brust drohte zu platzen. Sie atmete ein paar Mal tief durch, ging dann weiter den Hügel hinauf und grüßte unterwegs andere Mädchen, ein Lächeln fest auf dem Gesicht fixiert.

An der Brücke über den alten Hafen, schaute sie fast beiläufig in das dunkelgrüne Kanalwasser hinunter und erkannte, dass sie heute einfach nicht in die Schule gehen konnte. Es war nur noch ein Monat bis zu den Prüfungen und sie wusste, dass sie den Unterricht nicht verpassen durfte, aber sie konnte nicht. Nicht heute.

Der Knoten in ihrer Brust löste sich langsam, als sie den Treidelpfad entlangeilte, weg von dem ewigen sorglosen

Geplapper der Schar, die am Schultor herumhing. Sie ging, blind für alles, bis sie die kleine Brücke erreichte, wo der Versorger in den Kanal mündete. Ihr Vater hatte ihr mal erzählt, dass der Fluss der Versorger genannt wurde, weil er den Kanal mit frischem Wasser aus dem Lough Cullion versorgte. Gott, sie vermisste ihren Vater.

Sie bog nach links ab und ging einige Minuten am Flussufer entlang, bevor sie sich in das lange Gras setzte und in der Tiefe und Höhe des Schilfs versank. Sie öffnete ihren Rucksack und holte aus ihrem Federetui eine Rasierklinge heraus, die in ein weiches, weißes Tuch gewickelt war.

Sie wusste, das Leben war grausam. Sie hatten ihren Vater verloren und dann war vor einigen Monaten auch Sean fast gestorben. Ihr jüngerer Bruder würde nie mehr so sein wie vorher, gezeichnet von den Erinnerungen an das, was ihm und Jason, Katies Freund, in der verfluchten Kapelle passiert war. Katie hatte auch Schaden erlitten, auch wenn sie versuchte, sich normal zu benehmen. Chloe wusste, dass ihre Narben tief saßen.

Gab Katie ihrer Mutter die Schuld? Chloe hoffte nicht, aber sie konnte das Gefühl nicht loswerden, dass Lottie irgendwie schuld war; sie hatte damals nicht schnell genug gehandelt, um die Jungs zu retten, und Jason war gestorben.

Chloe war eine Helferin und nun fühlte sie sich hilflos. Sie konnte ihrer Familie nicht helfen. Sie konnte sich selbst nicht helfen. Sie konnte niemandem helfen. Sie drehte die Klinge in ihrer Hand hin und her.

Sie hob ihr Gesicht zur aufgehenden Sonne und erlaubte den Strahlen, ihr Gesicht zu verbrennen, bevor sie ihren Ärmel hochkrempelte. Sie wählte eine unverletzte Stelle und drückte das scharfe Stück Stahl in ihre junge Haut. Ein langsamer Schnitt. Nicht zu tief. Nicht zu oberflächlich.

Der Anblick des leuchtend roten Blutes, wie es erst hervorblubberte und dann über die Blässe floss, beruhigte sie. Sie grub noch etwas tiefer, spürte den Schmerz, kämpfte mit den Tränen und sackte zurück ins trockene Gras.

Das Schilf raschelte. Sie setzte sich aufrecht hin und sah sich um, aber es herrschte Stille. Sie hatte das Gefühl, dass sie jemand beobachtete, aber sie konnte niemanden sehen. Sie zog ihren Ärmel herunter, sammelte ihre Sachen ein und steckte sie in ihre Tasche. Bildete sie sich nur etwas ein? Waren die Geräusche nur Wasserratten, die im Schilf nach Nahrung suchten? Igitt! Sie erschauerte in der Hitze und ging los, den Schotterweg entlang, während sie überlegte, wo sie sich für den Tag verstecken könnte.

Sie checkte ihr Handy und postete auf Twitter unter dem Hashtag #cutforlife.

Das Gefühl, dass jemand sie beobachtete, wollte nicht verschwinden.

Sie hängte sich ihren Rucksack über die Schulter und begann zu laufen.

Die schmale Fahrbahn erschwerte die Arbeit, aber wenigstens war es eine Einbahnstraße. Die dreistöckigen Mietwohnhäuser auf der rechten Seite warfen einen dünnen Schatten und hielten die Strahlen der Morgensonne ab.

Er war zu spät zur Arbeit gekommen, also musste er die verlorene Zeit aufholen, bevor der Boss kam. Am Freitag waren neue Wasserrohre verlegt worden und während die Arbeiten entlang der Straße voranschritten, hatten sie einige Straßenabschnitte mit provisorischem Asphalt aufgefüllt, wohingegen andere einen leichten Lehmbelag erhielten, der mit Eisenblech abgedeckt wurde. Schnell und einfach, hatte der Boss gesagt. Keiner würde den Unterschied merken. Jetzt waren sie zurückgekehrt, um das provisorische Material zu entfernen, die Rohre dauerhaft zu verfüllen und die Straße zu asphaltieren.

Er bohrte den Presslufthammer in den Lehm und arbeitete so schnell er konnte, obwohl die Maschine so viel Hitze erzeugte. Als sich der Schmutz hob und wieder setzte, fiel ihm etwas Blaues ein Stück weiter im Graben ins Auge. Er hielt an, um einen einsamen Schweißtropfen aus seiner Schutzbrille zu wischen und schaltete dann die Maschine ganz ab. Er ließ sie zur Seite fallen, klappte den Plastikaugenschutz hoch und guckte. War das irgendein Tier? Er hatte keine Zeit für sowas.

Da erblickte er plötzlich ein kleines Stück blasse Haut und eine schwarze Haarsträhne. Er fiel auf ein Knie, seine Sicherheitsschuhe gaben ihm Halt auf dem rutschenden Boden, und riss den Lehm weg. In der dunklen Erde kam der obere Teil eines Schädels zum Vorschein. Er dachte nicht an Spurensicherung oder die Polizei oder sonst wen, der den Boden unversehrt würde haben wollen. Fieberhaft wischte er noch mehr Erde weg.

Andri Petrovci war kein furchtsamer Mann. Er hatte viele Leichen gesehen: verhungerte, hingeschlachtete und verbrannte Menschen in seinem Heimatland. Diese Leiche hätte ihn nicht schockieren sollen, aber irgendetwas an der alabasterfarbenen Haut, die von der Verwesung leicht grün gefleckt war, und dem rabenschwarzen Haar jagte ihm Schauer über den Rücken. Und rief einen Moment zurück, den er zu vergessen versucht hatte.

Als er die letzte Spur von Erde von dem Kopf entfernt hatte, setzte sich Petrovci zurück in den Erdhügel, ohne von dem Hupen, dem unaufhörlichen Rufen und dem wachsenden Ärger der Autofahrer, die dreißig Meter entfernt von dem Stop/Go-Schild aufgehalten wurden, Notiz zu nehmen.

Die Augen des Opfers waren geschlossen, der Mund zu einem winzigen Schmollmund zugekniffen. Ihr schlanker Hals ragte aus dem schmutzigen blauen Baumwollstoff, der zuerst seine Aufmerksamkeit erregt hatte.

Wütendes Geschrei bohrte sich wie scharfe Splitter in sein Bewusstsein.

»Blöder Polacke!« brüllte ein Mann und lehnte sich aus dem Autofenster. »Geh dahin zurück, wo du hergekommen bist.«

Dummer ignoranter Ire. Er war kein Pole. Er ballte seine massiven Finger zu Fäusten und schlug sie sich gegen die Stirn.

Autotüren knallten und Schritte quatschten im blubbernden Teer. Es war zu heiß für den Monat Mai. Eine Hitzewelle, sagten die Meteorologen. Er war an Hitze gewöhnt. Er war an Leichen gewöhnt. Er war an Gewalt gewöhnt. Aber dieses Mädchen, das hier in ungeweihter Erde lag, unter der belebten Straße zurückgelassen, erinnerte ihn an ein anderes Mädchen, das schon lange tot war. Dieses Mädchen war noch nicht lange tot. Trotz der beginnenden Verwesung stellte er sie sich so frisch vor, wie die Kirschblütenblätter, die von den Bäumen auf die Straße und in den schmelzenden Asphalt schwebten. Er dachte, er hätte das alles hinter sich gelassen. Aber er wusste, dass der Tod keine Grenzen kannte. Er folgte einem wie der eigene Schatten.

Er sah wieder auf das reglose Gesicht des Mädchens hinunter und fragte sich flüchtig, ob ihre Augen blau waren.

In der Garda-Station war es heißer als draußen. Detective Inspector Lottie Parker streckte ihren großen, schlanken Körper und glättete ihre weiße Baumwollbluse. Es gab immer noch kein Anzeichen dafür, dass die Bauarbeiter in absehbarer Zeit mit ihrem Büro fertig werden würden. Sie würde noch eine Weile im Hauptbüro hausen müssen.

Sie öffnete die Tür, betrat die vertraute Umgebung, ließ ihre Tasche neben ihrem Schreibtisch auf den Boden fallen und schaute auf die Uhr. Gerade neun. Eine Stunde zu spät. Nicht der Start, den sie sich gewünscht hatte. Von Superintendent Corrigan war keine Spur zu sehen. Das war eine große Erleichterung.

»Ich könnte schwören, dass ich ein Chaos hinterlassen habe«, sagte sie und rümpfte die Nase über den aufgeräumten Schreibtisch. Ein neuer Keramikbecher mit handgemalten roten Mohnblumen hielt ihre Stifte.

Sie schaute zu Detective Sergeant Mark Boyd hinüber und verzog ihren Mund zu einer wortlosen Frage.

»Du könntest dich wenigstens bedanken«, sagte Boyd, indem er sich in seinem Stuhl umdrehte, und ein Willkommensgruß funkelte in seinen braunen Augen. Sein Hemd schmiegte sich eng an seinen schlanken Körper. Nirgendwo eine Schweißperle in Sicht; er sah immer tadellos aus.

»Wie soll ich jetzt mein Passwort finden?« Sie legte ihr Handy auf den Schreibtisch und drehte die Tastatur um, wo sie normalerweise den Klebezettel aufbewahrte.

»Du wirst es dir merken müssen.«

»Ah, wunderbar«, sagte sie. »Danke, Boyd, für all deine Hilfe.«

Boyd trug sein dunkles, stahlgrau meliertes Haar jetzt kürzer. Sein Gesicht mit den leicht abstehenden Ohren war immer noch dünn und sah hungrig aus. Lottie öffnete eine Schublade. Die Akten waren säuberlich eingeräumt und farbcodiert. Sie war nur ein paar Monate weg gewesen und schon war seine Ordnungsliebe Amok gelaufen.

»Willkommen zurück, Inspector.« Er salutierte spöttisch. »Ich habe dich auch vermisst.«

Sie knallte die Schublade unnötig laut zu, schaltete ihren Computer ein und versuchte angestrengt, sich an ihr Passwort zu erinnern. Sie konnte es sich nicht für vier Minuten merken, geschweige denn für vier Monate. Um die Unterhaltung aufrecht zu erhalten, während sie weiter grübelte, fragte sie: »Wie geht es dir seit der«

»Die Wunde ist schnell verheilt«, fiel Boyd ihr ins Wort. »Mental? Bin ich genauso verkorkst wie immer.«

»Ich dachte, ich bin es, die sie nicht alle hat. Passwort?«

»Unter dem Becher.«

Sie tippte den Code ein. »Danke.« »Wie geht's zu Hause?«

»Sean geht wieder zur Schule. Na ja, an den meisten Tagen. Es ist ein ständiger Kampf. Er geht zu einem Psychiater«, fügte sie hinzu und fuhr sich mit der Hand durch ihr frisch geschnittenes Haar.

»Das solltest du auch tun«, antwortete Boyd.

sachen. Die Gemüter erhitzten sich so schnell wie die Sonne am Himmel und Lotties Bluse war bereits durchnässt. Lottie warf verstohlen einen weiteren Blick auf Boyd in seinem kühlen Baumwollhemd und einer marineblauen Hose. Er hatte nicht einmal seine Krawatte gelockert. Wie schaffte er es, so frisch auszusehen? Sie schüttelte den Kopf. Es war ihr unbegreiflich.

Die Straße verengte sich. Fahrer, die in den Stau geraten waren, bevor die Umleitungen eingerichtet worden waren, versuchten umzukehren und behinderten den Verkehr zusätzlich. Die Tatsache, dass eine Leiche gefunden worden war, tat nichts dazu, die Gemüter zu beschwichtigen.

Sie bückten sich unter dem Tatort-Absperrband in der Bridge Street, einer schmalen Nebenstraße, die sich am Fußballstadion vorbei, über den Fluss und um das Einkaufszentrum herumschlängelte und sich dort, wo sie auf die Hauptstraße stieß, verengte, hindurch. Am Ende der Straße blinkte eine Ampel. Auf der linken Seite befanden sich der Barrett's Pub, die Fenster mit Brettern vernagelt und der Anstrich verwittert, und eine Sackgasse. Auf der rechten Seite lagen Wohnungen, Produkte der Boomjahre, einige mit Holzbrettern vor den Fenstern. War sie durch die guten Zeiten schlafgewandelt? Ihr hatten sie keinen Reichtum gebracht. Als sie an dem staubigen dreistöckigen Gebäude emporschaute, dachte sie, dass sie es vielleicht besser hatte. Aber diese Wohnungen bescherten ihr ein unmittelbares Problem: Es gab viele Leute zu befragen. Die Tür-zu-Tür-Ermittlungen konnten Tage dauern.

Sie sah sich nach Überwachungskameras um. Eine kaputte Kamera hing an ihren Kabeln von der Wand über der Hintertür des Pubs.

Detective Maria Lynch, ihr langes blondes Haar zu einem schwingenden Pferdeschwanz zusammengebunden, war innerhalb der inneren Absperrung, wo ein teilweise ausgehobener Graben die Sackgasse säumte, beschäftigt. Drei Männer in

Warnwesten, die Schutzhelme schief auf dem Kopf, standen zusammen an der Ecke und rauchten Zigaretten. Uniformierte Gardaí machten Notizen. Lottie wandte ihre Augen von der Gruppe ab, als sie merkte, dass Lynch an sie herangetreten war und redete.

»... junge Frau.«

»Was?« Lottie versuchte, sich zu konzentrieren.

Lynch las weiter aus ihrem Notizbuch. »Wir müssen auf das Spurensicherungsteam warten, bevor wir die Leiche ganz ausgraben können. Die Rechtsmedizinerin ist bereits informiert worden.« Sie schloss ihr Notizbuch. »Weiß Gott, wie lange sie brauchen wird bei diesem Verkehr.«

Lottie ging weiter zu dem provisorischen Zelt, das über dem Graben errichtet worden war. Als sie davorstand, konnte sie Verwesung und Fäulnis riechen.

»Es ist zu heiß, um einen toten Körper für längere Zeit liegen zu lassen«, sagte sie und bahnte sich vorsichtig einen Weg durch die zurückgelassenen Werkzeuge.

»Es ist zu heiß für die lebenden«, sagte Boyd und spähte von einer günstigen Stelle auf der Straße über den Grabenrand. »Verdammte Scheiße.«

»Was?«, sagten Lottie und Lynch gleichzeitig.

»Meine Schuhe«, sagte er und zog einen Fuß aus dem klebrigen Teer. Er stellte sich auf einen großen Stein, der aus dem Boden ragte.

Lottie wartete ungeduldig auf die Ankunft des Spurensicherungsteams. Sie wollte sehen, womit sie es zu tun hatten. Sie blickte wieder zu der Gruppe von Männern an der Ecke. Einer von ihnen entschuldigte sich, trat zur Seite und zündete sich noch eine Zigarette an.

»Wer ist das?«, fragte sie und zeigte auf den Mann.

Lynch sah in ihren Notizen nach. »Andri Petrovci. Er hat die Leiche entdeckt. Hat sie mit seinem Presslufthammer fast ein zweites Mal getötet. Er hat den Kopf nur um wenige

Zentimeter verpasst. Er hat etwas Farbiges gesehen und gestoppt.«

Lottie wandte die Augen ab, als Petrovci sie erwischte, wie sie ihn anstarrte. Sie konnte nicht umhin zu bemerken, dass sein Gesicht von altem Narbengewebe durchzogen war, das von seinem linken Ohrläppchen bis zu seiner Unterlippe verlief.

Sie wandte ihre Aufmerksamkeit wieder dem Zelt zu und sagte: »Ich gehe näher ran, um mir das anzusehen.« Sie zog Schutzhandschuhe aus ihrer Tasche. Während sie zum Zelt marschierte, warf sie einen Blick über die Schulter auf Petrovci, der an der Ecke stand, und erschauderte. Sie fragte sich, wie ein Paar Augen so viel Schmerz enthalten konnte.

Licht fiel durch den Zelteingang, als Lottie die Zelttür zur Seite schob. Lynch hatte ihr die nötige Schutzkleidung zur Verfügung gestellt, die sie zusammen mit den Handschuhen, einer Maske über Nase und Mund und Überziehern über ihren Schuhen angezogen hatte. Stahlplatten waren verlegt worden, um den bereits kontaminierten Tatort zu schützen.

Vorsichtig, um nichts zu stören, hockte sie sich in den engen Raum und betrachtete zunächst das Gesicht des Opfers. Dunkle Augenbrauen. Eine schwarze Haarsträhne auf einer glatten Stirn. Kein Anzeichen einer Verletzung. Die Augen waren geschlossen, auf der federdünnen Haut der Lider bildeten sich schon die ersten Fäulnisblasen. Ein silberner Stecker in einem Ohr. Hatte sie den anderen verloren? Dies berührte Lottie mehr als alles andere. Egal, wie vielen Verbrechensopfern sie begegnete oder wie viele Leichen sie sah, es waren immer die kleinen Dinge, die sie menschlich machten.

»Erwürgt?«, fragte Boyd, indem er sich neben sie kauerte. Auch er hatte sich eine Schutzausrüstung angezogen. »Warten wir besser auf die Rechtsmedizinerin«, sagte er.

»Scheiß drauf«, sagte Lottie und strich eine dunkle Haarsträhne von der Stirn des Opfers. »Mein Gott, sie ist ja noch ein Kind.«

»Zwischen achtzehn und Mitte zwanzig, würde ich schätzen«, sagte Boyd nüchtern.

Ein Aufschrei ließ sie beide zusammenzucken.

»Runter von meinem Tatort!«

Jim McGlynn, der Leiter des Spurensicherungsteams stand am Zelteingang und starrte sie zornig an.

»Ich freue mich auch, Sie zu sehen«, sagte Lottie, als ihr bewusst wurde, dass sie McGlynn bisher immer nur in seiner Tatortkluft gesehen hatte.

»Raus mit euch, alle beide.«

»Wir haben nichts angefasst!«, verteidigte sich Lottie.

»Sie sollten es besser wissen, Detective Inspector.« Er schob sich an ihr vorbei und begann, seine Ausrüstung aufzubauen.

Boyd huschte davon. Lottie zog sich zurück an die Zeltwand und ließ den Technik-Guru seine Arbeit machen. McGlynn ignorierte sie, während er arbeitete. Sie hielt den Mund, für alle Fälle. Als er mit dem Fotografieren fertig war, begann er langsam, die Gaze aus Lehm von der Brust des Opfers zu fegen. Der Kragen eines blauen Kleidungsstücks kam zum Vorschein.

Ein Klicken von hohen Absätzen draußen auf der Straße kündigte die Ankunft von Jane Dore an. Die Rechtsmedizinerin legte sich schnell ihre Schutzkleidung an und zog ihre 8 cm-Absätze aus. Sie schlüpfte mit den Füßen in ein Paar Mokassins und zog Überschuhe darüber. Lottie rückte zur Seite, sie überragte die andere Frau. Sie tauschten Grüße aus, als die Rechtsmedizinerin zu McGlynn trat.

»Junge Frau. Keine Schnitt- oder Würgspuren«, stellte Dore fest, indem sie mit den Fingern über den Hals des Opfers strich, nachdem Sie den Tatort begutachtet hatte.

McGlynn bürstete systematisch den Rest des Lehms von der Leiche. Nach und nach kam der ganze Körper zum Vorschein. Von ihrem Aussichtspunkt aus bemerkte Lottie, dass die Kleidung aus Seihtuchgewebe bestand. Die geöffneten

Knöpfe enthüllten BH-lose Brüste mit blauen Adern wie eine Straßenkarte. Unterhalb des Brustkorbs ragte ein kleiner Hügel hervor. Unwillkürlich öffnete sie den Mund. »Sie war schwanger.«

Die stickige Luft um sie herum schien sich augenblicklich abzukühlen. Lottie spürte, wie sie auf ihrer klammen Haut eine Gänsehaut bekam.

»Vielleicht ist es nur die Verwesung«, warnte Jane.

»Das glaube ich nicht«, sagte Lottie und sie wusste, dass Jane das auch nicht glaubte. »Wie lange ist sie schon tot?«

»Schwer zu sagen. Die Verwesung ist langsamer, wenn der Körper nicht der Witterung ausgesetzt ist. Aber es war ungewöhnlich heiß. Zwei Tage. Vielleicht. Die Totenstarre hat sich bereits wieder gelöst, also mehr als achtundvierzig Stunden, würde ich sagen. Ich werde mehr wissen, wenn ich sie im Totenhaus habe.«

Das sogenannte Totenhaus, wo die Rechtsmedizinerin ihre Obduktionen durchführte, war die Leichenhalle des Krankenhauses von Tullamore, vierzig Kilometer von Ragmullin.

»Wurde sie hier getötet?«

»Zuerst muss ich die Todesursache feststellen, Inspector«, sagte Jane förmlich. »Aber wenn ich mir den Boden und die Umgebung ansehe, bezweifle ich, dass sie hier getötet wurde.«

»Halten Sie mich auf dem Laufenden.«

»Natürlich.«

Als sie aus dem Zelt in die pralle Sonne trat, zog Lottie hastig ihre Schutzkleidung aus, stopfte sie in einen braunen Beweisbeutel und rief Maria Lynch herbei.

»Holen Sie Uniformierte und schicken Sie sie von Tür zu Tür. Jemand muss gesehen haben, wie die Leiche vergraben wurde.« Sie blickte zu den verdunkelten Fenstern hinauf. »Seien Sie gründlich, und ich will, dass diese Vertragsarbeiter so bald wie möglich für Aussagen aufs Revier kommen.«

»Ja, Inspector«, sagte Lynch und begann sofort, den versammelten Polizisten Befehle zu erteilen.

»Finden Sie heraus, ob der Barrett's Pub eine funktionierende Überwachungskamera hat«, sagte Lottie trocken, während sie die kaputte, an ihren Kabeln hängende Kamera beäugte. »Und Kirby, finden Sie jemanden, um diese Mülltonnen zu durchsuchen.« Sie zeigte auf die Großmülltonnen entlang der Gasse. Der Gestank von verrottendem Abfall vermischte sich mit dem Geruch aus dem Zelt.

Kirby nickte.

»Die ersten achtundvierzig Stunden sind entscheidend«, sagte Lottie, »und ich glaube, die haben wir schon verloren.«

## 8

Zurück auf dem Revier, ging Lottie zu Boyd ins Vernehmungszimmer 1. Es war genauso klaustrophobisch, wie sie es in Erinnerung hatte. Keine Fenster. Keine Klimaanlage. So viel zu Architekten. Und die Renovierungsarbeiten waren immer noch nicht abgeschlossen.

In diesem Fall würde eine Menge Leute befragt werden müssen und es könnte Tage dauern. Sie wollte mit den Männern anfangen, die auf der Baustelle arbeiteten.

Jetzt saß Andri Petrovci an dem mit Bolzen am Boden befestigten Tisch, seine großen Finger zu Fäusten geballt und seine braunen Augen halb geschlossen. Aus Müdigkeit oder Angst?

»Also, Mr Petrovci, woher kommen Sie?«, fragte Lottie. Sie wollte sofort anfangen.

»Ich aus Kosovo.« Eine tiefe, durchdringende Stimme.

»Wie lange sind Sie schon in Irland?«

»Ich komme zu arbeiten«, sagte er. »Vielleicht ein Jahr, vielleicht mehr.«

»Waren Sie die ganze Zeit in Ragmullin?«

»Ja. Nein.«

»Sie scheinen sich nicht sicher zu sein«, sagte Lottie.

»Ich komme. Ich arbeite in Dublin. Dann ich komme nach Ragmullin.«

Lottie lächelte, als er sich mit der Aussprache ihrer Stadt abmühte.

Sie mühte sich mit ihrer Stadt ab, Punkt, egal wie man sie nannte.

»Warum Ragmullin?«

»Job. Arbeit an Wasserleitung.«

»Wo wohnen Sie jetzt?« Das würde ewig dauern.

»Hill Point. Kleines Zimmer.«

Lottie kannte die Siedlung. Hill Point bestand aus einer Reihe von Wohnblocks, die sich halbmondförmig entlang des Kanals und der Eisenbahnlinie erstreckten. Ein paar Geschäfte, eine Kinderkrippe und eine Arztpraxis. Ein minderwertiger Komplex, der versuchte, gehoben zu sein, und kläglich scheiterte. Sie konzentrierte sich auf Andri Petrovci.

»Die Leiche des Mädchens, die Sie gefunden haben, wissen Sie irgendetwas über sie?«

»Nein.«

»Erzählen Sie mir von dem Graben, den Sie ausgehoben haben. Wann hat diese Arbeit begonnen?«

»Vor drei Tagen, wir legen Rohre. Haben sie zugeschüttet... wie sagt man... provisorisch. Heute kommen wir zurück zum Reparieren.«

»Reparieren?«

»Die Straße wieder bauen. Verstehen Sie?«

»Ich glaube«, sagte Lottie.

»Also seit Freitag hat niemand auf der Baustelle gearbeitet?«, fragte Boyd.

»Wir machen andere Straße, dann kommen zurück. Verkehrs... management?«

»Können Sie uns sonst noch irgendetwas sagen?«

»Ich weiß nichts«, sagte Petrovci und senkte den Kopf.

Weitere bohrende Fragen ergaben wenig, was für die Ermittlung von Interesse war. Lottie spürte, wie ein vertrautes Gefühl der Frustration in ihrer Brust anschwoll.

»Sind Sie damit einverstanden, dass eine DNA-Probe genommen wird? Nur, um Sie aus unserer Ermittlung auszuschließen oder auch nicht.« Es war wahrscheinlich eine nutzlose Übung, dachte sie. Er hatte die Leiche bereits kontaminiert.

Er wirkte defensiv. »Warum? Ich tue nichts Schlechtes.«

»Es ist nur eine Standardmaßnahme. Kein Grund zur Beunruhigung.«

»Ich weiß nicht. Später. Okay?«

»Ich hätte lieber, es würde erledigt, Mr Petrovci.« »Ich nicht sehe Grund für das. Aber okay.«

Lottie wies Boyd an, den Mundschleimhauttest zu veranlassen, einen einfachen Abstrich zur Bestimmung der DNA für die Analyse. Boyd nickte und las Petrovci seine Aussage vor.

»Sie können jetzt gehen. Vorläufig«, sagte Lottie. »Wir haben Ihre Kontaktdaten und müssen vielleicht noch einmal mit Ihnen sprechen.«

Boyd schaltete das Aufnahmegerät aus und begann, die DVDs zu versiegeln. Lottie folgte Petrovci mit den Augen, als er zur Tür ging. Breite Schultern, die Muskeln straff unter seiner Warnweste.

Er drehte den Kopf. »Die Kleine... im Lehm. Zu jung zum Sterben.« Er öffnete die Tür, ging hinaus und zog sie leise hinter sich zu.

Lottie starrte Boyd an, der mit den Schultern zuckte.

»Ich bringe den Nächsten rein«, sagte er und folgte Petrovci aus der Tür.

Als sie alle Arbeiter von der Baustelle befragt hatten, steckte Superintendent Corrigan seinen Kopf durch die Tür und sagte: »Einsatzzentrale. Jetzt.«

Lottie folgte ihm, beobachtete, wie sein Kahlkopf das Licht

reflektierte, und fragte sich, wie oft er seinen Kopf rasieren musste, um einen so ebenmäßigen Glanz zu erzielen. Im Einsatzraum schoss ihr ein unwillkommener Schauer über den Rücken, als sie sich an ihren letzten Fall erinnerte. Derselbe Raum, ein anderer Mord. An einer freistehenden Pinnwand hing ein Foto des toten Opfers. Eine Grobzeichnung der Gegend, wo die Leiche gefunden worden war, und eine große Karte der Stadt waren an eine zweite Tafel gepinnt. Polizeibeamte waren an den Telefonen und mit dem Abtippen der Berichte von den laufenden Tür-zu-Tür-Ermittlungen beschäftigt.

Superintendent Corrigan rieb sich mit der Hand über den Kopf, schob seine Brille auf der dicken Nase nach oben und sagte: »Inspector Parker, Sie sind die leitende Ermittlungsbeamtin bei dieser Untersuchung.« Er sah sie aus einem Auge an. Das andere war rot und halb geschlossen. Eine Entzündung? Hoffentlich war es nicht ansteckend. Sie trat sicherheitshalber einen Schritt zurück.

»Danke, Sir.« Ihre frühere Erfahrung hatte sie gelehrt, in Corrigans Gegenwart so wenig wie möglich zu sagen. Ihre Angewohnheit, in seinem Hören das Falsche zu sagen, hatte sie schon zu oft in Schwierigkeiten gebracht.

»Aber der ganze Pressekram geht zuerst über mich«, warnte er. »Wir wollen das nicht verbocken, wie beim letzten Mal, oder?«

»Ich will gleich zur Sache kommen, Sir. Maria Lynch arbeitet am Ermittlungstagebuch und Boyd wird die Protokolle der Vernehmungen, die wir gerade geführt haben, durchsehen.«

»Kirby? Was macht er?«

»Ich werde es Ihnen in Kürze mitteilen.« Sobald ich ihn finde, fügte sie stillschweigend hinzu.

»Sie kennen meine Meinung über Fälle wie diesen. Der Kreis Ragmullin kümmert sich darum. Es gibt keinen Grund, dass die Hauptstadt mitmischt. Aber nach dem Pfusch, den Sie bei Ihrem letzten Fall verzapft haben, bin ich nicht sicher, ob ich sie lange raushalten kann. Also bringen Sie es schnell unter Dach und Fach. Ohne Pannen. Okay?«

»Sicher, Sir.« Sie konnte nicht umhin, sich zu fragen, was mit seinem Auge war. Hatte Mrs Corrigan die Beherrschung verloren und ihm eine reingehauen?

»Und hören Sie verdammt nochmal auf, mich so anzustarren.«

Lottie seufzte. So viel zu ihrem ruhigen ersten Tag.

Kirby saß an seinem Schreibtisch und wühlte durch einen Haufen Vernehmungsprotokolle von den Mietshausbewohnern, ein Fuß ruhte auf einem Stapel von Akten, seine Sandale stand daneben.

»Ich habe Sie gesucht«, sagte Lottie und rümpfte die Nase.

»Sie haben mich gefunden.« Schnell schlüpfte er mit den Zehen in die Sandale. »Ich wollte dieses Zeug gerade in den Einsatzraum bringen.«

»Hat der Pub an der Ecke der Straße, wo die Leiche gefunden wurde, eine Überwachungskamera?«

»Raten Sie mal, Boss.«

»Sie funktioniert nicht?«

»Korrekt.« Kirby kratzte sich an seinem drahtigen Haarschopf. »Wozu sich die Mühe machen, diese ganze Ausrüstung zu installieren, wenn man sie dann nicht wartet? Das ist mir unbegreiflich.«

»Und die Wohnungen haben auch keine?«

»Nö.«

»Und die städtische Videoüberwachung in der Gegend?«, fragte sie hoffnungsvoll. »Was ist damit?«

»Kürzungen? Budgets? Ich weiß es nicht, aber die Hälfte der Kameras funktioniert nicht. Es gibt sowieso nur in den Hauptstraßen welche.«

»Großartig.« Lottie versuchte, sich ihre Enttäuschung nicht anmerken zu lassen, aber es war ein Rückschlag.

Sie verbrachte den Nachmittag damit, alle Berichte zu lesen, die ihre Kriminalbeamten für sie markiert hatten. Boyd saß da und tat dasselbe, während er zwischendurch Stifte in einer geraden Linie auf seinem Schreibtisch anordnete. Aber es gab keine Hinweise darauf, wer das Mädchen sein könnte oder wer sie ermordet und unter den Straßen von Ragmullin vergraben hatte.

Um 16.15 Uhr klingelte Lotties Telefon. Jane Dore, die Rechtsmedizinerin. Lottie hörte aufmerksam zu, bevor sie den Anruf beendete. »Jane hat den vorläufigen Bericht fertig.«

»Sie setzt keinen Schimmel an«, sagte Boyd.

»Deine Wortwahl wundert mich manchmal.« Lottie schüttelte den Kopf und griff sich ihre Tasche. »Ich fahre nach Tullamore.«

»Möchtest du, dass ich—«

»Nein, du brauchst nicht mitkommen. Ich kann Auto fahren. Geh' du weiter den Haufen da durch. Ich will den Namen des Opfers wissen.«

»Ich kann ihn nicht aus der Luft zaubern.«

»Finde einfach heraus, wer sie war.«

»Ja, Boss. Warum musst du den weiten Weg dahinfahren? Kann sie den Bericht nicht mailen?«

»Kannst du nicht deine Arbeit machen und ich mache meine?«

Lottie schwang sich ihre Tasche über die Schulter und eilte aus dem Büro, bevor sie die Geduld mit ihm verlor. Auf dem Weg zum Auto hoffte sie, dass die verdammte Klimaanlage funktionierte. Schön wär's.

## 9

»Was haben Sie gesagt?«, fragte Lottie.

»Schusswunde«, wiederholte die Rechtsmedizinerin.

»Unmöglich.« Lottie schüttelte entgeistert den Kopf.

»Alles nur vorläufige Ergebnisse im Moment«, sagte Jane Dore, kurz und professionell wie immer.

»Vorläufige Ergebnisse reichen für den Anfang«, sagte Lottie.

Es waren vierzig Kilometer Fahrt nach Tullamore und sie hatte sich durch jeden einzelnen hindurchgeschwitzt. Wenigstens war es in der Leichenhalle kalt. Und hier fühlte sie sich endlos weit entfernt von der Landschaft, die sie entlang der Straße gesehen hatte. Üppig wachsende grüne Bäume, Grashänge mit blühenden Butterblumen und einer der vielen Mittellandseen, der in der Ferne in der betäubenden Sonne glitzerte. Das war, bevor sie auf die Autobahn mit ihren rasenden Fahrzeugen und aufsteigenden Dieselabgasen fuhr. Jetzt wäre ihr dieser ölige Geruch ganz willkommen, um den Gestank, der sie in der Leichenhalle umgab, zu vertreiben.

Sie saßen auf verchromten Hockern an einer Bank. Das Opfer lag unter einem Laken auf einem Stahltisch hinter ihnen.

»Eintritt durch den Rücken. Keine Austrittswunde. Die Röntgenbilder zeigen eine Kugel, die in einer Rippe steckt. Ich werde sie ins Labor schicken, damit die Ballistiker sie untersuchen können.«

»Sie wurde erschossen. Scheiße«, sagte Lottie. Ich kann mich nicht erinnern, wann wir zuletzt eine Schießerei in Ragmullin hatten.«

»Und an ihrem Nacken habe ich etwas gefunden, das wie eine Bissspur aussieht. Ich habe einen Abstrich an der Stelle gemacht und Abdrücke genommen. Ich schicke Ihnen die Fotos.«

»Werden Sie aus dem Abstrich DNA entnehmen können?«

»Ich bin nicht sicher. Es war sehr sauber. Warten wir es ab.«

»Irgendwelche sexuelle Nötigung?«

»Spuren von Scheidenrissen. Also wahrscheinlich ja, aber nicht endgültig sicher.«

»Irgendetwas von ihrer Kleidung?«

»Nichts. Ich glaube, sie wurde entkleidet, bevor sie erschossen wurde. Die Wunde ist sehr sauber. Es kann sein, dass sie gewaschen wurde.«

»Das Einschussloch? Er hat es gewaschen, nachdem er sie erschossen hat?«

»Es ist sauber. Jemand hat es gewaschen. Ich habe auch Kratzreste unter ihren Nägeln entnommen. Die könnten Ergebnisse bringen. Aber verlassen Sie sich nicht darauf.«

»Er hat sie ausgezogen, erschossen, die Wunde gewaschen und sie dann wieder angezogen? Warum?« Lottie schüttelte den Kopf. Womit hatte sie es hier zu tun?

»Vielleicht ist er ein CSI-Freak.«

»Wer ist sie, Jane?«

»Das ist Ihr Job, Lottie. Alles, was ich Ihnen sagen kann, ist, dass sie zwischen sechzehn und zwanzig Jahre alt und zum Zeitpunkt ihres Todes schwanger war. Unter Anbetracht der großen Hitze zurzeit und der Geschwindigkeit der Verwesung würde ich schätzen, dass sie vor zwei, maximal drei Tagen ermordet wurde.« Lottie dachte an Petrovcis Aussage. Sie hatten den Graben ursprünglich vor drei Tagen ausgehoben. War das Mädchen danach dort vergraben worden und hatte seither unter der Straße gelegen?

»Sie wurde also nicht dort getötet, wo wir sie gefunden haben?«

»Totenflecke am Körper deuten darauf hin, dass sie nach dem Tod bewegt wurde. Dort, wo sie gefunden wurde, hätte der Mörder sie nicht ausziehen und erschießen können und so weiter. Sie wurde definitiv woanders getötet. Und da ist noch etwas.« Jane sprang von ihrem Hocker herunter, steuerte Lottie zum Autopsietisch und zog das Laken von der Leiche. »Sehen Sie diese Narbe?« Sie zeigte auf einen Bogen, der vom Bauch bis zum Rücken um die linke Hüfte des Opfers verlief.

»Ich sehe sie«, sagte Lottie, während sie die Augen von der klaffenden Leere abwandte, wo die Rechtsmedizinerin den Fötus entfernt hatte.

»Die Naht ist sehr sauber«, sagte Jane.

»Was ist mit ihr passiert?«

»Man hat ihr eine Niere operativ entfernt.« »Warum?«

»Vielleicht hat sie sie einem Familienmitglied gespendet? Ich weiß nicht.«

»Wurde der Eingriff kürzlich vorgenommen?«

»Ich werde mehr wissen, wenn ich mehr Tests mache. Im Moment würde ich schätzen, dass der Eingriff nicht länger als ein Jahr her ist. Das ist alles, was ich sagen kann, bis ich sie weiter untersuche.«

»Und die Schwangerschaft?«, fragte Lottie. »In welchem Monat war sie, als sie starb? Können wir DNA von dem Fötus bekommen?« Sie fragte sich, ob sie es mit einem unwilligen Vater, der mit einer Pistole herumfuchtelte, oder mit einem Verbrechen aus fehlgeleiteter Leidenschaft zu tun hatte. Ihr

Bauchgefühl sagte ihr, das es etwas ganz anderes war. Sie vertraute ihrem Bauchgefühl. Meistens.

Jane glitt hinüber zu einem zweiten Tisch. Lottie folgte. Sie atmete tief ein und wappnete sich. Sie war nicht zimperlich und es machte ihr nichts aus, sich Leichen anzusehen. Aber ein ungeborenes Baby? Das war etwas anderes.

»Hier ist ihr Baby. Es war zum Zeitpunkt des Todes ungefähr in der achtzehnten Entwicklungswoche. Ein Mädchen.«

Jane zog langsam das Laken zurück. Lottie schnappte nach Luft beim Anblick des kleinsten Babys, das sie je gesehen hatte, zusammengerollt auf einer Seite auf dem kalten Stahl. Sie schluckte Tränen hinunter und nahm sich zusammen. Als sie zur Seite blickte, sah sie, wie Jane sich hastig die Augen wischte. In der kurzen Zeit, seit sie Jane Dore kannte, hatte die Rechtsmedizinerin kaum jemals eine Emotion gezeigt.

»Ich habe schon viele Autopsien durchgeführt, aber das… das ist monströs…« Janes Stimme verhallte in der rohen Luft der Leichenhalle.

»Manchmal denke ich, dass es nichts mehr gibt, was mich überraschen könnte«, sagte Lottie, »aber es gibt immer noch einen weiteren Horror, der darauf wartet, entdeckt zu werden.« Sie wandte sich ab, nahm die Berichte und steckte sie in ihre Tasche.

»Finden Sie heraus, wer das getan hat«, sagte Jane mit einer sanften, flachen Stimme.

Lottie antwortete nicht. Aber es war eine neue Entschlossenheit in ihrem Schritt, als sie Jane in der Leichenhalle zurückließ und sich auf den Weg zurück nach Ragmullin machte. Während sie fuhr, hatte sie nur das winzige Baby mit seinem schwimmhäutigen Miniaturdaumen fest in seinem kleinen Mund vor Augen. Sie glaubte nicht, dass sie dieses Bild jemals aus ihrem Gedächtnis würde verdrängen können.

Als sie den vorläufigen Bericht der Rechtsmedizinerin auf

Boyds Schreibtisch warf, dachte Lottie, dass er genauso abgespannt aussah, wie sie sich fühlte.

»Wir haben die ganze Gegend abgeklappert, den Pub, die Wohnungen, alles. Keiner hat etwas gesehen«, sagte er.

»Typisch Ragmullin.«

Sie saß an ihrem Schreibtisch und erinnerte sich an den Fall von Ende Dezember, der sich bis in den Januar hingezogen hatte. Eine Stadt, in der niemand etwas sah, nur wenige etwas sagten und die, die es taten, nie die ganze Wahrheit erzählten.

»Also, was hatte Jane zu sagen?« Boyd nahm die Berichte auf.

»Das Opfer wurde definitiv erschossen.«

»Was? Erschossen? Das ist schlimm, Lottie.«

»Ich weiß.« Waffenkriminalität war in Ragmullin gering bis nicht existent. Nicht wie in den Großstädten, dachte sie, wo die Bandenkriminalität meist mit dem Ende einer Pistole ausgeübt wurde.

»Sie war definitiv schwanger, als sie starb.«

»Mist!«

»Und – jetzt kommt's – irgendwann wurde ihr eine Niere herausoperiert.«

»Gott. Ich hoffe, es war mit ihrem Einverständnis.«

»Schwer zu sagen, im Moment. Jane muss die Obduktion noch abschließen.«

»Schwanger, erschossen und eine Niere fehlt. Das Mädchen hat einige Schrecken durchgemacht«, sagte Boyd, kratzte sich am Kopf und sah verloren aus. Lottie kannte das Gefühl.

»Die Frau wurde entkleidet, bevor sie erschossen wurde, dann wurde die Wunde gewaschen und sie wieder angezogen.«

»Warum sollte jemand so etwas tun? Das ist verrückt.«

»Wahnsinnig. Steht jemand auf der Vermisstenliste, auf den ihre Beschreibung passt?«, fragte Lottie und verbarg ein

Gähnen. Ihr erster Tag war sehr viel hektischer gewesen, als sie es sich hätte vorstellen können.

»Nichts was auf unser Mädchen passt. Aber wenn sie über achtzehn Jahr alt war, bezweifle ich sowieso, dass sie schon auf der Liste wäre.«

»Sie ist seit zwei, vielleicht drei Tagen tot. Achtzehn Wochen schwanger. Irgendjemand, irgendwo, vermisst sie. Der Vater ihres Kindes, zum Beispiel.«

»Vielleicht hat sie es niemandem erzählt. Die Schwangerschaft könnte die Folge eines One-Night-Stands sein.«

»Oder sie hatte eine Beziehung mit einem verheirateten Mann und etwas ist schiefgelaufen und er hat sie erschossen.«

»Wir könnten das Post-mortem-Foto veröffentlichen.«

»Du hast ihr Gesicht gesehen. Wir können verwesendes Fleisch nicht der Öffentlichkeit zeigen.« Sie nahm Boyd den Bericht der Rechtsmedizinerin aus der Hand und sah ihn durch. »Jedenfalls noch nicht.«

»Es war nur eine Idee«, sagte er.

»Eine dumme Idee.«

Sie wusste, dass er etwas erwidern wollte, aber die Ernsthaftigkeit dessen, was sie besprachen, ließ es nicht zu. Sie sagte: »Jane schreibt hier, dass das Mädchen aufgrund ihres Knochenbaus osteuropäisch, möglicherweise aus dem Balkan, sein könnte.«

»Wie kann sie das wissen?«

»Sie hat Anthropologie studiert.«

»Also war das Opfer illegal hier?«, sagte Boyd. »Das würde unsere Aufgabe, sie zu identifizieren, noch schwieriger machen.«

»Sie könnte ein Flüchtling oder eine Asylbewerberin sein«, sagte Lottie. »Sie sind dokumentiert.«

Sie erinnerte sich an einen lokalen Aufschrei vor ein paar Jahren, als das Justizministerium die stillgelegten Kasernen vermietet hatte. Sie waren in eine Flüchtlingsunterkunft für

Asylbewerber umgebaut worden. Ein Sturm im Wasserglas, hatte ihre Mutter gesagt. Es hatte sich alles wieder gelegt.

»Es kann nicht schaden, das zu überprüfen«, sagte Boyd.

»Setz es auf die To-do-Liste für morgen.«

»Klar.«

»Und wir müssen Petrovci noch einmal befragen. Aber zuerst muss ich eine Teambesprechung abhalten, bevor alle für die Nacht abhauen.«

## 10

Es war nach acht Uhr, als sie schließlich von der Arbeit nach Hause kam. Stille begrüßte sie. Ihre Mutter, Rose Fitzpatrick, die sich um die Kinder gekümmert hatte, war längst weg. Lottie dachte, wie gekonnt sie sich in letzter Zeit alle aus dem Weg gingen.

»Ist jemand zu Hause?«, rief sie die Treppe hinauf.

Keine Antwort.

Als sie die Küche betrat, stöhnte sie auf. Die Spüle war mit Gläsern und Tellern vollgestapelt. Schon war wieder alles genau wie vor ihrem Urlaub. Aber wenigstens war ihre Familie verpflegt worden. Früher hätte Rose das Haus blitzsauber hinterlassen. Lottie fragte sich, was sie getan hatte, um diese Veränderung zu verursachen.

»Weiß jemand in diesem Haus, wie man einen Becher spült?« Keine Antwort. Sie redete mit sich selbst. Mal wieder.

Alles war ungewöhnlich still. In einem Anfall von Panik rannte sie die Treppe hinauf und stürzte in das Zimmer ihres Sohnes.

»Was ist los?«, fragte Sean und nahm den Kopfhörer ab. Er

tippte schnell auf seinen Computer und auf dem Bildschirm erschien ein Foto von einem sonnigen Strand.

»Ich bin wieder da«, sagte Lottie und die Erleichterung überflutete ihre Wangen.

»Und?«

»Wie war's in der Schule?«

»Langweilig wie immer.« Der Junge setzte seine Kopfhörer wieder auf und wartete, dass sie ging.

Während sie die Tür hinter sich zuzog, fragte sie sich, ob sie hätte nachsehen sollen, was er am Computer machte. Dann steckte sie ihren Kopf durch die Tür von Katies Zimmer. Ihre ältere Tochter schien zu schlafen. Sie ging und warf einen Blick in Chloes Zimmer. Chloe saß an ihrem kleinen Schreibtisch, Ohrhörer in den Ohren und einen Stapel Schulbücher vor sich. Lottie winkte ihr mit einer Hand vor dem Gesicht her.

Ohne ihren Kopf zu heben, sagte Chloe: »Ich lerne.«

Lottie ließ sie allein und ging wieder nach unten, um zu sehen, ob in den Schränken noch etwas übrig war, dass es sich zu kochen lohnte. Nichts.

Als sie sich in den bequemen Küchensessel fallen ließ, bemerkte sie die abblätternde Farbe über dem Herd. Das Haus musste renoviert werden. Sie senkte den Blick, um die kleinen schwarzen Fettspritzer an der Wand direkt unter der Decke nicht sehen zu müssen. Der Tag hatte alle ihre Kräfte erschöpft. Vielleicht würde etwas Schlaf ihr genug Energie geben, um das Chaos aufzuräumen. Sie schloss die Augen.


Chloe schloss ihre Schlafzimmertür ab, packte ihre Ohrhörer ein, legte ihre Bücher weg und nahm den geräuschreduzierenden Kopfhörer aus dem Kleiderschrank. Bei offenem Fenster ließ sie die nächtliche Brise über ihren Körper wehen und tippte die Spotify-App auf ihrem Handy an.

Nachdem sie vom Kanal weggelaufen war, hatte sie den

größten Teil des Tages in der Bibliothek verbracht, Musik gehört und aus dem Fenster gestarrt. Um 16.30 Uhr war sie nach Hause geschlendert, denn sie wusste, dass ihre Oma um die Zeit schon weg sein würde.

Ein beklemmender Knoten erfasste ihre Brust und sie versuchte, durchzuatmen. Sie wollte ihrer Mutter sagen, wie sie sich fühlte. Wie diese Angst vor der Hilflosigkeit jeden Gedanken, den sie hatte, zu überwältigen drohte. Aber jedes Mal, wenn sie versuchte, etwas zu sagen, wollten die Worte nicht kommen. Und mit Lottie war nicht zu reden, jetzt, wo sie wieder zur Arbeit ging. Was Katie anging, so wusste nur Gott allein, was in ihrem Kopf vorging, seit Jason ermordet worden war. Sie hatte sich geweigert, wieder zur Schule zu gehen und verbrachte ihre Tage damit, Trübsal zu blasen.

Chloe betrachtete den frischen Schnitt an ihrem Oberarm und fragte sich, was ihre Mutter tun würde, wenn sie das herausfände. Die Panik stieg in ihrer Kehle auf und sie versuchte, ihr Atmen zu kontrollieren. Ein. Aus. Ein. Aus. Sie brauchte die Klinge. Ja, der körperliche Schmerz würde die Gedanken, die ihr Gehirn überschwemmten, vielleicht unterdrücken.

Eine Nachricht blinkte auf ihrem Handybildschirm. Sie tippte sie an. Ein neues Posting auf #cutforlife. Sie öffnete es und las im Forum. Sie atmete erleichtert auf. Sie würde die Klinge heute Nacht nicht brauchen.

Eine menschenleere Straße um Mitternacht war wahrscheinlich nicht der vernünftigste Ort zum Joggen, vor allem mit einem Mörder in der Nähe, aber nachdem sie im Sessel aufgewacht war, brauchte Lottie frische Luft und Bewegung, um wieder einen klaren Kopf zu bekommen und ihr zu helfen, in dieser Nacht zu schlafen.

Bewusste, methodische Schritte, die sie im Kopf zählte. Ihr

iPhone verfügte über einen Schrittzähler, aber sie war zu faul, ihn einzurichten. Außerdem hatte sie gehört, dass er den Akku fraß. Mit dem Handy in ihrem BH verlangsamte sie ihr Tempo, als sie am Gebäude des Grafschaftsrats entlang bergauf lief. Ihr Atem kam stoßweise. Nicht in Form, dachte sie, obwohl sie jeden Tag gejoggt hatte, während sie nicht zur Arbeit gegangen war.

Oben an der Straße bog sie nach rechts ab und blieb plötzlich stehen. Erstarrte. Sie holte tief Luft und drehte sich um. Ihr Körper zitterte und ihr Herz klopfte. Niemand. Langsam begann sie wieder zu laufen. Ich bilde mir etwas ein, dachte sie.

Montagabends war es still in Ragmullin. Keine Nachzügler auf dem Weg von den Pubs zu den Nachtclubs; selbst der Taxistand vor Danny's Bar war trostlos ruhig, während ein einsamer Fahrer an sein Taxi gelehnt eine Zigarette rauchte.

Da sie das Gefühl nicht loswurde, verfolgt zu werden, entschied sie sich gegen eine Abkürzung durch den Stadtpark und lief stattdessen durch die Friars Street, wo die beiden alten, aus Bronze gegossenen Mönche mit ihren starren Augen wachezuhalten schienen.

Das Joggen half ihr nicht, einen klaren Kopf zu bekommen. Die Bilder des verwesenden Körpers des Mädchens unter der Straße und des winzigen Babys auf dem Edelstahltisch in der Leichenhalle wollten nicht verblassen.

Als sie nach links in Richtung der Bridge Street blickte, sah sie die Tatortbänder, die schlaff herunterhingen und die Straße absperrten. Sie ging über die leere Straße und blieb vor dem Band stehen.

An der Ecke flatterte einsam und verlassen das Zelt des Spurensicherungsteams. Ein uniformierter Garda stand neben einem Streifenwagen, der an der Toreinfahrt zu den Wohnungen geparkt war. Er grüßte sie. Lottie nickte ihm zu, die Hände auf den Hüften, während sie langsam wieder zu Atem kam.

»Ruhige Nacht?«, fragte sie.

Er zuckte mit den Schultern: Raten Sie mal.

Sie wusste, dass es notwendig war, den Tatort zu bewachen, bis alles untersucht worden war. Sonst könnte ihn jeder stören. Der Mörder könnte sogar zurückkehren, obwohl sie annahm, dass er zu diesem Zeitpunkt höchstwahrscheinlich weit weg von Ragmullin war. Zumindest hoffte sie, dass er sich nicht in der Stadt herumtrieb, bereit, wieder zuzuschlagen. Aber wo und wer auch immer er war, sie würde ihn fassen. Das Bild des ungeborenen Babys ließ Wut in ihrem Herzen aufblitzen. Niemand würde mit diesem Mord davonkommen.

Da war es wieder. Sie wirbelte herum, sicher, dass jemand hinter ihr gewesen war.

»Haben Sie da gerade jemanden gesehen?«, fragte sie den Garda.

»Nein, Inspector, habe ich nicht.«

»Okay. Danke.«

Sie entschied, dass sie von der düsteren Nacht genug hatte und lief an der unbeleuchteten Volkshochschule vorbei nach Hause. Der Gedanke an eine kühle Dusche und ihr Bett belebte ihre müden Beine.

Wenn sie begann, sich Dinge einzubilden, wurde es schlimmer.

## 11

Der Raum war zu klein für so viele. Zwei Etagenbetten, ein Spind und ein Kleiderschrank ohne Türen. Abgenutzte, kahle Dielen, rissige Farbe und Spinnweben in den staubigen Ecken der Zimmerdecke.

Zwei Mädchen schliefen tief und fest in den Betten gegenüber Mimoza Barbatovci; ihr leises Schnarchen durchbrach die Stille. Sie waren aus ihren Kleidern gestiegen, hatten sie in dem engen Raum in der Mitte des Zimmers auf den Boden fallen lassen, waren nackt unter die dünnen Laken gekrochen und sofort eingeschlafen.

Die ausgeschaltete Glühbirne schwang über Mimozas Kopf hin und her. Die Nacht kam hier nicht so schnell wie in ihrem Heimatland. Die Abende zogen sich hin mit einer langsamen Dämmerung. Und selbst dann gelang es der Dunkelheit nie ganz, die Nacht herabzuziehen.

Sie rollte ihren Körper auf dem unteren Bett in sich zusammen und hielt sich ihren blutenden Arm. Die Haut war in Form von zwei Halbmonden über ihrem Ellbogen verletzt. Sie mochte es nicht, wenn er sie biss. Es war immer schmerzhaft, aber dieses Mal hatte er sie bis aufs Blut gebissen. Hoffentlich würde sie von seinem fauligen Speichel keine Krankheit bekommen. Er hatte dafür gesorgt, dass sie dafür leiden würde, dass sie heute Morgen weggegangen war. Und nun hatte er die arme Sara mitgenommen, die nur versucht hatte, ihr und dem kleinen Milot zu helfen. So viel hatte es ihr gebracht, dem Wachmann am Tor einen zu blasen. Er hatte ihr erlaubt, rauszugehen, aber die anderen hatten sie trotzdem gefunden. Sie mussten ihr gefolgt sein. Oder Sara. Ob sie wussten, wo sie gewesen war? Sie hoffte nicht. Und jetzt waren sie und Milot wieder hier. Eingesperrt. Sie hätte rennen sollen, als sie die Gelegenheit dazu hatte. Aber wohin hätte sie gehen sollen? Was geschehen war, war geschehen. Sie hatte den Mund gehalten. Sie hoffte, Sara würde das auch tun.

Der Schmerz brannte zwischen ihren Beinen. Egal, wie sehr sie sich danach schrubbte, sie war sicher, dass etwas zurückblieb, das sich von ihren Eingeweiden ernährte. Sie versuchte, den Schmerz zu ignorieren, und dachte an andere Dinge, die sie beunruhigten.

Sie hatte Kaltrina seit Tagen nicht mehr gesehen. Niemand wollte ihr sagen, wohin ihre Freundin gegangen war. An diesem Ort geschahen schreckliche Dinge, das wusste Mimoza. Die meisten hatte zu viel Angst, ein Wort zu sagen, aber Kaltrina hatte ihren Mund aufgemacht. Und jetzt war sie weg.

Sie konnte nur hoffen, dass die Kriminalbeamtin helfen würde. Sie hatte es für zu gefährlich gehalten, zur Polizeiwache zu gehen; wie sollte sie sie dazu bringen, ihr zu glauben? Also hatte sie es riskiert und war zu der Adresse gegangen, die auf dem Stück Papier stand, das er ihr zusammen mit dem Abzeichen gegeben hatte. Bevor er sie in ihrer Heimat zurückgelassen hatte. Es schien eine Ewigkeit her zu sein und sie wollte jetzt nicht an ihn denken.

Die Tür ging auf und Sara wankte herein. Sie stand in der Mitte des Raumes, eine schwarze Statue im Mondlicht. Von dem jungen Mädchen ging derselbe schreckliche Geruch aus, der noch an ihrem eigenen Körper haftete. Sara war dafür bestraft worden, dass sie ihr geholfen hatte.

»Weine nicht«, sagte sie und stützte sich auf ihren Ellbogen, wobei sie vor Schmerz zusammenzuckte. Sara schlang ihre Arme eng um sich und starrte durch das Fenster, Tränen schimmerten auf ihrem Gesicht.

»Komm. Leg dich neben mich.« Mimoza streckte den Arm aus und ergriff die Hand des Mädchens. Sie war glitschig vor Schweiß. Sara drehte sich um und legte sich neben sie.

Mimoza drückte sie an sich und sah sich vor, ihren Sohn nicht zu wecken, der eng an die Wand geschmiegt in ihrem Bett schlief. Sie tröstete Sara, wie sie es vorher mit ihrem kleinen Jungen getan hatte.

Sara wurde von Schluchzern geschüttelt. Nach einer Weile ließen sie nach, aber ihr Körper erschauerte immer noch alle paar Sekunden und Mimoza lauschte dem gebrochenen Atmen, bis das Mädchen endlich in einen unruhigen Schlaf fiel.

Milot bewegte sich und murmelte etwas.

»Sch!«, sagte sie.

Das Laken raschelte, als sie sich bewegte. Sanft strich sie mit einem Finger über seine Stirn und flüsterte ihm sacht ein Schlaflied ins Ohr. Sie liebte ihn so sehr, dass ihre Wirbelsäule kribbelte. Er war alles, was sie noch auf der Welt hatte. Und er war mit ihr mitgeschleppt worden, auf ihre lange, qualvolle Reise. War es ihr Fehler, dass es zu einem verworrenen Alptraum geworden war? Er war ihr Sohn, und wenn sie einen Fehler gemacht hatte, würde sie ihn wieder gutmachen.

»Wo wird das alles enden?«, murmelte sie in ihrer Muttersprache. Ohne eine Antwort auf ihre Frage konnte sie keinen Schlaf finden und sie war immer noch wach, als sie hörte, wie die Tür geöffnet wurde. Als Sara auf den Fußboden geschleift wurde, versuchte Mimoza, sie festzuhalten. Vertraute raue

Hände stießen sie weg und Sara wurde schreiend auf den Flur hinaus gezerrt.

Als die Tür zuknallte, wiegte Mimoza ihren weinenden Sohn und betete im Stillen um eine kleine Gnade.

»Bitte lass nicht zu, dass sie meinem Milot etwas antun.«

## 12

Er hob das Eisenblech mit seinen behandschuhten Händen an und schleppte es an den Rand des Grabens. Schnell grub er mit einer Schaufel den losen Lehm aus. Als das Loch für seinen Zweck tief genug war, ging er die kurze Strecke zu seinem weißen Lieferwagen zurück.

Die provisorischen Baustellenschilder, die er wenige Minuten zuvor an beiden Enden der schmalen Straße aufgestellt hatte, sorgten dafür, dass er ungestört arbeiten konnte. Es war 4 Uhr morgens und Ragmullin schlief. Die zeitweisen Vibrationen von Autos auf der Main Street bereiteten ihm wenig Sorgen. Niemand würde durch diese Straße kommen. Hintereingänge von Geschäften zu seiner Linken und der Hof eines Autoverwertungsbetriebs zu seiner Rechten. Ein Stück weiter ein kleiner Wohnblock, dessen Wohnungen zur Hälfte leer standen. Alles leblos, mitten in der Nacht.

Er warf einen kurzen Blick in die Runde, um doppelt sicherzugehen, dass er nicht gesehen wurde, schloss dann die Hintertür auf, zog eine schmale Rampe herunter und rollte eine breite Schubkarre, die mit einem Stück dunkelgrüner Plane abgedeckt war, aus dem Wagen.

Er bahnte sich in der Dunkelheit einen Weg zum Loch, entfernte die Plane und kippte die Schubkarre. Die Leiche purzelte in die Erde. Er legte sie gerade hin und begann, den Lehm auf sie zu schaufeln. Ihre blasse Haut wurde mit jedem dumpfen Aufprall von Erde dunkler. Als er fertig war, zog er die eiserne Abdeckung so leise wie möglich wieder an ihren Platz, obwohl er sich sicher war, dass niemand in der Nähe war, der etwas hören konnte.

Er schaute sich noch einmal aufmerksam um, bevor er die Plane aufnahm, sie wieder auf die Schubkarre legte und dann die Straße zurück zu seinem Wagen eilte. Als er alles drinnen hatte, schob er die Rampe hoch und ging die Schilder einsammeln. Wieder im Wagen, lächelte er in sich hinein, während er wegfuhr. Er kam seinem Ziel immer näher.

Arbeit erledigt.

# KOSSOVO 1999

*Er wusste nicht, wie viele Tage er gelaufen war oder wie lange er in den Büschen gelegen hatte. Aber seine Hose war schmutzig und seine Füße bluteten. Er schaute in den sich verdunkelnden Himmel und lauschte den vielen Lastwagen, die auf dem alten Feldweg vorbeifuhren. Warum konnte er sich nicht erinnern? War sein Gedächtnis voll von schwarzen Löchern?*

*»He, junger Mann, was machst du da unten?«*

*Er hatte den Lastwagen nicht anhalten hören. Er rollte sich in sich zusammen und bereitete sich auf den Schuss vor. Vielleicht würde das alles für ihn lösen. Er spürte, wie ihn eine Hand an der Schulter packte, und jaulte wie ein hilfloser Hund.*

*»Hab keine Angst. Wir tun dir nichts.«*

*Ein leichter Wind kam auf und blies eine kühle Brise über seine nackte Brust. Er verstand ein wenig Englisch. Er hatte es in der Schule gelernt. Das schien so lange her zu sein. Der Mann trug eine Armeeuniform. Ein anderer Soldat starrte aus dem Führerhaus ihres großen grünen Lastwagens herab.*

*»Hast du dich verlaufen, mein Sohn?«*

*Er hatte ihn ›Sohn‹ genannt. Aber er war niemandes Sohn. Alle waren tot. Der Junge sah zu dem Soldaten auf und war überrascht. Er hatte ein Gesicht wie Papa. Bevor Papa... Vor dem Krieg.*

*Der Soldat blickte zu seinem Kameraden. »Sollen wir ihn mitnehmen?«*

*»Gut, beeil dich. Wir fahren seit Mazedonien. Ich bin geschafft.«*

*»Also komm.«*

*Der Soldat hob den Jungen hoch und der Fahrer zerrte ihn ins Führerhaus. Zwischen den beiden sitzend, presste der Junge seine Ellbogen in seinen Körper und machte sich so klein wie möglich.*

*»Hast du Hunger?«*

*Er nickte.*

*»Hier. Eine Tüte Tayto-Chips. Habe sie von zu Hause geschickt bekommen.«*

*Der Junge wünschte sich, der Soldat würde aufhören zu reden. Er öffnete die Tüte und begann zu mampfen. Er war am Verhungern. Wann hatte er das letzte Mal etwas gegessen? Noch ein schwarzes Loch.*

*»Du redest nicht viel«, sagte der Soldat. »Iss auf. Wir werden bald auf der Hühnerfarm sein.«*

*Der Junge tat, was ihm gesagt wurde.*

# ZWEITER TAG

DIENSTAG, 12. MAI 2015

## 13

Die Vögel sangen eine Melodie, die nur sie kannten. Das Licht der aufgehenden Sonne fiel durch eine Ritze zwischen der Fensterbank und der Jalousie. Ein Lichtsplitter zog sich quer über das Bett wie eine Stahlklinge.

Lottie schüttelte ihr Kissen auf und lauschte. Die zwei Ringeltauben begannen ihren Harmoniegesang am Ende ihres Gartens. Ein Becher Kaffee im Bett wäre schön, dachte sie. Aber die Chancen dafür standen eher schlecht. Adam hatte ihr immer einen Becher ans Bett gestellt, war mit den Lippen federleicht über ihre Stirn gestrichen und hatte die Tür leise zugezogen, wenn er zur Arbeit ging. Aber es war nun fast vier Jahre her, dass er gestorben war, und sie hatte nur seinen Schatten zurückbehalten, lebte in einem Stummfilm, der im Rückspulmodus stecken geblieben war.

Während die Sekunden vergingen und sich in ihr Bewusstsein bohrten, fühlte sie die vertraute und unruhige Einsamkeit, die ihre Erinnerungen begleitete. War es nicht an der Zeit, dass sie über Adam hinwegkam? Jeder schien zu denken, sie sollte wieder zu sich selbst gefunden haben, was auch immer das bedeuten mochte. Aber jetzt war ihr Leben wir eine Schwarz-Weiß-Fotografie, die mit der Zeit zu Sepia verblasste, und sie versuchte angestrengt, ihr wieder Farbe zu verleihen.

Sie schlug mit der Faust auf die Bettdecke und biss die Zähne zusammen, um die Tränen zu unterdrücken. Es half nichts. Sie war immer noch wütend auf Adam, auf seinen Krebs, dafür, dass er gestorben war und sie mit drei Kindern allein gelassen hatte. Dafür, dass er ihr nicht die Zeit gegeben hatte, ihn zu fragen, was er wollte, was sie mit dem Rest ihres Lebens ohne ihn an ihrer Seite tat. Dafür, dass sie im Angesicht ihrer Trauer nicht stärker war. »Zur Hölle mit dir, Adam Parker!« rief sie laut.

Sie warf die Bettdecke zurück, sprang aus dem Bett und rannte zur Dusche, um ihren wirren Gedanken zu entfliehen. Während das Wasser in einem Strudel aus Seifenschaum in den Abfluss lief, wusste sie, dass ihr Ansatz nicht gut genug war. Reiß dich zusammen, schimpfte sie und tat ganz bewusst genau das. Sie war stärker als ihre Erinnerungen.

»Ich bin die starke Lottie«, sagte sie zu dem beschlagenen Spiegel. Sie trocknete sich ab, zog sich an und war bereit sich dem zu stellen, was der Tag ihr bringen würde. Und dann merkte sie, dass sie sich verspäten würde. Schon wieder.

»Du bist zu spät«, sagte Boyd und knallte eine Schrankschublade zu. Akten, die darauf gestapelt waren, rutschten auf den Boden.

»Wirklich? Ich hätte schwören können, ich bin verdammt spät.« Lottie setzte sich an ihren Schreibtisch und schaltete ihren Computer ein. »Wer bist du jetzt? Meine Mutter?«

»Wie geht's deiner Mutter?«

»Boyd, du weißt genau, dass ich darüber nicht reden will,« Sie schob ihre Handtasche unter den Schreibtisch und hob den mit Mohnblumen bemalten Becher hoch. Sie las ihr Passwort, tippte es ein und sagte: »Irgendetwas Neues?«

»Das Opfer wurde noch nicht identifiziert«, sagte er,

sammelte die Akten ein und sortierte sie in alphabetischer Reihenfolge.

»Hörst du jemals auf?«, fragte Lottie.

»Womit?«

»Zu versuchen, alles in Ordnung zu halten.« Sie wartete darauf, dass ihr Computer aufwachte.

»Nur weil du die »schlampige Lottie« bist, müssen wir nicht alle so sein.« Er steckte Akten in die Schublade.

»Boyd, würdest du dich hinsetzen, um Himmels willen!«

»Okay, okay.«

»Ich wollte dir etwas erzählen. Gestern Morgen hatte ich einen Besuch von einer jungen Frau und einem kleinen Jungen.«

»Wovon redest du?« Boyd stand fragend mit einer Akte in jeder Hand da. Gestern war so viel passiert, dass Lottie das Mädchen und den Brief bis heute Morgen völlig vergessen hatte. Sie nahm den Umschlag aus ihrer Tasche und zog ein gefaltetes Blatt Papier heraus.

»Er ist in einer Fremdsprache geschrieben«, sagte sie und reichte Boyd den Brief.

Er nahm ihn. »Woher soll ich wissen, was da steht?«

»Wir müssen ihn übersetzen lassen.«

»Warum müssen wir das?«

Sie ignorierte ihn, guckte in den Umschlag und sah überrascht, dass unten im Umschlag etwas steckte. Sie wollte es gerade herausholen, als Superintendent Corrigan wie eine Erscheinung an der Tür auftauchte.

Corrigan öffnete den Mund, um zu sprechen, aber bevor er ein Wort von sich geben konnte, sagte Lottie: »Ja, Sir, ich komme.« Sie stopfte den Umschlag zurück in ihre Tasche.

Leicht gequetscht an seinem Schreibtisch sitzend, sagte Superintendent Corrigan: »Jamie McNally ist wieder in der Stadt.«

»Was? Weiß Boyd das?« Lottie setzte sich unaufgefordert

hin. Scheiße, dachte sie. Vor ein paar Jahren hatte Boyds Frau Jackie ihn für McNally, der den Gardaí als Kleinkrimineller bekannt war, verlassen. Das letzte, was sie gehört hatte, war, dass sich das Pärchen in Spanien aufhielt.

»Ich weiß nicht«, sagte Corrigan, nahm seine Brille ab und rieb wütend an seinem wunden Auge.

Lottie zog eine Grimasse, während sie ihn beobachtete. »Er wird durchdrehen.«

»Inspector, Sie und ich wissen, dass Sergeant Boyd niemals durchdreht. Er ist der ruhigste Mensch auf dem Revier.«

»Soll ich es ihm sagen?« fragte Lottie. Wenn McNally wieder in Ragmullin war, stellte sich die Frage, ob Jackie auch zurückgekehrt war. Wie würde Boyd damit umgehen? Darüber wollte sie lieber nicht nachdenken.

»Es ist mir egal, wer es ihm sagt, aber wir müssen herausfinden, warum McNally zurück ist und was er vorhat.«

»Ich werde Kirby sofort darauf ansetzen, Sir.«

»Tun Sie das.«

»Wann ist er angekommen?«

»Laut unseren Informationen am Mittwoch letzter Woche. Das hat mir gerade noch gefehlt.« Corrigan setzte seine Brille wieder auf den Nasenrücken, aber sein Finger suchte unter dem Glas, um weiter zu reiben.

Lottie zuckte zusammen.

»Was?«, fragte er.

»Ich glaube, sie sollten zum Arzt gehen mit Ihrem Auge, Superintendent.«

»Jetzt fangen Sie auch noch an, mir auf die Nerven zu gehen. Ich muss mir den Scheiß schon von meiner Frau anhören. Ich will es mir verdammt nochmal nicht auch noch von Ihnen anhören, verstanden?«

»Ja, Sir.«

»Und setzen Sie jemanden auf McNally an.«

»Schon dabei.«

Nachdem Sie Kirby angewiesen hatte, alles über McNallys Verbleib herauszufinden, was er konnte, ließ Lottie sich an ihrem Schreibtisch zurücksinken und begann, die angesammelten Fallberichte zu lesen. Zeit genug, Boyd von McNally zu erzählen. Vielleicht war Jackie nicht zurückgekehrt. Aber sollte sie McNally als einen möglichen Mordverdächtigen in Betracht ziehen? Er hatte eine Vorgeschichte. Vielleicht nicht Mord, soweit sie wussten, aber trotzdem eine Vorgeschichte. Was zum Teufel machte er in Ragmullin?

»Immer noch kein Treffer auf der Vermisstenliste. Niemand, der unserem Mädchen ähnelt.« Boyd tippte ärgerlich auf seiner Tastatur.

»Irgendjemand, irgendwo, vermisst sie«, sagte Lottie. Ihr T-Shirt klebte an ihrer Haut, ein Rinnsal von Schweiß sammelte sich zwischen ihren Brüsten und der Bügel ihres BHs brannte sich in ihre Rippen. Das Unbehagen, dass sie früher am Morgen gespürt hatte, kehrte mit einem scharfen Stich in der Brust zurück. Sie atmete ein paar Mal tief ein. Es half nicht. Sie blinzelte, als der Raum vor ihren Augen verschwamm. Oh Gott, dachte sie. Ich muss stark sein. Ich kann mit dieser Scheiße fertig werden. Scheiß drauf.

Sie öffnete ihre Tasche und zog den Reißverschluss der kleinen Innentasche auf. Da war ihre Notfallpille. Sie drückte die Blisterpackung auf, schluckte schnell die Pille, griff nach Boyds Wasserflasche und spülte den kreidigen Geschmack hinunter. Die letzte, ich schwöre es bei Gott, betete sie im Stillen und gab die Wasserflasche zurück.

»Kannst du behalten«, sagte Boyd und winkte ab.

Sie wusste, dass er gesehen hatte, wie sie heimlich die Pille nahm, und ignorierte seinen spöttischen Blick. »Irgendwas von der Ballistik gehört?«, fragte sie, obwohl sie wusste, dass es Wochen dauern könnte.

»Nein.«

Seufzend bemerkte sie, dass Boyd den Brief auf ihren

Schreibtisch geworfen hatte. Die fremden Worte schienen sie auszulachen. Woher waren das Mädchen und ihr Sohn gekommen? Und wie konnte sie ihnen helfen?

»Ich glaube, wir müssen diese Mimoza finden. Sie sagte, dass ihre Freundin vermisst wird, also ist es möglich, dass sie weiß, wer das Opfer ist.«

»Das ist eine ziemlich sprunghafte Schlussfolgerung«.

Sie winkte mit dem Brief. »Hattest du irgendwelches Glück mit der Übersetzung?«

»Tut mir leid, ich habe es nicht versucht.«

»Kein Problem«, sagte sie und begann die Worte in Google Translate einzutippen. Sie ergaben keinen Sinn. Sie stand auf und wühlte in dem Papierstapel auf Boyds Schreibtisch.

»He, die habe ich sortiert«, sagte er und versuchte, sie aus ihrer Reichweite zu ziehen.

»Ich suche nur die Telefonnummer von dem Typen, der die Leiche gefunden hat. Andri Dingsbums.« Sie blätterte weiter durch die Berichte, schlug Akten auf und hinterließ die Seiten geknickt und unordentlich.

»Petrovci?«

»Ja, der.«

»Warum willst du ihn anrufen? Ist er nicht ein Verdächtiger? Eine Person von Interesse? Ich dachte, wir würden ihn heute noch einmal verhören?«

»Er hat die Leiche gefunden. Das ist alles. Ah, hier ist sie.«

Boyd schüttelte den Kopf. »Ich hoffe, du tust nicht, was ich denke, dass du tun wirst.«

»Du kennst mich zu gut, Boyd.«

»Ich meine es ernst. Das ist«

»Beruflicher Selbstmord? Ich weiß. Aber sieh es doch mal so. Wenn er etwas mit dem Mord zu tun hatte, könnte der Brief ihm einen solchen Schrecken einjagen, dass er gesteht. Oder so.« Sie zögerte einen Moment, bevor sie die Nummer in ihr Telefon tippte. Aus irgendeinem Grund wollte sie Petrovcis

Reaktion auf den Brief sehen. Richtig oder falsch, sie würde es durchziehen.

Boyd stapelte geräuschvoll seine Akten wieder ordentlich auf seinem Schreibtisch. »Du bist auf einer Kamikaze-Mission. Am zweiten Tag wieder bei der Arbeit, Lottie. Am zweiten Tag. Tu das nicht.«

Sie lauschte, wie es klingelte, bis der Anruf unterbrochen wurde.

»Selbstmord«, brummelte er.

»Halt die Klappe«, sagte sie und wartete einen Moment, bevor sie die Nummer erneut versuchte.

## 14

Andri Petrovci und sein Boss Jack Dermody beluden den Lieferwagen und fuhren los zur Columb Street. Das Verkehrsmanagementteam war zu spät an der Baustelle eingetroffen, um den Verkehr umzuleiten, und nun krochen die Fahrzeuge im Schneckentempo durch die Stadt. Sie brauchten eine halbe Stunde, um die neue Aushubstätte zu erreichen.

Dieses stückweise Verlegen von Rohren, das die Einzelhändler beschwichtigen sollte, brachte stattdessen die Autofahrer zur Verzweiflung, weil sie nie wussten, wo sich als nächstes eine Baugrube auftun würde. Die Bauarbeiter waren wie Sommerunkräuter, die in einer glatten Rasenfläche sprossen, unerwünscht und eine allgemeine Belästigung.

Als er die provisorische Ampel an der Kreuzung zur Main Street beobachtete, vibrierte sein Telefon. Er erkannte die Nummer nicht, also beendete er den Anruf und schob das Telefon zurück in seine Hosentasche. Als er aufblickte, eilte ein kleiner, dicker Mann auf ihn zu.

»He, Sie! Was glauben Sie, was Sie da tun?«, sagte der rotgesichtige Mann, dessen rotes Haar in der Sonne leuchtete.

Petrovci drehte sich um, schaute auf ihn herab und zuckte

mit den Schultern. Er ging weiter und streifte dabei den Mann, der ihm nur bis zur Schulter reichte.

Der Mann packte ihn am Ellbogen.

»Problem?«, fragte Petrovci.

»Wie sollen die Lastwagen auf meinen Hof kommen?« Der Mann zeigte auf das Depot der Autoverwertung. »Bob Weir. Das bin ich und das ist mein Betrieb.«

Petrovci streifte die pummeligen Finger des Mannes von seinem Arm und ging auf die Baustelle. Er kannte Bob Weir von der Cafferty's Bar. Er hatte sich einmal ganz schön was anhören müssen, als er versuchte, in Ruhe sein Guinness zu trinken. Aber Weirs Stimme hatte ihm sein Bier verdorben, also hatte er es auf der Theke stehen lassen und war nach Hause gegangen. Rassismus grassierte in Ragmullin, schlussfolgerte er. Aber es waren nur Worte. In seinem Heimatland hatte er Rassismus aus dem Lauf einer AK-47 erlebt.

Als er seine Werkzeuge nahm, vibrierte wieder sein Telefon. Diesmal antwortete er, anstatt sich Weirs Geschimpfe an der Straßensperre anhören zu müssen.

Der Brief lag auf dem mit grünem Resopal beschichteten Tisch vor Andri Petrovci, zusammen mit einem Teller Pommes und Bechern mit schwarzem Kaffee für Lottie und Boyd.

Lottie hielt ihre Augen auf den gesenkten rasierten Kopf des Arbeiters gerichtet. »Kennen Sie die Sprache, in der das geschrieben ist?«

Er hatte eingewilligt, sie zu treffen, nachdem sie gesagt hatte, dass sie sich nicht allzu weit von der Baustelle würden entfernen müssen. Das Malloca Café an der Ecke war ruhig, obwohl es Mittagszeit war. Louis, der Besitzer, stand hinter der Theke und starrte sie an. Er gab wahrscheinlich den Bauarbeitern die Schuld für den Rückgang seines Umsatzes.

Boyd saß mit verschränkten Armen da und runzelte die

Stirn. Sie hätte allein kommen sollen – sie wusste, dass er diese Vorgehensweise nicht guthieß – aber er war in seiner hartnäckigen Laune, also hatte sie nachgegeben.

»Ich beschäftigt«, sagte Petrovci. »Boss, er nicht glücklich.«

»Mr Petrovci. Sagen Sie uns einfach, was auf dem Zettel steht. DS Boyd wird alles aufschreiben. Dann können Sie wieder an die Arbeit gehen«, sagte Lottie.

Er nahm den Zettel in die Hand. »Nicht unterschrieben.«

»Nein«, sagte sie kurz. Sie hatte nicht vor, ihm zu sagen, woher sie den Zettel hatte.

Er betrachtete das Blatt Papier. Sie betrachtete ihn. Dicke Finger mit dreckigen, abgebrochenen Nägeln. Seine braunschwarzen Augen hinter langen dunklen Wimpern schienen vom Schmerz geprägt. Seine tief eingefallenen Wangen kamen vielleicht vom Hunger oder vielleicht waren sie von Natur aus so. Und die Narbe. Lottie lief ein unbehaglicher Schauer über den Rücken und ihr Lächeln ertrank auf ihren Lippen in einem Meer der Verwirrung. War es ein Fehler, ihn einzubeziehen? Das war es, was Boyd dachte. Sie hoffte nicht. Ihr letzter Fall hatte ihr genug Ärger einbracht, sie machte jetzt besser nicht dieselben Fehler.

»Der Zettel ist auf Albanisch«, sagte er.

»Können Sie ihn lesen?«, fragte Lottie.

Er zuckte mit den Schultern.

»Bitte«, drängte sie.

»Die Person, die schreibt, sagt, nicht frei zu gehen. Will Ihre Hilfe. Vermisste Freundin Kaltrina finden. Helfen fliehen.«

Lottie beugte sich vor und hielt ihre Augen auf die seinen gerichtet. »Fliehen? Wovor?«

»Ich nur weiß, was da steht. Diese Freundin Kaltrina, mehrere Tage nicht gesehen.«

Lottie drehte sich um und sah Boyd an. Könnte Kaltrina ihr totes Mädchen sein?

»Sonst noch etwas?«, fragte sie.

Petrovci schüttelte den Kopf. »Braucht Ihre Hilfe. Das alles.« Er schob Lottie das Blatt zu. »Ich gehe jetzt?«

»Warten Sie. Da muss noch mehr stehen. War diese Kaltrina schwanger?«

Seine Augen verfinsterten sich. »Ich sage Ihnen, was ist geschrieben.«

Da sie an seiner steinernen Miene nichts ablesen konnte, sagte Lottie: »Können Sie uns sagen, wo Sie dieses Wochenende waren und was Sie gemacht haben?«

»Sie verhaften mich?«

»Ich stelle nur ein paar Fragen.« Lottie spürte, wie sich Boyds Augen in sie bohrten. Sie weigerte sich, ihn zur Kenntnis zu nehmen.

Petrovci sagte: »Ich zu Hause. Allein. Okay? Ich gehe jetzt.«

»Wir werden noch eine formelle Aussage von Ihnen brauchen. Verlassen Sie nicht die Stadt.«

Petrovci stand auf und bedeutete Boyd mit einer Geste, ihm aus dem Weg zu gehen. Während er aus der Bank glitt, stellte Lottie fest, dass er einen guten Kopf größer war als Boyd, der über ein Meter achtzig war. Er ging hinaus mit aufgeblähter Warnweste in dem von der Schwingtür inszenierten Luftzug.

Sie sah, dass Boyd sie beobachtete, wie sie Petrovci nachblickte. Er schüttelte langsam den Kopf.

»Was?«, fuhr sie ihn an.

»Großer Fehler. Großer Fehler.« Er klappte sein Notizbuch zu und steckte es in seine Hosentasche. »Du solltest einen Verdächtigen nicht in einer verdammten Frittenbude befragen. Und du hattest kein Recht, ihm den Brief zu zeigen. Du hast nichts von ihm erfahren, und was ist, wenn diese Mimoza wirklich in Schwierigkeiten steckt? Hast du das bedacht? Vielleicht ist dein Bauarbeiter da der Grund für die Schwierigkeiten. Du musst innehalten und nachdenken, bevor du handelst.«

Er ging hinaus und ließ Lottie die Rechnung bezahlen.

Fehler? Scheiße.

»Ich frage mich, ob unser ermordetes Mädchen diese vermisste Kaltrina ist«, sagte Lottie, indem sie hinter Boyd herging und versuchte, Konversation zu machen.

Sie holte ihn ein, als er seine Jacke von einer Schulter auf die andere schwang. Die Straße dampfte von blockiertem Verkehr, der nirgendwo hinführte. Staub von den Straßenbauarbeiten wirbelte herum, Lärm von Schwermaschinen verpestete die Umgebung und ließ die Temperatur höher steigen als ein Quecksilberbarometer.

»Der Brief erwähnt nicht, dass sie schwanger war, also habe ich auch nicht mehr Ahnung als du.« Boyd verlagerte wieder seine Jacke.

»Ich stelle keine Ahnungen an.«

»Aber du bittest potenzielle Verdächtige um Hilfe.«

»Lass es gut sein, Boyd.«

»Okay, aber wenn Corrigan davon Wind bekommt, will ich nicht in den Abwärtsstrudel gezogen werden.« Er ging weiter vor ihr her.

»Wie können wir herausfinden, ob die Leiche diese Kaltrina ist?« Sie holte wieder zu ihm auf.

»Bis jetzt wurde niemand als vermisst gemeldet. Niemand wurde als entführt gemeldet.«

»Ich muss Mimoza finden, um mehr Informationen zu bekommen.«

»Lottie?«

»Was?«

»Zieh diesen Petrovci nicht mit rein. Wir wissen nichts über ihn.«

»Er hat den Zettel für uns gelesen, nicht wahr?«

»Du hast keine Ahnung, was auf dem Zettel steht. Er konnte uns alles Mögliche erzählen.«

»Ich werde ihn übersetzen lassen«, sagte sie.

»Aber diesmal richtig. Mach nicht denselben Fehler, wie beim letzten«

»Meine Güte, du bist sprichwörtlich wie eine kaputte Schallplatte.«

Sie gingen um die Ecke. Die zweitürmige Kathedrale erhob sich wie eine majestätische Buchstütze am Ende der Straße. Der Mord Ende Dezember in ihren marmornen Wänden mochte für die meisten Bürger Ragmullins eine verblassende Erinnerung sein, aber Lottie konnte ihn nicht vergessen. Er hatte eine Reihe von Ereignissen ausgelöst, hatte ihr persönliches Familiengeheimnis um ihren lange verschollenen Bruder Eddie gelüftet, und im Zuge vieler Fehler hatte sie fast ihren Sohn verloren. Sie zitterte.

»Fehlt dir was?«, fragte Boyd.

Die Arme fest an den Körper gepresst, tat Lottie seine Besorgnis mit einem Achselzucken ab und eilte ins Polizeigebäude. Sie konnte sich des Eindrucks nicht erwehren, dass sie in Bezug auf Andri Petrovci eine Fehlentscheidung gemacht hatte.

## 15

Zurück in ihrem Büro und an ihrem Schreibtisch damit beschäftigt, sich durch verschiedene Berichte über den Mord zu lesen, schaute Lottie auf und sah, wie Kirby sich abmühte, durch die Tür zu kommen, eine große Wassermelone an seine Brust gepresst, während Schweißtropfen aus seinem buschigen, friseurbedürftigen Haar sein Gesicht hinunterliefen.

»Regnet es?«, fragte Boyd.

»Sehr witzig«, spottete Kirby und ließ die Wassermelone auf seinen Schreibtisch krachen. Sie begann zu rollen. Er fing sie auf, bevor sie auf dem Fußboden zerschmetterte.

»Was wollen Sie damit?«, fragte Lottie.

»Ich dachte, wir könnten ein bisschen Fußball spielen. Weiß einer von euch Genies, wie man dieses Ding aufschneidet?«

»Google es«, sagten Lottie und Boyd wie aus einem Mund.

»Arschlöcher«, sagte Kirby.

Lottie wandte ihre Aufmerksamkeit von Kirby ab, als er sich auf die Suche nach einem Messer machte, und sagte: »Wenn wir Mimoza finden, zeigen wir ihr ein Foto von dem toten Mädchen.«

Boyd knallte einen Stapel Vernehmungsprotokolle auf seinen Schreibtisch, ohne ihr zu antworten.

»Ich habe gedacht, Boss, das Opfer könnte einer dieser Asylbewerber sein«, sagte Kirby, als er mit einem Brotmesser in der Hand aus der Kantine zurückkam. »Sie sind oben in der Kaserne untergebracht und vielleicht wurde sie noch nicht als vermisst gemeldet.« Er beugte sich zu Lottie herunter und flüsterte: »Keine Spur von McNally.«

Sie nickte dankend. »Das haben wir uns gestern Abend auch überlegt. Warum meinen Sie, dass sie vielleicht dort gewohnt hat?«

»Sie ist von niemandem als vermisst gemeldet worden, oder?« Kirby machte sich daran, die Wassermelone auf seinem Schreibtisch zu zerlegen.

»Nein«, sagte Lottie. »Also ist sie wahrscheinlich nicht von hier und wir haben auch die nationale Vermisstenliste geprüft.«

»Vor ein paar Monaten gab es in den Medien einen heftigen Aufruhr über die Unterbringung in der Kaserne«, sagte Kirby. »Überbelegung oder sowas.« Saft spritzte aus der Melone. »Als die Kaserne stillgelegt wurde, hatten alle Angst, es würde dort von Obdachlosen wimmeln«, fuhr er fort, die Kerne blieben in seinen Ein-Tages-Bartstoppeln hängen. »Dann gab es einen noch größeren Aufschrei, als das Justizministerium das Lager einrichtete.«

»Lager? Kirby, Sie sind die politisch inkorrekteste Person, die ich kenne.«

»Sie wissen, was ich meine.« Kirby saugte an der wässrigen Frucht. »Wir haben keine Beweise, dass das Opfer aus diesem Asyl wie nennt man das?«, fragte Lottie.

»Flüchtlingsunterkunft. Wir haben keine Ahnung, wo zum Teufel sie herkommt.« Kirby bot Boyd ein Stück Melone an, der mit einem Kopfschütteln ablehnte.

Lottie tippte ein paar Worte in ihren Computer. »Auf der Website des Justizministeriums steht, dass die Flüchtlingsunterkunft von Dan Russell, einem ehemaligen Armeeoffizier, geleitet wird. Interessant ist auch, dass das Zentrum in Ragmullin eines der neuesten Outsourcing-Projekte der Regierung ist.« Sie las weiter.

»Ein Versuch also«, sagte Boyd. »Gott weiß, wie es da aussieht.«

»Wie in einem Konzentrationslager. Nach dem, was ich gehört habe.« Kirby biss in die Frucht, Rinnsale liefen aus den Winkeln seiner wabbeligen Lippen. »Nur Frauen und Kinder. Die Männer sind irgendwo in einem anderen Zentrum untergebracht. Longford oder Athlone. Familien wurden auseinandergerissen.«

Lottie ignorierte ihr Gerede. »Lass uns Mr Russell einen Besuch abstatten«, sagte sie zu Boyd, bestrebt, Kirby und seinen widerlichen Essgewohnheiten zu entfliehen.

»Ich frage mich, ob Russell deinen Adam kannte«, sagte Boyd.

## 16

Die 1817 erbaute Kaserne von Ragmullin hatte sich in fast zweihundert Jahren kaum verändert. Lottie und Boyd traten durch eine Tür neben dem Haupttor ein und zeigten einem Wachmann ihre Ausweise. Die alte Wachhütte vor ihnen war leer und das Gefängnis, in dem während des Bürgerkriegs der IRA-Führer General MacEoin gefangen gehalten worden war, sah ebenfalls menschenleer aus. Der Wachmann wies ihnen den Weg. Lottie und Boyd folgten dem gepflasterten Pfad und betraten ein Gebäude mit der Aufschrift »Block A«, das neben einer kleinen Kapelle lag.

Während sie die Holztreppe zu Russells Büro hinaufstiegen, fragte Boyd: »Macht es dir nichts aus, hier zu sein, Lottie?«

»Es ist ein bisschen komisch, aber ist schon okay.«

Sie klopfte an die Tür und fühlte sich klaustrophobisch in dem engen Flur.

»Herein«, kam der Befehl von drinnen.

Nachdem die Formalitäten erledigt waren und sie an seinem Schreibtisch saßen, studierte Lottie Dan Russell. Er war der Inbegriff eines ehemaligen Armeemannes. Er trug einen uniformähnlichen, schiefergrauen Anzug, eine schwarze

Krawatte und ein makelloses weißes Hemd. Sie legte ein Foto des toten Mädchens auf den Schreibtisch. Sie hatte keine Skrupel, ihm ein Post-mortem-Foto zu zeigen.

Er schaute auf das Foto. »Ich kenne sie nicht.« Seine Stimme war so zackig wie seine Erscheinung. Er blickte von dem Foto hoch und sah Lottie direkt an. Er hatte marineblaue Augen und glattes, schwarzes Haar, war älter als sie zuerst gedacht hatte – Ende fünfzig vielleicht – und trug einen Schnurrbart über einer dünnen Oberlippe. »Ich bin ausgesprochen beschäftigt, Inspector«, sagte er. »Ihnen ist hoffentlich klar, dass ich meinen Tag umplanen musste, um Sie einzuschieben.«

»Ja, und danke. Ich weiß es zu schätzen«, sagte Lottie kurz. Sagen Sie mir, ob Sie das Mädchen in dem Foto kennen und Sie sind mich los, dachte sie.

»Sie sind auf dem Holzweg.« Ein Lächeln kitzelte den Rand seiner Oberlippe.

»Wie bitte?«

»Wie kommen sie darauf, dass diese Person von hier sein könnte?« Lottie zählte die Bilder, die hinter ihm an der Wand hingen. In stressigen Situationen zählte sie Dinge. Das verschaffte ihr Zeit, um durchzuatmen. Es stammte von einem Trauma in ihrer Kindheit, als sie es als Bewältigungsmechanismus benutzt hatte.

»Erkennen Sie das tote Mädchen? Das ist alles, wonach ich frage«, sagte sie schließlich.

»Sie ist tot?« Die Lippe wurde schlaff. Schock? Sicherlich wusste er, dass es ein Post-mortem-Foto war.

»Ja, sie ist tot«, sagte Lottie. »Ermordet.«

»Und ich bin Ihre erste Anlaufstelle?« Russells Augen verengten sich.

»Ich glaube nicht, dass sie eine Einheimische ist, und es ist möglich, dass sie ein Flüchtling oder eine Asylbewerberin war, da sie bisher nicht als vermisst gemeldet wurde. Wir dachten,

Sie würden sie vielleicht als jemand erkennen, der hier gewesen ist und...«

»Hier muss ich Sie unterbrechen, Inspector.« Er hob seine Hand, als wäre sie ein kleiner Schütze unter seinem Kommando. »Lassen Sie mich erklären. Dieses Zentrum beherbergt verzweifelte Menschen, die vor dem Krieg in ihren eigenen Ländern geflohen sind. Syrien, Afrika, Afghanistan. Und so weiter. Sie kommen aus vielen Krisenländern. Sie wohnen hier, während ihre Dokumente bearbeitet werden. In dieser Übergangszeit bieten wir ihnen Verpflegung und Unterkunft, bis wir Wege finden, ihre Lebensumstände zu regeln.« Er holte tief Luft und atmete aus. »Ich möchte nicht den Eindruck erwecken, Ihre Ermittlungen behindern zu wollen, aber offen gesagt bin ich erstaunt, dass Sie die Dreistigkeit besitzen, zu behaupten, dieses ermordete Mädchen könnte eine unserer Insassen sein.« Lottie ließ ihn schimpfen und warf Boyd einen Blick zu. Er zog fragend eine Augenbraue hoch. Insassen?

»Ist dies ein Gefängnis?«, fragte sie.

»Nein. Es ist eine Flüchtlingsunterkunft. Ich dachte, das hätte ich bereits erklärt. Es ist eine Regierungsinitiative, die von meiner Firma geleitet wird.«

»Eine Privatfirma?«, fragte Lottie.

»Woodlake Facilities Management. Lesen Sie es nach.«

Lottie war gereizt. »Ich will nur feststellen, ob Sie wissen, wer das Opfer ist.«

»Ich kenne sie nicht. Es tut mir leid.« Er schob das Foto zurück über den Schreibtisch.

»Darf ich mich hier umhören?«, riskierte Lottie. »Vielleicht erkennt sie ja jemand.«

»Das wird nicht nötig sein«, sagte Russell. Er nahm das Foto zurück. »Ich behalte das und frage herum. Wenn ich etwas herausfinde, melde ich mich bei Ihnen.«

»Danke. Und noch etwas. Kennen Sie eine Kaltrina?« Seine Augen flackerten leicht. »Nein. Sollte ich das?«

»Nur eine Frage.«

Lottie bezweifelte zwar, dass sie von ihm hören würde, gab ihm aber dennoch ihre Visitenkarte. Obwohl es trotz eines alten Ventilators drückend heiß war, fühlte sich der Raum plötzlich eisig an.

Russell stand auf. Lottie erhob sich ebenfalls.

Boyd blieb sitzen und kaute auf der Innenseite seiner Lippe. »Was ist mit dem Namen Mimoza? Haben Sie den schon mal gehört?«

Lottie gab ihm einen Tritt, aber es war zu spät. Sie sah den Ausdruck, der wie der Schwanz einer flüchtenden Ratte über Russells Gesicht huschte, bevor er seine perlweißen Zähne aufblitzen ließ.

»Hier wohnen viele Leute«, sagte er. »Meine Aufgabe ist, die Einrichtung zu leiten. Es ist ein sehr geschäftiger Ort und ich habe nicht viel direkten Kontakt mit den Insassen.«

Wieder dieses Wort. Und es war Lottie klar, dass er den Namen Mimoza erkannt hatte.

Bevor sie ihm weitere Fragen stellen konnte, fuhr Russell fort: »Sie kommen aus vielen Ländern, aber leider sehen die meisten von ihnen für mich gleich aus, also kann ich nicht sagen, dass ich weiß, von wem Sie sprechen. Tut mir leid.«

»Dann müssen wir mit jemandem sprechen, der es weiß«, sagte Lottie nachdrücklich.

»Nein, Inspector.« Er sah sie scharf an. »Ich werde es für Sie nachprüfen.« Stillschweigend gab sie sich geschlagen. Vorläufig. Sie würde selbst versuchen, eine Liste mit Namen zu bekommen. Sie mussten in irgendeiner Datenbank gespeichert sein. Sie gab Boyd ein Zeichen zum Aufbruch und eilte hinter ihm die Holztreppe hinunter in das gleißende Sonnenlicht.

Draußen vor dem Tor fragte sich Lottie, warum sie in der Kaserne keine Spur von den Personen gesehen hatten, die dort lebten.

»Es ist unheimlich still«, sagte sie. »Glaubst du, alle sind in ihren Zimmern eingeschlossen?«

»Ich bezweifle es«, sagte Boyd, »aber Russell ist eine harte Nuss.«

»Wenn irgendwelche Beweise auftauchen, die darauf hinweisen, dass das tote Mädchen hier gewohnt hat, besorgen wir uns einen Durchsuchungsbefehl.«

Sie marschierten über das Green, einst ein geschäftiger Marktplatz für Rinder und Schafe, jetzt eine behelfsmäßige Abkürzung ins Stadtzentrum. Verkommene Reihenhäuser aus den 1950er Jahren säumten die grasbewachsene Fläche. Die winzigen Gärten hinter rostigen Eisenzäunen wirkten gepflegt, aber generell menschenleer. Für die betagten Bewohner war es zu heiß, um sich nach draußen zu wagen. Lottie konnte es ihnen nicht verdenken.

»Ich hoffe, Russell steckt bis zu seinem blanken Arsch in diesem Schlamassel«, sagte sie. Am Ende der Grünanlage überquerten sie die Straße und gingen über die Fußgängerbrücke über den Kanal.

»Warum?«

»Er nennt die Bewohner Insassen. Denkt er, er ist ein Gefängnisdirektor?«

»Er kannte den Namen Mimoza – das war offensichtlich.«

»Ja, Boyd, und ich hoffe, du hast ihr keine Schwierigkeiten verursacht, falls sie da drin ist.«

»Wenn er sie kennt, warum hat er es nicht zugegeben?«

»Da ist etwas, was er uns nicht sagt. Ich kann es fühlen.«

Boyd lehnte sich über die Brücke und zündete sich eine Zigarette an. »Willst du eine?«

»Ja, aber ich habe aufgehört.«

»Schon wieder?«

»Ach, sei still und zünde mir eine an.«

Lottie inhalierte, während sie auf der Brücke stand und das trübe, grüne Wasser unter ihr betrachtete. Ein Mann mit einem

Husky-Welpen an einer langen Leine ging den von Blütenkirschen gesäumten Treidelpfad entlang. Er winkte und sie winkte zurück.

»Wer ist das?«, fragte Boyd.

»Ich habe keine Ahnung.«

Sie rauchten schweigend ihre Zigaretten.

»Warum hast du Russell nicht gefragt, ob er Adam kannte?«, fragte Boyd schließlich.

»Ich wollte ihm nicht die Genugtuung geben, dem Mistkerl.« Sie zog lang und hart an ihrer Zigarette. »Ich werde Lynch beauftragen, Russell zu überprüfen.«

———

Als er sicher war, dass die Kriminalbeamten weit vom Eingangstor entfernt waren, machte Dan Russell einen Telefonanruf.

Drei Minuten später stand ein Mann mit schiefen Zähnen in seinem Büro.

Russell sagte: »Fatjon, die Ortspolizei war hier. Sie haben die Leiche eines Mädchens gefunden. Hat das irgendetwas mit dir zu tun?«

»Ich weiß nichts von einer Leiche.«

»Gut. Finde heraus, was diese Schlampe Mimoza getrieben hat und sorge dafür, dass sie ihre große Klappe hält.«

Fatjon sagte: »Sie hat das Gelände gestern Morgen verlassen. Hat eine der Wachen mit ihrem süßen kleinen Arsch bestochen.« Er lachte. Russell starrte ihn an.

»Hast du sie gefunden? Wo ist sie hingegangen? Hat sie irgendjemandem irgendetwas gesagt?«

»Wir haben sie und das Mädchen, mit dem sie herumhängt, gefunden, wie sie auf der anderen Seite der Stadt herumliefen. Ich habe mit ihr geredet. Habe ihr gedroht, ihr den Jungen wegzunehmen.«

»Ich habe um eine unauffällige Operation gebeten und was kriege ich?« Russell stand plötzlich auf und ging auf dem Holzfußboden seines Büros auf und ab. »Verdammte inkompetente Araber.«

»Sie sind keine Araber.«

»Sie sind verdammte Idioten, das ist das Problem.« Russell, sein Kopf einen Zentimeter unter dem Ventilator, setzte seinen Marsch fort.

»Sir?«

»Nimm sie dir noch einmal vor. Einer der Kriminalbeamten hat ihren Namen erwähnt. Sie hat irgendetwas getan oder gesagt. Wenn sie sich weigert, mit dir zu reden, schick sie zu Anya. Ein paar Tage mit ihren Beinen um ein pickeliges, brünstiges Ragmullin-Schwein könnte ihr stummes Lied ändern.«

»Ich dachte, wir sollten sie aufheben für«

»Zweifle mich nicht an!« Russell hörte auf, auf und ab zu gehen, und stellte sich direkt gegenüber dem schiefzahnigen Mann auf. »Ich traue niemandem.« Er blähte seine Nasenlöcher auf. »Nicht mal dir.«

Fatjon schwieg.

»Ich will Ergebnisse«, sagte Russell.

»Ja, Sir.« Fatjon wandte sich zum Gehen.

»Heute.«

»Sir? Der Junge? Was soll ich«

Russell wirbelte auf seinen spitzen Lackschuhen herum. »Es ist mir scheißegal, wie du das machst, aber du hältst ihn besser ruhig. Und sicher. Das ist ein Befehl. Erledige das ohne weiteres Aufheben.«

»Ja, Sir.«

Als Fatjon gegangen war, strich Russell sich den Schnurrbart glatt, nahm das Bild des toten Mädchens in die Hand, zerriss es in zwei Hälften und steckte es in den Schredder unter seinem Schreibtisch.

Sobald seine Atmung wieder normal war, sah er sich die

Visitenkarte an. Detective Inspector Parker. Er wusste, er musste die neugierige Zicke stoppen. Er hatte zu viel zu verlieren, als dass sie ihm jetzt alles vermasseln durfte. Er befingerte die Karte und dachte über den Namen nach. Parker. Sie konnte nicht mit Sergeant Adam Parker verwandt sein. Oder doch?

## 17

»Und auf wessen Zehen sind Sie diesmal getreten, Inspector Parker?« Lottie stand vor Superintendent Corrigan. »Sir?«

»Ich hatte einen Anruf vom Justizministerium, von der RIA.«

»Der IRA?«

»Kommen Sie mir nicht dumm, Inspector. Von der Agentur für Aufnahme und Integration. Anscheinend haben Sie deren Koordinator hier in Ragmullin verärgert, einen Dan Russell.«

»Wirklich? Ich dachte, ich war sehr höflich. Sir.«

»Was führen Sie im Schilde?«

»Es scheint, dass, wenn ich auf irgendwelche Zehen trete, die Schuldigen immer umherhüpfen und sich jammernd die hrigen halten.«

»Wovon reden Sie?«

Lottie holte tief Luft, bevor sie sprach. »Ich habe Mr Russell keinen Anlass gegeben, diese Agentur, diese RIA zu kontaktieren. Jedenfalls leitet er das Zentrum als Privatunternehmen. Eine neue Initiative, wie mir gesagt wurde.«

»Was haben Sie getan, Inspector?«

»Ich habe ihm ein Foto von unserem Mordopfer gezeigt. Ich

wollte wissen, ob sie aus seiner Einrichtung kam, wie er es nennt.«

»Wie in Gottes Namen kommen Sie darauf, dass sie von dort kommen könnte?«

»Niemand hat unser totes Mädchen als vermisst gemeldet. Keine gemeldeten Entführungen. Keine Sichtungen. Nichts. Wenn sie nicht von hier ist, dachte ich, auf eine Intuition hin, dass sie vielleicht illegal hier war oder möglicherweise eine Asylbewerberin. Wenn Letzteres der Fall ist, ist die Flücht-lingsunterkunft der logische Ort, um Fragen zu stellen.«

Lottie erwog, Corrigan von Mimozas Besuch zu erzählen, entschied aber, dass er schon wütend genug war, ohne dass sie Öl ins Feuer goss.

»Eine Intuition? Eines Ihrer Bauchgefühle? Diese Scheiß-ideen, die Sie und mich letztes Mal in Schwierigkeiten gebracht haben. Gehen Sie behutsam vor, Inspector, sehr behutsam. Ich habe Ihnen schon mal den Job gerettet, ich bin nicht so sicher, ob es mir noch einmal gelingen würde. Bitte bleiben Sie mit Ihren Füßen fest auf Ihrer eigenen Seite des Tisches.«

Corrigan war ein guter Mann, aber Lottie wusste, dass man nicht allzu viel Scheiße vor ihm aufhäufen durfte. Und er hatte schon eine Wagenladung von ihr bekommen.

»Irgendwas Neues über McNally?«, fragte er.

Lottie hatte nichts weiter von Kirby gehört. »Noch nicht. Ich kümmere mich darum.«

»Tun Sie das. Und jetzt gehen Sie und finden Sie unseren Mörder.«

Vorläufig aus dem Schneider, wollte Lottie alles über Russell herausfinden, was sie konnte. Nun, da er sich über sie beschwert hatte, hatte sie ihn fest im Visier.

Zurück an ihrem Schreibtisch begann sie, das Gespräch mit Dan Russell aufzuschreiben. Sie hasste Papierkram, aber es war eine Kernaufgabe ihres Jobs.

»Dieser Typ ist mir unter die Haut gegangen«, murmelte sie, unfähig, sich zu konzentrieren.

Maria Lynch streckte den Kopf über ihren Computer und fragte: »Wer? Superintendent Corrigan?«

»Der auch. Aber ich spreche von Dan Russell. Er leitet die Flüchtlingsunterkunft in der alten Kaserne.« Der Kopierer dröhnte so laut, dass Lottie ihre eigenen Worte kaum hören konnte. Hier war es nie ruhig.

»Ich habe Gerüchte über diese Flüchtlingsunterkunft gehört«, sagte Lynch, löste ihren Pferdeschwanz und fuhr sich mit den Fingern durch die langen Haare.

»Was für Gerüchte?« Lottie war interessiert. Sie wusste nicht viel über die Asylbewerber- oder Flüchtlingsbevölkerung in Ragmullin.

»Mein Mann, Ben, Sie wissen doch, dass er in der Fremdsprachenabteilung des Athlone Institute unterrichtet?«

»Ja, natürlich weiß ich das«, sagte Lottie.

»Einige der Studenten geben den Flüchtlingen und Asylbewerbern von Zeit zu Zeit Englischunterricht. Sie haben Ben erzählt, dass der Ort wie ein Gefangenenlager geführt wird.« Sie band ihr Haar mit einem Haargummi zusammen.

»Dan Russell scheint über seinen Rang hinauszuschießen. Überprüfen Sie bitte seinen Hintergrund.« Lottie stand auf und ging rüber zu Lynchs Schreibtisch.

»Klar.«

»Und könnten Sie mir einen Gefallen tun?« Lottie hielt eine Kopie von Mimozas Brief hoch. »Ich muss das übersetzt haben.«

»Was ist das?«

»Das wurde mir gestern von einer verängstigten jungen Frau gegeben, die zu mir nach Hause gekommen ist. Sie sprach nur sehr wenig Englisch und ich kann mich nicht darauf verlassen, dass die Übersetzung von Andri Petrovci korrekt ist.«

»Sie haben den Brief Petrovci gezeigt?« Lynch schaute ungläubig auf.

»Ja, habe ich.«

»Denken Sie, dass das klug war?«

Nicht du auch noch, dachte Lottie. »Klug oder nicht, ich hab's getan.«

»Ich hoffe, Superintendent Corrigan findet nicht heraus, dass Sie einen Verdächtigen in etwas verwickelt haben, das nichts mit dem Mord zu tun hat.«

»Das wird er nicht, wenn die Leute den Mund halten.« Lottie starrte direkt in Lynchs selbstbewusstes kleines Gesicht. Und wenn Sie es ihm sagen, werde ich es wissen, dachte sie, denn sie war sicher, dass Boyd sie nicht verpfeifen würde. Sie übergab den Brief und machte sich dann auf die Suche nach Kirby.

## 18

Nicht weit entfernt läuteten die Glocken der Kathedrale viermal. Milot hinter sich herziehend, ging Mimoza über den Hof zur Kantine. Die Wache am Tor winkte grüßend mit der Hand und grinste. Ein Gefühl des Ekels überfiel sie. Gestern hatte sie getan, was sie tun musste. Manchmal musste man seine Seele an den Teufel verkaufen und hoffen, dass er sie einem zurückverpachten würde. Sie schüttelte die Erinnerung ab, drückte die Tür auf und flüchtete hinein.

In der Kantine summte es von unzähligen Fliegen. Durch die verglasten Wände strahlte die Sonne ungehindert auf die an Holztischen sitzenden Frauen. Geschirr klapperte gegen Tabletts und das Geschwätz erfüllte den Raum mit einem gedämpften Dröhnen. Mimoza erspähte Sara, die allein saß, und machte sich auf den Weg zu ihr.

»Was isst du?«, fragte sie und zog Milot auf ihren Schoß. Vier Uhr nachmittags war zu früh für das Abendessen, aber wenn man nicht jetzt aß, bekam man bis zum Frühstück nichts mehr. Und sie war hungrig.

Saras knochige Schultern zuckten, während sie mit ihrer Gabel Spaghetti in einer wässrigen Lache drehte. Ihre Augen waren zu groß für ihr zierliches, dunkles Gesicht; ihr Haar legte sich in zotteligen Zöpfen um ihren dünnen Hals. Sie saugte die langen Nudeln in ihren Mund. Plötzlich verspürte Mimoza keinen Hunger mehr.

Das Gerede in der Kantine wurde leiser und verstummte dann ganz, als sich die Glastür am Ende des Raums öffnete und zwei Wachmänner auf Mimozas Tisch zusteuerten. Sie begann am ganzen Körper zu zittern, schlang ihre Arme um Milot und zog ihn schützend an ihre Brust.

Die Männer blieben stehen. Einer von ihnen packte sie an der Schulter und zerrte sie hoch. Noch immer hielt sie den Jungen fest. Panik drohte sie zu ersticken. Die Hand des Mannes fasste ihre Schulter härter, Knochen auf Knochen. Kalte, stählerne Schauer schnitten durch den Feuerkessel, der in ihrem Herzen brodelte. Mit einer raschen Bewegung löste er ihre Hände von dem Jungen und zerrte sie fort.

Milot schrie auf und der andere Wachmann stieß ihn zu Sara. Mimoza blickte über ihre Schulter und rief verzweifelt: »Sara! Kümmere dich um ihn.« Sie sah, wie ihr Sohn wild um sich schlug und versuchte, ihr zu folgen. Der Wachmann packte ihn am Arm, riss ihn nach hinten und setzte ihn energisch auf Saras Schoß.

Sie hörte seine Schreie noch lange, nachdem sie über den Hof geführt und in den betonwandigen Raum ohne Fenster geworfen worden war.

In der Dunkelheit liegend, versuchte Mimoza, ihre Tränen zu unterdrücken, und überlegte, was vor sich ging. Sie fühlte sich nackt ohne ihren Sohn an ihrer Seite und lauschte, weil sie nichts sehen konnte. Schritte näherten sich und der dünne Lichtstrahl, der unter der Tür hindurch glitt, verdunkelte sich, als jemand vorbeiging. Die Schritte verklangen. Sie strengte sich an, etwas zu hören. Kein Verkehr, keine Vögel. Totenstille. Nichts durchdrang die massiven Wände.

Sie lag auf dem Boden, allein mit ihrem Herzschlag.

. . .

Der Mann mit den schiefen Zähnen schlug mit der Faust auf den Tisch.

»Ich bitte um eine Sache«, sagte er zu den beiden Männern, die vor ihm standen. »Und ihr vermasselt sie.«

»Sie haben gesagt, wir sollen Ihnen diese Hexe Mimoza zum Verhör bringen.«

»Ja, aber nicht vor einer vollen Kantine und einem schreienden Jungen. Jetzt haben alle es gesehen. Wie soll ich sie verschwinden lassen? Es gibt zu viele Zeugen. Schwachköpfe.«

Die beiden Wachmänner hüteten sich, etwas zu sagen.

»Bringt sie in den Vernehmungsraum, ohne eine Szene zu verursachen.«

»Ja, Sir.«

Im Raum auf und ab gehend, blieb Fatjon vor den Männern stehen. »Und tut etwas mit dem Jungen. Ich kann ihn von hier aus schreien hören.«

Die beiden gingen schnell hinaus.

Wohin war diese Schlampe Mimoza gestern gegangen? Mit wem hatte sie gesprochen? Er musste es wissen, und zwar bald. Der große Plan durfte in diesem Stadium nicht gefährdet werden – nicht von einer wehleidigen Hure und ihrem rotznäsigen Balg. Es durfte keine weiteren Fehler geben. Aber wie er seinen Boss kannte, würde jemand für die bereits gemachten Fehler bezahlen.

Fatjon fletschte seinem Spiegelbild im Fenster seine überlappenden Zähne. Er musste sicherstellen, dass nicht er es war.

Mimoza hörte die Schritte zurückkommen. Die Tür öffnete sich und ließ den bernsteinfarbenen Schein von Neonröhren herein. Raue Hände packten sie und schoben sie hinaus.

Sie gingen Betonstufen hinauf und einen Flur mit kahlen Ziegelwänden entlang, in dem einzelne Glühbirnen den Weg leuchteten. Fünf Türen, dann blieben sie vor der sechsten stehen. Die Wachen stießen sie in einen Raum, der dem vorherigen ähnelte. Ein rot beschichteter Tisch mit zwei Stühlen erinnerte sie an die spärliche Küche ihrer Mutter - das war eine Ewigkeit her. Sie verbannte die Erinnerungen, bevor sie ihre Entschlossenheit, stark zu sein, untergraben konnten. Sie musste jetzt an Milot denken. Sie stellte sich gerade hin, in der Hoffnung, die Haltung würde ihr Mut verleihen.

Der Mann mit den schiefen Zähnen stand in der Mitte des Raumes.

»Wo warst du gestern Morgen?« Er ging um sie herum, so nah, dass der Moschusgeruch seines Körpers an ihrer Haut haften blieb, als er sich bewegte.

»Ich bringe Milot in die Stadt. Eis essen. Er wollte Eis essen.« Ihre Augen huschten umher, als sie versuchte, ihre Angst zu unterdrücken.

»Um sieben Uhr morgens, ja? Die Wahrheit«, rief der Mann, wobei einer seiner Zähne das Licht einfing. »Sag die Wahrheit.«

»Ich sage Wahrheit.«

Er schubste sie auf einen Stuhl. Eine Lampe auf dem Tisch leuchtete ihr ins Gesicht. »Guck mich an.« Er haute auf den Tisch. Die Lampe zitterte. Mimoza auch.

»Ich k-kann Sie nicht sehen.« Die Helligkeit blendete sie. Schweiß rieselte ihr die Nase hinunter. Sei stark, flehte sie sich im Stillen an.

Ein anderer Mann saß auf der anderen Seite des Tisches. Sie hatte ihn nicht hereinkommen hören. Sie konnte ihn wegen des Lichts der Lampe nicht richtig sehen. Seine Hände ruhten auf dem Resopal. Kannte sie diese Hände? Kam ihr etwas bekannt vor? Sie konnte nicht denken mit dem grellen Licht in den Augen. Er bewegte den Kopf und streckte sein unrasiertes Kinn in ihre Richtung.

»Wer sind Sie?«, fragte sie, während er seine stumme Wache fortsetzte.

»Wer ich bin, geht dich nichts an.« Er redete in ihrer Muttersprache.

»Ich habe Ihnen gesagt, wohin ich gegangen bin«, sagte sie.

Seine Stimme. Sie glaubte sie zu kennen. Aber woher? Sie schreckte in den harten Stuhl zurück, als er aufstand und hinter sie trat. Er knallte einen Stuhl neben ihr hin und setzte sich. Seine Leinenhose war fünfzehn Zentimeter von ihren Knien entfernt. Er streckte die Hand aus und fuhr mit einem Finger über ihre Wange. Sie zuckte zusammen. Die Berührung seiner Haut ließ ihr das Blut durch die Adern rasen. Sie war sicher, dass er sehen konnte, wie ihr Herz versuchte, durch ihre Rippen herauszuspringen. Seine Hand wanderte in ihren Nacken und er schraubte ihr Haar zu einem Knoten zusammen. Schmerz schoss ihren Schädel empor, als er seinen Griff verstärkte und ihr Gesicht dicht an das seine zog. Sie roch seinen sauren Atem. Galle stieg in ihrem Magen auf und sie kämpfte, um sie zurückzuhalten. Noch immer konnte sie sein Gesicht nicht sehen.

»Ich mag es nicht, wenn man mich hintergeht.« Seine Spucke setzte sich auf ihre Lippen, ihre Wangen. Sie zwang ihre Augenlider nach oben und den Brechreiz nach unten. »Ich mag keine Lügner.« Mit einem Ruck ließ er sie los, und sie fiel zurück auf den Stuhl. »Ich mag dich nicht.«

Und dann kotzte sie doch, explosionsartig erbrach sie sich direkt auf sein Hemd.

Sie empfing eine Ohrfeige und einen Schlag auf ihre Stirn, als sie zu Boden sackte und bittere Flüssigkeit aus ihrem Mund ausspuckte.

»Du bist eine Schlampe«, sagte er. »Ich werde dafür sorgen, dass du leidest. Ich werde dafür sorgen, dass dein Junge leidet.«

»Nein, bitte nicht.« Hitze loderte durch ihren Körper. »Nicht Milot. Rühren Sie ihn nicht an.«

Drei Paar schwarze Stiefel auf dem Betonboden verschmolzen, bevor sie angehoben wurden und auf ihren Bauch zielten.

Sie begrüßte den Schmerz, wenn er ihren Sohn retten konnte. Sie begrüßte die Sterne, die hinter ihren Augen schwammen, und sei es nur, um das Gesicht auszublenden, das sie zu kennen glaubte.

Und schließlich begrüßte sie die Erleichterung der Dunkelheit.

## 19

Lottie beäugte Boyd über ihren Computer hinweg und lächelte. Er neigte den Kopf zur Seite und sie sah, wie er seine Lippen leicht hochzog, der Beginn einer Frage.

»Es ist mir gerade erst aufgefallen. Lässt du dir einen Bart wachsen?«, sagte sie. Die weichen, grau gesprenkelten Bartstoppeln passten zu seinem kurzgeschnittenen Haar.

»Nicht verboten, soweit ich weiß«, antwortete er und nahm seine Arbeit wieder auf, wobei er seine haselnussbraunen Augen von ihren neugierigen grünen Augen abwandte.

So leicht würde sie ihn nicht davonkommen lassen. »Hat jemand gesagt, dass es dir stehen würde?« Sie bemerkte, wie eine Röte über seine Wangen kroch. Gab es eine Frau in Boyds Leben? Daran hatte sie nicht gedacht.

»Du bist eifersüchtig, Inspector Parker.«

Er stand auf und kam hinüber zu ihrem Schreibtisch. Sie lehnte sich in ihrem Stuhl zurück und betrachtete ihn. Die Sonne stahl sich in einem Lichtstreifen über sein Gesicht.

»Ist mir so oder so egal«, log sie und wandte sich ab. Sie tippte laut auf ihrer Tastatur.

»Du wirst sie kaputt machen.«

»Verpiss dich, Boyd.«

»Du bist eifersüchtig«, sagte er und drehte ihren Stuhl, sodass sie ihm zugewandt war.

»Wenn ich wüsste, worauf ich eifersüchtig sein sollte, wäre ich es vielleicht, aber da ich nichts weiß, wie kann ich da eifersüchtig sein?«

»Die Rätselkönigin von Ragmullin«, lachte er und schubste ihren Stuhl noch einmal an.

Sie stampfte mit den Füßen auf den Boden, hielt den Stuhl an und stand auf. »Na, habe ich recht? Ist da eine Frau, die dir sagt, du sollst dir einen Dreitagebart wachsen lassen?«

Einen Augenblick lang war sie sicher, eine Traurigkeit in Großbuchstaben in seinen Augen zu lesen, bevor er mit den Schultern zuckte, zurück an seinen Schreibtisch ging und begann, seine Akten zu ordnen, die bereits fein säuberlich aufgereiht waren.

»Du brichst mir das Herz, Lottie Parker. Das weißt du doch. Du zeigst kein Interesse an mir, es sei denn...«

»Es sei denn, was?« Plötzlich war es zu heiß im Büro. »Es sei denn, ich bin vollgepumpt mit Alkohol?«, beendete sie seinen Satz und wurde rot vor Empörung.

»Entschuldigung, so habe ich das nicht gemeint. Ich weiß nie, woran ich bei dir bin.«

»Wie ich schon sagte...«

»Was?«

»Verpiss dich, Boyd.«

»Gut.« Er knallte die Akten in die Schublade und stapfte hinaus. Lottie blickte sich um zwischen den leeren Stühlen und in dem ebenso leeren Büro. War sie eifersüchtig? Auf was? Oder auf wen? Boyd hatte nichts zugegeben. Und warum sollte er auch? Er schuldete ihr nichts. Ich werde verrückt, dachte sie. Total verrückt.

Boyd war zurück und steckte seinen Kopf durch die Tür.

»Wir wurden gerufen«, sagte er und nickte ihr zu, zu kommen.

»Was?« Lottie blieb, wo sie war.

»Könnte ein Tatort sein.«

Sie haute ein letztes Mal auf die Tastatur, bevor sie hinter ihm hereilte. Ob mit oder ohne Bart, ihr war klar, dass sie Boyd brauchte. Egal, was sonst passierte, sie brauchte ihn als Freund.

Nachdem sie die Wasserleitungsbaustelle in der schmalen Straße vor dem Depot der Autoverwertung passiert hatten, wurden Lottie und Boyd durch das Tor auf das Betriebsgelände gewiesen. Der Besitzer, Bob Weir, kam ihnen entgegen und sie gingen einen Kiesweg entlang, der von fünffach übereinander gestapelten Autowracks gesäumt war, deren verschrammtes Metall in der Sonne schimmerte.

Lottie schnupperte die Spätnachmittagsluft und atmete einen üblen Dunst von Öl und Gummi ein. Sie zog ihr T-Shirt aus dem Bund ihrer Jeans und wedelte ihrer klammen Haut Luft zu.

»Hier entlang«, sagte Weir und duckte sich unter einer Plattform aus zerlegten Fahrzeugen hindurch.

Sie fragte sich, ob sie nicht wohl Schutzhelme tragen sollten. Es waren ihnen keine angeboten worden. Sie und Boyd mussten sich förmlich zusammenklappen, um unter der Plattform hindurchzukommen.

»Dort drüben«, sagte Weir und zeigte auf die hinterste Ecke des Hofes. Das gesamte Depot schien zu beben, als ein Zug im Bahnhof jenseits der Mauer an Fahrt aufnahm und auf der Eisenbahnstrecke nach Sligo ausfuhr. Der Richtung von Weirs dickem Zeigefinger folgend, suchte Lottie den Boden ab, bis ihre Augen auf eine dunkle, geronnene Lache fielen. Sie streckte ihre Hand aus und hielt Weir zurück.

»Der Grafschaftsrat hat mir nicht erlaubt, sie abzureißen«, sagte er.

Lottie schaute ihn fragend an.

»Die Mauer. Ich wollte eine Ordentliche bauen. Sie ist uralt und an einigen Stellen eingestürzt und zerfallen. Gefährlich, dachte ich. Aber so ein bekloppter Planer meinte, sie habe etwas mit Kulturerbe oder so einem Scheiß zu tun. Hat mich ein Vermögen gekostet, sie zu stabilisieren. Und es gibt immer noch genug Löcher und Lücken, um es zu einer verdammten Abkürzung zum Bahnhof und zu den Hill Point-Wohnungen da drüben zu machen.«

Sie verstand, was er meinte. Leichter Zugang für Cider-Partys. Oder Mörder. In der Hoffnung, dass er nicht ihre Zeit verschwendete, ging sie an ihm vorbei, hinüber zu der Pfütze. Der Boden schwitzte Teer, der an den Kieselsplittern, die sich in die Sohlen ihrer Schuhe gesetzt hatten, kleben blieb. An der Lache ging sie in die Hocke und zog Handschuhe an. Sie stippte einen Finger hinein, prüfte eingehend die rostige Farbe und winkte Boyd herüber.

»Blut«, sagte er und konstatierte eine offensichtliche Tatsache. Wie üblich.

»Es könnte Tierblut sein«, äußerte sie vorsichtig. Sie hielt ihre Fingerspitze an die Nase und schnupperte - ein metallischer Geruch.

»Ich hatte erst vor ein paar Wochen die Schädlingsbekämpfung hier«, protestierte Weir, sein Gesicht so rot wie sein Haar.

Lottie richtete sich wieder auf, trat vorsichtig über die Lache und ließ ihre Augen über die Mauer dahinter wandern. Es wäre ein Leichtes, die korrodierten Steine zu erklimmen.

»Ich hab's ja gesagt, nicht wahr?«, sagte Weir grinsend.

»Das haben Sie.« Lottie drehte sich zu ihm um. »Danke, dass Sie dies gemeldet haben.«

»Na ja, ich hielt es für meine Pflicht, angesichts der Tatsache, dass Sie gestern ein ermordetes Mädchen gefunden haben.«

»Es wird vielleicht zu nichts führen, aber ich muss dies für den Augenblick als Tatort behandeln.« Sie drehte sich zu Boyd um. »Wir müssen das Depot evakuieren. Sofort.«

Boyd griff zu seinem Telefon und forderte Verstärkung und das Spurensicherungsteam an.

»Das können Sie doch nicht ernst meinen«, sagte Weir und sah aus, als täte es ihm leid, dass er es gemeldet hatte.

Lottie sagte: »Ich meine es sehr ernst. Ist dieser Hof nachts abgeschlossen?« Es machte keinen großen Unterschied, dachte sie. Der Zugang war machbar - auf und über die Mauer.

»Er ist abgeschlossen und alle fünfzig Minuten oder so kommt ein Sicherheitswagen vorbei. Es mag nicht danach aussehen, Inspector, aber das Zeug hier ist sehr wertvoll.« Weir wischte sich mit einer öligen Hand über das Gesicht.

»Das bezweifle ich nicht.« Sie ging um die Pfütze herum. Sie fuhr mit den Fingern über die alte Steinmauer und bewunderte die ursprüngliche Bauweise.

»Neunzehntes Jahrhundert, hat man mir gesagt«, sagte Weir.

»Boyd?« Lottie rief ihn herbei. »Ich glaube, das hier könnte ein Einschlussloch sein. McGlynn wird es sich ansehen müssen. Und hol Uniformierte, um den Platz zu räumen.«

»Nein, um Himmels willen.« Weir schritt in kleinen, fetten Kreisen umher. »Das ist mein Geschäft. Das können Sie nicht tun.«

»Ich kann und werde es tun«, sagte Lottie. »Sie auch. Raus.«

Während der Depotbesitzer über den Hof davonmarschierte und vor sich hin grummelte, zeigte Lottie auf die Mauer. »Ist das ein Einschussloch?«

Boyd inspizierte die Stelle. »Möglich. Könnte unser primärer Tatort sein.«

»Unser Opfer hat die Kugel noch in sich.«

»Vielleicht hat er sie mit dem ersten Schuss verfehlt.«

»Wir lassen das Spurensicherungsteam einen Abdruck des

Lochs machen und dann darin herumstochern, um zu sehen, ob da eine Kugel drin ist.«

»Weißt du, was es noch bedeuten könnte, Lottie?«

»Ja. Es gibt irgendwo noch eine Leiche.«

Sie blieben vor Ort, bis Jim McGlynn und sein Team auftauchten, in Schutzanzügen und mit Ausrüstungskoffern in den Händen.

»Raus, alle beide«, befahl McGlynn. »Ihr kontaminiert meinen Tatort.«

»Wir wussten nicht, dass es ein Tatort ist und vielleicht ist es auch keiner.« Lottie wandte sich ab.

»Sie wissen es besser, Inspector. Schutzanzüge oder raus.«

Boyd zog sie am Ellbogen. »Komm. Hier gibt's für uns nichts weiter zu tun.« Lottie musste ihm zustimmen.

»Blut und ein Einschussloch. Also, wo ist die Leiche?«

Lottie spülte ihre Hände unter dem Wasserhahn in der behelfsmäßigen Küche ab. Boyd schaltete den Wasserkocher ein, lehnte sich mit verschränkten Armen an die Wand und beobachtete sie. Sie trocknete ihre Hände ab.

»Und?«

Er zuckte mit den Schultern. »So oder so, es muss etwas mit dem Mädchen in der Leichenhalle zu tun haben.«

»Das hoffe ich, sonst haben wir möglicherweise ein zweites Opfer.« »Soweit wir wissen, ist dort keine Leiche.«

»Wenn der ganze Bereich abgesucht wird, jedes Auto und jedes Autowrack, finden wir vielleicht noch mehr Beweise.« Sie holte zwei Becher und löffelte Kaffee hinein.

»Keine Milch«, sagte Boyd und schüttelte einen leeren Karton.

»Da ist bestimmt etwas.«

»Bestimmt keine Milch.«

»Nicht Milch«, sagte Lottie. »In Weirs Depot. Es ist leicht zugänglich, trotz seiner sogenannten Sicherheit.«

»Na und?«

»Perfekt, um Müll loszuwerden oder jemanden zu ermorden.«

»Es liegt mitten in der Stadt. Wie könnte dort jemand eine Waffe abfeuern? Man würde es meilenweit hören.«

»Den richtigen Moment wählen. Sagen wir, wenn ein Zug am Bahnhof ein- oder ausfährt – du hast den Lärm gehört. Und wenn die Waffe einen Schalldämpfer hat, ist es nur ein lauter Puff.«

»Die Ballistik wird das bestätigen oder eben nicht.«

»Und wir brauchen die Blutgruppe.« Lottie betrachtete den schwarzen Kaffee in ihrem Becher. »Immer noch keine Identität für unser Opfer?«

»Nö.«

Während sie an der brühheißen Flüssigkeit nippte, fühlte sie sich durch Boyds Nähe beruhigt, obwohl er sein ernstes Gesicht trug. Sie schaute auf ihre Uhr und beschloss, für heute Schluss zu machen.

»Ich gehe nach Hause. Ich werde ein paar Dateien auf einen USB-Stick herunterladen und sie dort durchsehen.«

»Immer noch gerne bereit, die Regeln zu brechen?«

»Jawoll«, sagte sie.

»Brauchst du Hilfe?« Er grinste verschmitzt.

»Du gibst nie auf, oder?«

Er lächelte ironisch. »Ich bin auf dem besten Weg, Lottie. Glaub mir.«

Und während sie ihren Kaffee in die Spüle schüttete, glaubte sie ihm.

## 20

Das Haus war ausnahmsweise aufgeräumt. Katie und Sean hatten schon gegessen und guckten etwas Lautes und Blutiges auf Netflix. Chloe hatte sich in ihr Zimmer verkrochen. Lottie war zu müde für einen Streit, also ließ sie sie in Ruhe und brutzelte sich eine Speckscheibe und ein Spiegelei.

Nach dem Essen holte sie ihren Laptop heraus, steckte den USB-Stick ein und öffnete den Autopsiebericht von Jane Dore. Konnte das unbekannte Mädchen auf Bob Weirs Autofriedhof ermordet worden sein? Sie würde liebend gerne die Ballistik- und DNA-Berichte haben, aber sie wusste, dass es Tage oder sogar Wochen dauern konnte. Es sei denn, Jane könnte ein paar Fäden ziehen, was nicht das erste Mal wäre.

Lottie ging den Bericht durch, übersprang die technischen Daten und notierte sich die Angaben zu den Vitalfunktionen des Opfers. Schwanger. Unterernährt. Sexuell aktiv. Organe und Gehirn normal. Bisswunde am Hals. Abdruck gemacht. Abstriche genommen. Linke Niere chirurgisch entfernt. Präzise Nähte. Vermutlich von einem Arzt oder zumindest einer chirurgisch geschulten Person vorgenommen. Alter des Opfers zwischen achtzehn und fünfundzwanzig. In Anbetracht der

Knochenstruktur möglicherweise osteuropäischer oder balkanischer Herkunft.

Sie schloss ihren Laptop und las sich ihre handschriftlichen Notizen durch. Was war die Geschichte des Mädchens? Welches Motiv könnte jemand haben, sie zu töten? Wann hatte sie sich die Niere herausnehmen lassen und warum? Hatte der Mörder gewusst, dass sie schwanger war? War der Mörder der Vater des Babys? Sechs-Millionen-Dollar-Fragen. Sie musste das Leben des Mädchens enträtseln, um die Antworten zu finden. Keine leichte Aufgabe, wenn man keinen Namen hatte. Vielleicht würden sie das Post-mortem-Foto doch noch der Öffentlichkeit zugänglich machen müssen. Keine schöne Aussicht. Besonders wenn es bedeutete, dass sie mit Mister Charmeur persönlich, dem Fernsehreporter Cathal Moroney, würde sprechen müssen. Vielleicht würde sie das Corrigan überlassen. Das wäre wahrscheinlich sicherer.

Erschöpft und unfähig, klar zu denken, legte sie ihre Arbeit beiseite und ging die Treppe hinauf, um ins Bett zu gehen. Vor Chloes Zimmer blieb sie stehen, klopfte an die Tür und wartete.

»Geh weg«, sagte Chloe.

»Du hast gesagt, wir müssen reden. Jetzt bin ich hier.« Lottie ließ ihre Hand auf der Türklinke, wagte sich aber nicht hinein. »Geht es dir gut?«

»Ich bin müde. Gute Nacht.«

Das bin ich auch, dachte Lottie. »Also dann, gute Nacht«, sagte sie. »Reden wir morgen früh.«

Sie ging in ihr Zimmer, legte sich aufs Bett und fragte sich, ob sie eine schlechte Mutter war, weil sie nicht hineingegangen war und mit ihrer Tochter geredet hatte. Nein, dachte sie, es hätte nur in einem Streit geendet. Schließlich schlief sie ein, während sie Chloe im Zimmer nebenan leise weinen hörte.

## 21

Der Mann bewegte sich leicht in dem langen trockenen Gras, in dem er die letzten anderthalb Stunden gelegen hatte. Er richtete sein Nachtsichtgerät und sein Fernglas auf das Fenster aus und kehrte dann in seine starre Position zurück. Die Bahngleise lagen nur einen Meter hinter ihm, aber das bereitete ihm keine Sorgen. Der nächste Zug würde erst um 6 Uhr morgens kommen.

Hoch oben funkelten Sterne und Straßenlaternen warfen ein gelbes Licht in den Nachthimmel. Er ignorierte seine Umgebung und konzentrierte sich auf sein Ziel.

Da die Jalousien hochgezogen waren und die Vorhänge durch das offene Fenster nach draußen hingen, hatte er einen guten Blick in das Zimmer. Ihr Licht war aus, aber dank seiner Hightech-Ausrüstung konnte er ihre schlanke Gestalt auf ihrer verrutschten Bettdecke ausmachen.

Er zoomte ihre jugendliche Schönheit heran. Jede Strähne ihres blonden Haares schickte Elektrizität durch seinen Körper. Der ebenmäßige Glanz ihres Gesichts und das Heben und Senken ihrer Brust - alles Bilder, die er registrierte und ablegte, um sie später im Geiste abrufen zu können.

Es ging ihm nicht um die Erregung. Das war nicht das Ziel seines Kreuzzuges. Er war nicht der Sturm; nein, er war die Ruhe nach dem Sturm. Er würde ihr Frieden bringen. Sie würde ihm Frieden bringen.

Als die Härte in seiner Leistengegend seine Position unerträglich machte, verlagerte er sich unruhig und hörte plötzlich das Gras um ihn herum in der Stille rascheln. Er erstarrte. Niemand wagte sich um 4.47 Uhr morgens hierher. Nicht auf dem Kanal und schon gar nicht so weit entlang der Bahngleise. Langsam senkte er das Fernglas, drehte den Kopf und sah sich einem heläugigen Fuchs gegenüber. Er lachte. Das Tier huschte davon.

Ein Zeichen. Zeit, für heute Schluss zu machen. Er packte seine Ausrüstung ein, hängte sich die Tasche über die Schulter und eilte an den Gleisen entlang, eine Hand tief in die Hose geschoben, mit der er sich fieberhaft rieb. Er wusste, es gab nur einen Weg, um wahre Erleichterung zu erlangen und seine inneren Dämonen zu vertreiben. Vielleicht sollte er sie in seiner Zeitleiste nach vorne rücken, dachte er, indem er mit jedem Atemzug vor Lust stöhnte.

Er fieberte dem Mädchen so sehr entgegen, dass sich seine Lust, als er zu Hause ankam, und noch bevor er die Tür aufschließen konnte, in einer orgasmischen Explosion entlud.

Heute Nacht würde er schlafen.


Der Sack über Mimozas Kopf roch nach Erbrochenem. Sie wusste, sie war im Kofferraum eines Autos, aber sie waren nicht weit gefahren, als es anhielt. Immer noch in der Stadt, dachte sie. Bitte mach, dass sich jemand um Milot kümmert. Egal, was sie mir antun, bitte mach, dass Milot nichts passiert, flehte sie stillschweigend in der Dunkelheit. Sie glaubte, sein Apfelshampoo riechen zu können. Ihre Brust verkrampfte sich vor Panik. Sie musste stark sein. Für Milot.

Sie wurde aus dem Auto gezerrt und dann eine Treppe hinauf und durch eine offene Tür gestoßen. Als sie ihr den Sack vom Kopf zogen, stellte sie fest, dass das Erbrochene ihr eigenes war, Es war an ihrem Kinn und ihrer Brust heruntergelaufen und hart geworden. Ihr Atem war schwach und schnell, während sie versuchte, sich zu beruhigen.

Eine große Frau stand über ihr, die Arme verschränkt und die stöckelbeschuhten Füße weit auseinander. Mimoza rappelte sich mühsam auf die Knie. Ein grauer Streifen zog sich einschüchternd entlang des Scheitels der schwarzhaarigen Frau. Ein rotes Kleid wallte aus den Fleischfalten hervor und eine Brustwarze ragte heraus.

»Steh auf«, sagte die Frau in Mimozas Sprache.

»Waschen?«, fragte Mimoza und richtete sich auf.

»Du sprichst nur, wenn man es dir sagt.« Die Ohrfeige riss die Haut unter ihrem Auge auf. Als sie nach hinten taumelte, wurde sie von rauen Händen gepackt. Der Mann mit den schiefen Zähnen. Er sagte schnell etwas, drehte sich um und ging.

Mit einem Mal wusste Mimoza, an was für einem Ort sie sich befand und was von ihr erwartet wurde. Sie war schon einmal gezwungen worden, an einem solchen Ort zu arbeiten. Sie folgte der Frau durch einen gemusterten, tapezierten Flur und eine Treppe ohne Teppichboden hinauf. Oben gab es vier Türen und an drei Türgriffen hingen Armbänder aus Kunstperlen. Die Frau öffnete die Tür ohne Armband und führte Mimoza in ein winziges Badezimmer. Leise Musik kam von der Decke.

»Du pinkelst. Zwei Minuten.«

»Waschen?«

Diesmal erwischte sie der Schlag an der Schläfe. »Wage es, zu antworten, und du wirst bestraft werden. Zwei Minuten.« Die Frau ging und zog die Tür hinter sich zu.

Als sich ein Schlüssel im Schloss drehte, zog Mimoza ihre

schmutzige Kleidung aus und setzte sich auf die Toilette. Blut, vermischt mit Urin, lief aus ihrem Körper, und mit ihm unerträgliche Schmerzen, eine Erinnerung an die brutale Sexattacke des Mannes mit den schiefen Zähnen, bevor er sie hierhergebracht hatte.

Trotz ihrer Verzweiflung war alles, woran sie denken konnte, dass sie in einem Gefängnis eingesperrt war und ihr Sohn in einem anderen.

»Oh Milot«, sagte sie laut, »es tut mir so leid.«

# KOSOVO 1999

Die Stechmücken ließen ihn nicht in Ruhe. Sein ganzes Leben lang hatten sie ihn gepiesackt. Er zog das Netz fester um seinen Kopf und wedelte mit der Hand durch die Luft. Es half nichts. Er konnte nicht schlafen. Er lag auf einem Etagenbett in einem der Soldatenquartiere. Sie waren nett zu ihm gewesen und hatten ihm erlaubt, bei ihnen zu bleiben. Unter der Bedingung, dass er sich ruhig verhielt, bis sie Zeit hatten, ihren befehlshabenden Offizier zu informieren.

Er glaubte, dass es gegen 3 Uhr morgens sein könnte, aber er war sich nicht sicher. Er hörte die vielen Mäuse, die überall um ihn herum an den Oberflächen kratzten. Er hasste sie. Er hoffte, sie würden nicht durch seinen Vorhang kommen. Er hatte mehr Angst vor dem Ungeziefer als davor, getötet zu werden. Wenn er allein überleben wollte, musste er neue Fähigkeiten erlernen. Lesen und Schreiben und Eimer mit Wasser schleppen würde ihm nicht helfen. Was hielt die Zukunft nun für ihn bereit? Nicht viel, nahm er an.

Die Tür öffnete sich und der Soldat, der ihm die Tüte Chips gegeben hatte, kam herein.

»Kannst du nicht schlafen?«

Der Junge schüttelte den Kopf.

»Der Arzt wird sich dich morgen früh ansehen. Wo wolltest du überhaupt hin?«

Der Junge zuckte mit den Schultern. Er konnte keine Antwort geben, weil er es nicht wusste. Er war noch nie aus seinem Dorf heraus gewesen. Vielleicht könnte er sagen, er wolle nach Pristina. Vielleicht würde er dort Arbeit finden. Er war groß, so dass er als älter als dreizehn durchgehen konnte. Er sah zu dem Soldaten auf. Er hatte freundliche blaue Augen und seine blonden Haare fielen ihm über die Stirn.

Der Junge sagte: »Pristina.«

Der Soldat fragte: »Wie heißt du?« Der Junge blieb stumm.

»Hier hast du eine Flasche Wasser. Trink etwas und versuch dann zu schlafen. Morgen früh muss ich den Hauptmann über dich informieren. Er wird entscheiden, was zu tun ist.«

Der Junge trank das Wasser und schloss die Augen. Eine stille Dunkelheit senkte sich herab, und zu den Geräuschen hungriger Mäuse und summender Moskitos schlief er ein.

# DRITTER TAG

MITTWOCH, 13. MAI 2015

## 22

Es fühlte sich gut an, Katies Lippenstift auf ihre Lippen zu streichen - von ihrem eigenen war nur noch ein abgebrochener Klumpen unten in der Hülse geblieben - und mit einem Kamm durch ihr Haar zu fahren. Sie genoss es, wieder zur Arbeit zu gehen. Sie fühlte sich wieder lebendig. Sie wehrte einen Anflug von Schuldgefühlen ab. Vor ihrer Familie und den Problemen, die sie ihr aufhalsten, wegzulaufen, war nicht ein Merkmal einer guten Mutter, oder? Aber sie musste weitermachen. Sie musste immer noch mit Chloe reden. Sie steckte den Lippenstift in ihre Tasche und drehte sich um, als Sean die Küche betrat.

»Irgendwas zu essen?«, fragte er und guckte in den Kühlschrank.

»Du bist ja schon früh auf den Beinen«, sagte Lottie. »Im Schrank sind Cornflakes.«

Sean drückte auf einen Milchkarton und schüttelte ihn. »Das könnte reichen«, sagte er und ging, um eine Schüssel und die Packung Cornflakes zu holen.

»Du siehst aber schick aus heute.«

Die Konversation mit Sean war im besten Fall angespannt.

Sie hoffte, dass er sich jetzt, wo er zu einem Therapeuten ging, ein bisschen mehr öffnen würde. Es war nicht leicht gewesen, mit dem fertig zu werden, was er im Januar durchgemacht hatte. Lottie wusste, dass er Zeit brauchte, um wieder zu sich zu finden, und fragte sich, ob es das war, was auch Katie brauchte. Das Mädchen hatte sich völlig in sich zurückgezogen und sah furchtbar aus. Lottie wusste alles über Trauer, aber sie fand nicht die Worte, um ihre eigene Tochter zu trösten.

»Dieselbe scheußliche Uniform«, sagte er mampfend. »Ich habe geduscht.«

»Da muss ein Mädchen dahinterstecken.«

»Mama, das ist eklig.«

Lottie lächelte, als sie ihrem Sohn dabei zusah, wie er sich Cornflakes in den Mund löffelte und Milch schlürfte wie ein Kleinkind. Sein blondes Haar fiel über seine blauen Augen, einst fröhlich und funkelnd, voller Leben, jetzt steinern und matt. Sie verkniff es sich, zu ihm zu laufen und sein Haar mit den Fingern zurückzukämmen, und berührte stattdessen seinen Arm.

»Wir sehen uns heute Abend. Viel Spaß in der Schule.«

»Mama! Wie soll man in der Schule viel Spaß haben?«

Auf der Fahrt zur Arbeit dachte Lottie über ihren Job nach. Von Tag zu Tag wusste sie nie, was ihr bevorstand, und nun, da eine junge Frau zusammen mit ihrem ungeborenen Baby ermordet worden war, war es ihre Aufgabe, den Mörder seiner gerechten Strafe zuzuführen. Sobald sie diesen Mord aufgeklärt hatte, würde sie ihre ganze Aufmerksamkeit ihren Kindern schenken.

Als Lottie ins Büro kam, sprang Lynch auf und fuchtelte mit einem Blatt Papier in der Luft herum.

»Ich habe einen unserer Techniker, der ein Ass in Sprachen ist, gebeten, einen Blick auf den Brief zu werfen.«

Lottie setzte sich und ihre gute Laune verflog. »Irgendein Unterschied zu dem, was Petrovci uns gesagt hat?«, fragte sie.

»Im Grunde ist es dasselbe. Jemand namens Kaltrina scheint verschwunden zu sein und die Person, die den Brief geschrieben hat, braucht Ihre Hilfe, um zu fliehen.«

»Aber wovor?«

»Wissen Sie, was ich glaube?« Lynch strich sich die Haare aus dem Gesicht.

»Dass die Kaltrina, die in dem Brief erwähnt wird, unser totes Mädchen sein könnte. Aber niemand, auf den ihre Beschreibung passt, wurde in der letzten Woche als vermisst gemeldet.«

»Ich habe gestern Abend kurz mit Ben darüber gesprochen«, sagte Lynch und fügte schnell hinzu, »natürlich ohne etwas Vertrauliches zu verraten. Er meint, wir sollten nachprüfen, ob das Mädchen, das zu Ihnen nach Hause gekommen ist, im Direktversorgungssystem ist. Kaltrina auch. Mit den Flüchtlingen, die durch Europa schwärmen, sind die Zahlen in den letzten Monaten angestiegen. Es ist möglich, dass sie von dort kommen.«

»Sie sind keine Insekten, Lynch«, sagte Lottie barsch.

Kirby, der in seiner Ecke saß, eine unangezündete Zigarre im Mund, hob den Kopf. »Die Regierung kann nicht einmal unsere eigenen Leute unterbringen, geschweige denn Migranten.« Lottie warf ihm einen eisigen Blick zu. »Sie sollten es besser wissen, als so daherzureden. Und wenn Sie die Zigarre rauchen wollen, dann sehen Sie zu, dass Sie hier rauskommen.«

»'Tschuldigung, Boss.«

Kirby schleppte seinen massigen Körper durch die Tür und ließ Lottie mit geballten Fäusten und kopfschüttelnd zurück.

»Er sagt nur, was andere denken«, meinte Lynch.

»Auf diese Art Einstellung kann ich verzichten. Und ich bin sicher, Sie wissen, dass die Menschenrechtsgruppen unkorrekte Ausdrucksweisen, wie Sie gerade benutzt haben, verurteilen. Also seien Sie vorsichtig.«

Lottie schaute Maria Lynch unverwandt in die Augen. Ihre Mitarbeiterin wandte ihren Blick zuerst ab.

»Jedenfalls hat Ben mir erzählt, dass seine Abteilung Übersetzer finanziert, um mit den Flüchtlingen und Asylbewerbern zu arbeiten.«

»Auch in der Kaserne oben?«

»Das weiß ich nicht.«

»Können Sie es herausfinden?«

»Ich werd's versuchen.«

»Okay. Haben Sie schon Dan Russells Vergangenheit unter die Lupe genommen?«

»Ich bin dabei.« Lynch klickte auf etwas auf ihrem Computer. »Warten Sie einen Moment. Hier, sehen Sie sich das an.«

Lottie eilte durch das überfüllte Büro, verhakte sich unterwegs mit dem Hosenbein ihrer Jeans an der Ecke eines Aktenkastens, beugte sich hinunter und schaute auf den Bildschirm.

»Eine Vermisstenanzeige.« Lynch klopfte mit ihrem Stift auf den Schreibtisch. »Wurde gestern Abend spät erstattet.«

Lottie las sich die Anzeige schnell durch. »Maeve Phillips, siebzehn Jahre alt. Ist laut ihrer Mutter möglicherweise seit dem letzten Wochenende verschwunden, wurde aber erst jetzt gemeldet.« Sie spürte, wie ihr langsam das Blut aus den Wangen wich. »Ich frage mich, ob«

»Ob sie unsere Unbekannte ist?«

»Ob sie mit Frank Phillips verwandt ist.«

»Wer ist das?«, fragte Lynch.

»Der Kriminelle. Der vor einigen Jahren nach Spanien geflohen ist.«

Lynch rümpfte empört die Nase. »Ich hoffe, sie ist nicht mit dem Drecksack verwandt.«

»Geben Sie mir die Adresse, ich werde mit ihrer Mutter sprechen. Wo ist Boyd?«

»Zu deinen Diensten.« Gerade betrat er das Büro. Warf

seine Jacke über seine Stuhllehne, krempelte seine Hemdsärmel hoch und setzte sich hin.

»Was ist los?«, fragte Lottie, indem sie eine Augenbraue
hochzog. Boyd kam nie zu spät. Nie.

»Nichts. Ich konnte bei der Hitze nicht schlafen. Dann
konnte ich nicht mehr aufwachen, nachdem ich irgendwann
gegen fünf Uhr eingenickt war.«

»Sie brauchen eine Frau«, meinte Lynch.

»Da könnten Sie recht haben«, erwiderte Boyd.

»Haltet die Klappe, ihr beiden«, sagte Lottie. Sie stopfte die
Vermisstenanzeige in ihre Tasche und packte ihn am Ellbogen.
»Ich glaube, du brauchst frische Luft.«

## 23

Mimozas Augenlider flatterten auf. Sie hatte keine Ahnung, wo sie war. Ihr ganzer Körper tat weh und sie hatte hämmernde Kopfschmerzen. Sie lag nackt auf einer mit Laken bezogenen Matratze und starrte an die Decke.

Sie zog die Knie an die Brust, schlang die Arme um ihre Beine und stützte ihr Kinn auf die Knie, wie Milot es tat, wenn er schmollte. Dann überfluteten die Erinnerungen ihr Bewusstsein und die Verzweiflung drohte sie zu überwältigen. Um sich von ihrem inneren Kummer abzulenken, musterte sie den Raum. Ein Nachttisch mit einer rotbeschirmten Lampe und ein Teddybär mit blauer Fliege, der einsam und verlassen auf der glänzenden Holzoberfläche saß. Ein Waschbecken mit einem dunklen Handtuch an einer an der Wand befestigten Stange. Vor dem Fenster schwere geblümte Vorhänge, die zugezogen waren. Eine Prägetapete mit Samtrosen, die sich aus ihrem dornigen Gefängnis befreien zu wollen schienen.

Langsam stand sie mit schmerzenden Gliedern vom Bett auf und erkundete, was sich hinter der Tür des Kleiderschranks zu ihrer Rechten befand. In dem Schrank hingen nur ein paar rote und schwarze Negligés aus durchsichtigem Nylon.

Sie ließ sich auf das Bett zurücksinken und fragte sich, was sie mit Milot gemacht hatten. Wie sollte sie ohne ihren Sohn überleben? Wenn sie nur wüsste, dass er in Sicherheit war, könnte sie vielleicht das Leben ertragen, zu dem sie verdammt worden war. Die Realität überfiel sie so brutal wie die Stiefel, die sie getreten hatten. Sie hoffte, Sara würde sich um Milot kümmern, bis sie aus diesem Loch entkommen konnte.

Der Raum war heiß, trotzdem hatte sie eine Gänsehaut. Es war nicht das erste Mal, dass sie in einem Bordell war, und war sie nicht im Zentrum brutalen Sexattacken ausgesetzt gewesen? Auch in Pristina war sie auf diese Weise gequält worden, bevor sie gerettet worden war, und dann, als sie sich in Sicherheit wähnte, war sie verlassen worden. Schwanger. Sie seufzte und versuchte, die Erinnerung zu verdrängen.

Sie hatte daran gedacht, den Missbrauch, den sie im Zentrum erlitten hatte, zu melden, aber Kaltrina hatte sie gewarnt, dass solche Dinge immer vertuscht würden und ihr niemand glauben würde. Ihre einzige Hoffnung war der kryptische Brief, den sie der Polizistin gegeben hatte.

Sie lag auf dem klumpigen Kissen und lauschte den Geräuschen des Alltags jenseits ihres engen Raums. Ein Zug, der in der Ferne über die Gleise ratterte, das fröhliche Kreischen von Kindern auf einem Spielplatz weit unter ihr und das langsame Dröhnen des Verkehrs. War sie immer noch in Ragmullin? Sie wusste es nicht und es war ihr egal. Sie sorgte sich nur um Milot. Sie dachte wieder an die große Polizistin und betete, dass sie ihren Brief nicht in den Mülleimer geworfen hatte. Aber wahrscheinlich hatte sie das.

Mimoza legte ihre zitternden Hände auf ihre Augen, zwang sich stark zu sein und rüstete sich geistig für das, was hinter der Tür lag, für die, die durch die Tür kommen würden, für das, was man ihr antun würde. Ja, sie war bereit für all das. Aber zuerst musste sie wissen, dass ihr Sohn in Sicherheit war.

Ein Schlüssel klapperte im Schloss und die Tür ging auf.

»Steh auf«, sagte die Frau von gestern Abend.

»Wo ist mein Sohn?«

»Für dich ist er tot. Für uns ist er ein Gewinn. Vielleicht möchte ihn jemand als Arschjungen? Jetzt gehst du duschen.«

Mimoza ließ sich durch einen schmalen Flur zu einem Badezimmer führen. Während das Wasser gegen ihre geprellten Rippen trommelte, schwor sie sich, dass sie den Klauen der massigen Frau, die draußen Wache hielt, entkommen würde. Ob sie sie durch einen Spalt in der Tür beobachtete?

»Schauen Sie, so viel Sie wollen«, rief Mimoza, obwohl sie vermutete, dass ihre Stimme von dem aus der Dusche sprudelnden Wasser übertönt wurde.

Als ein schwabbeliger Arm sie an den Haaren packte und zu Boden zerrte, dachte sie immer noch ihr inneres Mantra. Ich werde stark sein.


Andri Petrovci wachte spät auf. Es war zwanzig Minuten nach neun. Er hatte vergessen, den Wecker zu stellen. Sein Chef, Jack Dermody, würde einiges dazu zu sagen haben. Langsam rollte er sich aus dem Bett, sein Gehirn trommelte gegen seinen Schädel. Mit einer zitternden Hand rieb er sich den rasierten Kopf. Wieder eine turbulente Nacht voller Albträume.

Er drehte den Wasserhahn auf und lauschte dem »Gluckgluck« des Wassers, das nur langsam kam, bevor es frei floss und gegen seinen nackten Oberkörper spritzte.

Er wusch sich die Nacht aus dem Gesicht und putzte sich die Zähne. Er zog seine Arbeitskleidung an und ging mit einem Blick zurück auf sein aufgeräumtes Zimmer, wobei er die Tür zu seiner privaten Welt leise schloss.

## 24

Lottie kannte Mellow Grove. Ihr letzter Fall hatte sie ein paar Mal in die Siedlung geführt. Als sie sich umschaute, kam sie zu dem Schluss, dass jemand im Grafschaftsrat einen seltsamen Sinn für Humor gehabt haben musste, als er der Siedlung ihren Namen gab. Sie war alles andere als ein »lieblicher Hain«.

Das Haus der Familie Phillips stand am Ende einer Reihenhauszeile, in der Nähe eines Fußballplatzes, und war das einzige, das einen neuen Anstrich brauchte. Der Rauputz, einst wahrscheinlich cremefarben, war jetzt ein verwittertes Braun. Die Vorhänge waren zugezogen.

Sie schob das rostige Tor nach innen. Die rechteckige Rasenfläche sah aus wie eine Wiese, die auf die Ernte wartete.

»Müsste mal wieder saniert werden«, sagte Boyd. Lottie klingelte. »Die Tür ist offen«, fügte er hinzu.

Sie wollte gerade etwas erwidern, als sie bemerkte, dass die Tür tatsächlich einen Spalt breit offenstand. Zögernd drückte sie sie auf. Grün und grau gesprenkeltes Linoleum, das entlang der Mitte zu Weiß verblasst war, bedeckte den Boden. Auf der rechten Seite zwängte sich eine Treppe nach oben, über dem

Geländer hing eine Menge Mäntel. Das Licht war an. Wahrscheinlich noch vom Vorabend.

Sie winkte Boyd herein und rief: »Jemand zu Hause? Hallo?« Als sie hinter einer Tür am Ende des kurzen Flurs ein Husten hörte, klopfte Lottie und trat ein.

»Mrs Phillips? Ich bin Detective Inspector Parker und das ist Detective Sergeant Boyd. Können wir bitte mit Ihnen sprechen?« Sie zeigte ihren Ausweis vor.

Die Frau, die am Tisch saß, nickte und deutete ihnen mit einer Zigarette zwischen teerverschmierten Fingern an, sich zu setzen.

Auf der kurzen Fahrt hierher hatte Lottie versucht, sich vorzustellen, welche Sorte Mutter fast fünf Tage warten konnte, bevor sie ihre jugendliche Tochter als vermisst meldete. Jetzt saß die Antwort vor ihr.

Lottie wischte die Krümel von einem Stuhl, setzte sich und sah sich kurz um. Boyd blieb stehen. In der Küche war es trotz der Leuchtstoffröhre, die über ihren Köpfen flackerte, schummrig. In der Plastikblende knisterten Fliegen. Die drückende Hitze verstärkte den Geruch von verfaulendem Gemüse, der aus einem Schrank unter der Spüle drang - in der sich wiederum mit eingetrockneten Lebensmitteln verkrustetes Geschirr stapelte. Ein Schwarm Fruchtfliegen erhob sich zum Licht. Lottie konnte kein Obst sehen.

»Also, haben Sie das kleine Miststück schon gefunden?« Mrs Phillips schüttete eine großzügige Menge Wodka in ein Pintglas. Ohne einen Filler hinzuzufügen, nahm sie einen großen Schluck, rülpste und nippte. Als sie das Glas abstellte, war das Zittern in ihrer Hand deutlich sichtbar.

»Sie haben das Verschwinden Ihrer Tochter erst gestern Abend gemeldet.« Lottie zählte bis drei, um ihre Wut im Zaum zu halten. »Warum die Verzögerung? Können Sie mich über die Einzelheiten aufklären, Mrs Phillips?«

»Nennen Sie mich Tracy. Einzelheiten? Was für Einzelheiten?«, sagte sie lallend.

»Wann haben Sie Maeve zuletzt gesehen?« Lottie kämpfte gegen den Drang an, ein Tuch zu suchen und den Tisch abzuwischen. Sie hielt ihre Arme fest verschränkt, fern von dem Schmutz.

»Mein Mann, das Arschloch«

»Was ist mit ihm? Ist Maeve bei ihm?« Lottie hoffte es, denn dann konnte der Fall abgeschlossen werden, ohne dass sie diese Bruchbude noch einmal betreten musste. Sie war sich sicher, dass sie um den Brotkasten auf der Arbeitsplatte etwas rascheln hörte.

»Das bezweifle ich«, sagte Tracy, »aber er ist an allem schuld. Er hat mich verlassen, als Maeve sieben Jahre alt war. Seit zehn Jahren bin ich mit ihr allein. Habe mein Bestes getan. Ich schwöre bei Gott. Habe geschuftet, um das Mädchen gut zu erziehen, und wie dankt sie es mir? Ihre Augen wurden glasig, als sie noch mehr Alkohol trank. »Sie ist fort. Weggelaufen. Undankbare kleine Schlampe...« Ein Schluckauf löschte den Rest ihrer Worte aus.

»Wo kann ich Ihren Mann finden?«, fragte Lottie.

»In irgendeinem Puff in Málaga, nehme ich an.«

Also war der Vater des Mädchens tatsächlich der Kriminelle, der aus dem Land geflohen war. Dies würde keine einfache Angelegenheit werden.

Lottie bemühte sich, sich auf Tracy Phillips zu konzentrieren, aber ihre Augen waren ständig von dem Chaos um sie herum abgelenkt. Aus der überfüllten Spüle ragte schräg ein Topf hervor, an dessen Rand Bohnen klebten. Und die Flaschen Sie zählte elf leere Flaschen auf der grauen, granitähnlichen Arbeitsplatte. Fünf halbvolle Nudelsaucengläser, eines randvoll mit Zigarettenstummeln, inmitten des Durcheinanders auf dem Tisch. Bolognese und Zigaretten passten definitiv nicht zusammen, entschied sie. Sie rümpfte die Nase über den säuerlichen Geruch und richtete ihren Blick wieder auf die schmalgesichtige Frau.

Als sie Tracy durch den rauchigen Dunst hindurch beobachtete, durchzuckte Lottie ein Schock. Es war, als sähe sie in einem Zerrspiegel ein Bild dessen, was sie selbst in den Monaten nach Adams Tod fast geworden war. Schon mittags betrunken, hatte sie in einem Vakuum gelebt, während die Normalität um sie herum zerfiel wie die Asche von Tracys Zigarette.

Sie war vom Abgrund zurückgeholt worden, aber sie wusste, dass Tracy unsicher auf der untersten Sprosse der Existenz hockte. Wer würde sie retten? Nicht Maeve, wenn sie tatsächlich vor diesem verkommenen Lebensstil weggelaufen war.

»Sie war noch nie so lange weg«, sagte Tracy und zündete sich an der Zigarette, die sie in der Hand hielt, eine weitere an. Die erste löschte sie im Saucenglas. »Manchmal übernachtet sie bei Freunden. Überall ist besser als hier. Das sagt sie jedenfalls.« Sie deutete mit der Hand durch die Küche und verstreute die Asche überall. »Sie hätte inzwischen zurück sein müssen.«

»Wann genau haben Sie sie zuletzt gesehen?« Lottie spürte, wie ihre Geduld ebenso schnell schwand wie ihr Mitgefühl.

»Freitagmorgen. Als sie zur Schule ging. Sie ist im Übergangsjahr. Sie sagte, sie würde bei... Emily oder wem übernachten. Manchmal bleibt sie länger weg, also habe ich mir nicht wirklich Sorgen gemacht.«

Zu betrunken, um sich Sorgen zu machen, dachte Lottie. Es war wie Zähne ziehen, aber die Backenzähne, die sie in Tracys Mund sehen konnte, überzeugten sie davon, dass die Frau seit Jahrzehnten nicht mehr beim Zahnarzt gewesen war.

»Heute ist Mittwoch, um Himmels willen! Warum haben Sie es erst gestern Abend gemeldet?«

»Ich brauchte Lebensmittel.« Tracy senkte den Blick und schaute auf ihre zitternden Hände.

»Was?«, rief Boyd aus.

Tracy stand schwankend auf und öffnete einen Schrank. Er war leer. Lottie bemerkte, dass die Frau einen billigen Baumwollschlafanzug und Plastik-Flip-Flops für zwei Euro trug. Sie sah aus wie sechzig, war aber wahrscheinlich näher an vierzig. Ihr dunkles Haar war ein Wirrwarr aus fettigen, zerzausten, unabsichtlichen Dreadlocks, wie Amy Winehouse ohne den Eyeliner.

»Hat Ihre Tochter normalerweise für Sie eingekauft?«, fragte Boyd. »Ja. Ich brauchte ein paar Dinge.«

Wodka wahrscheinlich, dachte Lottie. Jemand musste ihr die Halbliterflasche gekauft haben, die auf dem Tisch stand; sie bezweifelte, dass Tracy Phillips die Energie hatte, sich anzuziehen, um einkaufen zu gehen. Andererseits ging sie wahrscheinlich im Nachthemd auf die Straße.

»Wodka?«, höhnte Boyd.

Lottie starrte ihn wütend an.

Tracy wandte den Kopf ab und setzte sich.

»Haben Sie Maeve angerufen?«, schnauzte Boyd. »Ich nehme an, sie hat ein Handy.«

Tracy löschte ihre Zigarette in dem vollgestopften Glas, zündete sich noch eine an und nahm einen Schluck Wodka, wobei sie Boyd über den Rand des Glases hinweg beäugte.

»Sie halten mich für eine nichtsnutzige Säuferin, nicht wahr? Sie haben recht. Aber ich tue mein Bestes für das Mädchen und jetzt habe ich diese diese Schweinerei am Hals.« Sie trank noch etwas und sah auf. »Wie auch immer, gestern Abend hat die Schule mich angerufen. Da wusste ich, dass etwas nicht stimmt. Egal, was zu Hause passiert, meine Maeve geht zur Schule.« Sie zog wieder tief an ihrer Zigarette und eine Rauchwolke hüllte sie ein. »Ich rufe sie alle fünf Minuten an. Nichts. Ihr Handy ist aus. Ich weiß nicht, wo sie ist.«

Lottie hatte eine Flut von Tränen erwartet. Es kamen keine. Tracy Phillips hatte ihr Kontingent wahrscheinlich schon vor langer Zeit aufgebraucht.

»Haben Sie ein Foto von Maeve?«

Tracy reichte ihr ihr Handy. Lottie betrachtete das blasse, von langen, schwarzen Haaren umrahmte Gesicht auf dem gesprungenen Startbildschirm. Ein winziger Diamantenstecker schmückte ihre Nase. Es könnte möglicherweise das tote Mädchen sein. Sie zeigte Boyd das Foto. Er nickte.

Lottie fragte: »Kann ich das an mein Handy schicken?«

»Nur zu.«

»Wurde Maeve jemals eine Niere entfernt?«, fragte Boyd.

»Um Himmels willen! Warum fragen Sie mich das? Nein, natürlich nicht.«

»Wir erstellen ein Profil«, sagte Lottie schnell und vergewisserte sich, dass sie das Foto erhalten hatte. »Noch etwas«, sagte sie. »Ich muss das fragen. Könnte Maeve schwanger sein?«

Tracys Augen wanderten durch den Dunst des Zigarettenrauchs nach oben. »Sie alte Zicke! Nur weil ich weit unter Ihrem Niveau bin, denken Sie, dass meine Tochter ihre Beine für jeden breit macht. Sie können sich verpissen mit Ihren schmutzigen Fragen.« Lottie sagte: »Ich verurteile Sie nicht. Ich muss nur alles über sie wissen.«

Tracy schlürfte ihren Drink und nickte resigniert. »Um Ihre Frage zu beantworten: Ich weiß es nicht.«

»Kann ich ihr Zimmer sehen?« Lottie hoffte, dass das Mädchen ordentlicher war als Tracy. »Hat sie einen Computer?«

»Einen Laptop«, antwortete Tracy und zeigte zur Treppe. »An ihrer Tür steht »Betreten verboten«. Nicht sehr originell, meine Maeve.«

»Hat sie einen Freund?«

»Wenn ja, hat sie es mir nicht gesagt.«

»Sie sind sich also nicht sicher?«

»Ich kann mir nicht sicher sein, oder? Welche Mutter kann das schon?«

In der Tat, dachte Lottie und folgte Boyd aus der deprimierenden Küche hinaus und die Treppe hinauf.

Im Gegensatz zur Küche war Maeves Zimmer sauber, aber unaufgeräumt. Wie das Zimmer eines jeden normalen Teenagers, dachte Lottie. Auf dem Boden lagen auf links gedrehte Jogginghosen und eine Sammlung von Unterwäsche herum. Die einfache cremefarbene Bettdecke auf dem Einzelbett war zurückgeschlagen, als wäre das Mädchen eben gerade aufgestanden. Der Schminktisch war überfüllt mit Parfümflaschen und Tiegeln. Make-up, Lidschatten und Eyeliner in allen Schattierungen.

»Siebenundzwanzig«, sagte Lottie.

»Siebenundzwanzig was?«, fragte Boyd.

»Fläschchen mit Nagellack. Dieses Mädchen mag ihre Nägel.« Sie zählte weiter. Fünf Parfüme und sechs Körpersprays. Ein blumiger Duft hing in der Luft. Lottie inspizierte eine Dose. Impulse, Waldblumen. Sie sprühte.

Boyd sagte: »Versprüh ein bisschen in der Küche, okay?«

Jacken hingen an der Rückseite der Tür, Jeans lagen durcheinander auf dem Boden. Lottie ging die Bügel im Kleiderschrank durch. Schulhemden, Röcke und ein paar Blusen. Ganz am Ende hing ein Kleid in einer durchsichtigen Hülle mit Reißverschluss, das ihr fehl am Platz schien. Sie zog es heraus und hielt es hoch.

»Ein bisschen ausgefallen für eine Siebzehnjährige.« Boyd zog eine Augenbraue hoch, als er das Kleid sah, das in Lotties Hand schwang.

»Siebzehnjährige haben ungewöhnliche Geschmäcker«, sagte sie und dachte dabei an die bunten Kleider ihrer eigenen Mädchen. Sie öffnete die Plastikhülle.

»Wow«, sagte Boyd und trat näher heran.

Der Stoff floss aus der Verpackung, blaue Seide, ein mit Strass besetztes Mieder mit Neckholder.

»Einhundertfünfzig Euro«, sagte Lottie mit einem Blick auf das Etikett, das an der Taille baumelte.

»Wie konnte sie sich das leisten?« Boyd durchsuchte die restlichen Kleidungsstücke.

»Vielleicht hat es jemand für sie gekauft.«

»Oder sie hat es geklaut.«

»Boyd, du kennst das Mädchen nicht einmal. Wie kannst du so eine Behauptung aufstellen?«

»Ich habe die Mutter gesehen.«

Lottie schüttelte den Kopf. »Vielleicht hat Maeve einen Teilzeitjob. Ich werde danach fragen, wenn wir nach unten gehen.« Sie hängte das Kleid zurück in den Schrank, aber zuerst riss sie das Etikett ab, steckte es in eine kleine Plastiktüte und dann in ihre Tasche.

Sie fand den Laptop unter einem Kissen auf dem Bett. Es war ein billiges Modell und zum Aufladen angeschlossen.

»Gefährlich«, sagte sie und zog den Stecker aus der Steckdose. Sie schob den kleinen Computer in ihre Tasche.

»Den kannst du nicht mitnehmen«, sagte Boyd.

»Ich frage die Mutter.«

Auf einem Stuhl, unter einem Haufen Kleidung, fand sie einen Stapel Taschenbücher. Auf halber Höhe bemerkte Lottie eine Karte, die herausragte. Eine Geburtstagskarte. Für Maeve, in Liebe, dein Papa.

»Ihr Vater steht immer noch in Kontakt mit ihr«, sagte sie.

»Ich vermute, sie ist bei ihm«, sagte Boyd und schloss geräuschvoll eine Schublade. »Ich würde mich auch aus dem Staub machen, um diesem Höllenloch zu entkommen.«

»Dieses Höllenloch, wie du es nennst, ist ihr Zuhause und wahrscheinlich besser als ein Verbrecherleben mit ihrem Vater.« Warum verteidigte sie Tracy?

»Komm«, sagte sie, während sie die Karte in einen Beweisbeutel aus Plastik steckte. Für alle Fälle. »Ich möchte Tracy nach dem Kleid fragen.«

Lottie stupste Tracy Phillips an.

»Wa'? Was wollen Sie?« Tracy blinzelte. »Oh. Sie sind's. Immer noch hier?«

»Kann ich Maeves Laptop mitnehmen, um ihn mir anzusehen?«

»Wozu wollen Sie ihren Laptop?«

»Nur um ihn zu überprüfen. Vielleicht sagt er uns, wo Maeve ist.«

»Ich nehme an, das ist okay.«

»Da ist ein neues Kleid in ihrem Kleiderschrank. Haben Sie eine Ahnung, wo es herkommt?« Tracy setzte sich aufrecht hin und blickte von Lottie zu Boyd. »Kleid? Sie muss es sich gekauft haben.«

»Es war teuer. Woher konnte sie das Geld haben? Von ihrem Vater? Hat sie einen Teilzeitjob?«

Tracy schien dem, was Lottie sagte, nur mühsam folgen zu können. Zu viele Fragen auf einmal?

»Sie hat keinen Job, aber vielleicht kenne ich mein Mädchen nicht sehr gut.«

»Ich werde mit ihren Freunden sprechen müssen.«

»Welche Freunde?«

»Maeves Freunde. Können Sie mir irgendwelche Namen nennen?«

»Emily irgendwas. Sie arbeitet nach der Schule im Parkway Hotel.«

»Möchten Sie, dass ich eine Opferbetreuerin beauftrage, bei Ihnen zu bleiben?«, fragte Lottie.

»Ich komme allein zurecht.« Tracy legte ihren Kopf auf ihre verschränkten Arme auf dem schmierigen Tisch und schlief auf der Stelle ein. Als sie die Tür hinter ihnen zuzog, fragte sich Lottie, wie lange es wohl dauern würde, bis Tracy Phillips sich selbst zerstörte.

## 25

Lottie gab Maeves Laptop auf dem Revier zur Analyse ab und ordnete an, das Handy des Mädchens zu orten. Sie war sich nicht sicher, ob Maeve tatsächlich verschwunden war, aber zumindest konnten sie eine Meldung in den sozialen Medien veröffentlichen. Vielleicht wusste jemand, wo sie war. Sie druckte das Foto von ihrem Handy aus und vergrößerte es auf dem Kopiergerät. Sie hielt es neben das Post-mortem-Foto des Mordopfers und kniff die Augen zusammen, um zu sehen, ob es irgendwelche Ähnlichkeiten gab.

»Sie hat sich keine Niere entfernen lassen«, sagte Boyd, der neben Lottie stand.

»Sagt ihre Mutter. Aber ich glaube sowieso nicht, dass Maeve unser totes Mädchen ist.« Lynch erschien mit einem einseitigen Ausdruck.

»Das ist alles, was ich über Dan Russell finden konnte. Es ist nicht viel. Hier stehen nur sein Wehrdienst, das Datum, an dem er die Armee verließ, und das Jahr, in dem er sein Unternehmen Woodlake Facilities Management gründete. Alles astrein.«

»Wir werden sehen«, sagte Lottie. »Würden Sie sich bitte

auch dies hier ansehen?« Sie reichte Lynch das Kleideretikett. »Überprüfen Sie den Strichcode, um herauszufinden, woher es stammt.«

»Klar.«

Lottie zog Lynch zur Seite, sodass Boyd sie nicht hören konnte, und sagte: »Setzen Sie sich mit den Jungs von dem neuen Büro für Drogen und organisierte Kriminalität in Verbindung und versuchen Sie herauszufinden, wo sich Frank Phillips versteckt hält. Ich muss mit ihm über seine Tochter sprechen.«

Als sie zu ihrem Schreibtisch zurückkehrte, fragte sie sich, ob Jamie McNally etwas mit Frank Phillips zu tun hatte. Wenn ja, würde Kirby es herausfinden. Es schien ein zu großer Zufall zu sein - McNally wieder in der Stadt, ein Mädchen ermordet und ein anderes verschwunden. Sie mochte keine Zufälle.

Ihre Gedanken wurden unterbrochen, als sie die spärlichen Daten über Dan Russell durchlas. Etwas war ihr aufgefallen. Sie schnappte sich ihre Tasche und ging zur Tür. »Ich gehe noch einmal zu Russell.«

»Soll ich mitkommen?«, fragte Boyd.

»Nein. Du kannst die Informationen über Maeve Phillips bearbeiten. Gib ihr Foto an die Medien weiter und sieh zu, was wir von ihrem Computer herausbekommen. Geh die Abschriften der Vernehmungen im Mordfall durch. Sieh zu, ob du etwas finden kannst, das ich übersehen habe. Geh etwas essen. Ich werde in weniger als einer Stunde zurück sein.«

An der Tür versperrte Kirby ihr den Weg. »Ich habe die Sicherheitsfirma angerufen, die Bob Weir mit den nächtlichen Kontrollen beauftragt hat, wenn sein Betrieb geschlossen ist.«

»Und?« Lottie hievte sich ihre Tasche auf die Schulter.

»Sie fahren nur in jeder zweiten Nacht dort vorbei. Laut ihren Protokollen gibt es nichts zu melden.«

»Na toll. Also, wer auch immer weiß, in welchen Nächten der Wagen patrouilliert, kann tun und lassen, was er will.«

»Die Durchsuchung des Autofriedhofs ist abgeschlossen. Es wurde nichts weiter gefunden.«

»Erkundigen Sie sich, was die Ballistiker über das Einschussloch in der Mauer zu sagen haben, und fragen Sie, ob sie schon etwas über die Kugel von dem toten Mädchen haben.«

»Wird gemacht.« Kirby trat zur Seite, um sie durchzulassen.

Diesmal entwischte Lottie, ehe sie noch jemand aufhalten konnte.

Sie zeigte ihren Ausweis vor und bat darum, Dan Russell zu sprechen. Der Wachmann ließ sie durch die Tür am Haupttor und rief Russell an, um ihre Ankunft anzukündigen.

Diesmal nahm sie ihre Umgebung in Augenschein. Ein kahler Platz, der einst zum Abstellen von Armeefahrzeugen diente, wurde auf drei Seiten von vierstöckigen Unterkunftsgebäuden und Büros flankiert. Zu ihrer Linken befand sich eine verglaste Kantine. Sie sah leer aus. Rechts von ihr waren die Kapelle und die Turnhalle. Adam hatte ihr einmal erzählt, dass 1921 hinter der Kapelle zwei Männer hingerichtet worden waren, und die Einschusslöcher in der Wand an diese hitzige Zeit in der irischen Geschichte erinnerten. Sie hoffte, dass es tatsächlich Geschichte war. Sie war nicht scharf darauf, hier Einschusslöcher aus jüngerer Zeit zu finden. Dieser Gedanke holte sie unsanft zurück in die Gegenwart und zu der Szene in Weirs Autofriedhof. Während sie sich umsah, machte sich ein ungutes Gefühl in ihrer Brust breit. Was hatte sie übersehen?

Sie betrat Block A, stieg die Holztreppe hinauf und klopfte an Russells Tür.

»Inspector Parker. Was kann ich für Sie tun?« Russell ließ sie ein und lächelte.

Zu freundlich, dachte Lottie. Sie würde vorsichtig sein müssen.

»Mr Russell«

»Nennen Sie mich Dan«, unterbrach er sie. »Und bitte setzen Sie sich.«

Sie starrte ihn an. Was führte er im Schilde? Sie setzte sich ihm gegenüber hin.

»Ich fürchte, mit dem Foto des toten Mädchens hatte ich kein Glück. Sie ist nicht von hier. Es tut mir leid, dass ich Ihnen nicht weiterhelfen kann.«

Seine Aussage überraschte sie nicht, wohl aber seine veränderte Art. Er hatte sich tatsächlich entschuldigt!

»Und das andere Mädchen, das wir erwähnt haben. Mimoza. Kennt sie jemand?«, fragte sie.

»Da gibt es auch nichts zu berichten, tut mir leid.«

Lottie machte einen neuen Versuch. »Was ist mit diesem Mädchen? Erkennen Sie es?« Sie legte das Foto von Maeve Phillips auf seinen Schreibtisch. Sie hatte wenig Aussicht auf Erfolg, aber es war einen Versuch wert.

Er warf einen Blick darauf. »Nein. Sollte ich das? Ist sie auch tot?«

»Ich hoffe nicht.« Sie hatte kein Anzeichen des Erkennens bei ihm entdeckt.

Sie dachte an die Hintergrundprüfung, die sie durchgeführt hatten, und beschloss, direkt damit herauszurücken.

»Sie haben die Armee 2010 verlassen. Ich hätte gedacht, dass Sie, nachdem Sie zum Major aufgestiegen waren, die höheren Dienstgrade anstreben würden. Warum sind Sie gegangen?«

Er stand auf, ging herum zur Vorderseite des Schreibtisches und setzte sich auf die Kante. Seine Knie waren nur Zentimeter von ihren entfernt. Sie rührte sich nicht.

Er beugte sich zu ihr hin und sagte: »Was geht Sie das an? Das ist meine Angelegenheit.« Er war so nah, dass sie sein minziges Mundwasser riechen konnte.

»Ich fand es nur merkwürdig.«

»Haben Sie meinen Lebenslauf überprüft?«

»Ich bin nur neugierig.« Sie hielt seinem Blick stand und ließ sich von seinen eindringlichen, starrenden Augen nicht aus der Ruhe bringen. »Also, warum sind Sie gegangen?«

»Ich hatte genug vom Armeeleben. Ich wollte neue Abenteuer. Also gründete ich meine Firma, Woodlake Facilities Management, und bekam diesen Job.«

»Nach dem Kosovo haben Sie keine Auslandseinsätze mehr gehabt. Warum nicht?«

»Warum wollen Sie das wissen?«

»Nur so.«

»Apropos Kosovo: Ihr Name, Parker, kommt mir bekannt vor.«

»Mein verstorbener Mann diente dort in den späten neunziger Jahren. Vielleicht sind Sie ihm begegnet.« Plötzlich war Lottie trotz ihrer Bedenken gegenüber Russell begierig, etwas über Adam zu erfahren.

»Ich habe auf meinen Reisen viele Armeeangehörige getroffen.«

Er stand auf und ging zu der Wand mit den Fotos, ging von einem zum anderen. Sie wusste, dass er sie sich nicht wirklich ansah. Er war dabei, sich zu überlegen, wie viel er ihr sagen wollte. Der Mistkerl.

Er drehte sich um und stand mit gespreizten Beinen. »Ich bin schon eine Weile nicht mehr in der Armee. Aber jetzt, wo ich darüber nachdenke, erinnere ich mich an ihn. Groß, kräftig gebaut. Ein guter Soldat.«

»Er war ein hervorragender Soldat«, sagte Lottie.

»Oh ja, ich könnte Ihnen einiges über ihn erzählen. Vielleicht könnten wir uns bei einem Kaffee unterhalten? Vielleicht bei einem Abendessen?«

»Sie machen Witze!«, sagte Lottie verwundert.

»Im Gegenteil, ich meine es durchaus ernst. Ich denke, Sie sollten mit mir zu Abend essen.«

Sie fand, dass seine Äußerung wie eine Drohung klang.

»Ich esse nicht viel.« Was war das für eine blöde Bemerkung?

»Mache ich Sie nervös?«, fragte Russell. Er ging zurück zu seinem Schreibtisch und setzte sich.

»Ganz und gar nicht.« Aber Sie wollen mich verarschen, dachte sie. »Warum wollen Sie meine Fragen nicht beantworten und mir von Adam erzählen?«

»Ich habe kein Problem damit, Ihre Fragen zu beantworten.« Er lächelte. »Ich habe Ihnen bereits gesagt, dass ich das tote Mädchen nicht kenne und auch keine Mimoza. Und jetzt, wenn ich auch enttäuscht bin, dass Sie meine Einladung zum Abendessen abgelehnt haben, muss ich mit meiner Arbeit weitermachen. Wollten Sie sonst noch etwas?«

»Ja, in der Tat. Haben Sie hier einen Dolmetscher?«

»Ja, haben wir. George O'Hara. Ein sehr talentierter junger Mann.« »Ist er mit dem Athlone Institute verbunden?«

»Nein, er ist freiberuflich tätig.«

»Wirklich?« Scheiße. Sie hatte nach einer Möglichkeit gesucht, mit jemandem zu sprechen, der nicht bei Russell angestellt war.

»Das kommt uns viel billiger.«

»Ich würde ihn gerne treffen.«

»Warum das denn?«

»Ich habe vielleicht Arbeit für ihn. Ich habe jetzt Zeit, wenn er hier ist.«

Er legte die Fingerspitzen zu einem Dach zusammen und sah sie an. »Ah. Leider kommt er erst Freitag.«

»Dann komme ich nochmal vorbei.« Es könnte sich lohnen, diesen George O'Hara zu treffen. Vielleicht würde sie aus ihm mehr herauskriegen als aus Russell.

Russell kaute auf der Innenseite seiner Lippe und schaute verschlagen aus. Durchtrieben. So würde sie ihn beschreiben, wenn sie gefragt würde. Oder vielleicht bildete sie es sich nur ein. Musste an der Hitze liegen.

Sie öffnete die Tür und sagte: »Wenn hier etwas Illegales vor sich geht, werde ich es herausfinden.«

Russell lachte, und Lottie merkte, wie diese Reaktion bei einer ahnungslosen Person Angst auslösen konnte. Bei ihr jedoch nicht; es bestärkte sie nur in ihrer Entschlossenheit, dem Betrug, in den er verwickelt war, auf den Grund zu gehen. Denn sie war sich verdammt sicher, dass er etwas im Schilde führte.

Als sie wieder draußen war, wusste sie, was sie schon bei ihrer Ankunft gestört hatte. Der Ort war leer. Keine herumlaufenden Kinder oder Frauen, die auf sie aufpassten. Stille.

Entschlossen ging sie durch das Tor hinaus und zurück zum Revier. An der Kanalbrücke blickte sie hinunter und unterdrückte den lächerlichen Drang, barfuß durch die Kirschblütenblätter zu laufen, die den Weg mit einem rosa Teppich überzogen. Sie hatte das Bedürfnis, das unbehagliche Gefühl, das sie in der Kaserne überkommen hatte, loszuwerden. Hatte Russell andeuten wollen, dass es etwas gab, das sie über Adam wissen sollte?

Der Mann zog sich in den Schatten zurück, als Lottie den Block, in dem sich Dan Russells Büro befand, verließ. Er hockte sich hin und tätschelte den Kopf des Hundes, um ihn ruhig zu halten.

Die Kriminalbeamtin würde ein Problem sein. Aber nicht für ihn, wenn er es verhindern konnte.

Er musste nur seine Arbeit beschleunigen.

Er würde schon klarkommen. Aber er würde sie im Auge behalten müssen.

## 26

Vor drei Jahren war Jackie Boyd auf klickenden Stöckelschuhen und mit zielstrebig hinter ihr her wehenden langen schwarzen Haaren zur Haustür hinausgegangen und hatte DS Mark Boyds Leben verlassen.

Jetzt beobachtete er mit offenem Mund, wie sie in die Buchhandlung »Books and Things« spurtete. Sie hatte in ihrem Leben noch nie ein Buch gelesen; sie hatte nicht viel getan, außer sich über alles zu beschweren, was ihr Blickfeld kreuzte. Sie war schön, und zwar nicht auf eine unauffällige Art und Weise, sondern extravagant hinreißend. Und er war so ein Trottel gewesen, dass er sie nicht hatte halten können.

Sie mochte Aufregung und Gefahr, und er nahm an, dass sie deshalb mit ihrem Liebhaber nach Spanien abgehauen war. Mit Jamie McNally, einem mutmaßlichen Drogenschmuggler und Gott wusste was noch. »Du bist so langweilig«, hatte sie bei einem ihrer Streite gesagt, bevor sie ihn verlassen hatte. Und sie hatte wahrscheinlich recht. Aber er hatte sie geliebt und mit dem Wenigen, was er hatte, getan, was er konnte, und seine Ersparnisse bis aufs Äußerste für eine Hochzeit in dem verdammten Ashford Castle strapaziert. Die Hochzeit war so teuer gewesen, dass sie es sich danach nicht leisten konnten, ein Haus zu kaufen. Seine Einzimmerwohnung war nicht gut genug für Jackie. Sie hatte die meisten Wochenenden in Dublin verbracht, wo sie mit ihren Freunden feierte, und Boyd allein in Ragmullin zurückgelassen, bis sie schließlich von dem Rattengesicht McNally von ihren hohen Absätzen gerissen worden war.

Boyd hatte ihren Weggang eine Weile geheim gehalten, aber Ragmullin, wenn auch eine große Stadt, war immer noch klein genug, dass man nicht unbemerkt vom Eheleben zum Single-Dasein übergehen konnte. Gedemütigt und verlacht, mit einer drohenden großen Ermittlung des Skandals, hatte er sich auf die Unterstützung seiner nächsten Arbeitskollegen verlassen. Es hatte eine Untersuchung in Bezug auf seine nicht existierende Verbindung zu McNally gegeben, aber es war nichts dabei herausgekommen. Er war nicht derjenige gewesen, der sich mit einem Kriminellen herumgetrieben hatte. Äußerlich akzeptierte er die Schulterklopfer, innerlich versuchte er, Jackie in die Vergangenheit zu verbannen. Wenn er seine Wut an seinem Trainingsrad ausließ und wie ein Verrückter strampelte, fühlte er sich zwar nicht besser, aber es betäubte die Leere in seinem Herzen. Eine Leere, in die er vergeblich versucht hatte, Lottie Parker zu locken. Aber sie war über sie hinweggestiegen wie über eine regengefüllte Pfütze und tänzelte um den Rand herum, wobei sie manchmal ein wenig nasse Füße bekam, aber nie mitten hineinsprang.

Als er sah, wie Jackie den Laden betrat, ihr Haar so kurz geschoren, dass ihr Hals schwanenähnlich aussah, blieb Boyd wie angewurzelt stehen. Warum war sie wieder in der Stadt und wo war ihr Loverboy McNally?

Er beobachtete von seinem Aussichtspunkt aus, wie sie den Laden verließ, eine Zigarettenschachtel auspackte und das Zellophan in einer leichten Brise davonfliegen ließ. Sie sah sich nervös um, zündete sich eine Zigarette an und nahm einen tiefen Zug. Sie klackte die Straße hinunter und bog rechts ab zum Brook Hotel. Und Boyd konnte nicht anders als ihr zu folgen.

Als er die Lounge des Hotels betrat, sah er sie in einer Nische sitzen. An einen Pfeiler gelehnt, beobachtete er sie. Sie musste die letzten paar Jahre in der Sonne verbracht haben, dachte er. Sie hatte sich verändert. Sehr. Ihre Haut war wie eine alte braune Lederhandtasche, und ihre Augen wirkten stumpf und leblos. Aber sie hatte sich ihre perfekte Figur bewahrt.

Sie sah auf und sie starrten sich an. Kein Lächeln. Er dachte daran, sich umzudrehen und zu gehen, aber er tat es nicht. Er ging die hölzernen Stufen hinauf, vorsichtig, um in seiner Eile nicht auszurutschen, und setzte sich ihr gegenüber auf einen Hocker.

»Hallo Marcus.«

Boyd zuckte zusammen. Jackie hatte ihn nie bei seinem Vornamen Mark genannt. Zu gewöhnlich, hatte sie gesagt, und die Ironie war ihr entgangen. Also hatte sie ihn in Marcus umgetauft. Er hasste es.

»Jetzt nennen mich alle Boyd«, sagte er. »Wie geht es dir, Jackie?«

»Gut«, sagte sie und legte die Speisekarte auf den Tisch. Er bemerkte wie ihre Finger zuckten. Sehnsüchtig nach einer Zigarette? Nervös?

»Was bringt dich zurück nach Ragmullin? Wenn du mich vorgewarnt hättest, hätte ich den roten Teppich ausgerollt.«

»Sarkasmus hat noch nie zu dir gepasst.«

Boyd steckte sich ein Stück Kaugummi in den Mund und kaute. »Also, verrätst du´s mir?«

»Es hat nichts mit dir zu tun, stell dir vor.«

Die Kellnerin kam mit einem Notizblock.

»Nur einen Kaffee«, sagte Jackie. »Irgendetwas hat mir den Appetit verdorben.«

»Nichts für mich«, sagte Boyd.

Er lehnte sich zurück und erinnerte sich gerade noch rechtzeitig daran, dass er auf einem Hocker saß. Seine Knie schmerzten. Konnte er es wagen, sich neben ihr auf die Bank zu setzen? Auf keinen Fall. Vielleicht sollte er einfach von hier verschwinden, weg von seiner Noch-nicht-Exfrau.

Er fragte: »War es dir in Spanien zu heiß?«

»Was meinst du, Detective Sergeant Boyd? Ich habe von einem meiner Freunde gehört, dass du es nicht zum Inspector geschafft hast. Das tut mir leid. Habe ich deinen Ruf durch meine Indiskretionen besudelt?« Sie schlug ihre langen Beine übereinander und ihr leichtes Kleid rutschte an ihrem Oberschenkel hoch. »Das brauchst du nicht zu beantworten.« Ein Lächeln glitt über ihr Gesicht. Sie wusste, wie sie ihn verletzen konnte, wusste, wie sie das Fass zum Überlaufen bringen konnte.

Boyd schüttelte den Kopf. »Also, hast du McNally irgendwo auf einer Sonnenliege liegen lassen?«, fragte er.

»Sprichst du immer nur in Fragen? Ich muss keine davon beantworten. Es sei denn, du willst mich verhaften?«

»Du hättest unter dem Felsen bleiben sollen, unter den er dich geschleppt hat. Ich bin nicht scharf darauf, dich hier zu sehen.«

»Es ist ein freies Land, soweit ich weiß.«

»Ich gehe besser, wenn es dir nichts ausmacht.« Er stand auf.

»Warum sollte es mir etwas ausmachen? Ich habe dich nicht eingeladen.«

»Geh mir einfach aus dem Weg.« Er ging, bevor seine wie Lava anschwellende Wut sich in etwas entlud, das er später bereuen würde.

»Marcus?«

Er hielt auf der untersten Stufe der Nische inne.

»Geh du mir auch aus dem Weg.«

»Halte mir McNally vom Leib«, sagte er, »und du wirst mich nicht zu sehen bekommen.« Er verließ das Hotel und ging zu Cafferty's Bar. Er brauchte ein Pint, bevor er Lottie gegenübertrat.

Jackie Boyd wusste, dass es ein Risiko gewesen war, nach Ragmullin zurückzukehren. Aber sie hatte mitkommen wollen, und nach vielem Schmeicheln und einigen Aktivitäten im Bett, die sie nicht besonders mochte, hatte Jamie eingewilligt. Sie hatte gewusst, dass sie mit großer Wahrscheinlichkeit Marcus begegnen würde, und irgendwo in ihrem Unterbewusstsein hatte sie gedacht, dass er ihr vielleicht helfen könnte. Bevor sie zu lange darüber nachdenken konnte, saß schon Jamie vor ihr.

»War das Detective Sergeant Boyd, den ich da wie Batman habe verschwinden sehen?«, spottete er.

»Er ist aus dem Nichts hier aufgetaucht«, sagte sie und nahm der Kellnerin, die neben ihr aufgetaucht war, die Kaffeetasse ab.

»Ich hoffe, du hast nicht hinter meinem Rücken herumgemacht.«

»Ich kann nichts dafür, wenn mir Leute über den Weg laufen, die ich mal kannte.« Sie wusste sofort, dass sie zu viel gesagt hatte, sobald die Worte ihre Lippen verlassen hatten.

»Hast du jetzt gerade mit ihm gesprochen?«

»Er hat ›Hallo‹ gesagt. Ich habe ihm gesagt, er solle sich verpissen. Er ist gegangen.« Sie hoffte, Jamie würde das akzeptieren. Sie wollte keinen Streit. Nicht hier. Nicht in der Öffentlichkeit. »Wie ist es bei dir gelaufen?«, fragte sie schnell, um das Thema zu wechseln.

»Ich werde später dort reinschauen. Sehen, ob ich etwas

erfahren kann. Wenn du fertig bist, lass uns gehen. Ich möchte nicht gesehen werden.«

Sie fragte sich, warum er sich an einem öffentlichen Ort aufhielt, wenn er nicht gesehen werden wollte. Sie wünschte, sie hätte Zeit, ihre Nerven mit dem Kaffee zu beruhigen, legte das passende Geld auf den Tisch und stand auf. McNally packte sie am Ellbogen und steuerte sie die Treppe hinunter.

Er zog sie an sich. »Halt dich von deinem Ex fern, oder du bekommst es mit mir zu tun. Verstanden?« Er biss auf ihr Ohrläppchen.

»Na-natürlich, Jamie«, stotterte sie. »Natürlich.«

## 27

Lottie blickte auf, als Boyd kurz nach drei Uhr ins Büro schlich.

»Flüssiges Mittagessen?«, fragte sie.

»Lass mich. Nur dieses eine Mal.« Er setzte sich an seinen Schreibtisch.

»Was ist los mit dir?« Sie bemerkte, dass er ungewöhnlich zerzaust aussah und sein Baumwollhemd völlig verschwitzt war.

»Ich sagte, lass mich.«

»Wie du willst.« Wenn er in dieser Laune war, konnte man mit Boyd nicht reden.

Sie überflog ihre Notizen zu Maeve Phillips und überlegte, ob sie die Akte einem anderen Team übergeben sollte, um ihr größere Priorität zu sichern. Sie hatte schon genug auf ihrem Schreibtisch, mit dem sie sich herumschlagen musste. Sie war der Identität des ermordeten Mädchens noch kein Stück näher- gekommen, es gab noch keine Ergebnisse von Weirs Auto- friedhof und auch keine Spur von Mimoza und ihrem Sohn. Aber sie konnte nicht ignorieren, dass nun ein Mädchen vermisst wurde.

»Du trinkst nie zur Mittagszeit.« Sie konnte es sich nicht

verkneifen. Boyd verhielt sich so untypisch, fast als wäre er jemand anderes.

Er seufzte. »Jackie ist zurück.«

Das war's also. Wenn jemand Boyd in den Suff treiben konnte, dann war es Jackie. Warum hatte er sich nicht von ihr scheiden lassen? Er muss immer noch etwas für sie übrighaben. Wenn sie Boyd wäre, wäre dieses etwas ein Messer. Aber sie war nicht Boyd und Boyd hatte ein weiches Herz. Scheiße, dachte sie, ich hätte ihn über McNally warnen sollen. Jetzt fühlte sie sich wirklich schlecht.

»Du hast sie gesehen?«

»Ich habe sie getroffen.«

»Was soll das heißen? War Loverboy bei ihr?«, fragte sie, ohne nachzudenken. Kirby hatte immer noch keine Spur von Jamie McNally gefunden. Vielleicht konnte Boyd durch Jackie Informationen über den Verbleib des Verbrechers bekommen.

»Warte mal. Wusstest du, dass McNally zurück ist?«, fragte er.

»Es tut mir leid. Ich wollte es dir erst sagen, wenn wir es ganz sicher wissen. Superintendent Corrigan hatte Informationen, dass er letzten Mittwoch nach Irland zurückgekehrt ist. Kirby hat versucht, ihn ausfindig zu machen. Bisher ohne Erfolg.« Scheiße, sie war dabei, alles zu verpfuschen. »Also... weißt du, ob McNally bei ihr ist oder nicht?«

»Um ehrlich zu sein, Lottie, es ist mir scheißegal.«

»Unsinn.«

»Ach, lass mich doch in Ruhe. Ich will nicht darüber reden.«

»Warum? Sei kein Idiot. Vor drei Jahren hat Jackie dir das Herz gebrochen und dich fast deinen Job gekostet.«

»Ich konnte ihr nicht geben, was sie wollte. Es war alles mein Fehler.«

»Ja, dein Fehler war, sie überhaupt zu heiraten.«

»Das war meine Wahl.«

»Und du hast immer noch eine Wahl. Halte dich von ihr fern.«

»Lottie?«

»Ja?«

»Kümmere dich um deinen eigenen Kram.«

»Okay.« Lottie gab nach. Vorläufig. Vielleicht hätte sie Boyd warnen sollen, dass McNally zurück war. Schlechtes Urteilsvermögen ihrerseits? Nein, sie hatte versucht, ihn zu schützen.

»Kannst du herausfinden, wo wir eine Liste der Bewohner von Dan Russells Einrichtung bekommen können?«, fragte sie. Boyd sah aus, als bräuchte er eine therapeutische Aufgabe, damit er sich wieder auf die Arbeit konzentrieren konnte.

»Ich werde beim Justizministerium nachfragen. Aber wenn die Einrichtung ausgelagert ist, bin ich mir nicht sicher, ob sie helfen können.«

»Versuch es trotzdem.«

Boyd stieß einen Seufzer aus und nickte.

»Sie haben einen freiberuflichen Sprachlehrer in der Flüchtlingsunterkunft. George O'Hara...«, begann sie.

»Vergiss es.«

»Okay«, lenkte Lottie ein. »Was das Kleid angeht, das wir in Maeve Phillips Zimmer gefunden haben«, sagte sie, »anhand des Codes auf dem Etikett hat Lynch herausgefunden, dass es nur online erhältlich ist. Sie fragt gerade bei der Firma nach. Hoffentlich können wir die Transaktion zurückverfolgen.«

Boyd setzte sich aufrecht hin. »Bestimmt nicht.«

»Sei optimistisch. Es laufen schon genug Pessimisten herum, du musst nicht auch noch einer werden.« Sie haute auf ihren Schreibtisch.

»Ich habe was!« Maria Lynch unterbrach sie und zog ein Blatt Papier aus dem Drucker. »Das Kleid wurde am ersten April bei Dinkydress gekauft. Bezahlt wurde es mit Kreditkarte. Sie wollen nicht sagen, wem die Karte gehört, aber es wurde am fünften April per Kurier an Maeve Phillips, 251 Mellow Grove, geliefert.«

»Sie hatte das Kleid über einen Monat und hat es noch nicht getragen. Ich frage mich, wofür es gekauft wurde. Hat sie eine eigene Kreditkarte?«, fragte Lottie und las die Seite.

»Sie hat nicht mal ein Bankkonto«, sagte Lynch.

»Jemand hat es für sie gekauft. Vielleicht hat sie einen Freund. Versuchen Sie, die Firma zu überreden, den Namen freizugeben.«

»Wie?«

»Denken Sie sich etwas aus. Ich glaube, wer auch immer dieses Kleid gekauft hat, könnte Maeves geheimnisvoller Freund sein. Wenn wir diesen Freund finden, finden wir vielleicht auch Maeve. Wir müssen uns auf den Mord an der Frau konzentrieren, die unter der Straße gefunden wurde.«

»Soll ich diesen Vermisstenfall also jemand anderem übergeben?«, fragte Lynch.

»Nein. Wir müssen der Sache höchste Priorität einräumen. Finden Sie heraus, ob Maeve Phillips einen Reisepass hat, und ich möchte mit ihrer Freundin Emily sprechen. Ich muss sicher sein, dass Maeves Verschwinden nicht mit dem Mord zusammenhängt.«

»Nicht sehr wahrscheinlich, oder?«, sagte Boyd.

»Ich muss das Kästchen abhaken«, sagte Lottie.

»Solange es kein hölzernes mit einem Messingkreuz obendrauf ist«, sagte Kirby und hob seinen Kopf hinter einem Berg von Papierkram hervor.

»Das war alles andere als witzig.« Lottie fuhr sich mit den Fingern durchs Haar und fragte sich, ob Kirby nicht ganz unrecht hatte.

Emily Coyne war gesprächig und voller Leben. Lottie erwischte sie im Parkway Hotel, wo sie nachmittags, nach der Schule, arbeitete.

Emily ließ sich vor den beiden Kriminalbeamten auf einen Stuhl plumpsen und ihre Augen leuchteten aufgeregt durch eine rosagerahmte Brille. Rotbraune Highlights in ihrem lockigen Haar blitzten jedes Mal auf, wenn sie den Kopf drehte, was sie oft tat.

»Danke, dass du bereit bist, mit uns zu reden«, sagte Lottie.

Das Mädchen starrte sie an. »Oh, Mrs Parker. Ich habe Sie kaum erkannt. Wie geht's Chloe?«

Lottie fragte sich, ob Chloe in Emilys Jahrgangsstufe war, und wenn ja, ob sie Maeve kannte.

»Es geht ihr gut, danke.«

»Cool«, sagte Emily.

»Wir machen uns Gedanken um deine Freundin Maeve Phillips.«

»Maeve? Warum? Was hat sie getan?« Die Locken blieben lange genug ruhig, um ihre Mundwinkel sinken zu lassen. »Nichts Ernstes, hoffe ich.«

»Wir versuchen, sie ausfindig zu machen«, sagte Lottie, der von dem ständigen Gestikulieren des Mädchens leicht schwindelig war. »Hast du irgendeine Ahnung, wo sie sein könnte?«

Emily blies ihre Wangen auf und machte große Augen. »Zu Hause?«

»Nein, da ist sie nicht. Meinst du, sie könnte bei ihrem Vater sein?«

»Bei der Flasche? Sie hasst ihn.«

Lottie verdaute das einen Moment lang und fragte dann: »Wann hast du Maeve zuletzt gesehen?«

Noch mehr Gesichtsverrenkungen und Schnipsen langer Fingernägel, bevor Emily sagte: »Mal sehen. Letzten Freitag in der Schule.«

»Hat sie nicht am Wochenende bei dir übernachtet?«

»Nein. Sie war irgendwie total aufgeregt. Ich glaube, sie hat einen Freund. Sie sagte, wir würden uns Montag treffen und sie würde mir alles genau erzählen. Aber sie ist diese Woche nicht zur Schule gekommen. Oh Scheiße. Ich hoffe, sie ist okay.«

Lottie fragte: »Ist es ungewöhnlich für sie, die Schule zu schwänzen?«

Emily zog ein Gesicht. »Ja, ist es. Ich hätte mir mehr Sorgen um sie machen sollen, aber ich war so beschäftigt mit dem Lernen und der Arbeit hier und all dem.« Sie ließ den Kopf hängen. »Maeve fehlt selten in der Schule, was merkwürdig ist, weil ihre Mutter...« Sie hielt inne. »Ich will nicht respektlos gegenüber ihrer Mutter sein, aber sie trinkt sehr viel.«

»Ich weiß.«

»Ich habe versucht, Maeve anzurufen. Auch per SMS und Snapchat, aber ich habe keine Antwort bekommen. Aber ich habe mir keine Sorgen um sie gemacht. Hätte ich das sollen? Glauben Sie, es geht ihr gut?«

Lottie ignorierte die Bedenken des Mädchens und fragte: »Weißt du irgendetwas über Maeves Freund?«

Sie hat nur angedeutet, dass sie sich mit jemandem trifft. Sie hat nie einen Namen oder irgendetwas erwähnt. Ich habe gefragt, aber sie wollte es mir nicht sagen.«

»Und du bist dir sicher, dass du seit Freitag nichts von ihr gehört hast?« Lottie hatte gehofft, dass Maeve bei Emily übernachtet hatte oder ihr zumindest gesagt hatte, wohin sie ging.

»Am Freitag habe ich sie nur kurz gesehen. Wir sind zusammen im ÜJ, aber freitags teilt sich unsere Klasse für die Projektarbeiten auf.«

»ÜJ?« fragte Boyd.

»Übergangsjahr«, erklärte Lottie. »Nach dem mittleren Schulabschluss haben die Schüler die Möglichkeit, ein zusätzliches Jahr für Projekte zu nutzen.« Sie wandte sich wieder Emily zu. »An was für einem Projekt arbeitest du denn?«

»Den Leuten helfen, Sprachen besser zu verstehen. Alles langweiliges Zeug, eigentlich.«

»Und Maeve macht das auch?«

»Ja, und am Freitag war sie total aufgeregt. Aber wie ich schon gesagt habe, ich weiß nicht, warum.«

»Und danach hast du sie ganz sicher nicht mehr gesehen?«

»Nein. Jetzt haben Sie mir Angst gemacht. Was meinen Sie, wo sie ist?« Die Sorge schien Emilys Mätzchen einen Dämpfer zu versetzen.

»Ich dachte, du weißt es vielleicht, aber offensichtlich...« Lottie erhob sich, um zu gehen.

»Warten Sie.« Emily zog an ihrer Tasche. Lottie setzte sich wieder hin. »Maeve war viel online. Tinder und Facebook. Snapchat und Twitter auch. Mehr als wir alle. Ich glaube, ihr Typ könnte jemand sein, den sie auf diese Weise kennengelernt hat.«

»Okay«, sagte Lottie. »Wenn dir noch etwas einfällt, ruf mich an.«

Sie gab Emily ihre Karte.

»Klar. Ich werde auch herumfragen. Wie ein Privatdetektiv oder so.«

»Emily, die Ermittlungen machen wir. Aber wenn du irgendetwas hörst, ruf mich an oder schick mir eine SMS.«

»Wie Sie meinen.« Die Locken hüpften noch mehr herum. »Mrs Parker?«

Lottie hielt inne. »Ja?«

»Sie sollten Chloe nach Maeve fragen. Sie sind auch befreundet.«


»Ich fahre«, sagte Lottie, als sie wieder am Auto waren.

»Von mir aus«, sagte Boyd.

»Ich würde sagen, du bist über dem Limit.«

»Oh, ich war schon vor drei Jahren weit über meinem Limit.«

»Ich rede nicht von Jackie.«

»Ich auch nicht.«

Lottie schloss das Auto auf und stieg ein. »Boyd, ich bin sehr besorgt.«

»Mir ist übel.« Boyd schnallte sich an. »Ich hoffe, ich kriege nicht die Grippe«, klagte er.

»Werd erwachsen. Das kommt von deinen Pints in der Mittagspause in Kombination mit der Hitze. Ich bin jetzt davon überzeugt, dass Maeve verschwunden ist. Ich bin mir nur nicht sicher, ob sie freiwillig abgehauen ist oder nicht. Ich werde eine Einsatzgruppe aufstellen müssen, um das zu überwachen. Trotz der laufenden Mordermittlungen müssen wir der Sache einen hohen Stellenwert geben.«

»Sie ist bestimmt bei ihrem Online-Freund. Kein Grund zur Panik.«

»Sie hätte es ihrer besten Freundin erzählt.« Lottie ließ das Auto an. »Teenager halten zusammen, erzählen sich alles. Wenn Emily nicht weiß, wo Maeve ist, dann weiß es niemand.«

»Was ist mit Chloe?«

»Ich werde heute Abend mit ihr reden, aber sie ist in der Schule ein Jahr hinter Maeve, also weiß sie vielleicht nicht viel über sie.«

Boyd schüttelte den Kopf. »Du glaubst, Maeve wurde entführt, nicht wahr? Komm schon, Lottie. Zieh keine voreiligen Schlüsse. Die Beweise deuten darauf hin, dass das Mädchen weggelaufen ist.«

»Weggelaufen mit was? Du hast ihr Zuhause gesehen. Sie haben nichts.«

»Sie hat einen kriminellen Vater, der höchstwahrscheinlich stinkreich ist, und du gerätst in Panik, weil du nicht das Richtige getan hast, als Jason Rickard verschwunden ist.«

Lottie trat voll auf die Bremse. Zum Glück war niemand

hinter ihr. Schnell manövrierte sie den Wagen auf den Seiten-
streifen gegenüber der alten Tabakfabrik. Sie drehte sich herum
und warf Boyd einen vernichtenden Blick zu.

»Das war unter der Gürtellinie. Weit unter der
Gürtellinie.«

Er schien unter ihrem wütenden Blick zu schrumpfen.
»Scheiße, es tut mir leid. Aber ganz ehrlich, glaubst du nicht,
dass ich recht habe?«

»Du kannst mich mal, Boyd.«

Zähneknirschend trat sie das Gaspedal durch, fuhr ohne
einen Blick in den Rückspiegel auf die Fahrbahn und brauste
zurück zum Revier.

Sie war wütend auf Boyd, weil sie wusste, dass er recht
hatte.

Lottie rief Jane Dore an, aber die Rechtsmedizinerin hatte noch
keine Nachricht von der Ballistik bezüglich der Kugel, die in
dem Opfer gefunden worden war.

»Gibt es niemanden, der Ihnen einen Gefallen schuldet?«,
fragte Lottie.

»Den habe ich letztes Mal eingelöst, als ich die DNA-Probe
für Sie an die Spitze der Warteschlange gesetzt habe«, sagte
Jane. »Noch keine Identifizierung?«

»Nein. Wir haben auch ein vermisstes einheimisches
Mädchen, aber ich bin mir fast sicher, dass sie es nicht ist. Ich
maile Ihnen ihr Foto, damit Sie sie ausschließen können.«

»Okay, schicken Sie es mir.«

»Glauben Sie, dass unser Opfer auf dem Betriebshof des
Autoverwerters erschossen worden sein könnte?«, fragte Lottie.

»Ich lasse die Blutproben überprüfen«, sagte Jane. »Und ich
habe etwas Moos unter einem Fingernagel gefunden.«

»Moos? Aber sie war doch in Lehm und Erde vergraben.«

»Es wird bereits analysiert.«

»Sagen Sie mir Bescheid, sobald Sie die Ergebnisse haben.«

»Natürlich.«

»Moos«, wiederholte Lottie, als sie den Anruf beendete. Ihr Kopf tat weh. Als sie sich umsah, bemerkte sie, dass sie die Einzige war, die noch im Büro war.

## 28

Lottie hatte Boyd vor dem Revier aussteigen lassen und dann hinter dem Gebäude geparkt. Er hatte sich Kirby geschnappt, der auf der Treppe stand und rauchte, und hatte ihn die Straße hinunter zu Cafferty's gelotst. Um halb sechs Uhr abends war es ruhig im Pub.

»Kümmere dich nicht um die Chefin. Sie scheißt alle an«, sagte Kirby.

»Das ist es nicht«, antwortete Boyd. »Jackie ist zurück.«

Kirby wandte die Augen ab. »Das hat gerade noch gefehlt.«

»Wem sagst du das.«

Kirby trank von seinem Guinness. »Hör mal, Boyd, ich wusste, dass deine Exfrau Ärger bedeutete, als sie das erste Mal mit ihrem Busen vor mir gewackelt hat.«

»Sie ist immer noch meine Frau, wenn auch nur dem Namen nach«, korrigierte ihn Boyd. »Zur Hölle mit diesem Mineralwasser. Hey, Darren. Zapf mir ein Pint.« Der Barmann machte sich an die langsame Kunst, das perfekte Pint Guinness zu zapfen.

Kirby sagte: »Du bist blind für alles Gefährliche und Kriminelle, wenn die hinreißende Jackie in der Nähe ist.«

»Den Philosophen zu spielen, zieht bei mir nicht.« »Weißt du, dass McNally wieder in der Stadt ist?«

»Jetzt ja, aber ich habe keine Spur von ihm gesehen und bin auch nicht geblieben, um mir ihre Geschichte anzuhören. Nicht, dass sie die Absicht gehabt hätte, mir irgendetwas zu erzählen.«

»War es komisch, Jackie nach so langer Zeit wiederzusehen?« Kirby trank sein Bier mit drei Schlucken aus und winkte dem Barmann, um noch eins zu bestellen.

»Komisch?« Boyd dachte einen Moment nach. »So kann man es auch nennen, nach drei Jahren. Unheimlich würde ich sagen.«

»Du hast doch keine Angst vor Rattengesicht McNally, oder?«

»Eher davor, was er wieder hier in Ragmullin macht. Ärger verfolgt ihn wie ein zweiter Schatten.«

»Wir müssen uns an Europol wenden und sehen, ob sie uns sagen können, was er so treibt.«

»Wir sind nicht die CIA, Kirby.«

»Hmpf«, grunzte Kirby.

»Ich bin mir nicht mal sicher, ob Jackie noch mit ihm zusammen ist.«

»Wunschdenken?«

Darren, der Barmann, kam mit dem Pint. Während Boyd das Geld abzählte, nahm Kirby das Glas und begann zu trinken.

»Ich habe das andere ruckzuck fertig«, sagte Darren mit einem Augenzwinkern.

»Du bist ein gieriger Mistkerl, Kirby. Wie auch immer«, sagte Boyd, »ich will nicht über Jackie reden.«

»Von mir aus. Aber du würdest sie gerne mal wieder bumsen, stimmt's?«

Der Barmann kam mit dem zweiten Pint.

»Halt die Klappe, lassen wir uns volllaufen«, sagte Boyd.

»Darauf trinke ich«, antwortete Kirby, hob sein Glas und prostete ihm spöttisch zu.

## 29

Chloe lag auf ihrem Bett mit knallroten Kopfhörern auf den Ohren und immer noch in ihrer Uniform. Sie war dabei, durch ihr Handy zu wischen.

»Kann ich dich kurz sprechen?« Lottie betrat das Zimmer und setzte sich auf die Bettkante. Chloe setzte sich schnell auf, zog sich die Beats-Kopfhörer herunter in den Nacken und schob das Telefon unter ihr Kopfkissen. Lottie fasste dies als Zustimmung auf.

»Wie läuft's bei dir? Du scheinst die ganze Zeit schlecht drauf zu sein. Warum?«

»Nur so. Würdest du doch nicht verstehen.«

»Ich mache mir Sorgen um dich, sag's mir.«

»Auf. Keinen. Fall. Was willst du?«

Lottie seufzte und fragte: »Kennst du Maeve Phillips?«

»Und wenn schon?«

»Chloe, bitte, tu mir einen Gefallen und beantworte die Frage.«

»Okay, Detective Inspector. Ja. Ich kenne sie.«

»Hast du irgendeine Ahnung, wohin sie sich abgeseilt haben könnte?«

»Nein. Hat sie sich unerlaubt entfernt?«

»Ich habe nicht den Eindruck, dass sie die Art von Mädchen ist, die sich unerlaubt entfernt, wie du es nennst.«

»Maeve ist eine Drama-Queen, immer auf der Suche nach Aufmerksamkeit.«

Lottie kannte noch zwei Drama-Queens. Beide wohnten in ihrem Haus.

»Es ist also nicht ungewöhnlich für sie zu verschwinden?«

»Nicht wirklich. Sie hat Freunde in Dublin. Manchmal fährt sie mit dem Zug dorthin. Wenn sie es satthat, sich um ihre alkoholkranke Mutter zu kümmern, sagt sie.«

»Sie wurde seit letztem Freitag nicht mehr gesehen«, sagte Lottie.

»Ich glaube nicht, dass sie jemals so lange weg war. Normalerweise ein oder zwei Tage.«

»Emily Coyne glaubt, dass sie einen Online-Freund hat. Weißt du etwas darüber?«

Chloe zögerte. Nur einen Bruchteil. Lottie hatte es bemerkt.

»Emily ist ein Schwachkopf. Ich bin weder mit ihr noch mit Maeve eng befreundet oder so. Sie sind ein Jahr weiter als ich.«

»Ich weiß. Also woher kennt ihr euch?«

»Wir hängen manchmal online zusammen rum.«

»Facebook?«

Wieder ein Zögern, dann antwortete sie: »Ja.«

Lottie hatte das Gefühlt, dass Chloe ihr absichtlich auswich. »Wenn sie von zu Hause wegwollte, meinst du, sie würde dann zu diesen Freunden in Dublin gehen?«

»Ich sagte, ich weiß es nicht.«

Lottie stand auf, ging zur Tür und blickte sich zu ihrer Tochter um. Wann hatte sie sie verloren? Chloe war immer das Kind gewesen, auf das sie sich verlassen konnte, die Vernünftige. War das Leben im Hause Parker zu viel für sie geworden? Ihre Stimmung hatte sich in letzter Zeit definitiv verändert. Seit

Lottie Urlaub genommen hatte? Den ganzen Tag zu Hause gewesen und ihr die Decke auf den Kopf gefallen war? Hatte sie ihre Kinder mit verrückt gemacht? Aber sie hatte das Gefühl, dass es mit den Ereignissen im Januar zusammenhing. Oder vielleicht ging es sogar noch weiter zurück, bis zu Adams Tod. Sie wusste, wie verheerend das für die ganze Familie gewesen war. Aber sie hatte gedacht, dass Chloe besser damit fertig geworden war als die anderen. Vielleicht hatte sie sich auch da geirrt.

Chloe kaute einen Moment auf ihrer Lippe, dann sagte sie, als hätte sie es sich anders überlegt: »Ich dachte, Maeve sollte das Wochenende bei Emily verbringen.«

»Emily sagt, dass sie nicht bei ihr war. Sag mir, wie ist Maeve so?« »Sie ist okay«, sagte Chloe. »Ein bisschen eine Einzelgängerin. Und bevor du fragst, sie nimmt keine Drogen oder so einen Scheiß.«

»Dieser Freund von ihr«

Chloe zuckte mit den Schultern. »Sie ist immer online. Immer mit dem Handy in der Hand, sogar in der Schule.«

»Also genau wie du.« Lottie lächelte. »Wir werden ihr Face-book-Konto abfragen.«

»Ist denn gar nichts mehr heilig?«, stöhnte Chloe.

»Und wir werden auch alle anderen sozialen Netzwerke überprüfen, die sie vielleicht benutzt.«

»Wie du meinst.« Chloe zog sich die Kopfhörer über die Ohren.

»Ich werde meine Leute beauftragen, alle ihre Online-Konten zu untersuchen, aber vielleicht könntest du ja auch mal gucken, ob dir etwas Ungewöhnliches oder Merkwürdiges auffällt, das uns alten Leuten entgehen könnte.«

Lottie ging hinaus in den Flur, gefolgt von der dröhnenden Musik aus den Kopfhörern.

»Dein Zimmer müsste mal wieder gestaubsaugt werden«, sagte sie mit einem Blick zurück.

Chloe schloss die Augen und winkte sie weg.

Gespräch beendet.

Als sie sicher war, dass ihre Mutter nach unten gegangen war, ging Chloe mit ihrem Handy online und durchsuchte Maeves Facebook-Seite. Keine Updates. Sie tippte auf Twitter, klickte auf ihre Listen. Nichts. Sie gab das Hashtag #cutforlife ein und scrollte. Keine Beiträge von Maeve seit letztem Freitag. Komisch. Normalerweise postete sie jeden Tag, an manchen Tagen sogar jede Minute. Zum Glück hatten sie dem Großmaul Emily nichts erzählt, denn die hätte sich bestimmt verplappert. Es gab genug Konflikte in ihrem Leben, ohne dass ihre Mutter davon erfuhr.

Sie stieß einen lauten Atemzug aus. Das Leben war so ungerecht. Sie hasste es, Geheimnisse haben zu müssen. Warum hatte Maeve ihr überhaupt etwas erzählt? Sie hätte gehen sollen, um zu tun, was immer sie tun wollte, ohne Chloe da hineinzuziehen.

Die Panik war wieder da. Schnitt ihr durch die Brust. Sie zog ihre Kopfhörer ab, warf sie auf das Kissen und setzte sich aufrecht hin. Sie krempelte ihren Ärmel hoch und fuhr mit den Fingern an der Innenseite ihres Ellenbogens entlang, um die Schorfe auf den alten Schnitten zu spüren. Mit dem Fingernagel erwischte sie den Rand einer frischen Kruste und zog sie von ihrem Fleisch ab. Sie sah zu, wie ein dunkler Bluttropfen hervorblubberte und sich dann setzte. Sie wusste, was sie zu tun hatte.

Sie sprang vom Bett auf, suchte in ihrem Rucksack nach ihrem Federetui und setzte sich wieder aufs Bett. Sie holte das Taschentuch mit dem scharfen Werkzeug heraus und lauschte erneut, um sicherzugehen, dass niemand vor ihrer Tür stand. Sie konnte es nicht gebrauchen, dass Sean herumschnüffelte. Er würde bestimmt ihre Mutter rufen.

An ihrem Arm war nur noch wenig Platz. Sie zog ihre Hose herunter und tastete die weiche Haut an der Innenseite ihres Oberschenkels ab. Sie war jungfräulich weiß und fühlte sich glatt an. Sie drückte das Fleisch zusammen und setzte die Klinge hart und scharf an. Ein leises Stöhnen entwischte ihren zusammengepressten Lippen, als der Schmerz sie durchfuhr.

Sie wusste, dass es falsch war, aber irgendwie fühlte es sich richtig an. Später würde sie darüber tweeten und hoffentlich würde er es sehen. Schließlich war das Hashtag seine Idee gewesen.

Aus der Küche unten kam der Geruch von gekochtem Essen, und plötzlich verspürte sie Hunger. Sie wusste, dass sie sich vor dem Essen waschen musste, aber noch lag sie auf dem Rücken auf ihrem Bett. Während das Blut aus der Wunde tropfte, dachte sie an Maeve. Wo steckte sie bloß?

»Was ist das?«, fragte Sean.

»Pfannengerührtes Hähnchen«, sagte Lottie.

»Wo ist das Hähnchen?«

»Iss es einfach.«

Katie sah krank aus, als sie in dem Nudelwirrwarr, das Lottie aus den Resten ihres letzten Lebensmitteleinkaufs zusammengekocht hatte, herumstocherte.

»Katie, würdest du morgen früh einkaufen gehen? Ich lasse dir etwas Geld und eine Einkaufsliste da.«

»Okay«, sagte Katie.

»Wie war's in der Schule?«, fragte Lottie Sean.

»Okay.«

Manchmal erinnerten die Gespräche in ihrem Haus sie an die Vernehmung eines Verdächtigen, der die »kein Kommentar«-Route eingeschlagen hatte. Ganz schön anstrengend, dachte sie.

Nachdem das Geschirr abgeräumt war, beschloss sie, laufen

zu gehen und unterwegs vielleicht bei ihrer Mutter vorbeizuschauen. Sie ging in ihr Zimmer, zog ihre Laufkleidung an und blieb dann oben an Treppe stehen, um zu lauschen.

Laute Rufe kamen aus Seans Zimmer, während er mit seinen Freunden leidenschaftlich online Fußball spielte. In Chloes Zimmer war alles still. Lottie legte ihre Hand auf die Türklinke, beschloss dann aber, das Mädchen in Ruhe zu lassen. Sie hatte genug gesagt für einen Abend.

Sie verließ das Haus und lief hinaus in die abendliche Hitze.

Als sie am Haus ihrer Mutter ankam, tropfte ihr der Schweiß den Rücken hinunter und durchnässte ihr Nike-Top. Keuchend lehnte sie sich an die ordentlich gestutzte Hecke und überlegte, ob sie reinschauen sollte oder nicht. Wahrscheinlich besser nicht. Ihr Verhältnis zu ihrer Mutter war gespalten, gelinde gesagt. Und in gewisser Weise hatte es sich noch verschlechtert, seit die Leiche ihres ermordeten älteren Bruders fast vierzig Jahre nach seinem Verschwinden entdeckt worden war. Hatte sie nicht genug Schererei für einen Tag gehabt? Sie würde ihre Mutter morgen sehen.

Aber bevor sie sich abwenden konnte, ging die Haustür auf.

»Willst du den ganzen Abend da draußen stehen bleiben oder kommst du rein?« Rose Fitzpatrick, mit ihrem kurzen, schicken silbernen Haar, stand einschüchternd in der Tür. Lottie trat von der Hecke zurück.

»Ich bin auf einem Lauf. Ich laufe besser weiter, sonst kriege ich einen Muskelkater.« Sie brauchte keine Konfrontation.

»Um Gottes willen, komm rein.« Ein Befehl.

Seufzend stieß Lottie das Tor auf und ging den Weg hinauf zu dem Bungalow, der ihr Elternhaus gewesen war. Es hatte sich in den über zwanzig Jahren, seit sie es verlassen hatte, um Adam zu heiraten, nicht verändert. Sie fragte sich oft, ob sie geheiratet hatte, um ihrer Mutter zu entkommen. Sie ging durch den Flur und in die dampfende Küche. Obwohl es kurz vor acht Uhr war, war die Luft von Essensgeruch erfüllt.

Ihre Mutter zog den Stecker des Wasserkochers und hielt ihn unter den Wasserhahn.

»Kein Tee für mich. Ich trinke lieber ein Glas Wasser. Was ist in dem Topf?«, fragte Lottie, zog einen Stuhl hervor und setzte sich an den Tisch.

»Ich helfe Mrs Murtagh mit ihrer Suppenküche.«

»Wirklich?« Lottie lehnte sich mit hochgezogenen Augenbrauen zurück. Sie hatte nicht gewusst, dass ihre Mutter Kontakt zu der alten Frau hatte, die in ihrem letzten Fall eine Zeugin gewesen war. »Wohnt sie immer noch in Mellow Grove?«

»Natürlich. Warum?«

»Ich habe es mit einem vermissten Mädchen zu tun, das dort wohnt. Ich frage mich, ob Mrs Murtagh etwas darüber weiß?«

»Sie weiß alles über jeden, aber ihr Verstand ist so verwirrt, dass ich mir nicht sicher bin, ob du etwas Sinnvolles aus ihr herausbekommen würdest.«

»Fragst du sie? Ein bisschen Insiderwissen ist immer gut. Das Mädchen heißt Maeve Phillips. Ihre Mutter heißt Tracy und ihr Vater Frank.«

»Der Verbrecher?«

»Genau der.«

»Er wurde seit Jahren nicht mehr in Ragmullin gesehen.«

»Ich weiß.«

»Ich werde mit Mrs Murtagh über die Familie sprechen. Ich sage dir Bescheid, wenn ich etwas herausfinde.« Rose lächelte, dann erstarb das Lächeln auf ihren Lippen. »Du machst mich verantwortlich«, sagte sie.

»Verantwortlich für was?«

»Es war nicht meine Schuld, Lottie, egal wie du es drehst. Dein Bruder Eddie war immer schwierig. Nachdem dein

Vater… getan hat, was er getan hat…« Das Geräusch von Wasser, das aus dem Wasserhahn in den Kessel floss, übertönte ihre letzten Worte. »Du hast keine Ahnung, wie das war. Mit diesem Stigma zu leben.«

»Dieses Stigma war mein Vater«, flüsterte Lottie. Sie kämpfte mit den Tränen, stand auf, ging hinüber und schaltete den Wasserkocher aus. »Ich muss wissen, was ihn dazu gebracht hat. War es die Arbeit? Vielleicht ein Fall, an dem er arbeitete? Was hat ihn dazu gebracht, sich eine Waffe an den Kopf zu halten und abzudrücken?« Sie konnte fast sehen, wie das Gehirn ihrer Mutter nach ihren Worten zuschnappte. Lottie wandte sich ab, setzte sich wieder hin und vergrub ihr Gesicht in den Händen. Im Raum breitete sich eine unangenehme Stille aus, bis der Wasserkocher wieder zu zischen begann.

»Es gibt vieles, was du nicht weißt, und ich denke, es ist für uns alle besser, wenn das so bleibt«, sagte Rose.

»Wovon redest du jetzt?«, sagte Lottie durch ihre Hände.

»Nichts. Ich werde tagsüber ein Auge auf meine Enkelkinder haben und dafür sorgen, dass sie wenigstens eine anständige Mahlzeit bekommen. Und du lässt die Vergangenheit ruhen.« Rose goss kochendes Wasser in eine Teekanne und sah sich nach dem Deckel um.

Lottie spielte mit den Fingern an der weißen Baumwolltischdecke herum und blickte zu ihrer Mutter auf. Man konnte Rose Fitzpatrick jedes einzelne ihrer fünfundsiebzig Jahre ansehen. Es hatte sie tief erschüttert, als ein Rechtsmediziner ein in Leinenschürzen und jahrzehntealte Mehlsäcke eingewickeltes Knochenbündel als die Leiche ihres lang verschollenen Sohns identifiziert hatte.

»Ich bin dir dankbar für alles, was du für meine Familie tust, ganz ehrlich«, sagte Lottie. »Aber ich habe dieses Loch hier in meinem Herzen und ich glaube, ich kann es nur füllen, wenn ich die Wahrheit herausfinde. Bis dahin kann ich es nicht ruhen lassen. Eines Tages werde ich herausfinden, warum mein Vater sich umgebracht hat.«

»Damals war eine Menge los«, sagte Rose. »Ich kann dir nicht sagen, warum er getan hat, was er getan hat, weil ich nicht weiß, warum.« Sie drehte Lottie den Rücken zu und rührte die Suppe im Topf auf dem Herd um.

»Es tut mir leid«, sagte Lottie.

»Mir auch.«

»Und ich liebe dich, auf«

»Auf deine eigene Art und Weise. Ich weiß, Lottie. Ich liebe dich auch.«

»Ich gehe jetzt nach Hause.«

»Tu das.«

Lottie schüttelte müde den Kopf und ließ ihre Mutter mit zitternden Schultern über den Herd gebeugt stehen. Sie rannte hinaus in die warme Nacht und hörte nicht auf zu rennen, bis sie das Ende ihrer eigenen Straße gegenüber dem Windhundstadion erreicht hatte. Als sie auf dem Bordstein stand, schnurrte eine dunkle Limousine heran und hielt neben ihr her.

»Sie bringen sich noch um, wenn Sie bei dieser Hitze rennen«, sagte Dan Russell, indem er das Fenster herunterließ.

Lottie starrte ihn an, wie er da in seinem Audi saß. Ein typisches Auto für Klugscheißer. »Was machen Sie? Verfolgen Sie mich?«

»Ich fahre nur vorbei. Auf meinem Weg zur Einrichtung.«

»Sie arbeiten also Tag und Nacht?«

»Wenn ich gebraucht werde.«

»Sie müssen sehr beschäftigt sein mit dem jüngsten Zustrom von Flüchtlingen.« Sie stand mit den Händen in den Hüften, während er sich bei laufendem Motor aus dem Fenster lehnte.

»Es gibt nicht genug Platz für die vereinbarte Quote, geschweige denn für diese neue Ladung. Wir tun, was wir können.«

Neue Ladung? Lottie erschauderte. Er redete so, als wären Menschen nichts weiter als Schnittbrot. »Wie viele sind bei Ihnen untergebracht?«

»Im Moment haben wir vierundfünfzig mehr, als wir bequem aufnehmen können.«

»Wie managen Sie das?« Ihr fiel auf, dass er ihre Fragen nie vollständig beantwortete.

»Extra Feldbetten. Es ist sehr voll.«

»Überfüllt?«

»Inoffiziell würde ich sagen, ja. Offiziell ist es noch keine Frage der Sicherheit und des Gesundheitsschutzes.«

»Sie haben dort nur Frauen und Kinder, ist das richtig?«

»Ja, die Männer sind in verschiedenen anderen Städten im ganzen Land verteilt.«

»Es schien sehr ruhig zu sein, als ich heute Nachmittag dort war. Wo sind denn alle?«

»Oh, sie haben viele Aktivitäten. Haben Sie über das Abendessen nachgedacht?«

Sie lachte. »Sie sind hartnäckig, um es vorsichtig auszu-drücken.«

»Natürlich.«

»Ich glaube nicht, dass ein Abendessen angebracht ist, Mr Russell.«

»Dan, bitte. Wie wär's mit morgen Abend?«

Sie blieb, wo sie war. Sie überlegte und beschloss, dass sie ihm bei einem Abendessen möglicherweise einige Informa-tionen entlocken könnte, die bei den Mordermittlungen helfen würden. Eine Flasche Wein könnte seine Zunge lockern. Solange sie bei Mineralwasser blieb, würde alles in Ordnung sein.

»Wagen Sie es«, drängte er.

»Vielleicht«, antwortete sie.

»Ausgezeichnet!«

»Das ist keine Zusage. Geben Sie mir Ihre Nummer, dann

rufe ich Sie vielleicht morgen an.« Er war nicht der Einzige, der ausweichend sein konnte.

Er holte eine Visitenkarte aus dem Handschuhfach, kritzelte etwas darauf und reichte sie ihr. »Das ist meine persönliche Handynummer. Ich freue mich auf Ihren Anruf. Aber sagen wir vorläufig, dass ich Sie morgen Abend um sieben hier abholen werde.« Seine Finger berührten ihre, als sie die Karte nahm.

Als sie zu ihrer Haustür ging, wischte sie sich die Hände an ihrem Oberteil ab und fühlte sich von seiner Berührung ausgesprochen schmuddelig. Was würde Boyd zu dieser kleinen Begegnung sagen? Russell spielte Poker mit ihr. Das wusste sie. Aber würde sie seine Hand über seine Schulter lesen können, ohne dass er es merkte? Das war ihre Aufgabe. Sie wusste, dass sie ihr gewachsen war.

Boyd und Kirby standen vor der Bar, unzählige Stunden seit sie das Lokal betreten hatten, und lehnten sich unter dem klaren Sternenhimmel aneinander. Boyd versuchte, sich eine Zigarette anzuzünden und scheiterte. Kirby zündete sie für ihn an.

»Ich weiß einen guten Ort für eine schnelle Nummer«, sagte Kirby, dessen buschiges Haar feucht vor Schweiß an seiner Kopfhaut klebte.

»Ich auch. Da ist ein Taxistand oben an der Straße«, sagte Boyd und zog endlich an seiner Zigarette.

»Du bist voll wie 'ne Eule«, sagte Kirby. »Komm schon, ich bring dich in den besten kleinen Puff in Ragmullin. Ich glaube, du hast dir eine Nacht obenauf verdient. Zwei Stinkefinger für Jackie und du weißt schon wen.«

Boyd wurde klar, dass Kirby von Lottie sprach. Er starrte auf die Straßenlaterne und sah zwei, wo eigentlich nur eine sein sollte. Die Tür von dem chinesischen Takeaway auf der anderen Seite der Straße verschwamm zu dreien. Mann, er war wirklich total besoffen.

»Ich glaube, ich gehe nach Hause«, lallte er.

»Sei kein Spielverderber.« Kirby ging voraus, die Gaol

Street hinauf. Boyd folgte ihm in der Mitte der schmalen Straße und ging auf der weißen Linie. Ging er mit, weil er Sex wollte?

»Lieber Gott, bitte mach, dass ich mich an all das morgen früh nicht erinnere«, flehte er, während Kirby ein Taxi rief und ihn hineinschob.

Als Boyd aufwachte, saß er auf dem Fußboden oben an einer Treppe. Vor ihm lag ein kurzer Flur mit Türen, die mal scharf, mal unscharf durch sein Gesichtsfeld schwebten. Wie war er die Treppe hochgekommen? Hatte Kirby ihn hierhergeschleppt? Er schaute auf seine Uhr. Oh Gott, es war schon null Uhr fünfunddreißig.

Er schüttelte den Kopf, versuchte sich zu erinnern, und stöhnte vor Schmerz. Cafferty's. Alkohol. Viel Alkohol. Pints und Kurze. Lieber Gott, er hatte Kurze getrunken. Mit müden Augen musterte er seine Umgebung. Ein Mädchen stand halb drinnen, halb draußen in einer Tür am Ende des Korridors. Sie starrte ihn an.

Er konnte sehen, dass sie schön war, auch wenn sie immer wieder vor seinen Augen verschwamm. Augen wie Untertassen, dunkles Haar, das über sie hinweg und entlang einer nackten Schulter nach unten fiel. Aber sie sah zu jung aus, und plötzlich wusste er, dass das alles falsch war. Falsch, dass er hier war, falsch, dass sie hier war. Sie sollte auf dem College oder sonst wo sein. Irgendwo, nur nicht hier.

»Ich muss gehen«, sagte er.

Ihre Augen fragten, aber ihr Mund blieb verschlossen, die Lippen bebten. Zu viel roter Lippenstift.

Ihm drehte sich der Magen um. Oh Gott, er war kurz davor zu kotzen.

Er schob seinen Rücken an der Wand hoch und scharrte mit den Füßen, bis er stand. Er klammerte sich an das Treppengeländer. Er stützte sich ab.

Sie streckte ihre Hand aus. Um ihm zu helfen? Nach Geld? Musste er sie bezahlen? Wofür? Er hatte nichts getan. Oder? Nein. Er war sich sicher, dass nichts passiert war. Er suchte nach seiner Brieftasche und dachte daran, was Lottie dazu zu sagen haben würde, wenn sie es herausfände. Kirby würde besser daran tun, den Mund zu halten, sonst würde er die Scheiße aus ihm rausprügeln.

»Kann dich nicht bezahlen«, sagte er und mochte den Klang seiner eigenen Stimme in der durchdringenden Stille nicht. Verdammt, er musste hier raus.

Sie sagte immer noch nichts. Blieb, wo sie war. Reglos.

»Is nicht deine Schuld«, lallte er. »Meine«. Er schob seine Brieftasche in die hintere Hosentasche und ging dann vorsichtig, einen Schritt nach dem anderen, die Treppe hinunter und den Flur entlang. Er zog die Türkette ab und öffnete die Haustür. Die warme Nachtluft begrüßte ihn, als er ins Freie trat.

Er schloss die Tür hinter sich und ging die Treppe hinunter in der Hoffnung, dass es ein Traum war. Ein schlechter Traum zwar, aber nur ein Traum.


Mimoza wartete, bis sie hörte, wie die Haustür unten geschlossen wurde, und schlich dann von ihrem Zimmer dorthin, wo der Mann gestanden hatte. Seine Brieftasche lag auf dem Boden. Sie hob sie auf, lief zurück in ihr Zimmer und schloss die Tür mit einem dumpfen Schlag. Sie hatte auf die Toilette gemusst, aber sie hatte vergessen zu gehen, als sie ihn dort hatte liegen sehen. Betrunken und bewusstlos. Als er aufgewacht war, war sie starr vor Angst stehen geblieben, als hätte die Zeit stillgestanden. Und dann war er verschwunden.

Sie war froh, dass er nicht ihr zugeteilt worden war, und fragte sich müßig, welches der anderen Mädchen es verpasst hatte, angekotzt zu werden.

Sie ging zum Kleiderschrank. Sie legte die Brieftasche in

ein Fach, zog sich saubere Unterwäsche an und schlurfte zurück zum Bett. Sie sehnte sich nach dem Trost des Vergessens. Die Glückseligkeit eines langen, ununterbrochenen Schlummers, der ihre Ängste und Schrecken übertönte. Sie schloss die Augen und die Tür öffnete sich. Ein anderer Kunde öffnete schon den Reißverschluss seiner Hose, noch ehe sie sich auf die Ellbogen stützen konnte. Langsam zog sie ihre Unterwäsche aus und spreizte ihre Beine für den ungeduldigen Mann. Er stöhnte im Rhythmus mit ihr. Er stöhnte vor Lust, sie vor Schmerz.

Lottie konnte nicht schlafen. Sie drehte sich von einer Seite auf die andere. Sie blickte auf die Digitaluhr: 1.15 Uhr. Sie stand auf, zog wieder ihre Jogginghose und einen leichten Kapuzenpullover an. Das nächtliche Umherstreifen wurde zur Gewohnheit. Einer schlechten Gewohnheit. Sie fragte sich, ob Boyd wohl schon schlief. Vielleicht würde sie vorbeischauen.

Sie rannte schnell durch die Stadt und schwitzte schon, als sie seine Wohnung erreichte. Als sie klingelte, fuhr ein Auto auf dem Bürgersteig vor und hielt an. Die Tür öffnete sich und Jackie Boyd stieg aus, in ihrer Hand baumelte ein Schlüsselbund.

»Na, wenn das nicht die Frau ist, die Marcus den Job geklaut hat.«

Lottie ignorierte die Stichelei. Jackie sah müde und ausgezehrt aus. Gut, aber wer bin ich, dass ich mir ein Urteil erlaube? dachte sie.

»Hallo, Jackie. Was führt Sie zurück nach Ragmullin?« Und was machte sie um diese Zeit bei Boyd?

»Ich muss ein paar Dinge mit meinem Mann besprechen. Nicht, dass es Sie etwas angehen würde.«

Lottie lächelte ironisch. »Dann will ich Sie nicht aufhalten.«

Sie entfernte sich von der Tür. Jackie ging an ihr vorbei und drehte sich um. Der süßliche Duft eines teuren Parfums durchzog die Nacht.

»Ich glaube nicht, dass er zu Hause ist«, sagte Lottie. »Übrigens habe ich gehört, dass McNally wieder in der Stadt ist. Wo ist er?«

»Das geht Sie definitiv nichts an«, sagte Jackie und stieß mit einem abgebissenen Nagel gegen die Türklingel.

»Ich hoffe nur, dass das so bleibt«, sagte Lottie und eilte den Weg hinunter, weg von dem ständigen Klingeln der Türklingel.

Plötzlich fühlte sie sich sehr müde.

## 31

Chloe checkte noch einmal Twitter. Keine Posts von Maeve.

Morgen, dachte sie, wenn ich bis morgen nichts höre, erzähle ich Mama alles.

Sie schloss das Ladegerät an, legte ihr Telefon auf den Nachttisch und setzte sich die Kopfhörer auf. Während sie an die Decke starrte, wurde ihr Zimmer für einen Moment von dem letzten Zug erhellt, der hoch oben auf den Gleisen hinter dem Haus vorbeifuhr. Sie wünschte sich, sie könnte ihren klammen Schlafanzug ausziehen und nackt schlafen. Aber in ihrem Haus gab es keine Privatsphäre. Wenn sie nachts die Tür abschloss, würde ihre Mutter sie einschlagen und sie fragen, was sie tun würde, wenn das Haus in Flammen aufginge.

Als ob.

Die Hitze des Tages ließ sich in ihrem Zimmer nieder und erdrückte sie. Sie öffnete die Knöpfe an ihrem Schlafanzugtop und ließ die Luft aus dem offenen Fenster über ihren Körper strömen. Nur für ein paar Minuten, dachte sie und summte zu der Musik, die ihr in den Ohren dröhnte.

Sie musste eingeschlafen sein, denn plötzlich wurde sie von dem schrecklichen Gefühl wachgerüttelt, dass sie jemand beobachtete. Sie zog ihr Oberteil zu. Sie riss die Kopfhörer vom Kopf und blickte sich in der Dunkelheit nach den Schatten um, die an den Wänden tanzten. Sie sprang auf und zog die Fenstervorhänge zu, um das Mondlicht auszusperren. Sie ließ sich zurück auf ihr Bett fallen, der kalte Schweiß lief ihr über die Haut, als sie eine Gestalt in der Tür stehen sah.

Sie schrie. »Mama, Hilfe!«

»Halt die Klappe, du dumme Kuh.«

»Meine Güte, Sean. Du hast mich zu Tode erschreckt.« Chloe stürzte auf ihn zu und zog sich einen Kapuzenpulli über.

»Ich dachte, ich hätte jemanden an der Haustür gehört«, sagte er.

»Mach auf und sieh nach«, schnauzte Chloe und lenkte sofort ein, als sie den verletzten Ausdruck über sein Gesicht huschen sah. »Tut mir leid, Sean. Ich gehe und gucke nach.« Sean hatte zu viel durchgemacht. Sie musste nachsichtig mit ihm sein. Sie ging zurück, zog den Ladestecker aus ihrem Telefon und prüfte die Uhrzeit.

Nach 1.30 Uhr. Spät für Besucher.

»Ist sie zu Hause?«, fragte sie.

»Wer?«

»Mutter Mama.«

»Nein, sie ist nicht da.«

»Geh zurück zu deiner PlayStation oder was auch immer du in deiner Höhle da machst.« Sie lächelte.

Seans Gesicht entspannte sich. »Ich gehe mit dir«, bot er an.

»Okay.«

Gemeinsam eilten sie die Treppe hinunter und Chloe öffnete die Haustür.

»Hier ist niemand«, sagte sie. Barfuß ging sie zu der Mauer vor ihrem Haus. Sie schaute die Straße hinauf und hinunter. »Niemand.«

»Ich habe ganz sicher die Klingel gehört.«

»Wie konntest du mit diesen Monsterkopfhörern etwas hören?« Chloe zeigte auf die Kopfhörer, die um Seans Hals hingen. »Der Dritte Weltkrieg könnte ausbrechen und du würdest nichts hören. Du hast es dir nur eingebildet.« Sie marschierte vor Sean die Treppe hinauf und warf einen Blick in das Zimmer ihrer Mutter. Leer.

»Ich frage mich, wo sie ist.«

»Wahrscheinlich wegen einem Fall unterwegs«, sagte Sean.

»Was soll all der Lärm?«, fragte Katie, die aus ihrem Zimmer kam.

»Nichts. Geht wieder schlafen. Alle beide.«

Chloe schloss ihre Zimmertür. Als sie auf ihrem Bett lag, fragte sie sich, ob tatsächlich jemand an der Tür gewesen war. Und sie erinnerte sich an das Gefühl, beobachtet zu werden, kurz bevor Sean in ihr Zimmer gestürmt war. Sie zog sich die Bettdecke bis zum Hals und machte das Licht aus. Aber sie konnte nicht schlafen. Die ganze Nacht über postete sie auf Twitter, in der Hoffnung, er würde antworten. Wo war er? Und zum hundertsten Mal an diesem Abend fragte sie sich: Wo war Maeve?


Der Mann trat aus dem Schatten des Nachbargartens und lächelte vor sich hin. Sie hatte so schön ausgesehen mit ihrem verängstigten Gesicht und ihrem wallenden Haar. Vielleicht hätte er an der Tür bleiben und darauf warten sollen, dass sie sie öffnete. Sie um die Taille fassen und ihren Körper an den seinen ziehen sollen. Bei dem Gedanken daran breitete sich ein Gefühl der Sehnsucht von seiner Brust bis in seine Leistengegend aus, und er eilte dorthin, wo er seinen lüsternen Appetit stillen konnte.

## 32

Heute Nacht war anders. Maeve Phillips spürte es, auch wenn noch nichts gesagt worden war. Sie hoffte, dass das, was ihr bevorstand, nichts mit dem Raum mit all dem Blut zu tun hatte. Sie hatte versucht, nicht daran zu denken, seit sie dort zusammengebrochen und zurück in ihre Zelle geschleppt worden war. Ihre Gefängniszelle.

Wie lange war sie schon hier? Ein paar Tage? Eine Woche? Sie hatte keine Ahnung. Aber jetzt war irgendetwas los. Schritte eilten in dem Flur vor ihrer Tür auf und ab. Gedämpfte Stimmen, leises Flüstern, dann Rufe. Die Stimmen klangen männlich, aber sicher war sie sich nicht. Sie wünschte, sie hätten wenigstens das Licht angelassen. Der schmale Schimmer unter der Tür offenbarte nur Schatten.

Sie schloss die Augen und wünschte sich zum tausendsten Mal, dass sie ihr Telefon hätte. Würden Emily oder Chloe sie vermissen? Sie hatte Emily gesagt, dass sie ihr am Montag alles erzählen würde. Welcher Tag war heute? Keine Ahnung. Sie hatte jegliches Zeitgefühl verloren. Wenn ihre eigene Mutter keinen Alarm schlug, würde Chloe es sicher tun. Sie war die Tochter einer Kriminalbeamtin; sie würde wissen, was zu tun war. Sie würde sie in der Schule vermissen. Sie würde sie auf Twitter vermissen. Oder? Maeve weinte angesichts der Ausweglosigkeit ihrer Situation. Sie war so vertrauensvoll gewesen. So dumm. Als sie sich die Tränen wegwischte, war sie für eine Kleinigkeit dankbar. Bis jetzt hatte er ihr nicht wehgetan. Aber wie lange noch, bis er es tat?

Die Tür öffnete sich laut. Sie sprang auf.

»Lassen Sie mich raus. Bitte. Meine Mutter braucht mich.« Sie streckte ihre Hand nach der Gestalt vor ihr aus.

Er packte sie und drehte ihr den Arm auf den Rücken, bis sie schrie. »Beruhige dich, mein süßer Liebling. Heute ist deine Glücksnacht.«

# KOSOVO 1999

Er schlief auf der zwanzig Kilometer langen Fahrt in die Stadt Pristina. Als der Jeep ruckartig anhielt, wachte er jäh auf. Die Tür knallte und der Hauptmann sprang aus dem Fahrzeug.

Der Junge starrte auf das Schild über der Tür des Gebäudes: Klinikë. Die meisten der umliegenden Hochhäuser hatten Satellitenschüsseln, die wie Krampfadern an den Wänden pulsierten. Es waren so viele, dass er aufhörte zu zählen.

Sein Blick fiel wieder auf die zweistöckige Klinik und er fragte: »Ist der Hauptmann krank?«

»Er muss sehen, ob der Arzt dich untersuchen kann.« Der Soldat verstellte die Rücklehne seines Sitzes nach hinten und schloss die Augen.

Der Junge schloss seine ebenfalls. Er wollte nicht auf die beiden Mädchen schauen, die ihre Beine um einen Laternenpfahl schwangen und ihr Bestes taten, um die Aufmerksamkeit des Soldaten auf sich zu ziehen.

Der Hauptmann kam zurück. »Komm mit mir«, sagte er und winkte den Jungen aus dem Auto.

Der Junge sah seinen Soldatenfreund an und flehte mit den Augen.

»Geh lieber mit, Junge«, sagte der Soldat und setzte sich auf. »Ich werde hier auf dich warten.«

Der Junge kletterte über den Sitz und stieg aus. Er wusste nicht, warum, aber er hatte ein unnatürliches Gefühl der Angst, schlimmer noch als damals, als die Männer seine Mutter und seine Schwester vergewaltigt und ermordet hatten.

Er schluckte seine Furcht hinunter, seine Augen füllten sich mit Tränen, und er las die Buchstaben auf dem grünen Leinenabzeichen, das auf der Brust des Soldaten klebte. Er verstand nicht, was sie bedeuteten, aber die Buchstaben prägten sich in sein Gedächtnis ein. Er wusste, dass er sich für den Rest seines Lebens an seinen Freund erinnern würde. Wie lange das auch immer sein mochte.

# VIERTER TAG

DONNERSTAG, 14. MAI 2015

## 33

Lottie war zu Fuß zur Arbeit gegangen, anstatt zu fahren, um nach einer unruhigen Nacht einen klaren Kopf zu bekommen. Es hatte nicht geklappt.

Nach der morgendlichen Besprechung mit ihrem Einsatzteam gab sie Superintendent Corrigan die Informationen für seine Pressekonferenz. Sie war froh, dass er sich immer noch um die Medien kümmerte, denn sie hatte keine Lust, ihre Bekanntschaft mit Cathal Moroney zu erneuern.

»Sie haben nicht viel, nicht wahr, Inspector?« Corrigan rümpfte die Nase über die Seite mit den spärlichen Notizen. »Irgendwelche Hinweise, dass die Leiche diese vermisste Maeve Phillips sein könnte?«

»Keine Hinweise, Sir. Ich glaube nicht, dass sie es ist.«

»Sie sollten die Vermisstenakte an ein neues Team übergeben, damit Sie sich auf die Suche nach der Identität des Mordopfers konzentrieren können. Immerhin sind Sie die leitende Ermittlungsbeamtin.«

Sagen Sie mir etwas, das ich nicht weiß, dachte sie. »Ich werde den Vermisstenfall noch ein paar Tage behalten, Sir.«

»Ein paar Tage, dann geben Sie ihn ab. Ich werde dieses Foto an die Presse weitergeben.«

»Das Foto von Maeve Phillips?«

»Nein, das von dem nicht identifizierten Mordopfer. Habe ich nicht gerade gesagt, dass wir herausfinden müssen, wer sie ist? So wie ich das sehe, haben Sie bis jetzt nichts. Ein Haufen Nichts gibt mir nichts, was ich den Medien erzählen könnte.«

Da konnte Lottie nicht widersprechen. »Da haben Sie recht, Sir.«

Während sie durch den Flur zu ihrem Büro ging, konnte sie nur an das Foto des schwarzhaarigen Mädchens mit dem Diamantstecker in der Nase denken. Maeve Phillips.

Zurück an ihrem Schreibtisch sah sie sich den Bericht über die Untersuchung von Maeves Laptop an. Es war nichts Besonderes gefunden worden. Englische Aufsätze auf Word und Mathe auf Excel. Der Laptop war nicht für den Internetzugang eingerichtet. Maeve erledigte ihren Online-Kram sicher über ihr Handy, dachte sie. Wo war ihr Handy?

»Kirby, wissen wir etwas über den Verbleib von Maeve Phillips′ Telefon?«

Kirby saß an seinem Computer und hob den Kopf. »Es dauert, weil es ausgeschaltet ist. Ich werde versuchen, ein paar Lügen zu spinnen und sehen, was dabei herauskommt.«

»Gibt es etwas Neues über ihre Freunde in Dublin?«

»Ich habe einen Kollegen im Hauptquartier beauftragt, sie zu überprüfen. Alles gute Leute, aber sie haben seit Ewigkeiten keinen Kontakt mit ihr gehabt.«

»Eine Sackgasse also. Hatten Sie Glück mit der Schule?«

»Seit einer Woche hat niemand sie gesehen. Der Rektor hat die Mutter angerufen. Die dumme Schlampe schien nicht zu wissen, dass ihre eigene Tochter verschwunden war.«

»Kein Anlass für Beschimpfungen. Tracy Phillips ist Alkoholikerin, und Alkoholismus ist eine Krankheit, falls Sie das noch nicht wussten.«

»'Tschuldigung, Boss.« Kirby zog den Kopf ein und machte sich wieder an die Arbeit.

Lottie ließ ihn nicht so einfach davonkommen.

»Haben Sie herausgefunden, wo Jamie McNally ist?« Das erinnerte sie an Boyd. Wo war er heute Morgen? Vielleicht hatte Jackie sich doch wieder mit ihm eingelassen.

»Er ist untergetaucht. Wir haben einen Nachweis, dass er letzten Mittwoch nach Irland eingereist ist. Seitdem nichts. Jackie Boyd wurde in der Stadt gesichtet. Keine Spur von McNally.«

»Er würde Jackie nicht unbeaufsichtigt in Ragmullin lassen. Er muss in der Nähe sein. Fahnden Sie weiter.«

»Mach ich.« Kirby stand mit einem Becher in der Hand auf und schwankte.

»Harte Nacht?«

»Das kann man wohl sagen.«

»Wissen Sie, wo Boyd ist?«

Kirby schüttelte den Kopf und ging ohne ein Wort zur Tür hinaus.

»Was geht hier vor sich?«, fragte Lottie und streckte die Arme nach oben.

Lynch hob den Kopf. »Muss wohl die Hitze sein.«

Lottie öffnete ihre E-Mails, klickte auf den Obduktionsbericht des ermordeten Mädchens und las ihn noch einmal durch. Wer bist du? Warum hat dich niemand als vermisst gemeldet? Warum hat der Mörder deine Schusswunde gewaschen?

»Haben wir schon irgendwelche DNA-Ergebnisse?«, fragte sie Lynch.

»Noch nicht. Die Spurensicherung hat keine Kugel in Weirs Mauer gefunden. Also muss derjenige, der geschossen hat, die Kugel mitgenommen haben.«

»Oder es ist die im Opfer. Wenn nicht, muss es einen Grund dafür geben.«

»Jemand hat auf Ratten geschossen? Wahrscheinlich Bob Weir selbst.«

»Glauben Sie wirklich, er hätte uns gerufen, wenn er es gewesen wäre? Er mag die Störung nicht«, sagte Lottie.

»Stimmt auch wieder«, sagte Lynch. »Haben Sie noch irgendetwas wegen des Briefes unternommen, den Sie von dem Mädchen, Mimoza, bekommen haben?«

»Sie hat sich seitdem nicht mehr gemeldet. Vielleicht hat sie es einfach drauf ankommen lassen oder so was.« Jetzt, wo sie darüber nachdachte, hatte Lottie sie das ungute Gefühl, dass sie es vernachlässigt hatte. »Ich frage mich, wo sie jetzt ist.«

»Und mit wem?«

»Wahrscheinlich mit dem Mädchen, das am Ende meiner Straße auf sie gewartet hat. Sehr mysteriös.« Lottie drehte einen Stift zwischen ihren Fingern und dachte an den Montagmorgen zurück. Seitdem war so viel passiert.

»Was ich gerne wissen würde, ist, warum sie zu Ihnen gekommen ist«, sagte Lynch.

»Ich habe keine Ahnung. Aber es ist schon etwas seltsam, dass der Zettel auf Albanisch geschrieben ist und der Typ, der die Leiche gefunden hat, aus dem Kosovo stammt. Ist Albanisch nicht eine der offiziellen Sprachen in diesem Land?«

Als Lottie dies laut aussprach, dachte sie einen Moment lang darüber nach und spürte ein ungutes Gefühl im Bauch. Sie sagte: »Vielleicht sollte ich noch einmal mit Andri Petrovci sprechen.«

»Vielleicht haben Sie einen Fehler gemacht, als Sie ihn wegen der Nachricht befragt haben«, sagte Lynch.

»Vielleich haben Sie nicht genug Arbeit.«

»Ich habe reichlich, danke.«

»Dann kümmern Sie sich um Ihre Arbeit und lassen Sie mich meine machen.«

»Ich wollte nur sagen...«

»Lassen Sie es, Lynch.«

Lottie schob ihren Stuhl zurück, nahm ihre Tasche und verließ das Büro, bevor sie etwas sagen konnte, das zu einem Mobbingverfahren führen würde.

## 34

Mimoza stand vom Bett auf, ging langsam zum Waschbecken und zog den Vorhang auf, um das Tageslicht hereinzulassen. Eine Backsteinmauer, vielleicht einen halben Meter vom Fenster entfernt, versperrte die Sicht. Sie schaute nach unten. Zu hoch, um zu springen. Und der Spalt war ohnehin zu schmal.

Sie befeuchtete einen Lappen und rieb das getrocknete Sperma zwischen ihren Beinen weg. Warum war hier ungeschützter Sex erlaubt? Die Hauptattraktion, vermutete sie, für frustrierte alte Männer und junge Uneingeweihte, die es nicht abwarten wollten oder konnten, das Gummi überzustreifen, bevor sie ejakulierten.

Als sie im Kleiderschrank nach sauberer Unterwäsche suchte, fiel ihr Blick auf die Brieftasche des Mannes, die sie gestern Abend mitgenommen hatte. Sie nahm sie heraus, öffnete sie und zählte mit zitternden Fingern schnell das Geld. Etwas unter hundert Euro. Bankkarten und ein Dienstausweis. Ihre Augen weiteten sich vor Überraschung, als sie langsam die Worte las. Detective Sergeant Mark Boyd. Ihr Englisch war nicht gut, aber sie war sicher, dass es bedeutete, dass er ein Polizist war.

Wenn sie nur gewusst hätte, wer er war. Wenn doch nur. Würde er zurückkommen, um seine Brieftasche zu holen? Mimoza hoffte es, denn sie wusste, dass dieser Polizist ihr einziger Ausweg aus der Gefangenschaft sein könnte. Vor allem, weil die Polizistin anscheinend nichts wegen ihrer Mitteilung unternommen hatte.

Sie würde sich einen Plan ausdenken müssen, bevor er zurückkam. Sie war sicher, dass er zurückkommen würde. Sobald er sich erinnerte, wo er die Brieftasche verloren hatte. Er würde möglicherweise bis zum Einbruch der Dunkelheit warten, sodass ihn niemand sehen würde, es sei denn, er hatte einen offiziellen Grund zurückzukommen.

Könnte sie eine Nachricht in die Brieftasche stecken? Aber womit und worauf sollte sie schreiben? Sie betrachtete die wenigen Schminkutensilien auf dem kleinen Nachttisch. Mit dem Kajalstift würde es gehen. Sie schraubte die Kappe ab und überprüfte, ob er funktionierte, indem sie einen schwarzen Strich auf ihre Handfläche zeichnete. Auf dem Bett sitzend, betrachtete sie die dicken Vorhänge. Zu schwer. Aber ihre Laken waren aus weißer Baumwolle.

Sie stand auf. Es könnte ihre einzige Hoffnung sein. Aber er war so betrunken gewesen, würde er sich überhaupt an sie erinnern? Sie hatte keine andere Möglichkeit, als es zu versuchen.

Sie zog das Laken von der Matratze, biss auf den Stoff und zerrte mit zitternden Händen daran, spürte, wie er nachgab, hörte, wie er riss. Staubmilben schwebten in die Luft, als sie ihr Werk begutachtete. Der Riss war nahe genug am Saum und sie riss einen Streifen von einer Kante zur anderen ab. Dann faltete sie das Ende des Lakens vorsichtig um die Unterseite der Matratze und hoffte, dass niemand den Schaden bemerken würde.

Sie breitete den Streifen auf dem Bett aus, nahm den Kajalstift und begann zu schreiben, in ihrer eigenen Sprache, da sie in Englisch nicht gut schreiben konnte. Als sie fertig war, faltete sie den Streifen so klein wie möglich zusammen, steckte ihn in das Bargeldfach und legte die Brieftasche auf den Boden unter das Bett.

Während sie sich in ihrer grabähnlichen Behausung umsah, betete sie im Stillen, dass dieser Detective Boyd sich daran erinnern würde, wo er letzte Nacht gewesen war. Und sie hoffte, er würde mutig genug sein, um zurückzukehren. Er könnte ihre einzige Hoffnung sein, ihren Sohn jemals wiederzusehen.

## 35

Die morgendliche Hitze wich einer willkommenen Brise, die eine beängstigende Menge Staub in die Luft wirbelte. Lottie hielt sich eine Hand vor den Mund und ging um die Absperrung herum auf den Mann in dem gelben, ärmellosen Hemd zu.

Er richtete sich von seiner Arbeit auf und wischte sich mit einer behandschuhten Hand über die Stirn. Er nahm seine Schutzbrille ab und schob seinen Schutzhelm zurück.

»Sie haben hier keinen Zutritt. Gefahr«, sagte er und stieg aus dem Graben auf die Straße.

Lottie hoffte, dass ihr Lächeln etwas von seiner Feindseligkeit wegschmelzen würde, aber er blieb schmallippig und grimmig. Scheiße.

»Ich habe mich gefragt, ob Sie vielleicht noch einmal über die Mitteilung nachgedacht haben. Die, die in Albanisch geschrieben ist.«

»Nein.«

»Sind Sie sicher, dass Sie nichts über das Mädchen wissen, das darin erwähnt wird, Kaltrina?« Sie beobachtete sein Gesicht und wartete auf eine Reaktion. Es war wie Marmor.

Reglos. Selbst seine Augen blinzelten nicht. Starrten sie an. Stille. Bis auf das ständige Summen der Fliegen in der Hitze.

»Helfen Sie mir, Andri«, sagte sie und hoffte, dass sie vielleicht mit Ungezwungenheit etwas bei ihm erreichen würde.

»Warum Sie wollen Hilfe? Sie Polizei. Sie suchen.«

»Ich kenne die Sprache nicht. Sie ja.«

»Was wollen Sie?«

»Fragen Sie herum? Fragen Sie Ihre Leute.«

»Meine Leute? Wen Sie meinen?«

Lottie versuchte ein Lächeln. »Wir glauben, dass das Mädchen, das Sie in der Erde gefunden haben, eine Ausländerin ist. Niemand hat sie als vermisst gemeldet. Wir wissen nicht, wer sie ist. Wir sitzen fest. Bitte, können Sie uns helfen?«

»Nein.«

»Nein? Warum nicht?«

»Ich mache keine Arbeit für Sie.« Er zog sich den Helm nach vorne auf die Stirn, setzte die Schutzbrille auf und stieg zurück in den Graben.

Lottie ging weg, schlug nach den Fliegen und wollte gerade Boyd eine SMS schicken, dass er zu ihr kommen solle, als eine Nachricht von Dan Russell eintraf.

Detective Inspector. Heute Abend um sieben. Ich hole Sie beim Windhundstadion ab. Vergessen Sie es nicht.

Sie seufzte. Wenn sie ihn traf, würde sie vielleicht schlauer aus ihm werden. Was führte er wirklich im Schilde? Sie schickte ihm eine kurze SMS, um ihm zuzusagen, und eilte zurück ins Büro, wobei sich alle Gedanken an ein spätes Frühstück auflösten.

An ihrem Computer las sie alles, was sie über Russell auftun konnte, was nicht viel mehr war als das, was Lynch bereits herausgefunden hatte. Dreißig Jahre in der Armee, bis zum Rang eines Majors aufgestiegen und 2010 in den Ruhestand getreten. Sein Unternehmen, Woodlake Facilities

Management, hatte er im Jahr 2012 gegründet. Es schien einen ansehnlichen Gewinn zu machen. Sie beendete ihre Suche und dachte, dass er ihr gerade weit genug unter die Haut gegangen war, um ein Jucken auszulösen. Und sie mochte nicht, wie sich das anfühlte.

Sie fragte sich erneut, ob Russell jemals mit Adam gedient hatte. Er hatte ihre Frage ausweichend beantwortet, als sie danach gefragt hatte, aber es war unmöglich, online etwas herauszufinden, obwohl Russells Auslandsdaten zu bestätigen schienen, dass die beiden Männer zur gleichen Zeit im Kosovo gewesen waren und unter der NATO-Flagge der Friedenssicherung gedient hatten. Sie klickte auf einen Artikel über den Kosovo-Konflikt. Mimoza hatte ihren Brief in albanischer Sprache verfasst, also gab es vielleicht eine schwache Verbindung zu den Ermittlungen. Sie klickte von einem Artikel zum nächsten und überflog sie, ohne die Geschichten über menschliche Tragödien und Morde vollständig zu erfassen.

Als sie schließlich den Kopf hob, war es Mittagszeit. Ein vergeudeter Vormittag. Sie rief Boyd an. Er sagte, er würde sie im Cafferty's treffen. Sie schnappte sich ihre Tasche.

»Ich gehe etwas essen«, informierte sie Lynch, die ihren Kopf hinter einem Berg von Berichten der Tür-zu-Tür-Ermittlungen versteckt hatte. Die alle absolut nichts ergaben.

Boyd stand an der Theke im Cafferty's mit Sandwiches nach Art des Hauses und einer Kanne Tee für zwei, als er feststellte, dass er seine Brieftasche nicht dabeihatte.

»Wann hast du sie zuletzt gehabt?«, fragte Lottie, als er an ihren kleinen runden Tisch in einer Ecke der Bar zurückkehrte.

Jeden Morgen, nachdem er sich angezogen hatte, steckte er seine Brieftasche in die Hosentasche. Er konnte sich nicht daran erinnern, es heute Morgen getan zu haben. Er konnte sich nicht einmal daran erinnern, seine Brieftasche gesehen zu haben.

»Es ist Kirbys Schuld«, brummte er und betrachtete das überquellende Sandwich, als sein Appetit sich plötzlich verabschiedete und der Inhalt seines Magens in seiner Kehle hochstieg.

»Geht es dir gut?«, fragte sie. »Du siehst ein bisschen grün aus. Ich weiß, dass Kirby an Besäufnisse gewöhnt ist, aber ich glaube, du bist es nicht. Und du hast einen ganzen Morgen Arbeit versäumt.«

»Wenn ich eine Standpauke will, gehe ich zu meiner Mutter, vielen Dank.«

»Touché.«

Boyd nahm einen Bissen von dem Sandwich und einen Schluck Tee, um ihn hinunterzuspülen.

Lottie lachte. »Weißt du, was du brauchst?«

»Nein, aber ich habe das Gefühl, dass du es mir gleich sagen wirst.«

»Ein Konterbier.«

»Damit kennst du dich ja aus, nicht?«, sagte er. Das hätte er nicht sagen sollen. Zu spät.

Lottie knallte ihre Tasse auf die Untertasse, stand auf und marschierte zur Theke. Ihre Stimme schallte durch die ganze Bar herüber zu Boyd.

»Darren, könntest du dieses Sandwich einpacken? Ich esse es lieber im Büro.« Sie schob ihre Bankkarte über die Theke. »Ich zahle für alles, denn mein geschätzter Kollege scheint seine Brieftasche verlegt zu haben.«

Boyd bemerkte Darrens Zwinkern, als er Lotties Karte am Zahlungsterminal einscannte.

»Gab es hier gestern Abend ein Gelage?«, fragte sie.

»Ach, die übliche Truppe.« Der Barmann war zurückhaltend.

Boyd schüttelte den Kopf und zuckte zusammen, als der Schmerz hinter seinen Augen hochschoss.

Lottie nahm die Quittung, ihre Karte und das in Alufolie eingepackte Sandwich. Boyd durchsuchte noch einmal seine Taschen, bevor er sich behutsam von seinem Stuhl erhob.

»Vielleicht solltest du Anzeige erstatten«, sagte Lottie und ließ die Tür hinter sich zufallen, als sie in die Mittagshitze hinaustrat.

Boyd wusste, dass sie sich fragte, was er und Kirby letzte Nacht getrieben hatten. Wenn es nach ihm ging, war das eine Nacht, von der sie nie erfahren würde. Nicht, dass er sich selbst an viel erinnern konnte.

Er sollte besser mit Kirby reden. Und das bald.

Aber zuerst musste er seinen Kopf ein paar Minuten ausruhen.

»Soll ich Ihnen Ihr Sandwich auch einpacken?«, fragte der Barmann und deutete auf das Sandwich, von dem er nur einmal abgebissen hatte.

»Ich glaube, ich kann heute nichts essen«, sagte Boyd.

»Ganz schöne Sause, die Sie beide gestern hatten, wenn ich das sagen darf.«

»Ich würde Ihnen zustimmen, wenn ich mich daran erinnern könnte. Ich habe nicht zufällig meine Brieftasche hier liegenlassen, oder?«

»Ich habe gestern Abend aufgeräumt und war heute Morgen als Erster da. Keine Brieftasche. Sind Sie hinter ins Bett gegangen?«, fragte Darren und meinte damit den Nachtclub.

»Schön wär's«, sagte Boyd. »Mein eigenes Bett.«

»Sie beide sind als Letzte gegangen, also nehme ich an, dass Sie sie da verloren haben, wo Sie hinterher hingegangen sind. Haben Sie ein Taxi genommen?«

Boyd lehnte seinen Kopf gegen das Leder des Sitzes und

schirmte seine Augen vor der Sonne ab, die durch das staubige Buntglasfenster blinzelte. »Kirby, du Arsch«, flüsterte er, als ihm alles wieder einfiel. Er erinnerte sich genau, wohin sie gegangen waren, nachdem sie den Pub verlassen hatten.

Das rehäugige Mädchen hatte ihn bestohlen.

## 36

Als Lottie ihren Code an der Innentür des Empfangsraums eingab, traf sie auf Kirby, der die Treppe herunterkam. Maria Lynch kam mit wippenden Schritten hinter ihm her.

»Kommen Sie, Boss.« Er packte sie am Ellbogen und steuerte sie wieder zur Tür hinaus.

»Was zur«

»Die Bauarbeiter. Sie haben noch eine Leiche gefunden. Columb Street.«

»Was zum Teufel? Da war ich heute Morgen.« Sie warf ihr Sandwich in den Mülleimer draußen und sprang zu Kirby und Lynch ins Auto.

Während er losbrauste, schaltete Kirby die Sirene und das Blaulicht ein. Mit quietschenden Reifen fuhren sie die Main Street auf der falschen Straßenseite hoch. Der Mittagsverkehr kam zum Stillstand. Kirby machte einen Schlenker um die Fish-and-Chips-Bude und hielt vor Weirs Autofriedhof an.

Andri Petrovci lief im Kreis herum, fuhr sich mit den Händen an den Armen auf und ab und hatte seinen Schutzhelm auf seinem kahlgeschorenen Kopf ganz nach hinten geschoben.

Lottie sprang aus dem Auto und rannte auf ihn zu. Er packte sie und Lottie fühlte, wie seine Finger in ihre Arme gruben.

»Noch eine. Was geht hier vor?«, fragte er.

Lottie ging um die Schranke herum und wies Lynch an, Petrovci zu beruhigen, während Kirby Verstärkung rief und Uniformierte auf die Baustelle schickte, um das Gebiet abzuriegeln, die Bauarbeiter zu versammeln und ein Zelt über der Leiche aufzustellen. Sie entdeckte Boyd, der aus der anderen Richtung die Straße hochkam. Als er sie erreichte, zogen sie sich beide Schutzhandschuhe an und gingen zu der Grube in der Straße.

Fliegen summten und kreisten. Der Gestank schlug ihr zuerst entgegen. Keuchend schluckte sie einen Atemzug, beruhigte sich und sah nach unten.

»Oh Gott«, sagte sie.

»Noch eine Frau«, sagte Boyd.

Lottie fand, dass er deutlich grüner aussah als vorhin.

»In der Tat«, sagte sie leise.

Sie kauerte sich hin und betrachtete das blasige, verwesende Fleisch voller Maden.

»Seit ein paar Tagen tot.«

»Unser vermisstes Mädchen?«, fragte Boyd. »Maeve Phillips.«

»Ich hoffe nicht«, flüsterte Lottie. Aber sie konnte sich nicht sicher sein.

Als sie eine Handvoll Lehm wegwischte, stellte sie fest, dass das Gesicht in einem schlechteren Zustand war als das des ersten Opfers. Schwarzes Haar, geschlossene Augen mit wulstigen, kriechenden Lidern. Zurückgezogene Lippen und gefletschte Zähne. War sie schreiend gestorben? War das Maeve Phillips? Kein glitzernder Stecker durchbohrte die Nase. Sie wusste nicht, was sie sich erhofft hatte.

Weiter unten war der Boden schwerer. Boyd half, ihn von

der Kleidung wegzubürsten, obwohl Lottie wusste, dass sie auf die Spurensicherer warten sollten.

»Sieht aus wie eine Austrittswunde, genau in der Mitte«, sagte sie.

»Die Spurensicherung ist unterwegs.« Kirby stand direkt hinter ihr. »Ist es das Phillips-Mädchen?«

Lottie inspizierte die Hände des Mädchens, ohne sie zu berühren. »Ich glaube nicht. Seht euch die Nägel an.«

»Sehr kurz«, sagte Boyd. »Bis auf die Knochen abgebissen.'«

»Ein Mädchen mit siebenundzwanzig Flaschen Nagellack beißt nicht an den Nägeln«, sagte Lottie.

»Wenn sie ein paar Tage lang in einer stressigen Situation war, dann waren ihre Nägel vielleicht ihre geringste Sorge.«

»Da magst du recht haben«, erwiderte Lottie.

Um sie herum arbeiteten emsig uniformierte Beamte und bauten das Zelt auf.

»Wie ist sie in den Boden gekommen?« Boyd deutete auf die Leiche, die nun teilweise freigelegt war.

»Sie hat sich wohl kaum selbst dort vergraben.«

»Ich weiß, aber...«

»Boyd. Es reicht.«

Lottie stand auf und drehte sich um. Andri Petrovci starrte sie an, während er mit der Hand seine Augen gegen das Sonnenlicht abschirmte. Eine zweite Leiche, die er ausgegraben hatte. Reines Pech, oder was? Sie würde es herausfinden.

»Bringen Sie ihn auf die Wache, damit er eine Aussage macht«, sagte sie zu Lynch.

»Dieses Mal muss jemand etwas gesehen haben«, meinte Boyd.

Lottie sah sich um und stellte fest, dass eine Seite der Straße von den Hintereingängen der Geschäfte in der Main Street gesäumt war. Auf der rechten Seite lag Weirs Autofriedhof. Ein Stück weiter befand sich ein Tor zu einem kleinen Wohnblock.

»Wieder von Tür zu Tür«, ordnete sie an. »Und stellen Sie fest, ob es irgendwo eine«

»Videoüberwachung gibt«, unterbrach Kirby. »Ja, Boss.«

Boyd rieb sich mit einer Hand über das Kinn. »Das ist übel. Sehr übel.«

»Du bist der Meister der Untertreibung, Boyd. Unfehlbar.«

»Ich sage ja nur.«

»Das ist schlimmer als übel. Es ist grauenhaft.«

»Ich weiß, und«

»Warum machst du dich nicht nützlich? Vielleicht wird das deinen Kater vertreiben. Sperr das gesamte Gebiet ab. Mit Tatortband. Keiner kommt rein oder raus. Und befrage jede einzelne Person, die du auftreiben kannst.«

»Aber«

»Kein Wenn und Aber«, sagte Lottie, drehte sich auf dem Absatz um und sah ihn an. »Wir haben ein Einschussloch und Blut in Weirs Hof dort drüben gefunden, eine Leiche unter der Straße hier und wir sind himmelweit davon entfernt, die Identität des ersten Opfers ausfindig zu machen, geschweige denn einen Verdächtigen. Ich will mir also keinen Scheiß anhören.«

Sie marschierte davon, ohne auf seine Proteste zu warten.


»Detective Inspector Parker! Ein Kommentar?«

Der Kriminalkorrespondent des nationalen Fernsehens, Cathal Moroney, stand auf der Treppe vor dem Revier. Er machte einen Satz nach vorne und sein Kameramann richtete sein Objektiv auf Lotties Gesicht.

»Woher wissen Sie es?« Sie trat dicht an ihn heran und wich vor dem Schweißmief schnell wieder zurück. »Ich habe es selbst gerade erst erfahren«, fügte sie hinzu.

Ein Ausdruck der Verwirrung wanderte über Moroneys Gesicht und augenblicklich erkannte sie ihren Fehler. Scheiße und nochmals Scheiße.

»Was erfahren, Inspector?« Er ließ sein berühmtes Megawattlächeln aufblitzen.

»Wovon sprachen Sie gerade?« Sie versuchte, das Unvermeidliche zu vermeiden. »Sagen Sie es mir, dann sage ich es Ihnen.«

Lottie drängelte sich an ihm vorbei und stapfte die Treppe hinauf. Moroney fasst sie am Ellbogen und zog sie zurück.

»Sie Mistkerl«, sagte sie. »Schalten Sie die Kamera aus.«

Moroney zögerte einen Moment, dann nickte er. Als die Kamera aus war, stellte er sich mit verschränkten Armen hin und wartete.

»Wozu soll ich einen Kommentar abgeben?« Lottie zwang sich, jede Silbe mit Ruhe auszusprechen.

»Zu den Fotos, die heute Morgen veröffentlicht wurden. Eins von einem toten Mädchen und eins von einem vermissten Mädchen.«

Jetzt, da sie wusste, worum es ihm ging, fragte sie sich, wie sie ihn in eine andere Richtung steuern konnte, damit er ihren Ausrutscher vergaß.

»Ich bin sicher, dass Superintendent Corrigan eine vollständige Pressemitteilung herausgegeben hat.«

»Ist Maeve Phillips nicht die Tochter von Frank Phillips, dem Verbrecher im Exil? Steht ihr Verschwinden im Zusammenhang mit organisierter Kriminalität?«

»Wir sind hier nicht in einem Unterweltviertel.«

»Aber die Familie von Phillips lebt hier in der Nähe. Hat das Verschwinden seiner Tochter etwas mit dem Mordopfer zu tun, das am Montag gefunden wurde?«

Lottie versuchte, an ihm vorbeizukommen, aber er rührte sich nicht vom Fleck.

»Ragmullin wird jetzt einen schlechten Ruf bekommen, nicht wahr?«, beharrte er.

»Wenn Sie irgendwelchen Scheiß über diese Stadt verbreiten, Moroney, dann breche ich Ihnen persönlich alle Ihre weißen Showbiz-Zähne.« Sie gab seiner Schulter einen Schubser und eilte die Treppe hinauf.

Moroney folgte ihr. »Lottie, wovon haben Sie vor ein paar Minuten gesprochen? Was haben Sie gemeint, als Sie mich gefragt haben, wie ich es so schnell herausgefunden habe.«

Sie drehte sich um und stieß ihm einen Finger in die Brust. »Nennen Sie mich nie wieder Lottie. Für Sie bin ich Detective Inspector Parker. Und Sie können Ihrer neugierigen Nase folgen, bis Sie es selbst herausgefunden haben.« Sie stürmte ins Revier und versuchte, die Tür zu knallen. Sie glitt zu. Nicht einmal diese Genugtuung war ihr gegönnt.


Lottie saß an ihrem Schreibtisch und fuhr sich mit den Händen durch die Haare. Die Dinge waren dabei, außer Kontrolle zu geraten. Wo sollte sie anfangen? Vielleicht wäre Andri Petrovci ein guter Startpunkt.

Ihr Handy vibrierte und sie sah Chloes Namen aufblinken. Sie nahm den Anruf entgegen.

»Maeves Foto ist überall auf Facebook. In der Schule reden alle über sie.«

»Weiß jemand, wo sie sein könnte?«

»Die Mädchen sagen fiese Sachen. Aber glaub nicht, was du hörst. Maeve ist nicht so. Sie hat es zu Hause sehr schwer.«

»Was für Sachen sagen sie denn?«

»Dass sie eine Schlampe ist und so.«

»Also niemand hat irgendwas gesagt, das uns weiterhelfen könnte?«

»Nein. Ich habe ihre Facebook-Freundesliste durchgesehen und kann niemanden finden, der dieser Freund von ihr sein könnte.«

»Wir arbeiten dran. Wie ist es mit Katie heute Morgen?«

»Wie mit einem Dornenstrauch, wie üblich.«

Lottie lächelte. »Wir sehen uns später. Lerne ordentlich,

wenn du nach Hause kommst. Es ist nicht mehr lange bis zu deinen Prüfungen. Der Juni ist gleich um die Ecke.«

»Meeensch, muss das sein?«

»Was?«

»Dass du mich ständig daran erinnerst. Ich brauche keinen zusätzlichen Druck von dir.« Lottie guckte ihr Handy an, als Chloe einfach auflegte. Schau mal, was sie jetzt angerichtet hatte. Aber im Moment hatte sie genug um die Ohren und konnte sich nicht auch noch um Chloes Schmollereien kümmern. Ein weiterer Mord, als wäre der erste nicht genug, und kein einziger Verdächtiger. Und ein Mädchen, das anscheinend in den Äther verschwunden war.

Als sie das Foto von Maeve Phillips betrachtete, glaubte sie nicht, dass sie diese letzte Leiche war, die sie unter der Straße gefunden hatten. Also wo zur Hölle war sie? Wer war dieses zweite tote Mädchen? Wer war das erste? Und warum waren sie beide zur Zielscheibe eines Mörders geworden?

Ihr Schreibtischtelefon piepte. Der diensthabende Polizist.

»Andri Petrovci ist in Vernehmungsraum Eins.«

## 37

Da Boyd, Lynch und Kirby noch am Tatort waren, beorderte Lottie Garda Gillian O'Donoghue, eine der aufgeweckteren uniformierten Beamten, ab, an der Vernehmung teilzunehmen. Nachdem die Aufnahmedisk eingelegt und die Formalitäten erledigt waren, ergriff Andri Petrovci als erster das Wort.

»So viel davon in meinem Heimatland. Ich will nicht das hier sehen. Verstehen Sie?«

»Ja, aber es ist seltsam, dass Sie nun schon zwei Leichen gefunden haben. Finden Sie das nicht sonderbar?«

»Nicht meine Schuld. Ich arbeite hier. Das ist, was ich tue. Ich grabe. Ich fülle. Ich arbeite.« Er zuckte halbherzig mit seinen breiten Schultern, und Lottie konnte sich des Gedankens nicht erwehren, dass er trotz seiner Größe kindlich wirkte.

»Wer sind diese Frauen, Inspector?«

»Haben Sie eine Ahnung, Mr Petrovci?«

»Tut mir leid. Ich weiß nicht. Sie Polizei. Sie wissen?«

Lotties Handy vibrierte. Wieder Chloe. Sie ignorierte es. Dann fiel ihr ein, dass sie das Foto von Maeve auf ihrem Handy hatte. Sie öffnete es und schob das Handy über den Tisch zu Petrovci. Dabei ließ sie sein Gesicht nicht aus den Augen.

Er schluckte. Er stand auf und zitterte sichtlich. »Bitte. Ich gehe. Jetzt.«

»Setzen Sie sich.« Endlich hatte sie eine Reaktion aus ihm herausbekommen. »Kennen Sie sie?«

»Nein. Sie nicht verstehen. Ich gehe.«

»Kommen Sie schon.« Lottie spürte, dass sie an etwas dran war. »Woher kennen Sie sie? Wo haben Sie sie getroffen?«

»Nein. Ist sie eine von ihnen? In der Erde?« »Sie haben sie erkannt. Sagen Sie es mir.«

Seine Schultern sackten herab. Er verschränkte die Finger ineinander und senkte den Kopf. Stille. Sie hörte die leichte Bewegung seiner Warnweste, während er ein- und ausatmete.

»Wer ist sie?« Seine Stimme war so leise, dass sie ihn kaum verstehen konnte. »Auf Foto. Sie wissen?«

»Ich weiß, wer sie ist«, sagte Lottie. »Was wissen Sie über sie?«

Er schüttelte den Kopf, als wolle er mit der Bewegung einen Dämon aus seinem Gehirn vertreiben. Aber er sagte nichts.

»Andri, Sie können es mir sagen. Wo ist sie?«

Er sah auf. Lottie versuchte, in die Tiefe seiner Augen zu sehen, um zu lesen, was dort geschrieben stand. Alles was sie sah, war Schmerz, der die Oberfläche durchdrang. Was war Andri Petrovci widerfahren? Und was hatte er Maeve angetan? Eine langsame Wut begann in ihrer Magengrube zu kochen und machte ihr Mitgefühl zunichte.

»Ich weiß nichts.« Er nahm die Hände auseinander und verschränkte die Arme.

Lottie holte tief Luft und verzog den Mund zu einem falschen Lächeln. »Sie haben erwähnt, dass Sie in Ihrem eigenen Land viel Tod gesehen haben. Erzählen Sie mir davon.« Sie wechselte das Thema von Maeve weg, in der Hoffnung, ihn auf dem falschen Fuß zu erwischen. Vergeblich.

»Inspector, ich arbeite an Wasserleitung. Ich grabe Straße.

Ich finde Leichen, die ich nicht dahin gelegt habe. Ich töte sie nicht. Bitte, ich gehe jetzt?«

»Sagen Sie mir erst, was Sie wissen«, beharrte Lottie.

»Ich weiß nichts.«

»Doch, Sie wissen etwas. Ist Maeve in Gefahr? Was haben Sie mit ihr gemacht?« Scheiße, jetzt war ihr der Name des Mädchens entschlüpft. Nicht weiter schlimm, eigentlich, dachte sie. Er war schon in den Medien.

Er verschränkte die Arme. »Sie lassen mich nicht gehen. Holen Sie mir einen Anwalt«, sagte er und kniff den Mund zu einer dünnen Linie zusammen.

Lottie seufzte schwer. Alles, was sie hatte, waren Verdächtigungen. Keine Beweise, dass er etwas getan hatte. Sie warteten immer noch auf die Ergebnisse seiner DNA-Probe. Sie könnte ihn in Gewahrsam nehmen. Ihm einen Rechtsanwalt zuweisen. Dann was? Stundenlang nichts.

Weitere fünf Minuten beharrlicher Fragen brachten sie kein Stück weiter.

Er weigerte sich, etwas zu sagen. Sie hatte nichts, womit sie ihn festhalten konnte.

Sie traf ihre Entscheidung und sagte: »Sie können gehen.«

Garda O'Donoghue schaltete das Aufnahmegerät aus und versiegelte die Disks. Petrovci nahm die Arme auseinander, stand auf und verließ ohne ein Wort den Raum. Als er ging, fragte sich Lottie, ob er Maeve Phillips wirklich kannte. Er schien sie auf dem Foto erkannt zu haben. Vielleicht hatte er die Meldungen in den sozialen Medien gesehen, oder war er der unsichtbare Freund? Er musste fast dreißig Jahre alt sein und Maeve war erst siebzehn. Wie sollte sie ihn dazu bringen, es zuzugeben?

Während O'Donoghue die technischen und schriftlichen Berichte abzeichnete, eilte sie in ihr Büro, schnappte sich ihre Tasche und rannte die Treppe hinunter und aus dem Revier.

. . .

Chloe schaute ungläubig auf ihr Telefon. Ihre Mutter hatte sich geweigert, ihren Anruf entgegenzunehmen. Gerade als sie sich entschlossen hatte, ihr alles zu offenbaren. Sie hatte gedacht, es wäre einfacher, es ihr am Telefon zu sagen, als von Angesicht zu Angesicht.

Jetzt beschloss sie, ihr nichts zu sagen. Absolut gar nichts.

Sie würde selbst damit fertig werden. Sie musste nur wieder alles hinbiegen.

## 38

Boyd hatte die Nase gestrichen voll von Lottie Parker. Er hatte den ganzen Nachmittag damit verbracht, den Beschuss der Geschäftsleute im Columb-Viertel der Stadt abzuwehren, und sie hatte nicht den Mumm, wieder am Tatort zu erscheinen. Sogar Jane Dore hatte sich gefragt, wo sie abgeblieben war. Wenigstens war die Leiche jetzt auf dem Weg nach Tullamore und die Spurensicherer waren mit dem Tatort beschäftigt.

»Wie laufen die Tür-zu-Tür-Ermittlungen?«, fragte er Kirby, als er ihn vor der geschlossenen Wohnanlage traf.

Kirby wischte sich den Schweiß von der Stirn. »Es sind nicht viele Leute zu Hause. Ich werde bis später mit Uniformierten hier rumhängen müssen. Und diese Gicht bringt mich um.« Er deutete auf seine Füße. »Was hast du vor?«

»Ich bin hier gerade fertig geworden. Ich muss sehen, ob ich meine Brieftasche finde.« Ohne darauf zu warten, was Kirby sonst noch an Leidensgeschichten zu erzählen hatte, ging Boyd die Straße hinauf. Er überquerte die Fußgängerüberführung über die Bahnlinie, lief über die Straße und über die neue Kanalbrücke, die zu Ragmullins landschaftlicher Verunstaltung führte. Die Hill Point-Wohnungen. Apartments, wenn man es hochtrabend ausdrücken wollte, dachte er.

Bei Tageslicht sahen die Gebäude noch trister aus. Nicht, dass er sich an viel von der letzten Nacht erinnern konnte. Mit Schimmel überzogene rote Ziegelsteine, überdimensionale Satellitenschüsseln, die aus den Fenstern der fünf Stockwerke ragten, urinverdreckte Steinstufen hinauf zur Tür. Wie um sich zu vergewissern, dass er nicht völlig verrückt war, klopfte er noch einmal seine Taschen ab. Definitiv keine Brieftasche.

Als er an der Tür klingelte, schaute er sich ängstlich um, in der Hoffnung, dass ihn niemand sehen würde. Aber Eltern holten ihre Kinder von einer Kinderkrippe ab und ungepflegte Einkäufer quälten sich mit ihren Einkaufstaschen über einen gepflasterten Platz. Wussten sie nicht, was direkt vor ihrer Nase vor sich ging? Er zog sein Kinn an die Brust und drückte erneut auf die Klingel.

Er hörte einen Strom von Fremdwörtern, bevor die Tür geöffnet wurde. Boyd sah die Frau an und fragte sich, ob er sie gestern Abend gesehen hatte. Er war sich nicht einmal sicher, ob es die richtige Adresse war. Wohnung fünf, Block zwei, hatte Kirby gesagt.

»Entschuldigung.« Er schenkte ihr sein aufrichtigstes Lächeln. »Ich glaube, ich habe gestern Abend hier meine Brieftasche verloren. Ich habe mich gefragt, ob Sie oder eines der Mädchen sie gefunden haben.«

»Hmpf!«

Sie verschränkte die Arme über ihren schlaffen Brüsten unter einem schwarzen T-Shirt. Ihre Jeans, zu eng, steckte in hellbraunen Lederstiefeln. Sie sah aus wie irgendwo zwischen fünfzig und hundert. Ihr Gesicht, umrahmt von langem schwarzem Haar, verlor sich in schlaffen, weißen Fleischwülsten. Boyd schüttelte sich körperlich. Was hatte er sich dabei gedacht, sich von Kirby hierher bringen zu lassen? Er hatte gar nicht gedacht, das war's. Hol dich der Teufel, Kirby, fluchte er im Stillen.

Die Frau musterte ihn von oben bis unten. »Mit dem fetten Mann? Ja?« Sie hatte eine tiefe, raue Stimme. Hundert am Tag, wahrscheinlich.

»Ja«, antwortete Boyd. »Irgendwann nach Mitternacht. Glaube ich. Meine Brieftasche?« Da lachte sie so, dass ihre Brüste unter dem Rippenstrick ihres T-Shirts hin und her schaukelten und ihre Wangen auf und ab wabbelten.

»Keine Brieftasche. Mir tut leid«, sagte sie, als das kehlige Kichern verstummte.

»Könnten Sie noch einmal nachschauen? Bitte?«

»Nicht hier.«

Boyd warf einen Blick über die Schulter, um sich zu vergewissern, dass ihn niemand beobachtete, bevor er ihr Handgelenk packte und sie an sich zog. »Ich bin von den Gardaí und bitte Sie, meine Brieftasche zu suchen.«

»Polizei? Ha! Mir machen keine Angst. Ich zeige Ihrem Boss, ja?« Sie deutete auf die kleine Kamera, die in einer spinnwebenverhangenen Nische über der Tür nistete.

Wenn sie überhaupt funktioniert, dachte Boyd, aber er ließ sie los, schüttelte den Kopf und ging die Treppe wieder hinunter. Es war zwecklos. Jetzt würde er seinen Ausweis als verloren melden und einen neuen beantragen müssen. Er hoffte nur, er würde nicht in die falschen Hände geraten. Dieses Szenario war nicht auszudenken.

Auf der untersten Stufe drehte er sich um. »Ich werde meinen Vorgesetzten davon berichten müssen.«

Die Frau hielt einen Moment inne, bevor sie ihn mit einem gekrümmten Finger herbeiwinkte. Die Tür öffnete sich knarrend nach innen. Er eilte wieder hinauf.

Drinnen schlug sie die Tür hinter ihm zu. Die bunten Blumen auf der Tapete schrien ihm entgegen. Himmel, dachte er, was zum Teufel hat mich hierhergebracht? Die Frau drückte sich in dem engen Flur an ihm vorbei. Bei der Berührung ihrer Haut zuckte er zurück. Sie öffnete eine Tür und winkte ihn in einen kleinen Raum. Darin standen eine abgenutzte Couch und ein kleiner Couchtisch, auf dem Zeitschriften lagen, wie man sie normalerweise im obersten Regal des Zeitungsladens fand.

»Warten Sie.« Sie zog die Tür hinter sich zu.

Er hatte keine andere Wahl.

»Schlampe, wo ist seine Brieftasche?«

Mimoza zuckte mit den Schultern und starrte die Frau an, die sich Anya nannte. Sie zog sich in das Kissen zurück, presste die Knie ans Kinn und schlang die Arme um ihre Beine. Sie musste dieser Frau gegenüber unschuldig tun, sonst würde sie ihren Sohn vielleicht nie wiedersehen. Sie durfte Anya nicht wissen lassen, dass sie die Brieftasche gefunden hatte, sonst würde sie möglicherweise hineinschauen. Besser, wenn sie sie einfach selbst fand.

»Großer, dünner Mann. Hier letzte Nacht. Polizist. Hat seine Brieftasche verloren. Ich frage andere Mädchen. Sie ihn nicht sehen. Du ihn sehen?«

Mimoza schüttelte den Kopf.

Anya packte sie am Arm. »Meine Mädchen, sie sehen nichts. Du. Du mit großen Augen. Ich weiß, du siehst etwas.«

Sie ließ Mimozas Arm los, schlug das Laken herunter und zog das Kissen hinter ihr hervor, bevor sie ihr einen Schlag auf den Hinterkopf verpasste. Mimoza kniff die Augen zu, als Anya sie an den Haaren auf den Fußboden zerrte. Die Frau hob die Matratze hoch. Als sie nichts fand, bückte sie sich und guckte unter das Bett.

»Ha!«, kreischte sie.

Mimoza hielt den Atem an und sah zu, wie Anya die Brieftasche öffnete. Im Stillen betete sie, dass sie die versteckte

Mitteilung nicht finden würde. Sie beobachtete, wie Anya einen Fünfzig-Euro-Schein herausnahm, faltete und zwischen ihre Brüste steckte. Scheinbar zufrieden schloss sie die Brieftasche und verließ den Raum.

Mimoza begann zu beten. Sie betete, dass der große, dünne Polizist ihr helfen möge.

»Heute du hast Glück.«

Die Frau fuchtelte mit der schwarzen Brieftasche vor Boyds Gesicht herum. Einen Moment lang dachte er, sie würde sie ihm wegschnappen, als er danach griff. Aber sie gab ihre Beute ohne Weiteres her. Er vergewisserte sich, dass sein Ausweis noch in seiner Lasche steckte, bevor er die Brieftasche in seine Tasche steckte, und schwor sich, nie wieder, egal wie betrunken, einen Fuß in ein Bordell zu setzen.

Als er wieder draußen stand, warf er einen Blick zu den Fenstern hinauf. Die Vorhänge waren zugezogen. Das Gebäude hätte genauso gut verlassen sein können, bei all dem Leben, das es ausstrahlte. Er erinnerte sich an das elende junge Mädchen mit den flehenden Augen und eine Traurigkeit machte sich in seinem Herzen breit, wo er kurz zuvor noch Wut empfunden hatte. Während er in der kühlen Abendbrise zur Fußgängerbrücke ging, fragte er sich, was ihre Geschichte war. Er wusste, dass er genug zu tun hatte, ohne sich auch noch um sie zu kümmern, aber er überlegte, dass es vielleicht klug wäre, einige der Jungs von der Sittenpolizei zu kontaktieren. Ja, genau das würde er tun.

Zuerst konnte Lottie Petrovci nirgends sehen.

Sie befürchtete schon ihn verloren zu haben, aber als sie nach links in Richtung Kanal abbog, erblickte sie sofort sein ärmelloses, gelbes Hemd. Sie begann zu rennen. Als sie die Kuppe des Hügels erreichte, war er, nach seinem Weg entlang der Blütenkirschen am Kanal, schon fast an der Hauptbrücke der Stadt angekommen. Sie wusste, dass er in Hill Point wohnte, und es schien, dass er dorthin unterwegs war.

Froh über die aufkommende Brise, eilte sie weiter und kam dem großen Ausländer mit jedem Schritt näher. Er schaute sich kein einziges Mal um, also war sie sicher, dass er sie nicht bemerkt hatte. Sie wartete einen Moment unter der alten Steinbrücke, während er die Fußgängerbrücke ein Stück weiter überquerte, und sie sicher sein konnte, dass er auf dem Weg zu seiner Wohnung war. Sie konnte sich nicht an den genauen Block oder die Wohnungsnummer erinnern, also rief sie Lynch per Kurzwahl an. Dann ging sie, mit dem Telefon am Ohr, so lässig wie sie konnte weiter und ließ Petrovci dabei nicht aus den Augen.

Lynch las die vollständige Adresse vor, während Lottie weiterging. Als sie das Telefon wegsteckte, war Petrovci nirgends zu sehen. Der Atem blieb ihr im Hals stecken. Wo konnte er hingegangen sein?

In dem Moment entdeckte sie Boyd.

Er ging um eine Ecke, über einen gepflasterten Platz, nur wenige Meter entfernt. Ohne zu wissen, warum sie das tat, duckte sich Lottie hinter einer Betontreppe. Boyd kam aus der Gegend geeilt, in der Andri Petrovci wohnte.

Sie hätte vortreten und ihn konfrontieren sollen. Ihn fragen, was er hier machte. Hätte einfach sagen sollen: »Hallo, was für ein Zufall.« Aber sie tat es nicht. Sie blieb verborgen, als er mit gesenktem Kopf und scheinbar tief in Gedanken versunken an ihr vorbeiging.

Lottie richtete sich auf und erstarrte. War da jemand hinter ihr? Sie spürte ein Flüstern der Luft an ihrem Hals. Sie hielt den Atem an und schloss die Augen. Schauer durchliefen ihren Körper und ihre Hände zitterten heftig. Ein Schweißtropfen rann ihr die Nase hinunter. Sie schniefte ihn weg. Es kam ihr wie Minuten vor, aber es waren nur ein paar Sekunden, bevor sie sich umdrehte. Niemand.

Sie sah sich um. Keiner in der Nähe. Keiner, der weglief. Ihre Einbildung? In diesen wenigen Sekunden verflog jede Motivation, Petrovci zu folgen.

Sie kam aus ihrem Versteck hervor und stieg die Treppe hinauf, um einen besseren Überblick zu bekommen. Sie bemerkte, wie nahe Hill Point an Weirs Autoverwertungsbetrieb lag. Während ihr Blick über die gestapelten Schrottautos wanderte, dachte sie, dass er ein idealer Ort war, um eine Leiche zu verbergen. Jetzt, da das gesamte Gebiet abgesperrt und für die Öffentlichkeit unzugänglich war, beschloss sie, dass es nicht schaden würde, noch einmal jedes einzelne Stück Schrott zu durchsuchen. Diesmal gründlich.

Lottie nahm an, dass Petrovci inzwischen in seiner Wohnung angekommen war. Sie wusste, dass sie nicht befugt war, an seine Tür zu klopfen oder seine Wohnung zu durchsuchen, aber sie würde ihn genau im Auge behalten.

Sie machte sich auf den Weg zurück zum Revier und dachte über Boyd nach. War er ihr einen Schritt voraus gewesen und hatte Petrovci als Hauptverdächtigen ausgemacht? Oder wohnte seine Noch-nicht-Exfrau Jackie hier in der Gegend? Lottie dachte, dass es wahrscheinlich Letzteres war. Sie nahm sich vor, ihn zu fragen.

## 39

»Ich habe sie«, sagte Boyd und warf seine Jacke über die Stuhllehne. »Deine Brieftasche?«, fragte Kirby. »Du bist zurückgegangen? Du bist ein Idiot.«

»Rede gar nicht erst mit mir.« Boyd begann, den Papierkram auf seinem Schreibtisch aufzuräumen. »Hast du irgendetwas von den Anwohnern in der Umgebung der Columb Street erfahren?«

Keine Antwort.

»Verdammt, Kirby, sag schon.«

Kirby kratzte sich. »Du hast gesagt, ich soll nicht mit dir reden. Wie auch immer, da ist eine Wohnung mit einer wandmontierten Kamera, am Eingang des Blocks. Ich gehe später noch einmal hin, um zu sehen, ob der Bewohner zu Hause ist. Vielleicht ist da was drauf.«

»Wenn sie überhaupt funktioniert. Wer wohnt dort?«

»Willie Flynn, ›die Hummel‹. Hat für die Lokalzeitung gearbeitet, ist jetzt in Rente. Er muss mindestens achtzig sein.«

»Willie Flynn? Was macht er mit einer Überwachungskamera?«

»Er wurde ständig beraubt. Ich habe ihm vor ein paar Jahren geraten, sich eine kleine Kamera anzuschaffen.«

»Gut. Wir könnten eine Pause gebrauchen,« sagte Boyd.

»Lust auf ein Bier?« Kirby schnaufte, als er seinen Stuhl drehte.

»Nicht diese Art von Pause... Ach, vergiss es.« Boyd schaltete seinen Computer aus und nahm einen Schluck Wasser aus einer Flasche.

»Ein Pint.«

»Nein. Nie wieder. Jedenfalls nicht mit dir.« Boyd trank das Wasser aus, zerdrückte die Flasche, schraubte den Deckel auf und warf sie in den Papierkorb.

»Sei kein Arschloch.« Kirby schob seine Füße in seine Sandalen und bückte sich, um sie zuzuschnallen. »Du hast deine Brieftasche wieder, was ist das Problem?«

»Dieser Ort, wo wir nach dem Pub hingegangen sind. Wir sollten ihn durchsuchen, nicht besuchen. Verdammt nochmal. Ich fühle mich wie ein minderwertiges Stück Scheiße.«

»Leben und leben lassen. Das ist mein Motto.«

»Es ist falsch.«

»Was willst du dagegen tun? Die Sittenpolizei anrufen? Die staatliche Einwanderungsbehörde?«

Boyd schwieg nachdenklich.

Kirby sagte: »Die sind hinter größeren Fischen her als einem kleinen Puff in Ragmullin. In jeder Stadt in Irland gibt es einen. Die Behörde ist hinter den Haien her, nicht den Pfrillen.« Er bückte sich, um seinen schmerzenden Fuß zu reiben.

Boyd stand auf, knallte seinen Stuhl an den Schreibtisch und ging zur Tür. Als er über seine Schulter zurückblickte, schloss er, dass Kirby ein erbärmliches Exemplar von einem Polizisten war. Aber war er selbst denn besser? Er hatte nicht mit dem Mädchen geschlafen, aber er konnte das Bild ihrer melancholischen Augen nicht loswerden.

Mit einem letzten Kopfschütteln in Kirbys Richtung machte er sich auf den Weg nach Hause. Hoffentlich würde er dort etwas Ruhe und Frieden finden. Und seinen hartnäckigen Kater abschütteln.

## 40

Als Lottie wieder auf dem Revier ankam, war von Boyd, Kirby und Lynch nichts zu sehen. Sie setzte sich an ihren Schreibtisch, um einen Bericht über ihr Gespräch mit Andri Petrovci zu schreiben. Ihre eigenen Gedanken und Vermutungen. Nur für den Fall, dass in der Nacht die Hölle ausbrach und sie sich am Morgen nicht mehr daran erinnern konnte. Es konnte ja alles Mögliche passieren. Garda Gillian O'Donoghue hatte ihr eine Abschrift auf den Schreibtisch gelegt. Lottie las sie noch einmal durch. Sie war überzeugt, dass Petrovci etwas über Maeve Phillips wusste.

Bevor sie nach Hause ging, schaute sie bei den Mitarbeitern in der Einsatzzentrale rein. Ein paar Kriminalbeamte saßen dort und telefonierten. Von ihrem eigenen Team keine Spur.

An der Weißwandtafel hing ein Foto des zuletzt gefundenen toten Mädchens. Das Gesicht schien zu verwest zu sein, als dass man sie daran hätte identifizieren können. Lottie hoffte, dass der Körper ihnen einen Hinweis darauf geben könnte, wer sie war und wer die Morde begangen hatte, falls es derselbe Täter war. Natürlich war es derselbe. Oder wie viele Verrückte liefen da draußen herum und vergruben Leichen unter der Straße? Nur einer, hoffte sie. Vielleicht hatte Jane Dore schon Zeit für die Obduktion gefunden. Lottie rief sie an, um zu fragen.

»Nichts von Interesse am Tatort«, sagte Jane. »Aber das Opfer wurde in den Rücken geschossen und die Kugel ist knapp unterhalb der Brust ausgetreten. Leider hat die Hitze die Verwesung beschleunigt, aber ich kann feststellen, dass sie eine Narbe vom Bauch über die Hüfte bis zum Rücken hat. Genau wie das erste Opfer.«

»Ach du lieber Gott. Und war die Schusswunde gewaschen, wie beim ersten Opfer?«

»Sieht so aus. Morgen früh beginne ich mit der Obduktion. Um acht Uhr, wenn Sie zusehen wollen?«

»Ich werde da sein«, sagte Lottie. »Könnten Sie es nicht jetzt machen? Ich kann in einer halben Stunde da sein.«

»Geht leider nicht. Kaum zu glauben, aber ich habe um sieben Uhr eine Verabredung zum Abendessen.«

»Freut mich für Sie«, sagte Lottie. Scheiße, sie hatte Dan Russell und ihre eigene Verabredung zum Abendessen total vergessen. Sie schaute kurz auf ihre Uhr: 7.15. Na ja. Jetzt war es zu spät. »Bis morgen früh dann, Jane. Ich wünsche einen schönen Abend.«

Lottie rief ein paar Kriminalbeamten herüber und wies sie an, am Morgen eine weitere Durchsuchung von Weirs Autofriedhof zu organisieren.

Sie warf einen Blick auf die Tafel.

Eine zweite Leiche mit einer gewaschenen Schusswunde und einer Narbe. Noch eine fehlende Niere?

»Lieber Gott, ich hoffe nicht«, flüsterte sie zu sich selbst, aber sie wusste, dass es mehr als wahrscheinlich war.

Als sie ging, überlegte sie, ob sie Russell anrufen sollte, um sich zu entschuldigen, aber dann dachte sie, dass es vielleicht besser für ihn war, ihn hängen zu lassen.

Als sie in Richtung Windhundstadion ging, sah Lottie Dan Russell in seinem großen schwarzen Audi sitzen. Auf der doppelten gelben Linie, mit laufendem Motor. Heute war Rennabend und der Verkehr nahm zu.

Sie überquerte die Straße. Er ließ das Fenster herunter. Sie beugte sich vor der Tür hinunter und sagte: »Ich bin auf der Arbeit aufgehalten worden.«

»Sie sind eine halbe Stunde zu spät. Sie hätten mich anrufen können.«

»Ich sollte Ihnen ein Knöllchen verpassen.«

»Wie wäre es morgen mit dem Abendessen?«

»Ehrlich gesagt, wissen Sie was, ich bin im Moment zu beschäftigt. Wir haben noch eine Leiche gefunden, also sagen wir, ich rufe Sie an, wenn sich die Lage beruhigt hat.« Sie richtete sich auf, um zu gehen.

»Noch eine Leiche?«, wiederholte er. »Das ist ja grauenhaft. Ich bringe Sie zu Ihrer Tür.«

Ach, was soll's, dachte Lottie und ging auf die andere Seite des Wagens. Die Kühle im Auto tat ihr gut. Reiches Arschloch.

Er fragte: »Wo wohnen Sie?«

Sie zeigte auf die Siedlung auf der anderen Straßenseite. Er wendete den Wagen und sie wies ihn an, wo er anhalten sollte.

»Also diese Leiche, die Sie gefunden haben, war das Mord?«

»Das darf ich nicht sagen.«

Er starrte geradeaus. »Werden Sie mich dazu auch befragen?«

Da sie ihm keine Informationen geben wollte, beschloss sie, das Thema zu wechseln.

»Sie erwähnten, dass Sie sich an Adam erinnern. Haben Sie mit ihm zusammengearbeitet?«

Russell ließ den Motor im Leerlauf laufen. »Ja, das habe

ich. Im Ausland.«

Stille erfüllte das Auto. Seit Adams Tod hatte sich Lottie von Adams Militärfreunden entfremdet, obwohl sie bezweifelte, dass Dan Russell sein Freund gewesen war.

»Erzählen Sie mir mehr«, sagte sie.

»Wie wär's, wenn Sie mich morgen anrufen«, sagte er.

»Warum zögern Sie?«

»Es gibt Dinge, die Sie über Ihren lieben verstorbenen Mann wissen sollten. Dinge, von denen Sie vielleicht nicht wollen, dass andere sie erfahren. Aber ich werde jetzt nicht darüber sprechen.«

Sie stieg aus dem Wagen aus. »Das Abendessen können Sie vergessen. Ich würde lieber verhungern.« Sie knallte die Tür zu.

Er kurbelte das Fenster elektronisch herunter. »Ich glaube wirklich, Sie machen einen Fehler, wenn Sie sich nicht anhören, was ich zu sagen habe.«

Sie lehnte sich gegen die Hauswand und beobachtete, wie er den Gang einlegte und losfuhr. Keine quietschenden Bremsen und keine Staubwolke, die hinter ihm aufstieg. Seine langsame Abfahrt ließ seine Worte umso bedrohlicher erscheinen. Dan Russell spielte mit ihr, irgendein krankes Spiel, und sie wollte nicht mitmachen.

Aber sie wusste, dass sie sich irgendwann anhören würde, was er zu sagen hatte, egal wie kompromittierend es auch sein mochte.


Die Pizza zum Mitnehmen war der Hit bei den Kindern gewesen. Endlich hatte Lottie auf allen drei Gesichtern ein Lächeln gesehen. Für ein paar Minuten. Als sie damit fertig war, die Küche aufzuräumen und die Wäsche, die ihre Mutter tagsüber auf die Wäscheleine gehängt hatte, zusammenzulegen, war es schon nach neun.

»Ich setze mich eine Weile in den Garten, um meine E-

Mails zu lesen. Ruft mich, wenn ihr mich braucht.« Sie stand im Flur und lauschte. Zustimmendes Gemurmel.

Mit einer Tasse Tee und einem Schokoladenkeks setzte sie sich an den Terrassentisch, das iPad auf dem Knie, während der Mond an dem noch hellen Himmel bereits sichtbar war. Sie hatte versucht, sich zu beschäftigen, damit sie nicht an Russell und seine Worte denken musste. Stattdessen dachte sie an ein zweites ermordetes Mädchen, dem vielleicht eine Niere fehlte. Sie wusste, dass es keinen Sinn hatte, darüber zu spekulieren, solange es die Rechtsmedizinerin nicht bestätigt hatte.

Die Luft war erfüllt von dem Dröhnen eines Lautsprechers im Stadion und dem Summen eines Rasenmähers, im Einklang mit dem Singen der Vögel, die für die Nacht unterschlüpften. Als sie sich in ihrem Garten umsah, wünschte sie sich, sie hätte einen grünen Daumen. Er könnte Blumen gebrauchen, Farbe, eine Generalüberholung. Adam hatte sich um den Garten gekümmert. Sie hatte keine Zeit. Sean? Er war zu sehr von seiner PlayStation vereinnahmt, um sich am Garten zu stören. Manchmal mähte er den Rasen, aber nur, wenn sie ihn bestach.

Sie nippte an ihrem Tee und wischte durch ihr iPad. Sie konnte sich nicht konzentrieren. Adam. Sie würde gerne mehr über seine Zeit im Kosovo erfahren. Er war 1999 gleich nach Ende des Krieges mit einer internationalen Vorhut unter NATO-Kommando dorthin gereist und ein Jahr später wieder zurückgekehrt. Zwei Reisen, und er hatte wenig über seine Zeit dort gesprochen. Oder vielleicht hatte er darüber gesprochen und sie hatte nicht zugehört. Damals, so wurde ihr klar, war sie zu sehr mit der Arbeit und zwei kleinen Kindern beschäftigt gewesen, als dass sie sich für Adams Erzählungen interessiert hätte. Chloe war noch nicht einmal ein Jahr alt gewesen, als er das erste Mal fortgegangen war. Sie hatten damals darüber diskutiert, aber sie brauchten das Geld. Und Adam war durch und durch Soldat, und sie hatte nicht diejenige sein wollen, die seinen Auslandseinsätzen einen Riegel vorschob.

»Mama«!

Chloe stand mit weißem Gesicht und offenem Mund an der Hintertür.

»Was ist los?« Lottie sprang auf und lief zu ihr hin. »Ist alles okay?« Ein kleiner Junge steckte seinen Kopf hinter Chloes Knien hervor.

Lottie blieb stehen, riss die Augen auf und der Atem blieb ihr im Hals stecken.

Chloe sagte: »Er war an der Haustür. Ganz allein. Er weinte.« Lottie kniete nieder und streckte ihre Hand nach dem Jungen aus. »Milot?« Er zog sich wieder hinter das Bein ihrer Tochter zurück.

»Milot, Liebling. Was machst du hier? Wo ist deine Mutter?« Der Junge steckte seinen Daumen in den Mund. Kein schäbiges Kaninchen. Wie war er hierhergekommen? Wo war er hergekommen? Unzählige Fragen überfluteten ihr Gehirn. Sie blickte zu Chloe auf.

»Hast du noch jemanden gesehen? Wie ist er an die Türklingel gekommen?«

»Er hat geklopft.«

»Es muss jemand bei ihm gewesen sein. Hast du dich umgesehen?«

»Ich habe niemanden gesehen, als ich die Tür aufgemacht habe, nur den kleinen Kerl.«

»Bist du sicher?«

Mit einem Schulterzucken hob Chloe Milot in ihre Arme und ging zurück ins Haus. Lottie nahm ihr Handy und folgte ihr.

»Wo ruft man in so einer Sache an?«, fragte Chloe. »Um diese Zeit?«

Lottie goss Milch in einen Becher und bot ihn Milot an. Er drehte sein Gesicht weg zu Chloes Schulter und lehnte das Getränk ab. Er trug nur ein schmuddeliges weißes T-Shirt und marineblaue Shorts, seine Füße steckten ohne Socken in weichen weißen Schuhen. Es war eine laue Nacht, aber nicht warm genug für ein Kind, das halb bekleidet durch die Straßen lief.

Wen sollte sie anrufen? Es war 21.15 Uhr. Das Jugendamt musste benachrichtigt werden. Aber zwischen dem Amt und den Gardaí herrschte aufgrund eines früheren Vorfalls Misstrauen. Sie konnte Milot nicht in die Hände von Fremden geben. Außerdem könnte seine Mutter in Gefahr sein. Lag sie irgendwo verletzt? Tot? Sicherlich hatte Mimoza ihren Sohn nicht verlassen?

Schnell untersuchte Lottie das Kind. Keine sichtbaren Prellungen oder Schnitte. Keine Anzeichen eines Traumas, außer seinen Tränen. Sie hielt seine kleine Hand. So weiche Haut, aber kein Kuscheltier.

»Sprich mit mir, Milot. Wo ist deine Mama?«

Er starrte sie an, die Tränen liefen ihm über die Wangen, dann steckte er sich wieder den Daumen in seinen rosenknospigen Mund. Er würde ihr nichts sagen. Konnte er sie überhaupt verstehen? Sprach er etwas Englisch? Sie wusste es nicht. Scheiße.

Rosa Blütenblätter hingen in seinem Haar und sie zupfte sie vorsichtig heraus. Kirschblütenblätter. War er gelaufen? Seine kleinen weißen Schuhe waren staubig. Sie sah sie sich genauer an. Winzige Steine steckten in den Gummisohlen. Er war gelaufen, folgerte sie. Auf der Flucht vor etwas oder jemandem? Sie wünschte, er würde reden. Ihr Herz brach für das Kind.

Katie erschien mit blassem Gesicht an der Küchentür. »Was ist los?«

Lottie erklärte es ihr und sie nahm Milot in ihre Arme. »Bleibt er über Nacht?«

Katies Miene hatte sich aufgehellt, und ohne weiter darüber nachzudenken, traf Lottie ihre Entscheidung. »Ja, er bleibt.« Sie konnte den Jungen auf keinen Fall dem Sozialamt übergeben, nicht heute Abend. Auch wenn sie dafür Ärger bekommen würde.

»Er kann in meinem Zimmer schlafen«, sagte Katie und knuddelte den kleinen Jungen. Chloe guckte mürrisch.

»Ich hole eine Bettdecke für ihn und wir klären das morgen früh. Einverstanden?«, sagte Lottie.

Katie nickte. »Komm, kleiner Mann. Warte, bis ich dir mein Zimmer zeige. Oh, Mama, er zittert. Das arme kleine Ding.«

Lottie berührte seinen Arm. Er zitterte wirklich.

Katie hielt den Jungen eng umarmt und streichelte seinen Rücken. Sein Kopf ruhte an ihrer Schulter.

»Ich komme in einer Minute nach«, sagte Lottie.

Sie musste die Sache durchdenken.

Sie musste mit Boyd sprechen.


Chloe schloss ihre Schlafzimmertür und streckte sich auf ihrem Bett aus, wütend darüber, wie Katie sie beiseitegeschoben und den kleinen Jungen mitgenommen hatte.

Sie dachte an Maeve und überlegte, was sie noch tun konnte, um sie zu finden. Sie hatte alle angeschrieben, die sie kannten. Keiner hatte Maeve gesehen oder von ihr gehört. Auf Twitter gab es keine neuen Beiträge, und ihre Facebook-Seite sah traurig aus ohne Updates.

Einen gab es, der vielleicht etwas wusste, aber sie zögerte, mit ihm Kontakt aufzunehmen. Zu riskant? Ja, bestimmt. Andererseits könnte Maeve in Schwierigkeiten sein. Sie sollte wirklich zuerst mit ihrer Mutter reden, aber die hatte heute nicht mal ihren Anruf beantwortet.

Sie setzte sich auf und tippte auf ihr Handy. Ehe sie es sich anders überlegen konnte, machte sie ein Foto von ihren Zehen und schickte ihm eine Snapchat-Nachricht.

Er antwortete sofort: Triff mich. Stadtpark. In zehn Minuten.

## 41

Der Anruf ging direkt an die Mailbox.

»Boyd, geh verdammt nochmal ans Telefon.« Lottie legte
auf. Sie hatte Milot in Katies Bett mit einer Bettdecke zuge-
deckt. Das Mädchen lag neben ihm und streichelte sein Haar.
Schließlich schloss er die Augen. In der Hoffnung, dass sie das
Richtige tat, indem sie ihn bei sich behielt, und in dem Wissen,
dass ihr das Wohl des Kindes am Herzen lag, schlich Lottie die
Treppe wieder hinunter. Sean war zu seinem Computerspiel
zurückgekehrt, und sie nahm an, dass Chloe mit aufgesetzten
Kopfhörern lernte. Aus ihrem Zimmer kam kein Laut. Um halb
elf, als sie es nicht mehr aushielt, schnappte sie sich ihre
Schlüssel und machte sich auf den Weg zu Boyds Wohnung.
Hoffentlich würde Jackie nicht dort sein. »Na und?«, sagte sie
sich. »Ich bin ein großes Mädchen. Ich kann damit umgehen.«


»Ich hätte nicht kommen sollen.« Chloe ließ sich auf die
Parkbank in der hintersten Ecke hinter dem Kinderspielplatz
fallen. Sie hatte sich aus dem Haus geschlichen, während ihre
Mutter in der Küche telefoniert hatte.

»Ist schon in Ordnung«, sagte er und holte zwei Dosen Cola Light aus seinen Jackentaschen.

Chloe setzte sich aufrecht hin, schnappte ihre Dose auf und lächelte nervös. »Also, weißt du, wo Maeve ist?«

Er rutschte näher an sie heran. Sie rückte ein Stück weiter und kauerte sich auf der Bank zusammen.

»Ich beiße nicht«, sagte er.

»Ich bin nicht so sicher, ob das eine gute Idee ist«, sagte sie.

»Warum nicht?«

»Meine Mutter...«

»Vergiss deine Mutter.«

Chloe zuckte mit den Schultern. »Ich mache mir Sorgen um Maeve. Ich dachte, sie hätte es dir vielleicht gesagt, wenn sie vorhatte zu verreisen oder so.«

»Oder so? Was meinst du?«

»Ich weiß, dass sie total scharf auf dich ist.«

»Wirklich? Das glaube ich nicht.«

»Ich sollte lieber gehen«, sagte sie und brach sich einen Fingernagel ab, als sie die Lasche der Dose auf und ab schnippte.

»Ich möchte mit dir reden«, sagte er und setzte sich dicht neben sie. Chloe spürte, wie ihr Herz ein wenig schneller schlug, als sich ihre Knie berührten und er ihre Hand nahm. Er begann, ihre Finger zu streicheln, einen nach dem anderen, mit endlosen, gleichmäßigen Berührungen.

»Solange du nicht gestehst, dass du ein Axtmörder bist oder so.« Sie wurde sich der Abgeschiedenheit um sie herum bewusst und zog ihre Hand weg. Nicht mal ein Vogel sang in den Zweigen über ihren Köpfen.

»Sei nicht albern«, schnauzte er.

Sie glaubte zu sehen, wie sich die Andeutung eines Schattens über seine Augen legte, aber als er den Kopf hob, lächelte er wieder.

Sie sagte: »Ich meine es ernst. Ich bin ganz Ohr.«

»Ganz Ohr? Mein liebes Mädchen, du bist so viel mehr als nur Ohr.«

Chloe stand auf und ging um den Baum neben der Bank herum, während sie ihre Cola trank.

»Kannst du nicht einen Moment stillstehen?«, fragte er.

Sie hielt an.

Er stand auf. »Meine einzige Bitte ist, dass du niemals jemandem von mir erzählst«, sagte er mit scharfer Stimme.

»Was meinst du?«

»Dass ich Maeve kenne.« Er kam herüber und stellte sich vor sie.

»Okay.« Chloe schluckte laut. Jetzt machte er ihr Angst.

»Gut«, sagte er, und seine Schultern entspannten sich.

»Wo ist Maeve?«, fragte sie und spürte, wie die Rinde des Baumes durch ihr dünnes Baumwoll-T-Shirt schnitt.

Er zuckte mit den Schultern. »Sie hat es mir nicht gesagt. Und von uns darfst du auch niemandem erzählen.«

»Ich wüsste nicht, was ich erzählen sollte. Du hast mich hergebeten. Ich dachte, du wüsstest, wo sie ist.« Es gefiel Chloe nicht, wie sich die Dinge entwickelten. Sie sollte gehen. Sie duckte sich unter seinem Arm hindurch.

Zu spät. Sie spürte, wie er sie an den Haaren packte und sie mit dem Rücken gegen den Baum drängte. Seine Finger hoben ihr Kinn an, und seine Lippen legten sich fest auf ihren Mund und ließen ihm keine weiteren Worte entkommen. Tränen sammelten sich in ihren Augenwinkeln, bevor sie explodierten und ihr über die Wangen liefen, als er seine Zunge in ihren Mund steckte und saugte, bis sie keine Luft mehr bekam.

Sie hob ihr Knie und schlug ihm mit aller Kraft, die sie aufbringen konnte, zwischen die Beine. Mit einem Aufschrei wich er zurück.

»Du Zicke!«

»Lass mich gehen!« schrie sie und wand sich wütend aus seinem Griff. »Meine Mutter weiß, dass ich hier bin.«

»Scheiß auf deine Mutter!«

Chloes Tränen flossen in Strömen und sie begann zu rennen.

Er rief ihr hinterher: »Ich werde es wissen, wenn du es jemandem erzählst. Du Hexe.« Sie rannte weiter, bis sie zu Hause ankam. Das Auto ihrer Mutter stand nicht in der Einfahrt. Gott sei Dank, dachte sie, und sauste die Treppe hinauf und in ihr Zimmer.

Sie holte ihre Klinge heraus. Ohne nach einer geeigneten Stelle zu suchen, stach sie die scharfe Klinge eilig in ihren Arm und zog sie in Richtung Ellbogen. Blut sickerte heraus. Sie sank auf die Knie, riss sich das Oberteil und den BH vom Leib und setzte die Klinge an ihrer Brust an. Sie hob den Hügel aus Fleisch an und fuhr mit der scharfen Klinge über ihre Rippen. Mit zusammengebissenen Zähnen unterdrückte sie den Schrei in ihrer Kehle.

Sie kletterte zitternd ins Bett und zog sich die Bettdecke über den Kopf. Es war ihr egal, dass überall Blut war. Sie musste den Schmerz so intensiv wie möglich spüren. Sie hatte es verdient. Jeden scharfen Pfeil. Sie war bereitwillig zu ihm gegangen, aber er hatte ihr nichts über Maeve gesagt. Hatte er ihr etwas angetan?

Dieser Blick in seinen Augen. Der hatte ihr mehr Angst gemacht als alles andere.

Mehr Angst sogar, als die blutbefleckten Laken vor ihrer Mutter verstecken zu müssen.


Lottie spähte durch die gemusterte Glasscheibe in der oberen Hälfte der Tür und wartete auf Boyd. Sie hörte das Summen seines Turbo-Heimtrainers langsamer werden.

Er öffnete die Tür. »Hey, Mrs Parker. Was für eine nette Überraschung. Komm rein.«

»Ich muss mit dir reden. Es ist etwas passiert.« Boyd ging zu seiner Pantryküche. »Schieß los.«

»Setz dich hin und hör zu«, sagte Lottie und sah ihn an. Er trug eine enge Trainingshose und kein T-Shirt. Sie konnte die Muskeln auf seiner Brust sehen - und die Narbe, dort wo er sich einige Monate zuvor eine lebensgefährliche Messerverletzung zugezogen hatte.

»Es scheint wichtig zu sein«, sagte er und holte kleine Wasserflaschen hervor. Lottie sehnte sich nach etwas Stärkerem, aber sie nahm das Wasser und schraubte den Deckel ab.

»Das ist es. Zieh dir etwas an«, sagte sie und setzte sich.

Boyd lachte, ging aber ins Schlafzimmer und kam mit einem losen weißen T-Shirt zurück.

»Also, was ist das Problem?« Er setzte sich neben sie.

»Der Junge, Milot, ist vorhin vor meiner Haustür aufgetaucht.«

»Wer?«

»Das Kind, das am Montagmorgen mit dem Mädchen Mimoza in meinem Haus war. Heute Abend gegen neun Uhr stand er plötzlich vor meiner Tür.«

»Heilige Scheiße. Wo ist er jetzt?«, stotterte Boyd mit weit aufgerissenen Augen. »Nein, bitte sag mir nicht, dass er noch bei dir ist.«

Sie nickte.

»Und das Jugendamt hast du auch nicht angerufen?« Sie sagte nichts.

»Du solltest da anrufen«, beharrte er. »Jetzt.«

Lottie nahm einen Schluck Wasser. »Wer soll da so spät noch sein? Komm schon, Boyd. Sei praktisch. Ich rufe morgen früh da an.«

Er zuckte mit den Schultern. »Du hoffst, dass seine Mutter nach ihm sucht, nicht wahr?«

»Vielleicht hat sie ihn sitzenlassen«, sagte Lottie. »Ach, ich weiß nicht, was ich denken soll.« Sie stellte die Wasserflasche hin. »Ich hätte gern einen richtigen Drink. Hast du Wein? Oder Wodka? Oder wenigstens ein Bier?« Sie könnte eine Xanax gebrauchen. Sie hatte sie sich nach und nach abgewöhnt und leugnete, dass sie hin und wieder noch eine nahm.

Boyd ignorierte ihre Bitte. »Der Junge. Wie alt ist er? Erzähl mir mehr.«

Sie seufzte. »Er ist erst drei oder vier Jahre alt. Er hat an die Tür geklopft. Chloe hat ihn hereingebracht. Ich glaube, er ist gelaufen. Seine Schuhe waren schmutzig und er hatte Kirschblütenblätter im Haar. Jemand hat ihn vor meiner Tür abgesetzt, aber ich habe keine Ahnung, wer oder warum.«

»Und wo ist seine Mutter?«

»Wenn ich das wüsste. Er weinte und er hatte sein Stoffkaninchen nicht dabei. Ich glaube, Mimoza ist etwas zugestoßen, und Milot ist entkommen - weggelaufen.«

»Sei nicht so melodramatisch. Woher kannte er den Weg zu deinem Haus?«

»Wie ich schon sagte, hat ihn wahrscheinlich jemand gebracht, oder vielleicht hat er sich an den Weg erinnert und ist allein gekommen.«

»Es ist dunkel. Ich kann mir nicht vorstellen, dass er den Weg wiederfinden würde.« Er schluckte geräuschvoll sein Wasser. »Wurde er als vermisst gemeldet?«

»Ich habe das Revier angerufen. Keine Meldungen. Irgendetwas stimmt hier nicht.«

»Das sehe ich auch so, und mit dir stimmt auch irgendetwas nicht. Gib den Jungen in Obhut. Heute Abend.«

»Ich kann nicht. Nicht heute Abend.« Plötzlich entstand eine gähnende Stille zwischen ihnen, bevor sie das Thema wechselte. »Ich habe heute Abend kurz mit Jane Dore gesprochen, über das zweite Mädchen, das wir gefunden haben.«

»Und?«

»Morgen früh macht sie die Obduktion, aber sie sagte, die Leiche habe eine ähnliche Narbe wie das erste Mädchen.«

»Eine Niere fehlt?«

»Davon gehe ich aus, aber wir werden es erst genau wissen, wenn Jane ihre Arbeit abgeschlossen hat. Es wird langsam unheimlich.«

»Mein Gott, jemand läuft in Ragmullin herum, entnimmt Organe und erschießt dann die Opfer. Unglaublich.«

»Ich weiß.« Lottie trank ihr Wasser aus und stand auf. »Ich gehe jetzt besser.«

Boyd wischte den feuchten Ring auf dem Tisch mit seiner Hand ab. Sie lächelte.

»Was ist so lustig?«

»Du.«

»Ich bin froh, dass du so denkst, denn ich möchte nicht in deiner Haut stecken, wenn Superintendent Corrigan herausfindet, dass du einen verlorenen Jungen über Nacht in deinem Haus behalten hast.«

»Wer soll es ihm sagen?« Sie ging zur Tür. »Du kennst die Geschichte mit diesem Amt. Ich kann ihm meinen Standpunkt klarmachen. Übrigens, ich wollte dich fragen...«

Es klingelte an der Tür. Lottie schaute auf die Uhr, dann auf Boyd. Er zuckte mit den Schultern. Sie öffnete die Tür.

»Hallo, Jackie«, sagte sie.

Jackie Boyd lächelte kalt, nahm einen langen Zug von der Zigarette in ihrer Hand, bevor sie sie auf die Stufe fallen ließ und mit ihrem Stöckelabsatz austrat. Lange Beine, gekleidet in Jeggings mit Leopardenmuster, betraten das Haus.

Lottie machte einen Schritt um sie herum und ging zu ihrem Auto. Sie hatte Boyd gerade fragen wollen, was er an diesem Nachmittag in Hill Point gemacht hatte. Vielleicht hatte sie jetzt die Antwort auf ihre nicht gestellte Frage.

## 42

In der zweiten Nacht in Folge hatte er sie vergewaltigt. Aber er hatte sie nicht gebrochen. Ganz und gar nicht. Er hatte es nur geschafft, ihre Entschlossenheit zu stärken, hier rauszukommen. Irgendwie.

Als er fertig war, fesselte er ihr die Hände auf den Rücken und stieß sie ins Zimmer. Maeve fiel auf den Boden, ihr Körper von der Vergewaltigung wie betäubt, und schlug mit dem Kopf gegen den Beton. Der Mann hatte seine Balaclava auf, aber sie hatte sein Gesicht bereits gesehen. Sie wusste, was das bedeutete. Sie hatte im Internet über diese Art von Entführungen gelesen, aber nie im Leben hätte sie gedacht, dass sie in diese Statistik eingehen könnte.

»Drecksau«, schrie sie. »Lassen Sie mich gehen.«

»Ganz schön streitlustig heute Abend, junge Dame«, höhnte er, während er sich anzog. »Du warst nicht so mutig, als ich dir das hier in den Hals gesteckt habe.« Er griff seinen Penis unter seiner Jeans. »Du warst nicht so mutig, als du meinen Schlachtraum gesehen hast.«

»Wenn Du mich umbringen willst, warum hast du es dann

noch nicht getan? Du Arschloch.« Sie starrte in seine Augen, die durch die gestrickten Schlitze schimmerten. »Binden Sie mir die Hände los, ich muss pinkeln.«

»Nimm den Eimer.«

»Fick dich und deinen Eimer.« Sie spuckte ihn an und trat nach ihm.

Er zog ein Messer hinten aus seiner Jeans und hielt es ihr unter das Kinn.

»Was willst du von mir?«, wimmerte sie, während ihr Wagemut verflog.

»Bald. Du wirst es bald herausfinden. Deine Zeit ist fast um.«

Er drehte sich um und verließ den Raum, indem er die Tür hinter sich zuschlug.

Auf dem Boden liegend, mit dem Kopf auf dem rauen Beton, schwor sich Maeve, dass sie lebend hier herauskommen würde. Sicherlich hatte ihre Mutter inzwischen Alarm geschlagen. Es sei denn, sie ersoff in einem ihrer Vollräusche.

Aber Maeve wusste in ihrem Herzen, dass Tracy Phillips in Wirklichkeit nur an sich selbst dachte.

Eine Faust schlug ihr ins Gesicht. Mimoza schrie.

Die Frau, Anya, stand über ihr. Noch ein Schlag. Knochen knirschten. Blut floss. Sie wurde aus dem Bett gerissen und fiel auf den Boden.

»Schlampe. Steh auf. Du gehst. Jetzt.«

Mimoza zwang sich auf die Knie und kroch zur offenen Tür. Ein Tritt in ihren Hintern ließ sie in dem kleinen Flur krachend zu Boden fallen. Ein polierter schwarzer Stiefel stieß gegen ihre Nase. Sie wurde auf die Beine gezogen und blinzelte durch ihr unverletztes Auge in das Gesicht des Mannes mit den schiefen Zähnen.

Sie wurde herumgedreht und jemand warf ihr eine Decke über den Kopf. Er warf sie sich über die Schulter und trug sie die Treppe hinunter, zur Haustür hinaus und die Stufen hinunter. Ein Automotor heulte auf. Sie wurde auf den Rücksitz geschmissen und fiel auf den Boden, als das Auto mit quietschenden Reifen wendete und davonbrauste.

Der Polizist musste den Zettel gefunden und angefangen haben, Fragen zu stellen, dachte sie wild. Und das hatte ihren Entführern Angst gemacht.

Eine kalte Realität dämmerte ihr auf. Wenn sie sie jetzt woanders hinbrachten, würde der Polizist sie nicht mehr finden können.

Und sie würde ihren Sohn nie wieder sehen.

Lottie klopfte an Chloes Tür. Sie glaubte, sie weinen gehört zu haben, als sie von Boyd zurückkam.

»Geh weg. Ich versuche zu schlafen.«

Lottie steckte ihren Kopf durch die Tür. »Ist alles in Ordnung?« »Mir geht's gut.«

»Okay, gute Nacht, Liebling.«

»Gute Nacht.«

Lottie schloss die Tür und spähte in Katies Zimmer. Der kleine Junge hatte sich zusammengerollt und der Arm ihrer Tochter ruhte leicht über ihm. Morgen würde sie die Sache mit dem Sozialamt regeln müssen. Sie betete, dass Corrigan nicht herausfinden würde, dass sie ihn über Nacht hierbehalten hatte.

»Mach das Spiel aus«, sagte sie zu Seans geschlossener Tür.

»Noch fünf Minuten.«

»Morgen ist Schule.«

Keine Antwort.

In ihrem eigenen Zimmer zog sie sich aus, ohne das Licht einzuschalten. Sie zog sich ein langes T-Shirt über, legte sich aufs Bett und schloss die Augen. Manchmal blieb ihr nur noch, zu einem Gott zu beten, an den sie nicht glaubte, dass er ihre Familie vor den Schrecken bewahren möge, die sie in ihrem Job erleben musste. Zwei Mädchen ohne Namen und ein ungeborenes Baby lagen heute Nacht in Jane Dores Totenhaus. Maeve Phillips war immer noch verschwunden. Ein verängstigter kleiner Junge schlief im Zimmer gegenüber. Sie hatte keine Ahnung, wo seine Mutter war.

Und Jackie war wieder in der Stadt und stellte Boyd nach.

# KOSOVO 1999

*Drinnen war es nicht sehr sauber. Nicht für eine Klinik. Aber es hatte einen Krieg gegeben. Das musste der Grund sein, dachte der Junge.*

*Er folgte dem Hauptmann durch eine Schwingtür in einen schmalen Korridor. Am Ende war eine offene Tür.*

*»Ah, danke.« Ein Mann in einem weißen Kittel erhob sich von seinem Schreibtisch und schüttelte dem Hauptmann kräftig die Hand. »Sie lassen mich nie im Stich.«*

*»Nehmen Sie eine Blutprobe, Doktor. Sehen Sie, ob er Ihnen etwas nützt. Die Jungs von der Hühnerfarm haben ihn gesehen. Er kann nicht verschwinden. Jedenfalls noch nicht.« Der Junge sah zu, wie der Arzt eine Spritze von einem Stahltablett nahm und seinen Arm zusammendrückte. Als eine Vene hervortrat, stach er mit der Nadel hinein. Der Junge kniff die Augen zusammen, bis das Gerät wieder herausgezogen wurde. Als er hinsah, war es voll mit seinem Blut. Ein Pflaster wurde auf seinen Arm geklebt und sein Ellbogen nach oben gebeugt.*

*»Was jetzt?«, fragte der Hauptmann.*

*»Ein paar Tage. Kommen Sie dann mit ihm zurück.«*

*Die beiden Männer schüttelten sich die Hände, und der*

Junge spürte einen Stoß in den Rücken, als er aus der Tür geschoben wurde.

Im Korridor sah er sich einem anderen Jungen gegenüber, nicht viel älter als er selbst, der mit angewinkeltem Bein und verschränkten Armen an der Wand lehnte. Der Junge zwinkerte ihm mit einem Auge zu, während er seine Arme auseinandernahm und mit einer Hand in einer Schneidbewegung quer über seinen Hals fuhr.

»Kümmere dich nicht um ihn«, sagte der Hauptmann.

Aber er kümmerte ihn doch.

Er wollte den Jungen nie wieder sehen.

# FÜNFTER TAG

FREITAG, 15. MAI 2015

## 43

Er hatte sie an das Bett gefesselt. Das Seil schnitt in ihre dünnen Handgelenke und Blut sickerte auf die Laken. Mimoza konnte ihre Beine bewegen, aber sonst nichts. Er stand am Fenster, nackt, mit einer glimmenden Zigarette in der Hand. Grauer Regen prasselte gegen das Glas, und er schien über ihn hinaus in den schwarzbewölkten Himmel zu schauen.

Sie schluckte ihre Angst hinunter und fragte: »Was du machen mit Milot?« Der Mann mit den schiefen Zähnen hatte sie immer wieder nach ihrem Sohn gefragt. Die ganze Nacht. Wo war er? Wohin würde er gehen? Was hatte sie ihm gesagt, was er tun sollte? Unermüdlich. Aber Mimoza war immun gegen den körperlichen Schmerz, den er ihr zufügte. Es war der Schmerz in ihrem Herzen, der sie zu zerbrechen drohte. Milot war weg. Und sie wussten nicht, wo er war. Sie wünschte, sie könnte Sara fragen, aber hätten sie ihre kleine Freundin nicht schon längst gebrochen? Vielleicht war Sara mit ihm geflohen. Sie hoffte es. Sie klammerte sich an diese Hoffnung. Tränen liefen ihr über das Gesicht. Sie konnte sie nicht wegwischen.

Der Mann drehte sich um, ging, um seine Zigarette im Aschenbecher auszudrücken und schien sich eines Besseren zu besinnen. Mimosa hielt den Atem an, als er die glühende Kippe an ihr Gesicht hielt. Sie kniff die Augen zu, um nichts zu sehen, und schrie auf, als er die Zigarette in das weiche Fleisch ihrer Wange drückte.

»Wo ist dein Junge?«, knurrte er mit zusammengebissenen Zähnen.

Sie wurde ohnmächtig, als es draußen donnerte und das Echo des Schmerzes durch ihre Ohren schoss.

## 44

Donnernder Regen weckte Lottie um 6.30 Uhr. Dreifache Blitze, gefolgt von einem ungeheuren Donnerschlag, verwandelten ihr Schlafzimmer in ein leuchtendes Kaleidoskop. Ein Kind weinte. Irgendwo im Haus. Was?

»Lieber Gott!« In einem Durcheinander von Kissen und Decke sprang sie aus dem Bett, als sie sich erinnerte. Milot.

Ihre Tür öffnete sich und Katie stürzte herein, mit dem schreienden kleinen Jungen in den Armen.

»Mama, was soll ich nur mit ihm machen? Er hat schreckliche Angst.« Das Gesicht ihrer Tochter war kreideweiß.

»Mach ihm Frühstück«, sagte Lottie. »Ich bin in ein paar Minuten unten.« Sie schleppte sich unter die Dusche, wusch sich schnell und trocknete sich ab, während sie versuchte, etwas zum Anziehen zu finden. Alles war drunter und drüber.

Um sieben Uhr hatte Milot sich so weit beruhigt, dass er eine Schüssel Cornflakes essen konnte. Das Gewitter schien sich verzogen zu haben, aber es regnete immer noch ununterbrochen. Lottie warf einen Blick auf die Uhr. Um acht Uhr sollte sie für die Obduktion in Tullamore sein. Würde sie es schaffen?

Die Haustür öffnete sich und Rose Fitzpatrick marschierte herein. Das Regenwasser tropfte von ihrem durchsichtigen Plastikmantel. Sie stellte einen Karton Milch und ein Brot in einer labberigen Verpackung auf den Tisch. Katie flüchtete aus der Tür und die Treppe hinauf.

»Und wer ist das?« Rose nickte in Richtung des Jungen.

Scheiße, dachte Lottie, wie sollte sie Milot ihrer Mutter erklären?

»Das ist eine lange Geschichte. Hat mit der Arbeit zu tun.«

»Was hast du dieses Mal angestellt?«, fragte Rose und verschränkte die Arme.

»Nichts. Ich kümmere mich drum.«

»Wie immer.« Roses Stimme durchschnitt die Luft.

Lottie wuschelte dem kleinen Jungen durchs Haar und nahm ihn auf den Arm, während Rose die Milch in den Kühlschrank stellte. Sie setzte ihn auf ihre Hüfte, um ihn nach oben zu Katie zu bringen, und sagte: »Ich bin spät dran. Danke, dass du vorbeigekommen bist. Ohne deine Hilfe würde ich es wirklich nicht schaffen. Aber es war nicht nötig, so früh zu kommen.« Sie ging zur Tür. »Übrigens, hat Mrs Murtagh etwas über die Familie Phillips gesagt? Maeves Eltern?«

»Nur, dass Frank sein unrechtmäßig erworbenes Geld nach Spanien verschoben hat und dorthin gegangen ist, als Maeve noch ein Kind war«, sagte Rose. »Er hat Tracy mit der Erziehung des Mädchens alleingelassen. Hier, gib ihn mir. Armer kleiner Wurm. Ich kümmere mich um ihn, bis du einen Platz für ihn gefunden hast.

»Bist du sicher?« Lottie übergab ihr Milot und staunte, wie friedlich der Junge auf dem Schoß ihrer Mutter saß. »Danke.«

»Ich werde später ein bisschen staubsaugen«, sagte Rose und streichelte Milot übers Haar. »Wann hast du das Haus zuletzt geputzt?«

Lottie antwortete nicht. Tatsache war, dass es so lange her

war, dass sie nicht einmal mehr wusste, wo sie den Staubsauger hingestellt hatte.

Vom Auto aus rief Lottie beim Revier an und verschob die Teambesprechung auf 10 Uhr. Sie fuhr durch die Gischt, die von der Autobahn aufstieg, und fragte sich, wie sie ihren Tag organisieren sollte, um alles, was sie zu tun hatte, unter einen Hut zu bringen.

Die Scheibenwischer hatten Mühe, mit der Sintflut Schritt zu halten. Als sie die Autobahn verließ, klingelte ihr Telefon. Chloe.

»Ich kann heute nicht zur Schule gehen.«

Ein Donnerschlag schien gegen das Auto zu krachen.

»Warum nicht? Fühlst du dich nicht gut?«

»Ich glaube, ich habe Fieber.«

»Bleib im Bett«, sagte Lottie, zu überfordert, um dagegenzuhalten, und fügte hinzu: »Oma ist da, wenn du etwas brauchst.«

»Ich weiß. Sie fliegt durch das Haus wie eine Hexe mit einem Besen und saugt Staub.«

Also hatte sie ihn gefunden. Lottie lachte. »Danke für dieses Bild.«

»Übrigens«, sagte Chloe, »vergiss nicht, dass Sean heute zu seinem Therapeuten muss.«

Als sie auf den Parkplatz des Totenhauses fuhr, dachte Lottie, dass das Leben nicht einfacher zu werden schien.

Der Wind nahm zu, als sie den Weg entlang zur Tür lief und warmer Regen prasselte ihr ins Gesicht. Natürlich hatte sie keinen Mantel dabei.

Die unzähligen antiseptischen und antibakteriellen Waschmittel und Sprays konnten den Leichenhallengeruch nicht überdecken. Obwohl der gefliste Raum mit seiner Edelstahlausstattung steril war, herrschte ein stechender Ammoniakgeruch vor.

»Immer noch keine Ahnung, wer das erste Opfer ist?«, fragte Jane. »Das schwangere Mädchen?«

»Nein.« Lottie zog die Schlaufen einer OP-Maske über ihre Ohren und zog sich einen Kittel über ihre feuchte Kleidung. »Es ist so frustrierend. Wenn wir sie identifizieren könnten, hätten wir einen Ansatzpunkt. Aber ohne etwas über sie zu wissen, haben wir keine Spuren und keinen Verdächtigen, den wir ins Visier nehmen können.« »Ich glaube, mit dieser werden Sie das gleiche Problem haben. Ich hebe mir den technischen und medizinischen Jargon für meine Berichte auf. Sie ist seit etwa vier Tagen tot. Weil es so heiß war, ist es schwierig, es genau zu sagen. Ich werde die Schmeißfliegen und Larven untersuchen. Ich schätze, dass sie zwischen achtzehn und fünfundzwanzig Jahre alt ist, und auf den ersten Blick sehe ich keine Tätowierungen oder Erkennungsmerkmale. Abgesehen von der Narbe, von der ich Ihnen erzählt habe. Sie ist auch sehr unterernährt.«

Lottie hielt sich weit zurück und ließ Jane und ihr Team ihre Arbeit machen. Sie konzentrierte sich auf das, was die Rechtsmedizinerin über die Oberbekleidung des Opfers in ein Aufnahmegerät sprach. Blaue Baumwollbluse, kurzer schwarzer Faltenrock aus Jersey, keine Strumpfhose oder Schuhe.

»Alle Kleidungsstücke sind intakt«, sagte Jane, während sie die Bluse auf ein Einschussloch untersuchte. Das Opfer trug keinen BH, nur einen billigen weißen Baumwollschlüpfer.

»Auf links«, fügte Jane hinzu. Einer ihrer Assistenten tütete die Kleidung ein und beschriftete sie.

»Das Arschloch hat sie ausgezogen, erschossen und dann wieder angezogen«, sagte Lottie und schlug eine behandschuhte Hand in die andere. »Sie werden bestätigen, ob er die

Wunde gewaschen hat? Und ob es Beweise für eine sexuelle Nötigung gibt?«

Jane nickte.

»Haben Sie schon etwas über die Analyse des Mooses vom ersten Opfer?«

»Sobald ich etwas habe, schicke ich es weiter. Und bevor Sie fragen, ich werde auch dieses Opfer daraufhin untersuchen.«

Sie drehte die Leiche auf die Seite.

»Die Kugel ist direkt durch sie hindurchgegangen. Eintritt durch den Rücken und Austritt durch den Magen. Sieht auf jeden Fall so aus, als wäre die Wunde gereinigt worden. Wenn Sie den Tatort finden, finden Sie vielleicht auch die Kugel«, sagte Jane und fuhr fort, die blasige Haut zu untersuchen.

Wenn das platzt, dachte Lottie, würden sie von Fäulnisgeruch überschwemmt werden. Sie merkte, dass sie den Atem angehalten hatte.

»Ist es möglich, dass sie in Weirs Autofriedhof erschossen wurde?«, fragte sie durch ihre Maske. Aber dort hatten sie keine Kugel gefunden, erinnerte sie sich, obwohl die Leiche ganz in der Nähe ausgegraben worden war.

»Die Blutprobe vom Autofriedhof wird mit der DNA dieses Mädchens verglichen werden, und Sie werden über das Ergebnis informiert.«

»Danke.« Lottie wusste, dass das Verfahren Wochen dauern konnte.

Jane deutete auf eine Narbe, die vom Bauch des Mädchens um die linke Hüfte und bis auf den Rücken verlief. »Das ist ähnlich wie beim ersten Opfer. Ich bin sicher, dass ich, wenn ich sie öffne, feststellen werden, dass auch ihr eine Niere entfernt wurde.«

»Was meinen Sie, wie lange das her ist?«

»Es scheint vor kürzerer Zeit gewesen zu sein als bei dem

anderen Mädchen. Die Naht ist gut, soweit ich das beurteilen kann. Eine professionelle Operation.«

»Ein Arzt hat sie ermordet?«

»Meiner Meinung nach hat ein Arzt oder jemand mit medizinischer Ausbildung die Operation durchgeführt. Das heißt aber nicht, dass er sie ermordet hat.« Jane untersuchte die Beine des Opfers. »Sie war eine Ritzerin.«

»Eine Ritzerin?«

»Selbstverletzung«, erklärte Jane. »Schnittwunden an den Innenseiten ihrer Oberschenkel. Trotz der Verwesung kann ich gerade noch alte Narben erkennen.« Ein Assistent machte weitere Fotos.

Lottie beobachtete aufmerksam, wie Jane den gesamten Körper äußerlich untersuchte. Als sie die linke Brust des Opfers anhob, zögerte sie und rief ihren Assistenten.

»Was ist da?«, fragte Lottie und reckte ihren Hals, um zu sehen.

»Sieht aus wie eine tiefe Narbe an der Außenseite der Brust. Vielleicht eine Messerwunde.« Jane zeigte auf die Narbe und untersuchte dann die andere Brust. »Hier auch. Möglicherweise selbst zugefügt.«

»Wie kann man sich selbst so etwas antun? Um Gottes willen, sie muss solche Qualen durchgemacht haben. Sicherlich hätte jemand, der ihr nahestand, davon gewusst.«

»Es ist leicht zu verbergen«, sagte Jane.

»Aber hätte ihre Familie es nicht gemerkt?«

»Wenn sie eine hat.«

Lottie schüttelte bestürzt den Kopf.

Jane sagte: »Manchmal ist der einzige Weg für Leute, mit emotionalem Schmerz fertigzuwerden, sich selbst körperlichen Schmerz zuzufügen. In manchen Fällen kann es zu Selbstmord führen. Aber wie wir wissen, wurde dieses Mädchen ermordet.«

Lottie kam die Galle hoch. Sie musste hier raus.

»Alles in Ordnung?«, fragte Jane und hob den Kopf, das Skalpell in der Hand. »Schicken Sie mir Ihren Bericht.« Lottie zog ihren Kittel und die Handschuhe aus und stopfte sie in den dafür vorgesehenen Behälter.

»Natürlich. Passen Sie auf sich auf«, sagte Jane.

Lottie musste sich geistig bremsen, um nicht aus der Tür zu rennen. Sie hatte keine Angst vor sichtbaren Narben; es waren die unsichtbaren, mit denen sie nicht umgehen konnte.

Sie hörte den Aufruhr, bevor sie die Tür zum Revier öffnete.

»Da sind Sie ja!« Tracy Phillips stürzte vom Empfangstisch auf Lottie zu. »Wo ist meine Maeve? Warum haben Sie sie noch nicht gefunden? Ich bin krank vor Sorge. Sie hätte längst zurück sein müssen...«

»Mrs Phillips. Tracy«, sagte Lottie, fasste die Frau am Ellbogen und führte sie zu einer Bank. »Setzen Sie sich einen Moment.«

Tracy riss ihren Arm los. Die Hände in die Hüften gestemmt, sagte sie: »Ich setze mich nicht. Ich will meine Tochter.«

»Wir tun alles, was wir können, um sie zu finden.« Lottie schüttelte sich den Regen aus dem Haar, zog ihr T-Shirt aus der durchnässten Jeans und wrang es aus.

»Wirklich? Und wo ist sie? Haben Sie meinen nichtsnutzigen Ehemann vernommen? Er sitzt an der Costa del Sol und verkehrt mit allen Arten von Kriminellen. Er verdient es, eingesperrt zu werden.«

Tracys Alkoholfahne drohte Lottie zu überwältigen. »Kommen Sie mit«, sagte sie. Sie gab den Code für die Innentür ein und ging in den Vernehmungsraum Eins. »Setzen Sie sich, Tracy. Bitte.«

»Ich möchte nur, dass Sie meine Maeve finden.« Tracy ließ ihre nasse Stoffhandtasche auf den Tisch fallen und setzte sich. Lottie zog einen Stuhl heran und setzte sich neben sie.

»Wir haben versucht, mit Ihrem Mann Kontakt aufzunehmen«, sagte sie, »ohne Erfolg. Aber ich bin mir sicher, dass er mit Maeves Verschwinden nichts zu tun hat.« Sie hätte alles gesagt, um die Frau zu beschwichtigen, aber sie fragte sich, was die plötzliche Veränderung verursacht hatte. Tracy Phillips war eine Mutter, die fünf Tage lang nicht bemerkt hatte, dass ihre Tochter verschwunden war, und jetzt war sie fast hysterisch.

»Ich weiß es anders«, sagte Tracy.

»Was wissen Sie?«

Tracy ließ sich auf dem Stuhl zurücksinken, ihre Hände zitterten und ihre Lippen bebten. »Ich hatte gestern Abend Besuch.«

»Von Ihrem Mann, Frank?« Der Geruch von ungewaschenem Fleisch ließ Lottie etwas zurückweichen.

»Der Mistkerl würde für nichts seine Sonnenliege oder seine Püppchen verlassen. Nicht mal für seine Tochter. Nein.« Sie zog an ihrem losen Haar. »Haben Sie jemals von Jamie McNally gehört?«

Lottie versuchte, ein gelassenes Gesicht zu machen, während ihr Herz einen Schlag aussetzte.

»Ja, ich habe von ihm gehört.« Sie versuchte, unverbindlich zu bleiben. »Er war bei Ihnen?«

»Ja. Ich wollte gerade ins Bett gehen, da hämmerte er draußen wie ein Irrer ans Fenster.«

»Woher kennen Sie McNally?«, fragte Lottie. »Was wollte er?«

Tracy zögerte. »Ich… ich kenne ihn nicht, aber dieser nutzlose Faulenzer in Spanien kennt ihn.«

»Fahren Sie fort.«

»Ich glaube, er hat ihn hergeschickt, um nach meiner Maeve zu fragen.«

»Frank hat Jamie McNally geschickt, um mit Ihnen über Maeve zu sprechen?«

»Hören Sie mir überhaupt zu?«

Lottie grübelte über diese Information nach. Sie wussten, dass McNally in der Stadt war, aber bisher hatten sie nicht das Glück gehabt, ihn zu finden. Und jetzt gab Tracy ihr einen konkreten Hinweis auf eine Verbindung zwischen Jamie McNally und Frank Phillips und ihrer vermissten Tochter.

»Tracy, wir wissen, dass Ihr Mann in kriminelle Aktivitäten verwickelt ist. Und Sie wissen es auch.«

»Ja, ich weiß, dass er ein Krimineller ist, und ich hasse jeden Knochen in seinem Körper. Aber ich will mein Mädchen zurück. Sie wäre längst zurück gewesen, wenn...«

»Wenn was?«

»Nichts. Ich will nur, dass sie nach Hause kommt.«

»Könnten Franks Aktivitäten in irgendeiner Weise mit Maeves Verschwinden zusammenhängen?«

Tracy schüttelte langsam den Kopf. »Ich weiß es nicht, um ehrlich zu sein.«

»Was hat McNally gesagt?«, fragte Lottie, jetzt, da Tracy sich beruhigt hatte.

»Das Arschloch. So herablassend und wichtig in schwarzem Anzug und Krawatte. Sah aus wie ein richtiger Geschäftsmann. Nur dass er eine Tonne Gel im Haar und sogar einen Pferdeschwanz am Hinterkopf hatte. Der Schwachkopf. Er sagte... er sagte, Frank hätte ihn gebeten, nach Maeve zu sehen.« Sie ergriff Lotties Hand. »Was ist mit meinem Mädchen passiert?«

»Ich versichere Ihnen, dass ich die Absicht habe, es herauszufinden.« Lottie zog ihre Hand weg und überlegte, ob sie sie um eine formelle Aussage bitten sollte.

Tracy begann, in ihrer Handtasche zu kramen. »Entschuldigung, aber ich brauche einen Drink. Ich habe versucht, die Finger davon zu lassen, aber McNally hat mich halb zu Tode erschreckt. Ich dachte, Maeve wäre einfach weggelaufen. Aber jetzt bin ich mir über nichts mehr sicher.«

Das Gefühl kenne ich, dachte Lottie.

»Hat McNally Ihnen den Eindruck vermittelt, er wisse, wo Maeve sein könnte, oder ob sie entführt wurde?«

»Entführt? Nein. Er wollte nur wissen, was ihr macht und ob ihr etwas aus meinem Haus mitgenommen habt. Ich hatte Angst vor ihm, also ließ ich ihn einen Blick in Maeves Zimmer werfen, als er darum bat.«

»Hat der danach noch etwas gesagt?«

»Er sagte nur: ›Maeve kommt nach ihrem Vater.‹«

»Was meinte er damit?«

»›Teurer Geschmack‹, hat er gesagt. Wissen Sie noch das blaue Kleid, nach dem Sie gefragt haben? Er hat es mitgenommen.«

»Großer Gott, wozu denn?«

»Ich habe keine Ahnung. Ich weiß nicht mal, woher Maeve es hat.«

Scheiße, dachte Lottie, sie hätten das Kleid mitnehmen sollen. Verdammt. Warum war McNally daran interessiert?

Sie musterte Tracy Phillips, die zwar noch zitterte, aber deren Augen trocken waren, und sagte: »Wissen Sie, Sie können mir alles sagen. Ich verspreche, dass niemand außer mir und meinen Kollegen davon erfahren wird.«

»Wovon reden Sie?«

»Gibt es irgendetwas, das mich in die richtige Richtung weisen könnte, um Maeve zu finden? Etwas, das Sie mir verschweigen?«

»Inspector, Sie haben Kinder, nicht wahr?«

»Ja, habe ich.«

»Können Sie ehrlich sagen, dass Sie alles über sie wissen?«

Das brachte Lottie für einen Moment zum Nachdenken.

Tracy sagte: »Ich trinke viel. Das gebe ich zu. Es gibt also Dinge, die ich nicht über meine Tochter weiß, und Dinge, die ich wahrscheinlich gar nicht wissen will, aber eines weiß ich. Meine Maeve würde nicht weglaufen. Wenn ich Sie wäre, würde ich versuchen, meinen Mann, den Dreckskerl, zu finden. Wenn er nicht weiß, wo sie ist, können Sie sicher sein, dass er jemanden kennt, der es weiß.«

Nachdem Tracy gegangen war, rannte Lottie in den Keller und stürmte in die Umkleidekabine. Sie hatte fünf Minuten Zeit, um sich für die Teambesprechung fertig zu machen. Sie zog ihr feuchtes T-Shirt aus und kramte nach einem sauberen. Als sie angezogen war, ging sie zur Tür.

Als sie jemanden auf der anderen Seite des Raumes hörte, sehnte sie sich nach dem Tag, an dem die Renovierung des Gebäudes abgeschlossen sein und sie wieder etwas Privatsphäre haben würde. Unisex-Umkleiden waren nicht ideal. Sie schaute hinüber. Boyd war dabei, sein Hemd aufzuknöpfen.

»Was machst du?«, fragte sie, lehnte sich gegen die Tür und verschränkte die Arme. Ihr fiel ein, dass Jackie gestern Abend in seiner Wohnung gewesen war. Würde er ihr erzählen, worum es da gegangen war? Wahrscheinlich nicht. Und sie hatte nicht vor, ihn zu fragen.

Boyd zog ein sauberes Hemd an. »Wonach sieht es denn aus? Ich bin vom Wolkenbruch überrascht worden.«

»Wie geht's Jackie?« Warum konnte sie nur ihren Mund nicht halten?

»Wie soll ich das wissen?«

»Nach allem, was sie dir angetan hat, Boyd, dachte ich, du hättest inzwischen erkannt, dass sie nicht dein Typ ist.«

»Bist du jetzt meine persönliche Heiratsvermittlerin, oder was? Sie war mein Typ, als ich sie geheiratet habe. Und woher willst du überhaupt wissen, was mein Typ ist?«

Er hatte recht. Was wusste sie schon? Aber sie konnte sich nicht zurückhalten. »Ich will nicht, dass du dich zum Narren machst. Jackie kommt zurück nach Ragmullin mit ihren großen Babyaugen und du schläfst mit ihr.« Sie nahm die Arme auseinander und schob die Hände in die Taschen ihrer Jeans. Boyd knallte die Spindtür zu und drehte sich zu ihr um.

»Lottie, du bist nicht meine Mutter. Versuch mal, deinen eigenen Kindern eine Mutter zu sein.«

Mit offenem Mund wich sie zurück. »Wie... wie kannst du sowas sagen?«

Sie sah, wie er seine Schultern fallen ließ. Er griff nach ihrem Arm.

»Es tut mir leid. Du weißt, dass ich es nicht so gemeint habe. Du hast mich provoziert...«

»Versuch nicht, dich herauszureden.« Sie riss ihren Arm weg.

»Ich mache dir einen Kaffee.« Boyd flüchtete die Treppe hinauf und ging in die provisorische Küche.

»Wir haben eine Teambesprechung«, rief Lottie ihm hinterher, »und ich rate dir, da zu sein.«

## 45

Maeves Haut klebte an ihr wie ein verschlissener Waschlappen. Sie versuchte, sich auf die Seite zu drehen, aber sie konnte sich vor Schmerz kaum bewegen. Mit schweren Armen fühlte sie mit den Fingern unter ihrem Körper. Sie lag nicht auf dem Boden. Unter ihr waren kühle Laken. Feucht. Ein Bett. Sie hob ihre Hand. Blut. Es roch kupferartig, wie rostiges Metall. War es ihres?

Sie drehte den Kopf. Massive Wände. Blanker Beton. Kein Fenster, sowie sie sehen konnte. Keine Möbel. Eine staubige Leuchtstoffröhre hing in der Mitte der Decke und warf einen schwachen gelben Streifen nach unten, der den Raum nicht zu erhellen vermochte. Wo war sie?

Vorsichtig hob sie den Kopf und schaute an ihrem Körper hinunter. Nackt, nicht einmal Unterwäsche. Instinktiv versuchte sie, sich zu bedecken und umklammerte ihre Haut mit schwachen Fingern. Wie ein Pfeil schoss der Schmerz durch sie hindurch und sie schrie, aber nur ein ersticktes Schluchzen kam aus ihrer Kehle.

Vorsichtig befühlte sie die Stelle, an der der stechende Schmerz ausgebrochen war. Ihre Hand glitt über eine klebrige

Nässe. Sie biss sich auf die Lippe, um einen weiteren Schrei zu unterdrücken.

Ein Wunde führte quer über ihren Unterleib und in einem Bogen um ihr Becken. Blut sickerte an ihrem Schambein hinunter und zwischen ihre Beine. Die dreieckigen Lichter von dem Buntglas in einer getäfelten Tür tanzten vor ihren Augen und explodierten in tausend Glühwürmchen, die in der Dunkelheit flickerten.

Sie kämpfte darum, wach zu bleiben, um sich vor ihrem unbekannten Entführer zu retten. Was hatte er ihr angetan?

Ich will nach Hause, weinte sie leise, bevor das Licht zu einer langen schwarzen Linie verschmolz.

## 46

Die Mitglieder des erweiterten Teams waren im Einsatzraum versammelt. Lottie war froh, als Superintendent Corrigan anrief, um mitzuteilen, dass er sich für einen Tag krankschreiben lassen musste. Sie hoffte, dass er nicht zu krank war, aber er hatte tatsächlich die ganze Woche über nicht gut ausgesehen. Wenigstens würde sie ihm nicht von Milot erzählen müssen.

Sie stand mit den Ermittlungstafeln im Rücken und schaute ihr Team an. Erwartungsvolle Gesichter starrten zurück. Sie war im Begriff, ihnen einen Haufen Informationen zu geben, die sie bereits kannten, und Fragen, auf die es keine Antworten gab. Sie zeigte auf das Foto des ersten Mordopfers und begann damit, die Fakten zu schildern.

»Montag. Das erste Opfer wird in der Bridge Street entdeckt. Unter der Straße vergraben. Gefunden von Andri Petrovci, einem Vertragsarbeiter der Wasserwerke. Aus den Obduktionsergebnissen wissen wir, dass das Opfer entkleidet, erschossen, die Wunde dann gewaschen und das Opfer wieder angezogen wurde. Warum sollte er das tun?« Sie blickte in die erwartungsvollen Gesichter. »Kontrolle? Macht?«

»Weil er konnte«, meinte Boyd.

»Um Beweise wegzuwaschen«, schlug Lynch vor.

Lottie sagte: »Der Mörder ging ein großes Risiko ein, als er sie unter einer Straße begrub, wo ein paar Tage zuvor Bauarbeiter gegraben hatten. Wusste er, dass sie wiederkommen würden? Wenn ja, dann wollte er, dass die Leiche gefunden wird. Warum? Das Opfer war im vierten Monat schwanger und schätzungsweise zwischen sechzehn und zwanzig Jahre alt. Der Rechtsmedizinerin zufolge lässt ihr Knochenbau darauf schließen, dass sie osteuropäischer oder balkanischer Herkunft war. Unter ihren Fingernägeln wurde Moos gefunden, aber keine DNA. Innerhalb der letzten zwölf Monate wurde ihr eine Niere herausoperiert. Diese Einzelheit müssen wir um jeden Preis vor den Medien verbergen. Verstanden?«

Ein zustimmendes Gemurmel ging durch den Raum.

»Eine Kugel steckte in der Rippe des Opfers. Noch kein Bericht von der Ballistik. Detective Lynch, gehen Sie dem bitte nach.«

Lynch nickte, während sie sich etwas notierte. »Ja, Boss.«

»Wir haben keine Ahnung, wer sie ist oder wo sie wohnte, aber wir vermuten, dass sie in einer Flüchtlingsunterkunft untergebracht war, die von Dan Russell, einem ehemaligen Soldaten, geleitet wird. Wir haben ein paar Informationen über ihn, aber ich möchte, dass Sie noch tiefer graben. Finden Sie über Russell und sein Unternehmen alles heraus, was Sie können.«

Lynch antwortete: »Ich werde mich darum kümmern.«

»Macht und Kontrolle«, sagte Boyd. »Ehemaliger Offizier. Das würde passen.«

»Wir werden sehen.« Lottie lehnte sich gegen die Ermittlungswand und überlegte, wo sie mit ihrer Rede weitermachen sollte. Sie entschied sich für Mimoza.

»Bevor die Leiche am Montagmorgen entdeckt wurde, kam eine junge Frau namens Mimoza mit ihrem Sohn zu mir nach

Hause, ehe ich zur Arbeit ging. Sie gab mir eine Nachricht. Grob übersetzt, heißt es in der Nachricht, dass ihre Freundin Kaltrina verschwunden ist und dass sie, Mimoza, Hilfe sucht, um zu fliehen. Wovor, weiß ich nicht. Wir wissen auch immer noch nicht, ob Kaltrina eines der Mordopfer ist. Wir haben den Namen überprüft, aber ohne Erfolg. Ich habe keine Ahnung, wo Mimoza jetzt ist.« Sie beschloss, nicht zu erwähnen, dass Milot gestern Abend auf mysteriöse Weise an ihrer Haustür erschienen war. »Behalten Sie dies bitte während Ihrer Ermittlungen im Hinterkopf. Es könnte Zusammenhänge geben.«

Erwartungsvolle Gesichter blickten zu ihr auf. Lottie nahm einen Schluck Wasser und fuhr fort.

»Weiter mit Dienstag. Auf der Autoverwertungsanlage von Bob Weirs fanden wir ein Einschussloch in einer rückwärtigen Mauer und ganz in der Nähe wurde Blut auf dem Boden entdeckt. Bisher haben wir weder einen Bericht der Ballistik noch eine Analyse des Labors, ob das Blut von einem Tier oder einem Menschen stammt. Kirby, könnten Sie da Druck machen?«

»Das tue ich jeden Tag.«

»Tun sie es alle fünf Minuten.«

»Ja, Boss«, stöhnte Kirby.

»Mittwoch. Wir erhielten eine Meldung, dass ein siebzehnjähriges Mädchen, Maeve Phillips aus Mellow Grove, vermisst wird. Die Meldung kam von ihrer Mutter, Tracy Phillips. Maeve ist die Tochter des im Exil lebenden Verbrechers Frank Phillips, den wir derzeit zu finden versuchen. Soweit wir feststellen können, wurde das Mädchen Freitag vor einer Woche zuletzt gesehen. Wir haben ihre Freunde befragt und über die sozialen und nationalen Medien Aufrufe veröffentlicht. Bislang wurde sie nicht gesehen. Es ist möglich, dass sie entführt wurde. Ich muss auch sagen, dass Maeves Mutter eine unzuverlässige Zeugin ist. Es ist schwer, ihr etwas zu glauben.

Am Donnerstag wurde in der Columb Street ein zweites

Mordopfer gefunden. Die Umstände sind ähnlich wie beim ersten Opfer. Unter der Straße vergraben. Seit mindestens vier bis fünf Tagen tot. Entdeckt von Andri Petrovci, der auch die erste Leiche gefunden hat.«

»Verdächtiger Nummer eins, also?«, fragte Boyd.

»Er wurde befragt und es wurde ein Mundschleimhautabstrich für die DNA-Analyse gemacht, aber bis jetzt haben wir nichts, womit wir ihn festhalten könnten.«

»Meine Güte, er muss etwas damit zu tun haben. Es ist etwas merkwürdig, nicht nur eine, sondern zwei Leichen zu finden, nicht wahr?« Boyd stand auf und ging herum. »Hält sein Alibi?«

Lottie ballte die Fäuste, um sich zu zügeln; fast hätte sie ihn aufgefordert, sich zu setzen. Am besten ließ sie ihn herumlaufen.

»Petrovci lebt allein und sagt, er verbringe jeden Abend zu Hause. Heute Morgen war ich bei Jane Dore, der Rechtsmedizinerin. Sie hat die Obduktion noch nicht abgeschlossen, aber sie hat bestätigt, dass das zweite Opfer eine Narbe am Bauch hat, was sie zu der Annahme veranlasst, dass auch diesem Mädchen eine Niere entfernt wurde. Diese Narbe ist neuer als die des anderen Opfers, sie ist vielleicht sechs Monate alt. Nochmals: Ich möchte darüber nicht im Internet oder in den Medien lesen. Habe ich mich klar ausgedrückt?«

»Wie Kloßbrühe«, sagte Boyd.

Lottie fuhr fort. »Die Nähte wurden profimäßig ausgeführt, was auf einen ausgebildeten Arzt hindeuten könnte«

»Oder einen Möchtegern-Arzt«, unterbrach sie Boyd.

Lottie grub ihre Fingernägel in ihre Handflächen und sagte: »Denken Sie daran, wenn Sie eine Liste von Verdächtigen zusammenstellen.«

»Wir wissen nicht einmal, wer die Opfer sind. Wie zum Teufel sollen wir da einen Verdächtigen finden?«, sagte Boyd.

Lottie schüttelte den Kopf. Das lief nicht gerade reibungslos. Nur gut, dass Corrigan nicht in der Nähe war, um es mitanzuhören.

»Wo war ich stehen geblieben? Die Kugel trat in den Rücken des zweiten Opfers ein und knapp unterhalb der Brust wieder aus. Die Ballistik wird bestätigen, ob es sich um dieselbe Waffe handelt, die bei Opfer Nummer eins verwendet wurde. Ich bin sicher, dass es so ist. Dieses Mädchen war zwischen achtzehn und fünfundzwanzig Jahre alt. Ebenfalls unterernährt. Aber es wurde ein Unterschied zum ersten Opfer festgestellt.«

Ein interessiertes Gemurmel ging durch den Raum.

»Sie hat eine Menge Narben und Schnittwunden am Körper. Möglicherweise selbst zugefügt. Ich warte darauf, dass Jane Dore das alles im Laufe des Tages bestätigt.«

Sie nippte erneut an ihrem Wasser, bevor sie fortfuhr.

»Lassen Sie uns rekapitulieren. Beide Leichen wurden von Andri Petrovci gefunden. Er arbeitet für den Wasserleitungsbau. Er stammt aus dem Kosovo. Bisher gibt es nichts, das ihn mit den Morden in Verbindung bringt. Und ich habe mir bestätigen lassen, dass er von keinem unserer nationalen Kriminalteams überwacht wird. Die Columb Street ist abgesperrt und wird durchsucht, ebenso wie Weirs Autofriedhof. Ein Anwohner aus dieser Gegend, Willie Flynn, hat Detective Kirby berichtet, dass die Straße am Montagabend oder Dienstagmorgen eine Zeit lang gesperrt war. Er sah, wie jemand mit einem weißen Lieferwagen die Straßenschilder einsammelte, mit denen die Straße abgesperrt worden war.«

Kirby meldete sich. »Die von Bob Weir beauftragte Sicherheitsfirma, die in der Gegend patrouilliert, hat keine Aufzeichnungen darüber, dass es sich um einen ihrer Lieferwagen handelte.«

»Beide Mädchen wurden unter Straßen im hinteren Teil der Stadt in ruhigen Gegenden vergraben. Beide Straßen können mitten in der Nacht leicht abgesperrt werden. Die

Leute sind so an Störungen ohne Vorwarnung gewöhnt, dass es nicht ungewöhnlich erscheinen würde. Aber wir müssen die Überwachungskameras aller Geschäfte, die hinten auf diese Straßen hinausgehen, überprüfen. Kirby, Sie wieder.«

Er nickte. »Nichts funktioniert, aber ich werde es noch einmal nachprüfen.«

»Da wir in der Vermissten-Datenbank niemanden gefunden haben, auf den die Beschreibung der Opfer passt, ist es möglich, dass beide Mädchen in der Flüchtlingsunterkunft wohnten. Wir hatten ein Treffen mit Dan Russell, und er leugnete jede Kenntnis des ersten Opfers, als wir ihm ihr Foto gezeigt haben. Aber als Detective Sergeant Boyd ihn nach Mimoza fragte, log er unserer Ansicht nach, als er sagte, dass er sie nicht kenne. Also was führt Russell im Schilde? Was verheimlicht er? Detective Lynch, bitte beeilen Sie sich mit Ihren Nachforschungen. Ich muss wirklich wissen, mit wem ich es zu tun habe.«

»Ich tue mein Bestes«, antwortete Lynch.

»Haben wir genug für einen Durchsuchungsbefehl für die Flüchtlingsunterkunft?«, fragte Kirby.

»Nur Verdachte«, antwortete Lottie. »Noch eine Sache ist, dass Jamie McNally wieder in Ragmullin ist, wie Sie sicher alle wissen. Nach unseren Informationen ist er am Mittwoch letzter Woche eingereist. Kurz bevor die Leichen auftauchten. Interessant, oder? Sie zeigte auf McNallys Foto an der Ermittlungstafel und sah Boyd an.

»Aber wenn er es ist, was ist sein Motiv?«, fragte Boyd.

»Ich weiß nicht. Die Morde haben vielleicht nichts mit ihm zu tun, aber gestern Abend hat McNally der Mutter von Maeve Phillips einen Besuch abgestattet. Er hat aus dem Haus ein teures Kleid mitgenommen, das in Maeves Kleiderschrank hing. Wir hatten bereits festgestellt, dass es online gekauft und am fünften April an Maeves Adresse geliefert worden war. Wir haben noch keine Ahnung, wer es gekauft hat. Wir wissen auch nicht, warum Jamie McNally es mitgenommen hat. Was wir aus unseren Informationen wohl wissen, ist, dass McNally mit Frank Phillips, Maeves Vater, zusammenarbeitet. Gibt es einen Zusammenhang zwischen diesem Kriminellen und den Morden?« Lottie ließ das einen Moment lang in der Luft hängen.

»DS Boyd, schauen Sie, was Sie herausfinden können. Ich glaube, Sie kennen jemanden, der uns helfen kann.«

Boyd nahm die Arme auseinander und ballte seine Hände zu Fäusten. Er schien nicht begeistert über die Aufgabe. Dein Pech, dachte Lottie. Ein gedämpftes Gemurmel erhob sich in der versammelten Mannschaft.

»Irgendwelche Fragen?«

Detective Lynch stand auf. »Dieser Andri Petrovci scheint mir ein Hauptverdächtiger zu sein.«

Lottie dachte darüber nach. »Neben McNally und vielleicht Russell ist er bisher der einzige Verdächtige. Aber warum sollte er die Leichen ausgraben, wenn er sie vergraben hat?«

»Auf der Suche nach Aufmerksamkeit?«, meinte Lynch.

»Das ergibt keinen Sinn. Die ganze Art, wie die Morde und die Leichen gehandhabt wurden, schreit für mich nach Kontrollfreak. Ich bin mir nicht sicher, ob das auf ihn zutrifft. Aber indem er die Leichen gefunden hat, hat er sie bereits kontaminiert. Seine DNA wird sich wahrscheinlich als wertlos erweisen.«

»Er kommt zu glimpflich davon«, protestierte Lynch. »Ich habe zweimal mit ihm gesprochen, und er benutzt die Sprachbarriere eindeutig als Vorwand, um uns davon abzuhalten, zu tief zu graben.«

Lottie dachte einen Moment lang nach. Sie war normalerweise eine gute Menschenkennerin, aber bei Andri Petrovci war sie sich nicht sicher. Warum hatte sie ihn gebeten, den Brief von Mimoza zu übersetzen? Ein wesentlicher Fehler ihrerseits? Oh Gott, sie hoffte nicht.

»Okay«, lenkte sie ein. »Finden Sie alles über ihn heraus, was sie können, und wir holen ihn wieder hierher. Sonst noch was?«

»Wie wählt der Mörder seine Grabstätten aus?«, fragte Boyd.

»Er scheint den Plan des Bauunternehmers zu kennen«, fügte Lynch hinzu.

»Er ist auf der Website des Grafschaftsrats«, sagte Kirby.

»Was?« fragte Lottie.

»Abschnitt ›Verkehrsmanagement‹, online. Da steht eine Woche im Voraus, wo sie arbeiten werden.«

»Es deutet immer noch auf Petrovci hin«, sagte Lynch und steckte ihren Stift in ihren Pferdeschwanz.

»Ich habe gesagt, dass wir ihn noch einmal vorladen werden.« Lottie wusste, dass sie die Kontrolle über die Sitzung verlor. »Hat jemand eine Datenbank des Justizministeriums mit einer Liste der Bewohner der Flüchtlingsunterkunft aufgetrieben?«

»Ich habe per E-Mail eine Liste bekommen«, sagte Lynch. »War ein ziemliches Hin und Her. Russell betreibt das Ganze als privates Unternehmen. Aber das Justizministerium hat nachgegeben und mir die Liste geschickt.«

»Ich vermute, sie glauben, dass er sich an ihre Vorschriften hält, aber ich bin mir da nicht so sicher. Wir müssen die Namen ganz genau durchgehen.«

»Ich habe die Liste überflogen. Da ist keine Mimoza oder Kaltrina.«

»Scheiße«, sagte Lottie.

»Heißt das, Russell ist vom Verdacht befreit?«, fragte Boyd.

»Nicht im Geringsten«, sagte Lottie. »Was hindert ihn daran, seine eigene inoffizielle Liste zu führen?«

»Warum sollte er das tun?« Kirby stand auf und klopfte seine Hemdtasche nach einer Zigarre ab.

»Das weiß ich noch nicht, aber es scheint das Nächstliegende zu sein, wenn man etwas zu verbergen hat.«

Boyd erwiderte: »Wir wissen nicht, ob er etwas zu verbergen hat.«

»Wenn ja, werde ich es herausfinden.«

Lottie verbrachte einige Minuten damit, alle Details durchzugehen, die sie notiert hatte, und ein spezielles Team zusammenzustellen, das sich um das Verschwinden von Maeve Phillips kümmern sollte. Dann schickte sie unter zunehmendem Gerede und dem Kopfschütteln der Kriminalbeamten alle wieder an die Arbeit.

Ein nagender Zweifel kribbelte unter ihrer Haut. Sie hatte dem Team nicht erzählt, dass Milot bei ihr zu Hause aufgetaucht war. Sie würde es nicht schätzen, wenn einer von ihnen Informationen zurückhielte, und doch tat sie es selbst. Sie tröstete sich damit, dass Boyd nichts darüber gesagt hatte, aber sie wusste, dass sie der Sache selbst nachgehen musste.

»Hast du was von Kaffee gesagt?«, fragte sie Boyd, als sie an ihm vorbeiging.

## 47

»Ich habe gesagt, es tut mir leid.« Boyd setzte den Wasserkocher auf. »Was ich vorhin gesagt habe. Aber du hast unterstellt, ich wüsste etwas über McNally - das war ein bisschen gemein.«

»Mir tut es auch leid. Wir wissen, dass McNally gestern Abend bei Maeve Phillips zu Hause war«, erklärte sie erneut. Es hatte keinen Sinn, sich mit der einzigen Person zu streiten, die sich ihre Klagen anhörte.

»Ja. Vom Vater des Mädchens geschickt.«

»Als Jackie gestern Abend bei dir war« – Lottie löffelte verhärteten Kaffee aus einem Glas in zwei Becher – »hat sie da irgendetwas über McNally erwähnt?«

»Nein, hat sie nicht.« Er goss das Wasser ein. »Ich bin sie sofort losgeworden.«

»Also was wirst du wegen McNally unternehmen?«

»Was wirst du wegen dem Jungen unternehmen?«

»Ich wünschte, du würdest dich verpissen«, sagte Lottie und grinste.

»Sei vorsichtig, was du dir wünschst«, erwiderte er.

Sie nahmen ihre Kaffeebecher und kehrten zurück ins Büro. Boyd ließ sich auf der Kante von Lotties Schreibtisch nieder, seinen Becher mit schwarzem Kaffee in der Hand, passend zu den dunklen Ringen unter seinen Augen. Sie blätterte in einer Akte auf ihrem Schreibtisch. Er legte seine Hand auf die ihre.

»Lottie?«

Sie schaute auf und bemerkte den ernsten Blick in seinen Augen.

»Das Jugendamt? Hast du es angerufen? Du hast die Nummer.«

Sie seufzte. »Noch nicht.«

»Um Himmels willen...«

»Lass mich ausreden. Der Junge könnte etwas wissen, und sobald er im System ist, ist er für uns verloren. Ich werde mir etwas Zeit verschaffen müssen. Irgendwie. Da ist der ganze Papierkram. In der Zwischenzeit könnten wir ihn befragen.«

»Ihn befragen? Worüber? Ein vierjähriges Kind ohne seine Mutter? Jetzt mal ehrlich.«

Lottie stand hastig auf und stieß mit ihrem Ellbogen an die Tasse in Boyds Hand. Der Kaffee spritzte auf sein weißes Hemd. Er sprang vom Schreibtisch weg. Und von der brühheißen Flüssigkeit. Von ihr?

»Entschuldigung«, sagte sie.

»Das ist mein letztes Hemd.«

»Schau mal, Boyd.« Sie legte ihre Hand auf seinen Arm. Er wischte weiter an dem Fleck, ohne ihr in die Augen zu sehen. Sie ließ ihre Hand fallen. »Er ist nicht älter als vier Jahre. Er hat mein Haus gefunden, obwohl er nur einmal dort gewesen ist. Er muss in der Stadt wohnen. Wahrscheinlich in der Flüchtlingsunterkunft. Seine Mutter ist zu mir gekommen, um mich um Hilfe zu bitten. Ich habe ihr zu der Zeit nicht genug Aufmerksamkeit geschenkt, aber jetzt habe ich das Gefühl, dass sie sie wirklich braucht.«

»Was willst du tun?«, fragte Boyd und gab es auf, sein Hemd zu retten. »Den Jungen behalten? Das ist Entführung.«

»Weißt du, was du tun kannst?« Lottie nahm ihre Tasche und schob sich an ihm vorbei.

»Mich verpissen?«

Sie lächelte ihn an, knallte aber beim Hinausgehen trotzdem die Tür. Auch wenn Boyd nichts damit zu tun haben wollte, sie würde herausfinden, warum Milot bei ihr zu Hause gelandet war. Ihr Bauchgefühl sagte ihr, dass Mimoza in Gefahr war. Und sie wusste, dass ihr Bauchgefühl immer richtig lag.

Na ja, fast immer.

Während sie im Flur stand und tief durchatmete, hörte sie, wie sich die Bürotür hinter ihr öffnete, und spürte, wie Boyd sich näherte.

Ohne Vorrede sagte er: »Glaubst du wirklich, dass sie in Russells seltsamer Einrichtung gewohnt haben?«

»Ich weiß nicht. Aber es macht Sinn. Es ist am Ort. Mimoza war zu Fuß und ich habe gesehen, wie sie sich am Ende meiner Straße mit einem Mädchen traf.«

»Was für ein Mädchen?«

»Ich erinnere mich vage, dass sie klein und schwarz war, aber ich bin mir nicht sicher.«

»Soll ich eine Vermisstenanzeige für Mimoza aufgeben?«

»Wie? Ich weiß nichts über sie. Ich brauche Einzelheiten, ein Foto von ihr. Ich bin mir nicht einmal sicher, ob sie verschwunden ist.«

Während sie im überfüllten Flur auf und ab ging und dabei den Aktenkästen auswich, sagte sie: »Wir besorgen einen Dolmetscher für den Jungen.«

»Du könntest diesen Typen O'Hara fragen, der in der Flüchtlingsunterkunft arbeitet.«

»Sei nicht dumm. Was, wenn sie von dort gekommen sind?«, fragte Lottie.

Sie fügte hinzu: »Die Flüchtlingsunterkunft ist von meinem Haus zu Fuß erreichbar. Nicht so weit für einen Vierjährigen, wenn er die Abkürzung am Kanal entlang genommen hat oder auf diesem Weg gebracht wurde. Und der Kanalweg ist von Blütenkirschen gesäumt.« Sie ging durch den Flur davon.

»Blütenblätter sind überall nach all dem Regen. Wo zur Hölle gehst du denn jetzt hin?«

Lottie ging weiter. »Ich werde versuchen, Dan Russells Blockadehaltung zu überwinden.«

»Lottie...«

»Was?«

»Denk an das, was der Superintendent, wie du mir erzählt hast, neulich zu dir gesagt hat, von wegen anderen auf die Zehen treten.«

»Boyd, ich glaube, du hast ein Hörproblem.«

Sie rannte die Treppe hinunter, bevor er sie noch einmal aufhalten konnte, und hörte, wie er mit der Faust gegen die Wand schlug.

## 48

»Zwanzig Major«, sagte Boyd. Er brauchte eine Zigarette. Dringend. Lottie ging ihm heute Morgen auf die Nerven. Er öffnete seine Brieftasche und nahm seine Bankkarte heraus,

»Tut mir leid«, sagte die Verkäuferin. »Für Zigaretten und Lotto nehmen wir nur Bargeld.«

»Tatsächlich?«

»Ja. Bankgebühren, wissen Sie. Enorm.«

Seufzend kramte Boyd in seiner Brieftasche nach einem Zehner und zählte das Kleingeld ab. Er war sicher, einen Fünfziger gehabt zu haben. Keine Spur davon.

Er steckte die Zigaretten in seine Tasche und bemerkte, als er seine Brieftasche schloss, dort, wo er die Geldscheine herausgezogen hatte, einen Zipfel weißen Stoff.

Die Verkäuferin wollte ihm zehn Cent herausgeben. Er winkte ab und verließ den Laden. Als er auf dem Weg zum Revier die Schachtel Zigaretten öffnete, fiel ihm das Stück Stoff wieder ein. Er nahm seine Brieftasche heraus, um es sich genauer anzusehen.

»Marcus! Da bist du.«

Am Treppengeländer vor dem Revier lehnend, die Sonne

im Rücken, erschien ihm Jackie wie ein Gespenst aus dem Licht.

»Ich muss mit dir reden«, sagte sie.

Boyd steckte das Stück Stoff in die Brieftasche zurück und versuchte, um sie herum zu manövrieren, aber sie packte seinen Arm und zog ihn die Treppe hinunter.

»Was soll das, Jackie?«, fragte er.

Es war nicht sehr erfreulich gestern Abend, wie du mich rausgeschubst und mir die Tür vor der Nase zugeschlagen hast. Überhaupt nicht nett, Marcus.«

»Kannst du aufhören, mich so zu nennen? Was willst du?«

»Kurz mit dir reden.«

Boyd nahm sie beim Ellbogen, steuerte sie vom Revier weg und ging schweigend in Richtung Kanalbrücke. Er wollte nicht, dass jemand mithörte, was sie vielleicht zu sagen hatte.

»Ich bin froh, dass ich meine flachen Schuhe anhabe«, sagte Jackie, als er endlich stehen blieb und sich auf das Brückengeländer lehnte.

Das trübe, grüne Wasser unter ihm erinnerte ihn daran, wie er sich fühlte - trübe und sehr grün. Er mochte es nicht, auf dem falschen Fuß erwischt zu werden, aber Jackie hatte es immer geschafft. Er sah sie an, und trotz allem, was sie ihm angetan hatte, durchfuhr ihn ein Schimmer des Verlangens wie ein Spieß. Es ist vorbei, mahnte er sich. Vorbei.

»Ich habe nicht den ganzen Tag Zeit, also sag schon, worüber willst du reden?«

»Ich muss dich warnen...«, begann sie.

»Was?« Er drehte sich zu ihr um. Soweit er sich erinnern konnte, dachte Jackie immer nur an sich selbst.

»Es geht um Jamie.«

»Was ist mit ihm?«

»Er ist sehr gefährlich.«

Boyd warf den Kopf zurück und lachte. »Ach, komm schon, Jackie. Erzähl mir etwas Neues.«

»Wage es nicht, mich auszulachen, Marcus. Ich habe in letzter Zeit Dinge bemerkt. Das ist es, was ich dir gestern Abend erzählen wollte. Am Abend davor bin ich auch vorbeigekommen, aber du warst nicht da. Es gibt Dinge, die du wissen musst. Ihre Hand berührte seinen Arm. Seine Haut prickelte. Er wich zurück und schob seine Hände in seine Taschen. Da sind sie sicherer aufgehoben, dachte er.

»Ich warte«, sagte er.

»Können wir woanders hingehen? Etwas trinken. Reden wie Erwachsene«, sagte sie.

Er ging um sie herum und wich mit erhobenen Händen zurück.

»Du spielst Spielchen mit mir und das gefällt mir nicht. Ich bezweifle, dass du mir wirklich etwas zu sagen hast, also weißt du was, ich gehe zurück zur Arbeit.« Er begann, fortzugehen.

»Er ist in Schmuggel verwickelt.«

»Klar, das weiß ich schon. McNally hat mit Waffen und Drogen zu tun gehabt, seit er laufen konnte«, sagte er über seine Schulter.

»Aber jetzt sind es Frauen, Mädchen.«

Boyd blieb stehen, drehte sich um und starrte Jackie an. Er zuckte mit den Schultern. Er hatte seine Noch-nicht-Exfrau nie verstehen können.

»Menschenhandel? McNally? Ich würde ihm vieles zutrauen, aber nicht das.«

»Ich weiß. Das ist es, was mir Angst macht.«

Boyd ging langsam zu ihr zurück. »Warum erzählst du mir das?«

»Ich muss von ihm wegkommen. Du musst mir helfen.«

»Bei dir gibt es immer einen Haken, nicht wahr?«

»Wirst du mir helfen?« Sie klimperte mit den Wimpern wie ein kleines Mädchen, das erwachsen spielt.

Trotz größter Bemühungen, sich zu weigern, weil Jackie nichts als Ärger bedeutete, nickte Boyd.

»Ich habe jetzt keine Zeit. Ich melde mich später bei dir. Gib mir deine Nummer. Ich schicke dir eine SMS.«

Was auch immer er von ihr hielt, er war gezwungen, ihr zuzuhören. Er musste wissen, was Jamie McNally zurück nach Ragmullin gebracht hatte. Er war seinem Job verpflichtet, nicht mehr Jackie. Aber wenn sie wirklich Angst hatte, würde er ihr wahrscheinlich helfen müssen.

»Vergiss es nicht.« Sie nahm seinen Stift und schrieb ihre Nummer in sein Notizbuch, bevor sie ihm einen Kuss auf die Wange drückte und über die Brücke davoneilte.

Er sah ihr hinterher. Worauf hatte er sich da eingelassen? Er hatte es Lottie nachgetan und war mit beiden Beinen hineingesprungen. Er wusste, dass er nass werden würde; er hoffte nur, dass er nicht ertrinken würde.

## 49

Der marineblaue Himmel war schwer vom Regen und die Wolken hingen tief, als Lottie durch die Tore der alten Kaserne ging.

Auf dem Weg zu Russells Bürogebäude fiel ihr auf, wie baufällig die Gebäude seit dem Abzug der Armee geworden waren. In der feuchten Rinne entlang des Fußwegs saßen alle paar Meter Ungezieferfallen an der Wand. Unkraut und Gras wuchsen zwischen dem Asphalt und dem gepflasterten Weg.

Eine Gruppe Frauen scharte sich um die Tür zur Kantine.

Perfekt, dachte Lottie. Endlich Leben. Vielleicht sprachen sie sogar ein wenig Englisch. Sie wechselte die Richtung und steuerte auf sie zu.

»Inspector, hier entlang.«

Sie drehte sich um und sah Dan Russell an der Tür zu seinem Büro stehen. Angesichts seiner marineblauen Chinohose, dem weißen Hemd und der dunkelblauen Krawatte fühlte sie sich in ihrem T-Shirt und den verblichenen Jeans schäbig. Verdammt.

Sie überlegte noch, ob sie die Frauen abfangen oder seinem

Befehl gehorchen sollte, als die kleine Gruppe in die Kantine eilte und ihr die Entscheidung abnahm.

»Kann ich sehen, was hier vor sich geht?«, fragte sie.

Russell gesellte sich zu ihr. »Natürlich«, sagte er. »Folgen Sie mir. Wir führen im Moment ein sehr interessantes Projekt durch.«

Sie bemerkte, wie sich die Spannung in seinem Gesicht in ein breites Lächeln auflöste. Offensichtlich wollte er nicht, dass sie ohne sein Einverständnis mit jemandem sprach. Sie überquerten den Platz in Richtung eines Gebäudes, an das sie sich aus Adams Zeit als Unteroffiziersmesse erinnerte. Als sie noch mehr Ungezieferfallen an den Außenwänden bemerkte, fragte sie: »Haben Sie ein Ungezieferproblem?«

»Ja, aber es ist nicht so schlimm wie damals auf der Hühnerfarm.« »Die Hühnerfarm? Das kommt mir irgendwie bekannt vor.«

»Das war unser Stützpunkt im Kosovo. Ein grässlicher Ort.«

Er stieß die Tür zur Messe auf und geleitete sie hinein. Lottie sah sich um. Die Wände waren mit Postern bedeckt, von der Decke blätterte die Farbe ab. Ganz anders als an den Abenden, die sie und Adam hier verbracht hatten. Damals hatte ein Feuer in dem großen alten Kamin gebrannt, Gruppen von Männern spielten Billard, und eine Handvoll Stammgäste stand an der Bar und erzählte von einem Heckenschützenbeschuss bei einem Friedenseinsatz. Sie hatte diese Abende geliebt. Kameradschaft und Freundschaft. Das war jetzt alles vorbei, in jeder Hinsicht.

Russell führte sie weiter in den Hauptveranstaltungsraum. Tische und Stühle waren in perfekter Symmetrie aufgereiht. Auf den Tischen an der einen Wand standen vier Computer. Sie zählte zehn Mädchen in Schuluniform. Was machten Schülerinnen hier drin? Unterrichteten sie die Frauen? Die Mädchen saßen an den Tischen, jeweils mit einer Frau neben sich, und waren in Bücher vertieft. Die Frauen trugen billige

Kleidung, ähnlich der von Mimoza. Eine junge Frau saß an der Seitenwand und blätterte müßig in einer Zeitschrift. Lottie glaubte, sie als eine Lehrerin aus Chloes Schule zu erkennen. Als sie auf sie zuging, um sie anzusprechen, drehte sich ein Mann, der einer der Frauen etwas auf einem Computer zeigte, um, stand auf und versperrte ihr die Sicht auf die Lehrerin.

»Hallo«, sagte er, kam auf sie zu und hielt ihr die Hand hin. Lottie schüttelte sie und war überrascht, wie kühl sie war. »Detective Inspector Lottie Parker.«

»Ich bin George O'Hara«, fügte er hinzu.

»Freut mich, Sie kennenzulernen. Können Sie mir sagen, was hier vor sich geht?«

»Es ist ein Sprachprojekt.«

»Und Sie sind der Lehrer?«, fragte Lottie. George O'Hara war älter, als sie erwartet hatte, vielleicht Anfang dreißig. Sein Kopf war glattrasiert, und er trug ähnliche Kleidung wie Russell. Eine Art Uniform? Seine Füße steckten in braunen Lederschuhen. Keine Socken. Gebräunte Knöchel. Sie nahm an, das war besser als Kirbys offene Sandalen.

O'Hara blickte Russell an. »Ja, genau. Im Moment nur halbtags.«

Eine eifrige Bewegung hinten im Raum erregte Lotties Aufmerksamkeit. Emily Coyne sprang mit wippenden Locken von ihrem Stuhl auf.

»Hallo, Mrs Parker.« Sie schob sich die Brille wieder auf die Nase und sagte: »Das ist, was Chloe nächstes Jahr machen wird.«

»Ist dies das Projekt, von dem du neulich gesprochen hast?«

»Ja. Es ist toll. Wir haben Gelegenheit, Englisch zu unterrichten.«

»Scheint etwas ungewöhnlich zu sein, um es vorsichtig auszudrücken.«

»Es ist ganz neu. Sie können Miss Scully danach fragen, wenn Sie wollen.« Sie zeigte auf die gelangweilt wirkende

Lehrerin. »Es ist so aufregend. Alle diese Frauen haben so tolle Geschichten. Ich glaube, ich werde ein Buch über ihre Abenteuer schreiben.«

Dan Russell stellte sich zwischen Emily und Lottie. »Ich glaube nicht, dass sie ihre Erlebnisse als Abenteuer bezeichnen würden.«

Wollte er das Mädchen zurückweisen? fragte sich Lottie.

Emily kümmerte sich nicht darum. »George ist genial. Ich wünschte, er könnte in unserer Schule unterrichten.«

»Das ist nett von dir, Emily«, sagte George. Er streichelte Emilys Arm und Lottie zuckte zusammen. Was für eine Art von Unterricht war das?

Mit einem Schütteln ihrer Locken ließ Emily sich wieder neben ihre Schülerin plumpsen.

Lottie konzentrierte sich auf den Lehrer. »Kann ich mit einigen der Frauen sprechen?«

»Sie sprechen praktisch kein Englisch«, warf Russell ein.

»Ich kann für Sie dolmetschen, was sie sagen«, bot George an.

Ihr Gespräch wurde von einem lauten Schrei einer der Schulmädchen unterbrochen. »Ich habe noch eine gesehen! Ich schwör's bei Gott. Sie ist mir geradewegs über den Fuß gelaufen.«

»Beruhige dich«, sagte Russell. »Es ist nur eine Maus. Sie kann dir nichts tun. Setz dich.«

George O'Hara eilte zu dem Mädchen, nahm ihre Hand und half ihr von dem Stuhl herunter. Als sie wieder saß, stand er neben ihr, massierte ihre Schultern und tröstete sie. Lottie fühlte sich unwohl. Sie warf einen Blick auf Miss Scully, die immer noch nichts wahrnahm und in ihre Zeitschrift vertieft war. Mein Gott, hier könnte alles Mögliche vor sich gehen.

»Ich muss mit Ihnen sprechen«, sagte sie zu Russell.

»Haben Sie schon genug gesehen?«, fragte er und kam zu ihr herüber.

»Mehr als genug.«

»Kommen Sie mit in mein Büro, da können wir uns unterhalten.«

Als sie in seinem Büro Platz genommen hatten, legte Lottie ein Foto des zweiten toten Mädchens auf Russells Schreibtisch. Sie wartete auf seine Reaktion. Er erstarrte. So würde sie es beschreiben. Seine Hand blieb bewegungslos mitten in der Luft stehen. Ein stählerner Schleier legte sich über seine Augen.

»Was ist das?«, fragte er.

»Noch ein Mordopfer. Kennen Sie sie?«

»Ob ich sie kenne? Ich kann nicht einmal ihre Gesichtszüge ausmachen.« Er fuhr sich mit den Fingern über den Schnurrbart, und Schweißperlen traten ihm auf die Stirn.

Lottie beugte sich auf ihrem Stuhl nach vorne und verschränkte die Arme. Das Foto lag zwischen ihnen auf dem Schreibtisch wie eine Waffe.

Er brauchte nur ein paar Sekunden, um sich zu fangen. »Ich kenne sie nicht. Es tut mir leid.« Er senkte seine Hand und schob das Foto zu ihr zurück. »Sie haben mich Anfang der Woche nach einem Mädchen namens Mimoza gefragt«.

Sie hielt den Atem an und nickte.

»Ich habe ein wenig für Sie recherchiert. Ich habe herausgefunden, dass sie tatsächlich hier gewohnt hat.«

Warum war er plötzlich so hilfsbereit? fragte sich Lottie. Jetzt würde sie einen Durchsuchungsbefehl bekommen können.

Sie ließ sich nichts anmerken und sagte: »Ich möchte mit ihr sprechen.« Doch dann kam ihr ein Gedanke. Maria Lynch hatte gesagt, dass Mimoza nicht in der offiziellen Bewohnerdatenbank war. Bedeutete das, dass Russell log?

»Unmöglich«, sagte er.

»Was? Warum? Ich muss mit ihr sprechen. Dringend.«

»Mimoza Barbatovci war hier, aber leider scheint sie wegge-laufen zu sein.«

»Mr Russell«

»Dan.«

Lottie seufzte, froh, dass er sie unterbrochen hatte. Wenn Mimoza verschwunden war, war es nun klar, dass Russell sie finden wollte. Das war die einzige logische Erklärung dafür, dass er seine Kenntnis der Existenz des Mädchens preisgab.

»Wann ist sie verschwunden?«

»Ich bin mir nicht sicher. Letzte Nacht haben wir entdeckt, dass sowohl sie als auch der Junge verschwunden sind.«

»Was für ein Junge?« Sein Spiel konnte man auch zu zweit spielen.

»Sie hat einen Sohn. Er ist ebenfalls weg.«

»Sie haben es vorher nicht gemeldet?«

»Ich sage es Ihnen jetzt.« Russell schenkte ihr ein Lächeln. Seine Augen erreichte es nicht.

»Haben Sie ein Foto von den beiden? Ich brauche es, um ihr Verschwinden publik zu machen«, sagte sie.

»Ich dachte, Sie könnten es ohne viel Aufsehen tun. Ich will nicht, dass meine Einrichtung einen schlechten Ruf bekommt.«

»Ein Foto wäre dennoch hilfreich.«

Russell klappte seinen Laptop auf, tippte auf die Tasten und ein Drucker surrte eine Seite aus. Er nahm sie und reichte sie ihr.

Lottie starrte auf das Foto.

Mimoza mit ihrem Sohn in den Armen. Das Mädchen trug keinen Hidschab, und ihr schwarzes Haar wogte um ihr schmales Gesicht. Der Junge hatte den Daumen im Mund, in der anderen Hand hielt er das ausgefranste Stoffkaninchen. Lottie faltete das Blatt zusammen und steckte es in ihre Tasche, bevor Russell seine Meinung ändern konnte.

»Woher haben Sie das?«, fragte sie.

»Es wurde aufgenommen, als sie ankamen. Ich muss es übersehen haben, als ich das letzte Mal nachgesehen habe.«

»Ich muss ihre Akte sehen«, sagte sie.

»Die ist vertraulich.«

»Ich muss alles über dieses Mädchen wissen, wenn ich eine ordentliche Ermittlung durchführen soll.«

»Es gibt keinen Anlass für eine große Ermittlung. Schnüffeln Sie einfach auf eigene Faust herum. Eine Frau mit Ihren Fähigkeiten sollte doch in der Lage sein, sie zu finden.«

»Mr Russell, Sie brauchen mir nicht vorzuschreiben, wie ich meine Arbeit zu tun habe.«

»Da bin ich anderer Meinung, Detective Inspector Parker.« Er lehnte sich in seinem Stuhl zurück und eine gewisse Selbstgefälligkeit verhärtete seinen Gesichtsausdruck. »Sehen Sie, es gibt Dinge, die ich über Ihren Mann weiß. Dinge, von denen ich glaube, dass es Ihnen lieber wäre, wenn ich sie für mich behalten würde. Es ist also in unser beider Interesse, dass Sie tun, was ich sage.« Er lächelte wieder dieses Lächeln.

Lottie sprang auf und lehnte sich über den Schreibtisch. »Wagen Sie es nicht, mir zu drohen. Es ist eine absolute Frechheit, dass Sie überhaupt«

»Ich weise Sie nur darauf hin, dass es gewisse Angelegenheiten gibt, von denen Sie bestimmt nicht wollen, dass sie an die Öffentlichkeit kommen. Glauben Sie mir, ich weiß es.«

»Was für Angelegenheiten?« Sie blieb stehen. Seine Ruhe brachte sie zur Weißglut. Was wollte er damit andeuten? Sie hatte ihn schon einmal nach Adam gefragt und er war ihr ausgewichen. Jetzt benutzte er ihren verstorbenen Mann ganz unverhohlen als Drohung. Sie öffnete den Mund, um etwas zu sagen. Er hob eine Hand, damit sie schwieg.

»Ich möchte im Moment nicht auf die Einzelheiten eingehen, da ich sehr beschäftigt bin. Es genügt zu sagen, dass, wenn Sie dieses Mädchen und ihr Kind finden, die Informationen, die ich habe, nie herauskommen werden.«

Lottie ging schnell zur Tür und blickte zu ihm zurück. »Ich habe nicht die Absicht, mich von Ihrer gemeinen Einschüchterung unterkriegen zu lassen. Sie werden es bereuen, dass sie jemals damit angefangen haben.«

»Das bezweifle ich sehr. Wenn es jemandem leidtun wird, dann Ihnen. Und wenn das alles ist, dann schließen Sie die Tür, wenn Sie gehen.«

Da ihr keine passende Erwiderung einfiel, marschierte Lottie aus dem Büro und ließ die Tür weit offen.

Er beobachtete die Kriminalbeamtin. Er beobachtete sie, wie sie aus Block A rannte, während die Wolken aufbrachen und der Regen herunterdonnerte. Sie hatte einen hübschen Po in ihrer engen, verwaschenen Jeans. Hielt sie sich für einen Teenager, dass sie so angezogen herumlief? Was glaubte sie eigentlich, wer sie war?

Aber er wusste, wer sie war, und alles über ihre Familie.

Er hörte seinen Hund hinter sich und drehte sich um.

»Hast du eine erwischt, Köter?«, fragte er. »Oh, das ist ja ein Prachtstück.« Der Hund saß da und schaute zu ihm auf, mit einer schmutzigen, dicken Ratte im Maul.

## 50

Die vorläufigen Obduktionsergebnisse des zweiten Opfers warteten in Lotties E-Mail-Posteingang, als sie ins Büro zurückkehrte. Wie versprochen, hatte Jane die Sprache so heruntergeschraubt, dass Lottie sofort schlau daraus wurde.

Todesursache: Schussverletzung.

Eintritt durch den oberen Rücken.

Schädigung von Lunge, Herz und Milz.

Sofortiger Tod.

Kugel trat unterhalb der Brust aus.

Kugel wurde nicht aus dem Körper geborgen.

Linke Niere wurde chirurgisch entfernt. Bestmögliche Schätzung: innerhalb der letzten drei Monate.

Septikämie vorhanden.

Wunde gewaschen.

Spuren von Moos unter zwei Zehennägeln des rechten Fußes. Moos zur Analyse und Bodenuntersuchung eingeschickt. Möglicherweise wurde der Körper gewaschen.

Alte Narben am Körper. Selbstverletzung?

Abdruck des Buchstabens K am rechten Knöchel. Vielleicht

von einem dünnen Fußkettchen, das das Opfer zum Zeitpunkt des Todes trug.

Interessant, dachte Lottie, als sie sich den letzten Punkt ansah; das hatte der Mörder übersehen. Bestätigte das, dass das zweite Opfer Kaltrina war? Und was war mit dem Moos? Was bedeutete das? Beide Mädchen hatten Moos unter ihren Nägeln. Sie würde der Analyse nachgehen müssen.

Sie hob ihren Kopf, als Boyd das Büro betrat.

Er sagte: »Du bist klatschnass.«

»Ich gehe nach Hause und ziehe mich um.« Sie stand auf. »Sieh dir das mal an. Bin gespannt, was du davon hältst, vor allem von dem Teil mit dem Moos.«

»Wie ist es mit Russell gelaufen?«

Sie dachte einen Moment lang über Russells Drohung nach. Sollte sie etwas über Mimoza sagen? Aber sie beschloss, dass sie von dem aufgeblasenen Mistkerl nichts zu befürchten hatte. »Er hat mir gesagt, dass Mimoza in seiner Einrichtung gewohnt hat und dass sie und ihr Sohn verschwunden zu sein scheinen.«

»Hast du ihm gesagt«

»Nein, ich habe ihm nichts von Milot erzählt. Wofür hältst du mich?«

»Ich weiß nicht, aber es wäre interessant zu hören, was er zu sagen hat.«

»Ich habe ihm das Foto des letzten Mordopfers gezeigt und...« »Ich wette, er kannte sie.«

»Lässt du mich einen Satz zu Ende sprechen, Boyd?« Als sie sicher war, dass er still sein würde, sagte sie: »Ich glaube, er kannte sie.«

»Habe ich doch gesagt.«

»Ich gehe mich besser umziehen. Wir sehen uns nachher und dann kannst du mir deine Fortschritte mitteilen.«

»Welche Fortschritte?«

»Genau. Ruf Jane an. Frag sie, wie lange die Analyse von Boden und Moos dauern wird.«

Sie ließ ihn kopfschüttelnd zurück, während er sich an ihren Schreibtisch setzte, um den Bericht zu lesen.

Lottie eilte nach Hause und zog schnell trockene Sachen an. Sie schaute nach Chloe, aber die schlief tief und fest.

Milot saß in der Küche auf Katies Knie und aß Chicken Nuggets. Lottie setzte sich hin und sah ihre Tochter an. Sie dachte daran, dass Katie vor wenigen Jahren selbst noch ein Kind gewesen war, und jetzt war sie nur noch ein Schatten. Jasons Tod hatte sie wirklich schwer getroffen.

»Oma ist nach Hause gegangen«, erzählte Katie ihr. »Ich habe diese Nuggets im Gefrierschrank gefunden und sie in den Ofen getan. Er scheint sie zu mögen.«

Milot lächelte und ein Stück Hähnchen fiel ihm aus dem Mund.

»Ich habe irgendwo Taschentücher.« Lottie öffnete ihre tiefe Ledertasche. Sie legte das Foto von Mimoza und Milot beiseite, das sie von Russell bekommen hatte. Sie musste es an die Ermittlungstafel hängen. Sie fischte nach den Taschentüchern und holte Kassenbons und Schokoriegelverpackungen heraus.

»Macht doch nichts, Mama.« Katie nahm eine Küchenrolle. Sie riss ein Stück ab und wischte Milots Mund sauber.

Lottie zerknüllte die Quittungen. Ihre Tasche könnte eine gründliche Entrümpelung vertragen. Sie warf einen Blick auf die Uhr und kramte in dem Durcheinander herum. Sie zog ein Bündel Post heraus und blätterte es durch: hauptsächlich Rechnungen. Sie zerknüllte jede einzelne und versuchte, nicht an ihr erschöpftes Bankguthaben zu denken. Ihre Hand hielt inne und sie starrte. Der Umschlag, in dem Mimozas Brief gewesen war. Plötzlich erinnerte sie sich, dass außer dem Brief noch etwas anderes darin gewesen war. Bei all dem, was passiert war, hatte sie es völlig vergessen.

»Mama, was machst du da?« Katie räumte den Tisch ab und nahm Milot bei der Hand.

»Es ist so ein Chaos«, sagte Lottie. »Ist mit Milot alles in Ordnung?«

»Wir werden etwas fernsehen, nicht wahr, Milot?«

»Behalte Chloe im Auge. Ich mache mir Sorgen um sie.«
»Meinetwegen.«

Katie brachte das Kind ins Wohnzimmer, und Lottie hörte, wie das Titellied vom König der Löwen ertönte. Es ist richtig, dass ich ihn hierbehalte, dachte sie. Jetzt muss ich nur noch seine Mutter finden.

Nachdem sie alles andere zurück in ihre Tasche geworfen hatte, öffnete sie Mimosas Umschlag und nahm den Stoff heraus, der in der unteren Falte steckte. Es war ein schmales Stück grünes Leinen von etwa zweieinhalb Zentimetern Breite und vielleicht fünfzehn Zentimetern Länge. Klettband auf der einen Seite. Sie drehte es um. Tiefgrüne Steppnähte an den Rändern. Ihre Tasche rutschte von ihren Knien auf den Boden und sie schnappte nach Luft, als sie erkannte, was sie da in der Hand hielt. Ein Armeeabzeichen. Darauf stand in perfekt gestickten Großbuchstaben von oben nach unten ein Name. PARKER.

»Was ist das?«, fragte Katie, als sie zurück in die Küche kam und den Kühlschrank öffnete.

Bevor ihre Tochter es sehen konnte, nahm Lottie ihre Tasche und steckte das Abzeichen aus Leinen wieder hinein.

»Nichts«, sagte sie. »Rein gar nichts.«

Ihre Hände zitterten heftig und ihre Beine zuckten auf und ab. Sie atmete tief durch, starrte an die Decke und versuchte, ihre Gedanken zu fokussieren. Warum war Mimoza zu ihr gekommen? Was hatte es mit ihrer Nachricht auf sich? Und wie war sie in den Besitz von Adams Armeeabzeichen gekommen? War es wirklich Adams? Die Logik sagte ihr, dass es Adams sein musste,

Ihr Handy piepte, eine SMS von Boyd. Komm zu Weirs Autofriedhof.

Mimoza. Sie musste Mimoza finden.

Nur so konnte sie die Wahrheit herausfinden.

## 51

Lottie eilte durch das Absperrband bei Weirs Depot. Der Regen hatte aufgehört, aber die Schwüle hing immer noch in der Luft.

Sie versuchte, sich von dem Armeeabzeichen abzulenken, das ein Loch in den Boden ihrer Tasche brannte, und betrachtete den weißen Lieferwagen, dessen Tür herunterhing. Er saß auf zwei zusammengequetschten Autos, und ein weiteres wackelte bedenklich oben auf dem Lieferwagen. Weir hatte ihnen beteuert, dass es sicher sei. Sie wusste nicht, ob sie ihm glauben sollte oder nicht.

»Was haben wir hier?«, fragte sie.

»Einen kleinen Lieferwagen. Weiß. Bereit für die Autopresse«, sagte Boyd.

»Du weißt, was ich meine. Was gibt es hier zu sehen?«

»Eine Blutspur am Boden, bei der Hintertür.«

»Tierisch oder menschlich?«

»Die Spurensicherer haben Proben genommen. Gott weiß, wann wir ein Ergebnis bekommen.«

»Gott ist mir egal. Wann werde ich es wissen?« Lottie musterte die Umgebung. »Ist alles untersucht worden? Wurde sonst nichts gefunden? Was hast du die ganze Zeit gemacht? Mein Gott.« Sie ging in kleinen Kreisen umher und drehte sich dann zu Boyd um.

»Was ist los mit dir?«, fragte er. »Beruhige dich.«

Sie rückte dicht an ihn heran. »Sag mir nicht, ich soll mich beruhigen. Hörst du?«

»Laut und deutlich.«

Sie ging wieder auf und ab und sagte: »Überprüfe Weirs Unterlagen. Finde heraus, wem der Lieferwagen gehörte, wer ihn hierhergebracht hat und wann.«

Das Metall gab so viel Hitze ab, es war wie elektrische Ladungen, als würde die Sonne testen, wie weit sie gehen konnte, bevor sie alles zum Schmelzen brachte. Lottie seufzte und strich sich mit der Hand durch ihr Haar. »Ich habe einen schlechten Tag, Boyd.«

»Wann hast du jemals einen guten Tag? Rhetorische Frage.« »Ist sonst noch etwas in dem Lieferwagen?«

»Die Spurensicherer haben alles abgesucht. Sauber. Zu sauber, eigentlich. Nicht ein Fitzelchen Schmutz. Es sieht aus, als wäre er gut gepflegt worden. Warum sollte man das tun, wenn man den Wagen verschrotten will? Aber wer auch immer ihn gereinigt hat, hat den Blutfleck übersehen.«

»Vielleicht ist er gefälscht.«

»Was? Warum sollte das jemand tun?«

»Ich habe keine Ahnung, aber der Lieferwagen muss noch genauer untersucht werden. Sorge dafür.« Sie machte ein paar Fotos mit ihrer Handykamera und bemerkte die Uhrzeit. »Ach du Scheiße.«

»Was ist jetzt?«, fragte Boyd.

»Sean hatte einen Termin beim Therapeuten. Ich sollte ihn von der Schule abholen. Jetzt ist es zu spät.«

»Du musst es langsamer angehen lassen, Lottie.«

»Du musst hierbleiben und warten, ob noch etwas auftaucht.«

. . .

Zurück auf dem Revier flitzte sie die Treppe hinauf in den Einsatzraum. Sie ignorierte die Telefongespräche, die um sie herum geführt wurden, und pinnte das Foto von Mimoza und Milot, das Dan Russell ihr zuvor gegeben hatte, an die Ermittlungstafel.

Auf einem Stuhl mit wackeligen Beinen vor der Tafel sitzend, dachte sie über das Armeeabzeichen nach. Nicht jetzt, sagte sie sich. Ein Schwall von Müdigkeit überspülte sie, und sie hatte das Gefühl, dass sie gleich umfallen würde.

»Ich muss nach Hause«, sagte sie zu Lynch, die mit einer Hand hinter einem Haufen Papierkram hervor winkte. »Wir sehen uns morgen für ein paar Stunden. Ist das in Ordnung?«, fügte sie hinzu.

»Wirklich? Morgen ist Samstag«, sagte Lynch und sah auf.

»Ich weiß sehr wohl, welcher Tag morgen ist, aber wir stecken mitten in zwei Mordermittlungen und...«

»Okay, Boss, ich brauche keine Belehrung. Ich werde da sein.«

»Es tut mir leid. Ich wollte Sie nicht so anfahren.«

»Gehen Sie nach Hause. Sie sind kaputt.«

Lottie nahm ihre Tasche und hisste sie sich über die Schulter. Sie hatte keine Ahnung, wie sie es schaffen sollte, dass ihre Arbeit nicht ihr Privatleben beeinträchtigte. Seit fünf Tagen war sie zurück, und schon holte die Hektik sie ein.

Sie war froh, nach Hause zu ihrer Familie zu kommen. Sie wollte ihre drei Kinder umarmen. Ganz fest.

Mit einem Seufzer ging sie die Treppe hinunter, winkte dem Diensthabenden zu und ging nach Hause.


Boyd stürmte in den Einsatzraum. Seine Laune besserte sich nicht, als er Lottie nicht dort fand.

Als er einen Blick auf die Ermittlungstafel warf, bemerkte er, dass dort ein neues Foto hing. Er ging näher heran, um es sich genauer anzusehen.

»Oh mein Gott!« Er starrte es an und berührte das Foto, bevor er seine Hand wegzog, als hätte er sich verbrannt.

»Was ist los?«, Kirby kam hinter ihm angezockelt.

Boyds Hände zitterten und fingen an zu schwitzen. Er steckte sie in seine Hosentaschen. Mit einem Nicken auf das Foto sagte er: »Wer ist das?«

»Ich weiß nicht. Bin gerade erst zurückgekommen.«

»Die Chefin hat es aufgehängt«, sagte Lynch und hob den Kopf, das Telefon zwischen Kinn und Schulter geklemmt.

»Wo ist sie?«, fragte Boyd.

»Wo ich sein sollte«, sagte Lynch und sammelte einen Arm voller Akten ein. »Zu Hause.«

Boyd eilte mit Kirby im Schlepptau zurück in ihr Büro.

»Spuck's aus«, sagte Kirby.

»Das ist sie.«

»Wer ist sie?«

»Das Foto.«

»Es ist schon spät und mein Gehirn ist müde. Wovon redest du?« »Das Mädchen im Bordell«, sagte Boyd.

»Sch! Nicht so laut. Welches Mädchen in welchem Bordell?«, flüsterte Kirby.

»Diese Lasterhöhle, in die du mich neulich gebracht hast. Das Mädchen auf dem Foto ist das Mädchen, das ich dort gesehen habe.«

»Das ist Blödsinn!«

»Das ist kein Blödsinn. Ich habe dir gesagt, ich war dort mit niemandem zusammen. Ich weiß noch, dass ich auf der Treppe aufgewacht bin. Aber ich sah sie, bevor ich ging. Ich könnte diese Augen nie vergessen.«

»Du meinst es ernst. Warum hat die Chefin ihr Foto an der Ermittlungstafel aufgehängt?«

Boyd dachte einen Moment nach. Was hatte Lottie ausfindig gemacht? Wer war dieses Mädchen?

Er spürte Kirbys Atem in seinem Nacken. »Wenigstens hast du deine Brieftasche wieder.«

»Was? Ja.« Boyd schulterte Kirby von sich weg und setzte sich an seinen Schreibtisch. Er holte die Brieftasche heraus, öffnete sie und zog das Stück Stoff heraus, das er entdeckt hatte, als er seine Zigaretten bezahlte. Er breitete es auf dem Schreibtisch aus. Verwischte Schrift. Soweit er es erkennen konnte, war es nicht auf Englisch.

»Was ist das?«, fragte Kirby.

»Frag gar nicht erst. Verschwinde.«

Kirby zuckte mit den Schultern und schlenderte zu seinem eigenen Schreibtisch hinüber.

Boyd starrte auf die Schrift. Versuchte das Mädchen, eine Nachricht zu schicken? Wie sollte er das Lottie erklären?

Er schob den Stoff in einen kleinen Beweisbeutel und steckte ihn in seine Brieftasche. Er lehnte sich in seinem Stuhl zurück, verschränkte die Hände hinter dem Kopf und schloss die Augen. Wie sollte er sich aus dieser Sache herausreden?

## 52

Katie hatte versucht, das Abendessen zu kochen. Eier, Würstchen und Pommes aus dem Ofen. Milot schmeckte es trotzdem. Sean nahm seinen Teller mit in sein Zimmer, und Chloe war nicht aus ihrem Schlafzimmer aufgetaucht.

»Später«, rief sie von oben.

»Du kommst essen, junge Dame. Hier unten. Jetzt!«, rief Lottie.

»Hast du jemanden wegen Milot kontaktiert?«, fragte Katie.

»Ich habe eine Nachricht hinterlassen«, log sie. »Sie rufen mich wahrscheinlich morgen an.«

»Morgen ist Samstag.«

»Ich weiß. Ich werde es morgen früh auf jeden Fall noch einmal versuchen.«

»Ich hoffe, du findest seine Mutter.«

»Ich auch.«

Chloe weigerte sich, zum Abendessen herunterzukommen. Lottie war zu müde, um darauf zu bestehen. Aber bald würde sie sich durchsetzen und die Kontrolle zurückgewinnen müssen. Bald.

Als sie allein in der Küche war, nahm sie das Abzeichen aus

ihrer Handtasche und drehte es in ihrer Hand hin und her. PARKER. Es musste Adam gehört haben. Aber wie kam es, dass Mimoza es hatte? Und dann war da noch Dan Russell mit seinen Andeutungen und Drohungen. So viele aufdringliche Gedanken, die beunruhigende Fragen aufwarfen, auf die es keine Antworten gab. Lottie wanderte in ihrer Küche umher, schloss die Fenster, die den ganzen Tag offen gestanden hatten, und wusste, dass sie etwas tun musste.

Ihre Mutter hatte die meisten von Adams Sachen nach seinem Tod in Kisten gepackt. »In dem Zustand, in dem du bist, ist es besser, wenn du das alles nicht siehst«, hatte sie gesagt. Lottie wäre mit allem einverstanden gewesen, um ihre Mutter loszuwerden, damit sie ihren Schmerz wegtrinken konnte. Diese Kisten befanden sich jetzt auf Roses Dachboden. Enthielten sie vielleicht die Antworten? Ohne ihr Vorgehen weiter zu durchdenken, traf sie ihre Entscheidung.

»Ich fahre zu Oma. Bin bald wieder da«, rief sie die Treppe hinauf und lief hinaus zu ihrem Auto. Sie musste das tun, bevor sie ihre Meinung änderte.


Das Tor knarrte, als sie es nach innen öffnete. Kein Zeichen von Leben. Die Fenster geschlossen. Die Vorhänge zugezogen.

Sie klingelte. Keine Reaktion. Ihre Mutter war wahrscheinlich unterwegs, um Gutes zu tun für die Obdachlosen.

Lottie hatte einen eigenen Schlüssel. Sie schloss die Tür auf und betrat den dämmrigen Flur. Er war hohl vor Stille. Der Duft von Kaffee wehte ihr entgegen. In der Küche hielt sie ihre Hand an den Kessel. Warm. In der Spüle stand eine Tasse mit einer Kaffeesichel am Boden, zusammen mit einem Teller und einem Messer. Das Summen des Kühlschranks war das einzige Geräusch, das die Stille durchbrach.

»Mutter?«, rief Lottie, und ihre Stimme hallte durch den Bungalow.

Keine Antwort. Gut, dachte sie und ging zurück in den Flur. Der Dachboden hatte eine ausklappbare Leiter. Sie nahm die Stange oben von der Wohnzimmertür, steckte sie in das Messingloch und zog. Die Stufen schlugen mit einem dumpfen Geräusch auf den gefliesten Boden auf.

Als sie auf der obersten Stufe stand, tastete sie herum und fand den Lichtschalter. Ein kühler gelber Lichtstrahl warf unheimliche Schatten, als sie sich in den engen Raum hievte. Kein Staub oder Spinnweben. Nur drückende Hitze. In den Regalen stapelten sich Kisten, farblich gekennzeichnet, und vor ihr lag ein Klemmbrett auf dem Boden.

Die Liste war alphabetisch geordnet und jedem Namen war eine Farbe zugeordnet. Da waren vier mit »LOTTIE« in Rot. Sie sah eine mit »VATER« in Schwarz und eine weitere mit »EDWARD« in Blau. Bei dem Gedanken an ihren Bruder machte ihr Herz einen Satz. Liebend gern hätte sie darin herumgewühlt, zumal ihre Mutter nicht da war. Aber sie wusste, dass sie sie für einen anderen Tag aufheben musste. Ihr augenblickliches Rätsel beschäftigte sie schon genug.

Sie richtete ihren Blick wieder auf den ersten Eintrag auf der Liste: »ADAM« und daneben die Farbe Grün. Sie wollte nur ein paar seiner Sachen anfassen. Um sich ihm wieder nahe zu fühlen. Um die Bedenken auszuräumen, die Dan Russells Andeutungen in ihrem Kopf gesät hatten.

Sie raffte sich zusammen, legte das Klemmbrett hin und kroch weiter in den klaustrophobischen Dachboden.

»Du hast dir Zeit gelassen. Ich hoffe, du hast nicht versucht, mir aus dem Weg zu gehen.«

Boyd schloss sein Auto ab und blickte zu Jackie hinüber, die an seiner Wohnungstür lehnte und eine Zigarette rauchte. Sie hielt eine Flasche Wein in der anderen Hand und trug eine hautenge Jeans mit einem schwarzen Neckholder-Top, das ihre ledrige Bräune betonte. Boyd konnte Jackie im Moment nicht in seinem Leben gebrauchen, aber Lottie hatte ihn damit beauftragt, etwas über Jamie McNally herauszufinden.

»Was willst du?« Er war im Begriff, seinen Schlüssel in die Tür zu stecken, überlegte es sich aber anders. Er wollte nicht, dass sie ihm nach drinnen folgte.

»Du hast mich nicht angerufen. Du hast versprochen, wir könnten reden.«

Das hatte er.

»Es war ein harter Tag, Jackie. Können wir das morgen machen?« »Mit dir ist jeder Tag ein harter Tag, Marcus. Nie ein guter Zeitpunkt, mich an die erste Stelle zu setzen. Wirst du dich jemals ändern?«

»Was dich angeht, ist die Antwort ›nein‹.«

»Miesepeter. Lass mich rein. Auch wenn du nicht reden willst, ich will.« Sie drückte ihre Zigarette aus.

Boyd drehte den Schlüssel um und ließ sie eintreten. Ausnahmsweise hoffte er, dass sein Telefon klingeln würde, um ihn zurück zur Arbeit zu rufen. Aber so wie sein Tag bisher verlaufen war, bezweifelte er, dass sich sein Glück wenden würde.

Mit dem Rücken zu Jackie rief er Lottie an. Vielleicht konnte sie ihn retten. Keine Antwort. Er würde es in ein paar Minuten noch einmal versuchen.

Er seufzte und sah seine Noch-nicht-Exfrau an. »Willst du einen Drink?«


Lottie durchsuchte den Dachboden und fand zwei Plastikkisten mit einer grünen Markierung. Zwei Kisten für Adams Sachen. Nicht viel für ein Leben, selbst wenn es kurz war. Sie vergewisserte sich. ›ADAM‹ stand, mit schwarzem Filzstift geschrieben, an der Seite.

Sie befanden sich auf halber Höhe des Regals. Auf ihnen stand eine durchsichtige Kiste mit Keramikornamenten. Sie hob die schwere Kiste herunter und stellte sie hinter sich. Sie atmete aus und nahm die erste Kiste mit Adams Sachen aus dem Regal. Ihr Telefon vibrierte in ihrer Hosentasche; sie ignorierte es.

Unter dem rissigen Deckel fand sie zuerst ein Bündel von Beileidskarten. Sieh sie dir nicht an, sagte sie sich. Sie hatte sie damals nicht gelesen, und sie würde es auch jetzt nicht tun. Sie legte sie hinter sich und kniete sich hin, um die restlichen Gegenstände zu durchsuchen.

Ein Stoß Rechnungen und Scheckheftabschnitte. Beerdigungskosten. Ein Stapel von Adams Krawatten und Socken säumte den Boden der Kiste. Sie waren im Haus verstreut gewesen, erinnerte sie sich, und nach der Beerdigung war sie losgezogen, um sie aufzusammeln, fest entschlossen, sie in den Müll zu werfen. Ihre Mutter hatte sie davon abgehalten. Eines Tages wirst du mir dankbar sein, hatte sie gesagt. Vielleicht war heute dieser Tag.

Lottie hielt eine Krawatte in der Hand, immer noch geknotet. Sie hatte regelmäßig den Knoten für ihn gebunden. Adam kriegte es nie richtig hin, immer war das innere Stück länger als das äußere. Lächelnd legte sie sie beiseite.

Sie fand zwei seiner Arbeitsnotizbücher und erinnerte sich daran, wie er ständig alles aufschrieb. Als sie in einem der Hefte blätterte, musste sie einen Schluchzer unterdrücken. Seine Handschrift kam ihr so vertraut vor, obwohl sie sie schon so lange nicht mehr gesehen hatte. Daten, Ereignisse, Namen, Fahrzeugkennzeichen. Militärische Arbeit. Jede Seite war voll. Adam hatte Verschwendung nicht gemocht. Erinnerungen schwebten vor ihren Augen. Aber keine Tränen. Sie waren bereits vergossen worden, zu viele. Sie zwang sich, sich zu konzentrieren. Die Daten stammten aus dem Jahr vor seinem Tod. Nichts, das länger zurück lag. Das nützte ihr jetzt nichts.

Als sie den zweiten Karton herauszog, stellte sie fest, dass er leichter war. Fotoalben. Alt und abgegriffen. Ferien. Sonne und Lächeln. Jahre der Familie. Weihnachten, der erste Schultag,

Hurlingspiele, Angeln. Ein früheres Leben, aber alles sehr vertraut. Sie war so sehr in die Erinnerungen vertieft, dass sie gar nicht merkte, wie lange sie sie schon betrachtete, bis sie hörte, wie die Haustür geöffnet und zugeschlagen wurde. Unwillkürlich zuckte sie zusammen, und die Alben oben auf dem Stapel rutschten zu Boden.

»Lottie Parker, was machst du da oben?«

»Ich komme gleich runter.«

Eilig legte Lottie die Alben zurück in die Kiste und hob die Alben auf, die sie fallen gelassen hatte. Neben ihnen lag ein verblichenes Foto auf dem Spanplattenboden. Sie hob es auf.

»Oh mein Gott!«, rief sie und betrachtete es schockiert.

»Lottie! Was ist denn los? Ist alles okay?«, rief Rose von der untersten Sprosse der Leiter.

Sie musste raus aus dem Dachboden. Ohne das Chaos aufzuräumen, das sie angerichtet hatte, krabbelte sie auf Händen und Knien rückwärts und kletterte die Treppe hinunter. Ihre Mutter ignorierend, stürmte sie aus dem Haus und in ihr Auto, wo sie ihren Kopf auf das Lenkrad stützte. Was zum Teufel hatte Adam getan?

53

Obwohl es nur eine Stunde bis Mitternacht war, hatte der Himmel noch immer eine stahlblaue Färbung. Der Vollmond warf einen gespenstischen Schein, der die Blätter der Bäume hinten im Garten beleuchtete.

Nachdem sie aus dem Haus ihrer Mutter geflohen war, hatte sich Lottie in ihren Küchensessel geworfen und war in einen unruhigen Schlaf gefallen. Sie wurde von ihrer Mutter geweckt, die anrief, um zu fragen, ob alles in Ordnung sei.

»Ja, mir geht es gut. Ich habe Adams Sachen durchgesehen. Chloe wollte etwas für ein Projekt.«

»Warum bist du so rausgerannt?«

»Ich habe eine Maus gesehen. Tut mir leid. Sie hat mich nur erschreckt.«

»Es gibt keine Mäuse in meinem Haus, Lottie. Ich habe diese elektronischen Sensoren, die sie fernhalten. Ist bestimmt alles in Ordnung?«

»Ja, Mutter. Ich rufe dich morgen an«, sagte Lottie und legte auf. Jetzt war sie hellwach und streifte wie eine Löwin durch ihre Küche. Sie nahm ein ehemals weißes T-Shirt aus einem Bündel gefalteter Kleidung im Hauswirtschaftsraum, zog ihr verschwitztes T-Shirt aus und schlüpfte in das saubere Baumwollhemd. Es war wie Pappe, nachdem es erst im Wolkenbruch durchnässt und dann von der Sonne knusprig getrocknet worden war. Aber wenigstens war es sauber und roch frisch.

Sie verspürte ein wachsendes Verlangen, sich in Alkohol zu ertränken, aber sie wusste, dass sie das nicht konnte. Ihre Kinder waren in ihren Zimmern und sie lief die Treppe hinauf, um nach ihnen zu sehen. Milot schlief fest in Katies Zimmer. Morgen würde sie für ihn etwas arrangieren müssen. Es kümmerte sie nicht einmal, was Superintendent Corrigan sagen würde, wenn er es herausfand. Vielleicht sollte sie ihn anrufen und fragen, ob es ihm besser ging. Nicht heute Abend. Zu spät. Morgen. Alles konnte bis morgen warten. Sie ging in ihr Schlafzimmer, nahm ihre letzte halbe Xanax aus der Nachttischschublade und schluckte sie trocken hinunter.

Als sie wieder zurück in der Küche war, vibrierte ihr Handy. Sie beachtete es nicht. Es hörte auf. Stille. Sie füllte ein Glas mit Wasser aus dem Wasserhahn, setzte sich wieder in den Sessel und schlug die Beine unter. Sie legte das Foto mit der Vorderseite nach unten auf ein Knie und den Umschlag von Mimoza auf das andere. Sie nahm das Abzeichen heraus, fühlte seine rauen Kanten zwischen ihren Fingern und legte es auf die Sessellehne. Erst dann drehte sie das Foto um.

Adam in einem fremden Wohnzimmer, gekleidet in seine Auslandsuniform. Er stand zwischen einer schwangeren Frau und einem Mädchen. Er hatte die Arme leicht um ihre Schultern gelegt. Zu seinen Füßen waren zwei kleine Jungen. Noch ein kleines Mädchen, vielleicht zwei oder drei Jahre alt, saß zwischen ihnen. Adam lächelte breiter, als sie es je in Erinnerung hatte.

Sie betrachtete das Foto genauer.

Wer waren sie?

Warum war Adam bei ihnen?

Wer hatte das Foto gemacht und warum hatte sie es noch nie gesehen? Und das Abzeichen. Wie hatte Mimoza es bekommen? Warum hatte sie es zu Lottie gebracht?

Ihr Kopf brummte vor all diesen Rätseln. Sie bemerkte die verblassten orangefarbenen Zahlen in der rechten unteren Ecke des Fotos. Ein Datum.

Ihr Telefon summte wieder, und als sie nicht abnahm, vibrierte es mit einer Nachricht.

Sie nahm keine Notiz davon. Es war, als sei sie in einer anderen Sphäre. Sie saß da, bis der Mond tief am Himmel stand und die Sonne ihre morgendliche Reise nach oben begann.

---

Als ihre Mutter vorhin durch die Tür geschaut hatte, hatte Chloe so getan, als ob sie schliefe.

Den ganzen Tag hatte sie im Bett gelegen und sich Sorgen um Maeve gemacht und darüber, was ihr zugestoßen sein könnte. Sie wusste, dass das Mädchen in Gefahr war, falls sie noch am Leben war. Aber wie sollte sie es ihrer Mutter sagen? Was sollte sie ihr sagen? Jedes Szenario, das sich ihr anbot, bedeutete, den Schmerz zu offenbaren, den sie selbst durchlitt, und sie war nicht bereit, jemandem davon zu erzählen. Noch nicht. Und schon gar nicht konnte sie ihre Mutter damit belasten.

Aber wie konnte sie wegen Maeve Alarm schlagen? Sie hatte keine konkreten Hinweise darauf, was mit ihr geschehen sein könnte. Oder? Da war natürlich er. War er wirklich gefährlich? Sicher, er hatte Chloe zu Tode erschreckt, aber sie konnte sich nicht entscheiden, ob das bedeutete, dass er böse war oder nicht.

Sie tippte auf ihr Telefon, rief Twitter auf und gab #cutforlife in die Suchfunktion ein. Nein, warnte sie sich selbst. Sieh es dir nicht an. Lass dich nicht auf ihn ein. Sie schob das Telefon unter ihr Kopfkissen.

Sie drehte sich im Bett um und starrte an die Decke. So lag sie mit offenen Augen da, bis das Licht der Morgendämmerung durch ihr Fenster brach.

———

Boyd sah zu, wie Jackie ihre Flasche Wein leerte und dann seinen Biervorrat im Kühlschrank plünderte. Er nippte an einem Wodka Tonic, in der Hoffnung, gegen ihre Verführung wachsam zu bleiben.

»Du bist seit einer Stunde hier, Jackie, und ich habe nur gehört, wie weich der Sand ist, wie heiß die Sonne ist und wie toll die Geschäfte in Málaga sind. Erzähl mir von McNally und warum er nach Ragmullin zurückgekommen ist.« Sie scheuchte ihn auf der Couch ein Stück weiter und setzte sich neben ihn. Ihre Schuhe hatte sie längst ausgezogen und war aus ihren engen Jeans in eines seiner Hemden geschlüpft. Sie legte ihre gebräunten Beine über seine.

»Zeit genug zum Reden«, sagte sie und schüttete Bier in ihr Weinglas.

»Ich glaube, du hast genug getrunken.«

»Du versuchst immer noch, mich zu beherrschen«, schmollte sie. »Daran hat sich nichts geändert.«

Boyd gähnte. »Ich bin müde. Ich muss morgen früh arbeiten.«

»Am Samstag?«

»Es heißt alle Mann an Deck, rund um die Uhr, bis wir den Mörder haben. Wenn du nicht reden willst, gehe ich ins Bett.«

»Toller Vorschlag.« Sie leerte ihr Glas und steckte ihren nackten Fuß in seinen Schritt.

Boyd sprang auf. »Ich hole eine Decke. Du kannst in meinem Bett schlafen.«

»Noch besser.«

»Nein, ich meine, ich schlafe auf dem Sofa.«

Als er mit einer Decke zurückkam, biss sich Jackie auf die Lippe, und Tränen liefen ihr über die Wangen. Boyd hob seinen Blick zur Decke, fluchte leise und setzte sich neben sie.

»Warum bist du zurückgekommen? Warum brauchst du meine Hilfe?«

Sie wischte sich die Nase am Ärmel seines Hemdes ab und lallte: »Es geht um Jamie. Er hat sich verändert. Ich habe Angst.«

Boyd pustete spöttisch. »Du bist mit ihm abgehauen. Du wusstest, dass er ein zwielichtiger Verbrecher war. Was hat sich geändert?«

Schniefend sagte sie: »Ich bin mir nicht sicher. Er ist in etwas Schlimmes verwickelt. Er benimmt sich wie ein Arschloch.«

»Meine Güte, Jackie. McNally war immer ein Arschloch und er war immer in dubiose Geschäfte verwickelt. Du hast gesagt, er schmuggelt Frauen. Kannst du mir etwas darüber sagen?«

»Ich weiß nichts. Er sagte nur, er müsse nach Ragmullin, um etwas zu regeln, das aus dem Ruder gelaufen sei. Er erwähnte ein Bordell, das von jemandem namens Anya betrieben wird. Das ist alles, was ich weiß.«

Scheiße, dachte Boyd. Wie sollte er McNally dafür drankriegen, ohne sich selbst mit hineinzuziehen?

»Wie soll ich dir helfen?«, fragte er schließlich.

»Kann ich hierbleiben?«

»Nur für heute Nacht. Ich werde sehen, ob ich morgen etwas Konkretes über McNally herausfinden kann. Wo wohnt er?«

»Wir haben ein Zimmer im Parkview Hotel, aber er ist kaum dort gewesen, seit wir angekommen sind. Ich weiß nicht, was er treibt.« Jackie warf ihre Arme um Boyds Hals. »Du kannst mich beschützen.«

Boyd wehrte ihre trunkene Attacke ab. Er nahm ihr das Glas aus der Hand, befreite sich vorsichtig und legte sie auf die Couch. Als er die Bettdecke über sie zog, war sie bereits eingeschlafen.

Er schnappte sich die Wodkaflasche von der Arbeitsplatte und ging in sein Zimmer, wobei er die Tür offen ließ.

———

Maeve Phillips hatte gedacht, sie war tot. Sie öffnete ihre Augen in der Dunkelheit und wimmerte. Nein, nicht tot. Noch nicht. Sie spannte ihren Arm an und versuchte, sich zu bewegen. Sie spürte die kühle Baumwolle eines Lakens, feucht von ihrem Schweiß. Im Stillen betete sie, dass jemand sie hier wegholen möge. Sie dachte, der Tod wäre eine willkommene Erlösung.

Ein leises Kratzen in der Decke über ihrem Kopf hielt sie wach. Maeve schluckte Tränen des Schmerzes hinunter und blieb machtlos gegen die nächtlichen Kreaturen, die in ihren Geist eindrangen.

# KOSOVO 1999

*Die Mäuse waren überall. Der Junge hatte jetzt mehr Angst. Nicht vor den Mäusen. Vor dem Hauptmann und dem unheimlichen Arzt. Er hatte sogar Angst vor dem Jungen, der sich in einer Todesdrohung mit dem Finger über die Kehle gefahren war.*

*Plötzlich lief eine Maus über sein Gesicht. Er stieß einen Schrei aus. Die Soldaten im Raum krümmten sich vor Lachen. Er spürte, wie sein Gesicht heiß wurde.*

*Sein Soldatenfreund kam und setzte sich auf sein Bett.*

*»Ich fahre bald nach Hause, also wirst du ein bisschen mutiger sein müssen.«*

*»Ich gehe mit dir?«*

*»Nein, mein Sohn,«*

*Sohn? Der Soldat hatte ihn wieder ›Sohn‹ genannt. Der Junge lächelte. »Bitte. Ich gehe mit dir.« Er schürzte die Lippen und schmollte.*

*»Das geht nicht. Weißt du was? Mit deinem Schmollmund erinnerst du mich an meine kleine Tochter. Ich habe zwei kleine Mädchen, die zu Hause auf mich warten.«*

Der Junge sagte nichts, aber ein Gefühl heftiger Eifersucht ließ seine Wangen erröten.

»Sieh mal, du bist ein starker Junge. Du wirst in Pristina viel Arbeit finden. Aber ich werde dich vermissen.«

Der Soldat löste sein Namensschild von seinem Hemd. Der Junge hielt den Atem an.

»Hier, das ist für dich. Denk dran, ich bin dein Freund. Du kannst so tun, als wärst du ein großer, starker Krieger.«

Mit einem breiten Lächeln nahm der Junge das Abzeichen entgegen, und sein Herz pochte vor Stolz. Vielleicht würde sein Freund seine Meinung ändern. Und ihn mit zu sich nach Hause nehmen.

Das Lächeln erstarb auf seinen Lippen, als der Soldat aufstand und sagte: »Ich hoffe, es gibt irgendwo eine gute Familie, die dich aufnimmt.«

Das Herz des Jungen erschlaffte. Keiner wollte ihn.

Der Soldat hängte sich sein Gewehr über die Schulter und trat nach den fliehenden Mäusen, als er den Raum verließ.

Der Junge fühlte das steife grüne Leinen in seiner Hand und fuhr mit den Fingern über die dicken Stiche des Namens des Soldaten. Er dachte an die seltsame kleine Familie, zu der ihn der Soldat gestern Abend gebracht hatte. Würden sie ihn bei sich aufnehmen? Wahrscheinlich nicht. Sie sahen zu arm aus. Aber sein Soldatenfreund hatte ihnen Geld gegeben, um Essen zu kaufen. Er hatte den Jungen sogar gebeten, ein Foto von ihnen allen zu machen. Würde er es seiner kleinen Tochter zeigen, wenn er nach Hause kam?

Er sprang vom Bett und trat direkt auf eine Maus. Er hasste die Hühnerfarm.

Er musste hier raus.

Bald.

# SECHSTER TAG

SAMSTAG, 16. MAI 2015

»Was ist das?«, fragte Jackie.

Boyd stützte sich auf seinen Ellbogen und ließ sich wieder auf das Bett fallen. Sein Gehirn hüpfte in seinem Schädel herum. Durch die offene Tür sah er Jackie im Wohnzimmer, in einem seiner Hemden, das Hemd bis zur Taille offen, darunter nackt, mit seiner Brieftasche in der Hand.

»Was ist was?«, fragte er.

»Das?« Sie hielt einen Beweisbeutel aus Plastik hoch.

Boyd sprang aus dem Bett und der Aufprall seiner Füße auf dem Boden hallte in seinem Kopf nach. Er zog seine Hose über seine Boxershorts und ging auf sie zu.

»Was gibt dir das Recht, meine Sachen zu durchsuchen?« Er schnappte ihr den Beutel aus der Hand und dann seine Brieftasche. Er knüllte die Plastiktüte zurück in das Leder und sagte: »Zieh dich an.«

Sie legte ihm eine Hand auf die Schulter, zog ihn zu sich heran und fuhr mit ihrem nackten Bein an seinem entlang.

Boyd stieß sie weg, drehte sich um und griff nach dem Wasserkocher. »Ich muss zur Arbeit.«

Er drehte den Wasserhahn auf, und das fließende Wasser

übertönte Jackies Fluchen und ihre stampfenden Schritte zum Schlafzimmer. Fast hätte er die Türklingel nicht gehört.

»Scheiße. Könnte das McNally sein?«, fragte er.

»Wenn ja, dann ist er ein besserer Detektiv als du.«

Jackie war dabei, sich ihre hautengen Jeans anzuziehen. Boyd stürzte ins Schlafzimmer und packte sie am Ellbogen.

»Ich hoffe, er ist es nicht. Was hast du vor?«

»Schade, dass du gestern Abend nicht so erregt warst.« Sie befreite sich aus seinem Griff und zog sich ihr Oberteil über den Kopf.

Hastig schloss er den Reißverschluss seiner Hose und zog sich ein Hemd über.

»Feigling«, sagte sie und glättete ihr Haar.

Die Klingel schrillte mit einem anhaltenden Läuten.

»Mach die verdammte Tür auf!«, rief Jackie, während sie nach ihrer Tasche suchte.

Laut seufzend ging Boyd und tat, was ihm gesagt wurde.

Draußen stand ein Mann, den er bisher nur auf einem Fahndungsfoto gesehen hatte. Dunkel gebräunt, die Haare zurückgekämmt und trotz der morgendlichen Hitze in einem dreiteiligen, schwarzen Anzug. Jamie McNally streckte den Arm aus und schlug Boyd mit der Faust ins Gesicht. Er wurde mit dem Rücken gegen die Wand geschleudert und sah mit einem anschwellenden Auge zu, wie McNally in sein Haus stürmte.

Boyd sammelte schnell seine fünf Sinne zusammen und folgte ihm. »Ich habe keinen Abschaum in mein Haus eingeladen. Raus, oder ich verhafte Sie. Alle beide.«

McNally packte Jackie am Handgelenk und steckte sein Gesicht in Boyds, aber Boyd packte seine Krawatte und zog ihn näher heran.

»Nehmen Sie Ihre Hände von ihr und verschwinden Sie aus Ragmullin. Andernfalls, das verspreche ich Ihnen, werde ich Sie hinter Gitter bringen. Überfall auf einen Polizisten, Einbruch und«

»Sie und wessen verfluchte Armee?« McNally befreite sich aus Boyds Griff und fletschte die Zähne. »Ich bin zurück, um einem Freund auszuhelfen, weil ihr euren verdammten Job nicht machen könnt. Kapiert, verdammt nochmal?« Als die Spucke auf seinem Gesicht landete, konnte Boyd sich nicht zurückhalten; er schlug zu und traf McNally an der Schläfe.

Bevor McNally zu Boden fallen konnte, packte Jackie ihn am Arm und schob ihn zur Tür.

»Ich kriege dich, du mageres Arschgesicht«, sagte McNally über seine Schulter.

»Du musst zuhören, Marcus«, sagte Jackie. »Hör zu, was hier gesagt wird.« Und sie folgte McNally.

»Jackie! Warte! Wo«

Aber sie war weg. Mit McNally. Hatte sie eine Wahl? Vielleicht hätte er mehr tun sollen, um sie zu beschützen. Verdammt.

Boyd knallte die Tür zu und lehnte sich dagegen. Er wusste nicht, was er von der Konfrontation halten sollte, und trotz seiner verwirrten Gefühle für Jackie war er besorgt um sie. Warum hatte er McNally nicht verhaftet? Scheiße.

Als er sein Spiegelbild im Flur betrachtete, wusste er, dass er ein ausgewachsenes blaues Auge haben würde.

Er ging unter die Dusche.

## 55

Lottie betrat das Büro.

»Boyd!«, brüllte sie.

»Ja?« Er kam herein, sein Handy in der Hand.

»Was ist mit deinem Gesicht passiert?«

»Was meinst du?«

Sie fasste ihn am Hemdsärmel und steuerte ihn in der Richtung, aus der er gekommen war, wieder zur Tür hinaus und die Treppe hinunter in den verlassenen Umkleideraum. Sie lehnte sich an ihren ramponierten Spind, verschränkte die Arme und starrte ihn an.

Sie schnupperte und sagte: »Du hast getrunken. Ich kann es riechen. Du hast die Anfänge eines blauen Auges und verdrehst die Hände, als ob das aus der Mode käme.«

Es verunsicherte sie, dass er sie nicht ansah. Seine Lippen blieben versiegelt.

»Rede mit mir«, sagte sie.

»Ich hab Mist gebaut.« Boyd trat einen Schritt zurück und setzte sich auf die Holzbank in der Mitte des Raumes.

Lottie nahm die Arme auseinander und setzte sich neben ihn. »Das ist mal was Neues.«

»Ich meine es ernst. Das Foto, das du gestern im Einsatzraum aufgehängt hast, von dem Mädchen und dem kleinen Jungen«

»Was ist damit?«, fragte Lottie. Das war nicht das, was sie erwartet hatte.

»Das ist das Mädchen, das du suchst, nicht wahr? Die Mutter von Milot?«

»Woher weißt du das?«

»Woher hast du das Foto?«

»Dan Russell. Weißt du noch? Ich habe mich gestern mit ihm getroffen. Er hat schließlich zugegeben, dass Mimoza in dem Zentrum gewohnt hat, aber mit ihrem Sohn verschwunden ist. Irgendetwas stimmt da nicht...« Sie hielt inne und erinnerte sich daran, wie Boyd das Gespräch begonnen hatte. Sie stand auf. »Moment mal. Woher wusstest du, dass das Mädchen in dem Foto Mimoza ist? Du hast sie doch nie getroffen. Oder?«

Boyd fuhr sich mit zitternden Fingern durch sein Haar. »Ich glaube... ich glaube, ich habe sie möglicherweise getroffen. Ich bin nicht sicher, aber«

»Um Gottes willen, Boyd. Wo? Geht es ihr gut? Wann hast du sie gesehen?«

Boyd ließ die Schultern hängen und nahm seine Brieftasche heraus. Dann zog er eine kleine Plastiktüte aus der Brieftasche und gab sie ihr. Sie setzte sich wieder neben ihn und drehte sie in ihrer Hand hin und her.

»Was ist das? Beweismaterial?«

»Es ist eine Art Nachricht. Geschrieben auf einem Stück Stoff. Ich verstehe die Sprache nicht. Du musst es übersetzen und forensisch analysieren lassen.«

Lottie sah ihn an und wartete.

Er sagte: »Neulich abends, ich glaube es war Mittwoch, habe ich mich mit Kirby betrunken. Schließlich sind wir an diesem Ort drüben in Hill Point gelandet.«

»Was für ein Ort?« Sie hatte ein schlechtes Gefühl dabei.

»Eine Art Bordell.«

»Um Himmels willen, Boyd. Du bist doch nicht etwa reingegangen? Oder?« Er nickte.

»Wirklich?« Die Realität traf sie wie ein Schlag ins Gesicht. »Und Mimoza sie war dort?«

»Ich wusste zu dem Zeitpunkt nicht, wer sie war. Es ist nichts passiert glaube ich nein, ich bin sicher. Ich bin gegangen.«

»Darum geht es nicht.«

Lottie bemühte sich, ihre Gefühle für Boyd und die Tatsache, dass er ein Bordell besucht hatte, zu verdrängen. Oh Gott! Mimozas Wohlbefinden war jetzt das Wichtigste. Aber Russell hatte gesagt, dass sie in der Flüchtlingsunterkunft war, also wie konnte sie in einem Bordell sein? Sie machte sich auf einen Schock gefasst und schaltete sofort in den professionellen Modus.

»Erzähl mir von dem Mädchen und wie du diese Nachricht bekommen hast.« Und Boyd erzählte es ihr.


Boyd parkte den Wagen und führte Lottie zu der Wohnung, in der sich das Bordell befand. Um sie herum spielte sich normales Leben ab. Kreischende Kinder auf Fahrrädern. Zwei Frauen, die von ihren offenen Fenstern aus über den Hof hinweg miteinander schwatzten. Ein Mann mit dem Kopf unter einer hochgeklappten Motorhaube, während ihm ein kleiner Junge Werkzeug aus einem Plastikkasten anreichte. Der Alltag ging weiter, während das Böse hinter verschlossenen Türen lauerte, dachte sie, als Boyd die Stufen eines schmuddeligen Wohnblocks hinaufstieg.

»Weißt du, ich hätte außer dir noch Lynch oder jemand anderen mitbringen sollen. Wir könnten beide tief in der Scheiße landen«, sagte sie, während Boyd mit dem Finger auf die Klingel drückte. Sie warteten eine Weile, aber es kam niemand.

Lottie legte ihre Hand an die Tür. Sie öffnete sich knarrend nach innen. Sie warf Boyd über ihre Schulter einen Blick zu und trat in den Flur.

»Hallo? Jemand zu Hause?«, rief sie. Ihre Stimme hallte zu ihr zurück.

»Lottie«

»Pst!« Sie legte einen Finger an die Lippen und ging weiter in die Dunkelheit.

»Es ist niemand hier«, sagte Boyd.

Sie ging in den Raum am Ende des Flurs. Leer. Sie ging die Treppe hinauf, Boyd hinterher. Sie probierten alle Türen.

»Niemand zu Hause«, sagte er.

War er erleichtert? Mit finsterer Miene fragte sie: »In welchem Zimmer war sie?«

Er zeigte auf die offene Tür. »Ich war auf der Treppe. »Ich habe nicht«

Sie schüttelte den Kopf. »Versuch gar nicht erst, dein Benehmen zu rechtfertigen.«

»Ich hatte nicht die Absicht.«

»Meine Güte, wie können Männer nur in solche schäbigen Einrichtungen gehen?«

Sie zog Schutzhandschuhe an. Nachdem sie das Zimmer kurz inspiziert hatte, zog sie das Laken zurück und zerrte es vom Ende der Matratze. Als sie es ausschüttelte, bemerkte sie den zerrissenen Saum.

»Sie hat auf ein Stück von diesem Laken geschrieben.« Es gab nichts unter dem Bett oder im Zimmer, was eine weitere Untersuchung gerechtfertigt hätte. »Ich nehme nicht an, dass es sich lohnt, die Spurensicherung hierher zu holen.«

Boyd zuckte nur mit den Schultern und ließ den Kopf hängen. »Ich bezweifle es. Aber was hat sie von hier verscheucht?«

»Du, Boyd. Du. Indem du deine Brieftasche hier zurückgelassen hast. Verdammt. Wie sollen wir sie jetzt finden?«

»Ich glaube, ich kenne jemanden, der die Frage beantworten könnte.«

Lottie folgte irgendwie seinem Gedankengang. »McNally?«

»Ja.«

»Hat er etwas mit der Sache zu tun?«

»Ich glaube ja. Jackie hat erwähnt, dass er in Menschenhandel verwickelt sein könnte.«

»Weißt du, wo er ist?« Lottie drängte sich an Boyd vorbei nach draußen. Der stickige Raum verursachte ihr Kopfschmerzen.

Boyd sagte: »Ich hatte heute Morgen einen Zusammenstoß mit ihm.«

»Wo? Du weißt, dass wir seit einer Woche versuchen, ihn zu finden.«

»Er ist zu mir gekommen, weil er nach Jackie suchte.«

»Sie hat bei dir übernachtet? Mensch, Boyd, lernst du es nie?«

»Es war nicht so. Sie hat Angst vor ihm.«

»Wer's glaubt, wird selig. Wo wohnt er?«

»Parkview Hotel. Obwohl Jackie sagt, dass er kaum dort gewesen ist. Er muss sich irgendwo anders versteckt haben.«

»Du hattest ihn, Boyd. Warum hast du ihn nicht festgenommen?«

»Weswegen? Er hat keine offenen Haftbefehle. Die Anweisungen lauteten, ihn zu beobachten. Immerhin wissen wir jetzt, wo er wohnt.«

»Er hat dich angegriffen, nicht wahr?«

»Ja, aber«

»Jetzt ist es sowieso zu spät«, lenkte Lottie ein. »Wir werden das Hotel überprüfen. Schick die Nachricht zur Analyse und lass sie sofort übersetzen. Wir müssen Mimoza finden und ich muss mit Superintendent Corrigan über ihren Sohn sprechen.«

»Sag nichts von«

»Ich werde sagen, was die Situation gebietet.« Lottie wischte sich den Schweiß von der Nase und schüttelte den Kopf. »Du bist ein Volltrottel, Boyd.« Sie hielt abwehrend ihre Hand hoch und wich zurück, als er etwas sagen wollte. »Und versuch gar nicht erst, Kirby die Schuld zu geben.«

»Was zur Hölle haben Sie?«

Die röhrenförmige Leuchte rasselte unter der Wucht von Superintendent Corrigans Gebrüll. Er stand auf und ließ sich gleich wieder in seinen Stuhl fallen, sodass die Luft quietschend aus dem Leder entwich. Er sah schlimmer aus als vorher, trotz seines freien Tages. Hinter seiner Brille klebte ein Wattepad schief auf seinem wunden Auge.

»Die Dinge sind mir einfach über den Kopf gewachsen, und ich hatte keine Zeit, mich darum zu kümmern.« Ohne eine Aufforderung, sich zu setzen, blieb Lottie mit verschränkten Armen stehen und versuchte, selbstbewusst zu wirken, was sie nicht war.

»Sie haben nicht einmal einen Anruf gemacht, geschweige denn ein Formular ausgefüllt.« Corrigan strich sich verzweifelt mit der Hand über die Stirn. »Sie wissen doch, mit was für einer Scheiße wir es vorher zu tun hatten, wegen dieser Dusche.«

»Ich weiß, Sir. Das ist einer der Gründe, warum ich nicht will, dass Milot in das System gerät.

»Sie müssen sich an die Vorschriften halten. Sie dürfen

ihnen keinen Grund geben, uns zu kreuzigen. Ich bin enttäuscht von Ihnen.«

»Wenn Sie mich erklären lassen würden...«, begann sie.

Er schnitt ihr mit erhobener Hand das Wort ab. »Nein, Inspector. Sie lassen mir keine Wahl.«

Lottie senkte die Hände und stützte sich auf seinen Schreibtisch.

»Wahl? Welche Wahl hat dieser kleine Junge? Welche Wahl hat seine Mutter, wo immer sie ist? Welche Wahl haben diese unerwünschten Seelen in der Flüchtlingsunterkunft? Reden Sie nicht mit mir über eine Wahl. Bitte nicht, Sir.«

Als sie innehielt, um zu Atem zu kommen, wurde ihr mit erschreckender Klarheit bewusst, was sie getan hatte. Sie hatte ihren Vorgesetzten in seinem eigenen Büro abgekanzelt. Er sah sie kalt an, das Schweigen schien eine Ewigkeit zu dauern.

»Inspector«, sagte er schließlich mit einer viel zu sanften Stimme. Sie steckte tief in der Scheiße. »Inspector Parker«, wiederholte er, »ich mag es nicht, wenn man so mit mir spricht. Sie sind ganz schön unverschämt. Ich weiß ehrlich gesagt nicht, was ich mit Ihnen machen soll. Während ich mich entscheide, kontaktieren Sie dieses verdammte Amt und besorgen Sie einen Sozialarbeiter für das Kind. Finden Sie seine Mutter. Und sprechen Sie nie, nie wieder so mit mir. Haben Sie das verstanden?«

»Ja, Sir.«

»Und stellen Sie einen uniformierten Beamten auf jede Baustelle, auf der diese Bauunternehmer arbeiten. Ich möchte dem Mörder keine Gelegenheit geben, eine weitere Leiche zu vergraben.«

»Ja, Sir.«

»Wir müssen den Dreckskerl finden, bevor er noch jemanden tötet.«

»Ja, Sir. Danke, Sir.« Lottie wandte sich zum Gehen.

»Bedanken Sie sich nicht bei mir. Dies ist Ihre allerletzte Chance. Wenn Sie noch mal Scheiße bauen, warten Sie gar nicht erst, dass ich Sie suspendiere. Nehmen Sie es als gegeben.«

»Ja, Sir.«

Als Lottie ihr Büro erreichte, sah sie Maria Lynch fleißig bei der Arbeit. »Lynch, bitte kriegen Sie das Jugendamt für mich an die Strippe. Ich muss mit einem Sozialarbeiter sprechen.«

Als Lottie den Einsatzraum betrat, herrschte reges Treiben. Das Amt hatte ihr gesagt, dass ein Sozialarbeiter, Eamon Carter, zu ihr nach Hause kommen würde. Es war ihr gelungen, den Besuch auf den späten Nachmittag zu verschieben.

»Eins nach dem anderen«, sagte sie. »Superintendent Corrigan möchte Uniformierte auf allen Baustellen, auf denen die Bauarbeiter arbeiten. Ich bin mir nicht sicher, ob wir das Personal entbehren können, aber er ist nicht in der Stimmung, missachtet zu werden.«

Sie heftete eine Fotokopie von Mimozas Nachricht aus Boyds Brieftasche an die Ermittlungstafel. Es könnte nur ein Hilferuf sein, aber vielleicht könnte er ihr etwas mehr sagen. Das Stück Stoff war zur forensischen Analyse geschickt worden. Sie sah auf, als Kirby hereinschlenderte und einen Schluck aus einer Flasche Coca-Cola nahm.

»Der Hengst hat endlich beschlossen, uns mit seiner Anwesenheit zu beehren«, spottete sie.

Kirby blieb mit der Flasche auf halbem Weg zwischen seinen Lippen und seinem Bauch und mit offenem Mund stehen.

Sie sah, wie Boyd den Kopf schüttelte. Kirby erkannte die Warnung und ging an das nächste klingelnde Telefon.

»Wenn Sie das Gespräch beendet haben, möchte ich Sie beide in meinem Büro sehen«, sagte Lottie. »Ich meine in unserem Büro. Alle anderen finden besser etwas Konkretes zu tun, bevor der Tag zu Ende ist. Ich will einen Durchsuchungsbefehl für die Flüchtlingsunterkunft. Und gehen Sie noch einmal alle Tür-zu-Tür-Berichte durch, lesen Sie die Vernehmungsprotokolle, vergleichen Sie alles, was wir haben, und überprüfen Sie alle Überwachungskameras, die in dieser gottverlassenen Stadt funktionieren. Finden Sie heraus, wem der Lieferwagen gehört und wie er in Weirs Hof gekommen ist. Irgendjemand vermisst diese Mädchen. Irgendjemand hat irgendwo etwas gesehen, auch wenn er oder sie sich nicht daran erinnert, es gesehen zu haben.«

Sie hielt nur einen Atemzug lang inne und wies auf Garda Gillian O'Donoghue. »Sie, sprechen Sie noch einmal mit jedem Einzelhändler, der einen Hintereingang zur Columb Street hat. Die Leiche hat sich nicht selbst dort vergraben. Und Sie«, - sie wählte einen anderen uniformierten Garda aus - »befragen Sie noch einmal alle, die in der Bridge Street wohnen, wo das erste Opfer vergraben wurde. Es gilt dasselbe. Jemand hat etwas gesehen. Der Mörder ist nicht unsichtbar, auch wenn ich schwöre, dass es so scheint.«

Ein Telefon zirpte in der Stille unbeantwortet vor sich hin. »Und jemand sollte an das Telefon gehen. Arbeite ich mit einer Horde Kinder? Was?«

»Nein, Inspector«, kam die kollektive Antwort.

»Dann beweisen Sie es mir lieber. Wenn mein Arsch auf dem Spiel steht, dann Ihrer auch, da können Sie sich verdammt sicher sein.«

Sie spürte, wie ihr Gesicht brannte und ihr Herz doppelt schlug, als sie aus dem Raum stürmte und mit Boyd und Kirby dicht hinter sich den Korridor entlangmarschierte.


»Detective Lynch, ich brauche einen Moment allein mit diesen beiden«, sagte Lottie. »Und ich will diese Mitteilung übersetzt haben.«

»Wen soll ich«

»Es ist mir egal, wen Sie damit beauftragen, erledigen Sie es einfach.«

Lynch nahm einen Stapel Akten und ging kopfschüttelnd davon.

Lottie drehte sich zu ihren beiden anderen Kriminalbeamten um und ließ sie noch ein wenig schwitzen. Kondenswasser lief an der Flasche in Kirbys Händen herunter. Er stellte sie auf den nächstgelegenen Schreibtisch. Boyds. Sie hörte Boyd seufzen, sah, wie er sie anhob und den feuchten Ring mit seinen Fingern wegwischte. Er warf die Flasche in den Mülleimer.

»Setzen Sie sich«, sagte Lottie.

Sie setzten sich.

Sie ging in dem überfüllten Büro umher und sagte: »Ich bin von Ihnen beiden enttäuscht. Ein Bordell zu besuchen ist ein inakzeptables Verhalten für Männer in Ihrer Position. Ich bin sicher, dass ich Sie nicht an Ethik, Verhaltenskodex und so weiter erinnern muss.« Himmel, dachte sie, ich bin nicht die Richtige, um Vorträge über Benehmen zu halten.

Kirby blickte mit geweiteten Augen zu Boyd hinüber. Natürlich hatte Boyd keine Zeit gehabt, ihn zu warnen. Lottie fuhr ihn an:

»Bordell? Sagt Ihnen das was, Detective Kirby? Hill Point-Bordell, um genau zu sein.«

Sie hatte erwartet, dass seine rundlichen Wangen vor Verlegenheit erröten würden, aber sie wurden wachsbleich.

»Und versuchen Sie gar nicht erst, es zu leugnen.«

Kirby klopfte seine Brusttasche ab, auf der Suche nach einer Zigarre.

»Da Sie anscheinend gut mit diesem Freudenhaus vertraut waren, sagen Sie mir, wer es leitete und wo zum Teufel sie jetzt sind.«

»Ich ich ich habe keine Ahnung«, murmelte Kirby.

»Oh doch. Anya. Ist das nicht der Name der Dame des

Hauses? Detective Sergeant Boyd hat mir gesagt, was er weiß. Jetzt möchte ich hören, was Sie wissen.«

Kirby schüttelte seinen buschigen Haarschopf und schien mit sich selbst zu hadern, ohne in Boyds Richtung zu schauen. Schließlich sprach er.

»Ich kannte sie nur als Anya. Ich war vorher nur einmal dort gewesen vor dem Abend neulich. Sie ist Albanerin, glaube ich. Sie hatte vier Mädchen, die für sie arbeiteten. Ich hatte beide Male dasselbe Mädchen. Also gibt es wohl keine starke Fluktuation von Frauen.«

Lotties Magen überschlug sich und sie wandte den Blick von ihm ab. Wie konnte dieser erwachsene Mann, ein gesetzestreuer Bürger, ein Gesetzeshüter, sich auf so etwas einlassen?

»Sie haben einen langen Weg vor sich, wenn Sie bei mir wieder gut angeschrieben sein wollen, Kirby. Einen langen, langen Weg. Wissen Sie, ob McNally darin verwickelt ist?«

»McNally? Nein, ich habe seinen Namen nie in diesem Zusammenhang gehört.«

»Nun, Sie können damit anfangen, alles über diese Anya herauszufinden. Für wen sie gearbeitet hat. Wer ihr die Mädchen lieferte. Wo sie jetzt ist. Und McNallys Rolle. Verstanden?«

»Aber das ist eine Aufgabe für das Team zur Bekämpfung des Menschenhandels oder für die Einwanderungsbehörde«, stotterte Kirby.

»Wenn ich die hinzuziehe, werden Sie und Boyd mittendrin sitzen. Wollen Sie das?«

»Nein, Inspector, aber«

»Kein ›aber‹ in meinem Wortschatz. Machen Sie sich an die Arbeit. Jetzt!«

»Bei allem Respekt, Boss, was hat das mit den Morden zu tun?«

Lottie atmete tief ein und atmete lang und laut aus. »Nach allem, was wir wissen, könnte es alles mit den Morden zu tun haben. Boyd, du hast Mimoza in dem Bordell gesehen. Richtig?«

»Ich bin mir fast sicher, dass sie es war«, sagte er leise.

»Mimoza hat mit mir per Brief kommuniziert. Sie hat dir eine Nachricht hinterlassen. Sie spricht unsere Sprache nicht, also ist das ihre einzige Möglichkeit, sich mitzuteilen. Ich bin sicher, dass sie der Schlüssel zu den beiden ermordeten Mädchen ist.«

»Es ist die einzige Spur, die wir haben«, stimmte er zu.

Sie ließ sie machen und ging, um zu suchen, wo Maria Lynch sich verkrochen hatte.

»Der Junge, der letztes Mal für mich übersetzt hat, ist heute nicht da. Laut Google Translate ist diese Mitteilung ein Hilferuf. Die Sprache ist Kosovo-Albanisch.« Lynch reichte ihr einen Ausdruck.

Lottie las: *Hilf mir. Finde meinen Sohn. Asylheim.*

»Das muss Mimoza geschrieben haben. Sie hat einen Sohn«, sagte sie.

»Woher haben Sie diese Mitteilung?« Lynch beäugte sie mit gerunzelter Stirn.

Lottie überlegte, ob sie sie über Boyds Rolle in dem ganzen Debakel aufklären sollte, beschloss aber, je weniger Leute davon wussten, desto besser. Vorläufig.

»Das spielt keine Rolle, aber sie bestätigt, was wir bereits wussten. Mimoza und ihr Sohn wohnten zusammen mit den Asylbewerbern in der Flüchtlingsunterkunft. Sie kam ursprünglich zu mir, weil sie eine vermisste Freundin suchte, Kaltrina. Ich vermute nun, dass diese Kaltrina unser zweites nicht identifiziertes Opfer ist, wobei ich keine Ahnung habe, wer das erste Opfer ist. Irgendwie ist Mimoza nach ihrer Flucht aus der Flüchtlingsunterkunft in einem Bordell gelandet. Ihr Sohn wurde vor meiner Haustür zurückgelassen. Etwa zur gleichen Zeit machten die Bordellbewohner ihren Laden dicht und verschwanden, Mimoza mit ihnen.«

»Menschen können nicht einfach so verschwinden.«

»Aber sie tun es. Andauernd.«

Lynch brütete über der Akte, die vor ihr lag. Sie sah vollkommen erschöpft aus.

»Es tut mir leid«, sagte Lottie, »dass ich Sie so hart rannehme.«

»Das ist schon in Ordnung. Wir müssen diesen Mörder finden.«

Als Lottie auf ihrem Handy nach der Uhrzeit sah, merkte sie, dass sie bis zu ihrem Treffen mit dem Sozialarbeiter wegen Milot noch ein paar Stunden Zeit hatte.

»Ich werde nachsehen, ob Dan Russell heute bei der Arbeit ist. Er hat definitiv einiges zu erklären.«

»Soll ich mitkommen?«

»Nein. Das ist etwas, das ich auf meine Weise handhaben werde. Es gibt ein paar Dinge, die er für mich aufklären muss.«

»Was für Dinge?«

»Dinge, um die Sie sich nicht zu kümmern brauchen.« Lottie steckte ihr Handy in die Tasche ihrer Jeans und ging zur Tür.

»Inspector?«, sagte Lynch.

Lottie drehte sich um.

»Seien Sie vorsichtig.«

## 57

Chloe öffnete den Kühlschrank, warf einen Blick auf die leeren Fächer und schloss die Tür wieder. »Wir brauchen Lebensmittel, Katie, und bring dieses quengelige Kind zum Schweigen.« Sie füllte ein Glas mit Wasser aus dem Kran und starrte hinaus in den Garten.

»Du weißt, dass es draußen ungefähr fünfundzwanzig Grad sind. Warum läufst du in langen Ärmeln herum?«, fragte Katie.

»Kümmere dich um deinen eigenen Kram.« Chloe stapfte barfuß zur Hintertür hinaus.

»Was soll's«, sagte Katie und besänftigte Milot, der auf ihrem Schoß saß.

Chloe setzte sich auf einen Gartenstuhl, nippte an ihrem Wasser und knibbelte den abblätternden Lack vom Tisch ab. Der Geruch von gegrilltem Essen wehte über den Zaun. Normale Familien, die einen normalen Samstag verbrachten, dachte sie. Ihre Familie war alles andere als normal. Eine Träne quoll hervor und lief ihr ungehindert über das Gesicht. Umgeben von so vielen, und doch hatte sie sich noch nie so einsam gefühlt.

Ein Zug rumpelte langsam über die Gleise, als er in den

Bahnhof einfuhr. Vielleicht sollte sie eine einfache Fahrkarte von Ragmullin weg kaufen. Konnte sie ihren Stress hinter sich lassen? Sich vor den Prüfungen drücken und ihrer Mutter entkommen? Als kein Lack mehr da war, an dem sie zupfen konnte, spürte sie, wie ihr Nagel unter den Ärmel und zu der Haut an ihrem Arm wanderte. Dort fand sie einen alten Schorf und pulte daran herum, bis dunkelrotes Blut die weiße Baumwolle befleckte. Sie fühlte keinen Schmerz. Nur unendliche Taubheit.

Als sie zu den Bäumen hinaufschaute, die den Garten schützten, glaubte sie, etwas im Sonnenlicht funkeln zu sehen. Als habe ein Spiegel die Sonne aufgefangen und einen Laser zu ihr zurückgeworfen. Sie blinzelte, schirmte ihre Augen mit der Hand ab und sah es wieder. War da hinten jemand zwischen den Bäumen? Beobachtete er sie? War er es? Sie musste würgen, als sie daran dachte, wie sie ihn zuletzt gesehen hatte. Sie konnte die Hitze seiner Zunge in ihrem Mund spüren. Würgend stand sie schnell auf und ließ dabei das Glas fallen. Es zersplitterte auf der Terrasse, und die Bruchstücke glitzerten wie Eiszapfen in der Sonne. Die winzigen Scherben schnitten in ihre nackten Füße. Sie glitt darauf aus und fiel in die Küche.

»Chloe! Du bist ein verdammtes Arschloch. Überall ist Blut. Mama wird ausflippen.«

»Dann mach es sauber, wenn es dir solche Sorgen macht.«

Chloe ging weiter in den Flur und die Treppe hinauf, während ihre Tränen und ihr Blut weiterflossen.

Er schob das Fernglas zurück in sein Etui, schloss den Reißverschluss und musterte seine Umgebung. Sie hatte ihn gesehen. Sie hatte geradewegs zu ihm hoch gestarrt. Nein, sie konnte ihn nicht gesehen haben. Aber sie hatte genau dorthin geschaut, wo er stand. Plötzlich wurde es ihm klar. Die Sonne. Sie musste sich im Glas des Fernglases reflektiert haben. Er hätte vorsichtiger sein müssen. Ein dummer Fehler. Er tröstete sich mit dem Gedanken, dass sie nur die Reflexion des Lichts bemerkt haben würde. Es war ausgeschlossen, dass sie ihn gesehen hatte. Seine Tarnkleidung vor dem Grün hatte ihren Zweck erfüllt. Ganz bestimmt.

Er hievte sich die schwarze Ledertasche auf die Schulter und ging den Weg zurück, den er an diesem Morgen gekommen war. Er kannte den Zugfahrplan. Er blieb im Verborgenen, bis der Schnellzug nach Dublin den Bahnhof verließ und auf seiner Reise an Geschwindigkeit gewann. Dann überquerte er die Gleise und ging den ausgetretenen Abhang hinunter in den Hintergarten eines verlassenen, mit Brettern verschlagenen Hauses. Er hielt sich dicht am Zaun, nahm seinen Hut ab, zog seine Jacke aus und fuhr sich mit den Fingern über den schwitzenden Kopf.

Nachdem er alles in seine Tasche gepackt hatte, ging er durch das Seitentor hinaus auf den Fußweg. Pfeifend mischte er sich unter die Samstagseinkäufer und lächelte, als er sich auf den Weg zu dem Ort machte, den er jetzt sein Zuhause nannte.

Vielleicht sollte er arbeiten gehen.

Das klang nach einer guten Idee.

## 58

»Inspector Parker. Was für eine nette Überraschung.« Dan Russell lehnte an seinem Auto, das vor Block A geparkt war. »Warum kommen Sie nicht rauf in mein Büro?«, fuhr er grinsend fort.

»Wir können hier reden.« Lottie war fest entschlossen, die Kontrolle über die Situation zu behalten. »Ich muss ein paar Dinge mit Ihnen klären.«

Russell hörte auf zu grinsen. »Okay. Was wollen Sie?«, fragte er kurz.

»Mimoza. Was haben Sie mit ihr gemacht?« »Haben Sie sie schon gefunden?«

»Beantworten Sie die Frage.«

»Ich habe Ihnen doch gesagt, dass sie zusammen mit ihrem Sohn hier gewohnt hat. Jetzt sind sie weg.«

»Was haben Sie mit ihnen gemacht?«, wiederholte Lottie.

»Nichts. Sie warteten auf ihre Weiterverteilung und sind einfach verschwunden.«

»Nun, ich bin dabei, einen Durchsuchungsbefehl für dieses Gebäude und besonders für Ihre Büroakten zu erwirken. Ich will alles wissen, was es über Mimoza zu wissen gibt, und glauben Sie mir, ich werde es herausfinden.«

Er machte einen Schritt auf sie zu. Lottie hielt ihre Hand hoch, um ihn zu stoppen. Ihre Handtasche rutschte an ihrem anderen Arm herunter und fiel zu Boden. Dabei wurde ihr Inhalt verschüttet, darunter das Foto von Adam, das sie auf dem Dachboden ihrer Mutter gefunden hatte.

»Was ist das?« Er zeigte auf das Foto.

»Nichts.« Sie hob es auf und steckte es zusammen mit dem Rest ihrer Sachen zurück in ihre Tasche. »Ich brauche alle Informationen, die Sie über Mimoza haben. Wir haben eine neue Spur.«

»Was für eine neue Spur?«

»Ich glaube, das Mädchen ist in Gefahr. Ich will wissen, woher sie kommt und wie sie als Asylbewerberin hier gelandet ist. Und warum ihr Name nicht in der offiziellen Datenbank steht.«

»Sie müsste dort sein.«

»Ist sie aber nicht. Ich habe es selbst überprüft. Führen Sie eine eigene Liste? Eine Liste der Personen, die Sie hier haben, abgesehen von den Asylbewerbern, zum Beispiel?«

»Das ist eine absurde Anschuldigung.«

»Sie selbst haben mir mitgeteilt, dass Mimoza hier war, aber ihr Name taucht in der Datenbank des Justizministeriums nicht auf. Erklären Sie mir das.«

»Da muss ein Fehler vorliegen.«

»Ja. Und Sie haben ihn gemacht, Mr Russell. Einen großen Fehler.«

Einen Moment lang dachte sie, er sähe besorgt aus, bevor er seine Fassung wiedererlangte.

»Kommen Sie in mein Büro«, sagte er und ging von ihr weg. Lottie überlegte, ob sie auf dem Absatz kehrtmachen und so weit wie möglich weglaufen sollte. Oder zumindest Verstärkung rufen. Ihr gesunder Menschenverstand verließ sie.

An der Tür zu Block A blieb Russell stehen und drehte sich um. Lottie sah, wie er grinste, als er feststellte, dass sie ihm folgte.

»Mimoza ist in einem Bordell«, platzte sie heraus, fest entschlossen, ihm das Lächeln aus dem Gesicht zu wischen.

Bingo!

»Wovon reden Sie?« Er erbleichte.

»Hier in Ragmullin«, fügte sie hinzu.

»Ich hatte keine Ahnung. Ist das, wo sie jetzt ist? Oh, der arme Junge. Sie hat ihn doch bestimmt nicht bei sich?«

Lottie kaute auf der Innenseite ihrer Lippe und fragte sich, ob das eine große Show war, die er ihr zuliebe abzog. Sie hatte das Gefühl, dass er genau wusste, wovon sie sprach.

»Liefern Sie Mädchen an dieses Bordell?«

Er fummelte an seinen Schlüsseln herum, unfähig, ihren Blick zu erwidern. »Inspector Parker, diesen Weg sollten Sie besser nicht beschreiten.«

»Welchen Weg?«, fragte sie scharf. Sie hatte jetzt keine Zeit für Spielchen. Er trat nahe an sie heran. So nah, dass sie sicher war, riechen zu können, was er zum Frühstück gegessen hatte.

»Ich rufe Verstärkung«, sagte sie und tippte auf ihr Telefon. »Ihr drohender Ton gefällt mir nicht.«

»Nicht nötig. Kommen Sie rein und ich gucke, ob ich die Akte finde.« Er ging auf die Tür zu.

Lottie seufzte. Endlich kam sie weiter. »Okay. Aber beeilen Sie sich bitte.«

Unten an der Treppe blickte er über die Schulter zurück. »Und ich muss mit Ihnen über die Eskapaden Ihres Mannes sprechen.«

»Was zum«

»Es gibt eine Verbindung zwischen ihm und dieser kleinen Hure Mimoza.« Er marschierte die Treppe hinauf.

Lottie starrte ihm hinterher. Was für eine Verbindung? Sie

sah sich wild um. Sie sollte gehen. Zurück zum Revier. Verstärkung holen, Unterstützung. Boyd.

Noch nicht.

Sie musste wissen, wovon Russell sprach.

## 59

»Oh Gott, nicht du schon wieder. Hau ab.«

Boyd zündete sich eine Zigarette an und versuchte, Jackie auszuweichen. Sie folgte ihm zur Rückseite des Reviers.

»Du solltest nicht hierherkommen«, sagte er.

»Hör zu, Marcus, ich setze mein Leben aufs Spiel, indem ich mit dir rede.«

Er blieb stehen. Sie umklammerte seinen Arm und ihre Finger drückten sich in seine Haut. Er blickte sich um in der Erwartung, Rattengesicht McNally auf ihn zustürmen zu sehen.

»Ich habe schon ein blaues Auge. Ich brauche nicht noch eins.« »Es geht um Maeve Phillips.«

Das saß. Er schmiss seine Zigarette weg und packte sie an der Schulter. »Was weißt du über sie?«

»Nicht viel. »Ich wollte es dir gestern Abend sagen, aber… du weißt schon. Ich glaube, ich habe zu viel Wein getrunken.«

»Red weiter.«

»Ihr Vater hat Jamie gebeten, nach ihr zu suchen.«

»Das wissen wir schon.«

»Aber ihr wisst nicht, warum.«

»Okay. Ich höre.«

»Maeve ist entführt worden.«

»Blödsinn, Jackie. Warum sollte ich dir glauben?«

»Ich schwöre, es ist die Wahrheit. Es hat etwas mit den... Tätigkeiten von Jamie und Maeves Vater zu tun, nenne es, wie du willst. Ich habe ihn heute Morgen am Telefon gehört.«

Boyd dachte einen Moment nach.

»Menschenhandel? Für Sex?«

»Ja.«

»Willst du mir sagen, dass jemand Maeve entführt hat, um sie in die Sexarbeit zu stecken?«

»Nein, du dämlicher Arsch. Das ist, was Frank Phillips und Jamie machen. Aber irgendetwas ist in letzter Zeit mit ihren Geschäften schiefgelaufen. Ich weiß nicht, ob es am Geld, an Drogen oder an den Frauen liegt. Aber sie machen sich ins Hemd wegen etwas, das mit all den Flüchtlingen, die nach Europa kommen, zu tun hat. Und ich weiß, dass Frank Phillips sehr besorgt über den Verbleib seiner Tochter ist. Er hat Jamie geschickt, damit er versucht herauszufinden, wo sie ist.«

»Warum kommt Phillips nicht selbst?'«

»Er würde verhaftet werden. Dann würde er nichts mehr für Maeve tun können. Er kann besser von Spanien aus operieren. Außerdem war Jamie sowieso schon im Land. In einer anderen Angelegenheit.«

»Was für eine andere Angelegenheit?«

»Das weiß ich nicht.«

Boyd lief im Kreis herum und verdaute, was Jackie ihm erzählt hatte. Er wusste, dass gegen Phillips ein Haftbefehl wegen eines Postamtüberfalls in Dublin vor etwa zehn Jahren vorlag. Damals war er nach Spanien geflohen.

»Rattengesicht McNally ist also an der Suche nach Maeve Phillips beteiligt.«

»Nenn ihn nicht so.« Sie holte eine Schachtel Zigaretten aus ihrer Tasche und zündete eine für Boyd und eine für sich selbst an. »Aber ich glaube, ja. Er tut nur das, was du tust. Im Kreis herumlaufen. Du musst mit Frank sprechen.«

»Schön wär's. Er ist vor Jahren untergetaucht; ich glaube nicht, dass er jetzt zurückkommen würde.«

Jackie sagte: »Es geht um seine Tochter. Hör zu, Marcus, ich akzeptiere, dass es mit uns beiden vorbei ist, aber ich kann versuchen, etwas zu organisieren, um das Mädchen zu finden. Und vielleicht kannst du mir dann helfen, von Jamie wegzukommen.«

Boyd sah die Frau an, die einst die Liebe seines Lebens gewesen war. Er musste zustimmen, dass es mit ihnen endgültig vorbei war. Aber er konnte sie nicht mit den Haien davonschwimmen lassen. Auch wenn sie es aus eigennützigen Gründen tat, sagte ihm etwas, dass sie möglicherweise ihr eigenes Leben aufs Spiel setzte, indem sie ihm half.

»Guck mich nicht so an«, sagte sie. »Lass mich dir helfen.«

»Danke, Jackie.« Boyd nahm einen langen, tiefen Zug an seiner Zigarette. »Wir haben ein Team, das sich um Maeves Verschwinden kümmert. Es hat höchste Priorität. Wenn du also Frank Phillips dazu bringen könntest, mit uns zu reden, wäre das eine große Hilfe. Und dann kannst du uns alle Informationen geben, die du über McNally hast, damit wir ihn verhaften können.«

»Okay«, sagte sie. Ich werde dir Bescheid geben, ob Frank einwilligt, mit euch zu sprechen. Dann werde ich sehen, was ich über Jamie zusammenharken kann.« Sie streckte sich und küsste ihn auf die Wange.

Boyd sah ihr hinterher, als sie fortging, dann rannte er zurück ins Revier. Er musste Lottie davon erzählen. Hoffentlich würde das den finsteren Blick aus ihrem Gesicht vertreiben. Dann fiel ihm ein, dass sie nicht da war.

## 60

Der Ventilator im Büro von Dan Russell surrte unaufhörlich.

»Erzählen Sie mir von Adam«, sagte Lottie. Sie blieb stehen. »Wie sind Sie zu dem Schluss gekommen, dass es zwischen ihm und Mimoza eine Verbindung gibt?«

Russell beäugte sie abschätzend von seinem Schreibtisch aus. »Zeigen Sie mir das Foto. Ich weiß, dass Sie wollen, dass ich Ihnen etwas darüber sage.«

»Ich will, dass Sie mir sagen, was zur Hölle in meiner Stadt los ist. Ermordete Mädchen, vermisste Mädchen, gestohlene Mädchen. Sie haben mit all dem etwas zu tun, und ich will wissen, was.«

»Ich habe nichts damit zu tun.«

Sie knallte das Foto auf seinen Schreibtisch und setzte sich. »Ich habe keine Zeit für Spielchen. Das ist Adam, wie Sie sehr gut wissen. Sie haben mit ihm im Kosovo gedient. Das Foto wurde dort gemacht.«

»Wie kommen Sie zu diesem Schluss?«

»Das Datum in der Ecke. Also lügen Sie mich nicht an. Sie waren damals dort. Wer sind diese anderen Leute auf dem Foto?«

»Das weiß ich nicht.«

Sie beobachtete ihn genau. Er log.

Er schob ihr das Foto wieder zu. »Kümmern Sie sich nicht darum.«

»Die Frau ist schwanger«, sagte sie. »Das junge Mädchen sieht auch schwanger aus. Und die kleinen Kinder scheinen verängstigt. Ich will mehr über sie wissen.«

Russell schob seinen Stuhl zurück und stand mit einem Seufzer auf.

»Das waren schlimme Zeiten im Kosovo. Abscheuliche Zeiten. Es wurden Gräueltaten begangen. Völkermord... ethnische Säuberung nahm viele Formen an. Nicht nur Mord. Systematische Vergewaltigung. Ich weiß es nicht, aber ich würde vermuten, dass diese Frau ein Vergewaltigungsopfer war und Adam vielleicht der Familie geholfen hat oder...«

»Oder was?«

»Oder er könnte der Täter gewesen sein.«

Lottie sprang auf und warf ihren Stuhl um. Sie starrte ihn an. War das die Lüge, die er aufzudecken gedroht hatte? Sie schnappte sich das Foto. »Wie können Sie es wagen!«

Er ging um den Schreibtisch herum und blieb mit seinem Gesicht nur wenige Zentimeter von ihrem entfernt stehen.

»Sie haben keine Ahnung, wie es in diesem Land war. Ich warne Sie, wenn Sie weiterhin versuchen, mich in Ihre unverschämten Ermittlungen hineinzuziehen, werde ich nicht zögern, aufzudecken, was Ihr geschätzter Ehemann so trieb.«

»Sie bluffen.«

»Provozieren Sie mich nicht. Ein Gerücht kann Beine bekommen, wissen Sie. Sie finden Mimoza und ihren Sohn, und niemand muss von Adam Parker erfahren.«

»Sie sind ein Lügner und ein Dreckskerl, Russell. Ein ausgemachter Dreckskerl.«

»Man hat mich schon Schlimmeres genannt.«

»Und warum wollen Sie Mimoza unbedingt finden? Vor ein

paar Tagen wollten Sie nicht einmal zugeben, dass Sie sie kennen.«

Er zögerte. »Mein Unternehmen führt diese Einrichtung. Ich darf mir keine Nachlässigkeit zu Schulden kommen lassen, sonst verliere ich den Vertrag.«

»Das ist Blödsinn und Sie wissen es.«

»Ich kenne mein Geschäft.«

»Wirklich? Sie haben ein Mädchen und ihren Sohn verloren.« Lottie kaufte ihm seine Ausreden nicht ab. Ihr Kopf surrte, während sie versuchte, einen hieb- und stichfesten Grund zu finden, um ihn zu verhaften. Scheiße, sie hätte Boyd mitnehmen sollen. »Sie hat eine Freundin. Ein kleines, schwarzes Mädchen. Ich möchte mit ihr sprechen. Jetzt.«

Sie beobachtete, wie Russells Gesicht blass wurde, bevor er schnell wieder seine ausdruckslose Miene aufsetzte.

»Ich weiß nichts über sie«, sagte er.

»Keine Sorge. Ich werde sie finden.« Lottie dachte einen Moment lang nach. »Was hat Adam getan, wovor ich angeblich so viel Angst haben muss?«

»Ich glaube, wenn ich es Ihnen jetzt sage, wird es die Sache nur noch komplizierter machen.«

Lottie traf ihre Entscheidung aus reiner Wut, holte den Umschlag aus ihrer Tasche und wedelte mit dem Leinenabzeichen.

»Das habe ich von Mimoza. Ich glaube, es war Adams Namensband.«

»Wie? Wo? Die kleine Schlampe.«

Russell wollte danach greifen, aber Lottie wich zurück und hielt das Abzeichen fest in der Hand.

»Kleine Schlampe? Jetzt mal ehrlich!«, sagte sie. »Ich habe zwei nicht identifizierte Mordopfer. Haben Sie hier mit Mimoza und Milot gewohnt?«

»Natürlich nicht.«

Bei dem Gedanken an die ermordeten Mädchen, erinnerte

sich Lottie an die Artikel, die sie im Internet gelesen hatte. »Im Kosovo grassierte während und nach dem Krieg der Organhandel. Beiden Opfern fehlte eine Niere. Sie waren im Kosovo. Jetzt sind Sie hier.« Sie hielt inne. Ihre Gedanken begannen langsam Form anzunehmen. Endlich. »Scheiße, Russell. In was zum Teufel sind Sie da verwickelt?«

»Sie müssen Mimozas Sohn finden. Das Foto von Adam - ich glaube, Mimoza ist das Mädchen darauf.«

Lottie schüttelte verwirrt den Kopf. Alle vernünftigen Gedanken zersplitterten, als Russell auf das Foto zeigte, das sie in der Hand hielt. Sie blickte hinunter auf das Foto. Das Mädchen, das schwanger zu sein schien, hatte ähnliche Augen wie Mimoza; auch die ältere Frau hatte die gleichen Augen.

Sie sagte: »Aber sie ist erst«

»Ich würde sagen, sie ist jetzt etwa neunzehn.«

»Sie kann nicht dieses Mädchen sein. Das Alter stimmt einfach nicht.«

»Nicht sie«, sagte Russell.

Er nahm ihr das Foto ab. Legte es auf den Schreibtisch. Mit dem Zeigefinger zeigte er auf das kleine Mädchen, das neben den beiden kleinen Jungen auf dem Boden saß.

»Da. Das ist Mimoza. Wenn Sie sie finden, werde ich die Informationen, die ich möglicherweise über Ihren Mann habe, nicht offenlegen.«

»Ich verstehe nicht.« Lottie betrachtete stirnrunzelnd das Foto. »Dann ist also diese ältere Frau Mimozas Mutter? Warum ist mein Mann auf diesem Foto? Was ist mit dieser Familie passiert? Und warum in Mimoza jetzt hier in Ragmullin?«

»Was meinen Sie, was Ihr Mann im Kosovo getrieben hat? Sie sollten gründlich nachdenken, bevor Sie mir illegale Organentnahme und Organhandel vorwerfen.«

Lottie riss das Foto an sich und lief zur Tür.

»Sie können mir drohen, so viel Sie wollen, Russell. Ich werde mit einem Durchsuchungsbefehl zurückkommen.«

Die Sonne brannte durch das, was noch von der Ozonschicht übrig war, und rötete Lotties Haut. Die Hitze ignorierend, ging sie mit schnellen Schritten, das Telefon ans Ohr geklemmt, und versuchte, aus Boyds Geschwafel schlau zu werden, während sie innerlich noch von ihrer Begegnung mit Russell aufgewühlt war.

»Langsam, Boyd. Wo bist du?«

»Ich warte auf dich. Lynch und Kirby sind schon vorgegangen. Die Uniformierten haben den Tatort abgesperrt.«

»Welchen Tatort?«

»Hast du mir überhaupt zugehört? Es wurde noch eine Leiche gefunden.«

»Scheiße. Wer hat sie dieses Mal entdeckt?« Lottie rannte über die Fußgängerbrücke über den Kanal und weiter über die Eisenbahnbrücke. Sie konnte ihn schon sehen, wie er vor dem Revier im Kreis herumlief. Sie rannte weiter.

»Das weiß ich noch nicht. Der Anruf ist gerade erst gekommen.«

Völlig außer Atem erreichte sie ihn. »Es muss Petrovci sein.«

Sie sprach immer noch in ihr Handy. Boyd nahm es ihr aus der Hand, drückte die Trenntaste und steckte es in ihre Umhängetasche.

»Beruhige dich«, sagte er.

»Wie oft hat man mir das in den letzten Tagen schon gesagt? Jedes Mal treibt es mich nur noch mehr in den Wahnsinn.« Sie hielt mit ihm Schritt, als sie an der Kathedrale vorbei und die Straße hinuntereilten. »Warum gehen wir zu Fuß?«

»Die Stadt ist verrückt. Überall Baustellen, die den Verkehr behindern. Zu Fuß sind wir schneller.« Er zündete sich eine Zigarette an.

»Gib mir auch eine«, sagte Lottie.

Er reichte ihr seine. »Was hatte Russell zu seiner Verteidigung zu sagen?« Er zündete sich noch eine Zigarette an.

»Das erzähle ich dir später.«

»Erzähl's mir jetzt.«

»Später, Boyd. Später.« Sie konnte Russells Offenbarung selbst kaum begreifen, geschweige denn, sie jemand anderem erklären.

Sie erreichten das Ende der Straße und bogen links zu Chloes Schule ab. Lottie hoffte, dass ihre Tochter fleißig für ihre Prüfungen lernte. Sie verstand den Druck, unter dem das Mädchen stand - zumindest glaubte sie das - und sprach deshalb nicht weiter darüber. Sie vertraute ihr. Aber vielleicht nicht mehr so sehr wie vor fünf Monaten. Chloe hatte sich verändert. Noch eine Sache, um die sie sich kümmern musste. Aber zuerst musste sie sich eine Leiche ansehen.

»Gott sei Dank laufen keine Schulkinder herum. Aber warum arbeiten die Bauarbeiter hier oben? Meine Güte, Boyd, sie sind überall in der Stadt. Ich dachte, wir hatten alle Baustellen unter Beobachtung.«

Der Verkehr war in beide Richtungen verstopft. Lautes Gehupe. Autofahrer schimpften, ohne zu ahnen, dass eine weitere arme Seele aus ihrer Mitte gerissen worden war. Sie würden wahrscheinlich weiterschimpfen, selbst wenn sie es wüssten, dachte sie.

Als sie sich der Brücke näherten, leiteten Uniformierte den Verkehr wieder zurück die Straße hinunter. Weiß-blaues Tatortband baumelte, ohne zu flattern. Die Luft war schwer von stagnierender Feuchtigkeit. Sie meinte, das stechende Aroma eines Gewitters in der Luft zu riechen. Hoffentlich würde die Spurensicherung mit der Untersuchung des Tatorts fertig werden, bevor der Regen einsetzte.

Sie duckten sich unter dem Absperrband hindurch. Oben auf der Brücke überblickte Lottie das Treiben unten. Neben den alten Schleusentoren waren Polizisten dabei, neben einem Gebäude ein Zelt aufzubauen.

»Vielleicht ist jemand ertrunken. Oder vielleicht ist es ein Selbstmord?« Sie konnte keine Leiche sehen.

»Ich weiß auch nicht mehr als du.«

Sie erreichte Kirby zuerst. »Was ist los?«

»Da drüben steht ein altes Pumpenhaus. Die Bauarbeiter nutzen es als Lager. Zwei der Arbeiter waren dabei, ein Schloss zu reparieren, und einer von ihnen bemerkte die Leiche.«

Hinter Kirby stand Lynch und machte sich Notizen, während sie mit einem großen Mann sprach, der Lottie den Rücken zukehrte. Seine Haltung und die Art, wie er den Kopf schräg hielt, kamen ihr bekannt vor. Diese breiten, hart arbeitenden Schultern unter seiner Warnweste.

Sie brauchte sein Gesicht nicht zu sehen, um zu wissen, wer die dritte Leiche in dieser Woche gefunden hatte.


Als hätten die Götter oder gar der Teufel selbst es so gewollt, verdunkelten wütende Wolken die Sonne und spitze Regentropfen fielen vom Himmel. Keiner hatte eine Jacke oder einen Regenschirm dabei.

Wir werden alle patschnass werden, und, was noch

schlimmer ist, die Beweise werden weggespült werden, dachte Lottie. Sie stand wie gelähmt, während Lynch Andri Petrovci ausquetschte. Dies war kein Zufall. Er war dabei gewesen, als die beiden ersten Mordopfer gefunden wurden. Und hier war er wieder am Tatort eines weiteren verdächtigen Todesfalls. Sein Kollege hatte den Kopf auf die Brust gesenkt, die Hände tief in den Taschen.

Lottie brauchte Zeit, um in Fahrt zu kommen und sich Petrovci vorzuknöpfen. Sie ging zu Boyd und Kirby am Eingang des hastig errichteten Zeltes und fragte: »Also, was ist passiert?«

Kirby sagte: »Eine tote Frau. Wurde in dem alten Pumpenhaus gefunden. Nach dem, was wir von Jack Dermody, Petrovcis Chef dort, erfahren haben, lag sie hinter einem alten Bagger. Sie haben sie nach draußen gebracht, weil sie dachten, man könne sie wiederbeleben. Aber ein Blick auf sie bei Tageslicht, meinte Dermody, und er wusste, dass sie nicht wiederbelebt werden konnte.«

»Hat Petrovci sie angefasst?«

»Die beiden haben sie vor die Tür getragen. Weil das Licht drinnen nicht funktioniert, haben sie gesagt.«

»Wieder hat er die Leiche kontaminiert.« Lottie schüttelte den Kopf. Sie ging auf Petrovci zu, aber Boyd hielt sie am Arm zurück, seine Finger rutschten über ihre nasse Haut.

»Lass Lynch erst einmal mit den beiden reden«, sagte er. »Sie ist dem mehr als gewachsen.«

»Und ich nicht?« Sie drehte sich so schnell um, dass das Regenwasser aus ihren Haaren flog.

»Das habe ich nicht gemeint, und das weißt du auch.« Er hob die Zelttür hoch. »Wir müssen uns die Leiche ansehen.«

Lottie gab nach, und sie zogen sich Handschuhe und Überschuhe an. Bevor sie eintrat, sah sie sich um und erspähte Cathal Moroney, der mit den uniformierten Polizisten, die den Tatort bewachten, stritt. »Das hat mir gerade noch gefehlt«, murmelte sie und begab sich in das Zelt.

. . .

Die Leiche lag in einem unnatürlichen Winkel, mit dem Gesicht zum Himmel, neben der roten Backsteinmauer des alten Pumpengebäudes.

»Erkennst du sie?«, fragte Boyd.

Lottie starrte sie an. »Es ist nicht Maeve«, sagte sie.

»Mimoza ist es auch nicht.«

Sie ging näher heran, darauf bedacht, nichts anzurühren, um nicht den Zorn von Jim McGlynn und seinem Tatortteam auf sich zu ziehen, obwohl sie annahm, dass es jetzt sowieso zu spät war, da Petrovci und Co. ihre Hände überall an dem Opfer gehabt hatten.

»Warum wurde sie nicht vergraben wie die anderen?«, murmelte sie.

Die Augen des Mädchens waren geschlossen und ihr Körper sah aus wie eine weggeworfene Stoffpuppe. »Ich wünschte, ich könnte sie umdrehen, um zu sehen, ob sie wie die anderen in den Rücken geschossen wurde. Sieh dir diese Spuren in ihrem Gesicht und an ihrem Hals an.«

»Bisswunden?«

»Sieht so aus. Das erste Opfer hatte ähnliche Spuren, wenn auch nicht so brutal. Jane hat keine DNA in den Abstrichen gefunden.« Lottie hockte sich hin, um sich das Mädchen näher anzusehen. »Boyd, ich glaube, sie könnte das Mädchen sein, das mit Mimoza zusammen war, an dem Morgen, als sie zu mir nach Hause gekommen ist.«

»Wirklich? Aber du hast sie nicht aus der Nähe gesehen, oder?«

»Nein, habe ich nicht. Ich sage nur, sie könnte dasselbe Mädchen sein.«

Boyd meinte: »Wir kennen die Todesursache noch nicht. Vielleicht ist sie in den Kanal gefallen und hat sich dann ins Pumpenhaus geschleppt?«

»So ein schönes Mädchen. Und wenn es ist wie bei den anderen, wird es niemanden geben, der nach ihrem beschädigten Körper fragen wird.«

Boyd schüttelte den Kopf, duckte sich und verließ das Zelt. Lottie folgte ihm, und während Boyd auf Jim McGlynn wartete, beschloss sie, dass es an der Zeit war, mit Petrovci zu sprechen, dem gemeinsamen Nenner aller Opfer.

Als sie ihn erreichte, drehte er sich zu ihr um. Die Narbe in seinem Gesicht erschien ausgeprägter, tiefer und dunkler im Regen. Aber seine Augen waren dieselben. Voller Schmerz und Leid.

»Mr Petrovci. So trifft man sich wieder.« Sie verschränkte die Arme.

»Ich erzähle Kriminalbeamtin.« Er deutete auf Lynch, die verzweifelt versuchte, ihr Notizbuch vor dem Zerfall zu bewahren. Der Regen tropfte von Petrovcis Ohren und Nase. Sein T-Shirt und sein Unterhemd klebten ihm an der Brust. Die Hände steckten tief in den Taschen seiner klatschnassen Jeans. Seine schwarzen Arbeitsschuhe waren mit Schlamm bedeckt.

»Erzählen Sie es mir«, beharrte Lottie.

Er seufzte, hielt aber seine Lippen fest verschlossen.

Lynch drehte sich zu Lottie um. »Mr Dermody hat mit mitgeteilt, dass sie hierhergefahren sind, um das Schloss zu reparieren, und dabei die Leiche entdeckt haben. Zusammen.«

»Wann waren Sie das letzte Mal hier?« Lottie richtete ihre Frage an Dermody.

Der Mann war ein zittriges Wrack. »Vor ein paar Tagen. Vielleicht vor einer Woche. Ich bin mir nicht sicher.«

»War es abgeschlossen?«

»Nein. Das Schloss war kaputt. Heute Morgen haben wir einen Anruf bekommen, dass wir es reparieren sollen. Gleichzeitig wollten wir ein paar Werkzeuge mitnehmen. Sie ist tot, nicht? Das Mädchen.«

Lottie nickte.

Lynch klappte ihr triefendes Notizbuch zu. »Das ist im Wesentlichen, was er mir gesagt hat.«

»Dieser Anruf, den Sie bekommen haben. Von wem kam er?«, fragte Lottie Dermody.

»Irgendein Typ von der Zentrale, nehme ich an. Ich kannte die Nummer nicht, aber er schien zu wissen, wovon er sprach.« Er hielt mit offenem Mund inne. »Sie glauben doch nicht«

»Im Moment weiß ich nicht, was ich glauben soll, Mr Dermody. Und Sie?«, fragte Lottie Petrovci. »Was haben Sie zu sagen?«

Andri Petrovci zog die Hände aus den Taschen und streckte sie zum Himmel. »Es ist böse«, rief er. »So böse. Warum muss ich all diese Leichen sehen?«

»Wissen Sie, wer dieses Mädchen ist?«, fragte Lottie ihn kurz.

Petrovci schüttelte den Kopf.

Lottie schniefte. »Sie lag da und hat darauf gewartet, dass Sie kommen und sie finden, ja?«

»Ich weiß nicht. Sie einfach da. Wie... schlafend.« Er ließ die Schultern hängen. Er wirkte plötzlich klein und niedergeschlagen.

»Ich verstehe nicht, wie es möglich ist, dass Sie innerhalb einer Woche drei Leichen gefunden haben«, sagte Lottie. »Es macht keinen Sinn. Es sei denn...«

»Was?«, flehte er.

»Es sei denn, Sie haben sie getötet.«

Der Klagelaut, den er ausstieß, überraschte sie und sie wich zurück, als hätte sein Schrei sie körperlich weggestoßen. Ein Wortschwall kam aus seinem Mund. Unverständliche Worte. In einer Sprache, die sie nicht kannte. Es goss weiter in Strömen. Der Boden zu ihren Füßen schwoll mit trübem Wasser an. Ein Blitz zerriss den Himmel und die Wucht eines Donners zersplitterte die Luft. Es war erst kurz nach Mittag, aber plötzlich war es dunkel.

Petrovci schrie. »Ju lutem!«

Lottie sagte: »Was ist los mit Ihnen? Bringen Sie ihn aufs Revier Lynch.«

Die Szene um sie herum war wie ein Negativ. Alles war invertiert und finster. Als der schwarze Himmel bei einem weiteren Blitz wie zertrümmertes Geschirr barst, fragte sie sich, ob sie das alles die ganze Zeit falsch herum betrachtet hatte.

## 62

In einem Konzert von leuchtenden Blaulichtern und heulenden Sirenen fuhren die Kriminalbeamten Lynch und Kirby mit Andri Petrovci und Jack Dermody zum Revier, um dem Regen und den ungeduldigen Reportern zu entkommen. Lottie ordnete an, die Telefone der beiden Männer zu beschlagnahmen und dann vom technischen Team untersuchen zu lassen. Sie war sich nicht sicher, was Petrovci getan hatte, wenn überhaupt, aber nachdem sie beobachtet hatte, wie verstört er war, entschied sie, dass er in der Sicherheit des Reviers von einem Arzt untersucht werden musste, bevor er weiter befragt werden konnte.

Sie schloss sich Jim McGlynn an, als dieser vor Ort eintraf. Der Regen hatte etwas nachgelassen, aber der Geruch von Gewitter lauerte noch immer hinter bedrohlichen Wolken. Ihre Kleidung klebte an ihrem Körper, aber sie nahm die Feuchtigkeit nicht wahr.

»Dann wollen wir mal sehen, was Sie heute für mich ausgeheckt haben«, sagte McGlynn.

Lottie folgte ihm ins Zelt. Er trug einen Schutzanzug, aber sie hatte das Gefühl, dass es zu wenig war und zu spät. Alles war kontaminiert, und alles, was nicht kontaminiert war, war von der biblischen Flut weggespült worden.

Boyd hielt die Zelttür offen und zusammen schauten sie von draußen zu, wie McGlynn mit seiner Arbeit begann. Seine behandschuhten Hände maßen und berührten. Er machte Notizen und murmelte vor sich hin. Er fotografierte. Schließlich drehte er das tote Mädchen vorsichtig auf die Seite.

Lottie starrte auf den Rücken des Mädchens. Unter dem dünnen Baumwollstoff ihres Kleides konnte sie die Umrisse eines tiefen Lochs unter ihren Rippen erkennen.

McGlynn sagte: »Sie haben noch eine. Die Rechtsmedizinerin wird gleich hier sein.«

»Erschossen und angezogen«, sagte Boyd.

»Erschossen und angezogen«, stimmte Lottie ihm bei und konnte sich gerade noch zurückhalten, ihre Hand auszustrecken und das zerknitterte Kleid zu glätten.


Nachdem das Pumpenhaus durchsucht worden war, begannen die Spurensicherer, den alten, schmutzigen Boden nach Beweisen abzusuchen. Lottie war überzeugt, dass sie nichts finden würden, was sie auf den Mörder hinweisen würde. Sie lehnte sich an die Außenwand und überlegte, von Boyd eine Zigarette zu schnorren. Ein Ruf von drinnen hielt sie davon ab.

»Ich habe etwas gefunden!«

Sie eilte wieder hinein. Ein Spurensicherer stand vor einer verrosteten Maschine. Er sah aus wie ein Gespenst in seinem hauchdünnen weißen Schutzanzug. In seiner behandschuhten Hand hielt er etwas, das Lottie sofort erkannte.

Langsam machte sie einen Schritt auf ihn zu. Er schüttelte den Kopf und öffnete einen Beweisbeutel, in den er ein weiches, schäbiges Stoffkaninchen legte. Genau wie das von Milot. Es war mit Blut bedeckt.

. . .

Lottie stürmte aus dem Pumpenhaus. Sie musste zurück zum Revier.

»Inspector! Inspector, was ist hier los?«, rief Cathal Moroney von der äußeren Absperrung. Er stand vor einem Pulk von Journalisten. Hinter ihnen säumten Übertragungswagen mit Satellitenschüsseln auf ihren Dächern die Straße.

Sie konnte ihn nicht ignorieren - sie musste an ihm vorbei, um zu dem wartenden Streifenwagen zu gelangen.

»Kein Kommentar.« Mit gesenktem Kopf ging sie am Kanalufer entlang zum Auto. Er heftete sich an ihre Fersen, ein eifriges Journalistenaufgebot hinter ihm.

»Wurden diesem Opfer auch die Organe herausgeschnitten?«, rief er.

Woher hatte er das? Er war hartnäckig, das musste sie ihm lassen. Sie ging weiter. Er redete weiter.

»Wird Ragmullin im Moment von einem Schlächter heimgesucht? Ist es ein Serienmörder?«

Lottie hatte genug. Sie stellte sich dem Journalisten entgegen.

»Der Einzige, der im Moment in Ragmullin jemanden heimsucht, sind Sie, Mister Moroney. Und wenn Sie weiterhin so unbegründete Behauptungen herumschreien, wie Sie es gerade getan haben, werde ich Sie wegen Behinderung meiner Ermittlungen verhaften lassen. Verstanden?«

Er stand mit offenem Mund da, fing sich aber schnell wieder. »Sie bestreiten also nicht, dass ein Serienmörder herumläuft?«

»Ich werde diese Frage nicht noch mit einer Antwort würdigen. Und jetzt gehen Sie mir aus dem Weg.«

Für einen Vormittag hatte sie genug gehört.

## 63

Lottie stand mit Boyd in der provisorischen Küche des Reviers und schlürfte einen lauwarmen Kaffee.

»Warum hat der Mörder sie in das Pumpenhaus gelegt?«, fragte sie.

»Er konnte sie nicht in einer der vorhandenen Baustellen vergraben, weil wir sie bewachen lassen«, sagte Boyd.

»Wir haben erst heute Uniformierte an den Baustellen platziert.«

»Ich würde gerne wissen, wie er auswählt, wo er die Leichen deponiert.«

»Und werden wir jemals herausfinden, wer diese Opfer sind?«, fragte Lottie. »Was ist mit Milots Spielzeug? Wie ist es dorthin gekommen?«

»Du hast gesagt, das tote Mädchen könnte das Mädchen sein, das du an dem Morgen gesehen hast, als Mimoza zu dir nach Hause gekommen ist. Könnte sie Milot bei dir abgeliefert haben?«

»Genau das glaube ich auch langsam. Sie muss gedacht haben, er sei in Gefahr. Vielleicht hat sie vergessen, sein Spielzeug mitzubringen. Aber dann, warum sollte der Mörder es bei ihr liegen lassen?«

Er zuckte mit den Schultern.

»Boyd, ich glaube, der Mörder will Milot unbedingt finden. Ich glaube, es ist Dan Russell. Er scheint sehr beunruhigt wegen des Jungen. Vielleicht hat er das Spielzeug bei der Leiche platziert. Um uns zu ködern. Er denkt, dass wir ihn zu dem Kind führen werden.«

»Glaubst du wirklich, dass es Russell sein könnte?«

»Möglich. Dieses Opfer wurde gefoltert.« Lottie hielt ihre Tasse mit beiden Händen und zog eine Grimasse. »Du hast die Bisswunden gesehen... sie waren grausam. Wir müssen noch einmal alle Beweise durchgehen. Da muss etwas sein, dass uns in die richtige Richtung führt.«

»Im Moment weiß ich echt nicht, in welche Richtung wir gehen.«

»Sei optimistisch«, sagte Lottie. »Wir werden alles überprüfen.« Sie stellte ihren Becher in die Spüle.

Boyd nahm ihn heraus und schüttete Wasser aus dem Kessel hinein, um ihn auszuspülen.

»Lottie, ich habe Jackie heute Morgen gesehen...«, begann er.

»Du brauchst mir nichts zu erklären.«

Sie starrte ihn einen Moment lang an. Mit seinem durchnässten Hemd, das sich an seinen Körper schmiegte, seinem kurzen, vom Regen glatten Haar und seinem blauen Auge, das in dem unnatürlichen Licht glänzte, war er der attraktivste Mann, den sie seit Adam getroffen hatte. Adam! Lieber Gott, in was war er nur verwickelt gewesen? War ihr gemeinsames Leben nichts als eine Lüge gewesen? Ein Keuchen entwich ihrer Kehle, und sie hatte Mühe, ihre Tränen zurückzuhalten, bevor Boyd sie missverstand.

»Wir müssen reden«, sagte er.

»Ja, das müssen wir. Umziehen und Treffen im Einsatzraum in fünf Minuten. Teambesprechung.«

Sie marschierte ohne einen Blick zurück durch den Korridor davon. Sie wusste, dass er jeden ihrer Schritte beobachtete und darauf wartete, dass sie zu ihm zurückkam.

Du kannst mich mal, Boyd. Sie ging weiter.

Ihr Team saß da, begierig wie Labradore, drauf und dran sich von der Leine loszureißen. Sie würde ihnen einen Knochen hinwerfen. Das T-Shirt, das sie angezogen hatte, war das letzte in ihrem Spind. Es war zu eng und zu kurz. Mit ihrer Jeans würde sie vorliebnehmen müssen. Sie würde sich eine andere anziehen, wenn oder falls sie nach Hause kam. Ihre Schuhe waren ruiniert, also hatte sie ihre Stiefel angezogen.

Lynch meldete sich zuerst. »Der diensthabende Arzt hat Mr Petrovci ein Beruhigungsmittel gegeben. Er ruht sich in einer Zelle aus. Ich habe eine Wache vor die Tür gestellt. Nur für den Fall.«

Die Hafträume waren Teil des neuen Blocks und Lottie wusste, dass es dort nichts gab, mit dem Petrovci sich etwas antun könnte. Trotzdem war es wichtig, dass ihn jemand bewachte.

Lynch berichtete weiter: »Jack Dermody hat eine Aussage abgegeben. Er erhielt um elf Uhr fünfunddreißig einen Anruf, in dem ihm gesagt wurde, er solle zum Pumpenhaus gehen und das Schloss reparieren. Sein Telefon wird in diesem Moment überprüft. Er sagte, Petrovci arbeite immer mit ihm zusammen, also war es naheliegend, ihn mitzunehmen. Gesundheits- und Sicherheitsmaßnahmen. Als sie dort ankamen, ging er hinein, um nachzusehen, ob etwas fehlte, und um Werkzeug zu holen, und da sah er die Leiche.«

»Behalten Sie ihn noch eine Weile hier. Um zu sehen, ob er

etwas an seiner Aussage ändert.« Lottie warf einen Blick auf die Ermittlungstafel. Dort hing jetzt ein Foto ihres letzten Opfers. »Lassen Sie uns rekapitulieren, was wir haben und was wir nicht haben.« Sie marschierte an der Ermittlungswand entlang und musterte die Aushänge. »Zusätzlich zu unseren ersten beiden Mordopfern wird das Mädchen, das gerade gefunden wurde, ebenfalls als Mordfall bestätigt werden. Sie hat eine Schusswunde im Rücken.«

»Noch eine«, sagte Garda Gillian O'Donoghue.

»Genau. Drei Mädchen, von denen keines als vermisst gemeldet wurde. Alle wurden in den Rücken geschossen. Den ersten beiden wurde eine Niere operativ entfernt, und Opfer Nummer eins war im vierten Monat schwanger. Der Medienzirkus weiß jetzt dank dieses Clowns Moroney von den entnommenen Organen und berichtet, dass es sich um einen Serienmörder handelt.«

»Ist das nicht genau das, womit wir es hier zu tun haben?«, fragte Boyd.

»Wir wollten nicht, dass die ganze Welt davon erfährt. Nicht, ehe wir der Öffentlichkeit konkrete Ergebnisse melden können.«

Lynch sagte: »Wir haben einen Verdächtigen, der gegenwärtig in einer Zelle sitzt.«

»Ich weiß. Aber ich dachte, ich hätte um absolute Geheimhaltung in Bezug auf die Organentnahme gebeten.« Lotties Blick landete auf Kirby. Er war in ihrem letzten Fall das Informationsleck an Moroney gewesen, obwohl er behauptet hatte, es sei ein Versehen gewesen.

Er schüttelte den Kopf, um sie wissen zu lassen, dass er dieses Mal nicht die undichte Stelle gewesen war.

Sie seufzte. »Alles, worum ich Sie bitte, ist, dass Sie Ihre Arbeit machen, ohne eine Panik auf den Straßen zu verursachen. Okay?«

Ein Gemurmel plätscherte durch den Raum.

»Ich werde die Pressestelle bitten, einen Artikel zu schreiben. Um dafür zu sorgen, dass die Medien ihren eigenen Schwanz jagen, nicht unseren.«

Kirby grunzte, sagte aber nichts.

»Diese Opfer«, fuhr Lottie fort. »Niemand, nicht eine einzige Person, hat sie als vermisst gemeldet, also wird es immer wahrscheinlicher, dass sie aus der Flüchtlingsunterkunft waren.«

Kirby sagte: »Wir haben die offizielle Datenbank überprüft und laut Justizministerium ist sie auf dem neuesten Stand. Alle sind erfasst.«

»Ich glaube, es gibt eine inoffizielle Datenbank. In den letzten Tagen ist mir bekannt geworden, dass ein Mädchen aus dem Zentrum vermisst wird.« Sie zeigte auf Mimozas Bild und schluckte schwer. Sie wusste, dass Russell, sobald sie damit an die Öffentlichkeit ging, wahrscheinlich seine Informationen über Adam bekannt geben würde. Aber das Bild von dem Plüschkaninchen und Milot mit den Kirschblütenblättern im Haar war dringlicher. Welchen Schaden Russell auch immer beabsichtigte, er betraf die Toten, nicht die Lebenden.

Sie hustete und räusperte sich und fuhr dann fort: »Mimoza wurde nicht offiziell als vermisst gemeldet. Aber Dan Russell hat mich gebeten, Nachforschungen anzustellen. Wir müssen also den Durchsuchungsbefehl für das Gebäude und insbesondere für die Computer beschleunigen.«

»Er wird gleich als erstes am Montagmorgen dem Bezirksgericht vorgelegt«, sagte Boyd. »Aber ich verstehe nicht, warum Russell dich bitten würde, Mimozas Verschwinden zu untersuchen, wenn er in diese Morde verwickelt ist?«

»Ich weiß nicht, aber er hat auch Besorgnis um Mimozas kleinen Sohn Milot ausgedrückt.«

»Ein vermisstes Kind gibt dem Ganzen eine neue Dimension«, sagte Lynch.

»Er ist nicht verschwunden«, sagte Lottie. »Ich weiß, wo er

ist.« Sie erinnerte sich, dass sie bald einen Termin mit dem Sozialarbeiter hatte.

»Puh«, seufzte Lynch. »Wo ist er?«

»Es reicht, wenn Sie wissen, dass er in Sicherheit ist. Aber die Spurensicherer haben dort, wo heute die Leiche gefunden wurde, ein Plüschkaninchen gefunden, das ihm gehört.«

»Was?« Ein kollektives Luftschnappen.

»Wie können Sie sicher sein, dass es dem Jungen gehört?«, fragte Kirby.

»Etikett und Ohren sind ausgefranst. Es ist seins.« Lottie holte tief Luft. »Ich weiß noch nicht, was das bedeutet. Aber denken Sie daran, wenn Sie diesen letzten Mordfall untersuchen. Ich habe auch Grund zu der Annahme, dass Mimoza eine Zeit lang in einem Bordell gehalten wurde. Detective Kirby, haben Sie irgendetwas über diese Anya herausgefunden, die das Bordell anscheinend geführt hat?

Kirby wurde knallrot. »Sie ist verschwunden. Wir glauben, dass sie unter verschiedenen Decknamen gearbeitet hat. Wir haben die Häfen und Flughäfen informiert. Aber wahrscheinlich ist sie inzwischen zurück in Albanien. Weder von ihr noch von einem ihrer Mädchen wurde etwas gesehen oder gehört. Ich habe die Behörde zur Bekämpfung des Menschenhandels und die anderen zuständigen Stellen kontaktiert. Nichts.«

»Eine Sackgasse.« Lottie tippte auf ein anderes Foto. »Maeve Phillips. Tochter des bekannten Kriminellen Frank Phillips. Sie wurde zuletzt vor über einer Woche gesehen. Trotz breiter Medienaufrufe wurde sie nirgendwo gesichtet. Wir wissen noch nicht, ob eine Verbindung zu den Morden oder zu dem kürzlichen Verschwinden von Mimoza besteht.«

»Ich glaube, es gibt eine Verbindung«, sagte Boyd und steckte seine Hände in die Hosentaschen.

»Erkläre dich«, sagte Lottie und verschränkte die Arme.

»Ich habe vorhin versucht, es dir zu sagen, aber... Ich habe Informationen erhalten, die auf Jamie McNallys Verwicklung mit dem Bordell hinweisen. Irgendetwas lief schief mit dem Geschäft; deshalb ist er in Ragmullin. Es ist ein Hörensagen, aber ich glaube meiner Quelle. Wir haben einen Beamten im Parkview Hotel, wo McNally wohnt, aber er wurde dort den ganzen Tag nicht gesehen.«

Lottie hielt seinem Blick stand. »Und Tracy Phillips hat mir gesagt, dass McNally bei ihr zu Hause war und sich nach Maeves Verschwinden erkundigt hat. Gibt es sonst noch etwas zu erzählen?«

Boyd sah aus, als wolle er noch etwas sagen, schüttelte dann aber den Kopf.

»Ich neige dazu, Detective Sageant Boyd zuzustimmen, was McNallys Verwicklung mit dem Bordell angeht«, sagte Lottie schließlich und ballte ihre Fäuste unter den Armen, um ihre Wut über seine Unwilligkeit, etwas Weiteres mitzuteilen, zu verbergen. Sie würde sich ihn später allein vorknöpfen. »Und jetzt zu dem Blut und dem Einschussloch in Weirs Depot. Gibt es etwas Neues?«

Kirby stand auf und setzte sich, als sei es ihm diese Geste peinlich, sofort wieder hin. »Das Blut ist nicht menschlich. Es stammt vermutlich von einem Tier, vielleicht einem Fuchs. Dasselbe gilt für das Blut, das in dem weißen Lieferwagen gefunden wurde. Das ist also eine Sackgasse.«

»Interessant«, sagte Lottie nachdenklich. »Versucht der Mörder uns abzulenken?«

»Ich habe Willie Flynn den Wagen gezeigt«, sagte Kirby. »Er wohnt in der Nähe des Autofriedhofs. Er sagt, er sähe ähnlich aus wie der, den er am frühen Dienstagmorgen gesehen hat, als jemand Straßenschilder einsammelte. Ich habe bei der Sicherheitsfirma nachgefragt. Er gehört definitiv nicht zu ihrer Flotte. Aber Flynn ist schon älter und er hat geschlafen, deshalb bin ich mir nicht sicher, ob er das richtig gesehen hat.«

»Und wer hat den Lieferwagen zu Weir gebracht?« Lottie kratzte sich am Kinn und schielte zu Kirby hinunter.

»Weir sagt, er habe einem Typen fünfzig Euro dafür bezahlt. Der Mann wollte ihn loswerden. Keine Unterlagen. Keine Erinnerung daran, wer den Wagen gebracht hat. Er weiß nur noch, dass er einen Fünfziger dafür gegeben hat. Und diese Information habe ich nur bekommen, weil ich ihm gedroht habe, ihn wegen Rechtsbeugung zu verhaften. Oh, und wie Sie wissen, ist seine Überwachungskamera kaputt.«

Lottie schnaubte verächtlich. »Warum vergräbt er die Leiche bei Weirs Betrieb und stellt dann auch noch den Lieferwagen dort ab? Mit was für einem Irren haben wir es hier zu tun?«

Boyd meldete sich. »Wir wissen nicht sicher, ob es der Wagen des Mörders war.«

»Ich denke, er war es. Er spielt Psychospielchen mit uns. Er versucht, uns zu zeigen, dass er so ziemlich alles tun kann, was er will. Zum Beispiel Opfer drei zu töten und ihre Leiche in das alte Pumpenhaus zu werfen, als wäre sie ein verrottender Fisch.« Lottie ging im Einsatzraum umher. Alle schwiegen. »Ignorieren Sie den Lieferwagen. Es macht keinen Sinn, Ressourcen zu verschwenden, die wir nicht haben.«

»Aber«, begann Kirby.

»Kein Aber. Es ist ein Ablenkungsmanöver. Da bin ich mir sicher. Vorläufig verschwenden wir keine Zeit mehr mit dem Lieferwagen.«

»Okay, Boss«, sagte Kirby mit einem Grunzen.

Lottie sagte: »Mir ist noch etwas aufgefallen. Und das sollte bei der Autopsie bestätigt werden. Ich glaube, dieses letzte Opfer wurde gefoltert. Ihr Körper weist Spuren von schweren Bisswunden auf.«

»Aber warum?«, fragte Lynch.

»Keine Ahnung. Das erste Opfer hatte eine Bisswunde am Hals, aber dieses letzte Opfer hat Bisse im ganzen Gesicht und am Hals. Sie wirken auch frenetischer. Das fügt eine neue Dimension hinzu.«

»Wir haben genug beschissene Dimensionen, die uns alle in den Wahnsinn treiben«, rief Boyd aus.

Lottie richtete ihren Blick auf Lynch und sagte: »Wir haben die Tatorte, an denen die Mädchen erschossen wurden, immer noch nicht gefunden. Gibt es diesbezüglich irgendwelche Informationen?«

»Nein. Tut mir leid.« Lynch senkte den Kopf.

Lottie sagte: »Das Moos unter den Nägeln der Mordopfer. Woher stammt es?«

»Es ist das einzige Indiz, das auf den Leichen gefunden wurde«, sagte Boyd.

»Wenn der Mörder die Wunden gewaschen hat, hat er wahrscheinlich auch die Leichen gewaschen«, sagte Kirby.

»Er hat sie ausgezogen, um sie zu erschießen, dann hat er sie gewaschen und wieder angezogen«, sagte Lottie. »Darum konnte Jane Dore auch in den Bisswunden nichts finden.« Sie dachte darüber nach. »Er hat sie irgendwo erschossen, wo niemand es hören konnte. Ein sumpfiges Feld? Ein Wald?«

»Ist das Moos analysiert worden?«, fragte Boyd.

Lottie blätterte in den forensischen Gutachten.

»Hier.« Es war an diesem Morgen per E-Mail geschickt worden. Sie las die zwei Seiten durch. »Mein Gott, warum haben wir das nicht früher bekommen?«

»Was?«, fragte Kirby.

»Es gibt Spuren von Krypto... Ich kann es nicht aussprechen.« Sie buchstabierte es.

»Kryptosporidien«, sagte Lynch. »Warten Sie, ich google das mal.«

»Was haben wir gemacht, bevor es Google gab?« fragte Boyd.

»Mikroskopisch kleine Parasiten, die Durchfall verursachen«, sagte Lynch. »Blablabla. Moment mal. Die Parasiten können sich auf verschiedene Weise verbreiten - über Trinkwasser und Badewasser. In Schwimmbädern, Seen und Flüssen.«

»Das grenzt es ein«, sagte Boyd sarkastisch.

»Es ist unwahrscheinlich, dass diese Mädchen in ein Schwimmbad gebracht wurden, um dort erschossen zu werden, also bleiben uns nur Seen und Flüsse.« Lottie starrte ihn wütend an.

»Ragmullin ist von Seen umgeben«, sagte er.

Sie dachte einen Moment lang nach. Lynch, gehen Sie alle Unterlagen durch, die wir über Meldungen über ungewöhnliche Aktivitäten in oder um die Seen haben. Finden Sie die Daten der Jagdsaison heraus und erkundigen Sie sich beim Grafschaftsrat nach eventuellen Ausbrüchen von Krypto...«

»Kryptosporidien«, soufflierte Lynch, während sie ihren Pferdeschwanz löste. »Was ist hiermit?« Sie zeigte auf den Haufen von Vernehmungsprotokollen auf ihrem Schreibtisch.

»Lassen Sie sie liegen. Dies ist dringender. Prüfen Sie es für die letzten zwei Wochen.« Lynch band sich die Haare zurück und griff zum Telefon.

»Vielleicht ist es nichts«, sagte Boyd.

»Sei nicht schon wieder so pessimistisch«, erwiderte Lottie.

»Nun, mach dir nur keine zu großen Hoffnungen.«

Sie betrachtete die Fotos. »Drei Mädchen sind tot. Ermordet. Und wir wissen nicht einmal ihre Namen. Kommt schon, Leute. Cathal Moroney erzählt seinen Zuschauern, dass ein Serienmörder in Ragmullin sein Unwesen treibt. Und die Menschen wegen ihrer Organe abschlachtet.«

»Das Internet ist voll von neuen Gerüchten«, sagte Kirby und tippte auf sein Telefon. »Twitter und«

Lottie unterbrach ihn: »Wir brauchen Antworten, keine Spekulationen. Sobald Jane Dore die letzte Obduktion abgeschlossen hat, gehen wir mit dem, was wir haben, an die Öffentlichkeit. Und ich will die Fotos der Opfer überall. Nach Andri Petrovci ist Dan Russell unser Hauptverdächtiger. Wir brauchen etwas, um ihn aufs Revier zu bringen. Beschaffe uns den Durchsuchungsbefehl, Boyd. Vielleicht wird die Öffentlichkeit helfen«

Ein Klingelton unterbrach Lotties Worte und sie verlor den Faden. Sie erdolchte das versammelte Team mit ihren Blicken. Boyd machte sich auf den Weg zur Tür, das Telefon am Ohr.

»Detective Sergeant Boyd!«, brüllte Lottie.

Aber er war schon weg.

Sie holte Boyd in ihrem Büro ein, als er sein Telefonat beendete.

»Ich hoffe, es ist was Wichtiges«, begann Lottie und stützte ihre Hände auf ihren Schreibtisch.

»Jackie sagt, Frank Phillips wird mit uns reden. Persönlich. Morgen.« Lottie ließ ihre aufgestaute Wut mit einem Luftstoß durch ihre Nase ab. Sie musste ein paar Mal tief durchatmen, bevor sie sprechen konnte.

»Ich bin mir nicht sicher, ob Phillips etwas mit den drei Morden in Ragmullin zu tun hat, denn er sonnt seinen Arsch derzeit in Spanien«, sagte sie.

»Seine Tochter ist verschwunden. Er hat seine rechte Hand McNally geschickt, um nach ihr zu suchen. Das würde er nicht leichtfertig tun.« Boyd setzte sich an seinen Schreibtisch und band sich eine Krawatte um, die er in seiner Schreibtischschublade gefunden hatte.

»Boyd, Frank Phillips' rechte Hand, wie du ihn nennst, ist seit Mittwoch letzter Woche in Ragmullin. Bevor Maeve verschwunden ist.« Boyd hielt mit seiner Hand in der Luft inne, bevor er sie an sein Kinn legte. »Das weiß ich, aber er war hier, um sich um Franks geschäftliche Angelegenheiten zu kümmern.«

»Das hat Jackie dir gesagt. Kannst du ihr wirklich glauben, Boyd?« Er gab keine Antwort.

Sie sagte: »Wir müssen den wahren Grund für seine Anwesenheit in Ragmullin erfahren.«

»Sollen wir uns also trotzdem mit Frank Phillips treffen?«

»Ja, ich denke schon. Es kann nicht schaden. Welchen Flug nimmt er? Wir treffen ihn am Flughafen.« Lottie setzte sich an ihren Schreibtisch, zog eine untere Schublade heraus und legte ihre Füße darauf.

»Er kommt nicht nach Irland, denn dann müssten wir ihn verhaften. Wir müssen zu ihm kommen.« Boyd setzte sich auf die Ecke von Lotties Schreibtisch. »Nach Málaga.«

»Du machst Witze.«

»Vielleicht kann er etwas Licht auf diese Morde werfen. Warum würde er sonst mit uns reden? Es kann nicht schaden. Oder? Kannst du Corrigan wenigstens fragen?«

Lottie ignorierte das Flehen in seiner Stimme und griff nach ihrer Tasche. »Ich muss mich mit einem Sozialarbeiter wegen Milot treffen.«

Boyd folgte ihr zur Tür und versperrte ihr den Weg. »Jackie hat Angst. Hier läuft etwas Großes, aber sie weiß nicht, was es ist. Ich glaube, wir müssen mit Frank Phillips sprechen.«

»Warum kann nicht seine Frau mit ihm reden? Es geht um ihre Tochter.«

»Es geht um mehr als nur Maeve.«

»Dann frag du Corrigan. Wenn er es genehmigt, fliegen wir, ansonsten eben nicht. Sieh jetzt erst mal nach, ob Petrovci medizinisch fit ist, und hol Lynch oder jemanden, um ihn mit dir zusammen zu vernehmen. Und geh noch einmal alles durch. Wir haben irgendetwas Wichtiges übersehen, Boyd. Finde es. Das wird uns mehr nützen, als nach Málaga zu fliegen.«

Superintendent Corrigan erschien in der offenen Tür. »Niemand fliegt verdammt nochmal nach Málaga. Niemand!«

Als Lottie nach Hause kam, saß Milot neben Katie auf dem Sofa und schaute Cartoon Network. Er hatte ein neues T-Shirt und eine neue Hose an. Lottie sah ihre Tochter mit einer hochgezogenen Augenbraue fragend an.

»Ich habe Chloe gebeten, in die Stadt zu gehen und ihm etwas zum Anziehen zu kaufen«, sagte Katie. »Sie hat sich nicht gerührt. Sean ist gegangen und hat ihm diese Sachen gekauft. Nur acht Euro.«

»Sean? Das war lieb von ihm. Ich wünschte, ich wüsste, was mit Chloe los ist.«

»Hast du Zeit, etwas zum Abendessen zu kochen? Oma ist heute nicht gekommen, und er lässt mich nicht aus den Augen.« Katie umarmte den Jungen.

»Vielleicht Pommes?«, fragte Lottie. »Magst du Pommes, Milot?«

Der kleine Junge starrte zu ihr auf, seine großen Augen waren weich von ungeweinten Tränen. Er vermisste seine Mama. Gott, dachte sie, wo würde er wohl landen, wenn er erst einmal in Pflege gegeben wurde? Sie hoffte, dass er wenigstens vor Leuten wie Dan Russell sicher sein würde.

»Wo sind Sean und Chloe jetzt?«, fragte sie.

Katie richtete die Augen zur Decke.

»Bin gleich wieder da.« Lottie flog die Treppe hinauf, um nach ihnen zu sehen. Seans Kopfhörer übertönten ihre Frage, was er zum Abendessen wollte, also ging sie weiter zu Chloes Zimmer. Die Tür war abgeschlossen. »Chloe, lass mich rein.«

»Geh weg.«

Lottie lehnte sich gegen das Holz und versuchte es erneut. »Bitte, Chloe. Mach die Tür auf.«

»Ich lerne. Ich rede später mit dir.«

Mit einem schweren Seufzer gab Lottie auf und ging unter die Dusche. Obwohl es draußen warm war, hatte sie gezittert, seit sie beim Pumpenhaus so nass geworden war. Die Müdigkeit fraß sich durch ihre Knochen. Nach einer Weile entspannte das Wasser ihren Körper. Sie zog saubere Kleidung an und fühlte sich bereit für den Sozialarbeiter.

Als sie in die Küche kam, bemerkte sie eine Spur aus getrocknetem Blut, die zur Hintertür führte. Sie war verschmiert, als hätte jemand vergeblich versucht, sie zu beseitigen.

»Chloe! Katie! Was ist denn hier passiert?«, brüllte sie.

Oben öffnete sich eine Tür und Chloe rannte hinunter in die Küche. »Ich habe ein Glas fallen lassen und bin hineingetreten.«

»Bist du okay? Lass mich mal sehen.«

»Nein! Geh weg.« Chloe streckte eine Hand aus und wich zurück.

»Was ist los mit dir? Sind es die Prüfungen?«, fragte Lottie.

»Welche Prüfungen?«

»Komm mir nicht dumm, junge Dame.«

»Ich versuche zu lernen, und sobald du nach Hause kommst, gibt es Streit«, schnauzte Chloe. »Immer dasselbe.« Sie warf einen Blick in den Kühlschrank, aber als sie nichts fand, was ihr zusagte, knallte sie ihn wieder zu und wandte sich zum Flur.

Lottie hielt sie am Arm fest. »Red nicht so mit mir.«

»Meinetwegen.« Chloe befreite sich aus ihrem Griff und flüchtete die Treppe hinauf. Lottie stand mit offenem Mund da und sah Milot an der Wohnzimmertür stehen. Er versuchte, Schluchzer zu unterdrücken, und Tränen liefen ihm über die Wangen.

Bevor sie ihn trösten konnte, klingelte es an der Tür.

. . .

Der Mann, der vor der Tür stand, schien zu jung, um ein Sozialarbeiter zu sein. Das war Lotties erster Eindruck. Zu jung, um mit all diesem Mist fertig zu werden.

Er zeigte seinen Ausweis vor, und sie begrüßte ihn und entschuldigte sich für die Unordnung. Katie hatte Milot hochgehoben, bevor Lottie die Tür öffnete, und war dabei, ihn im Wohnzimmer zu trösten.

Er stellte sich als Eamon Carter vor und setzte sich an den Küchentisch. Sein blondes Haar war ordentlich um seine kleinen Ohren gestutzt. Lottie dachte, dass die Stoppeln an seinem Kinn sicher Absicht waren, genau wie die enge schwarze Hose, die er trug.

»Möchten Sie Tee?«

»Ein Glas Wasser wäre schön«, sagte er mit einem scharfen Dubliner Akzent. »Draußen ist es wieder brütend heiß.«

Sie ließ das Wasser laufen, bis es kalt war.

»Machen Sie diesen Job schon lange?«, fragte sie.

»Ein paar Monate«, antwortete er.

Nicht lange genug, um sich an die Härte der Arbeit, die er da in Angriff nahm, gewöhnt zu haben. Dass ein so unerfahrener junger Mann mit dem schwierigen Fall Milot betraut wurde. Im Stillen wünschte sie ihm Glück.

»Nun zu Milot«, begann er und schlug eine Akte mit einer einsamen Seite auf. Er ist vor Ihrer Haustür aufgetaucht und Sie haben keine Ahnung, wo seine Familie sein könnte. Kennen Sie sie?«

»Seine Mutter ist letzten Montagmorgen zu mir gekommen. Sie hatte ein Anliegen, dass ich klären sollte. Ich hatte sie noch nie zuvor getroffen und habe sie auch seitdem nicht mehr gesehen. Ihr Name ist Mimoza Barbatovci, und ich glaube, sie wohnt in der Flüchtlingsunterkunft hier in der Stadt.«

»Und Sie haben versucht«

»Ja, ich habe mich erkundigt. Sie scheint verschwunden zu sein.« Plötzlich dachte Lottie an den Plüschhasen, der neben dem dritten Opfer gefunden worden war. Sobald sie Milot übergab, konnte der Mörder leicht herausfinden, wo er sich aufhielt. Sie durfte sein Leben nicht riskieren. »Eamon, es ist Samstag, und es muss ohnehin schwer sein, einen Platz für sehr kleine Kinder zu finden. Warum lassen Sie den Jungen nicht hier, zumindest übers Wochenende? So haben Sie Zeit, einen geeigneten Platz für ihn zu finden, und ich habe Zeit, seine Mutter ausfindig zu machen.«

Er strich sich mit der Hand über den Mund und über das Kinn. Er dachte nach.

»Kann ich das Kind sehen?«

»Natürlich.«

Lottie ging, um Milot zu holen. Als sie zurückkam, kritzelte Eamon gerade Notizen in die Akte.

Er sah auf. »Hallo, kleiner Mann.« Der Junge schmiegte seinen Kopf an Lotties Schulter. Carter fuhr fort: »Er scheint sich hier wohlzufühlen. Woher nehmen Sie die Zeit, sich um ihn zu kümmern?«

Katie kam in die Küche. »Ich helfe mit.« Sie grinste breit. Carter errötete.

Lottie formte mit den Lippen ein Dankeschön für ihre Tochter.

Carter fummelte an seinem Telefon herum und wählte eine Nummer. Er wartete ungeduldig und klopfte mit seinem Stift auf den Tisch. »Es antwortet keiner.«

»Was wollen Sie tun? Milot ist hier vollkommen sicher aufgehoben.« Hoffe ich, dachte Lottie.

»Es widerspricht meiner ganzen Ausbildung, aber ich denke, ich werde eine ... eine Managemententscheidung treffen.« Er trank sein Wasser aus. Lottie hielt den Atem an. »Er kann bis Montag hierbleiben. Wenn seine Mutter bis dahin nicht aufgetaucht ist, muss ich ihn bei einer registrierten Pflegeperson oder in einer Pflegefamilie unterbringen. Ich werde über das Wochenende daran arbeiten.«

Katie kam hinzugelaufen und nahm Milot aus Lotties Armen. »Hast du das gehört, Milot? Du kannst noch ein bisschen bleiben.« Der kleine Junge lächelte, als ob er verstanden hätte.

Eamon stand auf und Lottie schüttelte ihm die Hand.

»Danke. Ich möchte wirklich nicht, dass dieser kleine Junge von einem System in ein anderes versetzt wird. »Ich werde mein Bestes tun, um seine Mutter zu finden.«

»Bitte tun Sie das. Das würde mir die Arbeit sehr erleichtern.« An der Haustür fügte er hinzu: »Was hat es mit dem Blut auf dem Fußboden da drinnen auf sich?«

»Ich habe mich nur an einem Glas geschnitten«, sagte Lottie und kreuzte die Finger hinter dem Rücken, als sie log.

Er runzelte die Stirn, nickte und ging.

»Gott sei Dank«, sagte Lottie. Aber sie fragte sich, ob er es in seinen Notizen vermerkt hatte.

## 65

»Also, Mr Petrovci. Der gute Doktor sagt, wir können jetzt mit Ihnen sprechen. Wollen Sie einen Anwalt?« Boyd setzte sich im Vernehmungsraum neben Lynch und Andri Petrovci gegenüber.

»Nein, Sir«, sagte Petrovci und rang die Hände.

»Sie waren jetzt an drei Orten zugegen, an denen die Leichen junger Frauen gefunden wurden. Was haben Sie dazu zu sagen?«

»Ich sie nicht töte.«

»Was war das für ein Ausdruck, den Sie vorhin gerufen haben? Ju lutem?«, fragte Boyd.

Petrovci ließ den Kopf hängen.

»Sprechen Sie lauter für das Tonband«, befahl Lynch.

»›Bitte‹, es bedeutet ›bitte‹.«

Boyd warf Lynch einen warnenden Blick zu. »Erzählen Sie mir von dem letzten Mädchen, das Sie gefunden haben? Kennen Sie sie?«

Petrovci schüttelte den Kopf.

»Ich sie nicht kenne. Ich gehe jetzt?«

Lynch sagte: »Haben Sie ein Alibi für jede Nacht in der letzten Woche?«

»Ich zu Hause. Die meisten Nächte.«

»Kann irgendjemand dafür bürgen?«, fragte Boyd und fügte dann, als er die Verwirrung in Petrovcis Gesicht bemerkte, hinzu: »Leben Sie mit jemandem zusammen, der sagen kann, wo Sie jede Nacht waren?«

»Ich lebe allein.«

Boyd rieb sich mit der Hand über Nase und Mund. An liebsten hätte er die Antworten aus dem Mann herausgeschüttelt.

»Schießen Sie gerne?«

»Was?«

»Sie wissen schon. Mit einem Gewehr. Kaninchen auf dem Feld schießen. Oder Enten auf einem See. Irgendetwas in der Art.«

»Ich nicht schieße. Ich gehe nicht auf einen See. Was meinen Sie?«

Boyd haute auf den Tisch. »Komm schon, du Arsch. Sag's mir. Wo hast du diese Mädchen ermordet?«

»Ich ermorde niemand.«

»Gibt es irgendetwas, das Sie uns sagen können und das Sie von der Beteiligung am Tod dieser Mädchen entlasten würde?«, fragte Lynch.

»Ich sie nicht töte. Sie haben nichts. Sie lassen mich gehen.« Petrovci lehnte sich in seinem Stuhl zurück, verschränkte die Arme und schloss die Augen.

Er schwieg für vier Minuten.

Boyd kippte seinen eigenen Stuhl zurück und sprang auf. Lynch ermahnte ihn mit einem Blick.

»Ich werde mit Superintendent Corrigan sprechen und wir werden sehen, was er mit Ihnen machen will. Die Vernehmung ist beendet.«

Ohne auf Lynch zu warten, stürmte Boyd aus dem Raum.

. . .

Der Mann packte seinen neuen Lieferwagen. Der Verkehr begann nachzulassen. Die Leute wurden schlauer und mieden das Stadtzentrum, dachte er, als er die Arbeiter dabei beobachtete, wie sie einen Straßenabschnitt sicherten, bis sie am Montag zurückkehren würden. Und er würde ihnen etwas zu finden geben.

Als er am Bahnhof vorbeifuhr, warf er einen Blick auf den Hof des Autoverwerters. Er wusste, dass die Wachen dort nichts finden würden. Der alte Lieferwagen war bis auf die Reste, die er darin gelassen hatte, sauber gebleicht, und er beglückwünschte sich zu seinem Geniestreich, Blut in den Wagen zu schmieren und auf die Mauer zu schießen. Er hatte die Waffe mit einem Schalldämpfer abgefeuert, als der Nachtzug den Bahnhof verließ. Das Geräusch war schön dumpf gewesen. Aber es hatte lange genug gedauert, bis sie die Leiche gefunden hatten!

Er hielt sich an die Geschwindigkeitsbegrenzung. Es machte keinen Sinn, Aufmerksamkeit zu erregen. Er fuhr durch das Industriegebiet um die Stadt herum und bog beim Windhundstadion links ab, wobei er sich einen Blick in die Windmill Road gönnte, wo DI Parker wohnte. Eine interessante Frau, mit ihren langen Beinen in engen Jeans und ihrer verrückten Tochter.

Er schob eine Hand zwischen seine Beine, um die pulsierende Härte zu unterdrücken. Nicht mehr lange. Obwohl er wusste, dass er warten musste, bis die Dunkelheit hereinbrach.

Er konnte warten. Er war es gewohnt zu warten.

Der Preis am Ende war es wert.

## 66

Es war acht Uhr dreißig, als Lottie ihr Haus aufgeräumt und Milot ins Bett gesteckt hatte. Katie überredete Sean, nach unten zu kommen und mit ihr eine besonders blutrünstige Folge von CSI zu sehen. Als sie nach ihnen sah, saßen beide zusammengesunken in ihren Sesseln. Gerade als sie nach oben gehen wollte, um mit Chloe zu reden, piepte ihr Telefon. Boyd.

»Ich hoffe, es sind gute Nachrichten«, warnte sie.

»Alles andere. Wir haben Andri Petrovci gehen lassen müssen. Der Arzt meinte, er sei fit und ich habe versucht, ihn zu vernehmen.«

»Was hat er gesagt?«

»Er hat gesagt, dass ju lutem ›bitte‹ bedeutet. Kein Alibi und er hat sich geweigert, sonst noch etwas zu sagen.«

»Scheiße.«

»Corrigan sagte, wir hätten nichts, womit wir ihn festhalten könnten, als er seine Aussage gemacht hatte.«

»Ich frage mich, ob wir ihn irgendwie mit der Flüchtlingsunterkunft in Verbindung bringen können. Er weiß etwas.«

»Ich weiß etwas. Er ist ein verdammter Mörder.«

»Abgesehen von Petrovci, bist du noch einmal alle Beweise

durchgegangen?«

»Ich habe alles unter die Linse genommen.«

»Unter die Lupe.«

»Meinetwegen.«

»Du hörst dich an wie meine Chloe.« Lottie fühlte einen Stich in ihrem Herzen. Sie musste Chloes Wut und Distanz auf den Grund gehen. Und sie musste auch Russells Andeutungen über Adam aufklären.

»Irgendwelche Sichtungen von Maeve Phillips oder Mimoza?«

»Nichts und wieder nichts. Wie ist es mit dem Sozialarbeiter gelaufen?«, fragte Boyd.

»Ich kann Milot bis Montag behalten. Hast du mit Corrigan über Málaga gesprochen?«

»Allerdings.«

»Und?« Konnte sie wirklich fliegen, selbst wenn der Superintendent es abgesegnet hatte? Sie musste Milot gut im Auge behalten. Und Chloe auch.

»Ich musste meinen unwiderstehlichen Charme und viel schmeichlerisches Vokabular einsetzen«, sagte Boyd.

»Also hat er ›ja‹ gesagt.«

»Der Flug geht morgen früh um sechs Uhr fünfzehn. Ich hole dich um vier Uhr ab. Und morgen Abend fliegen wir zurück.«

Lottie fragte: »Was ist mit Europol?«

»Wir befragen Frank Phillips nicht in offizieller Funktion. Der Superintendent hat mit jemandem gesprochen, den er kennt, der jemanden kennt, der Bescheid weiß, also sind wir startklar.«

Trotz allem musste Lottie lachen.

»Los, sag es«, drängte Boyd.

»Du bist ein Aufpeppmittel, weißt du das?«

»Du sagst es mir immer wieder.«

»Bis morgen früh. Und bring eine Kopie von der Vernehmung von Petrovci mit. Dann habe ich im Flugzeug was zu lesen.«

»Und ich dachte schon, du würdest dich an meine Schulter kuscheln.«

»Gute Nacht, Boyd.«

Sie beendete den Anruf und ging in der Küche auf und ab. Ein Glas Wein wäre gut. Ein Wodka vielleicht? Ausgeschlossen. Eine Pille? Sie kramte in ihrer Tasche herum. Sah im Reißverschlussfach nach. Schließlich fand sie eine halbe Pille schon fast zerbröckelt ganz unten in der Tasche. Sie rettete, was von der Pille übrig war, goss sich ein Glas Wasser aus dem Hahn ein und schluckte.

Sie saß in ihrem Sessel und hoffte, dass die Pille ihr helfen würde, die Erinnerung an Russells Drohungen bezüglich Adam abklingen zu lassen. Seine Worte hatten sich in ihrem Bewusstsein festgesetzt. Sie wusste, dass Russell andeuten wollte, dass ihr Mann an der illegalen Entnahme menschlicher Organe beteiligt gewesen war. Unmöglich. Adam hätte sich nie in so etwas verwickeln lassen. Russell war ein Lügner.

Sie schloss die Augen und lauschte nach dem Wind. Nichts. Regen? Vögel in den Bäumen? Nichts.

Die Nacht war still.

Sie fiel in einen unruhigen Schlaf, der von lauten Träumen gestört wurde.


Mimoza war gefesselt worden und man hatte ihr einen schwarzen Müllsack über den Kopf gezogen. Das Plastik klebte an dem Blut, das aus ihren Wunden sickerte, aber es war ein Riss darin, der ihr das Atmen ermöglichte.

In den Kofferraum eines Autos gepfercht, hatte sie weder die Kraft noch den Willen, sich zu wehren oder herauszufinden, wohin sie gebracht wurde. Es war ihr egal, was sie mit ihr machten. Und so groß war ihr körperlicher Schmerz und ihre emotionale Verzweiflung, dass sie einen Moment lang gedacht hatte, sogar Milot sei ihr gleichgültig. Aber das stimmte nicht. Egal, was sie mit ihrem Körper anstellten, sie schwor sich, dass sie ihren Geist nicht brechen würden. Alles, was sie tun konnte, war zu hoffen. Wenn sie überlebte, hatte sie vielleicht eine Chance, Milot zu finden. Wenn sie starb, war alles aus.

Als das Auto anhielt, wurde sie aus dem Kofferraum gezerrt und ein Mann hievte sie sich über die Schulter. Durch ihren Schmerz hindurch fühlte sie, wie sie getragen und dann zu Boden geworfen wurde. Sie prallte auf eine Holzkonstruktion und diese schwankte. Sie hörte Wasser plätschern und es schaukelte wieder, als er sie aus dem Weg schob und auch einstieg.

Sie war in einem Boot.

Als sie wach wurde, wusste Maeve sofort, dass sie an einem anderen Ort war. Die Luft war frisch und sie konnte den dunklen Himmel sehen. Dutzende von Sternen funkelten. Sie war im Freien und lag in feuchtem Gras. Der Schmerz in ihrer Hüfte war heftig. Ihre Finger ruhten in der federweichen Erde und ihr war kalt. Sie war nackt. Sie versuchte, sich auf ihre Ellbogen zu stützen, aber sie hatte nicht die Kraft, sich zu bewegen. Schmerz schoss heiß durch ihren Körper. Ihr Kopf lag auf einem Bett aus Heidekraut. Sie konnte es riechen. Erdig. Sie wünschte sich verzweifelt, wieder zu Hause zu sein.

Als sie den Kopf leicht drehte, hörte sie Wasser plätschern und kleine Wellen. Durch die Schatten der Bäume hindurch bemerkte sie eine gebückte Gestalt, die unter den Ästen auf sie zuging. Sie sah aus wie eine Karikatur des Glöckners von Notre-Dame. Es war ein Mann, der etwas auf seiner Schulter trug.

Sie lag totenstill, als er das Bündel neben ihr auf den Boden fallen ließ. Das Plastik riss auf.

Und dann schrie sie.

# KOSOVO 1999

Der Hauptmann fuhr zu schnell und sprach gleichzeitig hektisch in ein klobiges Mobiltelefon.

Tief in seinem gebrochenen Herzen wusste der Junge, dass er zurück in die Klinik gebracht wurde. Die Straße führte nach Pristina, und er war nicht dumm. Er sank in die heiße Polsterung des Sitzes und sah zu, wie die Landschaft nach und nach verschwand und verschwamm, bis sie die zerstörte Stadt erreichten. Der Hauptmann parkte den Jeep vor der Tür der Klinik.

»Raus«.

Er wurde den Korridor entlang und durch die Tür an seinem Ende geschoben. Der Arzt stand da und hielt eine Akte in der Hand, aus der ein Bündel Papiere ragte.

»Gute Arbeit. Dieser Kandidat ist ideal.«

Der Hauptmann sagte: »Ich will mehr für ihn.«

»Ausgeschlossen.«

Der Junge trat von einem Fuß auf den anderen und bekam von dem Leder seiner Sandalen eine Blase an einer Ferse. Er befeuchtete seinen Finger, bückte sich und rieb sie, wie es ihm seine Mutter gezeigt hatte.

»Hör auf damit«, sagte der Arzt und zeigte mit einem knochigen Finger auf ihn.

Der Junge verkroch sich in die Ecke und vergrub seine Hände in den Taschen seiner Jeans, und da ertastete er das Leinenabzeichen. Als er mit den Fingern über den aufgestickten Namen strich, fühlte er sich nicht mehr so allein. Er hatte einen Freund.

Der Hauptmann meinte: »Sie haben mir gesagt, sein Blut sei perfekt. Keine Unreinheiten. Nicht wie bei einigen anderen. Also will ich das Doppelte für ihn, oder ich setze ihn in einem Puff ab.«

Der Junge beobachtete, wie der Arzt eine Schublade öffnete. Er nahm eine Brieftasche heraus und zählte das Geld, während eine Fliege, die in der Plastikabdeckung des Neonlichts gefangen war, laut summte.

»Nehmen Sie es und gehen Sie«, sagte der Arzt.

Der Hauptmann faltete die Scheine und steckte sie in die obere Tasche seines Tarnhemds, ohne sie zu zählen.

Der Junge spürte einen Schubs an seiner Schulter und wurde auf den Arzt zu gestoßen. Er roch den klammen Körper des Mannes, aber er fühlte keine Angst. Er hatte bereits mitansehen müssen, wie seine Familie massakriert wurde. Gab es eine schlimmere Qual?

Die Tür knallte zu, als der Hauptmann hinausging.

Er war allein mit dem Mann in dem weißen Mantel.

Sein Kinn wurde nach oben geneigt.

Er musste würgen von dem Geruch von trockenem Fisch, der aus dem Mund des Arztes kam. »Zeit, dich fertig zu machen. Komm mit.«

Mit hängenden Schultern folgte der Junge ihm in einen anderen Raum.

Auf dem Schild an der Tür stand: TEATRI

# SIEBTER TAG

SONNTAG, 17. MAI 2015

## 67

Lottie horchte am Fuß der Treppe. Stille. Alle schliefen. Sie zog die Tür leise hinter sich zu.

Sie hatte Katie gewarnt, Milot nicht aus den Augen zu lassen und immer bei ihm zu bleiben, auch im Haus. Der Garten hinterm Haus war für heute tabu. Sie hatte überlegt, ob sie ihre Mutter anrufen sollte, damit sie den Tag mit den Kindern verbrachte, hatte aber beschlossen, dass die Kinder schon zurechtkommen würden.

Boyd sah so frisch aus, wie sie ihn seit Tagen nicht mehr gesehen hatte.

Sie warf ihre Tasche zu ihren Füßen in sein frisch gesaugtes Auto, setzte sich hinein und sagte: »Du siehst munter aus.«

»Und wie geht es Ihnen, schöne Frau, an diesem herrlichen dunklen Morgen?«

»Es ist drei Uhr fünfundfünfzig und ich habe kaum ein Auge zugetan, könntest du also den Sonnenschein für eine Stunde bezwingen? Ich bin so müde, dass ich das Gefühl habe, meine Knochen seien kurz davor, sich wie eine Ziehharmonika zusammenzuschieben, und dass ich wie eine Marionette zusammenbrechen werde. Fahr den Wagen und halt die Klappe.«

»Ihr Wunsch ist mein«

»Boyd!«

»Okay, okay.«

Sie legte ihren Kopf an die Polsterung und starrte gerade-aus, während der gelbe Farbton der Straßenlaternen dem weißen Schein der Autobahnlichter wich. Aus irgendeinem Grund wollte sie Boyd anschreien, mit den Fäusten gegen seine Brust schlagen und ihm sagen ihm was sagen? Dass sie ihn wirklich mochte? Dass er einen großen Fehler machte, wenn er seine Beziehung zu Jackie wieder entfachte? Im Grunde wollte sie nicht, dass er verletzt wurde.

Sie wagte einen Blick. Er konzentrierte sich auf das Fahren. Sie biss sich auf die Lippe, um nicht etwas Dummes zu sagen.

»Was ist los?« Boyd wandte sich ihr zu.

»Guck auf die Straße.«

Er zog die Schultern hoch, machte eine ernste Miene und erhöhte seine Geschwindigkeit auf knapp über das gesetzliche Tempolimit.

Sie drehte ihren Kopf zum Fenster und schloss die Augen. »Weck mich, wenn wir am Flughafen sind«, murmelte sie.

»Ich wecke dich, wenn wir in Málaga sind.«


Frank Phillips besaß viele Immobilien an der Costa del Sol, aber er hatte sich dafür entschieden, in einem nagelneuen Komplex am Strand von Málaga zu wohnen.

Mit Boyd an ihrer Seite betrat Lottie das Gebäude aus grauem Stein, roch die Neuheit, genoss die Aussicht und die Kühle nach der pulsierenden frühen Morgensonne. Sie fuhren mit dem Aufzug in den sechsten Stock und betraten einen riesigen Flur mit Spiegelwänden. Sie wandte sich von ihrem Spiegelbild in dem beleidigenden Glas ab, nur um festzustellen, dass sie sich wieder selbst ansah. Eine Wand glitt lautlos nach rechts weg, und ein Mann kam heraus, um sie in den Raum zu geleiten. Auf den ersten Blick schien er um zwei Meter groß zu sein, aber sie schätzte ihn auf etwa 1,85 m.

»Mr Phillips wird gleich bei Ihnen sein.« So schnell wie er aufgetaucht war, verschwand der Riese auch wieder.

»Hier ist es wie in dem verdammten Zauberer von Oz«, murmelte Boyd.

»Sch!«, flüsterte Lottie. Aber als sie sich im Raum umsah, musste sie ihm zustimmen. Alles war smaragdgrün. Die funkelnden Marmorfliesen, die Säulen, die die Decke stützten, die Couch mit ihren meterhohen Kissen. Die Gemälde waren alle von dem berühmten irischen Künstler Paul Henry.

»Sie sehen aus wie Originale.« Kunstwerke im Wert von Millionen von Euro. Gütiger Gott!

»Ja, es sind Originale.«

Lottie fuhr herum und erkannte Frank Phillips sofort. Das lange schwarze Haar, die Nase, sogar die Augen. Maeve war das Ebenbild ihres Vaters. Aber Frank war nur einen Meter fünfzig groß und seine Haut war so braun, dass er wie ein hölzernes Whiskeyfass aussah.

Er schlenderte auf sie zu und zog den Gürtel seiner Hose enger.

»Setzen Sie sich«, sagte er großspurig. Sein gestärktes weißes Hemd knisterte über einem vorspringenden Bauch. Er führte sie zu drei Stühlen, die strategisch vor raumhohen Fenstern mit Blick auf das Mittelmeer standen. »Möchten Sie Tee?«

Er wartete nicht auf eine Antwort. Der große Mann erschien an seiner Seite.

Pat und Patachon.

»Manuel, Tee für drei. Nun, Detective Inspector - oder sollte ich Sie Mrs Parker nennen? - Sie sind in inoffizieller Funktion hier, glaube ich.«

»Inspector ist mir recht.« Sie bemerkte, dass Phillips Boyd ignorierte und seine Aufmerksamkeit auf sie richtete.

»Meine Frau Tracy hat das Leben einer Alkoholikerin

gewählt. Wenn man es überhaupt ein Leben nennen kann. Meine Tochter fühlt sich ihr gegenüber in gewisser Weise verpflichtet. Wenn sie achtzehn ist, werde ich sie hierherholen. Ich werde ihr zeigen, was sie alles erben wird, und vielleicht lässt sie dann ihre nichtsnutzige Mutter in der Gosse zurück, wo sie hingehört, und zieht zu mir. Welcher Teenager würde das nicht tun?«

»Einer mit anständigen Moralvorstellungen?«, meldete Boyd sich.

Lottie versuchte, ihn mit ihrem Ellbogen anzustupsen, aber sein Stuhl stand zu weit weg.

»Im Angesicht des Reichtums fliegt die Moral aus dem Fenster«, sagte Phillips. »Meine Maeve kann hier alles haben, wovon sie jemals geträumt hat. Und mehr.«

»Außer vielleicht Freiheit?« Boyd wieder.

»Geld bedeutet Freiheit.« Phillips gab Manuel ein Zeichen, die weißen Porzellantassen auf den mit der Trikolore bemalten Holztisch zu stellen. Die Beine waren geschnitzte keltische Kreuze.

»Sie sind doch sicher ein Gefangener in Ihrem eigenen Schloss?«, fragte Lottie.

»Ich habe alles, was ich will.« Sein Ton stieg um eine Oktave. »Genau hier.«

Jetzt ist er verärgert, dachte sie. »Bis auf Ihre Tochter.« Wie weit konnte sie ihn provozieren?

»Es ist Ihre Aufgabe, sie zu finden. Und das ist Ihnen bisher nicht besonders gut gelungen.«

»Vielleicht liegt das daran, dass Sie Ihren Schergen McNally geschickt haben, um sich in unsere Arbeit einzumischen.«

»Wie kann man sich in etwas einmischen, das nicht getan wird? Es sei denn, Sie sind gekommen, um mir zu sagen, dass Sie Maeve gefunden haben. Haben Sie das?«

Lottie schüttelte den Kopf. »Wir glauben, dass Ihre

geschäftlichen Unterfangen mit dem Verschwinden von Maeve verbunden sind.«

»Sie ist also nicht mit ihrem unsichtbaren Freund weggelaufen, wie Sie uns zuerst glauben machen wollten?«

»Wir haben keinen Freund gefunden. Bisher.« Mit dem Meer draußen und dem Grün drinnen, das an den Wänden spielte, fühlte sich Lottie fast seekrank. »Darf ich Ihr Bad benutzen?«

»Wenn das ein Trick ist, um in meinem Haus herumzuschnüffeln, haben Sie Pech gehabt. Hier gibt es nichts zu finden. Ich bin«

»Nein, das ist es nicht. Mir ist plötzlich ein bisschen mulmig.

Phillips schnippte mit den Fingern und Manuel erschien. »Begleite sie zum Gästebad.«

Lottie stand auf und hielt sich an Boyds Schulter fest.

»Bist du okay?«, fragte er.

»Mir geht's gleich wieder besser.«

Phillips hatte recht gehabt. Sie wollte schnüffeln. Sie folgte Manuel um eine Säule herum und einen breiten Flur entlang, der grüner war als der Raum, den sie gerade verlassen hatte, und sie hoffte, dass das Badezimmer weiß oder rosa gestrichen war. Sonst würde sie sich mit Sicherheit übergeben.

Es war kanariengelb.

———

Nachdem sie sich kurz umgesehen hatte, ohne eines der Zimmer zu betreten, kehrte Lottie in den Wohnbereich zurück. Der Tee war eingeschenkt worden, stand aber unberührt da.

»Ich sagte gerade zu Sergeant Boyd hier, dass man die Dinge in die richtige Perspektive rücken muss.« Frank Phillips stand am Fenster, den Arm auf etwas gestützt, das wie ein vergoldetes Teleskop aussah. Er fuhr sich mit seinen kurzen

Fingern durch sein langes Haar, das er jetzt zu einem Pferde-schwanz zurückgebunden hatte. Über seinen spitzen Ohren und an den Schläfen zeichneten sich Grautöne ab. Ansonsten war es von einem schimmernden Schwarz. Und sie war sicher, dass er ein Facelifting oder möglicherweise eine Botoxbehand-lung gehabt hatte. Nirgendwo in seinem ledrigen Gesicht war eine Falte oder eine Linie zu sehen.

»Sehen Sie die Möwe da?«, fragte er und zeigte auf einen fetten Vogel auf dem Fensterbrett, der an den Schuppen eines Fisches zupfte. »Und jetzt schauen Sie in den Himmel zu den Flugzeugen, die vom Flughafen abheben.«

Lottie blinzelte ins Sonnenlicht. Boyd lehnt sich auf seinem Stuhl nach vorne. »Diesen winzigen weißen Punkt, der sich durch das Blau schlängelt. Sehen Sie ihn?«

Sie nickte. Was für ein Spiel spielte er da?

Phillips hielt sein Auge an das Teleskop. »Das ist eine Boeing 737. Ryanair. Ein Dutzend oder mehr Flüge aus ganz Europa täglich von und nach Málaga. Voller Leute. Und doch sieht das Flugzeug kleiner aus als diese Möwe da.«

»Worauf wollen Sie hinaus?« Boyd sprach Lotties Gedanken aus.

Phillips wandte sich vom Teleskop ab und sagte: »Manchmal ist das, was wir vor Augen haben, so nah, dass wir nicht das ganze Bild sehen können.«

»Ich kann Ihnen nicht folgen«, sagte Lottie.

»Die Möwe sieht aus der Nähe riesig aus. Genau wie ein Flugzeug mit vielen Menschen, das auf der Rollbahn wartet. Aber wenn es weit oben am Himmel fliegt, ist es nur ein Punkt. Einer von vielen da oben.« Phillips klopfte an das Fenster. Der Vogel ließ den Fisch fallen und flog mit lautem Gekrächze davon. Phillips lachte.

»Ich vermute, Sie haben es in Ragmullin mit etwas Großem zu tun. Und glauben Sie mir, wenn ich sage, dass Sie keine Ahnung haben, wie riesig es wirklich ist.«

»Hat das etwas mit den Morden zu tun?«, fragte Lottie und warf Boyd einen Blick zu, um zu sehen, ob er Phillips gefolgt war. »Wir haben in der letzten Woche drei Mordopfer gefunden. Wissen Sie etwas darüber?« Sie war gelangweilt von seinem Gerede über Möwen und Flugzeuge.

»Ich habe davon gehört und ich glaube, Sie wissen nicht, was da wirklich läuft.«

»Erklären Sie es uns«, sagte Boyd und blies genervt die Wangen auf.

»Können Sie mir versichern, dass ich von der Strafverfolgung befreit werde und Zeugenschutz erhalte? Dass ich nach Hause gehen und nach meiner Tochter suchen kann?«

Lottie tauschte einen weiteren Blick mit Boyd aus. Sie sagte: »Das könnte eine Weile dauern. Sagen Sie uns, was Sie wissen, und ich werde sehen, was ich tun kann.«

»Das ist nicht gut genug.«

»Wir sind den ganzen Weg hierhergekommen, um Informationen zu erhalten, die uns helfen könnten, Maeve zu retten. Ich bin enttäuscht von Ihnen.«

»Sie retten wovor? Inspector, wenn ich Ihnen alles sagen würde, was ich vermute, wäre ich in ein paar Tagen tot, und dann wäre ich für Maeve völlig nutzlos. Ich muss nach Hause und selbst nach ihr suchen. Sie verstehen die Zusammenhänge nicht.«

»Klären Sie uns auf«, sagte Lottie.

»Ich kann Sie nur in eine bestimmte Richtung weisen.«

»Weisen Sie drauflos.« Lottie versuchte, ihre Gereiztheit zu verbergen.

»Gehen Sie an den Docks entlang.« Er wies mit seinem kurzen Arm in Richtung des Hafens. Es liegt direkt vor ihren Augen. Das ist alles, was ich sagen kann. Ich habe beschlossen, aus meinem jetzigen Geschäft auszusteigen, und glauben Sie mir, es wird nicht in einem Sarg sein. Bauwesen. Damit werde ich von nun an mein Geld verdienen.«

Lottie schaute ihn direkt an. »Ich brauche mehr.«

»Ich habe Leute, die jedes Rattenloch auf der Suche nach Maeve durchsuchen. Er hat sie entführt. Er wird auch hinter mir her sein. Ich kann mein Haus nicht ohne einen Leibwächter verlassen.«

»Er? Von wem reden Sie?«

Phillips schnaubte. »Von einem Mann namens Fatjon. Er ist seit Jahren in den Menschenhandel für das Sexgewerbe verwickelt. Ich glaube, er könnte auch etwas mit den Morden zu tun haben.«

»Arbeitet er für Sie?«

»Nicht mehr.«

»Warum glauben Sie, dass er darin verwickelt ist?«

»Es ist nur ein Verdacht, Inspector. Ich muss vorsichtig sein mit dem, was ich sage, es sei denn, Sie können mir Immunität garantieren.«

»Sie wissen, dass das Zeit und Papierkram erfordert. Sagen Sie mir, was Sie können.« Ohne Handschellen würde er nirgendwohin gehen, schwor sich Lottie im Stillen.

Phillips blickte aus dem Fenster auf das weite Meer. Seine Stimme war tief und rau, als er sprach.

»Einige meiner... der Mädchen, die für das Sexgewerbe nach Irland gebracht wurden, sind verschwunden. Spurlos. Ich verliere Geld. Fatjon war der Mittelsmann.«

Lottie seufzte frustriert. Phillips ließ mehr aus als er ihr erzählte. Sie beschloss weiterzubohren.

»Zweien der Leichen, die wir gefunden haben, wurden Organe entnommen. Hat dieser Fatjon damit etwas zu tun?«

Phillips öffnete den Mund, um zu sprechen, hielt dann aber inne. Er holte tief Luft und sagte: »Ich weiß nicht. Organentnahme? Wirklich? Vielleicht ist es ein Arzt, oder ein Möchtegern-Arzt.«

»Und dieser Fatjon ist kein Arzt, oder?«

Phillips lachte trocken. »Ich bezweifle es.«

»Wie sieht er aus? Wo wohnt er?«

»Ich weiß nicht, wo er wohnt. Er ist ein sehr großer Mann, muskulös, ein brutaler Kerl. Und er hat extrem schiefe Zähne.«

Lottie sah Boyd an. Er schüttelte den Kopf. So jemandem waren sie bei ihren Ermittlungen bisher noch nicht begegnet.

Sie versuchte es erneut. »Was ist mit Dan Russell? Er war früher Major bei der Armee. Kennen Sie ihn?«

»Der Abschaum der Menschheit.«

»Ich dachte, er war recht erfolgreich mit seiner Firma, die die Flüchtlingsunterkunft leitet.«

Phillips schnaubte. »Er bezahlt für seine Sünden. Schauen Sie unter die Oberfläche. Haben Sie den Mann durchleuchtet?«

»Ja. Nichts Besonderes. Er ist aus der Armee ausgetreten und hat ein eigenes Unternehmen gegründet.«

»Schlampige Arbeit, Inspector. Tz tz tz«, bekundete Phillips sein Missfallen. »Er wurde rausgeschmissen, weil er den guten Namen der irischen Armee in Verruf gebracht hat. Machen Sie Ihren Job richtig, dann finden Sie vielleicht meine Tochter. Bevor es zu spät ist.«

Lottie blickte sich im Raum um. Und was jetzt? Sie wollte nicht, dass diese Reise umsonst war, sonst würde Corrigan mit ihrer Lohnsteuerkarte am Ankunftsgate des Dubliner Flughafens stehen.

Sie sagte: »Maeve hatte ein neues, teures Kleid in ihrem Kleiderschrank. Wissen Sie etwas darüber?«

»Ein Kleid?«

»Ja. McNally hat es mitgenommen.«

Phillips schien darüber nachzudenken, seine Augen funkelten. Schließlich sagte er: »Ich habe keine Ahnung, warum er das tun sollte.«

»Das glaube ich Ihnen nicht.« Lottie ging im Kreis herum und blieb vor dem Verbrecher stehen. Sie überragte ihn.

»Warum war McNally schon zwei Tage vor Maeves Verschwinden in Ragmullin?«

»Interessant, dass Sie das fragen.« Er entfernte sich von ihr. »Vielleicht sind Sie ja doch nicht so dumm.«

»Lassen Sie es mich für Sie buchstabieren«, sagte Lottie. »McNally kommt in Ragmullin an. Ihre Tochter verschwindet und drei Mädchen werden ermordet. Ich würde sagen, das ist sehr interessant, oder?«

»Wie ich Ihnen bereits sagte, ist hier jemand viel Größeres als ich involviert. McNally ist nach Irland gereist, um einen Auftrag zu erledigen.« Er stand vor einem seiner Paul-Henry-Gemälde, streckte eine Hand aus und richtete den Rahmen gerade. »Ich musste aus einem bestimmten Geschäftszweig aussteigen. Ich wurde bedroht. Meine Familie wurde bedroht. Scheiße, ich kümmere mich einen Dreck um meine alkoholkranke Frau. Aber meine Tochter - sie ist mein Ein und Alles. Ich habe meinen Mann geschickt, um die Sache zu regeln.«

»Aber McNally hat es vermasselt.«

»Vielleicht. Vielleicht hat er jemanden dazu provoziert, früher in Aktion zu treten als geplant.«

»Wer ist dieser mysteriöse Jemand?« »Ihr Mörder?«

Lottie begann, die Punkte in ihrem Kopf zu verbinden. »Sie liefern Mädchen für das Sexgewerbe. Sie handeln mit ihnen. Aber einige von ihnen werden von diesem... Arzt benutzt, um Organe zu entnehmen und auf dem Schwarzmarkt zu verkaufen.«

»Jetzt kommen Sie voran.«

»Wer ist er, dieser Arzt?«

»Ich weiß nicht. Ich habe nur mit dem Mann mit den schiefen Zähnen zu tun, Fatjon.«

»Wo kommt Fatjon her?«

»Aus dem Kosovo, ursprünglich. Dort wurde während und nach dem Balkankrieg illegal mit menschlichen Organen gehandelt. Lesen Sie es nach. Ich bin sicher, Sie können etwas darüber finden. Versuchen Sie's mit Wikipedia.«

Noch ein Link zum Kosovo.

»Haben Sie jemals von Andri Petrovci gehört?«

»Nein.«

Lottie dachte über alles nach, was Phillips ihnen erzählt hatte. Könnte dieser Fatjon mit Petrovci im Bunde sein? Es sah ganz danach aus. »Sie sagten, Ihre Familie wurde bedroht. Wie und wann?«

Phillips seufzte laut und sagte: »Alles, was ich Ihnen sagen kann, ist, dass ich es nicht ernst genug genommen habe. Sonst wäre Maeve jetzt in Sicherheit. Sehen Sie zu, dass Sie sie finden, Inspector.«

»Erzählen Sie mir von dieser Drohung.«

»Ich kümmere mich darum. Ich habe genug gesagt.«

»Mr Phillips, ich bin nicht hier, um Ihnen Schwierigkeiten zu bereiten. Sie haben eingewilligt, mit uns zu sprechen. Können Sie nicht offener sein?«

»Mrs Parker, ich habe Ihnen mehr gesagt als ich vorhatte. Sie müssen meine Tochter finden. Und zwar schnell. Wenn Sie das nicht tun, werden Sie für den Krieg verantwortlich sein, den ich gegen Ihre Stadt führen werde.«

»Ich nehme das als eine Drohung.«

»Nehmen Sie es, wie Sie wollen, aber ich denke, es ist an der Zeit, dass Sie beide gehen. Manuel wird Sie hinausbegleiten.« Phillips drehte sich um und schaute aus dem Fenster. »Und vergessen Sie nicht, die Docks zu besichtigen. Ein interessanter Ort.«


Boyd trat auf das glühend heiße Pflaster hinaus und fragte: »Hast du bei deiner Schnüffelei im Chez Phillips etwas Interessantes entdeckt?

»Manuel war in der Nähe. Ich hatte keine Gelegenheit, mich umzusehen.«

»Das nehme ich dir nicht ab.«

»Oh Scheiße«, sagte Lottie.

»Was ist jetzt?«

»Warte hier. Ich habe mein Handy im Badezimmer vergessen.«

»Was? Lottie! Komm zurück.«

Sie verschwand durch die Glastür und ließ Boyd zurück. Die Wohnungstür öffnete sich sofort. Manuel ließ sie ein, als sie darum bat. Frank Phillips stand immer noch da und starrte auf das Meer hinaus.

»Mein Handy, ich glaube, ich habe es im Badezimmer liegen lassen«, sagte sie atemlos. »Ich brauche nur eine Minute.«

Ohne sich umzudrehen, grüßte er sie mit einer Handbewegung. »Sie kennen den Weg.«

Von Manuel war keine Spur zu sehen, als sie durch den Korridor eilte und dabei auf ihre Tasche klopfte, in der ihr Handy sicher verstaut war. Fünf Türen und das Badezimmer. Sie schaute schnell hinein. Der erste Raum war eine Küche mit Essbereich. Manuel saß an einem Marmortisch und las eine Zeitung.

»Oh. Entschuldigung. Badezimmer?«

»Sie sind dran vorbeigegangen. Die erste Tür auf der linken Seite.«

»Danke.« Lottie zog die Tür hinter sich zu.

Sie öffnete noch drei weitere Türen. Ein Schlafzimmer, wahrscheinlich Manuels; zwei Gästezimmer. Sie vermutete, dass die letzte Tür das Hauptschlafzimmer war.

Mit einem schnellen Blick in die Runde trat sie ein. Der Kontrast zu dem grünen Empfangsraum war verblüffend. Vor ihr erstreckte sich ein langer Raum aus, der in Babyblau gehalten war. Sie ignorierte die Ecke, in der ein mit Büchern und Akten vollgestopfter Schreibtisch stand, und richtete ihren Blick auf das übergroße Bett an der gegenüberliegenden Wand. Auf der einen Seite war die helle Bettwäsche zerknittert und zerwühlt, auf der anderen lag eine kleine, dunkle Gestalt, zusammengerollt wie ein Baby im Mutterleib.

Lottie schlich auf das Bett zu. Ein Kind, ein Mädchen von vielleicht zehn oder elf Jahren, schnarchte mit leisen, gleichmäßigen Atemzügen, die Haut schimmerte wie Schokoladenfondant durch das hauchdünne Babydoll-Negligé. Ihr Haar war eng an die Kopfhaut geflochten, und die kurzen Wimpern flatterten, während sich ihre Brust hob und senkte. Trotz der Kühle des Raumes glitzerte ein Schweißfilm auf ihrer Oberlippe.

Lieber Gott, dachte Lottie. Ein dumpfiger Geruch hing in der Luft. Der Geruch, den Phillips mit seinem Parfüm zu verdecken versucht hatte.

Das Mädchen drehte sich im Schlaf, aber ihre Atmung blieb regelmäßig. Das Schnarchen ließ nach.

Was konnte sie tun? Ohne Zuständigkeit war sie machtlos. Sie würde warten müssen, bis sie nach Hause kam und es Superintendent Corrigan erzählen konnte, der dann seine spanischen Kollegen informieren würde. Monster, dachte sie, ich habe es mit Monstern zu tun.

Sie verließ vorsichtig das Zimmer und versuchte, auf dem Weg ins Wohnzimmer normale Schritte zu machen.

»Ich hoffe, Sie haben es gefunden.« Frank Phillips drehte sich um mit Augen wie dunkelgrüne Glaskugeln.

Die Klimaanlage summte eine konstante Melodie in der Stille. Lottie nickte, nicht sicher, ihrer Stimme trauen zu können. Die Frische der Luft verwandelte sich plötzlich in eine raue Kälte, und ihre Haut kribbelte.

Er weiß es, dachte sie. Er weiß, dass ich es weiß, und dass ich nichts dagegen tun kann. Aber das werden wir noch sehen.

Sie erreichte die Eingangstür. Manuel erschien an ihrer

Seite. Er gab einen Code ein. Die Tür glitt geräuschlos zur Seite.

Sie setzte einen Fuß in den Flur.

»Egal, was Sie von mir denken, Inspector, ich bin immer noch ein Vater mit einer verschwundenen Tochter. Finden Sie sie.«

Sie holte tief Luft. Sie bewegte sich wie eine Schlafwandlerin in Richtung Aufzug, als sich die Tür zu Frank Phillips' verdrehter Welt schloss. Und sie wusste genau, an wen das Kind in dem Bett sie erinnerte - an das Mädchen, das sie gestern im Pumpenhaus gefunden hatten.

## 68

Sie bogen nach links in den Schatten einer Seitenstraße ab und gingen eilig vom Strand weg und zurück in die Stadt.

Als sie ihrer Stimme wieder trauen konnte, sagte Lottie: »Okay, also. Es gibt fünf Zimmer, und alle scheinen normal zu sein, bis auf eines, von dem ich annehme, dass es ihm gehört. Ein Bett, wahrscheinlich so groß wie mein Schlafzimmer zu Hause. Daneben ein kleiner Marmortisch, auf dem Heroinutensilien liegen.« Sie wusste, dass sie versuchte, das andere Grauen in diesem Raum zu meiden.

»Also kostet er von seinem eigenen Produkt?«

»Phillips handelt nicht mehr nur mit Drogen. Du weißt, dass er mit Menschen handelt. Mädchen... Kinder. Oh Boyd, es war furchtbar.«

»Was hast du gesehen?«

»Dieses kleine Mädchen im Bett dieses Monsters... sie sah nicht älter als elf aus.«

Boyd blieb stehen, packte ihren Arm und drehte sie zu sich herum. Lottie sah die Rage in seinen Augen.

»Wir gehen zurück. Es ist mir egal, dass wir inoffiziell hier sind; wir müssen das Mädchen da rausholen.«

»Hör auf, Boyd. Wir würden es verpatzen. Ich werde es Corrigan sagen, sobald wir zurück sind. Lass es ihn über die richtigen Kanäle machen. Das ist der beste Weg, um Phillips ein für alle Mal zu kriegen.«

»Sie wird bis dahin längst weg sein.«

»Nein. Ich denke, er ist frech genug zu glauben, dass wir nichts tun können.«

»Wenn du meinst.«

Sie setzte sich wieder in Bewegung.

Boyd sagte: »Seine Analogie über die Vögel und die Flugzeuge wollte er uns sagen, dass wir uns zurückhalten sollen?«

»Ich glaube, er wollte sagen, dass das, was in Ragmullin passiert, nur die Spitze des sprichwörtlichen Eisbergs ist. Sein Hauptanliegen ist es, seine Tochter zu finden.«

»Er hat sie also definitiv nicht entführen lassen?«

»Nein. Sonst wäre er nicht bereit gewesen, sich mit uns zu treffen. Ich glaube, er liebt Maeve wirklich und möchte sie bei sich haben, aber er hat sie nicht entführt.«

»Also, worum geht es?«

»Sein Geschäft mit der Sexindustrie. Er hat wichtigere Spieler, als er es ist, verärgert, weil er die Richtung ändern wollte. Weil er sie nicht mehr mit Mädchen für Sex oder Organe oder was auch immer sie mit ihnen machen, beliefern wollte. Ich glaube, Maeve zu entführen, ist ihre Art, ihn zum Mitspielen zu zwingen.«

»Verdammt teures Spiel.«

Sie gingen über das trockene Flussbett in Richtung des Bahnhofs. »Lass uns zum Hafen gehen«, sagte Lottie und schwenkte ab.

»Warum?«

»Weil er es uns gesagt hat. Und es ist einer der Schlüsselhäfen, um Menschen nach Europa zu schmuggeln.«

Während sie weitergingen, dachte Lottie an das kleine Mädchen in Frank Phillips' Bett. Wie erbärmlich sie ausgesehen hatte, in dem babyblauen Negligé. Und der Gestank von Sex in der Luft. Sie spürte, wie die Grausamkeit der Welt ihr das Herz brach und fürchtete um die Seele der Menschheit. Und sie fühlte sich machtlos, irgendetwas dagegen zu tun.

Eine streichelnde Brise kühlte ihre brennende Haut, als sie die gepflasterte Promenade entlanggingen.

»Die Architektur ist wunderschön«, sagte Lottie und blickte zu dem gewellten Betonbaldachin über ihren Köpfen hinauf.

Ein Kreuzfahrtschiff schmetterte ein Nebelhorn und entfernte sich vom Dock. Eine Flottille von Schleppern wies ihm den Weg. Lottie stand an dem Glasgeländer, das sich um den Hafen erstreckte. Sie sah ein Frachtschiff. Hoch gestapelte Container. Riesige Kräne, die manövrierten, senkten und hoben. Die Skyline wirkte wie ein zeitgenössisches Kunstwerk. Linien und Bögen. Faszinierend.

»Also was ist es, das Phillips uns sagen wollte?« fragte Boyd.

»Schau mal da drüben.« Lottie zeigte. »Die Fähre. Kannst du den Namen an der Seite sehen?«

Boyd blinzelte unter dem Schatten seiner Hand. »Melilla. Nie gehört. Ist das der Name des Schiffes oder des Heimathafens?«

»Warte.« Lottie holte ihr Handy heraus, schaltete das mobile Internet ein und googelte den Namen. »Es ist ein Hafen in Afrika. Er grenzt an das Meer und an Marokko. Gehört zu Spanien.« Sie schaltete das Internet aus.

Boyd hielt die Hände hoch. »Wir fahren nicht nach Afrika. Egal, für wie wichtig du es hältst. Wir müssten uns gegen Malaria impfen lassen. Und ich habe gelesen, was das Zeug mit dem Sexualtrieb macht.«

Lottie sagte: »Ich glaube, ich weiß jetzt, wie Phillips den Menschenhandel betrieben hat. Und es ist viel zu groß für ihn allein.«

»Und wer ist der Boss? Unser mordender Arzt?«

»Ich weiß nicht.«

»Ich auch nicht.« Boyd kratzte sich am Kinn.

»Ich bin am Verhungern.« Sie packte Boyd am Arm. »Gehen wir irgendwo etwas essen.«

»Der beste Vorschlag, den du den ganzen Tag gemacht hast.«

»Da.« Sie deutete auf Tische vor einem Lokal mit Blick auf den Hafen. »Lass uns dahin gehen. Da gibt es kostenloses WLAN.«

Sie bestellten zwei Omeletts und bekamen vom Kellner den WLAN-Code. Lotties Handy meldete sich mit drei E-Mails.

»Von wem sind sie?«, fragte Boyd.

»Jane Dore.« Sie öffnete die erste E-Mail, die zuletzt eingetroffen war.

»Lies.«

»Es ist ein bisschen verworren.« Lottie scrollte zum Ende, wo Jane ihre Befunde zusammengefasst hatte. »Das letzte Opfer, das wir gefunden haben. Sie ist anders als die anderen.«

»Anders?« Boyd nahm von dem Kellner seinen Teller entgegen und bestellte ein Glas Rotwein. Lottie lehnte mit einem Kopfschütteln ab, ohne aufzublicken.

»Sie wurde erschossen und die Wunde gewaschen. Die Kugel steckte in ihrem Herzen. Aber es fehlen keine Organe.«

»Außerdem war sie nicht unter der Erde vergraben.« Boyd kaute geräuschvoll.

Lottie ignorierte ihr Essen. »War er unter Zeitdruck? Warum?«

»Wurde die gleiche Waffe benutzt?«

»Das muss noch ermittelt werden.« Sie tippte die nächste E-Mail an. »Diese hier ist nur Janes vorläufige Autopsie.« Sie blickte auf die letzte Nachricht und zog eine Augenbraue hoch. »Dan Russell?« Sie las die Nachricht, schloss dann eilig ihre E-Mail und steckte das Telefon in ihre Tasche.

»Muss etwas Persönliches sein«, sagte Boyd.

»Es ist nichts Persönliches. Nicht wirklich.« Lottie nahm ihre Gabel und stach sie in das harte Omelett. Plötzlich hatte sie keinen Appetit mehr.

»Was ist los?«, fragte Boyd.

»Vergiss es.«

»Lottie Parker, ich weiß, wenn dich etwas beschäftigt. Was hatte Russell zu sagen?«

»Es hat nichts mit dir zu tun.«

»Nichts mit mir zu tun? Komm schon.«

»Es hat mit seiner Zeit im Kosovo zu tun.« Und Adam, dachte sie. Erzählte Russell ihr wirklich nur schamlose Lügen? Sie würde es herausfinden müssen.

»Kosovo? Hat es mit Petrovci zu tun?«

»Es könnte etwas mit Adam zu tun haben.«

»Deinem Adam? Raus mit der Sprache.«

»Nicht jetzt, okay? Und ich glaube ehrlich nicht, dass es etwas mit unseren Ermittlungen zu tun hat.«

»Du bist so eine miserable Lügnerin. Du hast doch schon gesagt, dass dieser Ort Melilla mit dem Kosovo verbunden ist.«

»Das habe ich nicht gesagt. Ich glaube, sie bringen einige der Mädchen über Melilla nach Spanien und von dort aus dahin, wo sie sie für ihre Geschäfte brauchen. Die Morde sind es, die etwas mit dem Kosovo zu tun haben.«

»Und Andri Petrovci kommt aus dem Kosovo.«

»Ebenso wie Mimoza und Milot. Und dieser mysteriöse Mann mit den schiefen Zähnen. Es ist wie etwas aus einem Agatha-Christie-Roman.« Sie kniff die Lippen zu einem schmalen Strich zusammen, warf die Serviette weg und griff nach ihrer Tasche. »Bist du fertig mit Essen?«

»Jetzt schon.« Er legte sein Besteck hin und trank den Rest seines Weines aus.

Lottie bezahlte mit ihrer Karte. Boyd bat um die Quittung.

Ohne miteinander zu sprechen, gingen sie die kurze

Strecke zur Hauptstraße, stiegen in ein Taxi und fuhren zum Flughafen.

Im Flugzeug drehte sich Boyd zur Seite, um sie direkt anzuschauen.

»Also, wie passt Adam in all das hinein?«, fragte er.

Lottie schnallte sich an und sagte: »Ich wusste, dass ich der Stille nicht trauen durfte. Ich könnte dich auch fragen, wie Jackies Freund McNally in all das hineinpasst.«

»Er versucht nur, die Tochter von seinem Boss zu finden.«

»Vielleicht hat er drei Mädchen ermordet und zweien von ihnen vorher eine Niere entnommen.«

Lottie seufzte. Es machte keinen Sinn. Sie schloss die Augen in der Hoffnung, dass Boyd den Wink verstehen würde: Gespräch beendet.

»Wie lange darfst du Milot behalten?«

Sie öffnete die Augen. »Bis Montag. Scheiße, das ist morgen. Ich wünschte, ich wüsste, wo Mimoza ist.«

»Ich glaube, sie wurde ermordet«, sagte er.

»Wenn sie tot ist, wo ist dann ihre Leiche?«

»Wir haben sie nur noch nicht gefunden.«

»Nun, wenn sie nicht tot ist, ist sie in großer Gefahr. Gleich morgen früh lasse ich Russell aufs Revier kommen und dann nehme ich Andri Petrovci fest. Dieses Mal wird er reden.«

»Vielleicht sollten wir auch noch einmal mit seinem Boss reden. Mit diesem Jack Dermody.«

»Tu das und überprüfe alle seine Freunde und Bekannten. Jemand hat sich seine Telefonnummer besorgt, um ihn zum Pumpenhaus zu schicken. Er kommt mir aber nicht wie ein Mörder vor.«

»Und wer bitte schön kommt dir wie ein Mörder vor?«

»Boyd, mach die Augen zu und schlaf.«

Das Anschnallzeichen blieb während des gesamten Fluges

an. Turbulenzen warfen das Flugzeug durch die Luft, und es landete mit einer halben Stunde Verspätung auf dem Dubliner Flughafen.

Es war 19.30 Uhr.

Lottie fühlte sich, als wäre sie seit einer Woche auf den Beinen.

## 69

Chloe wollte nicht ausgehen, aber Emily Coyne flehte sie an. An einem Sonntagabend? Obwohl morgen Schule war? Heller Wahnsinn. Aber ihre Mutter war in Spanien oder sonst wo, also war es vielleicht okay.

Nachdem sie Tops, Röcke und Jeans aus ihrem Kleiderschrank geholt hatte, betrachtete sie den Kleiderhaufen auf dem Boden. Zu warm für lange Ärmel, dachte sie, aber sie musste die Narben verdecken. Frustration stieg wie ein Ballon in ihrer Brust auf. Sie sank auf die Knie und schleuderte die Kleider in die vier Ecken ihres Zimmers. Auf dem Bett vibrierte ihr Telefon mit einem eindringlichen Zirpen.

»Verschwinde, Emily«, schrie Chloe es an.

Stolpernd stand sie auf. Vielleicht war es Maeve. Sie sah nach. Es war nicht Maeve.

Ein Tweet: #cutforlife.

Ihre Unterlippe zitterte. Sie hatte die App löschen wollen. Aber sie hatte es nicht tun können.

Jetzt tippte sie darauf und las die Nachricht. »Nein«, rief sie. »Nein! Lass mich in Ruhe.«

Sie warf sich auf das Bett und heulte.

. . .

Boyd setzte Lottie um 21 Uhr an ihrem Haus ab. Sean öffnete die Tür.

»Ich habe dich vermisst«, sagte er und umarmte sie ganz fest.

»Ich war nur einen Tag weg.« Sie umarmte ihn zurück. »Es ist aber schön, vermisst zu werden. Ist alles in Ordnung?«

»Ja.«

»Hallo, Mama«, rief Katie aus dem Wohnzimmer. Die Reste einer Pizza zum Mitnehmen lagen auf dem Boden. Milot lächelte. Er hatte einen Ketchuprand um die Lippen.

»Hallo, kleiner Mann.« Lottie warf ihre Tasche in einen Sessel und fuhr ihm durch das Haar. Sie brauchte eine Dusche, aber sie fühlte sich noch nicht in der Lage, die Beine die Treppe hinaufzubewegen.

»Wo ist Chloe?«

In dem Moment hörte sie einen Schrei von oben.

Sie stürzte in Chloes Zimmer und rief: »Was ist los? Was ist passiert?«

»Geh weg«, schluchzte Chloe in ihr Kissen.

»Ich gehe nirgendwohin, bis du mir sagst, warum du so laut geschrien hast«. Lottie stand in der Tür und musterte die überall verstreuten Kleiderhaufen. »Was ist denn hier passiert?« Sie fing an, T-Shirts aufzusammeln und sie über ihrem Arm zu falten. Zuerst dachte sie, sie seien schmutzig, aber sie rochen frisch, nicht wie ein anderer unterschwelliger Geruch, den sie nicht zuordnen konnte. Schmutz? Staub? Blut? »Ich fahre für einen Tag weg und das Dach stürzt ein.«

Chloe weinte: »Um Himmels willen, lass mich in Ruhe. Ich dachte, du wärst weg.«

»Du erzählst mir jetzt besser, was los ist, junge Dame. Bist du krank?« Chloe steckte den Kopf unter ihre Kissen. Als sie die gefalteten Kleidungsstücke aufs Bett legte, bemerkte Lottie das Telefon und kämpfte gegen den Drang an, es zu nehmen und einen Blick darauf zu werfen.

»Wenn du deine Tage hast, kann ich dir Paracetamol holen. Tut dir der Kopf weh?« Sie setzte sich aufs Bett und legte eine Hand auf Chloes Schulter, aber Chloe schüttelte sie ab. Ein dumpfes Geräusch kam von unter den Kissen. Lottie zog sie weg und streichelte das feuchte Haar des Mädchens. »Sprich mit mir. Bitte.«

Chloe drehte sich um, rappelte sich auf in eine sitzende Position und zog dabei die langen Ärmel ihres Pullovers über ihre Finger herunter.

»Du schwitzt ja«, sagte Lottie. »Zieh das aus und zieh etwas Leichteres an.«

»Ich kann nichts zum Anziehen finden.« Chloe trat aus und kickte das frisch gefaltete Bündel auf den Boden.

Lottie ignorierte das kindische Verhalten, denn sie wusste, dass etwas Ernstes im Spiel war.

»Ich liebe dich so sehr und ich werde alles tun, um dir zu helfen. Aber du musst mit mir reden«, flehte sie.

Chloe kniff die Augen zusammen, als würde sie die Konsequenzen ihres Handelns bedenken, nahm ihr Handy in die Hand, tippte auf den Bildschirm und reichte es Lottie.

»Was ist das?« Lottie runzelte die Stirn.

»Twitter.«

»Ich weiß, aber was ist es, das ich mir ansehen soll?«

»Dieses Hashtag? Cutforlife. Meine Güte.«

Lottie betrachtete das Telefon und sah dann wieder ihre Tochter an. »Mein Gott, Chloe. Du schneidest dich doch nicht selbst, oder? Selbstverletzung? Was ist nur los?«

»Es ist s-so eine Art F-Forum«, sagte das Mädchen und kämpfte mit den Tränen. »F-Für Leute, die P-Probleme in ihrem Leben haben. Da kann ich mich auslassen oder was auch immer.«

»Du bist da drin?«, fragte Lottie entsetzt. Ihr fielen außer

Twitter noch hundert andere Orte ein, an denen man Hilfe bekommen konnte. Sie starrte das Mädchen hilflos an. Das glatte, jugendliche Gesicht, die großen blauen Augen, das Ebenbild ihres Vaters. Sie konnte den Gedanken nicht ertragen, dass ihre Tochter ein ernsthaftes psychisches Trauma durchmachte. »Chloe, was ist los?«

»Es ist Maeve. Sie hat regelmäßig etwas darauf gepostet. Seit sie v-verschwunden ist, kam nichts mehr von ihr. Aber vor zwei M-Minuten ist das hier aufgetaucht.«

Lottie las den letzten Beitrag unter dem Hashtag: Du bist als nächste dran Chloe @ADAM99. »Wer ist @ADAM99?«, fragte sie.

»Ich. Ich habe es auf Papas Namen eingerichtet. Nur um anonym zu sein, sozusagen. Aber jemand scheint herausgefunden zu haben, wer ich bin. Soweit ich weiß, wissen nur zwei Leute von dem Tag @ADAM99.«

»Nämlich wer?«

»Maeve und dieser Typ. Ich glaube, er hat das Hashtag erstellt.«

»Welcher Typ?« Lottie packte Chloe an den Schultern und starrte ihr in die Augen. »Wer ist er?«

»Mach hier nicht die Kriminalbeamtin.«

»Dies ist eine ernste Sache.« Auf was hatte sich ihre Tochter da eingelassen?

Chloe zögerte. »Ich ich glaube nicht, dass ich dir das sagen kann.«

»Das ist eine unverhohlene Drohung gegen dich«, sagte Lottie. »Eine Drohung gegen deine Sicherheit, zumal wir nicht wissen, wo Maeve ist. Sag mir, wer dieser Kerl ist.«

»Auf Twitter nennt er sich Lipjan. Seinen richtigen Namen kenne ich nicht«

»Erzähl weiter«, ermunterte Lottie sie.

»Ich dachte, er könnte vielleicht wissen, wo Maeve ist. Ich dachte, dass er vielleicht ihr Freund war. Ich habe ihm eine

Nachricht geschickt und er hat mir gesagt, ich solle mich mit ihm treffen,«

»Du hast doch nicht«

»Es tut mir so leid.«

»Oh Chloe. Wo ist er? Wo wohnt er?« Lottie fummelte nach ihrem eigenen Telefon, drauf und dran ihr Team anzurufen.

»Hörst du mir zu?«

Sie legte ihr Handy hin und ergriff Chloes Hand. »Ich höre dir zu.«

»Ich kenne seinen richtigen Namen nicht. Online war er sehr nett. Aber im wirklichen Leben war er schrecklich.« Chloe verzog angewidert das Gesicht.

»Hat er dich angefasst? So wahr mir Gott helfe, wenn er dich angefasst hat, bringe ich ihn um.«

»Er hat versucht, mich zu küssen. Ich bin abgehauen. Es ist nichts passiert.« Chloe rieb mit einer Hand über ihren Arm.

»Wann war das? Wusste er, wo Maeve ist? Bist du sicher, dass es dir gut geht?«

»Mama! Hör auf!«, rief Chloe. »Es war vor ein paar Tagen. Es war schrecklich, aber ich komme schon klar.«

»Wo hast du ihn getroffen?«

»Im Stadtpark. Mama, was ist, wenn er Maeve entführt hat?«

Chloe brach in Schluchzen aus. Lottie drückte sie an ihre Brust und fuhr ihr beruhigend mit den Fingern durch ihr langes Haar. Sie wollte mehr hören, aber sie wusste, dass der Abend für ihre Tochter traumatisch genug gewesen war.

## 70

Lottie setzte sich auf den Bettrand und wartete, bis Chloe schließlich einschlief. Sie erinnerte sich daran, wie sie erst vor zwei Tagen die Leiche des zweiten Mordopfers betrachtet hatte, mit ihren Spuren von selbst zugefügten Wunden. Was hatte sie da gesagt? »Sicherlich hätte jemand, der ihr nahestand, davon gewusst.« So viel dazu.

Ihre Tochter brauchte Hilfe. Das Kind litt. Chloe war in den letzten Jahren zu stark gewesen. Ironischerweise war es Seans Tortur gewesen, die sie gebrochen hatte.

Mit einem müden Seufzer küsste sie das Mädchen auf die Stirn und ging in ihr eigenes Zimmer. Sie zog sich aus und duschte schnell, aber es gelang ihr nicht, die psychische Belastung der letzten Stunde, des Tages, der letzten Woche abzuwaschen. Sie zog sich ein altes T-Shirt von Adam und ein Paar Leggings an. Mit nackten Füßen tapste sie in die Küche, fand ihr iPad und schaltete es ein. Sie setzte sich an den Tisch und gab das Wort »Lipjan« in Google ein. Sie tippte auf die erste Zeile von Artikeln und begann zu lesen.

Lipjan - eine Stadt im Kosovo. Sie setzte sich aufrecht hin

und ihre Hand begann auf dem iPad zu zittern. Ein paar Minuten später sprang sie auf.

Die Hühnerfarm? Etwas, das Dan Russell erwähnt hatte, als sie bei ihm in der Kaserne gewesen war. Er hatte gesagt, die Mäuse erinnerten ihn an die Hühnerfarm. Und nun las sie in einem Online-Artikel darüber. Die Hühnerfarm befand sich außerhalb der Stadt Lipjan.

»Jetzt habe ich dich, Russell«, rief sie und klatschte in die Hände.

»Wie bitte?«, sagte Boyd. »Von welchem Hashtag redest du?«

Lottie schenkte zwei Tassen Tee ein. Boyd war zehn Minuten nach ihrem Anruf eingetroffen. Geduldig erklärte sie ihm, was Chloe ihr erzählt hatte.

»Und Maeve hat es auch genutzt?«, fragte er.

»Laut Chloe, ja. »Wir müssen alle aufspüren, die es nutzen. Und sie warnen.«

»Das ist eine große Aufgabe.«

»Es könnte ein Leben retten.«

»Dieser Lipjan, was meinst du, wer er sein könnte?«

»Weil es im Kosovo ist, denke ich, es muss entweder Russell sein, der dort gearbeitet hat, oder Petrovci, der von dort kommt.«

»Welchen Grund würde der eine oder der andere haben?«

»Ein Mittel, um verletzliche Mädchen anzulocken.«

»Ich hoffe, deine Chloe ist nicht eins von ihnen.«

Lottie spürte, wie sich die Tränen ihren Weg bahnten. Ihre Schultern sanken vor Erschöpfung, aber ihr Gehirn war hellwach.

»Es tut mir leid. Das habe ich nicht so gemeint. Chloe kommt schon klar.« Boyd streckte seine Hand nach der ihren aus. Sie zog sie zurück und umklammerte ihre Tasse.

»Das hoffe ich, Boyd. Ich lasse sie nicht aus dem Haus, bis wir das Problem gelöst haben.«

»Das ist weise. Und was machen wir jetzt?«

»Wir müssen herausfinden, welche Rolle Dan Russell spielt.«

»Die E-Mail, die er dir geschickt hat? Worum ging es da?«

Lottie spielte mit dem Griff ihrer Tasse und überlegte, wie viel sie ihm sagen konnte. Schweigen hing in der Luft. Sie hob den Kopf und merkte, dass er sie anstarrte.

Sie nahm ihre Tasche vom Boden auf und holte das Foto heraus, das sie auf dem Dachboden ihrer Mutter gefunden hatte, und das Abzeichen, das sie von Mimoza bekommen hatte.

»Russell zufolge ist das Mädchen dort, die Kleine, Mimoza. Und dies ist Adams Namensband von der Armee. Russell hat angedeutet, Adam habe etwas mit illegaler Organentnahme im Kosovo zu tun gehabt.«

Boyds Augen sahen aus, als würden sie ihm gleich aus dem Kopf springen. »Jetzt mal langsam. Das glaubst du doch nicht etwa?«

»Ich weiß nicht mehr, was ich glauben soll.«

»Lottie, du kanntest Adam besser als jeder andere. Das kann nicht wahr sein.«

»Wenn es nicht wahr ist, warum droht Russell damit, es zu enthüllen?«

»Er will dich verarschen. Er verdreht die Wahrheit.«

Lottie stand auf und ging herum. Sie betrachtete ihr Hochzeitsfoto, das an der Wand verstaubte.

»Du hast recht. Ich bin dumm. Russell versucht, mich mit Lügen zu kompromittieren. Er will mich von der Wahrheit ablenken.«

»Und Petrovci steckt mittendrin.«

»Ich werde nicht schlau daraus. Das ist das Schlimme.«

»Weißt du, was du brauchst?«

»Schlaf?«

»Genau.«

»Ich weiß nicht, ob ich werde schlafen können, Boyd, aber ich werde es versuchen. Danke.« Sie umarmte ihn fest.

Nachdem er gegangen war, klappte Lottie, die wusste, dass sie mit Sicherheit nicht würde schlafen können, ihren Laptop auf. Nach stundenlangen Recherchen bis spät in die Nacht entdeckte sie etwas, bei dem ihr die Kinnlade runterfiel. Eilig schickte sie eine E-Mail und hoffte, dass die Antwort nicht lange auf sich warten lassen würde. Sie könnte durchaus zur Lösung ihres Falles beitragen.

―――――

Mimoza starrte in den Himmel und fröstelte. Die Sterne verschmolzen ineinander. Ein einziges großes, blendendes Licht. Sie wollte ihre Augen abschirmen, aber ihre Arme waren mit einem dicken Seil an ihre Seiten gefesselt. Dann merkte sie, dass das Licht nicht die Sterne, sondern eine Taschenlampe war. Es strahlte ihr durch die Dunkelheit direkt in die Augen.

Sie versuchte zu sprechen, aber ein raues Tuch war über ihren Mund gebunden. Das Licht wandte sich von ihr ab, und sie versuchte, seinem Schein zu folgen. Er leuchtete auf das andere stumme Bündel.

Sie fragte sich, wo Milot wohl sein mochte. Sie hoffte, dass es ihm besser erging als ihr.

Zu dem Geräusch der seichten Wellen, die an ein fernes Ufer schlugen, weinte sie unter dem Sternenhimmel stille Tränen.

Und wünschte sich, sie hätte ihr Heimatland nie verlassen.

# KOSOVO 1999

*Bilder irrlichterten hinter seinen geschlossenen Augen. Lichter,*
*Farben, Formen. Dann Stimmen. Er schrie. »Mama!«*

*Niemand antwortete ihm. Langsam öffnete er die Augen.*
*Mama war tot. Papa und Rhea auch. Er wünschte sich, er wäre*
*tot. Schmerz. Reißende, glühend heiße Schmerzen schossen*
*durch seinen Bauch, über seinen Rücken und seine Beine hinun-*
*ter. Zaghaft fuhr er mit den Fingern über seine Haut. Ein durch-*
*sichtiges Plastikröhrchen ragte aus seinem Handrücken heraus.*
*Er fand die Quelle des Schmerzes. Unten weiter wanden sich*
*Verbände um seine Hüfte. Was hatte der Arzt mit ihm gemacht?*

*Er versuchte, sich zu erinnern.*

*Ein Raum mit grellen Lampen. Ein fahrbares Krankenbett.*
*Der Arzt hatte ihm gesagt, sich darauf zu legen. Dann hatte er*
*ihm eine Nadel in die Hand gesteckt, und das Letzte, woran er*
*sich erinnerte, war der Junge, den er auf dem Gang gesehen*
*hatte, wie er sich ihm mit einem Skalpell näherte.*

*Das war alles. Jetzt war er hier. Wo? Er drehte den Kopf. Ein*
*kleiner Raum mit Farbe, die sich in der Ecke der Decke kräu-*
*selte. Eine Erinnerung kämpfte darum, sich in seinem Kopf nach*
*vorne zu drängeln. Kratzte und bohrte wie die Mäuse in der*

*Hühnerfarm. Mama und Rhea, wie sie vor Schmerz schrien, als ihre Körper aufgeschlitzt und ihre Lebensorgane einfach aus ihnen herausgerissen wurden. Mit zitternden Fingern schob er den Verband zurück und tastete darunter. Er berührte die Buckel und Dellen. Nähte. Als er die Finger wegzog und die Hand in die Luft hielt, war Blut daran.*

*Die Tür ging auf. Er machte die Augen zu.*

*»Wach auf.« Es war die Stimme des Arztes.*

*Der Junge gehorchte und blickte in die Augen des grauhaarigen Mannes. Er würgte Spucke aus seiner Kehle hervor und ließ sie fliegen.*

*Der Arzt wischte sie mit seinem Kittelärmel weg. »Das hättest du nicht tun sollen. Glaub mir.«*

*»Was haben Sie mir genommen?«*

*»Eine Niere. Und angesichts deiner Reaktion, tut es mir leid, dass ich nicht beide genommen habe.«*

*Der Junge lachte. Das war einfacher als zu weinen.*

*»Das werden Sie mir büßen.«*

*»Wo du hingehst, Junge, wirst du mich bald vergessen. Du bist ein Nichts. Verstanden? Wie all die anderen, die durch meine Tür kommen. Ich benutze sie, um die zu retten, die es wert sind, gerettet zu werden. Und du bist wertlos.«*

*Der Junge hörte eine Bewegung an der Tür und wandte den Kopf. Der Junge stand da und hielt einen Stahlkasten in der Hand, ähnlich wie die, die er an dem Tag, an dem seine Familie ermordet worden war, vor seinem Haus gesehen hatte. »Vater«, sagte der Junge, »bist du fertig? Wir müssen uns beeilen, sonst schmilzt das Eis.«*

*Der Arzt fuhr mit einem langen, knochigen Finger über das Gesicht des Jungen.*

*»Ich komme wieder.«*

*»Lassen Sie mich gehen!«*

*»Erst, wenn ich mit dir fertig bin.«*

*Der Junge spürte, wie die Haut auf seinem Handrücken*

kribbelte, als der Arzt eine Spritze in die Kanüle setzte und die Flüssigkeit in seinen Körper sickerte. Er hatte keine Kontrolle. Bevor sich seine Augenlider unter einem toten Gewicht schlossen, sah er die emotionslosen schwarzen Augen des Jungen an der Tür und das dämonische Grinsen auf seinem Gesicht.

Schließlich glitt er in die Dunkelheit.

# ACHTER TAG

MONTAG, 18. MAI 2015

## 71

»Chloe, ich denke, es ist sicherer, wenn du heute von der Schule zu Hause bleibst, und ich werde einen Streifenwagen organisieren, um die Gegend zu patrouillieren.«

Lottie stellte einen Becher Kaffee auf den Nachttisch und setzte sich auf die Bettkante. Chloes Augen waren vom Weinen geschwollen.

»Hast du geschlafen?«

»Nicht viel. Danke für dein Verständnis, Mama.«

»Liebling, ich werde dir helfen, wo ich kann. Ich muss jetzt zur Arbeit, aber ruf mich an, wenn du etwas brauchst.«

Chloe lächelte und Lottie spürte, wie sich ihr Herz zusammenzog. Sie drückte die Hand des Mädchens und küsste sie leicht auf die Wange. »Ich liebe dich.«

»Ich liebe dich auch.«

»Wieso darf sie zu Hause bleiben und ich muss zur Schule gehen. Das ist nicht fair.« Sean stand auf dem Treppenabsatz, den Rucksack zu seinen Füßen und die Hände in die Taschen gestopft. »Ich bin auch krank.«

Lottie wuschelte ihm durchs Haar und musterte ihren großen Sohn. »Das Ebenbild deines Vaters.«

»Muss ich trotzdem gehen?«

»Ich fürchte, ja. Komm schon. Ich bin spät dran und ich will nicht, dass du auch zu spät kommst.«

»Scheiße.«

»Sean! Hüte deine Zunge«, sagte Lottie.

Katie stand am Fuß der Treppe und hielt Milot auf ihrer Hüfte.

»Scheiße«, sagte der kleine Junge.

»Lieber Gott«, seufzte Lottie. Was wird der Sozialarbeiter von dieser Familie denken?

»Sein Name ist Eamon«, sagte Katie.

»Tatsächlich?« Lottie verschränkte die Arme.

Ihre Tochter errötete.

»Scheiße«, sagte Milot wieder.

Und Lottie musste ihm beistimmen.

## 72

Lottie informierte Superintendent Corrigan über das kleine Mädchen, dass sie im Schlafzimmer von Frank Phillips gesehen hatte. Er nahm augenblicklich den Hörer ab, um seine spanischen Kollegen zu kontaktieren. Erleichterung machte sich in ihr breit, als sie das Büro betrat.

»Also. Wir haben drei Mordopfer und zwei vermisste Mädchen, Maeve Phillips und Mimoza Barbatovci. Die einzigen Dinge, die sie zu verbinden scheinen, sind die Flüchtlingsunterkunft, Dan Russell und Andri Petrovci. Wir gehen alles durch, vom ersten Tag an bis heute.«

Kirby und Lynch wuselten nervös herum. Boyd kam mit zwei Styroporbechern Kaffee herein geschlendert und reichte einen davon Lottie. Sie stellte ihn auf einen Stapel von Akten.

»Wir werden dieses Schlamassel heute aufklären. Heute!«, sagte sie. Sie nahm ein Blatt Papier aus ihrer Tasche und legte es vor sich auf den Tisch. Sie hatte letzte Nacht stundenlang gearbeitet, Dinge aufgelistet, die sie tun mussten, sich über den Kosovo informiert und E-Mails verschickt.

»Wo ist der Durchsuchungsbefehl für die Flüchtlingsunterkunft?«, fragte sie.

»Er wird heute Morgen dem Richter vorgelegt«, sagte Boyd.

Lottie erzählte dem Team von Chloes Enthüllungen über den Mann, der sich Lipjan nannte.

»Ich habe gestern Abend etwas über den Kosovo recherchiert. Während des Krieges in den neunziger Jahren war dort die illegale Entnahme menschlicher Organe weit verbreitet. Organe wurden aus den lebenden Körpern gefangener Soldaten und gewöhnlicher Zivilisten gerissen. Die Menschen wurden von der UÇK und anderen zu einem Arzt in Pristina gebracht. Ein einträgliches Geschäft. Dieser in Ungnade gefallene Arzt, Gjon Jashari, wurde vor einigen Jahren wegen Verbrechen gegen die Menschlichkeit vor Gericht gebracht, aber er erlitt einen Herzinfarkt und starb, bevor die Zeugen aussagen konnten.«

»Harte Gerechtigkeit«, sagte Boyd.

Ich habe den Staatsanwalt angemailt, um Einzelheiten über die Beteiligten zu erfahren. Es ist weit hergeholt, aber da wir zwei tote Mädchen mit entnommenen Organen und Verbindungen zum Kosovo in der Stadt haben, ist es einen Versuch wert.«

»Sehr weit hergeholt«, sagte Kirby.

»Holen Sie alles, was wir bisher haben, und eine sehr gute Lupe. Na los, Leute. Heute!«

Nachdem sie eine Stunde lang Berichte, Abschriften und Beweise durchforstet hatte, lehnte sich Lottie zurück.

»Irgendetwas über die Krypto und die Meldungen über illegale Schießereien an den Seen?«, fragte sie Lynch.

»Ich bin dabei, die Meldungen durchzugehen. Ich werde später eine Liste für Sie haben.«

»Machen Sie so schnell Sie können. Ein Seeufer könnte unser Haupttatort sein. Kirby, wenn Sie es nicht schon getan haben, prüfen Sie Jack Dermodys Telefonkontakte.« Lottie hakte die Punkte auf der Liste, die sie letzte Nacht erstellt hatte, ab. »Sehen Sie, ob jemand auftaucht, der in all das verwickelt sein könnte.«

»Ja, Boss. Soll ich das Gleiche mit Petrovci machen?«

»Wir haben sein Telefon am ersten Tag überprüft, jetzt möchte ich, dass Sie seine Kontakte mit denen von Dermody abgleichen. Auch Anrufe und SMS.«

»Ja, Boss.«

»Und finden Sie heraus, ob irgendeine Einheit, die sich mit organisiertem Verbrechen oder Menschenhandel beschäftigt, diesen Fatjon kennt, den Frank Phillips erwähnt hat.«

»Herrgott, Boss, ich habe so viel zu tun und«

»Ich will es nicht hören.« Lottie sah, wie Kirby mit den Augen rollte, als er aus dem Büro ging. »Ich mache mich jetzt auf den Weg zu Dan Russell.« Sie hakte einen weiteren Punkt auf ihrer Liste ab.

»Ich geh mit dir.« Boyd stand auf.

»Natürlich.«

»Guter Bulle, böser Bulle?«

»Diesmal bin ich der böse.« Lottie nahm ihre Tasche und ging zur Tür.

»Du bist immer der böse Bulle.«

»Wer ist ein böser Bulle?« Superintendent Corrigan füllte mit seinem massigen Körper den ganzen Türrahmen aus. Unter seiner Brille trug er eine schwarze Augenklappe über einem Auge.

Lottie flüchtete unter seinem Arm hindurch aus dem Büro, bevor ihr etwas über Piraten rausrutschen konnte.

## 73

»Sie haben Mimoza also noch nicht gefunden?«, fragte Dan Russell.

Sie hatten seine Einladung, sich zu setzen, abgelehnt. Boyd lehnte links von dem Ex-Soldaten an der Wand. Lottie stand auf der rechten Seite, mit dem Rücken zu ihm, und betrachtete die Fotos, die dort hingen. Sie wirbelte herum. »Ich will die Wahrheit wissen.«

»Ich weiß nicht, wovon Sie reden.« Russell fuhr mit einem Finger an der Innenseite seines Kragens entlang.

Sie spürte, wie ihr ein Schauer über die Knochen lief. »Handeln Sie illegal mit Mädchen für das Sexgewerbe?«

»Ich werde Sie wegen Verleumdung anzeigen«, erwiderte er.

»Tun Sie das. Es war nur eine Frage.« Lottie hielt inne und ordnete ihre Gedanken. »Ich habe mit Frank Phillips gesprochen. Kennen Sie ihn?«

»Ich habe von ihm gehört. Ich habe aber nichts mit ihm zu tun.«

»Kennen Sie jemanden mit dem Namen Fatjon?« Sie beobachtete ihn aufmerksam. Seine Augen flackerten, mehr nicht.

»Nein. Warum?«

»Er ist in den Handel mit Mädchen und Frauen für Sex verwickelt. Ich habe den Verdacht, dass Ihre Verwaltungsfirma da mitmischt. Es wäre ein Leichtes für Sie, sie unter echten Asylbewerbern zu verstecken, damit sie nicht erfasst werden. Nie in irgendeinem offiziellen Verzeichnis erscheinen. Was ich nicht verstehe, ist das Warum. Warum sollten Sie das tun? Es ist eine so riskante Operation. Geld? Wie viel verdienen Sie? Ist es pro Mädchen oder pro Stunde?«

Russell nahm den Hörer von dem Telefon auf seinem Schreibtisch ab.

»Machen Sie sich nicht die Mühe, meinen Chef anzurufen. Er weiß, dass ich hier bin«, sagte Lottie.

Russells Finger schwebte über der Tastatur.

»Lipjan«, fuhr Lottie ihn an. »Was sagt Ihnen das?«

Russell kippte seinen Stuhl zurück und verschränkte die Hände hinter dem Kopf. Da, wo sein Hemd über seinem Bauch spannte, ragten graue Härchen hervor. Sein dünner Schnurrbart wackelte auf seiner Oberlippe, als er lachte.

»Was ist so komisch, Mr Russell?«

»Sie. Sie haben es recherchiert und wissen, dass Lipjan eine Stadt im Kosovo ist, in der Friedenstruppen unter der NATO-Flagge stationiert waren. Das Lager wurde neben einer alten Hühnerfarm errichtet. Ihr Mann war dort stationiert. Nicht weit von Pristina.«

»Sie haben recht. Ich habe es recherchiert. War es nicht in Pristina, wo ein Arzt illegal menschliche Organe entnommen hat?« Sie dachte an ihre lange Nacht am Computer. »Eher eine barbarische Schlächterei. Und lassen Sie es sich gesagt sein, Mr Russell, Adam Parker hatte damit nichts zu tun.« Sie warf ihm einen vielsagenden Blick zu. »Aber die Tatsache, dass Sie angedeutet haben, er sei darin verwickelt gewesen, bringt mich zu der Annahme, dass Sie etwas damit zu tun hatten.« Sie hatte dafür keine Beweise, aber sie musste seine Reaktion sehen.

»Wie kommen Sie zu diesem Schluss? Ihre detektivischen Fähigkeiten? Dass ich nicht schon wieder lache.« Sein Gesicht blieb neutral.

Lottie ging eine Weile auf und ab, bevor sie hinter ihm stehen blieb. Sie unterdrückte den Drang, seinen Stuhl umzuwerfen. Sie beugte sich so nah an sein Ohr, dass sie die Haare darin sprießen sehen konnte, und flüsterte: »Gjon Jashari«.

Diesmal ernteten ihre Worte eine sofortige Reaktion. Russell nahm seine Hände hinter seinem Kopf weg, schlug sie dabei fast und sprang auf. Sie machte einen Satz zurück an die Wand.

Er drehte sich um und hielt sein Gesicht dicht vor das ihre. »Sie haben keine Ahnung, wovon Sie reden.«

Spucke landete in ihrem Gesicht. Lottie wich zur Seite, warf Boyd einen Blick zu, der ihm sagte, er solle bleiben, wo er war, und wandte sich Russell zu.

»Gjon Jashari«, wiederholte sie. »Er hat während und nach dem Krieg in Pristina gelebt und gearbeitet, als Sie dort stationiert waren. Interessant, finden Sie nicht?«

Russell öffnete und schloss seinen Mund. Boyd ebenfalls. Lottie zwang sich zu einem schwachen Lächeln. Hoffentlich würde sie bald eine Antwort auf die E-Mail erhalten, die sie in den frühen Morgenstunden verschickt hatte. Bis dahin war alles nur Spekulation.

»Raus! Raus aus meinem Büro«, befahl Russell und zeigte auf die Tür. Sein Schnurrbart hing jetzt von Schweiß und Spucke herab. Sein glattes Haar fiel ihm in die Stirn. Er sah aus als wäre er verrückt.

»Frank Phillips hat mir gesagt, dass er Sie kennt.« Mach weiter, solange du die Nase vorne hast, sagte sich Lottie.

»Der Dreckskerl.«

»Also kennen Sie ihn doch?«

»Ich habe von ihm gehört«, lenkte Russell ein. »Bevor Sie

mich beschuldigen - ich habe von seiner vermissten Tochter gelesen, und ich habe nichts damit zu tun.«

»Interessant.« Lottie entfernte sich von ihm und ignorierte Boyds fragenden Blick. Zum zweiten Mal seit ihrer Ankunft schaute sie sich die Reihe Fotos an der Wand an. »Ist er auf einem von ihnen?«

»Phillips war nie in der Armee.« Russell verschränkte die Arme.

»Nicht Phillips. Ihr Freund. Der mit den schiefen Zähnen.«

»Sie sind wahnsinnig. Sie ermitteln ins Blaue hinein.«

Das traf den Nagel auf den Kopf, aber sie hatte nicht die Absicht, es zuzugeben. Sie versuchte weiter, ihn auf dem falschen Fuß zu erwischen, in der Hoffnung, dass er ausrutschte. »Ich habe Mordopfer mit schweren Bisswunden. Dieser Fatjon hat schiefe Zähne. Wir können die Bisswunden forensisch vergleichen. Erzählen Sie mir von ihm.«

»Ich sage Ihnen, Sie sollen verschwinden. Jetzt.« Als er diesmal den Hörer abnahm, tippte er eine Nummer ein.

»Gehen wir, DS Boyd. Vorläufig habe ich, was ich brauche.«

»Von mir haben Sie nichts«, höhnte Russell.

Lottie hängte sich ihre Tasche über die Schulter und ging zur Tür. »Das meinen Sie. Verlassen Sie nicht die Stadt. Ich komme wieder.«


Der Mann hielt seine Hand um das Maul des Hundes, um ihn am Kläffen zu hindern, und verschmolz mit den Schatten an der Seite der Kantine. Er beobachtete, wie die beiden Polizisten schnell aus Block A hinaus, den Weg entlang und durch das Tor hinaus gingen.

Er schaute zum Fenster im ersten Stock hinauf. Dort stand Dan Russell mit einem Telefon in der Hand und starrte hinaus.

Was hatte er den Kriminalbeamten gesagt? Zeit, es herauszufinden.

Er beugte sich über den Hund.

»Tut mir leid, Köter«, sagte er. Mit einer ruckartigen Bewegung seiner Hand brach er dem Hund das Genick. Er lachte. Der Hund war eine Requisite gewesen und hatte ihm geholfen, sich in die Normalität zu integrieren. Die Zeit für Integration war nun vorbei.

Er ließ den kleinen pelzigen Körper los, löste die Leine und wickelte sie um seine Hand. Er kickte den Hund in den Gully neben einer Ungezieferfalle und ging über den Platz zu Block A.

Lottie blieb auf der Fußgängerbrücke stehen und sagte: »Ich könnte eine Zigarette gebrauchen.« Die Sonne loderte vom Morgenhimmel. Die Blütenkirschen waren fast kahl, ihre Blütenblätter ertranken in den trüben Wassern des Kanals. Im Gegensatz zu ihrem Kopf, der sich endlich zu klären begann.

Boyd zündete zwei Zigaretten an und gab ihr schweigend eine.

Sie zog tief daran und paffte eine Rauchfahne aus.

»Ich muss mit Andri Petrovci sprechen.«

Boyd sagte nichts.

»Ich muss herausfinden, wie er in all das hineinpasst. Und wir müssen Maeve Phillips finden.«

»Praktisch betrachtet, würde ich sagen, dass sie tot ist.«

»Gib niemals auf. Verliere niemals die Hoffnung, Boyd. Sonst kannst du genauso gut deinen Dienstausweis abgeben.«

»Ich sage ja nur.«

»Nun, tu's nicht. Ich werde mit Petrovci reden. Nach dem Debakel mit Russell vermute ich jetzt, dass Petrovci dieser Lipjan auf Twitter ist, also muss er etwas über Maeve wissen.«

»Corrigan wird seinen großen Tag haben, wenn er das alles

erfährt. Ich nehme an, du denkst, dass Petrovci auch in den Organschmuggel verwickelt ist.«

»Er war noch ein Junge, als der Krieg im Kosovo tobte. Damit konnte er nicht gut etwas damit zu tun haben, oder? Wie es jetzt ist, weiß ich nicht.« Sie schnippte ihre Zigarette in das Wasser unter ihr. »Kommst du mit?«

»Ja, ich denke schon.« Er seufzte.

»Ich wusste, ich kann auf dich zählen.«


Sie nahmen die Abkürzung über den Treidelpfad am Kanal und in die Main Street, wo die warme Luft von Staub und Baggerlärm verstopft war. Der Verkehr schlurfte dahin wie eine kleine alte Dame.

»Seit wir ihn am Samstagabend freigelassen haben, haben wir Petrovci beschatten lassen«, sagte Boyd.

»Ich weiß. Finde heraus, ob er jetzt bei der Arbeit ist.«

Lottie ging um die Ecke mit dem Malloca-Café herum und marschierte die Columb Street hinunter. An den Laternenpfählen hingen noch Überreste vom Tatortband, aber die Spurensicherer waren schon zum alten Pumpenhaus weitergezogen. Bob Weirs Tor stand offen, und es sah ganz so aus, als würde sich der Geschäftsbetrieb wieder normalisieren. Eine Metallplatte bedeckte den Krater im Boden, in dem die zweite Leiche gefunden worden war. Fahrer auf dem Umweg um den Stau in der Main Street fuhren nichts ahnend darüber hinweg.

Boyd sprach angeregt in sein Telefon, während er neben ihr herging. Er beendete den Anruf und Lottie sah zu ihm hinüber, ohne ihr Tempo zu drosseln.

»Sie haben ihn verloren?«, fragte sie.

»Woher weißt du«, begann er.

Lottie schüttelte den Kopf. »Wie konnten sie ihn verlieren? Er ist nur ein Mann, keine Armee. Jetzt wird Corrigan tatsächlich diesen großen Tag haben, von dem du gesprochen hast.«

»Scheiße, ich weiß nicht. Der Streifenwagen stand Samstagabend und Sonntag den ganzen Tag und die ganze Nacht vor seiner Wohnung. Sie sagen, er habe die Wohnung nicht verlassen, nicht einmal heute Morgen, um zur Arbeit zu gehen. Sie haben gerade an seine Tür geklopft. Er macht nicht auf.« Er machte eine Pause, um Luft zu holen.

»Wir sollten besser hingehen.« Sie drehte sich um und ging mit großen Schritten den Weg zurück, den sie gekommen waren. »Er könnte tot in seiner Wohnung liegen.« Sie begann zu rennen.

»Nicht so schnell. Wenn er tot ist, wird er nirgendwo hingehen«, keuchte Boyd.

Sie rannte weiter.

## 74

Dan Russell hörte, wie die Tür geöffnet wurde, und wandte sich vom Fenster ab. Das Telefon glitt ihm aus den Fingern, als er den Mann sah, der sein Büro betrat und dabei war, eine lederne Hundeleine um seine Hand zu wickeln.

Wie angewurzelt stand Russell da und sagte: »Wie sind«

Die Worte erstarben auf seinen Lippen, als Fatjon hinter dem ersten Mann das Büro betrat.

»W-Was ist los?«, fragte Russell, presste sich mit dem Rücken gegen die Wand und stieß dabei zwei seiner kostbaren Fotos zu Boden.

Der Mann mit der Hundeleine sprach. »Ich hatte gehofft, das würden Sie mir sagen, Dan.« Er ging weiter in das Büro hinein, bis er unter dem unbeweglichen Deckenventilator stand.

»Setzen Sie sich doch und machen Sie es sich bequem.«

Er wickelte die Leine ab und klopfte damit gegen seinen Oberschenkel. »Dies wird nicht lange dauern. Nicht wahr?«

»Ich habe der Polizei nichts gesagt. Hören Sie? Gar nichts. Es gibt keinen Grund, mir zu drohen.«

»Ich dachte, ich könnte Ihnen vertrauen«, sagte der Mann.

»Stattdessen bringen Sie die schnüffelnden und grunzenden Bullenschweine in unser Geschäft. Und Sie wissen, ich mag keine Bullenschweine.«

»Ich schwöre bei Gott, ich habe nichts gesagt. Es war dieses Mädchen, Mimoza. Sie hat sie reingezogen. Es ist alles ihre Schuld.«

»Ich bitte Sie. Sie haben mir versprochen, dass Sie tun würden, was man Ihnen sagt. Das Einzige«, der Mann schlug das Leder gegen seine Handfläche, »das Einzige, was Sie zu tun hatten, war, das Mädchen und den Jungen sicher für mich aufzubewahren. Haben Sie das getan?« Er drehte sich zu Fatjon um. »Hat er das getan?«

Russell gefiel der spöttische Ton nicht. Er schluckte seine Spucke hinunter und versuchte etwas zu sagen, konnte aber kein Wort herausbringen.

»Es ist seine Schuld.« Er zeigte auf Fatjon.

»Fatjon ist ein sexbesessener Irrer. Er könnte nicht einmal ein Wie heißt es so schön in Irland? Ein Besäufnis in einer Brauerei organisieren.«

Russell rühmte sich, nie um etwas zu betteln, aber jetzt war es an der Zeit, zu flehen.

»Ich werde den Jungen finden. Ich verspreche es. Geben Sie mir nur den heutigen Tag, und ich bringe ihn zu Ihnen zurück.«

»Zu spät, mein Freund. Ich weiß schon, wo er ist, und werde mich selbst darum kümmern. Und da Sie sich nicht an unsere Vereinbarung gehalten haben, muss ich mit Ihnen genauso verfahren wie mit den anderen Unruhestiftern.«

»Das können Sie nicht tun. Wir haben vereinbart...«

»Der Deal ist geplatzt. Sie haben den Jungen verloren.«

»Ich habe seine Mutter für Sie besorgt und die andere Schlampe. Ich habe die Kriminalbeamtin nur eingeschaltet, damit sie den Jungen für Sie findet. Sie weiß nicht, dass Sie seine Mutter haben.«

»Zu wenig, zu spät, mein Freund.«

»Aber Sie haben mir versprochen, dass Sie niemandem erzählen würden, was ich in Pristina gemacht habe, wenn ich Ihnen erlaube, zu nehmen, wen Sie wollen. Bitte. Das Einzige, was ich noch habe, ist mein Ruf.«

»Ihr Ruf? Damals war es Ihnen egal, dass Sie den Namen der Friedenstruppen durch den Dreck zogen. Da hatten Sie nur die Farbe des Dollars vor Augen. Ihr Ruf ist mir egal, Hauptmann, ich will Ihr Leben.« Der Mann lachte laut und der unheimliche Klang zerschnitt die Luft.

Russell hörte das Knallen der Leine, bevor er spürte, wie sie sein Gesicht traf und der Dorn der Messingschnalle sich in sein Auge bohrte. Er spürte den zweiten Schlag, ohne ihn zu hören. Er sank zu Boden, seine Beine waren wie Sülze und er hob eine Hand, um sein Gesicht zu schützen. Als er sein Auge berührte, fühlte er, wie es wie ein zertrümmerter Tischtennisball aus der Augenhöhle hing.

## 75

»Machen Sie auf! Kommen Sie schon, Petrovci. Ich weiß, dass sie da drin sind.«

Lottie klopfte laut an die Tür. Die Nachbarn starrten. Boyd wankte neben ihr von einem Fuß auf den anderen. Zwei uniformierte Gardaí standen auf der untersten Stufe und verscheuchten Schaulustige.

»Dies ist Ihre letzte Chance. Ich zähle bis drei, dann breche ich die Tür auf.«

»Du brichst gar nichts auf«, sagte Boyd.

»Nein, aber du, du Schlaumeier. Hol die Ramme aus dem Kofferraum des Streifenwagens. Beeil dich.« Lottie haute weiter an die Tür. Sie blieb fest verschlossen. Scheiße, hoffentlich war er nicht tot. Nicht, weil sie etwas für den Fremden mit den schmerzerfüllten Augen empfand. Nein. Sie brauchte ihn lebend, um Informationen zu bekommen. Und ihn möglicherweise wegen dreier Morde, zweier Entführungen und des Angriffs auf ihre Tochter anzuklagen. Arschloch.

Boyd kam zurück und schleppte einen Rammbock.

Lottie rief an der Tür: »Andri Petrovci, dies ist Ihre letzte

Warnung. Bei drei kommen wir rein.« Sie zählte laut, dann trat sie beiseite und gab Boyd ein Zeichen, loszulegen.

Die Tür zersplitterte unter der Wucht seines Schlages. Lottie zog Handschuhe an, steckte eine Hand durch das zerstörte Holz und entriegelte das Schloss. Boyd legte die Ramme hin, zog sich Handschuhe an und folgte ihr in die Stille der Einzimmerwohnung.

————

Katie öffnete die Haustür.

»Hi, Eamon«, sagte sie. »Sind Sie hier, um Milot abzuholen?«

»Ich fürchte, ja.«

»Mama ist nicht da. Ich kann Sie nicht reinlassen, bevor sie von der Arbeit nach Hause kommt. Tut mir leid.«

Er sah sich nervös um. Ich habe Dokumente, die es mir erlauben, den Jungen mitzunehmen. Wir haben ein gutes Zuhause für ihn. Er kann dort leben, bis seine Mutter gefunden ist.«

Katie lächelte ihr süßestes Lächeln. »Trotzdem kann ich Sie nicht reinlassen. Kommen Sie später wieder, wenn Mama zu Hause ist. Ein Streifenwagen patrouilliert in der Gegend, also denke ich, Sie sollten gehen.«

Der Sozialarbeiter schaute über seine Schulter. Katie folgte seinem Blick, sah aber kein Polizeiauto. Auch war vor dem Haus kein Auto geparkt.

»Sind Sie zu Fuß gekommen?«, fragte sie überrascht.

»Äh, nein. Doch.«

»Was denn nun? Sie können Milot nicht mitnehmen. Er ist noch ein Kind. Er kann nicht weit laufen. Es ist zu warm. Er wird einen Hitzeschlag bekommen.« Sie schob die Tür zu, aber sein Fuß verhinderte, dass sie sich ganz schloss.

»Was machen Sie?«, fragte Katie und ihre Haut kribbelte.

»Ich muss ihn mitnehmen. Jetzt.«

»Es tut mir leid, aber«

Sie wurde zurück in den Flur geschleudert, als Eamon Carter die Tür nach innen stieß. Als sie auf der Seite landete, schrie sie laut auf. »Was zum...« Er presste seine Hand auf ihren Mund. »Sch! Ich will dir nicht wehtun.«

Ihre Augen traten hervor.

Er sagte: »Ich nehme jetzt meine Hand weg und schließe die Tür. Du darfst nicht schreien. Klar?«

Sie versuchte zu nicken.

»Gutes Mädchen.«

Als er seine Hand wegzog, schnappte Katie nach Luft und schrie so laut, wie es ihre Lunge zuließ. Seine Faust prallte gegen ihre Schläfe und Sterne schwebten vor ihren Augen.

Er knallte die Tür zu und legte die Sicherheitskette vor.

»Ich habe dir doch gesagt, du sollst leise sein.« Er kniete sich neben sie. »Ich hätte dich nicht schlagen sollen. Aber es ist nicht meine Schuld. Ich muss den Jungen mitnehmen. Lass mich dir aufhelfen, dann erkläre ich es dir.«

»Wer zum Teufel bist du?«, rief Chloe oben von der Treppe und schwang Seans Hurlingschläger als wäre er ein Schwert. »Wage es nicht, meine Schwester anzufassen, oder ich bringe dich um.«

Sie lief die Treppe hinunter, drei Stufen auf einmal, und schlug ihm mit dem Hurlingschläger über die Knie, als er die Hände schützend vor das Gesicht hielt.

»Chloe! Hör auf, du bringst ihn noch um«, rief Katie.

Eamon Carter taumelte gegen die Wand. »Verdammte verrückte Zicken.«

»Du hast ja keine Ahnung«, sagte Chloe. »Und was zur Hölle machst du hier? Sag es mir, bevor ich nochmal zuschlage.«

. . .

Der Raum war sauber und aufgeräumt. Die zwei Holzstühle standen ordentlich an den Tisch geschoben. Der Fußboden war gefegt. Eine Tasse, eine Schüssel und ein Löffel trockneten auf dem Abtropfbrett. Eine Couch mit ordentlich gefalteten Decken. Ein Couchtisch, auf dem nichts herumlag.

Niemand zu Hause. Keine Anzeichen eines Kampfes. Alles war da, wo es hingehörte. Lottie schaute in den Mülleimer. Ein paar leere Coladosen, eine Verpackung von einem Schnittbrot und ein Stück Hartkäse in Frischhaltefolie. Sie öffnete den Kühlschrank. Frische Milch, Tomaten, Schinken und Butter. Sie warf die Tür wieder zu und ging ins Schlafzimmer.

Ein Einzelbett. Keine einzige Falte in den Laken. Militärreif. Der Kleiderschrank stand offen. Leer. Die Schubladen der Kommode hingen heraus. Alle leer.

»Nicht einmal eine Mottenkugel«, sagte sie.

Boyd steckte seinen Kopf in ein kleines Badezimmer. »Hier sieht es genauso aus.«

»Wo ist er hin?«

»Nun, er wurde nicht gegen seinen Willen rausgezerrt«, sagte Boyd. Jedenfalls nicht durch die Eingangstür, es sei denn, die beiden Experten haben bei der Arbeit gepennt.«

Lottie schob Boyd aus dem Weg und betrat das kleine Badezimmer.

»Da«, sagte sie und deutete auf das Fenster, das offen in den Angeln hing. »Ungefähr ein halber Meter mal ein Meter. Reichlich Platz, um sich hindurchzuzwängen.«

»Es ist der erste Stock. Was hat er gemacht? Flügel bekommen?« Boyd fuhr sich mit einer Hand durchs Haar und mit der anderen über sein Kinn.

Lottie klappte den Toilettensitz herunter, stellte sich darauf und schaute hinaus. »Dazu müsste er nicht Superman sein. Gleich hier draußen ist eine Feuertreppe.«

»Scheiße.« Boyd sprang neben ihr auf die Toilette. »Du hast recht. Verdammt.«

»Haben die nicht daran gedacht, die Rückseite des Gebäudes zu beobachten?« Lottie schüttelte den Kopf und schubste Boyd versehentlich von der Toilette.

Er knallte mit dem Ellbogen an die Wand. »Sie haben wahrscheinlich gedacht, es gäbe keinen Ausgang.«

»Gedacht? Sie hätten es nachprüfen müssen.« Sie stieg neben Boyd von der Toilette herunter in den engen Raum.

»Was für ein Pfusch!«, sagte Boyd, »Er könnte inzwischen schon in Timbuktu sein.«

Lottie drängte sich an ihm vorbei und ging wieder zurück in die Wohnküche. »Er ist nicht weit gegangen. Er muss das zu Ende bringen, weswegen er hergekommen ist.« Sie nahm ein Buch vom Regal und blättert durch die Seiten.

»Und was mag das sein?«

»Wenn ich das wüsste, wäre ich Gott. Lass die Spurensicherer die Wohnung untersuchen. Möglicherweise hat er die Mädchen hier gefangen gehalten.« Sie schob das Buch wieder zurück an seinen Platz. »Mal sehen, ob Kirby etwas aus den Telefonaufzeichnungen herausgefunden hat und ob Lynch einen Tatort für uns hat.«

———

Katie rannte nach oben, um nach Milot zu sehen, während Chloe auf Eamon Carter aufpasste. Als sie gegangen war, um die Tür zu öffnen, hatte sie den Jungen in Seans Zimmer zurückgelassen, wo er ein Spiel auf dem Computer spielte. Sean würde Zustände kriegen, wenn er von der Schule nach Hause kam, aber immerhin war der Kleine beschäftigt. Als sie jetzt hereinschaute, sah sie, dass Milot die Tastatur bereits beherrschte und in Minecraft vertieft war.

Sie zog leise die Tür zu und lief zurück in die Küche. Eamon saß am Tisch. Chloe hatte ihm ein Glas Wasser hingestellt und stand mit dem Schläger vor der Brust wie ein Soldat auf Wache.

»Ich sage dir die Wahrheit«, versicherte er. »Ich glaube, du hast mir die Kniescheibe gebrochen.«

»Hast du Mama angerufen?«, fragte Katie Chloe.

»Sie geht nicht ran.«

»Wahrscheinlich mit der Arbeit beschäftigt. Was sagt er?«

»Ich sitze genau hier«, sagte Eamon Carter und rieb sich wütend das Knie.

»In der Tat. Warum hast du mich geschlagen?«

»Ich habe gesagt, dass es mir leidtut. Ich wollte das nicht tun. Man hat mir gesagt, ich solle den Jungen abholen.«

»Wovon redest du?« Chloe knallte mit dem Schläger gegen die Tischkante.

Carter zuckte zusammen und stieß mit dem anderen Knie an die Unterseite des Tisches. »Autsch. Kannst du damit aufhören?«

Katie sagte: »Chloe, reg dich ab.«

»Er erzählt uns Lügen. Ich weiß nicht, was er im Schilde führt. Wahrscheinlich will er Milot nehmen und ihn an eine Bande von Pädophilen verkaufen.«

»Was für Pädophile?«, sagten Katie und Carter gemeinsam.

»Ich meine ja nur«, antwortete Chloe.

Eamon Carter machte Anstalten, aufzustehen. Katie legte eine Hand auf seine Schulter. Er setzte sich wieder hin.

»Es tut mir leid. Ehrlich. Ich mache diesen Job noch nicht lange. Ich habe das alles nicht gewollt.«

»Sag uns, was du nicht gewollt hast.« Katie zog einen Stuhl hervor und setzte sich ihm gegenüber.

Er sah sich um.

»Wir sind nur zu dritt. Mach schon«, ermutigte Chloe ihn. Er schien sich keineswegs sicher zu sein, aber er sagte: »Okay, also, ich glaube, dass jemand entweder euer Haus beobachtet oder mich verfolgt hat, denn Samstag habe ich mitten in der

Nacht einen Anruf bekommen. Er hat mich und meine Mutter bedroht.«

»Was?«, fragte Chloe. »Wer?«

»Ich weiß nicht.« Er rang die Hände. »Seit mein Vater gestorben ist, lebt meine Mutter bei mir. Drüben in Rathfarnham. Ich pendle zur Arbeit nach Ragmullin. Ich weiß nicht, woher sie meine Telefonnummer haben, geschweige denn meine Adresse.«

»Was hat dieser mysteriöse Anrufer zu dir gesagt?« Chloe stand immer noch mit dem Schläger in beiden Händen.

»Er hat mir gesagt, ich solle heute hierherkommen, wenn eure Mutter bei der Arbeit ist, und Milot mitnehmen.«

»Wenn ich das glauben würde, könnte ich auch gleich an den Weihnachtsmann glauben«, sagte Chloe.

»Halt die Klappe und hör zu.« Katie warf ihrer Schwester einen grimmigen Blick zu.

»Ich habe ihm gesagt, er solle sich verpissen. Er war sehr wütend. Fing an zu fluchen und mich anzuschreien. Ich konnte ihn nicht verstehen. Aber dann sagte er... er sagte, er würde meiner Mutter etwas antun, nur um mir zu zeigen, wie ernst es ihm ist. Ich war so erschrocken, dass ich aufgelegt habe.«

»Hast du die Polizei angerufen?«, fragte Katie.

Er schüttelte den Kopf. »Klar, was hätte ich wohl sagen sollen?«

»Es hat drei Morde in Ragmullin gegeben und zwei Mädchen sind verschwunden, darunter Milots Mutter. Warum hast du nicht die Polizei angerufen? Du Idiot.« Chloe haute wieder mit dem Schläger gegen den Tisch.

»Ich muss den Jungen mitnehmen. Ich habe keine Wahl. Bitte hört mir zu.«

»Ich bin ganz Ohr«, sagte Chloe.

»Gestern Nachmittag saß ich mit meiner Mutter vor dem Fernseher und wir sahen uns ein Fußballspiel an, als diese beiden Typen hereinmarschierten.«

»Was für zwei Typen?«

»Ich weiß nicht, wer sie waren. Sie hatten schwarze Jeans und T-Shirts an. Sie sind durch die Hintertür gekommen und durch die Küche ins Wohnzimmer gegangen. Meine arme Mutter hatte fast einen Herzanfall. Sie haben mich aus dem Raum gezerrt und mir gesagt, ich müsse den Jungen holen. Sie sagten, ich würde keinen Verdacht erregen, weil es mein Job sei, und ich dürfe es niemandem erzählen. Sonst«

»Sonst was?«

»Sonst würden sie wiederkommen und meine Mutter umbringen.«

»Gott.« Katie spürte, wie ihr das Blut aus dem Gesicht wich. »Und da hast du immer noch nicht die Gardaí angerufen?«

»Nein. Ich kann nicht. Sie haben gesagt, keine Polizei, oder meine Mutter ist dran.«

Chloe fragte: »Und was ist dann passiert?«

»Das ist alles. Sie sind durch die Hintertür rausgegangen und über die Mauer verschwunden.«

»Was sollst du tun, wenn du Milot hast?«

»Sie haben mir eine Nummer gegeben. Ich soll simsen, wenn ich ihn habe, und dann bekomme ich weitere Anweisungen.«

»Halten die dich für Superman, oder was?« Chloe stieß auf einen stählernen Blick. »Ich kann nicht glauben, dass du einem unschuldigen Kind sowas antun würdest, und du bist ein Sozialarbeiter und alles.«

»Habe ich irgendeine Wahl?«

Katie ging zur Tür. Lauschte. Sie konnte hören, wie Milot bei seinem Spiel laut rief. Genau wie Sean.

Carter flehte: »Ihr müsst mich ihn mitnehmen lassen.«

Chloe ging um den Tisch herum, den Hurlingschläger unterm Arm. Sie versuchte erneut, ihre Mutter anzurufen.

Besetzt. So viel dazu, dass sie sie jederzeit anrufen konnte, wenn sie etwas brauchte.

»Ich verstehe nicht, woher sie wussten, wer du bist. Sie sind dir sogar nach Dublin gefolgt? Für mich hört sich das wie eine erfundene Geschichte an.«

»Ihr müsst mir glauben. Dieser Mann, der mich angerufen hat, hörte sich an wie einer, der alles und jeden kennt. Er muss irgendwo am Hebel sitzen.«

»Egal, Milot kriegst du nicht. Tu so, als hättest du ihn. Schick eine SMS und guck, was du für Anweisungen bekommst.«

»Bist du verrückt? Ich will nicht, dass meine Mutter stirbt.« Er fuhr sich mit den Händen durch die Haare und zog an den Wurzeln.

»Wir wollen auch nicht, dass Milot stirbt. Ich habe Angst, aber wir müssen uns etwas einfallen lassen«, sagte Chloe und dachte, dass es einen Weg geben musste, wie sie das Problem lösen konnte.

»Ruf Boyd an«, sagte Katie.

Chloe tippte mit zitternden Fingern auf ihre Kontakte, fand Boyds Nummer und rief an. Diesmal wurde ihr Anruf beantwortet.

»Boyd, Gott sei Dank. Ich bin's, Chloe. Ich kann Mama nicht erreichen. Sag ihr, sie soll schnell nach Hause kommen. Es ist dringend. Carter ist hier. Ich habe Angst.« Sie konnte hören, wie Boyd sich mit ihrer Mutter stritt. »Scheiß drauf«, sagte sie und legte auf. Ihr Telefon piepte.

»Was ist das?« fragte Katie.

Chloe sah nach. »Scheiße, ich dachte, ich hätte diese App gelöscht. Es ist nur ein Tweet.« Sie gab Katie den Hurlingschläger. »Hier, nimm das und lass ihn nicht aus den Augen. Ich gehe nach Milot sehen.« Sie eilte die Treppe hinauf und steckte das Telefon in ihre Jeanstasche.

## 76

Während Lottie auf den Stufen vor Andri Petrovcis Wohnung auf die Ankunft der Spurensicherer wartete, nahm sie ihr Telefon aus der Tasche, um Kirby anzurufen. Das Display zeigte an, dass sie zwei verpasste Anrufe von Chloe hatte. Bevor sie ihre Tochter zurückrufen konnte, piepste ihr Telefon. Kirby.

»Was gibt's?«, Lottie schirmte ihr Gesicht mit einer Hand gegen die Sonne ab.

Boyd lief die Treppe hinunter, um den beiden Uniformierten eine Standpauke zu halten.

»Der Anruf an Petrovcis Chef Dermody, um ihm zu sagen zum Pumpenhaus zu gehen, wurde über ein Prepaid-Handy getätigt«, sagte Kirby.

»Unmöglich zurückzuverfolgen. Was ist die gute Neuigkeit?«

»Ich habe Petrovcis Kontakte mit denen von Dermody abgeglichen. Keine Übereinstimmungen.«

»Das ist die gute Nachricht?«

»Nein, aber dann habe ich ihre Anrufe abgeglichen. Eingehende und ausgehende.«

»Lottie«, rief Boyd von der Treppe und hielt ihr sein Handy

hin. »Jetzt nicht, Boyd.« Sie drehte sich zurück zur Tür. »Entschuldigung, reden Sie weiter, Kirby.«

»Also, was soll ich damit machen?«, fragte Kirby.

»Bitte wiederholen Sie das. Jemand, der keine Manieren hat, hat mir etwas zugerufen.«

Boyd erreichte die oberste Stufe und drückte ihr sein Handy in die Hand. »Chloe. Es ist dringend.«

Lottie nahm sein Telefon. War etwas passiert? Ihre Kinder hatten Boyds Nummer nur für Notfälle. Oh Gott, dachte sie. Sie hatte vergessen, eine Wache für ihr Haus zu organisieren.

»Chloe, Schatz, was ist denn?« Sie sah Boyd an und sagte: »Sie ist weg. Die Leitung ist tot.«

Boyd sagte: »Sie klang verzweifelt. Kennst du jemanden namens Carter?«

»Das ist der Sozialarbeiter. Ich hoffe, er ist nicht jetzt schon gekommen, um Milot abzuholen. Ich habe Katie gewarnt, den Jungen nicht gehen zu lassen.«

»Sie hat gesagt, dass sie Angst hat. Ich fahre jetzt zu dir nach Hause.«

»Nein, ich fahre. Du findest heraus, was Kirby wollte. Dann holst du dein Auto und kommst mir nach.«

»Du hast auch kein Auto.«

»Ich lasse mich von Mutt oder Jeff hier fahren. Ich bin sicher, der andere kann auf eine kaputte Haustür aufpassen, bis die Spurensicherer eintreffen. Oh, und wenn du mit Kirby sprichst, sag ihm, Petrovcis Online-Historie zu überprüfen. Da drin ist kein Laptop.« Sie deutete auf die Wohnung hinter ihnen. »Vielleicht hat er ihn mitgenommen oder er hat sein Telefon benutzt.«

»Wofür? Twitter?«

»Das, und Flüge ins Ausland. Wir müssen herausfinden, wo zur Hölle er ist.« Lottie stieg in den Streifenwagen und brüllte dem uniformierten Garda Anweisungen zu.

Boyd rief: »Und zeig Chloe ein Foto von Petrovci, wenn du eins hast.«

Sie zog die Tür zu. Warum hatte sie daran nicht eher gedacht?


Lottie sprang aus dem Auto, rannte den Weg zum Haus entlang und bemühte sich gerade, ihren Schlüssel in die Tür zu bekommen, als Katie sie öffnete.

»Katie, was stimmt nicht? Ist Milot hier? Wo ist Chloe? Was, um Himmels willen, machst du mit Seans Hurlingschläger?«

»Mama, reg dich ab. Komm rein.«

»Und was ist mit deinem Gesicht passiert?« Lottie folgte ihr in die Küche und sah Carter. »Was machen Sie hier?«

Eamon Carter stand auf, streckte seine Hand aus und schien sich dann eines Besseren zu besinnen. Er steckte sie in seine Hosentasche.

»Es tut mir leid, Mrs Parker. Detective Inspector.«

»Setzen Sie sich hin und sagen Sie mir, was hier läuft. Und ich bin sehr beschäftigt im Moment, also machen Sie es besser kurz.«


Nachdem er mit Kirby telefoniert hatte, lief Boyd zurück zum Parkplatz des Reviers. Als er in seinen Wagen stieg, sah er Lynch um die Seite des Gebäudes herbeirennen.

»Es ist unmöglich, Sie oder die Chefin zu erwischen«, keuchte sie und beugte sich zum offenen Fenster hinunter.

»Jetzt haben Sie mich«, sagte Boyd.

»Wegen dieser Meldungen über ungewöhnliche Aktivitäten rund um die Seen.« Sie hielt ihm ein bedrucktes Blatt Papier hin. »Hier, sehen Sie. Lough Cullion.« Sie zeigte darauf.

»Ich kann lesen, Lynch. Was soll ich mir ansehen?«

»Erstens liefert der See das Wasser für die Stadt. Der Grafschaftsrat hat bestätigt, dass die jüngsten Proben Spuren von Kryptosporidien enthalten, und dass sie, wenn es noch schlimmer wird, eine Warnung ausgeben werden, das Wasser zu kochen.

»Okay. Und?«

»Die Jagdsaison hat noch nicht angefangen, aber es gab drei Meldungen über Schüsse in der Nacht. Zwei Meldungen über Lichter. Draußen auf der Mönchsinsel.«

»Nie davon gehört.«

»Nicht viele Leute haben davon gehört. Es ist eine der beiden Inseln im See. Die Kircheninsel wird häufiger besucht, weil es dort einen kleinen Hafen für Fischerboote gibt. Aber die Mönchsinsel ist weiter draußen und weniger leicht zugänglich. Im Mittelalter wurden dort Leute gehalten«

»Okay, okay, Lynch. Noch etwas, das ich wissen muss?«

»Kirby will mit der Chefin über die Telefonaufzeichnungen reden. Ach, und Ihre Exfrau war vorhin hier und hat nach Ihnen gefragt.«

»Sie ist noch nicht meine Ex. Was wollte sie?«

»Irgendwas wegen Jamie McNally. Sie konnte Sie telefonisch nicht erreichen. Sie müssen sie anrufen. Es klang dringend.«

»Okay. Ich bin gleich wieder da. Sagen Sie Kirby, er soll weitersuchen.«

»Was soll ich tun?«

»Finden Sie alles über die Mönchsinsel heraus, was Sie können.«

Lottie beendete ihr Gespräch mit den Gardaí von Rathfarnham und wandte sich dem Sozialarbeiter zu.

»Also, Eamon, Ihre Mutter ist in Sicherheit. Meine Kollegen in Rathfarnham haben einen Polizisten geschickte, der bei ihr bleiben wird.«

»Aber wenn sie einen Streifenwagen sehen, werden sie wissen, dass ich Ihnen alles erzählt habe«, rief er.

»Wofür halten Sie uns. Es wird ein Zivilfahrzeug sein. Jedenfalls ist Ihre Mutter in Sicherheit. Milot ist in Sicherheit. Und ich werde Sie wegen versuchter Entführung und den Angriff auf meine Tochter verhaften.«

Katie sagte: »Ist schon gut, Mama, es war nur ein Missverständnis. Ich will keine Anzeige erstatten.«

»Ihr geht rüber zu Oma und dieses Mal sorge ich dafür, dass ein Polizist bei euch ist. Mir gefällt der Gedanke nicht, dass jemand beobachtet, ob dieser Idiot hier mit Milot rauskommt.«

»Was ist mit Sean?«, fragte Katie.

»Boyd kann ihn von der Schule abholen.«

Boyd kam ins Haus. »Soll ich ihn jetzt sofort holen?«

»Einen Moment noch«, sagte Lottie. »Katie, lauf nach oben und hol Chloe und Milot.«

»Was ist mit mir?« Eamon Carter lehnte an der Hintertür. Suchte er nach einem schnellen Fluchtweg?

»Sie kommen mit aufs Revier. Wir müssen die Nummer von dem Mann ermitteln, der Sie angerufen hat.« Sie schob ihn zur Tür. »Sie müssen eine Aussage machen. Und uns eine Beschreibung der beiden Männer geben. Dann werden wir überlegen, ob wir Sie nach Hause zu Ihrer Mutter gehen lassen.«

Katie kam in die Küche gestürzt. »Ich kann sie nicht finden!«

»Was?«

»Sie sind weg. Ich kann sie nirgendwo finden.«

Lottie stürmte an ihrer Tochter vorbei in den Flur. »Dies ist kein verdammtes Schloss. Chloe! Komm sofort runter.«

»Mama«, sagte Katie, während sie mit den Händen an ihren Armen auf und abfuhr. »Ich glaube, Chloe ist ein bisschen ausgerastet. Sie war wie eine Irre mit dem Schläger. Ich hatte Angst, sie würde Eamon umbringen.«

»Sie dachte, Eamon würde euch umbringen.« Lottie lief die Treppe zwei Stufen auf einmal hinauf. »Chloe?«

Minecraft flimmerte auf Seans Computer. Kein Milot. Sie warf einen Blick in Chloes Zimmer. Es war leer. Katies Zimmer und ihr eigenes Schlafzimmer auch. Als sie zurück in Chloes Zimmer lief, bemerkte sie, dass das Bett bis an das offene Fenster geschoben war. Der Vorhang hing schlaff herunter, keine Brise wehte ihn herum.

Sie lehnte sich hinaus und rief hysterisch: »Chloe? Chloe, wo bist du?«

»Sch, Milot. Ich werde nicht zulassen, dass der böse Mann dich mitnimmt.«

Chloe traute Eamon Carter nicht. Sie hatte ihm kein einziges Wort geglaubt. Sie hatte gesehen, was Sean im Januar durch die Hand eines Verrückten fast passiert wäre. Sie wusste, was Jason, Katies Freund, passiert war. Mit dem kleinen Milot würde sie kein Risiko eingehen. Sie war so sehr in ihrem eigenen Elend gefangen gewesen, hatte sich selbst geritzt und sich Schmerzen zugefügt, dass sie den kleinen Jungen ignoriert hatte, seit er zu ihr nach Hause gekommen war. Jetzt hatte sie die Chance mutig zu sein und ihn in Sicherheit zu bringen. Ihre Mutter war zu beschäftigt; sie musste sich selbst darum kümmern.

Ihre größte Angst war der Mann, der sich Lipjan nannte. Sie hatte eine furchtbare Hilflosigkeit empfunden, als er sie an den Baum gedrückt hatte, und sie glaubte, dass er wusste, wo Maeve war. Möglicherweise hielt er sie gefangen und vielleicht hatte er sie bereits getötet. Sie schluckte einen Schrei hinunter. Nein, sie durfte mit Milot kein Risiko eingehen. Die Nachricht, die sie kurz zuvor auf ihrem Telefon erhalten hatte, bestätigte das.

Eine Welle der Angst, angefacht von Adrenalin, hatte ihr gesagt, dass sie aus ihrem Zimmer raus musste, und zwar nicht durch die Haustür. Sie war in Seans Zimmer gegangen, hatte sich Milot geschnappt, ihn in ihr eigenes Zimmer gebracht und das Bett zum Fenster geschoben. Dann hatte sie die Arme des Jungen um ihren Hals und seine Beine um ihre Taille geschlungen, sich auf das Bett gestellt, war aus dem Fenster gestiegen und auf das Dach des Gartenschuppens gesprungen. Beim Aufprall hatte sie sich die Knöchel verstaucht. Wenigstens war sie nicht durchs Dach gefallen. Ohne auf den leichten Schmerz zu achten, hatte sie sich zum Dachvorsprung vorgearbeitet, sich über den Rand gehangelt und zu Boden gleiten lassen. Dann hatte sie sich in die kleine Ecke hinter dem Öltank verkrochen und sich mit Milot in den Armen hingekauert. Über ihrem Kopf hörte sie das Rumpeln der Eisenbahn und wusste, dass ein Zug langsam in den Bahnhof einfuhr.

Milot wimmerte. Chloe drückte ihn noch fester an sich. Das arme Kind. Was hatte er in seinem kurzen Leben wohl schon alles durchgemacht? Zu viel, dachte sie. Alles, was sie getan hatte, war, sich in Selbstmitleid zu suhlen. Sie schüttelte sich, und der Junge stieß einen kleinen Schrei aus.

»Ist schon gut, kleiner Mann. Ich werde es nicht zulassen, dass dich jemand mitnimmt.«

Eine Stimme ertönte in der Abendluft. »Chloe? Chloe, wo bist du?« Sie blickte auf und sah ihre Mutter halbwegs aus ihrem Schlafzimmerfenster hängen. Sollte sie zurückgehen? Sollte sie versteckt bleiben? Was war das Beste für Milot?

Keine heulenden Sirenen. Keine Wachen, die ums Haus liefen, um sie zu beschützen. Was konnte ihre Mutter tun? Sie begann zu weinen, Milot sah sie an und seine dunkelbraunen Augen füllten sich mit Tränen.

»Es ist alles in Ordnung, Liebling. Ich beschütze dich. Niemand wird dir jemals wieder wehtun.« Sie schniefte ihre Tränen weg und wünschte sich einen Moment lang, sie hätte ihre kleine Klinge. Nur ein Schnitt. Um zu spüren, wie das Blut langsam aus ihrem Fleisch sickerte und ihr Erleichterung von ihren seelischen Qualen verschaffte. Aber der kleine Junge brauchte sie mehr, als sie ihre Klinge brauchte.

Chloe holte ihr Handy aus der Tasche ihrer Jeans. Sie las noch einmal die SMS und traf ihre Entscheidung.

»Wir gehen an einen Ort, wo wir in Sicherheit sind, und du musst tun, was ich dir sage.« Sie nahm den Jungen auf den Rücken. Sie wand seine Arme und Beine eng um ihren Körper und kletterte die Böschung hinter dem Haus hinauf und durch die Brombeerhecke. Als sie auf den Bahngleisen war, begann sie zu rennen.

## 77

»Boyd! Boyd!« Lottie rannte die Treppe hinunter. »Sie sind weg. Wo können sie nur hingegangen sein? Oh Gott. Chloe. Was soll ich nur tun?«

Boyd packte sie an den Oberarmen und schüttelte sie. »Atme, Lottie. Sieh mir in die Augen. Und jetzt, langsam atmen.«

Lottie starrte in die braunen Tiefen mit ihren haselnussbraunen Flecken. Sie atmete ein und aus und zählte die Atemzüge. Als sie sich etwas beruhigt hatte, sagte sie: »Wir müssen sie finden. Schnell. Sieh hinter dem Haus nach. Sie muss von ihrem Fenster auf den Schuppen gesprungen sein, Das ist nicht so weit, nicht wahr? Ich hoffe, sie liegt nicht irgendwo verletzt. Oh Gott.«

»Warte hier.« Boyd rannte aus der Tür. Nach ein paar Minuten war er zurück. »Keine Spur von ihr. Sie könnte um das Haus herum oder durch den Garten des Nachbarn gelaufen sein. Ich habe das Revier angerufen. Die ganze Truppe wird nach ihnen suchen. Wir werden sie finden.«

»Aber warum sollte sie so etwas tun?«

»Vielleicht fürchtete sie um Milots Sicherheit. Sie hat nicht nachgedacht.«

»Da steckt mehr dahinter. All das, was ich wegen meines Bruders durchgemacht habe, alles, was mit Sean passiert ist, sogar Maeve... Ich glaube, es hat Chloe sehr mitgenommen.«

»Fang nicht damit an, Lottie. Jetzt ist nicht die richtige Zeit für Analysen. Zuerst müssen wir sie finden. Bist du okay?«

Sie zog die Schultern hoch und stieß einen langen, lauten Atemzug aus. »Ich bin okay. Ehrlich.« Sie dachte kurz nach. »Sean muss von der Schule abgeholt werden. Ich möchte, dass er zusammen mit Katie zum Haus meiner Mutter gebracht wird. Sorge dafür, dass das Haus bewacht wird, dann weiß ich wenigstens, dass sie dort in Sicherheit sind.«

Boyd machte noch einen Anruf. Als er auflegte, sagte er: »Lynch ist unterwegs zur Schule. Lottie, ich glaube, du brauchst eine Tasse Tee.«

»Verdammt nochmal, Boyd, Ich will keinen Tee. Spinnst du?«

Sie drehte sich um und sah Garda Gillian O'Donoghue bei Carter am Tisch stehen. »Wie sind Sie so schnell hierhergekommen?«

»Sie haben mich doch von unterwegs angerufen«, sagte die Polizistin. »Ich sollte kommen und auf Milot aufpassen, während Sie das klären, weswegen Chloe Sie angerufen hatte.«

»Stimmt.« Sie wusste nicht mehr, was sie tat. Sie musste los und nach ihrer Tochter suchen. »Boyd, du fährst. Mein Auto steht beim Revier. Ich muss nachdenken, wo Chloe hingehen würde.«

»Vielleicht hat Katie eine Idee«, sagte Boyd.

Katie saß vornüber gebeut am Tisch und hatte den Kopf auf die Arme gelegt.

»Katie, ist alles in Ordnung?« Lottie eilte zu ihrer Tochter.

»Ja, mir geht's gut.« Sie hob den Kopf. »Geh und such Milot und Chloe.«

»Hast du irgendeine Ahnung, wo sie sein könnte?« Lottie zog einen Stuhl hervor, setzt sich neben Katie und nahm die Hand des Mädchens in ihre eigene. Sie war feucht vor Schweiß.

»Mama, du weißt, dass Chloe nicht mit mir redet. Sie schreit die meiste Zeit nur herum.«

Lottie bemerkte die Erschöpfung in den Augen ihrer Tochter. »Katie, es tut mir leid, dass ich dir Milot aufgebürdet habe und«

»Es muss dir nicht leidtun«, unterbrach Katie sie. »Ich habe mich gern um den kleinen Kerl gekümmert. Sogar Sean hat ihn liebgewonnen. Er war eine gute Therapie für uns. Er hat uns geholfen, uns selbst für eine Weile zu vergessen. Oh Mama, wo ist er? Chloe würde ihm doch sicher nichts tun?«

»Chloe ist ein gutes Mädchen. Sie denkt, sie beschützt ihn. Ich muss herausfinden, wo sie hingegangen ist.«

»Mrs Parker.« Carter sprach. »Bevor sie nach oben ging, sagte Chloe etwas über Twitter.«

Katie stand auf und packte Lotties Arm. »Das hatte ich ganz vergessen. Ihr Handy hat gepiept und ich habe sie gefragt, was das war, und sie sagte, es sei eine Twitter-Nachricht.«

»Hast du Twitter?«, fragte Lottie.

Katie öffnete die App. »Wonach soll ich suchen?«

»Sieh nach, ob da irgendetwas von @Lipjan oder @ADAM99 ist. Such unter #cutforlife.«

Katie tippte einige Male. »Nichts heute. Worum geht es hier?«

»Ich weiß nicht. Kannst du Chloes Konto einsehen?«

»Sie hat nichts gepostet.«

Lottie ging auf und ab und fuhr sich mit den Händen durch die Haare. Sie konnte nicht mehr klar denken. Sie blieb vor Garda O'Donoghue stehen.

»Fahren Sie mit Carter zurück zum Revier und ermitteln Sie die Telefonnummer, von der er angerufen wurde.« Eilig kritzelte sie etwas auf eine Seite von O'Donoghues Notizbuch.

»Das ist Chloes Telefonnummer. Ich will ein Protokoll aller Aktivitäten unter dieser Nummer sowie auf Twitter, Facebook und wo auch immer sie sonst noch sein mag.«

Sie trieb O'Donoghue und Carter zur Tür hinaus.

»Eine Tasse Tee«, sagte Boyd und stellte zwei dampfende Tassen auf den Tisch.

»Ich will keinen verdammten Tee«, sagte Lottie. Sie hörte O'Donoghue auf dem Flur reden und dann marschierte Superintendent Corrigan durch die offene Tür herein.

»Was höre ich da über einen Jungen, der gar nicht in Ihrem Haus hätte sein dürfen und nun daraus verschwunden ist? Verdammt nochmal.«

»Oh, Scheiße«, sagte Lottie.

»Möchten Sie eine Tasse Tee, Sir?«, fragte Boyd.


Der Mann ließ Fatjon die Sauerei aufräumen.

Im Badezimmer im Erdgeschoss zog er sein Hemd aus und drehte den Wasserhahn auf. Es gab keine Seife. Er nahm ein Stück Hotelseife aus seiner Tasche, packte es aus und schäumte sich unter dem fließenden Wasser ein. Er schrubbte seine Hände zwei Minuten lang bis zu den Ellbogen und trocknete sie dann mit Papier von einer Rolle, die auf der Toilette lag, ab. Als er sein Hemd auf Blut untersuchte, bemerkte er ein paar Spritzer. Er drehte es auf links und trug es offen über seinem weißen Unterhemd, dann ging er hinaus, ohne den Wasserhahn abzudrehen. Er warf einen Blick auf sein Handy und sah, dass er immer noch keine Nachricht von Carter, dem Sozialarbeiter, erhalten hatte. Nur gut, dass er zusätzliche Vorsichtsmaßnahmen getroffen hatte, für den Fall, dass der junge Scheißer vor der Aufgabe, die ihm gestellt worden war, zurückscheute.

Als er durch das Haupttor hinausging, lächelte er vor sich hin. Die Sonne begann zu sinken. Ein impressionistischer Himmel aus Purpur und Orange färbte den Horizont, aber die

Hitze des Tages hing noch in der Luft. Am Kanal bemerkte er einen Abendnebel, der sich über das grüne Wasser legte.

Er würde sich beeilen müssen, um seinen Lieferwagen zu holen. In ein paar Stunden würde es Nacht werden, und dann konnte er mit dem Anfang vom Ende beginnen.

## 78

Als Boyd gegangen war, um Katie zu ihrer Oma zu bringen, ging Lottie zum Schrank und zählte die Tassen, während Corrigan sie herunterputzte.

»Ich habe es Ihnen gesagt. Habe ich Ihnen nicht gesagt, Sie sollen den Jungen in Pflege geben? Und was machen Sie? Was Sie wollen, verdammt nochmal, wie immer. Unberechenbar. Das ist es, was Sie sind. Sie bringen mich zur Verzweiflung.« Er machte eine Pause, um Luft zu holen. »Gibt es etwas Neues von Ihrer Tochter?«

Sie spürte seine Hand auf ihrem Arm, als er sie zu einem Stuhl führte.

»Warum sind Sie gekommen?« Lottie setzte sich hin und blickte zu ihrem Vorgesetzten auf.

»Ich kann zwar im Moment nur ein Auge benutzen, aber ich bin nicht blind. Und taub bin ich auch nicht. Auf dem Revier war die Hölle los und ich wollte mit Ihnen darüber reden. Er wischte sich über das Auge und zuckte zusammen. »Also, Ihre Tochter und der Junge. Erzählen Sie mir alles.«

Lottie erklärte ihm, was geschehen war.

»Dieser Eamon Carter, ist er unser Mörder?«

»Nein, Sir. Ich glaube, mein Haus wurde beobachtet. Sie wussten, dass der Junge, Milot, hier war. Ich vermute, dass Mimozas Freundin ihn hierhergebracht hat, und dass sie sie gefoltert haben, um das herauszufinden.«

»Das Mädchen, das tot im Pumpenhaus gefunden wurde?«

»Ja, Sir. Ich glaube, dass sie dann Carter ins Visier genommen haben, damit sie Milot entführen konnten, ohne Verdacht zu erregen.«

»Und wer sind ›sie‹?«

»Ich bin mir nicht sicher.« Sie stand auf. Wie konnte sie hier sitzen und so ruhig reden, wenn sie doch eigentlich nach ihrer Tochter suchen sollte? Sie musste hier raus.

»Setzen Sie sich, Lottie.«

»Hören Sie, Sir, bei allem Respekt, meine Tochter ist irgendwo da draußen mit dem kleinen Jungen, hinter dem diese Männer her sind. Jemand stalkt sie auf Twitter. Ich glaube, es hat etwas mit den vermissten Mädchen zu tun. Sie ist traumatisiert und verängstigt. Kann ich bitte gehen und meine Arbeit machen?«

Corrigan sagte: »Ich habe jeden Beamten im Bezirk mobilisiert. Sie stellen die Stadt auf den Kopf, um nach Ihrer Tochter und dem kleinen Jungen zu suchen. Sie kommen mit mir aufs Revier. Wenn wir sie gefunden haben, entscheide ich, was ich mit Ihnen mache.«

»Sir.«

»Sparen Sie sich das ›Sir‹. Keine Widerrede. Ich werde Sie nicht noch einmal aus den Augen lassen. Überlassen Sie das Ermitteln den anderen. Sie sind nicht in der Lage, etwas anderes zu tun, als unter meinem wachsamen Auge zu sitzen.«

Sie hatte keine andere Wahl. Lottie seufzte, nahm ihre Tasche und folgte ihm nach draußen, wobei sie die Tür hinter sich zuzog.

. . .

Auf dem Revier herrschte reges Treiben. Superintendent Corrigan eilte hindurch, verteilte Befehle und schnippte mit den Fingern. Lottie flüchtete in ihr eigenes Büro.

Boyd war dabei, Akten aus einem Schrank zu ziehen. Er knallte die Schublade zu, lehnte sich darauf und starrte sie an.

Lottie starrte zurück. »Was?«

»Ich habe den beschissenen Job bekommen, dich zu babysitten, während alle anderen da draußen nach Chloe und Milot suchen. Du kannst dich also entweder hinsetzen, und wir versuchen, diesen Fall gemeinsam zu lösen, oder du kannst da stehen bleiben und jammern.«

»Wenn ich eine Standpauke wollte«

»Würdest du zu deiner Mutter gehen. Ja, ich weiß. Ich musste mir anhören, was sie zu sagen hatte, als ich Katie bei ihr abgesetzt habe.«

»Sean ist auch dort, ja?«

»Ja, sie sind beide in Sicherheit und werden von zwei Polizisten bewacht.«

»Gut. Danke.«

»Setz dich hin.«

»Ich kann nicht Boyd. Ich muss...«

»Du musst tun, was man dir sagt.«

Lottie seufzte und setzte sich an ihren Schreibtisch. Er hatte natürlich recht. Aber wie sollte sie sich konzentrieren, wenn sie nicht wusste, wohin Chloe gegangen war?

Boyd sagte: »Chloe ist ein kluges Mädchen. Sie tut, was ihrer Meinung nach das Beste für Milot ist. Sie ist«

»Verängstigt. Sie fürchtet sich. Wo ist sie, Boyd?« Lottie schluckte einen Schluchzer hinunter.

»Wir haben bei ihrer Freundin Emily Coyne nachgefragt, aber sie hat sie nicht gesehen.«

»Was ist mit Maeves Mutter? Tracy Phillips. Chloe könnte zu ihr gegangen sein.«

»Haben wir auch nachgeprüft. Dort ist sie nicht. Die Frau

ist ein Wrack. Überhaupt, warum sollte Chloe wohl zu ihr gehen?« Boyd seufzte. »Es wird ihr nichts passieren. Das musst du dir immer wieder sagen. Okay?« Er umklammerte ihre Finger.

Lottie nickte und zog ihre Hand weg. Sie traute es sich nicht zu, zu sprechen.

»Hör zu. Hast du jemals von der Mönchsinsel gehört?«, fragte Boyd.

»Ist Chloe dort?« Sie sprang auf. Er drückte sie sanft wieder auf ihren Stuhl.

Auf der Schreibtischkante sitzend, sagte er: »Nur wenn sie eine olympische Schwimmerin ist oder ein Boot steuern kann. Lynch hat sich die Meldungen über ungewöhnliche Aktivitäten rund um die Seen angesehen. Es gab ein paar über die Mönchsinsel.«

»Welcher See?«

»Lough Cullion. Also, es hat Beschwerden gegeben über Schüsse außerhalb der Jagdsaison.«

»Ist dem schon jemand nachgegangen?«

»Wir waren voll ausgelastet, und die Sache schien zu dem Zeitpunkt keine Priorität zu haben, also nein.«

»Ist jetzt jemand dort?«

»Die gesamte Truppe ist damit beauftragt, nach deiner Tochter zu suchen.«

Sie dachte einen Moment nach. »Chloes Telefon! Wurde ihr GPS schon geortet?« Sie zog ihr Tischtelefon zu sich hin und hob den Hörer ab.

Boyd stoppte sie. »Das wird gerade gemacht. Und wir werden die Mönchsinsel überprüfen, sobald Ressourcen frei werden.«

»Aber sie muss jetzt überprüft werden!«

»Zuerst versuchen wir, Chloe und Milot zu finden.«

»Warum habe ich kein Protokoll von Chloes Telefon? Was machen die da oben?«

»Das dauert.«

»Was ist mit dem Telefon des Sozialarbeiters? Gibt es eine Spur von der Nummer, die er anschreiben sollte, sobald er Milot hat?«

»Die Techniker arbeiten auch daran.«

»Ich muss hier raus. Ich kann hier nicht einfach rumsitzen.«

Sie blinzelte, als eine E-Mail pingte. Sie warf einen Blick auf ihren Posteingang. »Das kann ich jetzt nicht gebrauchen.«

»Was ist es?«

»Es ist nur eine Antwort auf die E-Mail, die ich letzte Nacht an Besim Mehmedi geschickt habe.«

»An wen?«

»Er war der Staatsanwalt in dem Fall der illegalen Organentnahme in Pristina vor etwa fünf Jahren. Ich habe dir davon erzählt.«

»Relevant für unsere Fälle?«

»Vielleicht.«

»Öffne sie.«

Als sie die E-Mail öffnete, steckte Garda Gillian O'Donoghue ihren Kopf zur Tür herein.

»Detective Inspector? Eamon Carter ist im Vernehmungsraum und wird hysterisch. Er besteht darauf, dass er dem Mann, der ihn zwingen wollte, den Jungen zu entführen, eine SMS schicken muss. Er will nicht glauben, dass seine Mutter in Sicherheit ist, wenn er es nicht tut.«

Lottie sah zu Boyd auf. »Was meinst du? Das Arschloch hervorlocken?«

Boyd stand auf. »Genau.«

Sie ignorierte die E-Mail von dem Staatsanwalt in Pristina und drückte auf die Schaltfläche zum Speichern des Bildschirms.

»Später«, sagte sie zu dem Computer.

. . .

Die Hitze im Vernehmungsraum Eins war immer drückend. An diesem Abend war sie überwältigend. Der Schweiß hatte Carters Hemd zwischen den Schulterblättern und unter den Achseln dunkelgrau gefärbt. Boyd gab sich cool, aber Lottie wusste, dass er genauso besorgt war, wie sie. Sie musste Chloe und den Jungen finden. Und möglicherweise der einzige Weg, das zu tun, war, dem Mann, der mit Carter in Kontakt stand, eine Falle zu stellen.

Sie hatte das Telefon aus dem Beweisbeutel gerissen und Carter die Nachricht diktiert, damit er sie in seine eigenen Worte fassen konnte. Es hatte keinen Sinn, den Empfänger argwöhnisch zu machen. Jetzt spürte sie, wie das Telefon in ihrer Hand herumrutschte, während sie auf eine Antwort wartete.

Eine SMS kam: St Declan's. Zehn Minuten. Warten Sie hinter dem Pförtnerhaus.

»Los geht's.« Lottie rannte zur Tür.

»Wir haben keine Zeit, ein Team zusammenzurufen«, sagte Boyd.

»Du und ich. Das ist Team genug.«

»Was ist mit mir?«, fragte Carter.

Einen Augenblick dachte Lottie daran, ihn mitzunehmen, um die Entführer herauszulocken, aber sie konnte sein Leben nicht riskieren.

»Bleiben Sie hier, wo Sie nicht in weitere Schwierigkeiten geraten können«, sagte sie über ihre Schulter.

»Passen Sie auf ihn auf«, sagte Boyd zu O'Donoghue.

Lottie rannte durch den Empfangsraum und durch die Tür des Reviers hinaus. »Wo ist dein Auto?«

»Hinten.«

»Beeil dich.« Sie flitzte um das Gebäude herum.

»Zehn Minuten in diesem Verkehr. Das ist Wahnsinn.« Boyd schloss das Auto auf und sie stiegen ein. »Blaulicht und Sirene?«

»Ja. Nein.« Lottie klammerte sich an das Armaturenbrett, als er den Wagen in einem spitzen Winkel aus dem Hof schwenkte. »Wir wissen nicht, wo er ist. Soweit wir wissen, könnte er uns beobachten. Besser, wir warnen ihn nicht.«

Er hatte seinen Lieferwagen auf dem Parkplatz der Kathedrale geparkt. Direkt vor den Augen der Keystone Cops auf der anderen Straßenseite. Er hatte sein Leben lang gefährlich gelebt. Kein Grund, das jetzt zu ändern.

Er zog seine weichen Lederschuhe aus und schob seine Füße in die Stahlkappenstiefel. Als er den Schlüssel umdrehte, um den Wagen zu starten, hörte er sein Telefon mit einer Nachricht vibrieren.

Er warf einen Blick auf das Display und schlug auf das Lenkrad. »Endlich!«

Er las sich den Text noch einmal durch: Ich habe das Kind. Was soll ich jetzt tun? Tun Sie meiner Mutter nicht weh. Er dachte kurz nach, bevor er eine Antwort eingab.

Als er durch die Tore der Kathedrale hinausfuhr, warf er einen Blick auf das Polizeirevier. Warum rannten Lottie Parker und ihr Handlanger so schnell?

Er dachte darüber nach, während er die Straße hinunterfuhr. Es nagte an seinem Hinterkopf. Wussten sie etwas? Sicherlich nicht.

Sein Gehirn lief auf Hochtouren, als er überlegte, wie er die Situation meistern könnte, wenn sie ihm auf der Spur wären. Er war vorsichtig gewesen, aber hatte er etwas übersehen? Hatte Russell sich vor der Polizei verplappert? Er hatte das geleugnet und jetzt war er in keinem Zustand, irgendwelche Fragen zu beantworten. Schade.

Er würde eben blitzschnell reagieren müssen. Wie jeder gute Chirurg.

. . .

Der Verkehr war nicht das Problem. Es war der Nebel. Wie aus dem Nichts schien er sich wie ein schwerer Schleier über die Stadt zu legen. Fing alles mit seinem Netz ein. Die Sonne war verhüllt und die Dunkelheit brach herein.

»Es ist wie das verdammte Ende der Welt«, sagte Boyd, als er bei der Dubliner Brücke abbog.

»Wo zum Teufel sind Kirby und Lynch?«, sagte Lottie nervös. »Von beiden nichts.«

Lottie tippte Kirbys Namen per Schnellwahl an. »Komm schon, Großer, antworte.«

»Boss?«

»Gott sei Dank. Wo sind Sie? Irgendeine Spur von Chloe?«

»Wir haben die Bahnlinie hinter Ihrem Haus abgesucht. Wir denken, sie ist dort hochgeklettert und die Gleise entlanggelaufen. Wir haben sie noch nicht gefunden. Den kleinen Jungen auch nicht.«

»Warum sollte sie dort hinaufgehen?« Lotties Augen weiteten sich. »Warum waren Sie überhaupt da oben?«

»Wir haben ihr Handy geortet. Sie hat es ganz in der Nähe vom Bahnhof fallen lassen.«

»Wo?«

»Auf der kleinen Fußbrücke. Die, die über den Kanal nach Hill Point führt. Wir sind dabei, die Gegend abzusuchen.«

»Das ist da, wo Petrovci wohnt.« Lottie schüttelte den Kopf und versuchte, etwas Logik in die Gleichung zu bringen. »Warum war ihr Telefon dort?«

»Ich weiß nicht. Vielleicht ist sie gerannt und es ist ihr aus der Tasche gefallen. Ich sage Ihnen Bescheid, sobald ich etwas weiß. Aber dieser Nebel hält uns auf.«

»Ist Lynch bei Ihnen?«

»Ja, Boss.«

Lottie stieß einen langen Seufzer aus. »Machen Sie weiter.« Sie legte auf.

»Fahr weiter«, sagte sie zu Boyd.

»Ich kann nichts sehen.«

»Folge einfach den Rücklichtern des Lieferwagens vor uns.«

»Genau das tue ich.«

»Schneller, Boyd. Kannst du nicht schneller fahren?«

»Nur wenn mir Flügel wachsen.«

Er sah die Polizei hinter sich. Er hielt bei einem Laden an der Ecke, einen knappen Kilometer von St. Declan's entfernt, an und ließ sie passieren.

Wo wollten sie hin? Sicherlich nicht zum St. Declan's-Krankenhaus, einst eine Anstalt für Geisteskranke. Sie hatten doch keinen Grund, dorthin zu fahren, oder? Soweit er wusste, war es seit zehn Jahren stillgelegt. Es war dabei, in sich zusammenzufallen, als er vor einem Jahr darauf gestoßen war und den Operationssaal wieder zum Leben erweckt hatte. Er konnte nicht zulassen, dass sie ihn fanden. Noch nicht. Nicht bevor er fertig war. Er hatte einen Job zu erledigen.

Er manövrierte den Wagen zurück in den Verkehr und setzte seine kurze Fahrt fort. Er musste sich auf seine Aufgabe konzentrieren. Er musste den Jungen in Empfang nehmen. Und sich um Eamon Carter kümmern. Keine offenen Enden.

Als er durch die verrosteten Tore von St. Declan's fuhr, sah er keine Spur von dem Zivilstreifenwagen. Er parkte hinter dem Pförtnerhaus, stellte den Motor ab und wartete auf den größten Preis von allen. Mimozas Jungen. Milot.

## 79

Boyd fuhr um den Kreisverkehr, der zur Autobahn führte, und fuhr dann auf der gegenüberliegenden Straßenseite wieder zurück.

»Stopp!«, schrie Lottie. »Fahr hier ran.«

»Jemand wird mir hinten drauf fahren bei dem Nebel«, protestierte er.

»Park das verdammte Auto, Boyd!«

Er schwenkte das Lenkrad herum und fuhr den Wagen auf den Grünstreifen.

»Und mach das Licht aus. Hast du eine Jacke, die ich anziehen kann?«

Boyd lehnte sich nach hinten und nahm einen schwarzen Fleecepulli vom Rücksitz. »Geht der?«

»Ja, der ist okay.« Lottie löste ihren Sicherheitsgurt, zog den Pulli über und machte den Reißverschluss zu.

»Du gehst nicht allein da raus.«

»Du wartest hier. Du musst mit Kirby in Kontakt bleiben«, sagte sie und ignorierte seine Besorgnis.

»Ich komme mit.« Er öffnete seine Tür.

Lottie ergriff seinen Arm und zog ihn zu sich hin. »Hör zu,

Boyd. Du musst das Telefon und das Funkgerät überwachen. Ich habe meine Pistole.«

»Davor habe ich ja gerade Angst. Ich will nicht, dass es endet, wie die Schießerei am O. K. Corral.«

»So blöd bin ich nicht.«

Er stöhnte. »Du bist der Boss.«

»Dieser Typ hat vielleicht Chloe oder weiß, wo sie ist.«

»Er könnte auch derselbe Typ sein, der drei Mädchen ermordet und, zwei weitere entführt hat.«

»Denkst du, ich weiß das nicht?«

Boyd hielt ihre Hand. »Sei vorsichtig.«

Lottie öffnete die Tür und stieg aus in den feuchten Nebel.

»Ich komme dich holen, du Arschloch«. flüsterte sie in den Dunst.

Lottie fühlte sich, als würde sie unter einer Decke ersticken. Sie konnte vor Nebel nicht atmen und vor Dunkelheit nichts sehen. Sie ruderte mit den Armen um sich wie eine Verrückte in einer Gummizelle. Genau der richtige Ort dafür, dachte sie. Ihre Hände stießen auf Luft. Keine Wände. Das Einzige, was sie spürte, war der Boden unter ihren Füßen.

Einen Fuß vor den anderen setzend, bewegte sie sich mit kleinen Schritten vorwärts. Vier Schritte. Nichts. Warum war es so dunkel? Ein Stromausfall? Von dem gelben Schatten der Straßenlaternen in der Ferne war kein Schimmer zu sehen. Sie wusste, dass man sie normalerweise aus fast fünf Kilometern Entfernung sehen konnte. Aber jetzt war es, als wäre die Stadt aus ihren Grundfesten gerissen und in einen ätherischen Dunst entrückt worden. Ihre Hände wischten ein Spinnennetz herunter, dessen hauchzarter Faden an einer Mülltonne rechts von ihr hing. Mit ihren Fingerspitzen zählte sie drei Großmülltonnen.

Plötzlich spürte sie eine Präsenz hinter sich und blieb stehen. Hielt den Atem an. Lauschte. Das langsame Brummen des Verkehrs auf der N4. Keine anderen Geräusche. Ich bin definitiv komplett verrückt, sagte sie sich.

Als sie langsam weiterging, wurde sie das Gefühl nicht los, dass jemand direkt hinter ihr war.

Wo war er?

Er sah die Polizistin durch den Nebel. Sie war sehr nah. Was sollte er tun? Er konnte nicht zulassen, dass sie etwas fand. Das wäre mit Sicherheit das Ende. Vorsichtig folgte er ihr um das Gebäude herum. Sie durfte ihn nicht daran hindern, seine Mission abzuschließen. Ein Versprechen war ein Versprechen. Es spielte keine Rolle, dass er es sich selbst gegeben hatte. Er hatte damit angefangen und er würde es auch zu Ende bringen.

Er war jetzt so nah, dass er ihren Duft riechen konnte. Er schlich näher heran. Er hörte ihr Atmen, leise und schnell. Hatte sie Angst? Das glaubte er nicht eine Sekunde. Sie war eine gute Gegnerin. Aber jetzt war nicht die richtige Zeit, um ihre Tapferkeit zu testen. Er musste handeln.

Geräuschlos näherte er sich, hielt den Atem an, damit sie ihn nicht spürte. Mit Präzision und Treffsicherheit legte er seinen Arm um ihre Kehle, zog sie an seine Brust und drückte zu.

Sie schlug mit den Armen um sich und versuchte, sich von ihm zu lösen, dann fielen ihre Arme langsam herunter, ohne ein Ziel gefunden zu haben. Als er spürte, wie ihr Kopf gegen seine Schulter sackte, ließ er sie los und sie fiel ihm zu Füßen. Mit schnellen Schritten eilte er von den Mülltonnen weg und zurück zu seinem Wagen.

Der Dreckskerl Carter hatte also doch gepetzt.

Lottie wusste nicht, wie lange sie bewusstlos gewesen war. Sie öffnete die Augen, rieb sich die Kehle und versuchte, durch die

Enge und den Schmerz zu atmen. Sie fasste ihr Achselholster und fühlte ihre Pistole. Das war wenigstens etwas. Er war nicht mit ihrer Waffe entkommen. Er hatte ihr den Stolz geraubt, stattdessen hatte sie jetzt die verbissene Entschlossenheit, ihn zu fangen.

Als sie ihr Handy aus der Gesäßtasche ihrer Jeans zog, sah sie, dass der Bildschirm gesprungen war, aber sie konnte noch telefonieren.

## 80

»Herrgott, Boyd, schneller.« Lottie stampfte mit dem Fuß auf den Boden, als ob das Gaspedal auf ihrer Seite wäre.

»Halt die Klappe. Ich konzentriere mich auf die Straße. Ich kann nichts sehen.« Er schaltete die Scheibenwischer ein, um den Nebel von der Windschutzscheibe zu entfernen.

Sie schluckte schwer. Ihre Kehle fühlte sich an, als hätte jemand Glasscherben hineingestopft. Boyd hatte gesehen, wie der Lieferwagen vom Krankenhausgelände auf die Schnellstraße gerast war. Er hatte den Gang eingelegt, war herbeigebraust, und hatte sie gefunden, wie sie zwischen den Mülltonnen mit ihrem Handy hantierte. Sie hatte darauf bestanden, dass sie dem Lieferwagen folgten.

»Ich weiß nicht, wohin ich fahre«, sagte er. »Ich habe ihn verloren.«

Der Nebel war dicht, die Straße kurvig; sie konnte es ihm nicht verübeln.

»Wenn er links auf die N4 abgebogen ist, könnte er in Richtung Lough Cullion und der Mönchsinsel unterwegs sein. Vielleicht hat er Chloe dorthin gebracht.«

»Du weißt doch gar nicht, ob die Mönchsinsel irgendetwas mit alldem zu tun hat.«

»Wohin könnte er sonst unterwegs sein?«, fragte Lottie. »Es muss Petrovci sein.«

»Es könnte jeder sein.«

Sie überlegte einen Moment. Sie dachte daran, wie stark der Arm gewesen war, der ihr die Luft abgewürgt hatte.

»Ich weiß nicht, wer es war«, gab sie zu. Aber sie wusste, dass sie ihn nicht entkommen lassen durfte.

Das Auto schlitterte von der Hauptstraße auf die Ausfahrt.

»Das ist die falsche Abzweigung, Boyd«, kreischte Lottie. »Autsch.« Ihre Kehle glühte vor Schmerz.

»Scheiße!« Er fuhr weiter. »Ich kann nicht zurück. Ich werde über die Verbindungsstraße fahren.«

Mit Blaulicht und heulender Sirene raste Boyd über die Umgehungsstraße. Lottie stellte ihre Füße fest in den Fußraum und hielt sich am Armaturenbrett fest. Um eine Ecke, vorbei am Friedhof und eine schmale Straße entlang. Er lenkte den Wagen nach rechts, und die Scheinwerfer wurden vom Nebel reflektiert und blendeten sie. Vor sich sahen sie rote Rückleuchten.

»Da ist er«, sagte Lottie.

Die Lichter verschwanden.

»Das könnte sonst wer sein«, sagte Boyd, und der Wagen schlingerte in die Mitte der Straße. »Entschuldigung.«

»Halte dich an den Straßenrand«, rief Lottie.

Er sagte nichts. Er hielt das Lenkrad so fest umklammert, dass seine Hände ganz weiß waren.

»Gegrüßet seist du, Maria, voll der Gnade«, flüsterte Lottie.

Sie fing seinen Blick auf und schrie, als das Auto auf das Gras ausscherte und wieder auf die Straße rutschte.

»Mein Gott, Boyd. Pass auf, wo du hinfährst.«

»Er entkommt uns.«

Als sie um die nächste Ecke bogen, fiel Lottie ein, dass der

Bahnübergang vor ihnen lag. »Lieber Gott im Himmel, an den ich nicht immer glaube, mach, dass kein Zug kommt. Bitte.«

Lichter blinkten durch den Nebel. Gelb, Gelb, Rot.

Boyd trat die Bremsen voll durch. Der Sicherheitsgurt schnitt in Lotties Schulter und Brust durch die Wucht. Rasselnd senkten sich die Schranken in der Nachtluft herunter.

Sie sprang aus dem Auto und sah, wie die Rückleuchten des Lieferwagens den Hügel hinauf verschwanden.

»Scheiße. Was machen wir jetzt?«

»Über Funk Verstärkung anfordern und warten, bis der Zug vorbei ist.«

»Das dauert fünf Minuten.« Sie war wehrlos gegen die Tränen. »Fünf verdammte Minuten, bis der Zug vorbeifährt.«

Sie spürte, wie Boyd seinen Arm um ihre Schultern legte. Er führte sie zurück zum Wagen.

»Ich hoffe, er tut nichts, während wir hier festsitzen«, sagte er und stützte seinen Kopf auf das Lenkrad.

»Das können wir nur hoffen«, sagte Lottie. »Er könnte Milot oder Chloe haben. Was meinst du?«

»Er hat sie nicht, Lottie. Er wollte sich mit Carter treffen, um den Jungen abzuholen«, sagte Boyd mit einer Besonnenheit, die sie im Moment nicht aufbringen konnte.

Sie wandte den Kopf und sah ihn an. »Wo sind sie dann?«


Er verschob seine Hände an den Rudern und packte sie noch fester, während er ruderte. Er riskierte es nie, einen Motor zu benutzen, aber er wusste, dass er dieses Mal einen hätte gebrauchen können. Sanfte Wellen trennten sich vom Boot und entfernten sich mit einem plätschernden Rauschen. Seine Armmuskeln zitterten bei jedem Zug, während er sich langsam seinem Ziel näherte. Der Nebel begann sich zu lichten, und er konnte den orangefarbenen Schimmer der untergehenden Sonne sehen, der sich auf den kleinen Wogen spiegelte. Er erkannte die Bäume am Ufer, das sich im Schatten schwarz abzeichnete, und die Anlegestelle, die sich in einem Fluss aus Schilfrohr verbarg. Er hielt direkt darauf zu.

Mit der Polizei war es knapp gewesen. Der Zug hatte ihn gerettet. Er hatte Glück gehabt. Dieses Mal. Aber jetzt war er sich sicher, dass sie von seinem Tötungsort wussten. Ein wenig Wasser, das vom See ins Boot gespritzt war, wirbelte unter seinen gestiefelten Füßen, als er durch den dünner werdenden Nebel blinzelte. Die Mönchsinsel. Er zitterte erwartungsvoll. Vielleicht würde es ihm dieses Mal gelingen, seine Bestimmung zu erfüllen. Aber ohne den Jungen. Schade.

Als er das Boot ein paar Minuten später anlegte, dachte er an das klare Wasser. Das Wasser, mit dem er die Unreinheiten von den Leichen abgewaschen hatte. Er musste noch zwei weitere säubern. Er hoffte, dass sie nicht dem Hungertod zum Opfer gefallen waren. Es war ein paar Tage her, dass er hier gewesen war. Es wäre schade, wenn sie sterben würden, bevor er sie auf ihren Weg zur Erlösung schicken konnte. Er lachte laut auf. Erlösung? Nur er konnte sie vollbringen.

Er sprang auf den kurzen, von wildem Gestrüpp abgeschirmten Holzsteg und zog das Boot mit einem dicken Seil nach achtern. Das Seil wickelte er sorgfältig um einen Stock, der an der Kante der verwitterten Latten hervorragte, und zog es mit einem Doppelknoten fest. Er füllte seine Lungen mit frischer Luft, atmete aus und wiederholte die Übung dreimal.

Er duckte sich unter den belaubten Bäumen und folgte einem Pfad von ausgetretenem Gras. Er war diesen Weg schon oft gegangen und wusste, dass das Gras nur von seinen eigenen Füßen zertrampelt wurde. Niemand sonst kam auf diese Insel. Er hatte sie gut ausgekundschaftet. Die Kircheninsel, zwei Kilometer rechts von ihm, war es, wo die sittenwidrigen Eskapaden stattfanden, sodass seine Insel den Vögeln und Dachsen überlassen war. Er war der einzige Eindringling in diesem inoffiziellen Schutzgebiet für Wildtiere, natürlich mit seiner eigenen Beute.

Er war fast da und konnte die Erregung, die in seinen Adern pochte, von den Haarfollikeln auf seinem Kopf bis zu den Zehenspitzen, nicht bremsen. Und ausnahmsweise tröstete ihn das Anschwellen in seiner Hose.

Endlich lag die Lichtung vor ihm, beleuchtet vom aufgehenden Mond, umgeben von einem blauen Schleier. Ein Vogel flatterte mit lautem Flügelschlag von einem Baum. Er sackte auf die Knie. Die beiden Bündel lagen dort, wo er sie zurückgelassen hatte. Reglos. Nein, er hatte sich geirrt. Er überprüfte erst das eine, dann das andere. Leise, schwerfällige Atemzüge. Sie waren noch am Leben. Er blickte zum Himmel und sagte Dank. Langsam wickelte er das Band vom ersten Bündel ab und zog die ausgefransten Falten des Wollgewebes beiseite. Endlich lag sie vor ihm..

Auf ihrer Stirn hatte sich ein blauer Fleck gebildet, wo er sie getreten hatte. Er fuhr mit dem Finger über ihr Gesicht und hielt inne, als er die Einkerbungen der Wunden auf ihrer Wange spürte.

»Verletzter Vogel, deine Flügel sind gebrochen, aber ich kann dich befreien und dich wieder fliegen lassen«, flüsterte er.

Er wickelte die Decke von ihrem Körper ab und bewunderte ihre Nacktheit. Er ließ seinen Finger auf ihrer tiefsten Narbe verweilen, und seine salzigen Tränen tropften leise auf die Wunde. Er hatte das angerichtet, und nun würde er sie heilen. Für immer. Er würde sie von ihrem Schmerz erlösen und ihr Frieden und ewige Erlösung bringen. Schade, dass sie nicht in der Lage sein würde, ihm zu danken. Er opferte sie, um andere zu retten, die ihn gut dafür bezahlten. Aber das war nicht der Grund, warum er tat, was er tat. Oder doch? Er war in die Fußstapfen eines anderen getreten. Es war vorherbestimmt. Und mit ihrem Tod würde sie den Bösen dafür büßen lassen, dass er den Tod seines Vaters verursacht hatte.

Er stand auf, ging durch das Gestrüpp und holte seinen stählernen Werkzeugkasten heraus. Er nahm einen Schlüssel aus seiner Jackeninnentasche, schloss den Deckel auf und öffnete ihn. Unter einem weichen Tuch holte er die in Leder gewickelte Pistole hervor. Er vergewisserte sich, dass das Magazin leer war, zählte die Kugeln aus einer Pappschachtel ab und schob sie sorgfältig ein. Dann steckte er das Magazin zurück in die Selbstladepistole und lud die erste Kugel. Mehr als eine brauchte er nicht, aber er mochte das Gefühl einer vollgeladenen Waffe. Macht und Kontrolle.

Wolken zogen schnell über den Himmel und ein warmer Nebel streichelte seine Haut.

Mit seiner Waffe in der einen und dem Schalldämpfer in der anderen Hand drehte er sich um.

## 81

Als der Zug schließlich vorbeigefahren war und die Schranke sich hob, legte Boyd den Gang ein und fuhr wieder los.

»Wo ist er hin?«, fragte Lottie. »Ist er weitergefahren? Oder ist er zur Mönchsinsel abgebogen?«

»Ich wünschte, ich wüsste es.« Boyd atmete verärgert aus.

»Stopp!«, rief Lottie.

Die Bremsen kreischten und Boyd lenkte den Wagen auf den Randstreifen. »Was ist jetzt?«

»Da.« Sie deutete auf eine schmale Ausfahrt bei den Bahngleisen. Da sich der Nebel gelichtet hatte, konnten sie nun den See dahinter wie geschmolzenes Glas glitzern sehen. Sie sprang aus dem Auto und verschwand in der Vegetation.

»Warte«, rief Boyd und schlug die Autotür zu.

»Sein Lieferwagen.« Lottie stand neben einem kleinen weißen Fahrzeug. Sie versuchte, die Tür zu öffnen. »Abgeschlossen.«

Boyd kam bei ihr an, stützte die Hände in die Hüften und blickte auf den See hinaus.

»Da ist die Mönchsinsel«, sagte er.

»Wie kommen wir dahin?«, fragte sie. Das Blöken ihres Telefons tönte durch die Luft. »Kirby. Hast du sie gefunden?«

»Noch nicht, Boss. Aber Sie müssen zurück zum Revier kommen.«

»Ich verfolge einen Verdächtigen. Ich glaube, es ist Andri Petrovci.«

»Das ist nicht möglich.«

»Warum nicht?«

»Wir haben Petrovci gerade gefunden, als er versuchte, in seine Wohnung zu kommen.«

Lottie drehte sich um und sah Boyd an, dann ließ sie ihren Blick über den See schweifen. »Und wer zum Teufel ist da drüben?«


Mimoza hörte das Klicken des Magazins in der Waffe. Sie wusste, was das bedeutete. Sie spürte, wie er sich bewegte, nahm wahr, wie er sich über sie beugte, sie berührte.

»Ah, kleine Mimoza. Ich habe auf diesen Moment gewartet, um dich zu befreien.«

»Milot?«, flüsterte sie mit einem schwachen Röcheln.

»Ich wollte ihn zu dir bringen, aber das Schicksal kam mir dazwischen. Oder sollte ich sagen, eine Polizistin namens Lottie Parker. Sie steht auf meiner Liste, sobald ich hier fertig bin.« Die Polizistin hatte sie also doch nicht vergessen. Mimoza versuchte zu lächeln. Ihre Lippen rissen und ihre Kehle schnürte sich zusammen. Lass mich noch nicht sterben, dachte sie. Lass mich nur noch ein letztes Mal meinen kleinen Jungen sehen. War das sein Apfelshampoo, das sie riechen konnte? Der Mann hatte gelogen.

Er war sicherlich grausam genug. Milot war hier.

»Milot? Bitte«, flehte sie.

»Sei still. Ich habe dir gesagt, dass ich ihn nicht habe.«

Sie musste etwas tun. Milot brauchte sie. Sie brauchte ihn.

Sie sagte ihrem Körper, stark zu sein. Die Augen zu öffnen war eine Qual. Aber sie musste es tun. Sie musste sich zum Handeln zwingen. Sonst würde sie sterben.

Sie schob die Ellbogen unter sich und versuchte, sich aufzusetzen. »Bitte«

»Ach, sei endlich still!«

Sie blinzelte durch die halb geöffneten Augen. Er war direkt vor ihr. Auf einem Knie. Er sah auf sie herab. Die Waffe in seiner Hand. Sie hatte in ihrem kurzen Leben schon viele Pistolen gesehen. Sie machte ihr keine Angst. Was ihr Angst machte, war der Gedanke, ihren Sohn nie wieder zu sehen.

Dieser Gedanke flößte ihrem Körper eine übermenschliche Energie ein. Es gelang ihr, sich halb aufzusetzen und sich auf ihre Ellbogen zu stützen. Er schien es amüsant zu finden und lachte. Warum fand er das lustig? Weil er wahnsinnig ist, sagte ihr eine Stimme in ihrem Kopf. Wahnsinnig. Und wie bekämpft man Wahnsinn? Mit Wahnsinn, dachte sie.

»Ich... ich kenne Sie...«, begann sie.

»Natürlich kennst du mich.« Er lachte wieder. Es klang manisch.

Gut, dachte sie. Jetzt. Für Milot. Sie warf einen letzten Blick auf die Sterne am Himmel. Sie sah nur noch das Lächeln auf dem Gesicht ihres Sohnes und das Leuchten in seinen Augen, während sie ihr Bein anhob und mit der wenigen Energie, die ihr noch blieb, so kräftig wie möglich ausholte. Und ein Bild ihres lächelnden und kichernden Sohnes leuchtete vor ihr auf wie eine wundersame Ikone.

»Mama liebt dich, Milot.«


Ein Schuss durchbrach die Stille der Nacht.

»Was zum...« Lottie duckte sich und griff automatisch nach ihrer Waffe. Die Bäume über ihrem Kopf bebten vom Flattern flüchtender Vögel. Boyd zog sie hoch.

»Da drüben«, sagte er. »Auf der Insel.«

Hilflos warf sie die Arme hoch. »Er ist dort und wir sind hier. Lass die Sirene heulen. Schnell. So laut wie es geht. Und wo ist unsere Verstärkung?«

Sie starrte über das Wasser, während Boyd zum Auto lief und die Sirene einschaltete.

Der Nebel kehrte so schnell zurück, wie er verschwunden war, und legte sich in einem weichen Schimmer um sie herum. Nur das Blaulicht auf dem Auto verriet ihr, wo es stand. Sie spitzte die Ohren über den kreischenden Lärm. Keine weiteren Schüsse. Hatten sie ihn verscheucht?

»Wir brauchen ein Boot«, brüllte sie über den Lärm hinweg.

»Was?«

»Ein Boot. Wo können wir eins bekommen? Am Ufer. Ich werde es am Ufer versuchen.«

Ohne auf Boyd zu warten, kletterte sie über die Gleise und auf der anderen Seite wieder hinunter. Sie rutschte aus und landete am felsigen Ufer. Im dichten Nebel konnte sie nicht weiter als ihre Hand sehen. Sie nahm ihr Handy heraus, um die Taschenlampe einzuschalten, und stellte fest, dass Kirby immer noch in der Leitung war.

»Kirby. Wir brauchen ein Boot. Schnell.«


Sie schalteten den Motor aus, und das Boot glitt zum Ufer der Insel. Es war eine halbe Stunde her, dass sie den Schuss gehört hatten. Ein Mann, der in der Nähe wohnte, war aus seinem Haus gelaufen, als er die Sirene hörte, gerade als zwei Streifenwagen vorfuhren. Lottie hatte ihm gesagt, was sie brauchten, und er war sofort mit einem Motor zurückgekommen und hatte ihn schnell an eines der am Ufer liegenden Boote montiert.

Jetzt sprang er heraus und sicherte das Boot. »Die Anlegestelle ist versteckt«, sagte er. »Nicht viele wissen davon. Das ist auch besser so. Genug verdammte Störenfriede«

»Danke«, unterbrach ihn Lottie. »Warten Sie hier.«

Sie nahm Boyds Hand und stieg aus dem Boot auf das trockene Land. Mit ihren Waffen im Anschlag duckten sie sich unter tiefhängenden Ästen und bahnten sich ihren Weg auf einem grasbewachsenen Pfad.

»Diese Weste ist verdammt schwer.« Lottie hasste es, die kugelsichere Weste zu tragen, die Boyd aus dem Kofferraum des Autos genommen hatte, aber sie wusste, dass sie tot niemandem etwas nützen würde.

»Wie hat er diesen Ort gefunden?«, fragte Boyd.

»Sch! Ich habe keine Ahnung.«

»Warum war da nur ein Schuss?«

»Wirst du wohl still sein? Hör mal.« Sie streckte ihre Hand aus und zog ihn am Gürtel seiner Hose zu sich zurück. »Hast du das gehört?«

»Das sind nur verdammte Vögel.«

»Nein. Bleib stehen. Es ist, als würde jemand weinen. Lieber Gott. Chloe?«

»Warte«, sagte Boyd.

Aber Lottie rannte an ihm vorbei und stürzte durch das Unterholz. »Chloe!«, rief sie und ihr ganzes Training entschwand in die Nacht. »Chloe?«

Sie stürmte auf eine Lichtung zu und blieb so plötzlich stehen, dass Boyd mit ihr zusammenstieß.

»Herrgott nochmal«, sagte er.

Er schaltete seine Taschenlampe ein und führte den Lichtstrahl über die Szene vor ihnen. Das Licht wurde vom Nebel reflektiert, aber Lottie konnte drei Körper sehen, die vor ihr am Boden lagen. Ihre Hände und Beine zitterten unkontrolliert. »Bitte Gott, nein. Nein!«

Sie wandte sich ab. Konnte nicht hinsehen.

»Sag es mir, Boyd. Ist es Chloe?« Sie dachte, sein

Schweigen dauerte ewig. Schließlich sagte er: »Es ist nicht Chloe. Keine von ihnen ist Chloe. Aber ich weiß, wer sie sind.«

Sie schnaubte durch die Nase und versuchte, sich wieder zu fassen. Sie bewegte sich auf Händen und Knien auf ihn zu.

»Wer sind sie? Sind sie am Leben? Ich habe jemanden weinen hören.« Sie zog eine zerlumpte Decke beiseite und starrte in ein junges Gesicht. »Maeve Phillips. Sie lebt, Boyd, aber sie ist bewusstlos. Wir brauchen Hilfe. Er könnte in der Nähe sein.«

»Er ist hier.« Boyd zeigte auf ihn. »Schuss in den Bauch.«

Lottie drückte Maeve an ihre Brust. »Ist er tot? Was ist mit der anderen?«

Boyd entfernte sich von dem Mann und näherte sich der anderen Person. »Ich kann keine Schusswunde sehen.«

Lottie legte Maeve vorsichtig hin und betrachtete den nackten Körper des Mädchens zu Boyds Füßen. In ihrer leblosen Hand hielt sie eine halbautomatische Pistole.

»Es ist Mimoza«, flüsterte sie. Sie tastete nach einem Puls. »Oh mein Gott, Boyd, sie ist tot. Das tapfere Mädchen hat ihn getötet.«

Ein Stöhnen kam von dem am Boden liegenden Mann. Boyd drehte sich zu ihm um.

»Er lebt noch.« Er untersuchte ihn noch einmal, dann legte er ihm Handschellen an. »Du gehst nirgendwohin, du Drecksack, außer für den Rest deines Lebens in den Knast.«

»Ich weiß, wer er ist«, sagte Lottie.

»Ja? Wer zum Teufel ist er?«

»George O'Hara, der Lehrer von der Flüchtlingsunterkunft.«

Sie wandte den Kopf ab. Sie zog ihre schwere Weste und Boyds Fleecejacke aus, wickelte die warme Kleidung um Maeve und hielt sie fest.

»Du bist jetzt in Sicherheit«, beruhigte sie sie durch ihre Tränen hindurch. »Aber wo ist meine Chloe?«

## 82

»Es wird eine Weile dauern, bis McGlynn und seine Spurensicherer auf der Mönchsinsel an die Arbeit gehen können«, sagte Lottie.

Sie beobachtete, wie die blauen Lichter des Krankenwagens durch den Nebel wirbelten. Maeve Phillips war auf dem Weg ins Krankenhaus. Lottie wusste, dass das Mädchen ihre körperlichen Verletzungen überleben würde, aber sie war sich nicht sicher, ob ihre seelischen Narben jemals heilen würden. Ein zweiter Krankenwagen transportierte George O'Hara, begleitet von zwei bewaffneten Polizisten. Mimozas Leiche war auf der Insel geblieben. Allein.

Boyd zündete zwei Zigaretten an. Er reichte Lottie eine und lehnte sich gegen die Motorhaube des Wagens.

Sie nahm einen tiefen Zug und sagte: »Wir müssen zurück zum Revier und herausfinden, was es mit Petrovci auf sich hat. Und ich muss wissen, ob es ein Zeichen von Chloe und Milot gibt.«

»Rauch erst mal deine Kippe.«

»Aber...«

»Kein Aber.« Er zog sie an sich. »Dreißig Sekunden Pause. Mein Befehl.« Lottie lehnte ihren Kopf an seine Brust und kämpfte gegen die große Müdigkeit, die sie durchströmte.

Boyds Telefon summte.

»Es ist Jackie. Ich hatte vergessen, dass sie versucht hat, mich zu erreichen.«

»Geh lieber ran.« Lottie warf ihre Zigarette weg und zermalmte sie mit dem Absatz ihres Stiefels.

Boyd wandte sich ab. »Jackie, du hast mich gesucht. Was gibt's?«

Lottie setzte sich in den Wagen und ließ den Motor an. Sie wollte nicht hören, was Boyd sagte. Sie musste ihre Tochter finden.

Zurück auf dem Revier raste sie die Treppe hinauf. Es war fast Mitternacht. Sie hatte das Gefühl, sich übergeben zu müssen, wenn sie nicht bald etwas von Chloe hörte. Boyd war dabei, den Wagen zu parken. Die Fahrt zurück in die Stadt war schweigend verlaufen. Jackie war unterbrochen worden und er hatte keine Ahnung, was sie wollte.

»Wo zum Teufel waren Sie?«. Corrigan stürmte ihr durch den Flur entgegen. »Hatte ich Ihnen nicht ausdrücklich befohlen, hier zu bleiben?«

Sie hatte keine Zeit für so etwas. Ohne ein Wort zu sagen, eilte sie an ihm vorbei in den Einsatzraum. Es war so still wie im Totenhaus. Corrigan folgte ihr.

»Oh Gott«, sagte Lottie. Beim Blick auf die Ermittlungstafel waren ihre Augen auf dem Foto von Mimoza mit Milot in ihren Armen gelandet. Ein kleiner Junge ohne Mutter. Was würde jetzt mit ihm geschehen?

»Worum geht's, Parker?«

Lottie deutete auf die Tafel. »Sir, wir haben alle hier angepinnt, außer George O'Hara, unseren Mörder. Er ist uns nicht einmal aufgefallen.«

»Ein schlaues Kerlchen also.«

Sie rief Kirby an. »Überprüfen Sie George O'Hara, und zwar gründlich. Ich will alles über ihn wissen. Vor fünf Minuten.«

Sie spürte einen Adrenalinschub und wandte sich wieder an Corrigan. »Ich glaube, da sind noch andere, die mit ihm zusammenarbeiteten. Er brauchte jemanden, um ihm die Mädchen zu besorgen.« Sie zeigte zuerst auf das Foto von Dan Russell, dann auf das von Petrovci. »Diese beiden. Einer oder beide haben Chloe und Milot.«

»Petrovci sitzt in einer Zelle«, sagte Corrigan.

»Ich muss ihn sehen, Sir. Auf der Stelle. Er könnte wissen, wo Chloe ist.«

Sie wartete und zählte in ihrem Kopf. Sie war bei fünf angelangt, bevor er zur Seite ging. Sie war aus der Tür, bevor er seine Meinung ändern konnte.

»Detective Inspector Parker! Halten Sie sich an die Vorschriften. Verstehen Sie mich? Halten Sie sich an die Vorschriften.«

»Ja, Sir«, rief Lottie mit gekreuzten Fingern zurück.


Die sieben Zentimeter dicke Stahltür schlug hinter Lottie zu.

Petrovci machte Anstalten, sich von seinem Steinbett zu erheben.

»Bleiben Sie, wo Sie sind.« Sie lehnte sich an die Wand und überkreuzte die Füße. Keine Stühle.

»Es tut mir leid. Ich nichts tun.« Er schwang seine Beine zur Seite und setzte sich aufrecht hin.

Lottie blätterte durch die Seiten, die Kirby ihr auf dem Weg zu den Zellen gegeben hatte, und sagte, ohne aufzublicken:

»Der Typ, der Ihren Chef Jack Dermody angerufen hat, um ihm zu sagen, er solle zu dem Pumpenhaus fahren, wo Sie die dritte Leiche gefunden haben - seine Nummer war auf Ihrer Anrufliste. Erklären Sie mir das.«

»Ich weiß nicht, was Sie meinen.«

»Wir glauben, sein Name ist George O'Hara. Kommt Ihnen das bekannt vor?«

Petrovci schüttelte den Kopf. »Ich kenne nicht.«

Sie faltete die Seiten zusammen und steckte sie in die Gesäßtasche ihrer Jeans. »Und das soll ich Ihnen glauben?«

»Ich weiß nicht.«

»Ihr Freund George O'Hara liegt im Krankenhaus. Angeschossen.«

Er zog eine Augenbraue hoch und strich sich mit der Hand über den kahlgeschorenen Kopf. »Ich kenne niemand mit diesem Namen.«

»Ach, kommen Sie. Wir haben zwei Handys bei ihm gefunden. Von einem dieser Telefone aus wurden Sie am Samstagabend angerufen. Warum hat er Sie kontaktiert?«

Petrovci sah verwirrt aus, blieb aber stumm.

Lottie sagte: »Ich werde es Ihnen erklären. Sie arbeiten mit diesem Mann, George O'Hara, zusammen. Sie bringen Mädchen aus dem Kosovo, aus Afrika und weiß Gott woher, damit er sie operiert und dann dem Sexgewerbe überlassen kann. Haben Sie sie gegroomt?«

»Ich verstehe nicht groomen.«

Mit zwei Schritten war Lottie bei ihm und zerrte ihn am Ellbogen in die Höhe. Er riss seine Hand mit einem Ruck los und stellte sich an die Wand.

»Sie wütend. Warum?«, fragte er.

»Ich habe keine Zeit für so etwas. Meine Tochter ist verschwunden. Ich glaube, Sie wissen, wo sie ist. Also raus mit der Sprache.« Sie schlug mit der Hand gegen die Wand neben seinem Kopf.

Er wich nicht zurück. »Tochter?« Er wandte sich ihr zu.

»Verdammt nochmal. So geht das nicht.« Lottie setzte sich auf das Bett. »Bitte. Sie haben nichts mehr zu verlieren. Sie gehen ins Gefängnis, weil Sie diesem Mörder geholfen haben. Wie auch immer sie beide es gemacht haben, ich werde es herausfinden. Aber Sie können sich selbst etwas Gutes tun. Eine kürzere Strafe. Ich werde sehen, was ich tun kann. Bitte, sagen Sie mir, wo sie ist.«

»Ich töte niemanden. Ich entführe Ihre Tochter nicht.«

Lottie seufzte verzweifelt. Sie wusste, dass sie nichts aus ihm herausbekommen würde. Sie stand auf und gab das Zeichen, die Tür zu öffnen.

»So eine Verschwendung von Leben. Aber wenigstens hat Maeve überlebt. Sie wird mir alles erzählen.«

»Maeve? Ich verwirrt.«

»Sie haben ihr Foto erkannt.«

Er schüttelte den Kopf. »Ich weiß Namen nicht.«

»Sie wissen überhaupt nicht viel.«

»Wer Maeve?«

Sie wusste, dass sie nicht mitspielen sollte, aber sie nahm ihr Handy heraus und scrollte. Sie drehte das Foto zu ihm hin und sagte: »Das ist Maeve.«

Er starrte es einen Moment lang an, dann hob er den Blick und sah ihr in die Augen.

»Ich erinnere mich, Sie zeigen mir. Sie sieht aus wie ein Mädchen, das ich mal kannte. Es macht mir Angst. Ich fürchte um sie. Ich glaube, sie ist eine von ihnen. Unter der Erde.«

»Ich habe keine Zeit für Ihre Lügen.« Lottie schnappte das Telefon weg.

Er streckte eine Hand aus und packte ihren Arm. Seine dicken Finger, die vom Dreck seiner Arbeit verschmutzt waren, drückten sich in ihre Haut. »Ich nicht lüge. Ich nie lüge. Ich töte keine Mädchen. Ich komme nach Ragmullin. Ich arbeite und suche nach meinem Mädchen. Jeden Tag. Aber ich finde sie nicht.«

Lottie schüttelte seine Hand ab und fragte: »Welches Mädchen? Warum haben Sie Ihre Wohnung verlassen? Sie haben Ihre Sachen mitgenommen.« Sie musste von ihm weg. Sie musste hier raus und nach Chloe und Milot suchen.

»Ich bin ein Junge im Krieg.« Er zog sein T-Shirt hoch. »Der Krieg hat mir das angetan.«

Lottie schnappte nach Luft. Eine saubere Narbe zog sich von seinem Unterleib um seine Hüfte herum bis auf seinen Rücken. Ähnlich wie die Narben bei den ersten beiden Opfern. »Wer? Wer hat Ihnen das angetan?«

»Vor vielen Jahren. Während des Krieges. Es jetzt nicht wichtig. Es hat mein Gehirn verletzt. Mein Kopf.« Er schlug sich mit der Faust an den Schädel. Dreimal. Hart. »So viele Dinge passieren. Ich nicht erinnern. Sie verstehen. Was Sie... Blackout nennen. Ich nicht erinnern.«

Sie fuhr sich mit den Händen durch die Haare. »Das erklärt immer noch nicht, warum Sie Ihre Wohnung verlassen haben und wieder zurückgekommen sind.«

Er schlurfte in der kleinen Zelle umher, klopfte und rieb sich ständig den Kopf und hinterließ dabei dunkle Schlieren aus Schmutz und Schweiß. In dem beengten Raum wirkte er wie ein einsamer, trauriger Riese. Lottie schüttelte sich. Wie konnte sie nur Mitleid mit ihm haben. Gott weiß, was er getan hatte.

Mit dem Gesicht zur Wand sagte er: »Ich finde das kleine Mädchen tot am Wasser, und Sie sperren mich ein. Ihr Polizist stellt mir viele Fragen. Er lässt mich gehen. Ich habe Angst. Ich will nicht wieder eingesperrt werden. Ich bekomme Telefonanruf. Dieser Mann, er sagt, mein Mädchen ist in der Stadt. Er sagt, er tötet sie und mich. Das ist alles, was er sagt. Ich packe und gehe. Ich muss sie suchen.«

»Wo sind Sie hingegangen?«

Petrovci zuckte mit den Schultern. »Ich laufe herum. Ich schlafe an den Bahngleisen. Aber ich weiß nicht wohin. Ich komme zurück in meine Wohnung. Der einzige Ort, den ich kenne. Ich kann nirgendwo hin.« Er schlug mit den Fingerknöcheln gegen die Wand. »Ich komme zurück. Das ist alles, was ich weiß.« Er begann zu schluchzen. »Sie ist in der Nähe.«

»Wer ist in der Nähe? Wovon reden Sie?«

»Er sagt mir, sie ist in der Nähe. Darum ich suche nach ihr. Der Mann am Telefon. Aber er nicht sagt mir, wo sie ist.«

Gib mir Kraft, dachte Lottie. »Wenn Sie bereit sind, ohne die Rätsel zu sprechen, komme ich wieder.« Sie öffnete die Tür.

Als sie auf den hell erleuchteten Flur hinausging, hörte sie, wie Andri Petrovci ausrief: »Eines Tages. Eines Tages ich sehe meine Mimoza wieder.«


Boyd hielt sich das Telefon ans Ohr und ging im Hof des Reviers auf und ab.

»Fang von vorne an, Jackie, das ergibt keinen Sinn.«

»Ich habe Jamie seit Stunden nicht mehr gesehen. Er hat einen Telefonanruf bekommen und ist davongeeilt. Nachdem er gegangen war, habe ich ein Telefon auf dem Sofa gefunden. Nicht sein übliches iPhone. Ein klobiges Nokia. Es war nicht gesperrt. Ich dachte, vielleicht hat er es für eine andere Frau benutzt, weißt du...«

»Also hast du es gecheckt. Ja?«

»Ja. In der einzigen SMS, die geschickt wurde, stand: »Junge nicht sicher bei euch. Geh weg. Wir treffen uns an der Kanalfußbrücke.« Das ist alles.«

»Bist du sicher? Kein Name? Nichts?«

»Nur die Nummer.« Sie las sie ihm vor.

Boyd erkannte sie. »Ich schicke jemanden zu dir, um das Telefon zu holen. Geh nicht weg.«

»Okay. Und noch eine Sache...«

»Was?«

»Da sind nur zwei Namen in der Kontaktliste. Einer ist Tracy Phillips und der andere ist George O'H. Sagt dir das was?«

»Ich brauche das Telefon«, sagte Boyd.

## 83

»Boyd. Boyd!« Lottie rannte die Treppe hinauf und in den Einsatzraum. »Haben Sie Boyd gesehen?«

Lynch und Kirby waren da, mit Augenringen so schwarz wie Kohlenklumpen.

»Chloe?«, keuchte Lottie.

»Nein, Boss«, sagte Kirby. »Wir haben überall gesucht.«

»Ihr Telefon. Ist da was drauf?«

»Wir haben eine Nummer, aber es ist wieder so ein Wegwerf-Ding.« »Prepaid«, sagte Lynch.

»Genau. Und es ist nicht dieselbe Nummer, von der Dermody oder Carter angerufen wurden«, sagte Kirby mit einem Gähnen.

»Leute, es tut mir so leid«, sagte Lottie. »Ihr habt Tag und Nacht gearbeitet. Ich brauche Boyd.«

»Hier bin ich.« Er kam herein.

Wenn überhaupt, fand Lottie, dass er schlimmer aussah als ihre anderen beiden Kriminalbeamten. Sie sagte: »Es geht um Petrovci. Du wirst nicht glauben, was er mir gerade erzählt hat.«

»Kann das warten? Ich habe euch allen etwas Wichtiges zu sagen.«

»Du siehst so ernst aus. Es geht um Chloe. Sag es mir!« Lottie schnappte nach Luft, um nicht hysterisch zu werden, und flehte mit ihren Augen. »Ich kann damit umgehen.«

Boyd ließ sich auf den nächsten Stuhl fallen und zupfte an den wachsenden Stoppeln an seinem Kinn. »Es geht um Jackie...«, begann er.

»Boyd! Meine Tochter und ein Kind werden vermisst und du redest von Jackie. Verschon mich.«

»Beruhige dich...«

»Sag mir nicht, ich soll mich beruhigen.« Lottie kickte den nächsten Stuhl um. »Was für eine Scheiße. Alles Scheiße.« Den Tränen nahe, hob sie den Stuhl auf und setzte sich. »Tut mir leid. Red weiter.«

»Wie's aussieht, steckt Jamie McNally bis zu seinem schmierigen kleinen Pferdeschwanz da drin.«

»Was?« Lottie sprang wieder auf.

»Der schleimige kleine Scheißer«, sagte Kirby und steckte sich eine nicht angezündete Zigarre in den Mund.

Boyd erzählte ihnen von dem Telefon, das Jackie gefunden hatte.

Lottie zählte leise und versuchte, die Spannung in ihrer Brust zu mindern. Sie sagte: »McNally hat Chloe und Milot.«

»Wie ist er an Chloes Nummer gekommen?«, fragte Kirby.

»Kinder haben ihre Nummern auf Facebook und Twitter und so«, sagte Lynch. »Sie sind sich nicht bewusst, wie verletzlich sie dadurch sind.« An der Ermittlungstafel drückte sie McNally eine Stecknadel mitten ins Gesicht.

»Ich hätte vorsichtiger sein müssen. Ich hatte den Verdacht, dass mich jemand beobachtet, mein Haus beobachtet«, sagte Lottie. »Aber warum würde Chloe auf diese Nachricht reagieren, wenn sie nicht wusste, von wem sie kam?«

»Es sei denn, er ist Lipjan«, sagte Boyd.

»Wo ist McNally jetzt?«, fragte Lynch.

»Ist Jackie bei ihm?«, fragte Lottie. »Warum sind wir noch hier? Komm schon. Lass uns gehen.«

Boyd hielt sie an der Tür auf. »Ich weiß nicht, wo McNally ist. Jackie ist allein. Ich habe Beamte hingeschickt, um das Telefon zu holen und bei ihr zu bleiben.«

»Könnte McNally bei Russell sein? Oben in der Flüchtlingsunterkunft?«, fragte Lynch.

»Ich dachte, ich hätte gesagt, jemand solle Russell abholen«, sagte Lottie.

»Wir sind mit dem Durchsuchungsbefehl reingegangen«, sagte Kirby. »Ich habe ein Team von Kriminalbeamten dagelassen, um zu suchen. Die Suche dauert noch an. Aber Russell war nicht da. Er wurde zuletzt am frühen Nachmittag gesehen.«

»Sehen Sie bei ihm zu Hause nach.«

»Schon passiert. Da ist er auch nicht. Sein Auto steht immer noch bei der Flüchtlingsunterkunft.«

Lottie hielt inne und schlug sich mit den Fingerknöcheln auf die Stirn.

»Könnte er im St. Declan's sein? Dort wollte O'Hara den Jungen von Carter abholen. Und laut Jackie steht O'Haras Name in McNallys Telefon.«

»Du hast recht.« Boyd ging an der Tür an ihr vorbei. »Zwei Autos. Keine Sirenen. Auf geht's.«

»Okay.« Lottie fragte sich, woher sie ihre Energie nahm.

Sie hatte den ganzen Tag nichts gegessen und war immer noch auf Achse.

Angst, dachte sie.

Angst um ihre Tochter und den kleinen Jungen.


Die dreistöckige viktorianische Anstalt für Geisteskranke erhob sich vor ihnen wie ein Ungeheuer im Nebel, als sie die Autos vor dem Eingang parkten. Nirgendwo im Gebäude war irgendein Licht zu.

Eng umgeben von ihrem Team, versuchte Lottie, die Angst, die plötzlich in ihr aufstieg und ihr Herz ergriff, zu unterdrücken.

»Was für ein schrecklicher Ort«, sagte sie.

»Auf der Rückseite befindet sich eine Art Nebengebäude. Es wurde in den frühen 1900er Jahren gebaut«, sagte Lynch.

Lottie, Boyd und Kirby starrten sie an.

»Ich habe vor ein paar Jahren für ein Diplom in Lokalgeschichte studiert«, erklärte sie. »Soweit ich mich erinnern kann, befand sich im Nebengebäude ein Operationssaal.«

Sie machten sich auf den Weg um das Gebäude herum und hielten sich dicht an der Wand.

»Alles in Ordnung?« fragte Boyd Lottie.

»Nein.«

Sie blieb abrupt stehen, als sie um die Ecke bogen. Ein langgestrecktes, einstöckiges Gebäude ragte aus dem Hauptkrankenhaus heraus. Aus einem Fenster am Ende des Gebäudes schien Licht.

»Sieht aus, als würde es durch Plastik oder so etwas kommen«, sagte Kirby.

»Das ist der Nebel«, sagte Lynch.

»Nein, ich glaube, Kirby hat recht«, sagte Boyd.

»Leise,« warnte Lottie. »Haltet eure Waffen bereit.« Sie nahm ihre Pistole in die Hand.

Die Tür öffnete sich lautlos. Ohne zu knarren.

»Keinen Mucks«, flüsterte Lottie. »Keine Taschenlampen. Folgt mir.«

»Sollten wir nicht unsere Schutzwesten holen?«, fragte Kirby.

»Ich sagte, keinen Mucks.« Sie betrat einen schmalen Gang.

Hohe Decken. Zu ihren Füßen schlängelten sich dicke Rohre an den Wänden entlang. Betonboden. Sie blieb vor einer hohen Tür stehen, die den Flur in zwei Hälften zu teilen schien, und blickte auf den Streifen Buntglas über der Tür. Zu ihrer Linken fiel der Boden in ein dunkles, gähnendes Loch ab. Sie ignorierte es und legte ihre Hand an das harte Holz der Tür. Sie öffnete sich widerstandslos nach innen.

Als sie eintrat, ließ sie sich von der Wand leiten und spürte die drei Kriminalbeamten hinter sich. Während sie beim Gehen mit der Hand an der Wand entlangfuhr, spürte sie eine Vertiefung. Eine Tür. Sie ging weiter. Siebenundzwanzig Stufen. Noch eine hohe Tür mit Glas darüber. Das Licht, das sie von draußen gesehen hatten, kam von hier. Würde diese Tür verschlossen sein? Sie hoffte nicht.

»Ich zähle bis drei«, flüsterte sie.

»Scheiß drauf«, sagte Boyd und trat die Tür ein. »Bewaffnete Gardaí!«, rief er und rannte hinein. Er blieb sofort stehen. Alle anderen auch.

»Mein Gott«, sagte Kirby.

»Was zum« Lynch ließ ihren Arm fallen und senkte die Pistole.

Lottie starrte, ihr Mund öffnete und schloss sich, aber es kamen keine Worte heraus. Sie wirbelte zu Boyd herum und versuchte zu begreifen, was sie da sah.

Mit Plexiglas verkleidete Fenster, erstarrtes Blut wie in einem Drip-Painting von Jackson Pollock. Mit Blut verfugte weiße Keramikfliesen. Eine Decke mit rotem Kieselrauputz. Sie hob ihren Fuß von dem mit Plastik bedeckten Boden, dunkle Überreste klebten an ihren Stiefeln. Blut und noch mehr Blut.

Am Ende des L-förmigen Raumes standen zwei eisenumrahmte Krankenhausbetten. Eines war leer. Nicht einmal eine Matratze. Verrostete Sprungfedern, grün im Neonlicht. Von dem anderen Bett tropfte Blut aus durchtränkten Laken auf den Boden. Pfützen von Blut.

Langsam, um nicht auszurutschen, näherte sie sich. Langsam. Langsam. Langsamer. Sie erreichte das Bett. Rang nach Luft. Schluckte Galle zurück in ihren Magen.

Dan Russell.

Nackt, bis auf marineblaue Socken mit goldenen Logos. Er lag auf dem Bett mit einem breiten Leinengurt über der Brust. Er brauchte keine Fesseln. Jetzt nicht mehr. Die Augenhöhle eines Auges war schlaff in seinem Kopf versunken. Sie zwang ihren Blick auf die Quelle des Blutes. Der Bauch war aufgeschlitzt, Eingeweide und Gedärme hingen aus dem fetten Fleisch heraus.

Sie hörte Lynch hinter sich würgen.

»Kontaminieren Sie nicht die Beweise«, sagte sie, und ihre Stimme klang ganz und gar fremd.

»Es ist wie ein... wie ein...«, stammelte Kirby.

»Ein Schlachthof«, sagte Boyd.

Atme, Lottie, atme, befahl sie sich selbst. Der faulige Gestank in dem Raum schnürte ihr die Kehle zu, und einen Moment lang dachte sie, sie würde sich Lynch anschließen. Aber sie hatte nichts im Magen, was sie hätte hochbringen können.

Sie ging an den Betten vorbei, die Waffe in der Hand, vorsichtig den Eingeweiden ausweichend, um die Ecke am Ende des Raumes.

»Boyd!«, brüllte sie. »Schnell. Hier.«

Er trat zu ihr. Lottie streckte einen Arm aus, um ihn zurückzuhalten. Sie starrten. Sie sagte: »McNally?«

Jamie McNally saß zusammengesunken auf dem Boden, die Knie an die Brust gepresst. Schwarzes Haar hing fettig um seinen Hals. Sein Gesicht war blutverschmiert und er fuchtelte mit einem Skalpell in der Luft herum.

»Lass mich verdammt nochmal in Ruhe, du Schlampe«, knurrte er.

Lottie lehnte sich so weit vor, wie sie es für sicher hielt. »Wo ist meine Tochter? Was hast du mit ihr gemacht, du Stück Scheiße? Sag's mir. Jetzt!«

»Wer?«

»Chloe.«

»Die? Ich habe die kleine Schlampe nicht angefasst.«

»Ich weiß, dass Sie ihr gesimst haben. Sie haben ihr gesagt, Milot zu Ihnen zu bringen.«

»Ist das der Name von dem kleinen Scheißer?« Er lachte. »Ich hatte mal eine Katze, die so hieß. Ich habe das kleine Dreckstück ausgeweidet.«

»So wie Sie es mit Russell gemacht haben?«

»Das war ich nicht«, kicherte er. »Für eine Kriminalbeamtin sind Sie ziemlich dumm.«

Mit der Pistole in der einen Hand grub Lottie ihre Nägel in die Handfläche der anderen. Sie wollte auf McNally losgehen, ihm die Waffe in die Kehle schieben und abdrücken. Aber nach außen hin blieb sie ruhig. Professionell.

»Wo sind sie? Sind sie in Sicherheit? Das ist alles, was ich wissen will. Dass meine Tochter in Sicherheit ist.«

»Ich weiß nicht, wo sie hingegangen ist. Sie ist total ausgeflippt, als ich sie hier reingebracht habe. Fatjon hat sie auch ein bisschen erschreckt.«

»Fatjon?« Lottie sah sich zu Boyd um.

»Russells und O'Haras rechte Hand. Ein großer Kerl mit einem Mund voller schiefer Zähne. Das Arschloch hat mich angegriffen, nachdem er Russell ausgeweidet hatte.«

Ruhig und langsam. Emotionslos. »Wo ist Fatjon jetzt?« Lieber Gott, betete sie, mach, dass er nicht Chloe hat.

»Sie geben nicht auf, was?« McNally zog mit der Hand, die das Skalpell hielt, an seinem Kinn und schnitt sich selbst. Er lächelte schief. »Ich habe Ihr Haus beobachtet, und als Carter nicht mit dem Jungen herauskam, wusste ich, dass Ihre Kinder wahrscheinlich die Polizei gerufen hatten. Ich konnte O'Hara nicht sagen, dass ich es vermasselt hatte, und meine letzte Chance, den Jungen für ihn zu bekommen, war durch Ihre Tochter.«

»Ich verstehe immer noch nicht, warum O'Hara Milot woll-te«, murmelte Lottie.

McNally redete immer noch. »Als O'Hara nicht auftauchte, hat Fatjon sich Dan the Man vorgeknöpft. Die Zeit ist von entscheidender Bedeutung, sagte O'Hara immer, wenn er schnitt und würfelte, meinte Fatjon.« McNally wimmerte. »Er reichte mir ein Skalpell. Ich konnte es nicht tun. Er sagte, er könne kein gutes Paar Nieren verschwenden.«

»Also hat dieser Fatjon Russell getötet«, sagte Lottie. Bleib cool. Ich will ihm das Herz herausreißen.

»Er hat die Nieren herausgeholt und sie in so eine Eiskiste gelegt. Er hat sie abgeschlossen und auf den guten Doktor gewartet, aber als der nicht auftauchte, kam Fatjon auf andere Gedanken.«

»Nämlich?«

»Er hat mich zusammengeschlagen, hat das Produkt genommen und ist verschwunden.

»Wohin ist er mit dem Produkt gegangen?«

»Dublin. Er fliegt sie in einem Privatjet nach Griechenland oder Italien aus. Wo auch immer der Höchstbietende ist.«

»Ich denke, Sie sollten jetzt mit uns kommen«, sagte Boyd; seine Stimme war gleichmäßig und ruhiger als die von Lottie. »Sie brauchen das Skalpell nicht mehr.« Er streckte die Hand aus und nahm McNally das Messer ab. Er drehte dem Verbrecher den Arm auf den Rücken, zog ihn auf die Beine und schleuderte ihn gegen die Wand. »Sie sind der Abschaum der Menschheit. Wissen Sie das?«

»Deine Frau ist ein guter Fick. Weißt du das?« McNally lachte.

»Halt dein dreckiges Maul.« Boyd schlug McNallys Gesicht gegen die Wand.

»Hör auf, Boyd. Hör auf.« Lottie zerrte ihn weg.

McNally fiel auf den Boden, Blut spritzte aus seiner gebrochenen Nase.

Er rollte sich zusammen wie ein Baby, die Hände schützend um seinen Kopf gelegt.

»Feigling.« Boyd versetzte ihm einen Tritt.

»Warte, Boyd. Guck mal.« Lottie bückte sich und hob ein Stück Stoff auf, auf dem McNally gesessen hatte.

»Das blaue Kleid von Maeve Phillips. Was machen Sie damit?«

»Ein Anreiz. Um ihr Honig ums Maul zu schmieren.«

»Aber Sie haben es aus ihrem Haus mitgenommen. Warum?«

»Ich fürchtete, Sei könnten es zu mir zurückverfolgen.«

»Warum hat Tracy Sie überhaupt reingelassen?«

»Sie sollten besser mit Tracy reden, nicht wahr?«

Lottie sah ihn fragend. »Was meinen Sie?«

McNally schüttelte den Kopf. »Sie sind nicht dahintergekommen, Sie Klugscheißerin.«

Dann bemerkte sie seine Arme. Lange, dünne Schnitte. Messerschnitte.

»Ich bin dahintergekommen, dass Sie Lipjan sind«, sagte sie glattweg.

»Das war O'Haras Idee. Er hat mir den Namen gegeben. Ich musste mich mit den kleinen Schwächlingen solidarisch zeigen. Meinte Tracy. Sie wollte ihren Mann verarschen, um Geld zu bekommen. Die würde ihre Seele an den Teufel verkaufen, ganz zu schweigen von ihrer Tochter.«

Lottie und Boyd tauschten Blicke aus.

McNally lachte. »Ah, Sie hatten keine Ahnung, nicht wahr? Maeve hat ihrer betrunkenen Mutter alles über ihr Ritzen erzählt. Sie suchte nach Aufmerksamkeit. Sie hat ihr auch alles über deine kostbare Tochter erzählt. Und...«

»Boss, kommen Sie schnell. Ich habe sie gefunden. Chloe und Milot.« Lynchs Stimme drang durch den Raum.

Lottie erstarrte. Die blaue Seide zitterte in ihrer Hand.

»Lebendig?«, flüsterte sie.

»Ja«, rief Lynch. »Beide.«

Lottie spürte, wie ihre Knie nachgaben, und als sie vor Erleichterung zusammensank, fing Boyd sie auf, bevor sie hinfiel.

## 84

»Ich bin okay. Lass mich gehen.« Lottie riss sich von Boyd los und rannte. Sie rutschte und schlitterte auf dem nassen Boden. »Nimm das Arschloch McNally fest. Leg ihm Handschellen an.«

Sie folgte Lynch durch den Flur, der jetzt von den Leuchtstoffröhren, die an Ketten von der hohen Decke hingen, erhellt wurde. Den schrägen Boden hinunter, den sie vorhin bemerkt hatte. Durch einen niedrigen, engen Durchgang in einen Raum.

Stühle standen mit den Beinen nach oben auf Tischen. An den Wänden stapelten sich Betten. Kisten und Kästen. An der hintersten Wand stand eine Reihe von Schränken. Und auf dem Boden saß Chloe mit Milot, der an ihrer Brust schlief.

Blaue Augen. Adams Augen. Sie lächelte traurig. »Hallo, Mama. Tut mir leid wegen der Aufregung.«

»Ich bringe dich um«, schrie Lottie, als sie sich auf den Boden warf und ihre Tochter in die Arme schloss. »Bist du verletzt? Hat er dir etwas getan? Ist alles in Ordnung?«

»Mir geht es gut und Milot auch. Wir hatten ein bisschen Angst.«

»Mach so etwas nie wieder. Hörst du mich?«

»Ich höre.«

Lynch beugte sich über sie. »Ich habe einen Krankenwagen gerufen. Er wird in ein paar Minuten hier sein.«

»Ich muss nicht ins Krankenhaus.« Chloe schaute Lottie in die Augen. »Ich möchte nach Hause.«

»Du musst dich von einem Arzt untersuchen lassen. Milot auch.«

»Ich habe ihn gerettet, Mama, ich habe Milot gerettet. Ich habe versucht zu helfen. Ich helfe immer gerne, aber es tut mir leid, wenn ich es vermasselt habe. Ich bin...«

»Schon gut, mein Schatz. Du hast getan, was du für richtig hieltest.« Aber Lottie wusste, dass Chloe dem Tod eher kopfüber in die Arme gelaufen war als ihm zu entkommen. Was jetzt zählte, war, dass beide lebten und körperlich unversehrt waren. Sie wollte nicht an den schweren Weg denken, der Chloe bevorstand. Nicht jetzt. Noch nicht. Und was würde mit Milot geschehen? Zu viele Fragen für mitten in der Nacht.

»Zeit zu gehen«, sagte Kirby. »Der Krankenwagen ist da.« Er flüsterte in Lotties Ohr: »Und der Superintendent auch.«

»Verdammt nochmal«, sagte Lottie.

# KOSOVO 2010

*Er lebte mit dem Bild seiner Mutter und seiner Schwester. Mit dem Bild der blutigen Szene ihrer Ermordung. Aber er hatte nie versucht, ihren Tod zu rächen. Er erinnerte sich an den Tag, an dem er von dem erwachte, was der verrückte Arzt Gjon Jashari und sein Sohn Gjergi mit ihm gemacht hatten. Er hatte alles in der Klinik demoliert. Bewegliche und unbewegliche Gegenstände. Mit seinen bloßen Händen hatte er alles niedergerissen. Er hatte seine Kleidung gefunden, sich angezogen und war zur Tür hinausgegangen. Allein.*

*In seiner Tasche hatte er das Abzeichen von seinem Freund dem Soldaten. Er wusste nicht, wie viel Zeit vergangen war, aber er nahm an, dass der Soldat nach Hause zu seiner Familie gegangen war.*

*Über die Jahre hatte er hart gearbeitet. Am Wiederaufbau seines schönen Landes. Und dann, an einem Sommertag, sah er sie vor einem Bordell in Pristina stehen. Lange schwarze Haare, die im Sonnenlicht glänzten. Große braune Augen. Und er erinnerte sich an sie. Er hatte sie schon einmal gesehen. An jenem Abend, als der Soldat ihn gebeten hatte, das Foto von der Familie zu machen. Das kleine Mädchen, das auf dem Boden gesessen hatte.*

*Er sprach sie an, und sie wurden Freunde und schließlich ein Liebespaar. Er liebte sie mehr als alles, was er sich vorstellen konnte zu lieben. Sie war seine Welt. Er arbeitete noch härter, nachdem er sie aus dem Bordell gerettet hatte. Sie war das Licht am Ende eines jeden harten Tages.*

*Dann, eines Tages: »Ich bin zu Hause«, sagte er und betrat ihre Wohnung. Sie war leer. Er sah überall nach.*

*Er rannte zur Treppe. Drei Schritte auf einmal nehmend rannte er die vier Stockwerke hinunter und zur Haustür hinaus.*

*»Habt ihr sie gesehen?«, rief er den Mädchen auf der Treppe zu.*

*»Deine kleine Konkubine?«*

*»Ist sie dir weggelaufen?«*

*Er ignorierte die Schmähungen und lief auf die Straße. Autos hupten und wichen ihm aus. Verzweifelt sah er sich um. Wo konnte sie nur hingegangen sein?*

*Er bog um die Ecke und lief in eine dunkle Gasse. An ihrem Ende tauchten Schatten auf und er stürmte auf sie zu. Er war so sehr darauf bedacht, sie zu finden, dass er alle seine Straßenweisheit vergaß.*

*Der erste Schlag warf ihn direkt zu Boden. Der nächste erwischte ihn an der Schläfe. Dann trat ihm ein schwerer Stiefel ins Gesicht. Er sah den Glanz einer schlanken Klinge, die auf ihn zukam.*

*Bevor er ohnmächtig wurde, hörte er sie sagen: »Sie ist fort. Auf dem Weg, um viel Geld zu machen. Sag bei der Gerichtsverhandlung nicht aus.«*

*Er wusste nicht, wie lange er dort lag. Stöhnend richtete er sich auf und lehnte sich gegen die Wand. Die Stille der Nacht griff nach seinem Herzen; selbst der Verkehr schien sich verflüchtigt zu haben. Er ging den Weg zurück, den er gekommen war.*

Er schleppte sich die vier Stockwerke hinauf. Seine Tür stand offen.

Die Leere kroch aus den Ecken des Zimmers und ließ sich in den Kammern seines Herzens nieder.

Er würde sich nicht noch einmal benutzen lassen.

Er würde aussagen.

Und dann würde er sie finden.

# NEUNTER TAG

DIENSTAG, 19. MAI 2015

## 85

Nachdem sie Superintendent Corrigan informiert hatte und nachdem Chloe und Milot im Krankenhaus untersucht worden waren, fuhr Lottie zum Haus ihrer Mutter. Sie legte Milot neben die schlafende Katie in ihr eigenes altes Bett. Sean schlief auf dem Boden, eingewickelt in eine Bettdecke. Chloe war direkt ins Gästezimmer gegangen und in Sekundenschnelle eingeschlafen.

»Ich komme später wieder, Mama«, sagte Lottie. »Ich lasse die Polizisten die Nacht über Wache stehen, bis alles geklärt ist.«

»Lottie, ich muss mit dir reden.« Ihre Mutter stand im Flur und versperrte ihr den Ausgang.

»Kann das nicht warten?«

»Es geht um Katie. Ich habe heute Abend mit ihr gesprochen. Sie hat mir erzählt, dass sie sich in den letzten Monaten nicht wohl gefühlt hat.«

»Das habe ich bemerkt«, sagte Lottie. »Sie trauert um Jason.«

»Es ist mehr als das.« Rose zog ihren Morgenmantel über ihrer Brust zusammen.

»Ich gehe mit ihr zum Arzt. Lasse sie durchchecken.« Lottie fummelte nervös mit ihren Schlüsseln herum.

»Sie war schon beim Arzt.«

»Was?« Lottie starrte ihre Mutter an.

»Katie ist schwanger. Das Baby ist von Jason. Sie ist schon im fünften Monat und hatte Angst, es dir zu sagen. Sie...«

»Oh Gott. Nein«, rief Lottie aus und ließ ihre Schlüssel fallen. Sie bückte sich, um sie aufzuheben, und ihre Mutter nahm ihren Ellbogen und zog sie an sich.

»Sie hat mich gebeten, es dir zu sagen. Du gehst jetzt und machst deine Arbeit. Ich passe auf deine Kinder auf, und du kannst morgen mit Katie ein langes Gespräch führen. Okay?«

»Ich... ich... okay. Ich gehe. Ich kann mich jetzt nicht damit befassen.«

»Und du brauchst Schlaf«, sagte Rose.

»Schlafen werde ich, wenn das alles vorbei ist. Danke, dass du dich um meine Kinder und Milot gekümmert hast. Ich wüsste nicht, was ich ohne dich tun würde.« Lottie beugte sich vor und küsste Rose auf die Stirn. Rose streckte die Arme aus, um ihre Tochter zu umarmen, aber Lottie war schon zur Tür hinaus.


Sie klopften an die Tür von 251 Mellow Grove. Und klopften noch einmal. Aus dem Flur kam Licht, aber der Rest des Hauses war in Dunkelheit gehüllt.

»Versuch es weiter«, sagte Lottie und ging zurück zum Auto, wo zwei Uniformierte und Kirby Wache hielten. »Die Ramme, bitte«, sagte sie.

Boyd schleppte den Rammbock zur Tür.

»Mrs Phillips? Tracy? Wenn Sie nicht aufmachen, werden wir die Tür aufbrechen müssen.«

»Ich komme ja schon. Verdammt nochmal, was soll der ganze Krach?«

»Ah, endlich«, sagte Lottie. »Können wir reinkommen? Warum sind Sie nicht im Krankenhaus bei Ihrer Tochter?«

»Ich habe angerufen, um mich nach ihr zu erkundigen. Sie ist bewusstlos. Ich hätte ihr dort nicht viel genützt, also bin ich zu Hause geblieben.«

»Konnten Sie nicht ohne Ihren Alkohol?« Lottie lehnte sich gegen den Türrahmen, während Kirby den Rammbock zurück zum Auto brachte. Boyd sah aus, als würde er umfallen, wo er stand. Aber Lottie war plötzlich voller Adrenalin und hatte Lust, Tracy Phillips mit der Faust in ihr betrunkenes Gesicht zu schlagen.

»Kein Grund so unfreundlich zu sein. Danke, dass Sie sie gefunden haben. Kann ich jetzt wieder ins Bett gehen?«

»Holen Sie Ihren Mantel. Ich würde Ihnen gerne ein paar Fragen stellen. Auf dem Revier.«

»Verpiss dich, du langes Stück Elend«, fauchte Tracy.

Lottie packte sie an der Schulter und drehte Tracy den Arm auf den Rücken.

»Tracy Phillips, ich verhafte Sie wegen Verdacht auf Entführung. Sie haben das Recht zu schweigen…«

»Verpiss dich, du Schlampe«, schrie Tracy. »Wovon redest du? Lass mich los!«

Lottie beendete ihre Rede und Boyd legte der Frau Handschellen an. Als er sie zum Auto führte, schaute Lottie zu und schüttelte den Kopf. Kirby öffnete die Tür und sie schoben Tracy auf den Rücksitz.

Der Wagen raste davon und Boyd ging zu Lottie, als sie die Haustür schloss.

»Wie ist sie auf diesen Plan gekommen?«, fragte er.

»Sie sah eine Gelegenheit, ihren Mann für die Jahre der ›Not‹, die sie erlitten hatte, bezahlen zu lassen.«

»Ich verstehe immer noch nicht, wie sie das gemacht hat.«

»Wir werden sie morgen früh fragen.« Lottie ging den Pfad entlang, der gelbe Kegel einer Straßenlaterne wies ihr den Weg.

»Es ist Morgen«, sagte Boyd.

»Wenn es richtig Morgen ist, nachdem wir ein paar Stunden geschlafen haben. Hast du eine Kippe?«

Lottie lehnte Roses Angebot ab, sich in ihr Bett zu legen, und legte sich auf das Sofa, wo sie in einen unruhigen Schlaf voller Albträume fiel, bis sie mit einer Schüssel Haferbrei und einem Becher Kaffee und dem traurigen Gesicht ihrer Mutter geweckt wurde. Keine von beiden sagte etwas über Katies Schwangerschaft.

Erfrischt, aber erschöpft nach nur drei Stunden Schlaf, machte sich Lottie auf den Weg zur Arbeit. Als sie an ihrem Schreibtisch saß, weckte sie den Computer aus dem Schlafmodus. Die E-Mail des kosovarischen Staatsanwalts, Besim Mehmedi, war geöffnet und wartete. Sie las sie.

»Du siehst aus wie der Tod auf Latschen heute Morgen«, sagte Boyd und stellte ihr eine Cola Light auf den Schreibtisch.

»Kein Kaffee?«

»Sei froh, dass du die Cola hast. Sei froh, dass ich überhaupt hier bin.«

»Warum?« Lottie streckte sich an der Stuhllehne und hörte Boyd nur halb zu. Ihr Kopf war überladen, nachdem sie den Inhalt der E-Mail gelesen hatte. Sie versuchte verzweifelt, sich zu beschäftigen, sich auf die Arbeit zu konzentrieren. Dann würde sie nicht an ihre schwangere Tochter denken müssen.

Boyd sagte: »Ich habe gerade McNally hergebracht. Die Ärzte haben ihn vor einer Stunde in meine Obhut übergeben. In meine Obhut? Ich hatte Lust, sein verdammtes Gesicht mit meinem Schuh zu zertreten. Und darauf herumzuspringen, bis…«

»Schon gut. Ich hab's kapiert. Wo ist er jetzt?«

»Zelle zwei. Neben deinem Freund.«

»Petrovci? Scheiße, Boyd, er muss freigelassen werden.«

»Und wie bist du zu diesem Schluss gekommen?«

Lottie stand auf und deutete ihm, sich auf ihren Stuhl zu setzen. »Lies das.«

Boyd setzte sich und sah auf den Bildschirm. »Wer ist Gjergi Jashari?«

»Der Sohn eines Arztes namens Gjon Jashari. Er war ein berüchtigter Organentnehmer und -händler im Kosovo. Er leitete eine Klinik in Pristina. Eine Fassade für seine Schlächterei. Während und nach dem Krieg. Sieh dir das beigefügte Foto an.«

Sie tippte auf die Maus und wartete darauf, dass der Groschen fiel. Als das geschah, schoss Boyd aus dem Stuhl hoch.

»George O'Hara? Er ist dieser Gjergi-Typ. Ich verstehe nicht.«

»Benutze deinen Grips.« Lottie öffnete die Dose und trank.

»Erklär es mir. Mein Kopf ist zu müde zum Denken«, sagte Boyd und krempelte seine Hemdsärmel bis zu den Ellbogen hoch.

Lottie setzte sich auf die Schreibtischkante und kreuzte die Beine an den Knöcheln. »Gjergi Jashari war ein ausgebildeter Chirurg, wie sein Vater. Aus dieser E-Mail geht hervor, dass Andri Petrovci zu denjenigen gehörte, denen als Kind eine Niere entnommen wurde. Was in den Jahren bis zum Prozess passiert ist, weiß ich nicht. Aber Petrovci war der Hauptzeuge der Staatsanwaltschaft gegen Jashari Senior - wahrscheinlich der einzige noch lebende Zeuge - und dann ist der alte Mann an dem Tag, an dem der Prozess beginnen sollte, umgekippt und gestorben.«

Boyd fragte: »Aber was hat den Sohn des Arztes nach Ragmullin verschlagen?«

»Ich glaube, Dan Russell steckte in den Jahren nach dem Kosovo-Krieg mit dem alten Jashari unter einer Decke. Das Arschloch hat versucht, Adams Namen mit seinen eigenen niederträchtigen Taten zu beschmutzen.« Sie erschauderte bei dem Gedanken an das, was Russell angedeutet hatte. »Als Russell die Flüchtlingsunterkunft übernahm, sah Gjergi, der wahrscheinlich über die Jahre hinweg mit Russell in Kontakt stand, eine Möglichkeit, die Arbeit seines Vaters fortzusetzen. Ich bin sicher, dass er das alles bestätigen wird, wenn er sich von Mimozas Kugel erholt hat.«

»Ich kann mir nicht vorstellen, dass ein Mann wie Russell sich noch einmal in solche Machenschaften verwickeln lassen würde.«

»Auf dem Schwarzmarkt gibt es Millionen von Dollar für alles, was man verkaufen kann. Also war es entweder Geld oder Angst. Vielleicht hat Gjergi gedroht, ihn wegen seiner früheren Tätigkeit im Kosovo bloßzustellen. Oder er war einfach ein gieriger Dreckskerl. So oder so hat er seine gerechte Strafe bekommen. Kann George O'Hara schon sprechen?«

»Er liegt auf der Intensivstation, soweit ich weiß. Aber erklär mir noch einmal, was Frank Phillips mit all dem zu tun hat?«

»Superintendent Corrigan hat mir gesagt, dass Phillips, der spanischen Polizei zufolge, mit ihnen zusammengearbeitet hat. Phillips lieferte Mädchen, zunächst für das Sexgewerbe, dann für die Organentnahme. Einige von ihnen schleuste er über Melilla und Málaga ein. Andere brachte er auf dem Landweg vom Balkan und aus Osteuropa. Wenn die Mädchen hier ankamen, mischte Russell sie unter die echten Asylbewerber. Eine großartige Tarnung.«

»Aber was brachte Gjergi O'Hara nach...«

»Gjergi Jashari«, korrigierte Lottie.

»Was hat den verfluchten Mörder nach Ragmullin gebracht?«

»Rache.«

»An Russell?«

»Nein. Ich glaube, Gjergi war daran beteiligt, Mimoza und

ihren Sohn nach Ragmullin zu schmuggeln. Sie war Andri Petrovcis Freundin. Petrovci fand heraus, dass sie in Irland war und folgte ihr, konnte sie aber nicht finden. Petrovci leidet unter Blackouts infolge des Traumas der Nierenentnahme, und ich glaube, er weiß die Hälfte der Zeit nicht, was wirklich ist und was nicht. Ich glaube, Gjergi wollte ihn um den Verstand bringen, weil er im Prozess gegen seinen Vater aussagen sollte. Er wollte Mimoza foltern und töten und Andri die Schuld in die Schuhe schieben. Er hatte ihm schon die Morde an den anderen Mädchen angehängt.«

»Aber McNally wollte ein Stück vom Kuchen abhaben«, sagte Boyd. »Er wusste, dass Frank Phillips aus dem Geschäft aussteigen würde, also drängte er sich in die freiwerdende Lücke. Das macht Sinn.«

»Mit Hilfe von Tracy Phillips. Sie plante für McNally, Maeve zu entführen und von Frank Geld für seine Tochter zu verlangen. Als wir in Málaga waren, hat uns Frank erzählt, dass seine Familie bedroht worden war. Wir hätten ihn zu mehr Informationen drängen sollen.«

»Mit Maeve in Gefahr hätte er uns nichts weiter gesagt«, meinte Boyd. »Aber ich frage mich, was schiefgelaufen ist.«

»Tracy hatte alles schön eingefädelt, aber McNally wurde gierig. Er hat Maeve an den Arzt verkauft, um sich an Frank Phillips zu rächen und sich bei Gjergi beliebt zu machen.«

»Deshalb ist sie aufs Revier gekommen und hat dich gedrängt, Maeve zu finden.«

»Sie wusste, dass McNally sie hintergangen hatte, aber sie konnte nichts sagen, ohne sich selbst zu belasten.«

»Und McNally wurde der Twitterer Lipjan«, sagte Boyd. »um Maeve zu umgarnen.«

»Ja. Ich denke, McNallys Machenschaften haben Gjergi dazu motiviert, die Mädchen, denen er Organe gestohlen hatte, zu töten. Es war ein idealer Weg, um Andri Petrovci die Morde anzuhängen. Sein Gnadenstoß sollte darin bestehen, dass

Petrovci Mimoza und Milot tot in einem Graben unter einer Straße fand.«

»Ein verdammter Wahnsinniger in seiner eigenen wahnsinnigen Welt.«

»Und Chloe ist geradewegs hineingelaufen. Sie vertraute Maeve ihre Selbstverletzungen an und wurde nach Maeves Entführung zur Zielscheibe. Ich glaube, dass Gjergi in seinem verrückten Kopf glaubte, er würde die Mädchen retten, die er tötete. Aber das Motiv war Rache.«

»An Petrovci.«

»Ja. Ist er noch hier?«

»Bei all dem, was passiert ist, sind wir nicht dazu gekommen, ihn zu entlassen.«

»Wir müssen noch einmal mit ihm sprechen«, sagte sie.

»Ja, ich denke, das müssen wir«, stimmte Boyd zu.

## 86

»Ich erinnere jetzt. Manchmal ist so. Erst die Blackouts, dann Erinnerung kommt zurück.«

»Woran erinnern Sie sich, Andri?«

Lottie nippte an einem Becher Kaffee, den Boyd ihr gebracht hatte. Andri Petrovci hatte das Angebot, etwas zu trinken, abgelehnt. Sie saßen zu dritt am Stahltisch in der drückenden Hitze des Vernehmungsraums.

Andri sagte: »Ich bekomme Kopfschmerzen. Ich verlasse Wohnung, weil der Mann mich anruft. Sie fragen, was er sagt.«

»Ja. Wir haben alle Telefonaufzeichnungen überprüft, und Sie wurden von der gleichen Nummer angerufen wie Jack Dermody und Eamon Carter.«

»Er sagt, ich sehe meine Mimoza nie wieder.«

»Andri. Es tut mir leid, Ihnen das sagen zu müssen, aber Mimoza ist tot. Sie starb im Kampf gegen einen sehr bösen Mann.«

Er begann zu zittern. Seine Hände zitterten und er schüttelte den Kopf. »Nein! Es nicht wahr.«

»Ich fürchte, es ist wahr.«

»Warum? Warum ist das passiert?« Nach einem Moment

sagte er: »Dieser Mann, er sagt … ich sehe meinen Sohn nie wieder.« Tränen sammelten sich in den Winkeln seiner schmerzerfüllten Augen. Hastig wischte er sie weg und schniefte. »Ich habe keinen Sohn.« Er hob flehend die Hände und fragte: »Warum er lügt? Warum?«

Lottie sah Boyd an.

»Aber Andri«, begann sie.

Boyd schüttelte den Kopf und murmelte: »Draußen.«

Sie standen im Korridor.

»Ich muss ihm von Milot erzählen.« Lottie verschränkte ihre Arme und lehnte sich gegen die Wand.

»Warte wenigstens, bis die DNA es bestätigt.« Boyd schritt vor ihr auf und ab.

»Aber er ist der Vater des Jungen. Er muss es wissen.«

»Er ist ein geistiges Wrack, Lottie. Wie soll er sich um einen kleinen Jungen kümmern? Sei realistisch.«

»Wir können es ihm nicht verschweigen.«

Zurück im Vernehmungsraum nahm Lottie ihre Tasche. Sie nahm das Foto heraus, dass sie in Adams Sachen gefunden hatte, und legte es auf den Tisch.

Andri nahm es an sich. »Woher haben Sie das? Ich mache dieses Foto. Als ich ein Junge war. Ich erinnere. Warum habe ich es nie gesehen?«

»Ich bin mir nicht sicher, Andri«, sagte Lottie leise. Sie reichte ihm das Namensband, das Mimoza ihr vor einer Woche gebracht hatte.

Andri drehte es wieder und wieder in seiner Hand und fuhr mit dem Finger über die engen grünen Stiche, die den Namen auf dem Leinen bildeten. Er blickte zu Lottie auf und lächelte durch seinen Schmerz hindurch.

»Freund. Soldatenfreund. Er guter Mann.«

Tränen flossen aus Lotties Augen. »Sie kannten Adam?«

»Soldatenfreund, er gibt mir das. Er sagt mir, wenn ich in Schwierigkeiten, ich soll ihn suchen. Ich gebe es meiner

Mimoza. Ich sage ihr, sie soll ihn suchen, wenn mir etwas passiert. Eines Tages ich komme von der Arbeit und sie weg. Jetzt sie wirklich weg.« Er lächelte traurig. »Soldatenfreund, ich ihn nicht vergesse.«

»Adam ist vor fast vier Jahren gestorben«, flüsterte Lottie. »Aber er hätte Ihnen geholfen.«

»Sie helfen mir. Sie mir glauben, wenn ich sage, ich töte keine Mädchen. Sie helfen meiner Mimoza?«

Lottie schüttelte den Kopf. Tränen tropften von ihrer Nasenspitze über ihr Kinn bis hinunter auf ihre Brust.

»Ich habe es versucht, Andri, aber nicht angestrengt genug. Ich konnte sie nicht retten.« Sie blickte zu Boyd hinüber, und er nickte.

»Andri, ich muss Ihnen etwas sagen. Etwas, das Sie sehr glücklich machen wird.«

»Nichts macht mich glücklich. Meine Mimoza ist weg.«

Sie unterdrückte ein Schluchzen. »Hören Sie mir zu, Andri. Sie haben tatsächlich einen Sohn. Er ist ein wunderschöner kleiner Junge. Sein Name ist Milot.«

Andri streckte die Hand aus und wischte ihr die Tränen von der Wange. »Sie sagen Wahrheit? Ich habe einen Sohn?«

»Ja, Andri, Sie haben einen Sohn.«

Und als Lottie ihn ansah, war all der schwarze Schmerz aus seinen Augen gewichen, und er lächelte.

»Ich habe einen Sohn.«

*Andris schlichter schwarzer Anzug war geliehen. Der Hemdkragen schnitt ihm in den Hals. Obwohl sein Kopf frisch rasiert war und in dem künstlichen Licht hell schimmerte, waren seine Augen dunkel vor Schmerz. Er rutschte auf dem Stuhl hin und her und rieb seine Hände aneinander. Er spürte, dass ihn jemand beobachtete. Ohne sich umzudrehen, wusste er, dass Gjergi Jashari ihn vom hinteren Teil des überfüllten Gerichtssaals aus anstarrte. Er suchte seine Seele.*

*Stille kehrte ein, als der Angeklagte in den Saal geführt wurde und die Richter ihre Plätze einnahmen. Alle erhoben sich und setzten sich wie angewiesen.*

*Um sich für das Trauma, das er noch einmal würde durch-leben müssen, zu wappnen, schloss Andri die Augen und dachte an ihre Augen. An das Mädchen, das er kennen und lieben gelernt hatte. Das Mädchen, das ihm jemand weggenommen hatte. Er würde die ganze Welt nach ihr absuchen. Sobald der Prozess vorbei war.*

*Doch bevor die Verhandlung beginnen konnte, sorgte ein Tumult auf der Anklagebank für Aufregung. Andri schaute hinüber. Der alte Gjon Jashari war vornübergefallen, mit dem*

*Kopf auf den Boden. Mit beiden Händen umklammerte er seine Brust, als das Leben in einem langen, heiseren Stöhnen aus ihm entwich. Der Mann, der anderen für schmutzige Dollars das Leben genommen hatte, verließ die Welt, ohne für seine Taten zu bezahlen.*

*Während die Leute rannten und holten und trugen und riefen, saß Andri regungslos und emotionslos da. Er würde seine Aussage nicht machen müssen. Vielleicht konnte er jetzt seine Suche nach seiner geliebten Mimoza beginnen.*

*Während er so dasaß, hörte er über dem Getümmel eine Tür zuschlagen. Er drehte sich um.*

*Gjergi war gegangen. Er hatte nicht gewartet, um zu sehen, ob sein Vater lebte oder starb.*

*Und Andri erkannte, dass Gjergi nur zwei Ziele im Leben hatte. Das eine war, in die Fußstapfen seines Vaters zu treten und mit der illegalen Entnahme menschlicher Organe Geld zu verdienen, das andere, Andri Petrovci Leid zuzufügen.*

Vier weiße Särge standen hinter der aus Messing geschmiedeten Kommunionsbank der Kathedrale von Ragmullin für den Gottesdienst.

Drei von ihnen trugen Namen auf Kupfertafeln. Kaltrina. Sara. Mimoza.

Der vierte enthielt die nicht identifizierte Frau mit ihrem ungeborenen Kind. Ein silberner Engel, der eine weiße Taube hielt, saß oben auf dem Holz, wo ihre Namen hätten stehen sollen.

In der ersten Kirchenbank saß Andri Petrovci mit Milot auf seinem Schoß. Der kleine Junge hielt ein neues weißes Kaninchen mit Schlappohren in der Hand. Mit einer Hand befingerte er das Etikett des Plüschtiers, wieder und wieder, wieder und wieder. Seine dunklen Augen suchten in der Menge hinter ihm nach seiner Mutter.

Lottie und ihre Kinder saßen in der nächsten Reihe. Katie reichte Milot die Hand, und er lächelte sie an. Lottie brach das Herz für ihre Tochter, aber Katie war froh, dass ihre Schwangerschaft nun kein Geheimnis mehr war. Chloe hielt den Kopf gesenkt. Milot streckte die Hand aus und streichelte ihr über das Haar, bis sie zu ihm aufsah. Er sagte etwas zu seinem Vater, und Andri drehte sich um und nickte Chloe zu.

Wenigstens war Milot jetzt bei seinem Vater, dachte Lottie. Katies Baby würde keinen Vater haben. Ihre eigenen Kinder hatten keinen Vater mehr, aber ihr Herz klopfte voller Stolz bei den Geschichten, die Andri ihr über seine Zeit mit Adam auf der Hühnerfarm erzählt hatte.

Ein Gemurmel ging durch die Gemeinde, als sich das Klack-klack von Krücken auf dem Marmorboden näherte.

Maeve Phillips stand neben Lotties Kirchenbank.

»Danke, Inspector«, sagte sie. »Dass Sie mir das Leben gerettet haben.«

Lottie stand auf und nahm Maeves Ellbogen, als sie in die Kirchenbank kam. »Ich weiß nicht, was du tun wirst, Maeve«, flüsterte sie, »aber wenn dein Vater aus dem Gefängnis kommt, zieh nicht zu ihm. Glaub mir, er ist kein guter Mensch, egal wie viel Geld er hat.«

Maeve sagte: »Ich dachte, er hätte mir das teure Kleid geschickt. Da können Sie mal sehen, wie sehr ich mich geirrt habe.« Schwach bewegte sie sich die Reihe entlang.

Lottie spürte, wie Boyd seine Hand in ihre legte.

Als sie über den Gang blickte, sah sie, wie Jackie sie anstarrte.

Sie drückte Boyds Hand.

Für den Moment war es Trost genug.

Morgen könnte es anders sein.

# EIN BRIEF VON PATRICIA GIBNEY

Hallo liebe Leserin, lieber Leser,

ich möchte mich ganz herzlich dafür bedanken, dass du meinen zweiten Roman *Die geraubten Mädchen* gelesen hast.

Wenn du stets über alle meine Neuerscheinungen informiert werden willst, melde dich einfach unter dem folgenden Link an. Deine E-Mail-Adresse wird nicht weitergegeben und du kannst dich jederzeit wieder abmelden.

*www.bookouture.com/bookouture-deutschland-sign-up*

Ich bin dir so dankbar, dass du deine kostbare Zeit mit Lottie Parker und Co. geteilt hast. Ich hoffe sehr, dass dir das Buch gefallen hat und dass du Lottie durch die gesamte Romanreihe hindurch begleiten wirst. Denjenigen unter euch, die schon das erste Lottie Parker-Buch *Die vergessenen Kinder* gelesen haben, danke ich für die Unterstützung und eure Rezensionen.

Alle Charaktere in dieser Geschichte sind fiktiv, ebenso wie die Stadt Ragmullin, obwohl Lebensereignisse mein Schreiben stark beeinflusst haben.

Es ist mir ein bisschen peinlich, euch darum zu bitten, aber wenn euch *Die geraubten Mädchen* gefallen hat, würde ich mich freuen, wenn ihr eine Rezension auf Amazon oder Goodreads schreiben würdet. Es würde mir so viel bedeuten.

Eure tollen Rezensionen für *Die vergessenen Kinder* haben

mich wirklich inspiriert, mein Bestes zu geben, als ich *Die geraubten Mädchen* geschrieben habe.

Du kannst über meinen Blog, den ich mich bemühe auf dem neuesten Stand zu halten, oder über Facebook und Twitter Kontakt zu mir aufnehmen.

Nochmals vielen Dank, und ich hoffe, dass wir uns im dritten Buch der Reihe wiedersehen.

Alles Liebe

Patricia

facebook.com/trisha460
twitter.com/trisha460
instagram.com/patricia_gibney_author

# DANKSAGUNG

Das Schreiben von *Die geraubten Mädchen* war für mich eine völlig andere Erfahrung als das Schreiben meines Debütromans *Die vergessenen Kinder*. Ohne die Unterstützung und Ermutigung vieler Menschen wäre ich nicht ans Ziel gekommen.

Erstens möchte ich euch, meinen Lesern, dafür danken, dass ihr euch die Zeit genommen habt, *Die geraubten Mädchen* zu lesen. Ohne euch wäre mein Schreiben umsonst gewesen. Allen, die Rezensionen zu *Die vergessenen Kinder* geschrieben haben, danke ich für eure Worte, die mir Vertrauen in meine schriftstellerischen Fähigkeiten gegeben haben.

Ich danke dem Bookouture-Team, insbesondere meinen Lektorinnen Lydia, Jenny und Helen, für ihre großartige Arbeit und ihre Hilfe, *Die geraubten Mädchen* in Form zu bringen. Auch allen anderen Mitarbeitern von Bookouture, die mich auf meinem Weg begleitet haben, möchte ich hiermit danken.

Ein besonderes Dankeschön geht an Kim Nash von Bookouture für ihre erstaunliche Fähigkeit, meine Bücher zu vermarkten und zu bewerben, und dafür, auch meine dümmsten E-Mails zu beantworten. Ihre ansteckend gute Laune lässt selbst den trübsten Tag hell erstrahlen. Eine großartige Frau.

Liebe Bookouture-Autorenkollegen, ihr seid eine großartige Gruppe von Leuten, die sich gegenseitig unterstützen. Ich fühle mich geehrt, zu euch zu gehören.

Vielen Dank an jeden einzelnen Blogger und Rezensenten, der *Die vergessenen Kinder* gelesen und rezensiert hat.

Ich danke meiner Agentin Ger Nichol von The Book Bureau dafür, dass sie mich unter Vertrag genommen hat und für all ihre Ermutigungen.

Ich danke meinen Schriftstellerfreundinnen Jackie Walsh und Niamh Brennan sowie meiner Schwester Marie dafür, dass sie die frühen Entwürfe von *Die geraubten Mädchen* gelesen und mir wertvolle Kommentare und Ratschläge gegeben haben.

Grainne Daly, Tara Sparling, Louise Phillips, Jax Miller und Carolann Copeland danke ich für ihre Ermutigungen und Unterstützung.

Weiterer Dank geht an Sean Lynch und die Mitarbeiter des Mullingar Arts Centre, an Paula und die Mitarbeiter der Westmeath County Libraries und an alle meine Freunde im Westmeath County Council.

Ich danke Westmeath Topic und Westmeath Examiner für ihre Interviews und Artikel. Claire O'Brien von Midlands 103 danke ich für die Interviews und Sendungen sowie Martin McCabe, John Quinn und Alan Murray für ihre Ratschläge in polizeilichen Angelegenheiten; etwaige Fehler sind ausschließlich meine eigenen. Um den Fluss der Erzählung zu fördern, habe ich mir bei den polizeilichen Abläufen viele Freiheiten erlaubt. Ich danke David O'Malley, der mich auf einen Schießstand mitnahm und mich mit echten Waffen schießen ließ! Das muss ich bald mal wieder machen. Alles zu Recherchezwecken!

Ich danke Antoinette und Jo, meinen Best Friends Forever. Ich danke meiner Mutter und meinem Vater, Kathleen und William Ward, meinem Bruder und meinen Schwestern für ihre unerschütterliche Unterstützung und ihren Glauben an mich.

Ich danke meiner Schwiegermutter Lily Gibney und ihrer Familie, die immer hinter mir stehen. Und meinen Kindern, Aisling, Orla und Cathal. Sie machen mich so stolz und jetzt habe ich zwei bezaubernde Enkelkinder, Daisy und Shay, die mich jedes Mal auf den Boden der Tatsachen zurückholen, wenn ich ihr bezauberndes Lächeln sehe.

Aidan, mein geliebter Ehemann, der du nie daran gezweifelt hast, dass ich eines Tages Bücher veröffentlichen würde. Ich vermisse deine Weisheit und deinen Rat. Aber hin und wieder bekomme ich ein Zeichen, dass du an meiner Seite bist, mich leitest und beschützt. Ich weiß einfach, dass du vor Stolz platzt. Danke, dass du ein Teil meines Lebens warst. Ich vermisse dich und du bist immer in meinem Herzen.

Made in the USA
Middletown, DE
09 June 2022

66842347R00319